古典文獻研究輯刊

十二編
曾 永 義 主編

第5冊
錢謙益心態與文學思想研究

鄔 烈 波 著

國家圖書館出版品預行編目資料

錢謙益心態與文學思想研究／鄔烈波 著 -- 初版 -- 新北市：花
木蘭文化出版社，2015〔民 104〕
目 2+326 面；19×26 公分
（古典文學研究輯刊 十二編；第 5 冊）
ISBN 978-986-404-403-0（精裝）
1.（清）錢謙益 2. 學術思想 3. 文學評論
820.8   104014980

ISBN- 978-986-404-403-0

古典文學研究輯刊
十二編 第五冊
ISBN：978-986-404-403-0

錢謙益心態與文學思想研究

作　　者　鄔烈波
主　　編　曾永義
總 編 輯　杜潔祥
副總編輯　楊嘉樂
編　　輯　許郁翎
出　　版　花木蘭文化出版社
社　　長　高小娟
聯絡地址　235 新北市中和區中安街七二號十三樓
　　　　　電話：02-2923-1455／傳眞：02-2923-1452
網　　址　http://www.huamulan.tw 信箱 hml 810518@gmail.com
印　　刷　普羅文化出版廣告事業
初　　版　2015 年 9 月
全書字數　310044 字
定　　價　十二編 26 冊（精裝）新台幣 48,000 元

錢謙益心態與文學思想研究

鄔烈波　著

作者簡介

鄔烈波，男，1975 年 9 月出生，浙江寧波人，先後師從江西師範大學王琦珍教授、南開大學羅宗強教授，獲文學博士學位，現任中共寧波市委黨史研究室黨史處副處長，助理研究員，參編《中國思想文化建設與發展研究叢書》、《公安廉政文化叢書》、《司法疑難案件法律適用叢書》等多部著作，發表《試論錢謙益對清代前期文學的影響》、《刑事司法權配置與附條件不起訴制度》、《論檢察一體化視野中的檢委會工作機制》等論文。

提　　要

　　錢謙益是明清之際著名的文學家、學者、藏書家，他一生性格矛盾、思想複雜、經歷曲折，在尖銳的政治鬥爭、天翻地覆的朝代更迭、激烈動蕩的社會動亂中，他陷入道德與現實的矛盾。在他身上，人格的弱點、儒家的信條、佛道的影響、救世的理想、名利的追求、現實的苦難都得到了充分的暴露。同時他以痛苦的心靈、坎坷的人生歷程、豐富的學識、廣闊的視野、轉益多師的態度創作了大量描繪時代風貌、抒寫真情的作品，並提出許多有見地的文學觀點，對明代文學史進行了全面的總結，體現了明末清初文學與文學思想的特點，開啓了清代的詩風。他的文學思想既是時代美學精神的反映，也與其人生經歷和心態密切相關，體現他對歷史、社會現實和文學發展的認識。通過研究錢謙益的心態、文學、文學思想，我們不僅可以更深入地瞭解明清之際複雜的社會政治形勢與文壇的面貌、文學發展的走向，也可以對傳統士人的特點有更深刻的認識，並由此而思考道德與現實的矛盾、遺民的困境、士人的人格獨立、士人在亂世的使命與實際作用等問題。

目次

引　論

一、問題的提出

　　晚明與明清之際在中國歷史中有著重要的研究價值，晚明的社會畸形繁榮與士人個性解放精神，明清之際的社會動蕩與啓蒙思想都不能不令研究者深入探究、反覆思考。尤其是在明末清初那個天崩地解的年代，階級矛盾、民族矛盾極端尖銳，內憂外患與異族入主中原對於士人的生活、心態、思想、文學等都有著重大的影響，他們隨著艱難的局勢而奮鬥、困惑、痛苦、憂傷，在他們身上，封建社會政治體制內部的矛盾、封建道德與現實利益的矛盾、個人與社會的矛盾等都錯綜複雜地糾纏在一起，導致他們的內心變化迅速、難以捉摸，中國士人的特性與優點、缺陷都得到充分暴露。而要研究明清之際的文學與歷史，就不可能避開錢謙益，因為他在當時的社會具有重要的政治與文化地位、深遠的歷史影響，他的人生經歷與行為、心態都有特殊而又典型的表現。通過對錢謙益的深入研究，我們可以深刻理解當時社會乃至封建社會中士人的複雜心態，並認識士人的人格及其與社會的關係。對錢謙益的認識在歷史上經過幾次起落，從中還可以考察社會的變遷：降清後，作為黨魁、名士、才子，並曾主盟文壇的錢謙益就不斷受到譏嘲與攻擊，毀譽參半；乾隆皇帝對他進行徹底否定並查禁文集後，他似乎就從歷史上消失了；直至清朝末年，文禁漸開，錢謙益文集才再度刊行，並受到不少文人的關注。民國以來研究比較紛雜，辯護者有之，唾罵者有之，讚賞者有之；中華人民共和國成立後，由於特殊的政治環境，大陸學術界在涉及錢謙益時往往將其作為投降派而一筆帶過。近二十年來，對錢謙益一生的是非才開始進行較為

細微深入的探討。但是，涉及錢謙益評價的許多事實和對於這些事實的判斷，涉及錢謙益一生行事的人格特點、心路歷程、感情世界，仍然有許多需要研究的地方。

二、選題的緣由

錢謙益是明清之際黨爭中的重要人物與士人領袖，同時又是著名的文學家、學者、藏書家。他的經歷非常複雜，生平跨萬曆、崇禎、弘光、順治、康熙數朝，四次為官，三次入獄，是明代的黨魁，南明的重臣，是降清之臣，又是抗清力量的一員；他交遊廣闊，上至帝王將相，下至書傭雜販，既有君子，也有小人，既有清朝官員，也有反清志士；他學問宏博，涉獵佛學、文學、經學、史學、金石、書畫等。對他的評價高下懸殊，有人尊之為文壇盟主、清流領袖，有人貶之為不齒於士林的政客、小人。不管怎樣，在他身上體現了晚明與明末清初士人的許多特點，而且他在當時的重要地位與對後世的影響是不能否認的。由他的政治活動，可以看出明末的政治格局，南明的政治態勢，清朝的復明運動與遺民的亡國哀愁；由他的文學和文學思想，可以看出當時文壇的主要面貌、文人的交遊以及文學思想的演變；由他的心態，可以分析當時遺民和貳臣複雜矛盾的內心世界與痛苦哀傷；由他的經歷，可以看出傳統文化對士人的巨大精神壓力，士人人格的優點與缺點；在他的身上，可以看到個人的悲劇，遺民群體的悲劇，以至明末清初時代的悲劇。尤其值得注意的是，錢謙益的文學造詣很深，由他論文論詩的言論，由他的《列朝詩集》、《錢注杜詩》所反映的文學觀念，可以研究明代公安、竟陵、復古派文學思想向清代宋詩派、王士禎、虞山詩人等文學理論演進的中間環節，易代之際社會、心態對文學思想的作用以及錢謙益本人對於清初詩學的影響。

三、分析的思路

我認為對錢謙益人生經歷、心態的研究是分析其文學創作與文學思想的基礎，因此以四章的篇幅對他一生的主要事件與人格、心理變化進行了較細緻的分析。這四章主要是以時間為序，以朝代來劃分發展階段。

在具體介紹這四章內容之前，必須先解釋我對與錢謙益生平有密切關係的兩個概念內涵的界定。

一是末世情緒：所謂末世情緒就是指士人面對社會崩潰、國家衰亡所產

生的感情，如恐懼、擔憂、惋惜、哀傷、悲痛等，它驅使士人或奔走四方、圖謀振作，或花天酒地、醉生夢死，或隱居避世、視若無睹，它的核心是將個人與國家的命運緊緊地聯繫在一起，社會的動盪使他們的生活與內心發生巨大的變化，從而給他們帶來種種痛苦。提出這個概念，一方面是因為它能較好的概括明清之際的士人心態，說明錢謙益的內心世界，同時也可以和承平時期的士人心態進行對比，將宋末元初、元末明初和明末清初的士人精神風貌進行相近類比。具體說來，在明末，士人由於政治地位與文化教育的優勢，能夠及時掌握當時社會的大量重要信息，並且由於他們的學術素養與對現實的關注，能夠敏銳地察覺社會的興衰變化，所以當萬曆朝朝野上尚一片歌舞昇平之時，他們就已經預感到末世行將到來。東林黨人的砥礪名節、積極進取是爲了救亡圖存，而思想解放思潮後期人物的風流瀟灑、沉湎享樂是因爲對現實失望。時至天啓、崇禎朝，隨著政治、經濟、軍事形勢的全面惡化，社會衰象畢露，國家的滅亡已經迫在眉睫了，士人更加緊張地呼號籌劃，企圖挽狂瀾於既倒。到了南明弘光時期，形勢危如累卵，清流或激流勇退，或錚錚自立，而小人則明白時日無多，瘋狂地攫取權力、財富，快意恩仇，進行最後的狂歡。入清後，對於逝去時代的追憶與對故國的悼念使前明士人哀慟不已。凡此種種，皆是末世之象與末世中士人的掙扎。

　　二是政治實用主義與道德理想主義的矛盾。所謂道德理想主義就是指以東林黨爲代表的清流試圖以正統儒家的道德要求來解決君子小人之爭，以傳統儒家的治國理念來處理君臣關係、革新政治，通過自我修養，以正心誠意達到修齊治平的目的；而政治實用主義則是指在官員分化、黨派傾軋、政治混亂的形勢下，清流爲了實現自己的政治目標與個人的名利願望，在可能的條件下力求不與宦官、小人發生正面衝突，甚至與他們合作。在明末政壇上，它最早可以追溯到天啓初年東林黨與王安的協調一致，而代表性事件則是錢謙益丁亥獄事與周延儒復出。明末政治實用主義與道德理想主義的矛盾就指在崇禎朝與南明弘光時期，一部分東林黨人堅持道德理想主義，堅守君子小人之別，如劉宗周；而另一部分東林與復社中人則試圖通過政治實用主義實現道德理想主義，如馮元飆、錢謙益、張溥。吳昌時在崇禎的貪婪腐敗，錢謙益在南明弘光時期的依違隱默，都說明政治實用主義的最終失敗；而東林黨政治理想與現實成效的反差（本想改善政治，卻由於激烈的黨爭使政治更加惡化；本想通過結黨使勢力壯大，結果卻在政治上遭到小人與皇帝的打擊；

雖有高度的政治熱情，卻沒有有效的救治措施），又說明道德理想主義也最終無果而終。

在錢謙益的一生中，對快樂適意、個性張揚的追求，對建功立業、成名成家的欲望貫穿始終，這是其人格的核心；而在社會、政治層面上，他的末世情緒、在道德理想與現實利益間的搖擺又是影響其心態與行爲的主要因素。前四章正是以此爲基礎來展開。

通過四章的論述，力圖比較清楚地展示錢謙益內心的矛盾、他與社會的矛盾、明末清初時代的眾多矛盾。錢謙益正是一個經歷了朝代更替巨大變化的代表人物，在他身上體現著亂世中人的悲哀與痛苦，這不僅反映在他的作品中，在他的文學思想中也有鮮明的體現。基於此，我以第五、六兩章對此加以探討。第五章分析其詩文集中所反映的文學思想，說明其重情性與返詩教兩條理論主線的交織；第六章則專門討論他的重要編著——《列朝詩集》與《錢注杜詩》。在這些分析中，我力求揭示其文學思想與其個性、心態、所處時代的聯繫，並探討明清之際文學思想的轉型期特徵與其中所體現的末世情緒，對錢謙益在明末清初文壇的地位進行說明。

第一章　萬曆朝與錢謙益人格的形成

錢謙益複雜的性格中既有傳統文化的積澱，也與明末的社會發展和他的成長歷程有關，因此探討在劇烈變化的萬曆朝社會中錢謙益早年的生活以及人格的形成，有助於我們理解他此後的人生選擇。

第一節　走向衰落的帝國
——錢謙益成長的歷史環境

錢謙益生於萬曆十年（1582 年），而這一年也正是萬曆朝乃至整個明代意味深長的一年。在這一年裏有兩件大事，一是張居正去世，一是皇長子出生。

張居正是明朝很有作爲的政治家，他「慨然以天下爲己任」〔註 1〕，「尊主權、明賞罰、一號令，萬里之外，朝下而夕奉行，如疾雷迅風，無所不披靡。」〔註 2〕他以考成法整頓吏治，提高了官僚機構的效率，「一切不敢飾非，政體爲肅」〔註 3〕；經濟上清丈田糧，推廣一條鞭法，增加了帝國的收入〔註 4〕。因此在張居正主政期間，明王朝欣欣向榮，至萬曆十年六月丙午，「太倉粟可支數年，冏寺積金不下四百餘萬」〔註 5〕。這些成果是與神宗、太后、內璫馮

〔註 1〕《明史》卷二百十三列傳第一百一《張居正傳》，頁 5645。
〔註 2〕王世貞《嘉靖以來首輔傳》卷七《張居正傳》。
〔註 3〕《明史》卷二百十三列傳第一百一《張居正傳》，頁 5645。
〔註 4〕顧炎武在《天下郡國利病書》卷一四「江南」中云：「行一條鞭法，從此役無偏累，人始知有種田之利，而城中富室始肯買田，鄉間貧民始不肯輕棄其田矣。至今田不荒蕪，人不逃竄，錢糧不拖欠。」
〔註 5〕《神宗實錄》卷一二五。

保、以張居正爲首的內閣協同一致分不開的，同時也是張居正個人指揮調控的結果〔註6〕。因此當張居正一死，這種協同與成果很容易化爲烏有。事實也正是如此，萬曆十年六月張居正病逝，他死後不久，萬曆帝就對他進行清算，全家被抄，「江陵長子敬修，爲禮部郎中者，不勝拷掠，自經死。其婦女自趙太夫人而下，始出宅門時，監搜者至揣及褻衣臍腹以下，如金人靖康間搜宮掖事。其嬰稚皆局鑰之，悉見啖於饑犬，太慘毒矣。」〔註7〕並且「詔盡削居正官秩，奪前所賜璽書、四代誥命，以罪狀示天下，謂當剖棺戮屍而姑免之。其弟都指揮居易，子編修嗣修，俱發戍煙瘴地。」〔註8〕萬曆帝如此刻薄寡恩，令人心寒膽顫。所以張居正死後，明朝就再沒有一個通識時變，勇於任事的首輔。明神宗爲什麼要在張居正死後如此對待他，原因很複雜。一個可能是張居正位高權重，果決敢爲，成臣大欺主之勢，而且對神宗管束很嚴，甚至在穿衣、書法等事上也加以管教。「受遺元老，內挾母后以張威，下迎權璫以助焰，要挾聖主，如同嬰孺，積忿許久而後發，其得禍已晚矣。」〔註9〕另一個可能是萬曆帝憤恨張居正在自己面前清正廉潔，實際卻營私受賄。黃仁宇在《萬曆十五年》中便說：「年輕的皇帝感到他對張居正的信任是一種不幸的歷史錯誤。張先生言行不一，他滿口節儉，但事實證明他的私生活極其奢侈。」〔註10〕這也導致萬曆帝在此後猜疑臣下，君臣否隔。

明神宗在張居正死後，獨斷專行，聲稱：「如今用人，那一個不是朕主張」〔註11〕，但自萬曆十四年，圍繞著皇長子的地位又與廷臣發生了尖銳衝突。皇長子於萬曆十年九月丙辰生〔註12〕。萬曆十四年正月皇第三子生，進其母鄭氏爲貴妃。由於鄭氏頗受寵愛，廷臣爲之不安，擔心萬曆帝廢長立幼，二月，輔臣申時行等請冊立東宮。戶科給事中姜應麟、吏部員外沈璟上言：「貴

〔註6〕 《明史》卷二百十三列傳第一百一《張居正傳》云：「居正喜建豎，能以智數馭下，人多樂爲之盡。」（頁5646）張居正往往通過個人書信對官員進行指揮，楊士聰《玉堂薈記》卷下云：「邊功之盛，莫如神廟初年，江陵柄政，一切機宜皆從書箚得之，今江陵集中可考而知也。外而督撫，內而各部，無一刻不痛癢相關，凡奏疏所不能及者，竿牘往來，固非至計。」（頁1575）。

〔註7〕 沈德符《萬曆野獲編》上‧卷八，頁212。

〔註8〕 《明史》卷二百十三列傳第一百一《張居正傳》，頁5652。

〔註9〕 《萬曆野獲編》卷九「江陵震主」條，頁37。

〔註10〕 《萬曆十五年》，頁32。

〔註11〕 《神宗實錄》卷一八四，萬曆十五年三月壬寅。

〔註12〕 《明史》卷二十本紀第二十神宗一，頁268。《明史紀事本末》云：「萬曆十年八月丙申，皇元子生。」（卷六十七第九冊頁110）。

妃雖賢，所生爲次子，而恭妃誕育元子，主鬯承祧，顧反令居下耶，乞收回成命，首進恭妃，次及貴妃。」皇帝爲之震怒，謫降二人，但也不得不表態：「我朝立儲自有成憲，朕豈敢以私意壞公論耶？」此後廷臣屢次請求冊立東宮，以繫宗社，萬曆帝也總以長子幼弱爲辭。萬曆十八年，迫於群臣之請，神宗傳諭：「建儲之禮，當於明年傳立，廷臣無復奏擾，如有復請，直踰十五歲。」這道旨意本就不近情理，既有意冊立，又何必在意群臣奏請，而且群臣之奏也都是爲了江山社稷。但爲了避免給予萬曆帝藉口，萬曆十九年自春及秋群臣曾無言及者。直至當年十月，工部主事張有德請備東宮儀仗，次輔許國乃曰：「小臣尚以建儲請，吾輩不一言，可乎？」倉卒具疏。萬曆帝便以此爲藉口，暫緩冊立。這已經迹近無賴了。萬曆二十一年春，輔臣王錫爵再次請建東宮，萬曆帝轉而主張皇長子、皇三子、皇五子並封爲王，等數年後皇后無出再行冊立。群臣紛紛力爭，此事因而作罷。建儲難爭，群臣轉而爭皇長子之出閣與冠禮。至萬曆二十二年二月，皇長子始出閣講學。萬曆二十九年十月，經廷臣力爭，在多次反覆之後，皇長子始冊立爲太子，同時冊封福王、瑞王、惠王、桂王。事件至此本已平息，但萬曆三十一年十一月，妖書案又起：「有蜚語曰續憂危竑議，凡三百餘言，謂東宮不得已立之，而從官不備，寓日後改易之意。」「其書一夕間自宮門迄於衢巷皆遍。厥明，舉朝失色，莫敢言。」此書不能不讓人們對太子的地位再生疑慮，並引起群臣內訌。此後，群臣又爭福王之國、太子開講。萬曆四十一年六月己丑，又有「錦衣衛百戶王日乾訐奏姦人孔學與皇貴妃宮中內侍姜、龐、劉諸人請妖人王子詔詛咒皇太子，刊木像聖母、皇上，釘其目，又約趙思聖在東宮侍衛，帶刀行刺，語多涉鄭貴妃、福王。」萬曆四十三年五月，「有不知姓名男子持棗木棍撞入慈慶宮，打傷守門內官，直至殿簷下被執。」梃擊之案起，又掀起一場更大的風波。直至萬曆四十八年，神宗去世，太子方在楊漣、左光斗和內侍王安的護持下即位〔註13〕。

　　爭國本自萬曆十四年始，中間糾纏著請立太子、三王並封、請皇長子出閣、請皇長子冠婚、憂危竑議案、續憂危竑議案、梃擊案等，餘波連綿不絕，移宮、紅丸二案及天啓閹禍都與此相關，甚至延及南明，實在是影響巨大而深遠。廷臣爭國本是根據立長不立賢的建儲原則與明朝定例，同時也擔心貴

〔註13〕爭國本參見《明史紀事本末》卷六十七，梃擊案參見《明史紀事本末》卷六十八。

妃惑主、外戚專橫。而當萬曆帝屢次找藉口拖延立儲，就使眾臣更加相信萬曆帝確有廢長立幼之意，並認為是貴妃指使，正如王錫爵所言：「去年之命既改於今年，則為知今年之命不改於他日。夫人情惟無疑則已，疑心一生，則將究及宮闈之隱情，慮及千萬世之流禍。」〔註14〕這種猜疑使得萬曆帝極為惱怒。當然，猜疑並非無端，萬曆帝明顯地冷落皇長子，寵愛鄭貴妃及皇三子，因此他並非沒有冊立皇三子之心，可能他內心也處於自己的愛憎與祖宗成憲的矛盾之中。當朝野洶洶、群情疑懼之時，萬曆帝本應開誠布公地立儲、開閣、冠婚，消除群臣的疑慮，而不應與廷臣對立；而廷臣的勸諫也應該更有策略一些，不應言過其辭，甚至萬般猜測，令皇帝不堪。但事實上，雙方都墮入了惡性循環：臣下爭論時不免言詞激烈，而皇帝剛愎自用、威權自主、藉口百出，於是臣下爭之愈急，皇帝也愈加倔強。朝事由此大壞。

國本案的根本是皇權與封建道德的不統一：臣下固然應忠君，而君是封建統治秩序的象徵，因此皇帝也應遵循封建傳統準則。當臣下認為皇帝違背封建政治原則與祖宗成憲，就應據理力爭，所以忠君的本質是忠於封建倫理與政治體系，皇帝也不能肆行無忌，這就避免皇權的過度膨脹，實現君臣制衡。而在爭國本中君臣均未實現充分的溝通，雙方的意志都非常堅定，皇帝以貶官削籍來發泄，而群臣則以不斷的上疏來抗爭，鬥爭激烈，君臣制衡實際已經轉化為君臣對抗。爭國本的影響極其深遠，一是間接導致萬曆怠政，二是導致君臣否隔。萬曆怠政據樊樹志認為，最主要的原因是神宗「長期以來耽於酒色，以致疾病纏身，使他對於日理萬機，感到力不從心。非不為也，是不能也。所謂怠於臨朝，並非不理朝政的同義語，而且有一個隨著健康狀況逐步惡化而不斷加劇的過程」〔註15〕；而據黃仁宇認為，這是對於朝臣的一種消極對抗：「其動機是出於一種報復的意念，因為他的文官不容許他廢長立幼，以皇三子常洵代替皇長子常洛為太子。這一願望不能實現，遂使他心愛的女人鄭貴妃為之悒鬱寡歡。另外一個原因，則是在張居正事件以後，他明白了別人也和他一樣，一身而具有『陰』、『陽』的兩重性。有『陽』則有『陰』，既有道德倫理，就有私心貪欲。這種『陰』也決非人世間的力量所能加以消滅的。於是，他既不強迫臣僚接受他的主張，也不反對臣僚的意見，

〔註14〕《明史紀事本末》卷六十七，頁115。
〔註15〕樊樹志《萬曆傳》頁365。萬曆是怠於朝政，忙於斂財，所以僅從健康原因考察並不準確。

而是對這一切漠然置之。」〔註16〕不管如何，萬曆怠政的惡果都是非常嚴重的，一方面他對朝廷中的黨爭視而不見，甚至拉一派打一派，企圖利用黨爭轉移臣下的視線，避免臣下一致與他對抗；另一方面他放鬆對朝政的監控，導致官員玩忽職守，不關心民瘼。當時官員缺員嚴重，廷臣屢次請求增補，神宗就是不發布命令，致使政府機構無法正常運轉。君臣否隔一方面表現在皇帝厭惡臣下：大臣們針對國本案與萬曆帝的過失進行無休止的諫諍，令萬曆帝感到厭煩，並懷疑廷臣是在賣直沽名，故而奏疏大部留中不發；另一方面表現為臣下不信任皇帝，如神宗本已答應冊立太子，但又藉故拖延，引起臣子疑慮。臣子們按儒家道德要求對皇帝進行規勸，而神宗卻肆意打擊，令大臣們大為不滿。凡此種種都導致朝政日非，帝國在衰敗的道路上越行越遠。加之萬曆帝貪婪成性，礦監稅使四出，社會激蕩，民窮財盡〔註17〕。即以萬曆三大征而言，看似明王朝最終大獲全勝，但從中恰恰反映明朝的政治、軍事、經濟都潛伏著巨大的憂患。所以後人評價萬曆帝：「因循牽制，晏處深宮，綱紀廢弛，君臣否隔。於是小人好權趨利者馳騖追逐，與名節之士為仇讎，門戶紛然角立，馴至悊、愍，邪黨滋蔓。在廷正類無深識遠慮以折其機牙，而不勝忿激，交相攻訐。以致人主蓄疑，賢奸雜用，潰敗決裂，不可振救。」並深刻地總結說：「明之亡，實於神宗。」〔註18〕

另一方面，萬曆朝由於境外白銀的大量輸入以及政府對商品經濟壓制的

〔註16〕《萬曆十五年》頁79。黃仁宇對萬曆帝頗抱同情之心。筆者以為，這種對於歷史人物內心世界的分析一方面有助於我們理解歷史真相；另一方面由於歷史信息的缺乏，也有許多揣測與想像，應當慎重。由於歷史的複雜性，對於萬曆帝的評價也極為複雜：一方面，作為皇帝，萬曆帝應該明白自己的責任，這種責任與他的權力和重擔是相聯的，豈能擁有權力，為所欲為，而不與群臣同心協力，履行自己的職責？如果說皇帝是人，也有私心，因此允許他不理朝政，那麼是否官員貪污也是可以理解的呢？另一方面，萬曆帝與群臣間的衝突深刻反映了明朝乃至整個封建社會君權與臣權的矛盾，當萬曆帝不能充分行使自己的意志，就企圖以怠政的方式要挾文官集團，而文官集團始終不退讓，雙方的消極制衡往往就意味著行政效率的低下。所以萬曆帝的行為邏輯既應從其個人的心理世界、生活環境來分析，也應從整個政治生態、權力架構來分析。

〔註17〕這裡取的是通說，但是晚明的經濟形勢比較複雜，萬曆帝固然派出許多礦監稅使，以充實內庫，但造成明末民窮財盡的還是畸型的財政制度、愈演愈烈的土地兼併、水利失修與大範圍水旱災害。

〔註18〕《明史》卷二十一本紀第二十一贊，頁294。

削弱，商品經濟畸型繁榮〔註 19〕，加之封建政治與思想控制的減弱，世風競於奢靡。如《萬曆野獲編》記載：「在外士人妻女，相沿襲用袍帶，固天下通弊。若京師則異極矣，至賤如長班，至穢如教坊，其婦外出，莫不首戴珠箍，身被文繡，一切白澤麒麟、飛魚、坐蟒，靡不有之，且乘坐肩輿，揭簾露面，與閣部公卿交錯於康衢，前驅既不呵止，大老亦不詰責，真天地間大災孽。」〔註20〕並說：「友人金赤城太守，家無儋石，貌亦甚寢，每過人室，則十步之外，香氣逆鼻，冰紈霧縠，窮極奢靡。至以中金為薰籠，又為溺器，而作吏頗清白，第負鄉人債數千，不能償耳。」〔註 21〕背負巨債也要窮奢極侈，這就可憐又可笑了。奢靡的風氣正反映了欲望的膨脹與社會的腐化。神宗便非常貪婪，委派礦監稅使，又開皇店，與民爭利，當國家危急，眾臣請發內帑以助軍餉，又吝嗇不與。在朝諸臣亦貪污受賄，錢權交易已成為公開的秘密。上行下效，士大夫黷貨無厭，而「大璫用事者，其貪墨或十倍於縉紳，而江南富僧，蓄貲鉅萬，瓶缽之餘，至僑程、卓。」〔註 22〕積聚錢財之餘，他們瘋狂地荒淫享樂，皇帝尚且沉溺於酒色，張居正也「以餌房中藥過多，毒發於首，冬月遂不禦貂帽」〔註23〕，遑論他人。何良俊便說：「西北士大夫飲酒皆用伎樂，余偶言及之，朱子價曰：『馬西玄丁憂回去，亦與娼家飲酒』」〔註24〕因此當時「娼妓布滿天下，其大都會之地動以千百計，其他窮州僻邑，在在有之。」〔註25〕娼妓而外，京師小唱盛行，「幾如西晉太康」，「其豔而慧者，類為要津所據，斷袖分桃之際，賚以酒貲仕牒，即充功曹，加納候選，突而弁兮，旋拜丞簿而辭所歡矣。」〔註 26〕同時男色「至於習尚成俗，如京師小唱、閩中契弟之外，則得志士人致孌童為廝役，鍾情年少，狎麗豐若友昆，

〔註19〕 對於明末商品經濟的繁榮，有研究者曾名之為資本主義生產關係的萌芽，由於此問題涉及較廣，本書不擬論述，但我認為萬曆朝商業繁興是建立在江南地窄人稠，農業生產力過剩的基礎上，主要也是紡織、冶煉等封建社會傳統手工業的繁榮，雖然商業意識上升，商人群體強大，但社會生產力在根本上並沒有很大提高，因而不具有太多歷史進步性。

〔註20〕《萬曆野獲編》卷五「服色之僭」條，頁 148。

〔註21〕《萬曆野獲編》卷十二「士大夫華整」條，頁 316。

〔註22〕《萬曆野獲編》卷八「宰相黷貨」條，頁 210。

〔註23〕《萬曆野獲編》卷九「貂帽腰輿」條，頁 231。

〔註24〕《四友齋叢說摘抄》之三，《叢書集成初編》第 2810 冊。

〔註25〕謝肇淛《五雜俎》卷八，頁 225，中華書局 1959。

〔註26〕《萬曆野獲編》卷二十四「小唱」條，頁 621。

盛於江南而漸染於中原，至今金陵坊曲有時名者，競以此道博遊媠愛寵，女伴中相誇相謔以爲佳事。」〔註27〕《金瓶梅》中所描繪的官商勾結、追逐金錢、荒淫無恥的社會畫卷正是晚明的眞實寫照，正所謂「人情以放蕩爲快，世風以侈靡相高」〔註28〕。

　　萬曆怠政、朝廷黨爭、經濟繁榮、世風靡爛等又無不對士風有重大影響。「在萬曆皇帝御宇的48年中，特別到了後期，大臣們已經看透了中樞無復具有領導全局的能力，也就不得不以消極敷衍的態度來應付局面。這類態度類似疫氣，很快就在文官中流傳，使忠於職守者缺乏信心，貪污腐敗者更加有機可乘。這種不景氣的趨勢愈演愈烈，使整個王朝走到了崩潰的邊緣。」〔註29〕一方面由於中央政權的向心力減弱，封建正統儒家的思想統治地位下降，許多官員、士子面對衰世卻又無力改變，心情苦悶，只能縱情酒色，逃入佛禪〔註30〕；另一方面，相當一部分士人、官員如東林黨爲了力挽狂瀾，在思想上努力強化封建道德以挽回頹風，在政治上要求整飭吏治，懲辦貪污。「他們的理想是，精神上的領導力量可以在皇帝的寶座之外建樹。他們從小熟讀《四書》和朱熹的注釋，確認一個有教養的君子決無消極退讓和放棄職責的可能，需要的是自強不息的奮鬥。」〔註31〕

　　萬曆時期，泰州學派將王陽明、王艮的思想進一步發揮，如何心隱肯定人欲，認爲人欲出於人的天性：「性而味，性而色，性而聲，性而安逸，性也。乘乎其欲也，而命則爲之御焉。」〔註32〕李贄則鮮明地提出了童心說，並指出：「夫私者，人之心也。人必有私，而後其心乃見，若無私，則無心矣。」〔註33〕這無疑是對封建傳統思想的挑戰。李贄這些離經叛道的言論對當時士人的影響很大，如袁宏道在拜會李贄後，「始知一向掇拾陳言，株守俗見，死於古人語下，一段精光不得披露。至是浩浩焉如鴻毛之遇順風，巨魚之縱大

〔註27〕《萬曆野獲編》卷二十四「男色之靡」條，頁622。

〔註28〕張瀚《松窗夢語》卷七，頁139，中華書局1985。

〔註29〕《萬曆十五年》，頁82。

〔註30〕需要指出的是世風靡爛與文人的放蕩自正統年間便逐漸發展，只不過在晚明得到了充分的展現。《萬曆野獲編》中云：「國朝士風之敝，浸淫於正統，而靡潰於成化。……至憲宗朝萬安居外，萬妃居內，士習遂大壞。」（卷二十一「士人無賴」條，頁541）。

〔註31〕《萬曆十五年》，頁82。

〔註32〕《何心隱集》卷二，頁40，中華書局1960。

〔註33〕《藏書》卷三二《德業儒臣後論》。

塈；能爲心師，不師於心；能轉古人，不爲古轉。發爲語言，一一從胸襟流出，蓋天蓋地，如象截急流，雷開蟄戶，浸浸乎其未有涯也。」〔註34〕袁宏道自己也發表過許多非正統觀念，他曾說：「夫聞道而無益於死，則又不若不聞道者之直捷也。何也？死而等爲灰塵，何若貪榮競利，作世間酒色場中大快活人乎？」〔註35〕並赤裸裸地闡述了他的人生追求：「眞樂有五，不可不知：目極世間之色，耳極世間之聲，身極世間之鮮，口極世間之譚，一快活也。堂前列鼎，堂後度曲；賓客滿席，男女交舄，燭氣薰天，珠翠委地，金錢不足，繼以田土；二快活也。篋中藏萬卷書，書皆珍異。宅畔置一館，館中約眞正同心友十餘人，人中立一識見極高，如司馬遷、羅貫中、關漢卿者爲主，分曹部署，各成一書，遠文唐、宋酸儒之陋，近完一代未竟之篇，三快活也。千金買一舟，舟中置鼓吹一部，妓妾數人，遊閒數人，泛家浮宅，不知老之將至，四快活也。然人生受用至此，不及十年，家資田地蕩盡矣。然後一身狼狽，朝不謀夕，托鉢歌妓之院，分餐孤老之盤，往來鄉親，恬不知恥，五快活也。士有此一者，生可無愧，死可不朽矣。若只幽閒無事，挨排度日，此最世間不要緊人，不可爲訓。」〔註36〕他的這些人生追求其實就是極度享樂，而不顧忌社會道德，這與傳統士人循規蹈矩，「如臨深淵，如履薄冰」的人生態度迥然不同。而且他的追求既沒有傳統立德、立功、立言的目標，也沒有出將入相、治國平天下的內容，這是因爲在那個時代，士人在政治上沒有前途，在定國安邦上看不到希望。所以他們放蕩行爲的內在是一種刻骨銘心的悲哀。他們的狂放既是爲了發泄內心的苦悶，也是爲了求名，因爲他們不能以抱負、事功獲得聲望，便只能以奇裝異服、奇談怪論、怪誕行止來吸引人們的注意，博得奇人的名聲。如著名詩人張獻翼常「身披采繪荷菊之衣，首戴緋巾，每出則兒童聚觀以爲樂。」〔註37〕他並「與所厚善者張生孝資，相與點檢故籍，刺取古人越禮任誕之事，排日分類，仿而行之。或紫衣挾伎，或徒跣行乞，邀遊於通邑大都。」〔註38〕這種行爲十分做作，已近於向禮法挑戰了。功業上無路可走，士人便將全部的金錢、精力與聰明才智都用於酒

〔註34〕 袁中道《中郎先生行狀》，見《袁宏道集箋校·附錄二》，頁1650，上海古籍出版社1981。
〔註35〕 《袁宏道集箋校》卷四一《爲寒灰書冊寄鄖陽陳玄朗》，頁1225。
〔註36〕 《袁宏道集箋校》卷五《致冀惟長先生書》，頁205。
〔註37〕 《萬曆野獲編》卷二十三「張幼予」條，頁582。
〔註38〕 《列朝詩集小傳》丁集上《張太學獻翼》，頁453，上海古籍出版社1983。

色享樂。如何良俊「晚畜聲伎，躬自度曲，分刌合度。秣陵金閶，都會佳麗，文酒過從，絲竹競奮，人謂江左風流，復見於今日也。」〔註39〕而唐獻可「讀書任俠，畜聲伎，鑒別古書畫器物，家畜女伎，極園亭歌舞之勝。風流好事，甲於江左。」〔註40〕他們還廣開文酒聲伎之會，「萬曆甲辰中秋，開大社於金陵，胥會海內名士，張幼于輩分賦授簡百二十人，秦淮伎女馬湘蘭以下四十餘人，咸相爲緝文墨、理絃歌，修容拂拭，以須宴集，若舉子之望走鎖院焉。」〔註41〕

但在浮靡士風之中，也有一批士人傑然挺出，這就是晚明政治中的重要力量——東林黨〔註42〕。東林的思想基礎是程朱理學，故他們堅持性善論，反對王陽明性無善無惡論〔註43〕，如高攀龍說：「善即生生之易也，有善而後有性，學者不明善，故不知性也。」〔註44〕因此他們承認封建道德的根本地位，顧憲成便說：「道者，綱常倫理是也。所謂天敍有典，天秩有禮，根乎人心之自然，而不容或已者也。」他批評「何心隱輩，坐在利欲膠漆盆中，所以能鼓動人者，緣他一種聰明，亦自有不可到處。」〔註45〕所以與王學左派將欲引入性的內涵的發展道路不同，東林黨否定了利欲觀念。顧憲成並評論王學云：「見以爲心之本體，原是無善無惡也，合下便成

〔註39〕　《列朝詩集小傳》丁集上《何孔目良俊》，頁450。
〔註40〕　《列朝詩集小傳》丁集上《唐公子獻可》，頁472。
〔註41〕　《列朝詩集小傳》丁集上《齊王孫承綵》，頁471。
〔註42〕　黃宗羲説：「東林講學者，不過數人耳，其爲講院，亦不過一郡之內耳。昔緒山、二溪，鼓動流俗，江、浙南畿，所在設教，可謂之標榜矣。東林無是也。京師首善之會，主之爲南臯、少墟，於東林無與。」因而認爲：「然則東林豈眞有名目哉？亦小人者加之名目而已矣。」（《明儒學案》卷五十八東林學案一，頁1375）若認爲東林黨必與東林書院有關，則黃宗羲所言爲是；但東林黨得名之由來，主要是政敵攻擊顧憲成等，並及與之政見相同、聲氣相通者。綜觀東林黨的構成，其核心是參與東林書院與首善書院的顧憲成、高攀龍、鄒元標、馮從吾、顧允成等，圍繞在他們周圍的是他們的交遊好友、同鄉故舊、政見相同者，再外一個圈子是慕名者與投機者。所以東林黨作爲一個鬆散的政治群體是存在的，他們的內在聯繫僅僅是有相同的政治立場與抱負。黃宗羲不承認有東林黨這個名目，與傳統君子不黨的觀念有關。本書此處指萬曆朝東林黨的核心人物。
〔註43〕　應該指出的是顧憲成等也受了王學影響，他們並不想徹底否定王學，只是想以朱學調和王學，糾正王學末流之弊。
〔註44〕　《明儒學案》卷五十八東林學案一，頁1415。
〔註45〕　《明儒學案》卷五十八東林學案一，頁1386。

一個空。見以為無善無惡，只是心之不著於有也，究竟且成一個混。空則一切解脫，無復掛礙，高明者入而悅之，於是將有如所云：以仁義為桎梏，以禮法為土苴，以日用為緣塵，以操持為把捉，以隨事省察為逐境，以訟悔遷改為輪迴，以下學上達為落階級，以砥節礪行，獨立不懼，為意氣用事矣。混則一切含糊，無復揀擇，圓融者便而趨之，於是將有如所云：以任情為率性，以隨俗襲非為中庸，以闇然媚世為萬物一體，以枉尋直尺為捨其身濟天下，以委曲遷就為無可無不可，以猖狂無忌為不好名，以臨難苟安為聖人無死地，以頑鈍無恥為不動心者矣。」〔註46〕應該說，王陽明心學本不違背儒家道德原則，但其末流漸開重自我、縱情慾之路，顧憲成反對無善無惡也只是擔心陽明學導致世道人心愈趨愈下，而他所云也正揭露當時士習弊端。因此東林黨宗法孔門正學，力振士風，生活態度與其他士人有較大差別：他們戒慎恐懼，嚴格依照儒家倫理道德標準為人處事，如顧憲成說：「語本體，只是性善二字；語工夫，只是小心二字」〔註47〕，並名其齋曰「小心齋」。高攀龍亦云：「此心神明，難犯手勢，惟整齊嚴肅，有妙存焉，未嘗不惺惺，未嘗不收斂，內外卓然，絕不犯手也。」「人心放他自由不得。」〔註48〕在政治上，他們也與大多數士人悲觀失望、不問政事不同，他們堅持自己的政治信念，關心朝政，東林書院中便掛著「風聲、雨聲、讀書聲，聲聲入耳；家事、國事、天下事，事事關心」的對聯。顧憲成說自己「生平有二癖，一是好善癖，一是憂世癖」〔註49〕，鄒元標也說：「弟癡儒，一心以報國為事。為世齟齬，此自有任其責者，與己何傷。」〔註50〕他們懷抱著理想至上主義，「重價值而輕利益，傾向於用理想理性支配實用理性，有時為了理想而顯得不識時務，甚而放棄自己的根本利益。」〔註51〕在晚明的政治鬥爭中，東林正是在單純的政治理想與儒家精神的感召下，不畏貶官削籍，不畏廷杖詔獄，不畏嚴刑死亡，諫國本，爭科場，懲貪官，真可謂「一堂師友，冷風熱血，洗滌乾坤」〔註52〕。

〔註46〕 《明儒學案》卷五十八東林學案一，頁1391。
〔註47〕 《明儒學案》卷五十八東林學案一，頁1391。
〔註48〕 《明儒學案》卷五十八東林學案一，頁1404。
〔註49〕 《顧端文公年譜‧萬曆三十八年》。
〔註50〕 《願學集‧答續石中丞》。
〔註51〕 葛荃《立命與忠誠》，頁71。
〔註52〕 《明儒學案》卷五十八東林學案一，頁1375，黃宗羲語。

第二節　少年錢謙益

　　自萬曆十年始，明王朝已經踏上滅亡的道路，一去不回頭了。錢謙益正出生在這意味深長的一年，而他的成長也正伴隨著明朝最巨大的變化，錯綜複雜的社會政治形勢與世風、士風對他思想、人格的形成都具有深刻影響與重要意義。

　　錢謙益生於蘇州府常熟縣，其父錢世揚是個屢試不第的諸生，他對錢謙益的影響主要有以下三個方面：一、他對錢謙益寄予厚望，早年便勉勵錢謙益搏取功名，說：「汝無忘我所欲報母者矣」〔註53〕，臨終遺訓更勸勉錢謙益云：「必報國恩，以三不朽自勵，無以三不幸自狃」〔註54〕，錢謙益正是在父親的鞭策下努力科舉，希望建功立業，垂名後世，爲宗族爭光；二、錢世揚「世授胡氏《春秋》，收拾旁魄，搜逖疑互」，「學者咸師尊之」〔註55〕，「爲古文辭博洽雄健」，被王元美、邢子願贊爲「良史才」，「晚讀二十一史，鈎摘其奇聞異事，撰《古史談苑》三十四卷，大指在原本忠孝，聳善抑惡」〔註56〕，這無疑對錢謙益的學術、文學、史學都有影響；三、錢世揚「性豪放，被酒跌蕩，歡呼叫呶」，「性易直坦率，不爲盤辟雅拜，洞朗軒闢，不施戟級，谿然偉人也。稱心而言，薄喉而語，多可少怪，不耐曲折，送往事居，不侵然諾，畫然矢金泐石，生死不與易也」，「天資仁恕，纖兒窮子與通酒食，共笑噱，盡歡乃止。遇豪右勢要不可於意，責數其過失，雖煩赤喘汗弗顧。」〔註57〕並且他「志節激昂，好談古忠節奇偉事，每稱述楊忠愍、海忠介諸公，嚼齒奮臂，欲出其間」〔註58〕。錢世揚豪縱的性格、張揚的個性和對時事的關注、對功業的追求都對錢謙益有很大影響，錢謙益的爲人行事很多正與乃父相似。

　　錢謙益在成長中，還與當時政治、文學等領域的重要人物有密切交往，並受到他們的深刻影響。

　　在政治上，錢世揚「結交老成，其取友爲無錫顧端文憲成、松陵張尚友、同里瞿汝稷、陳禹謨、季喬新，讀書尚志，師友千古。」錢謙益並說：「端文

〔註53〕《牧齋晚年家乘文》族譜後錄上篇。
〔註54〕《初學集》卷七十四《請誥命事略》，頁1635。
〔註55〕《初學集》卷七十四《請誥命事略》，頁1635。
〔註56〕《牧齋晚年家乘文》族譜後錄上篇。
〔註57〕《牧齋晚年家乘文》族譜後錄上篇。
〔註58〕《初學集》卷七十四《請誥命事略》，頁1635。

於文奇偉絕俗，先君能追風躡影，與之馳騁下上」〔註59〕，而顧憲成正是東林
書院的創始人與東林黨的核心人物。錢謙益由於父親與顧憲成的交情，十五歲
時〔註60〕就拜會了他，說：「公初以吏部郎里居，余幼從先夫子省謁，凝塵蔽
席，藥囊書籤，錯互几案，秀羸善病人也。已而侍公於講席，裒衣緩帶，息深
而視下，醇然有道者也。及其抗論天下大事，風行水決，英氣勃發，不可遏抑
如此。」〔註61〕此後他時常拜會顧憲成，說：「余兒時從先君造門，光祿呼爲
小友，拜夫人堂下。自時厥後，過涇里必起居夫人，二十餘年矣。……光祿闢
講堂於東林，蘭蕕消長，朋徒雲集。又數年，黨議漸起，以謂裁量執政，品核
公卿，有甘陵、汝南之譏。涇里咫尺之地，風濤相隉。余以間過之，捧手屏足，
猶恐餘波及人，洶洶如也」〔註62〕。錢謙益受知於顧憲成〔註63〕，同時還與東
林黨重要人物王圖有深厚的師徒情誼。錢世揚應試歸來就曾告訴錢謙益：王圖
「得汝行卷遍告南中諸公，以爲半千間出」〔註64〕。萬曆三十八年，錢謙益參
加庚戌會試並高中，王圖正是座師。錢謙益對王圖甚爲尊重，推戴他云：「當
神廟中葉，頎然負公輔之望。海內正人君子，仰爲斗杓；而憸邪小人，視爲質
的。要所謂芒寒色正，望而敬之者則一耳。」〔註65〕當年主考官中的葉向高、
孫承宗、曹于汴也都是東林黨人，因爲同是錢謙益的座主，所以錢謙益也恭敬
地稱他們爲師，並有密切交往。他曾爲葉向高寫了《送福清公八首》、《壽福清
公六十序》、《賀福清公啓》〔註66〕等；在爲曹于汴寫的《神道碑》中則云：「萬
曆庚戌，公與高陽孫公，分試南宮，謙益實出其門。自是廁名部牒，實與公相
終始。」〔註67〕而他與孫承宗的關係尤爲親密，他讚賞孫承宗「負豪傑俶儻之

〔註59〕《牧齋晚年家乘文》族譜後錄上篇。
〔註60〕《初學集》卷六十一《顧端文公淑人朱氏墓誌銘》云：「余年十五，從先夫子
　　　　以見於端文，端文命二子與淳、與沐與之遊。」（頁1457）此即萬曆二十四年。
〔註61〕《初學集》卷三十《顧端文公文集序》，頁901。
〔註62〕《初學集》卷三十八《顧母王夫人壽序》，頁1047。
〔註63〕《柳南續筆》記載錢謙益與顧憲成的交往云：「某宗伯（錢謙益）少時，修文
　　　　執禮於顧涇陽先生，先生亦愛其博雅。一日正色謂宗伯曰：『子多讀異書，然
　　　　老夫有一書，子未讀，何也？』宗伯悚然問何書，先生出袖中《小學》一卷，
　　　　示之曰：『子歸，但讀『公明宣學於曾子』一章，則立身、學術大要盡此矣。』」
　　　　（《柳南續筆》卷一「袖中小學」條，頁142）。
〔註64〕《牧齋晚年家乘文》族譜後錄上篇。
〔註65〕《初學集》卷三十《耀州王文肅公文集序》，頁900。
〔註66〕見《初學集》卷一、卷三十六、卷七十九。
〔註67〕《初學集》卷六十二《左都御史曹公神道碑》，頁1476。

概，而澹泊如腐儒，介特如處女，勾稽文簿，出納如水」，「不屑因依部黨，相倚爲名高，立朝抗議，每引義相駁正，遭逢末流，時危運否，不惜與之同禍」〔註68〕。孫承宗殉國後，錢謙益極爲悲痛，設位於寢門之內，制喪服哭之，寫了《祭高陽公文》、《再祭高陽公文》，並爲他寫了洋洋四萬餘字的行狀。顯然，錢謙益參與東林黨，一方面是與東林人物聲氣相投，另一方面也是因爲相互間有種種密切的聯繫。東林黨人在當時的政壇上非常活躍，他們激昂慷慨，以澄清宇內爲己任，力圖整飭吏治，刷新政治，改善人民生存境況。錢謙益本就對政治非常關注，又受東林黨人的薰染，如王圖「延見門人故吏，娓娓論天下事，分日移晷，語不及私，所謂生不交利，死不屬其子者也」〔註69〕，因而在政治觀點等方面與東林黨保持一致。

在學術上，錢謙益雖然「少游於梁溪（顧憲成）」，但喜愛讀管志道的書，「私淑者數年」，並於「丁未之秋，執弟子禮，侍君於吳郡之竹堂寺。」〔註70〕他對管志道非常尊崇，說：「公老且衰矣，晨夕訓迪不少倦。間嘗涉公之書，而驚其才辯，以爲如河漢、如鬼神。驟而即之，有道貌，無德機，渾然赤子也。聞公之風，而欽其風節，以爲如高山、如烈日。徐而挹之，有掖引，無迎距，盎然元氣也。退而語門弟子：『公眞古之博大眞人者歟！吾見天下賢人君子有矣，見眞人則自公始。』」〔註71〕因此管志道的思想、人品、學術都對他有典範意義。管志道是王陽明心學泰州學派中人，師承耿定向，「著書數十萬言，大抵鳩合儒釋，浩汗而不可方物。」〔註72〕錢謙益稱頌師說云：「以儒治儒，以釋治釋，以老治老，與其相參，而不與其相濫，此憲章之所在也。教理不得不圓，教體不得不方。見欲圓，即以仲尼之圓，圓宋儒之方，而使儒不礙釋，釋不礙儒，極而至於事事無礙，以通並育並行之轍；矩欲方，亦以仲尼之方，方近儒之圓，而使儒不濫釋，釋不濫儒，推而及於法法不濫，以持不害不悖之衡。」〔註73〕儒釋合流是晚明思想界的潮流，儒家方面以王陽明的心學爲代表，佛家方面以四大高僧爲代表。錢謙益受佛學影響頗深，所以他接受管志道的思想是很自然的。

〔註68〕《初學集》卷四十七《孫公行狀》，頁1197，頁1232。
〔註69〕《初學集》卷四十八《王公行狀》，頁1243。
〔註70〕《初學集》卷四十九《管公行狀》，頁1265。
〔註71〕《初學集》卷四十九《管公行狀》，頁1265。
〔註72〕《明儒學案》卷三十二泰州學案一，頁708。
〔註73〕《初學集》卷四十九《管公行狀》，頁1259。

在佛學上，錢謙益家中頗有崇佛者，如祖母卞氏「中年歸心佛乘，講解檀經諸書能了其義」，並曾命其父修繕破山古寺，叔祖錢順化「修寺塑像，供佛飯僧，營齋刻經，施生掩骼」，諸方稱之為「肉身菩薩」〔註74〕。受家庭影響，錢謙益少年時便師從雪浪洪恩，在《華山雪浪大師塔銘》中云：「余自毀齒，即獲侍瓶錫」〔註75〕，並說：「余少習雪浪師，見其御鮮衣，食美食，譚詩顧曲，徙倚竟日，竊疑其失衲子本色。丁未科，訪師於望亭，結茅飯僧，補衣脫粟，蕭閒枯淡，了非舊觀。居無何而示寂去矣。師臨行，弟子環繞念佛，師忽張目曰：『我不是這個家數，無煩爾爾。』」〔註76〕不僅如此，萬曆四十五年丁巳夏，高僧憨山德清東遊泊虞山三峰寺，錢謙益頗受記莂，憨山曰：「我東遊得錢某，刹竿不憂倒卻矣。」〔註77〕錢謙益記述云：「大師東遊泊三峰，然燈說戒。漢月師請坐堂上，勘辯學人。余與漢師左右侍立。」〔註78〕可見錢謙益的佛學修養頗受賞識。

在讀書、求師、尚友的成長過程中，錢謙益複雜的性格與思想開始形成。

在行為上，錢謙益倜儻瀟灑，同時又極為自負，充滿少年豪情與書生意氣。十五歲作《留侯論》，「盛談其神奇靈怪，文詞俶儻，頗為長老所稱許」〔註79〕。他自稱：「少壯為諸生時，流觀經史，每及椒舉之班荊，繞朝之贈策，荊、高燕市之飲泣，孫、劉狠石之坐語，越石扶風之歌，步兵廣武之歎，輒為引觴擊節，曳袖起舞。」〔註80〕他仰慕古之雄傑壯士，並思與之相角，任情縱性，放蕩不羈，自稱「余少伉浪，不可人意」，「多狎侮人，善嫚罵」〔註81〕，「蓬垢跳浪」〔註82〕。

錢謙益這種要求個性解放，擺脫禮法束縛，我行我素的性格既與寬鬆的家庭環境、父親豪放不羈的性格有關，同時也與師友中頗多個性放達，不拘禮法之人有關。如他的佛學老師雪浪洪恩便「性佻達，不拘細行。友人輩挈之遊狎邪，初不峻拒，或曲宴觀劇，亦欣然往就。時有寇四兒名文華者，負

〔註74〕《牧齋晚年家乘文》族譜後錄上篇。

〔註75〕《初學集》卷六十九，頁1573。

〔註76〕《初學集》卷八十六，頁1800。

〔註77〕金鶴沖《錢牧齋先生年譜》。

〔註78〕《有學集》卷三十六《憨山大師曹溪肉身塔院碑》，頁1255。

〔註79〕《有學集》卷四十七《自跋留侯論後》，頁1547。

〔註80〕《有學集》卷十九《咸子詩序》，頁805。

〔註81〕《初學集》卷五十七《陳則興墓誌銘》，頁1414。

〔註82〕《有學集》卷三十一《陸孟鳧墓誌銘》。

坊曲盛名，每具伊蒲之饌，邀之屏閣，或時一赴。」「雪浪有侍者數人，皆韶年麗質，被服紈綺，即祖衣亦必紅紫，幾同煙粉之飾。」〔註83〕錢謙益還與公安袁中道交好，袁中道自稱：「弟比來不喜飲酒，每飲至十餘杯，即半滴不入口，入口便覺不快，亦非有意要禁之也。惟一見妖冶龍陽，猶不能無動。然以病軀，不能不爲性命自制。」〔註84〕可見他好酒好男色，也是性情中人。袁中道曾寫信給錢謙益：「比來應世，亦覺直腸健骨，大有幾分不合時宜，果有同受之所云者，則我兩人豈獨同心乎，且同病矣。」〔註85〕可見兩人不僅同心，而且同是梗直倔強之人。錢謙益另有好友尹孔昭「里居過從促數，解衣脫帽，臥瓶覆杯，語無町崖，雜以諧劇」〔註86〕，詼諧不羈。

　　當然，所有這一切無疑都是受晚明個性解放思潮的影響。在王學盛行的背景下，錢謙益高度評價王陽明、羅近溪：「至於陽明、近溪，曠世而作，剖性命之微言，發儒先之秘密，如泉之湧地，如風之襲物，開遮縱奪，無施不可。人至是而始信儒者之所藏，固如是其富有日新，迨兩公而始啓其扃鐍，數其珍寶耳。」〔註87〕由陽明的四句教而下，錢謙益推尊自己的老師管志道：「公之論學，貫穿千古，未嘗不以姚江四語爲宗。」「淵乎微乎！其思深，其慮遠，其猶作《易》者之有憂患乎？公雖不居師道，而其言可以爲百世師也，又何疑乎？」〔註88〕又由羅汝芳「聖賢之學，本之赤子之心以爲根源，又征諸庶人之心，以爲日用」〔註89〕而下，對提出「童心說」的晚明傑出思想家李贄推崇備至，自稱：「余少喜龍湖李禿翁書，以爲樂可以歌，悲可以泣，勸可以哭，怒可以罵，非莊非老，不儒不禪，每爲撫几擊節，盱衡扼腕，思置其人於師友之間。」〔註90〕並說：「余少讀李卓吾之書，意其所與遊者，必皆聰明辨博、恢奇卓詭之士。」〔註91〕顯然，李贄吸引錢謙益的首先是他的直率性情與聰明恢奇，這正是錢謙益早年的性格特點。當然，從錢謙益所云「吾

〔註83〕《萬曆野獲編》卷二十七「雪浪被逐」條，頁692。
〔註84〕《珂雪齋集》卷二十五《與錢受之》，頁1102。
〔註85〕《珂雪齋集》卷二十五《與錢受之》，頁1102。
〔註86〕《有學集》卷三十一《尹孔昭墓誌銘》，頁1126。
〔註87〕《初學集》卷二十八《陽明近溪語要序》，頁863。
〔註88〕《初學集》卷四十九《管公行狀》，頁1265。
〔註89〕《明儒學案》卷三十四泰州學案三，頁771。
〔註90〕《有學集》卷二十一《松影和尚報恩詩鈔序》，頁884。
〔註91〕《初學集》卷三十一《陶不退閻園集序》，頁917。

輩一涉世故，少知學問，枝葉煩紆，不能遂其本懷。禿翁老而好學，涉世日深，素心遠性，未嘗少改，斯其所以異也」〔註92〕來看，李贄對於當時思想界的批判及批判精神對錢謙益也有影響。錢謙益曾攻擊當時「爲善而不歸於見性，將一切揣合名行，摹仿聖賢，以似溷眞，以眞藪僞，俗學起而本性隱矣。」這種激烈反對「爲善者日趨於僞，且借言性惡者以攻端」〔註93〕的態度已經非常接近李贄的觀點了，這正與他稱道李贄「所著書，於上下數千年之間，別出手眼，而其掊擊道學，抉摘情僞，與耿天台往復書，累累萬言，胥天下之爲僞學者，莫不膽張心動」〔註94〕是一致的。雖然錢謙益的思想不像李贄那樣激進，但他反對僞學的精神貫穿於他的學術思想之中〔註95〕。

同時，錢謙益的人性論具有明顯的王學色彩，他認爲：「性不可以言也；言性者如以勺取水，以指得月，必破其所執而後可。無執，則隨言皆性。言性固性也，結而爲習，動而爲情，作用則爲才，種種皆性也。有執，則隨言皆執。」並說：「大抵聖賢之悟性必徹於無，而證性必根於有。必可悟，不可言。言者，爲未悟者指迷也，非爲已悟者標悟也。」這中間有很濃重的禪學氣味。他說：「性，太極也。太極渾無善惡，是爲至善。動生陽，靜生陰，則善惡之幾伏焉。善與惡偶，均不可執爲性，猶陽與陰偶，均不可執爲太極也。」〔註96〕這種性即至善，善、惡均非性的認識正是王學與程朱之學的區別。徹於無以悟性，根於有以證性，也是王學的認識方法。他又說：「天下有見性之善，善即性也；有執性之善，執即非性也。」見性之善，即先天之性；執性之善，則有心爲善，非至善了。王陽明曾告訴學生說：「心體上著不得一念留滯，就如眼著不得些子塵沙。些子能得幾多？滿眼便昏天黑地了。」又說：「這一念不但是私念，便好的念頭，亦著不得些子。如眼中放些金玉屑，眼亦開不得了。」〔註97〕如果執著於善念，反是人之私意小智，所以心體就應無有作好，無有作惡，去除執著，流而不滯。但錢謙益也承認應當「於有善中求

〔註92〕《有學集》卷二十一《松影和尚報恩詩鈔序》，頁884。
〔註93〕《初學集》卷八十九策·第二問，頁1851。
〔註94〕《列朝詩集小傳》閏集《卓吾先生李贄》，頁705。
〔註95〕當然，錢謙益對於李卓吾的學術還是頗有微詞的，他在《初學集》卷四十三《頤志堂記》中說：「俗學之敝，莫甚於今日，須溪之點定，卓吾之刪割，使人倚耳剝目，不見古書之大全，三十年於此矣。」（頁1116）。
〔註96〕《初學集》卷八十九《策·第二問》，頁1850。
〔註97〕《王陽明全集》卷三，頁124。

善，於有惡中去惡」，「無善可爲而善始純，無惡可去而惡始盡」。因此他又反對「藉口於無善無不善，謂聖狂仁暴，總在性中，以破善不善之隄防，而混性之物則」，認爲這是「小人之無忌憚而已」〔註98〕。顯然，錢謙益繼承了管志道「因乎其時」的論學方法與「繩狂」、「砭僞」〔註99〕的思想路線，而與王學左派的觀點有很大不同。

　　儘管錢謙益重視自我，張揚個性，受晚明思想解放思潮的影響很大，但他狂傲的性格與行爲與晚明部分士人政治受挫、抱負無望之後的頹廢無聊、寄情聲色不同，而是一種以天下爲己任的豪情和挽狂瀾於既倒的自負。他也並不抱有李贄所具有的聖人情結，相反，他從小就對政治感興趣，自言：「余五六歲，看演《鳴鳳記》，見孫立庭袍笏登場」〔註100〕，遂終生不忘。而他的努力目標就是實現王霸之業，自稱：「余少跰跰自喜，好越禮以驚衆。緝夫故淳謹，及與余遊，則亦蓬跣跳踉類余，里閈間相與訾警之弗顧。吾伊稍閒，輒與緝夫譚霸王之大略，評詩文之得失，放言極論，不爲町崖。」〔註101〕所以他不甘心於傳統儒者之循規蹈矩，而讚賞才氣縱橫、不拘格套的風格，具有強烈的政治熱情與功業欲望。因此他很欣賞張居正，稱頌說：「皇上御極初，亦嘗以優崇召對，倚毗重臣，而其人亦能以強力把持天下。蓋六事疏中所稱省議論重詔令者，一時綱舉目張，班班可考。」〔註102〕這也正是東林黨對張居正功業的評價，如梅之煥說：「使今日能有綜名實、振紀綱如江陵者，澆訕之徒敢若此耶？」〔註103〕

　　因此在政治思想上，錢謙益又與東林的思想一致。錢謙益說：「士之積威望以動主者，士氣也。皇上以一官羈紲天下士，去不成去，留不成留，置之如積薪，而玩之如股掌。士又不自振拔，口稱掛冠，身難脫屣，如小兒之嗜飴，啼哭不自勝，則人得而侮弄之矣。此士之積輕一也。士之積悃誠以悟主者，士論也。上惡立名，而下喜於借名；上惡樹黨，而下惡不立黨。口腹之間，有蜜

〔註98〕《初學集》卷八十九策・第二問，頁1851。
〔註99〕錢謙益說：「姚江以後，泰州之學方熾，則公（管志道）之意專重於繩狂。泰州以後，姚江之學漸衰，則公之意又專重於砭僞。」（《初學集》卷四十九《管公行狀》，頁1265）。
〔註100〕《有學集》卷十三《病榻消寒雜詠》自注。
〔註101〕《初學集》卷五十五《李緝夫墓誌銘》，頁1379。
〔註102〕《初學集》卷八十八制科一。
〔註103〕《明史》卷二百四十八《梅之煥傳》。

有劍。筆舌之上，一矛一盾。即有披鱗請劍之士，主上亦以規瑱置之矣。此士之積輕二也。士之積清白以格主者，士節也。一捷徑而爭爲營，一利孔而互爲市。不救積澤之火，而能取麗水之金，不辨一車之豕，而能制兩敝之虎。愈巧愈陰，愈亢愈靡。此士之積輕三也。」〔註 104〕這種對於當時士習的批評是很有見地的，且與趙南星對士人的批判相應：「今之士人以官爵爲性命，以鑽刺爲風俗，以賄賂爲交際，以囑託爲當然，以徇情爲盛德，以請教爲謙厚。」〔註 105〕針對此，錢謙益提出：「吾願今之士大夫，反是三者，而圖所以積重。決去就而尊國體，息競爭以定國是，澹營求以養國幹」〔註 106〕，即要求士人一反積弊，以儒家道德自律，勇退、同心、無私，而這也正是東林黨的道德主張。顧憲成便認爲「論學與世爲體」，說：「官輦轂，念頭不在君父之上；官封疆，念頭不在百姓之上；至於山間林下，三三兩兩，相與講求性命，切磨德業，念頭不在世道上，即有他美，君子不齒也。」〔註 107〕這種學術上經世致用的主張與政治上忠君愛民的思想正是錢謙益所力圖實踐的，所以他提出「講求實學，由經術以達於世務」〔註 108〕的口號，認爲「經學與國政，咸出於一，而天下大治。及其衰也，人異學，國異政。公卿大夫，競出其聰明才智以變亂舊章。」〔註 109〕所以他的學術是爲政治服務的。但同是返經，錢謙益與東林學派要求返回程朱理學不同，他激烈反對道學，認爲：「宋之學者，自謂得不傳之學於遺經，掃除章句，而胥歸之於身心性命。近代儒者，遂以講道爲能事，其言學愈精，其言知性知天愈眇，而窮究其指歸，則或未必如章句之學，有表可循，而有坊可止也。」〔註 110〕因此他提出：「古之學者，九經以爲經，注疏以爲緯，專門名家，各仞師說，必求其淹通服習而後已焉。經術既熟，然後從事於子史典志之學，泛覽博采，皆還而中其章程，矚其繩墨。於是儒者之道大備，而後胥出而爲名卿材大夫，以傚國家之用。」〔註 111〕這種開闊心志，廣收博覽，不拘於程朱四書的學術方法正是錢謙益自己所身體力行的。

〔註 104〕《初學集》卷八十九《策‧第五問》，頁 1856。
〔註 105〕《趙忠毅公文集‧蒙恩再出力挽干進疏》。
〔註 106〕《初學集》卷八十九《策‧第五問》，頁 1856。
〔註 107〕《小心齋札記》卷一一。
〔註 108〕《初學集》卷四十三《常熟縣教諭武進白君遺愛記》，頁 1120。
〔註 109〕《初學集》卷二十九《春秋匡解序》，頁 877。
〔註 110〕《初學集》卷二十八《新刻十三經注疏序》，頁 851。
〔註 111〕《初學集》卷二十八《蘇州府重修學志序》，頁 853。

由上可知，錢謙益的性格與思想非常複雜〔註112〕。大體上，他繼承管志道「本儒宗以課業，資禪理以治心」〔註113〕的思路，即儒釋合一。錢謙益受佛學影響極深，少時便廣泛涉獵內典，自稱十八歲中秋之夕讀《首楞嚴經》眾生業果一章，「忽發深省，寥然如涼風振肅，晨鐘扣枕。夜夢至一空堂，世尊南面凝立，眉間白毫放光，昱昱面門，佛身衣袂皆角現白光中，旁有人傳呼禮佛，蒙趨進禮拜已，手捧經函，中貯金剛、楞嚴二經、大學一書，世尊手取楞嚴壓金剛上，仍面命曰：『世人知持誦金剛福德，不知持誦楞嚴福德尤大。』蒙復跪接經函，肅拜而起。」〔註114〕這種夢是一種特殊的宗教體驗，是錢謙益沉溺於佛教同時又以佛學傳人自命的體現。錢謙益的佛學修養對他的人生選擇與學術、文學都有重要意義，如他早年「爲時文，好刺取內典，名儒邵濂呼爲《楞嚴》秀才，必旁及肇《論》、《淨名》注」，何珩枝爲之「擊節歎曰：『又是方袍不叔矣。』」〔註115〕錢謙益主張儒佛合流，在思想上認爲「孔子師老聃，孟子闢楊、墨不闢老、莊，則孔孟之於佛可知也」〔註116〕，並說：「柳子厚之稱大鑒曰：其教人，始以性善，不假耘鋤，合所謂生而靜者。吾讀之而快然，以爲儒與禪之學，皆以見性。性善之宗，本於孟氏，而大暢於大鑒。推離還源，如旅人之歸其鄉井也。自東而西，一而已矣」，因此他希望儒與禪之學「出異而蹈乎同」，從而斯道大明〔註117〕。

但是儒宗只是課業，禪理也只是治心，在錢謙益思想中更爲重要的部分是政治事業，即立功。李贄等王學中人與顧憲成等東林中人雖然思想上有諸多不同，但也有一個重要的共同點，即聖人情結，而錢謙益與他們的最大不同，就是他沒有聖人情結，而具有強烈的功業情結。他的思想緊緊圍繞著建功立業，挽救危亡這個中心。如他主張儒釋合一，不僅是在心性論上合一，更要在政治教化上合一，所以他反覆強調「佛氏之教，幽贊王綱。開國以來，

〔註112〕錢謙益非常推崇兩位祖先，一位是彭祖錢鏗，一位是吳越王錢鏐。而這種推崇具有不同的指向：錢鏗以長壽著稱，錢謙益自稱鏗後人，羨慕他能活到八百歲，正反映了對自身生命的重視與長生的渴望；吳越王錢鏐曾擁兵兩浙，稱雄江東，錢謙益以此自豪，則正說明他對功業的嚮往。由此也可見出其人格內在的複雜性。

〔註113〕《初學集》卷四十九《管公行狀》，頁1258。

〔註114〕《有學集》補遺卷下《大佛頂首楞嚴經疏解蒙鈔錄始》。

〔註115〕《有學集》卷三十一《何君實墓誌銘》，頁1146。

〔註116〕《初學集》卷二十八《心城先生全集序》，頁867。

〔註117〕《初學集》卷三十三《一樹齋集序》，頁944。

凡所以裁成輔相，設教祐神，靡不原本一大事因緣」〔註118〕。他提倡「通經汲古」、「正經」、「反經」，也是爲政治服務，認爲「古之君子，能相天下，謀王體，而斷國論者，其所以修德居業，朝夕交戒，未嘗不原本於學；漢唐以來，權臣倖子，誤軍國而禍身家，前車後轍，相望而不知戒，其昏瞀潰敗，未有不由於不學者也。」〔註119〕錢謙益接受王學思想，也有政治方面的考慮：王陽明痛心於「後世良知之學不明，天下之人用其私智以相比軋，是以人各有心，而偏瑣僻陋之見，狡僞陰邪之術，至於不可勝說；外假仁義之名，而內以行其自私自利之實，詭辭以阿俗，矯行以干譽……禍亂相尋於無窮。」〔註120〕因此提出致良知，使人人「公是非，同好惡，視人猶己，視國猶家，而以天地萬物爲一體」〔註121〕，從而挽救封建社會的危機，實現天下大治。錢謙益因此說：「聖人之言，元氣也；孟子之言，藥石也；姚江之言，救病之急劑也。南宋之世，以正心誠意藥之而不效，故有風痺不知痛癢之證；今之世，以惻隱羞惡辭讓是非藥之而不效，故有頑鈍狂易之證。捨是而不加診治，則人心死矣。病在膏肓，不可以復活矣。用良知之學爲急劑，號呼惕厲，庶幾其有瘳乎？」明白此語，也就明白他爲什麼反對道學，他比東林學派高明就在於，他認識到道學之空疏說教對於當時已經腐化透頂的社會是沒有作用的；明白此語，也就可以明白他爲什麼欣賞狂簡之人，自己也有狂易之舉，因爲所謂狂子僇民如顏山農、何心隱、李卓吾等，「彼其人皆脫屣身世，芥視權倖，其肯蠅營狗苟、欺君而賣國乎？其肯偷生事賊、迎降而勸進乎？講良知之學者，沿而下之，則爲狂子，爲僇民；激而返之，則爲忠臣，爲義士。視世之公卿大夫，交臂相仍，違心而反面者，其不可同年而語，亦已明矣。」〔註122〕這是對於權貴與無恥士人的尖銳批判，是對於亂世的痛心與憤慨。錢謙益認識到由於社會形勢極爲嚴峻，迂緩的所謂王道根本不可行，他受歷史上王霸人物的啓發，在李贄重智術而輕道德、重個性而輕世俗、重才氣而反格套精神的鼓舞下，他的政治抱負與輕俠的精神、張揚的個性相結合，推崇豪俠之氣與王霸之策，籠絡「海內奇偉倜儻節俠之士」〔註123〕，渴望在亂世

〔註118〕《初學集》卷二十八《宋文憲公護法錄序》，頁861。
〔註119〕《初學集》卷四十《昨非庵日纂三集序》，頁1073。
〔註120〕《王陽明全集》卷二《答聶文蔚》，頁80。
〔註121〕《王陽明全集》卷二《答聶文蔚》，頁79。
〔註122〕《初學集》卷四十四《重修維揚書院記》，頁1129。
〔註123〕《初學集》卷二十五《書沈伯和逸事》，頁798。

中建立不世之偉業。所以錢謙益十五六歲時便「喜讀《吳越春秋》，流觀伉俠奇詭之言，若蒼鷹之突起於吾前，欲奮臂而與共撇擊者。刺其語作《伍子胥論》，長老吐舌激賞。」〔註124〕並自稱「少壯輕俠，屈指三國人才洎辛、陳輩流，輒掉舉思出其間。」〔註125〕成年後，則正當「東事方殷，海內士大夫自負才略，好譚兵者，往往集余邸中，相與清夜置酒，明燈促坐，扼腕奮臂，談犁庭掃穴之舉。」〔註126〕可謂意氣揚揚，壯懷激烈。

因此錢謙益的內心既有佛教思想，也有王學思想，在人生態度上推崇個性的張揚與自我的解放；同時又有宏偉的抱負與強烈的功業欲望，在政治上與東林保持一致，力求建立功業。所以他在內重自我，重個性與欲望的實現；在外重功業，實現抱負。兩者雖不一致，但也可以達到統一：實現功業正是實現錢謙益的欲望，他的政治行為也常以個性張揚的形式表現。但兩者在混亂的時勢與複雜的政治鬥爭中更容易發生矛盾：朝政紊亂，東林黨失勢，權奸掌政，錢謙益面對局面無能為力，功業難成，在內在自我欲望的推動下，功業心便很容易轉變為功名心，使他或隱默苟容，避禍退隱，或隨波逐流，以求遂志。

第三節　初入政壇

錢謙益未第時，即已有名諸生間，有一次，「郡守大校士，廣場歃集。」嘉定徐允祿為大司都講，「褎衣方領，扠手闊步，諸生皆屬目卻行」，徐卻從眾人中找到錢謙益，「拱揖而言曰：『此虞山錢受之也。今日乃得相見，幸甚。』」〔註127〕萬曆三十八年（1610年），錢謙益二十九歲，北上參加會試，他「首策訟言江陵之功，而詆諆紹述者」，充分說明他對於張居正功業的尊崇與自己躍躍欲試的心情。張居正死後的遭遇使得「終萬曆世，無敢白居正者。熹宗時，廷臣稍稍追述之」〔註128〕，而錢謙益敢於在策論中暗頌居正，明斥輔臣，膽略可畏。孫承宗將它拿給雷何思看，雷何思說：「非楚不敢言，非楚人不能知。吳士有錢受之者，通博好持大議，得無是乎？」〔註129〕可見他早已名滿

〔註124〕《有學集》卷四十六《跋吳越春秋》，頁1517。
〔註125〕《有學集》卷二十二《贈別施偉長序》，頁896。
〔註126〕《初學集》卷三十六《謝象三五十壽序》，頁1018。
〔註127〕《有學集》卷十八《徐女廉遺集序》，頁794。
〔註128〕《明史》卷二百十三，列傳第一百一。
〔註129〕金鶴沖《錢牧齋先生年譜》，《列朝詩集小傳·丁集中·雷簡討思霈》作「楚人不敢言也，非楚人不能知也。」

京華。在那年的殿試中，錢謙益展示了自己出眾的才華，並得以高中。

在會試和殿試的策問中錢謙益都結合當時的形勢闡明了自己的政治觀點。他深刻認識到「主上神明獨運，妖孽削平，自謂已安已治矣。而上自三輔，下自百粵，民心若搖搖然無所維繫者。有亂形而無亂徵者，二正之季是也；無亂形而有亂徵者，今日是也。」〔註130〕他對比了明朝開國與目前的政治態勢：太祖時「朝廷之上，有職掌，無議論；有議論，無是非。每一詔下，薄海內外，爲之心戰而股慄。」而當前則「人心浮薄，國論紛呶，議論未必屏息，詔令未必奉行。」今日之議論「懷顧忌則事事類於寒蟬，瞰機關則人人託於鳴鳳。彼蜀我洛，朝由暮跖。皀囊白簡，盡如捉風，何議論之爲也？」而今日之詔令「宮禁未必行之於部院，部院未必行之於郡邑，溫綸讓德於夏雨，嚴旨遜威於秋霜。連章累詔，盡如掛壁」。因此「以寡言省議論，議論之似省而實煩」。他提出了自己的解決辦法：「明彼所攻擊者爲事也，必剖白其事之根株；彼所黨伐者爲人也，必嚴覈其人之儔黨。彼爲引繩批根之言以劫眾而行其私，吾以公論裁之，彼爲函端匿迹之言以疑上而傾其敵，吾以明斷決之。有疏必答，有覆必行。下有部院大臣之職掌，而上有聖明之批發，何嫌何怨，何讎何黨，議論之途明，而議論之曹破矣。臣以爲以空言行詔令，詔令之似行而實格者此也。如欲行之，莫若先使詔令之信。守令之貪殘，當先屬苞苴之禁，而貪風可懲；封疆之破壞，當先正失事之誅，而邊臣可警。逢掖之囂陵無已也，臺省之尋戈曠林者，無乃導其先路？文章之怪誕日甚也，章奏之射覆窶數者，無乃樹之前茅？嚴爲章程，勤爲批發。令前必無不明不昧之言，而令後必無可貸可輕之罰。」〔註131〕明末衰敗的原因很複雜，錢謙益論述的朝中議論紛紜，詔令不行還只是病象，因此他所提出的以畫一天下之大法、貫徹天下之眞心治國只是儒家治國理念的表現，而他所說的解決辦法其實是討論理想的君臣關係，這在萬曆朝既不可行，也不能收到實效。可貴的是錢謙益在抨擊張居正死後「諸庸輔之紹述者，但用其餘威緒謀，搏擊言路，牢籠私人，而未聞稍爲社稷計」的同時，也隱晦批評政治混亂的總根源，明神宗「視群臣太輕，視天下事太易，用舍舉錯，務爲一切不可測以勝之，而天下事幾不可爲。」因此他認爲應「平臺暖閣，晝日延見，無徒以中旨慰留也。訓儲卜相，且夕舉行，無徒以留中羈係也。」這在當時是有很大

〔註130〕《初學集》卷八十九策·第一問，頁 1848。
〔註131〕《初學集》卷八十八廷試策，第 1839 至 1841 頁。

實際意義的，因爲當時朝政已漸漸不可收拾，官員紛紛上疏求去，而皇帝只是慰留而已。臣下屢次要求太子開閣，增補閣臣，而萬曆帝留中不發。錢謙益憂心忡忡，將此上升到君臣同德一心的高度，「今之綱紀未肅，命脈未通，天下未盡大同者，則以皇上聰明神斷，無時不用，而未必盡用之任人行政吃緊當用之處耳。」〔註132〕這種批評已經頗爲尖銳了。在會試中錢謙益還針對明神宗貪財好貨，認爲「人主之身，立於四累之上，而隔於九閽之內，威福爲之轡御，好惡爲之毛羽，一切聲色貨利娛心極慮之事，爲之釣餌而射的，吾欲念一萌，而天下已有市吾欲而進者。人主厭縱其欲以亂百度，而天下與人主日隔，宵人射聲，忠賢匿影，人主重襲而不自知，天下吞聲而無所訴，而天下事乃不可爲矣。」〔註133〕這顯然影射萬曆帝的礦稅之弊。萬曆二十四年「六月，府軍前衛副千戶仲春請開礦助大工，從之。命戶部、錦衣衛各一，同仲春開採。給事中程紹工、楊應文言：『嘉靖二十五年七月，命採礦，自十月至三十六年，委官四十餘，防兵千一百八十人，約費三萬餘金，得礦銀二萬八千五百，得不償失。』不聽。」在短短幾個月間，汝南、山西夏邑、青、沂、費縣、棲霞、招遠、登縣、沂水、蒙陰、臨朐等地紛紛開礦。從一開始，臣下反對礦稅的努力就沒有停止，如萬曆二十五年四月，「刑部侍郎呂坤言：『洮蘭之絨，山西之紬，浙、直之緞、絹，積於無用。若服有定期，歲用千匹，而江南、山陝之人心收。採木之害，饑渴瘴疫，死者亡論。乃一木初臥，千夫難移，遭險蹉跌，死嘗百人。倘減其尺寸，少其數目，而川、貴、湖廣之人心收。礦稅無利，勒民間納銀，民不能支，括庫銀代，豈開礦之初意哉？誠勑各省使臣，嚴禁散砂，不許借解，而各省之人心收。自趙承勳造四千之說而皇店開，朝廷有內官之遣而事權重。且馮保八店，爲屋幾何，而歲四千金，不奪市民，將安取乎？誠撤各店之內官，而畿內之人心收。』不報。」〔註134〕各級官員爲了減輕人民負擔，穩固封建統治，反對礦稅，而神宗爲了一己私欲，大肆攫取與揮霍。錢謙益之文可謂有爲而作。他指出「人主以一身司牧，億兆人哀樂慮歎，無不寄命於人主。」所以如果「人主不以天下爲欲，而自以其欲爲欲，吾目欲選色，而天下憔悴轉死者吾不見；吾耳欲流聲，而天下呼籲道旁者吾不聞；吾口欲爽味，體欲重裘，而天下木食鶉衣者吾不恤。

〔註132〕《初學集》卷八十八廷試策，頁1841。
〔註133〕《初學集》卷八十八制科二·聖王必以其欲從天下之心，頁1844。
〔註134〕《明史紀事本末》卷六十五《礦稅之弊》。

天下瘁瘁焉人苦其生，而又何賴於人主爲？」〔註135〕〔註136〕錢謙益敢於在會試、廷試中指斥皇帝，勇氣可嘉，而且這種批評也與東林黨人的觀點一致。

在庚戌會試中，還發生了一場與錢謙益有關的政治風波，並影響到萬曆朝此後的政治走向。當時錢謙益以文望爲中外矚目，宰相葉向高置爲第一，小璫宮報也稱錢謙益中狀元，司禮監飛帖致意。因此人人皆以爲狀元非錢謙益莫屬，臚傳前夕，賀者盈門，但等到榜發，狀元卻是歸安韓敬。錢謙益固然大失所望，輿論也爲之不平〔註137〕。原來宣黨領袖湯賓尹曾因醜聞遁跡西湖，「莫有過而問者，韓敬以太學生具五十金爲贄，執業請正，兩人交好最密。」庚戌會試，韓敬的試卷本在考官徐鑾房中，「已塗抹矣，賓尹遍往各房搜閱諸卷，識敬卷於落卷中，移歸本房，潛行洗刷，重加圈點，遂取中本房第一，復以敬故，於各房恣意搜閱，彼此互換，以亂其迹。吳公道南在場中與賓尹動色相爭」，主考蕭雲舉、王圖對此也很不滿，「試錄敘內『兩臣才望淺劣，不足爲重，以後請以閣臣蒞事，庶幾成體』，蓋指湯也。榜出，都下大嘩，吳擬發其事，請教福清，福清曰：『若此弊一發，將蕭、王俱不能安其位，且公資在兩公後，恐有排擠前輩之嫌。』吳乃止。既廷試，湯、韓密謀輦四萬金進奉內帑進呈，閣擬錢謙益第一，神廟拔韓敬爲第一，謙益第三。次年湯遂羅察典。臨期，韓詣王爲湯求解，王曰：『第一款即兄之事』，韓語塞而退。」〔註138〕由此可見錢謙益未得狀元實在冤枉，湯賓尹舞弊在前，神宗受賄在後，使得本已落選的韓敬反成爲狀元，也可見當時科場的腐敗，而具有諷刺意味的是明神宗恰恰就是腐敗的根源。

錢謙益由於名列鼎甲，被授予翰林院編修，但五月便丁父憂歸里，杜門不出。可是庚戌科場引發的政治震動卻久久不能平息。第二年辛亥京察，東林黨人爲了刷新吏治，清除齊楚浙三黨骨幹，以湯賓尹越閣搜卷、韓敬營私舞弊爲由，將前者免職，韓敬給予處分，削職回家，萬曆朝的黨爭由此進入了一個新的階段。齊、楚、浙三黨反攻東林黨的京察大計，葉向高被攻去位。

〔註135〕《初學集》卷八十八制科二・聖王必以其欲從天下之心，頁1844。

〔註136〕黃仁宇在《萬曆十五年》中說：「（萬曆帝）發覺他擺脫了張、馮之後所得到的自主之權仍然受到種種約束，即使貴爲天子，也不過是一種制度所需要產物。」群臣要把萬曆帝「強迫納入他們所設置的規範，而不讓他的個性自由發展。」（頁39）其實這種道德約束是封建社會的必然，而且明代中央高度集權，皇權高於一切，皇帝具有中心地位，一旦怠政，政府便會周轉不靈。

〔註137〕金鶴沖《錢牧齋先生年譜》。

〔註138〕《定陵注略》卷九《庚戌科場》，頁583。

萬曆四十五年，丁巳京察，辛亥京察的主計人和支持者、揭發韓敬科場舞弊的官吏、爭福王之國和爭梃擊案的官吏都被群小圍攻，東林盡遭排斥。由於錢謙益被列入東林一黨，而朝中為齊、楚、浙三黨所把持，所以他守制雖滿，卻遲遲得不到補官，自萬曆三十八年至萬曆四十八年，居家十年。

正是在這個時期，朝政愈來愈敗壞，社會愈來愈潰爛，明王朝的衰象暴露無疑。政治上，萬曆四十年夏四月丙寅，南京各道御史言：「臺省空虛，諸務廢墮，上深居二十餘年，未嘗一接見大臣，天下將有陸沉之憂。」〔註139〕萬曆帝雖也曾在萬曆四十一年夏五月己巳諭吏部、都察院：「年來議論混淆，朝廷優容不問，遂益妄言排陷，致大臣疑畏，皆欲求去，甚傷國體。自今仍有結黨亂政者，罪不宥。」〔註140〕但這種申敕只停留在口頭上，於朝政絲毫無補。官員紛紛拜疏自去，如萬曆四十一年秋七月甲子，兵部尚書掌都察院事孫瑋拜疏自去，同年九月庚辰，吏部尚書趙煥拜疏自去，萬曆四十二年秋八月甲午，禮部右侍郎孫愼行拜疏自去，他們以這種特殊方式表達對朝政的失望和對神宗的抗議，而神宗竟然也不追問。

軍事上，清軍步步進逼，萬曆四十六年夏四月甲辰，克撫順；秋七月丙午，克清河堡。萬曆四十七年，楊鎬率明四路大軍出征，大敗而退。六月丁卯，清軍克開原。舉朝震驚，束手無策。

經濟上，萬曆三十八年冬十一月丁卯，因為軍隊乏餉，神宗諭廷臣陳足國長策，同時又要求「不得請發內帑」〔註141〕，充分暴露他的貪婪愚蠢。由於征遼之役，明朝更是餉匱財盡，只得於萬曆四十六年九月辛亥加天下田賦，「每畝權加三釐五毫」，「總計實派額銀二百萬三十一兩四錢三分八毫」〔註142〕，萬曆四十七年十二月、萬曆四十八年三月庚寅又兩次加派，每次加賦，人民的苦難便深了一層，明王朝處在風雨飄搖之中。

錢謙益當此之時，既憂心國是，又感歎功業難成，心情苦悶，生活枯淡。他自稱「十年漂泊中宵夢，怕聽霜林振鳥窠」〔註143〕，而「禰衡姓氏投人少，韓愈文章逐鬼多」〔註144〕則正是他生活的寫照。由於仕途無望，

〔註139〕《明史》卷二十一本紀第二十一神宗二，頁288。
〔註140〕《明史》卷二十一本紀第二十一神宗二，頁289。
〔註141〕《明史》卷二十一本紀第二十一神宗二，頁288。
〔註142〕《明神宗實錄》卷五七四，頁10862。
〔註143〕《初學集》卷一《夜泊滸墅關卻寄董太僕崇相四首》之一，頁39。
〔註144〕《初學集》卷一《除夕再疊前韻和季穆寄黃二子羽之作兼示子羽》之一，頁44。

他只能在家著書作文:「黃簾綠幕漏徐徐,短檠頻挑夜勘書。藝苑叢殘粮莠在,文人凋謝槿花如。金華絕學吳黃後,太僕遺編歐柳餘。寄語吾徒須努力,張羅休效一囊漁。」〔註145〕顯然他所學習的主要是金華學派的經學與歸有光的古文,並以繼承斯文自命。但他對時事也非常關心:他一方面痛心黨爭激烈,說:「甘陵南北久分歧,鶴鷺雍容彼一時。抗疏有人盈瑣闥,顧名無闕省罘罳。恩牛怨李誰家事?白馬清流異代悲。」〔註146〕並憤恨朝中小人得勢,清流被斥,說:「清時指佞豈途窮,眊筆看他御史驄。莫道一鳴都斥去,能言鸚鵡在雕籠。」〔註147〕譏刺宵小柔佞取容,無才無德,好似能說話的鸚鵡。另一方面他又對遼東戰局憂心忡忡:「衝車格格馬蕭蕭,天下徵兵盡度遼。繫累行人傳禿節,參夷降將詫橫腰。每憂畢口星非舊,誰禁旄頭氣不驕?報國自慚無一寸,坐聽瞽史度寒宵。」〔註148〕當時清軍進攻勢頭很猛,朝中卻無能帥猛將,這不能不令錢謙益憂心如焚。此時的錢謙益心情非常複雜,有時意氣風發,慷慨激昂,「闔廬城下雨蕭蕭,有客方舟共策遼。直北總憑山海障,自東莫斷懿河腰。鑽刀可忘降夷狄,賜劍還防宿將驕。更說天街多客宿,起占箕尾坐中宵。」〔註149〕他想像著自己規畫山海,率將破夷,心情激動,渴望能為朝廷效力。有時又哀歎「仕路無因同鼠穴,儒生何計勒狼胥?」〔註150〕灰心喪氣,悲觀失望。由於意識到自己在黨爭中失勢,難以入朝為官,因而屢屢表示要遁跡江湖,「燈窗俛首心堪折,書案籌邊淚有餘。春暖洞庭蝦菜好,可能削迹共佃漁?」〔註151〕雄心與灰心始終錯綜糾纏於其內心,使他吟道:「通籍金閨數載過,閒門羅雀省人訶。春心駘蕩花間少,秋發繽紛酒後多。但說艱危三太息,每逢朋舊一悲歌。五湖只在蒹葭畔,漁火沖寒警雁窠。」〔註152〕內心的抱負使他關注現實,也希望能實現才幹,但由於政敵的阻礙,他又只能束手觀望,

〔註145〕《初學集》卷一《除夕再疊前韻和季穆寄黃二子羽之作兼示子羽》之三,頁45。
〔註146〕《初學集》卷一《吳門送福清公還閩八首》之五,頁34。
〔註147〕《初學集》卷一《繡斧西巡歌四首為徐季良先生作》之三,頁38。
〔註148〕《初學集》卷一《疊前韻答何三季穆》之二,頁42。
〔註149〕《初學集》卷一《夜泊滸墅關卻寄董太僕崇相四首》之二,頁39。
〔註150〕《初學集》卷一《除夕再疊前韻和季穆寄黃二子羽之作兼示子羽》之四,頁45。
〔註151〕《初學集》卷一《疊前韻答何三季穆》之三,頁42。
〔註152〕《初學集》卷一《疊前韻答何三季穆》之一,頁41。

心情的痛苦難以言說。錢謙益初次踏上仕途，卻很快便無功而返。往日的雄心，如今遇到了結結實實的阻礙，仕途上的初次挫折，讓他嘗到了苦澀的滋味。

小結

錢謙益正生活在萬曆朝由盛轉衰的時期，這個時期，思想活躍，政治複雜，國勢漸衰。受父親的激勵與顧憲成的影響，錢謙益以功業自許，砥礪忠義。同時他又師從王學中人管志道，受王學影響，仰慕思想界的先鋒李卓吾，瀟灑倜儻。因此在錢謙益的內心中有二重指向，一是成就功業，一是張揚個性，這兩者本不違背。這突出反映在其會試與殿試的制策中，他指斥時弊毫不隱晦，甚至敢於委婉地指責皇帝，膽識可畏，其中可見拳拳報國之心。這次會試，他不僅得以高中，而且確定了他與東林黨的密切關係。但是，在複雜的萬曆黨爭中，錢謙益仕途不順，這無疑對他是一個沉重的打擊，同時也預示著他今後人生道路的坎坷。

第二章 錢謙益與明末社會

第一節 天啓朝中的錢謙益

　　1620 年萬曆帝病故，萬曆四十八年七月丁酉，太子朱常洛遵遺詔發帑金百萬犒邊，盡罷天下礦稅，起建言得罪諸臣。己亥，再發帑金百萬充邊賞。八月丙午太子登基，是爲泰昌帝，蠲直省被災租賦〔註1〕。臣下們都鬆了一口氣，幸遇明主，天下想望治平。也正是在這時，錢謙益被召回京城。但是形勢的變化卻詭譎難測，九月乙亥，泰昌帝服紅丸後病逝，紅丸案起。其子朱由校在大臣們的努力下才得以繼位，移宮案又起。圍繞此二案，朝廷的政爭愈加複雜。

　　而此時錢謙益尚在路途，他聽聞噩耗後，自述「見星吾敢後，慟哭向征鞍」〔註2〕，感激泰昌召還之恩，痛惜皇帝早逝，云：「國史徵何代？三朝並一年。」〔註3〕他一方面聯繫國本案，感慨朱常洛坎坷的身世，說：「丹地飛章日，青宮側席時。憂危宗社並，訶護鬼神知。」〔註4〕「重陰才見晛，徧雨不崇朝。」〔註5〕一方面又提出懷疑，一則曰：「起居宮披秘，清削御容傳」〔註6〕，再則

〔註1〕《明史》卷二十一本紀第二十一。
〔註2〕《初學集》卷一《九月十一日次固鎮驛恭聞泰昌皇帝昇遐途次感泣賦挽詞四首》之一，頁4。
〔註3〕《初學集》卷一《九月十一日次固鎮驛恭聞泰昌皇帝昇遐途次感泣賦挽詞四首》之二，頁4。
〔註4〕《初學集》卷一《九月十一日次固鎮驛恭聞泰昌皇帝昇遐途次感泣賦挽詞四首》之三，頁5。
〔註5〕《初學集》卷一《九月十一日次固鎮驛恭聞泰昌皇帝昇遐途次感泣賦挽詞四首》之四，頁8。

曰：「禁近終難問，彌留竟可疑。盈朝董狐筆，執簡欲何施？」〔註7〕顯然懷疑泰昌帝是被暗害而死，這也是當時相當一部分朝官尤其是東林黨的看法。

　　儘管詣闕補官，但錢謙益的心中並不興奮，由於國家多難，他憂心忡忡，自言：「神廟上賓，國論喧豗，遼寇驟突，別母北上，中心惻愴」〔註8〕。在《嫁女詞四首》中他以嫁女自比，訴說自己閒置十餘年的痛苦：「云胡背君子，不得奉尊章。歸寧十餘載，道路阻且長。欲絕忍棄捐，欲往河無梁。戢身事慈母，顧影守帷房。獨坐親圖史，行步施珩璜。」〔註9〕儘管在家閒置，他仍然關心國事，說：「主人良高臥，臧獲偷晏安。薪突誰與徙？井臼或不完。祭祀廢舂割，寇盜隳牆垣。百憂攪我心，逼迫不得言。搥床復倒枕，豈為兒女歡。終身一與齊，棄捐永相關。況我非棄婦，何能不汍瀾？不見漆室女，倚柱起長歎。」〔註10〕所以當皇帝徵召，他還是匆匆趕去，雖然也知道「醜婦憎明鏡，眾女疾蛾眉」，因此自誓「琴瑟貴靜好，閉戶理朱絲。」〔註11〕認為只要自己不與宵小爭權奪利，韜光養晦，就不會被政爭波及，所以他入朝後默默不言。

　　入朝後，錢謙益仍為翰林院編修，生活較為清苦，他曾以調侃的語氣寫下《入朝有作呈詞館諸公》：「朝朝待漏侍金輿，往往衝寒對玉除。每向候人分宿火，卻隨堂吏憩周廬。長鳴共苦籠雞早，夾立爭看仗馬如。傳語詞垣數君子，冰銜三字不堪書。」〔註12〕但是「國家設詞林，衙門雖冷，體貌則崇」〔註13〕，翰林院居官清秘，接近皇帝，而且錢謙益由於學問出眾，曾在經筵上為皇帝講論儀注，這是一種特別的榮耀，所以錢謙益不無自得地寫下《經筵記事十首》，詳細描繪經筵情景：「初日疃曨照直廬，兩行山立聽傳呼。侍班卿相皆元老，直殿將軍是武夫。」〔註14〕「縹幾牙籤進御初，天顏肅穆不

〔註6〕《初學集》卷一《九月十一日次固鎮驛恭聞泰昌皇帝昇遐途次感泣賦挽詞四首》之二，頁4。

〔註7〕《初學集》卷一《九月十一日次固鎮驛恭聞泰昌皇帝昇遐途次感泣賦挽詞四首》之三，頁5。

〔註8〕《初學集》卷一《嫁女詞四首》序，頁9。

〔註9〕《初學集》卷一《嫁女詞四首》其二，頁10。

〔註10〕《初學集》卷一《嫁女詞四首》其三，頁11。

〔註11〕《初學集》卷一《嫁女詞四首》其四，頁11。

〔註12〕《初學集》卷二，頁47。

〔註13〕楊士聰《玉堂薈記》卷上。

〔註14〕《初學集》卷二《經筵記事十首》其三，頁67。

曾舒。案頭回得重瞳晒，白髮詞臣跪展書。」〔註15〕他自稱：「講筵初啓，中官聚語譁然。余講論儀注，出之袖中，頗爲斂容」，並誦詩記之曰：「元老延登講幄新，文華秘殿啓埃塵。袖中儀注中官訝，嘖嘖詞垣尙有人。」〔註16〕在朝之日的生活是平靜的，錢謙益自敘：「夭矯槐龍想玉除，槐廳無復史官居。蓬山芸閣吾能說，只是閒窗讀道書。」〔註17〕

　　天啓元年八月，錢謙益奉旨爲浙江鄉試主考官，這本是常例，但卻糊裏糊塗地捲入一場科場案。當考試主司尙未到浙江，就有人託名顧玉川僑寓於杭州某寺，「乘諸生雲集，乃訪郡邑之有文譽可中式者送以字句作暗中關節，且云主司意在得人，但欲門牆生色，不求賄也。一時熱中之士嘗其餌者無慮百數。有錢千秋者，家貧糊口於佔畢，博學能文，試輒高等，名噪浙西東久矣，玉川欲得之，偵知其表親爲徐時敏，乃介時敏潛通其意於千秋。時千秋寓錢塘門關王廟，時敏起婪賄心，易玉川詞告千秋曰：『有的當關節，其所由來係是主司至戚，渠初意須四千金，今因入闈期迫，願減半，能集二百金先貯居間爲信，餘者俟榜發後踐約亦可。』千秋辭以貧，時敏笑曰：『貴人何尙爲竇子態耶？捷音一至，銀錢且積滿戶內，何有於區區二千之數乎？但目前所需二百金不能猝辦，奈何？盍與此間主人商之？』千秋爲心動，乃謀之道士金保玄，保玄曰：『彼既屬意於君，君固貧不能應命，然時機不可失也，宜手書信約，得雋後處置以償，何不可者？』千秋諾，遂書二千金約紙予之，於是授以一朝平步上青天七字，約於首場七篇末句各以一字嵌入，無倒無復。」「比榜發，千秋獲雋」，「保玄、時敏向千秋索約金，千秋心知其誑騙，欲負約，二人揚言欲以約紙首官恐嚇之，千秋懼，字其女，得聘金二百予之，二人欲未滿，不得已復爲傾箱倒篋，典簪珥衣服等物於質庫中，勉集百金，共予金三百，一進多方拮据，而事已泄，遂籍籍兩浙間。二人又以分金不均訌鬥於杭城，事乃大露。」「禮科顧其仁磨勘千秋卷，確有顯據。事將發覺，時千秋會試抵京，謙益召至寓面詰之，千秋以情告，謙益即上疏自檢舉。千秋之雋也，糊名易書者有外簾，閱卷呈薦者有房考，互閱商可否者有副主司，謙益實無他情，故憤怒而參奏。千秋迫而逃，中途追獲，下刑部獄，訊乃供徐時敏、金保玄二人誑騙情狀，部咨到浙提解二人合訊，各認不諱，而所謂

〔註15〕《初學集》卷二《經筵記事十首》其一，頁66。
〔註16〕《初學集》卷二《經筵記事十首》其二，頁67。
〔註17〕《初學集》卷二《經筵記事十首》其九，頁69。

顧玉川者，時敏實不知其爲何許人，嚴刑訊之，茫然不知其去來蹤跡。會審諸官指爲捏名抵誑，只以兩人定獄，金保玄、徐時敏各枷號發煙瘴充軍，錢千秋革去舉人，免枷號，亦發煙瘴充軍。正主考錢謙益、房官陳履祥各罰俸三個月。」〔註18〕

應該說這是一個非常巧妙的政治騙局，錢謙益雖身在局外，卻必被牽連。事件的主要人物是顧玉川，名固然是假名，蹤跡也難以尋覓，所以也就難以查到主使之人。顧玉川尋找獵物是根據文名，這樣陷害錢謙益的勝算就很高。這個騙局既周密又陰毒，只能是與錢謙益有刻骨仇恨而又聰明機敏之人所爲。所以在《閣訟記略》中認爲這件科場案是韓敬與沈德符主使，但這並沒有得到官方文件的證實。就情理來看，沈德符與錢謙益有何恩怨？《萬曆野獲編補遺跋》中說：「錢牧齋云：『自王李之學盛行，吳越間學者拾其殘瀋，相戒不讀唐以後書，而景倩獨近搜博覽，其於兩宋以來，史乘別集、故家舊事，往往能敷陳其本末，疏通其端緒，家世仕宦，習聞國家故事，且及見嘉靖以來名人獻老，講求掌故，網羅放失，勒成一家之言，以上史館，惜其有志而未逮也。』」〔註19〕可見錢謙益對沈德符是頗爲欣賞的，似乎並無芥蒂。而且既然顧玉川其人難以尋查，何以知沈德符參與其中？韓敬就種種跡象看確實與此案脫不了干係，暗中操縱，但說他是主謀，也查無實據。當然，即使這件事不是齊楚浙三黨的陷阱，它在激烈的黨爭中也很容易被對手利用。因此在此後的政治鬥爭中政敵常翻此案，以此打擊錢謙益。

這件科場案對錢謙益的打擊不小，可以說是飛來橫禍，也使他充分認識到官場的險惡。這年冬天，錢謙益以太子中允移疾歸。這次歸家他心情低落，在《癸亥元夕宿汶上》中云：「薄靄春泥黯黯吹，一燈風雨夜何其。愁依短檠聽更漏，悶撥寒爐記歲時。好景良宵渾棄擲，暗塵明月費尋思。猜殘燈謎無人解，何處平添兩鬢絲。」〔註20〕

錢謙益在家一年餘，天啓四年秋又赴召入京，由於當時政治形勢驟然緊張，東林與閣黨的鬥爭已經公開化，錢謙益此次被召很可能是東林努力的結果，藉此壯大自己的力量，《甲子秋北上渡淮寄里中遊好》其一便說：「登車蹙蹙騁何方？歎息虛名愧服箱。世上癡兒難了事，吾曹小子自成章。丹楓數

〔註18〕 《閣訟記略》，《虞陽說苑甲編》本。
〔註19〕 《萬曆野獲編》，頁6。
〔註20〕 《初學集》卷二，頁71。

里明殘照，紅柿千林熟早霜。拂水西湖釣遊處，定知清論滿滄浪。」〔註 21〕可見他也明白此次被召是因為自己的「虛名」與「清論」。由於當時朝中正直官員備受打擊，他意識到此次入京凶多吉少，不無憂慮地說：「世事閒來細忖量，不如高臥味差長。楯矛互陷多奇疾，食宿相兼乏好方。細雨秋蠅尋舊冊，微風春燕試新妝。故人別後應憐我，頭白關山一夜霜。」〔註 22〕他一方面為時勢艱難、朝政日非感到焦慮，說：「碧血有人埋死骨，黑山何日罷征夫？還愁巨浸連鄉邑，十月敲門吏索租。」〔註 23〕並認為皇帝不應寬赦遼東經撫之罪，說：「罪臣交頸寬刀鋸，功守蒙頭偪網羅。漢法自來難置喙，匈奴未來可如何？」〔註 24〕一方面又感慨自己不能實現抱負，「攬鏡髭鬚非故吾，匡時曾展一籌無？道途碌碌疲牛馬，林薄閒閒樂鳥烏。」〔註 25〕時時有歸隱之思。入朝後，他以太子諭德兼翰林院編修充經筵日講官，歷詹事府少詹事，分纂《神宗實錄》。雖備位禁近，卻是閒曹冷員。

而此時朝中已是山雨欲來風滿樓，王紹徽作《點將錄》獻給魏忠賢，指為東林惡黨，上列及時雨葉向高、天巧星浪子錢謙益、聖手書生文震孟、大刀楊漣、智多星繆昌期等人，崔呈秀也作《天鑒錄》，即東林黨人名單，葉向高、孫承宗、趙南星、楊漣、高攀龍、左光斗、錢謙益、姚希孟、文震孟等在內〔註 26〕。可見當時閹黨已將錢謙益列入打擊名單。天啟五年，錢謙益被攻，削籍南歸。由於京城已是閹黨天下，錢謙益雖是削籍，卻得以逃出生天，因而慶幸不已，自言：「破帽青衫出禁城，主恩容易許歸耕。趁朝龍尾還如夢，穩臥牛衣得此生。」〔註 27〕又說：「遠駕那須存老馬，高飛誰與弋冥鴻？江天回首真寥廓，不礙微雲綴碧空。」〔註 28〕他並一再說自己要修史隱居，不問政事：「已分班聯隔鷺鴻，祇應伴侶託魚蟲。故書堆可當長枕，今雨軒如在短篷。數卷丹鉛還老子，兩朝朱墨付群公。汗青頭白君休笑，漫擬千年號史通。」

〔註 21〕《初學集》卷二，頁 72。
〔註 22〕《初學集》卷二《甲子秋北上渡淮寄里中遊好》其三，頁 73。
〔註 23〕《初學集》卷二《次陶給事路叔驛壁韻》，頁 84。
〔註 24〕《初學集》卷二《渡河題徐州官舫二絕句》之二，頁 81。
〔註 25〕《初學集》卷二《次陶給事路叔驛壁韻》，頁 84。
〔註 26〕計六奇《明季北略》卷二，頁 44。
〔註 27〕《初學集》卷三《天啟乙丑五月奉詔削籍南歸自潞河登舟兩月方達京口途中銜恩感事雜然成詠凡得十首》其一，頁 96。
〔註 28〕《初學集》卷三《天啟乙丑五月奉詔削籍南歸自潞河登舟兩月方達京口途中銜恩感事雜然成詠凡得十首》其三，頁 97。

對於「時方掊擊三案，議改正光廟實錄」〔註 29〕的重大問題，他採取迴避態度，充分說明他的畏禍心理。因此他說：「數載奔波苦骨皮，除名於我亦相宜。已輸勇退成高尚，更可書空作笑資。去國尚占臺鼎宿，視師難問玉關期。閒身贏得無餘事，徙倚船窗自詠詩。」〔註 30〕想以此全身遠害，但在這種表面的優游自得之中掩藏著深深的哀傷與無奈。

　　錢謙益隱居在家期間，是明代乃至中國歷史上最黑暗的時期之一，閹黨之橫行，箝制之殘暴，正人赴死之壯烈，無不令人驚歎。天啓五年十二月，明熹宗從御史盧承欽奏請，將東林黨人三百零九人的姓名罪狀刊刻成書，榜示海內，生者削籍，死者追奪。錢謙益名列其中。當此之時，「閹鈎黨益急，相驚追捕者日數十至」〔註 31〕，錢謙益恐自身難保，在家只是日夜飲酒爲事，《贈星士》中云：「澆書攤飯醉仍眠，任運騰騰信往緣。萬事未曾惟有死，此生自斷豈由天。宿醒已過一千日，小駐還須五百年。更進一籌君識否？海山兜率正茫然。」〔註 32〕由此可見他內心之苦悶與恐懼。因此當好友楊漣等被迫害致死，他也只能「屛人野哭」〔註 33〕。在閹黨之難中，錢謙益自稱：「丙寅之三月，緹騎四出，警報日數至，家人環守號泣」〔註 34〕，因此他以隱居享樂爲掩護，保全性命於亂時，這本也難以求全責備，但比之殉難諸人，不免等而下之。如周順昌當魏大中盛時，「未嘗與之合也，見大中逮至吳門，時向來交好皆星散，撫臣毛一鷺素奉大中惟謹，至是不與大中通隻字，順昌憤甚，遂以女許嫁大中孫，且呼緹騎而罵之曰：『若歸，與忠賢此亂臣所爲受詆萬代。向來未有正人端語之者，故至此當以我言告之。』每見人輒痛詆時事，遂及於禍。使順昌稍默默，必不及此，眞鐵漢也。」〔註 35〕而當周順昌被逮，義士捐金爲助時，錢謙益「囊身伏野，惴惴懼與忠介同日，每思諸人作何面目，亦復兩眼一口，眉橫鼻豎否，

〔註 29〕《初學集》卷三《天啓乙丑五月奉詔削籍南歸自潞河登舟兩月方達京口途中銜恩感事雜然成詠凡得十首》其四，頁 97。
〔註 30〕《初學集》卷三《天啓乙丑五月奉詔削籍南歸自潞河登舟兩月方達京口途中銜恩感事雜然成詠凡得十首》其八，頁 99。
〔註 31〕《初學集》卷七十四《請誥命事略》，頁 1636。
〔註 32〕《初學集》卷三，頁 106。
〔註 33〕《初學集》卷五十《楊公墓誌銘》，頁 1275。
〔註 34〕《初學集》卷七十四《亡兒壽耇壙誌》，頁 1644。
〔註 35〕夏允彝《幸存錄》卷下，頁 1297。

何以能矯矯若是？」〔註36〕說明他雖然感激忠義，但性格懦弱，畏死求生，在大是大非面前不能挺身而出。

　　天啓七年八月，天啓帝死，崇禎帝即位，錢謙益鬆了一口氣，但仍很審慎，在《徐大于王聞詔枉詩見賀奉答二首》其一中云：「彈冠何敢附清流，擊壤欣爲野老儔。屈指浮名眞泛泛，驚心噩夢尙悠悠。朝家求舊存芻狗，人世更新學土牛。見說皋夔滿臺閣，只應留我作巢由。」其二也云：「安穩磯頭舊釣緡，主恩深處是沉淪。敢言身退如迂叟，卻喜人呼作老民。」〔註37〕直到同年十月，陸澄源、錢元愨等直攻魏忠賢，錢嘉徵疏參魏忠賢十大罪，崔呈秀回籍，魏忠賢失勢，他才相信自己眞的死裏逃生，興奮地寫下《丁卯十月書事四首》，其一云：「道途好語沸兒童，扶杖歡呼我亦同。斗柄已聞歸聖主，冰山何事倚群公？阿瑣總曳尙書履，頌廠還乘御史驄。勇退史應書阿母，拜章先出披庭中。」〔註38〕也只有在這時候，他才能爲枉死的好友放聲一哭：「黃門北寺獄頻仍，錄牒刊章取次徵。死後故應來大鳥，生時豈合點青蠅。蒼茫野哭憂邦國，寂寞家居弔友朋。痛定不堪重拭淚，清齋勤禮佛前燈。」〔註39〕十一月，魏忠賢畏罪自殺，但眾多閹黨仍逍遙法外，錢謙益憤怒地寫下《群狐行》：「一狐縊死鏜琅璫，一狐縊死懸屋梁。群狐作孽兩狐當，公然揶揄立道旁。昔日群狐假狐勢，一狐爲宰一狐帝。一朝狐敗群狐跳，殺狐烹狐即爾曹。兩狐就縊皆號咷，狐不生狐乃生梟。狐已死，梟尙肆，捕梟作羹亦容易。群狐群狐莫戲嬉，夜半睒忽雷火至。」〔註40〕魏忠賢能肆行無忌，得力於朝中閹黨、乾兒義孫的主動依附與導引，如王紹徽、楊維垣等人爲魏忠賢出謀畫策，攻擊正人。在魏忠賢、崔呈秀畏罪自縊後，眾人又投機轉向，搖身一變，痛罵魏忠賢。錢謙益因而詛咒他們別得意太早，最終也會遭到天譴。不久，崇禎帝定下逆案，將閹黨分子一網打盡，錢謙益此詩正爲讖語。由於當時局勢依然不穩，錢謙益認爲「一著雖低差較穩，且依旁角守茅茨」〔註41〕，即暫時採取觀望態度，隱居田園，以決定是否進取。

〔註36〕《牧齋外集》卷十六《贈中憲大夫忍齋顧府君墓誌銘》，《牧齋雜著》，頁773。
〔註37〕《初學集》卷四，頁158。
〔註38〕《初學集》卷四，頁159。
〔註39〕《初學集》卷四《丁卯十月書事四首》，頁160。
〔註40〕《初學集》卷四，頁161。
〔註41〕《初學集》卷四《丁卯十月書事四首》其三，頁160。

第二節　崇禎朝前期的錢謙益

一、赴闕補官與閣訟

　　閹黨敗沒，錢謙益心情舒暢，自言：「三年噩夢已塵沙，又向東君感物華。獻歲雪消遲柳色，試燈風雨妒梅花。曾賒酒券書千卷，盡放漁舟水一涯。眼底仙源在人世，春深隨處有桑麻。」〔註42〕不久他又被復官誥，作《喜復官誥贈內戲效樂天作》誌喜：「三年偶失楚人弓，憂喜迴旋似塞翁。」〔註43〕他沒想到還有比這更大的喜事：崇禎元年七月，他被召回北京。這次回京與前兩次都不同，閹黨已滅，正人又占上風，朝政肅清，皇帝似乎也很英明，自己又被視為黨魁，似乎前途一片大好。雖然文震孟曾規勸錢謙益不要入京〔註44〕，但錢謙益並未聽從，因為此時似乎正是東林黨實施政治主張、錢謙益實現政治抱負、天下治平的好時機。他在《戊辰七月應召赴闕車中言懷十首》之十中寫道：「颯颯涼風動旅途，黃塵赤汗不曾蘇。春明門外人來往，《秋水篇》中意有無。失勢蚊蠅戀殘暑，下韝鷹隼快平蕪。蓼紅蘋白秋光好，獨倚軒車入畫圖。」〔註45〕在《臨城驛壁見方侍御孩未題詩》中則云：「驛吏逢迎舊赭衣，生還今日是耶非？綸竿喜值金雞放，華表真同白鶴歸。抱蔓摘瓜餘我在，破巢完卵似君稀。循牆歎息看題句，淅淅秋風起夕扉。」〔註46〕撫今追昔，他感慨深長，生還的慶幸與即將實現抱負的喜悅流溢於字裏行間。

　　事實上政局並不樂觀。閹黨已倒，但崇禎秉性多疑〔註47〕，剛愎自負，忌諱廷臣結黨，倪元璐在崇禎元年十月疏論東林：「凡攻崔魏者，必引東林為並案。夫以東林為邪黨，將復以何名加崔魏？崔魏而既邪黨矣，嚮之首劾忠賢、重論呈秀者又邪黨乎？夫東林亦天下之才藪也，但或繩人過刻，持論太

〔註42〕《初學集》卷五，《西山看梅歸舟即事示僧彌四首》其三，頁166。
〔註43〕《初學集》卷五，頁177。
〔註44〕夏允彞《幸存錄》卷下。
〔註45〕《初學集》卷六，頁182。
〔註46〕《初學集》卷六，頁182。
〔註47〕崇禎幼時多難，生母早亡。天啓時期，魏忠賢篡權，他只能隱居信邸。熹宗病危，召他入宮，以後事付之。熹宗死後朱由檢入宮，「心危甚，袖食物以入。群臣聞之，咸欲奔入，至殿門，宦者不納。是夜，王秉燭獨坐。夜分，有閹攜劍過，王佯取視，留置几上，許給以價。聞巡邏聲，勞苦之，命左右給酒食，歡聲如雷。」（計六奇《明季北略》頁78）正是他淒苦的身世與即位前後危險的處境使他養成多疑的性格，主政後多疑、剛愎的個性更得到強化。

深，謂非中行則可，謂非狂狷則不可。……韓爌清忠有執，上所鑒知，而廷議殊有異同；詞臣文震孟正學強骨，三月居官，昌言獲罪，今起用之旨再下，謬悠之談日甚。臣所謂正氣未伸者此也。……至海內講學書院，凡經逆璫矯旨拆毀者，並宜葺復。」崇禎帝則答覆曰：「朕屢旨起廢，務秉虛公，有何方隅未化、正氣未伸？惟各書院不得倡言創復，以滋紛擾。」〔註48〕顯然崇禎帝對東林黨仍抱有戒心。而且此時殘留的閹黨聲氣相應，無時不思翻逆案，政治態勢並不穩定。

　　錢謙益入朝不數月就升詹事，轉禮部右侍郎兼翰林院侍讀學士，協理詹事府事。禮部首長「成弘以後，率以翰林儒臣爲之。其由此登公孤任輔導者，蓋冠於諸部焉。」〔註49〕由於錢謙益的威望很高，入閣有望。崇禎元年十一月初三日〔註50〕會推閣員，列吏部侍郎成基命等七人進，錢謙益名列其中。當時禮部右侍郎周延儒「以召對數語上契聖衷」，又結好於戚畹鄭養性、萬煒及東廠唐之征以爲內援。給事中瞿式耜恐兩人不能並相，力阻延儒，「延儒大不堪。」〔註51〕正好禮部尚書溫體仁資深望輕，不與會推，心懷怨恨，周延儒使與之勾結。溫體仁上疏訐奏浙闈舊事，認爲錢謙益不宜濫入枚卜。初六日癸亥，崇禎帝至文華殿，召對廷臣，令溫體仁與錢謙益對質。錢謙益說：「臣才品卑下，學問荒疏，濫與會推之列，處非其擾，溫體仁參臣極當。但錢千秋之事，關臣名節，不容不辨。臣於辛酉年典試浙中，與科臣暴謙貞矢公矢愼，一時號稱得人。臣到京覆命，方聞得錢千秋一事。當時具有疏參揭，勘問明白。現有奏案在刑部。」溫體仁則堅稱錢千秋不曾到官，其事並未結案。吏垣章允儒爲錢謙益辯護，觸怒崇禎帝，被錦衣衛拿下。溫體仁又說：「王永光屢奉溫旨，何以不出。直待瞿式耜有言，完了枚卜大事，然後聽其去。是冢臣去留，皇上不得專主。」王永光趕忙表白：「臣一向眞病，蒙皇上溫諭，見枚卜大事，勉出定這件事，還要求去。」溫體仁又說：「錢謙益熱中枚卜，使梁子璠前上一疏，要侍郎張鳳翔代。念會推從來未有之事。」崇禎完全聽信溫體仁之言，問部臣科道：「枚卜大典，會推要公，如何推這等的人？」房可壯立即說：「臣等都是公議。」輔臣也說：「關節實與錢謙益無干，刑部前

〔註48〕計六奇《明季北略》卷四，頁88。
〔註49〕《明史》卷七十一志第四十八職官一。
〔註50〕金鶴沖《錢牧齋先生年譜》：「十月會推閣臣」。
〔註51〕《閣訟記略》。

已招問明白。」溫體仁強詞奪理:「謙益可以枚卜,則千秋亦可會試。」當此之時,錢謙益只是伏地待罪,崇禎帝令他暫退候旨。諸臣會議後,輔臣持疏揭回奏:「錢某既有議論,回籍聽勘,千秋下法司再問。」崇禎帝對此並不滿意,禮部右侍郎周延儒便說:「錢千秋之事,關節是眞,現有硃卷招案,已經御覽,皇上不必再問。」崇禎帝便說:「會議要公,卿等如何不奏?」周延儒說:「大凡會議會推,外廷都沿故套,只是一兩個把持,諸臣都不開口,就開口也不行,徒是言出而禍隨。」這句話非常巧妙而且毒辣,周延儒早已窺測崇禎帝不信任廷臣,懷疑朝中有黨,而且他這麼一說,朝臣誰也不敢多言。因此崇禎帝聽後大喜,會推不行,錢謙益得罪〔註52〕。

　　閣訟中錢謙益失利的原因很複雜,一是溫體仁、周延儒內外勾結。溫體仁與周延儒因為不能列名會推,心懷怨恨,周延儒故而嗾使溫體仁攻訐錢謙益,並且內廷有人相助,所以崇禎帝先入為主,相信溫、周的片面之詞。二是因為溫體仁突然襲擊,而且準備充分,伶牙俐齒,令錢謙益和眾多朝臣都措手不及,加之周延儒在旁煽風點火,使崇禎帝信以為眞。三是錢謙益在政治上不成熟,應對失措。錢謙益對仕途的險惡沒有充分的認識,事先無準備,面對政敵突然的攻擊,只是一味退守,為自己辯護不力。而最根本也最重要的一條原因是崇禎帝剛愎多疑,本就不信任眾臣:錢千秋關節案早已結案,這只需查證便可知,而且諸人都已證實,但崇禎帝始終疑心眾人有私,認定錢謙益舞弊是實;崇禎一直懷疑會推不公,認為枚卜被錢謙益等操縱,所以不聽眾臣之言,而認同周延儒的誣衊之詞;崇禎疑慮群臣結黨,所以溫體仁堅持說錢謙益結黨甚眾,這不僅可以贏得崇禎的同情與支持,而且可以誣攀反駁自己、為錢謙益辯護的大臣為謙益之黨,以箝眾人之口。章允儒一針見血地指出:「黨之一字,從來小人所以陷君子」〔註53〕,未料崇禎正深信錢謙益等為奸黨,因而大為惱怒。所以閣訟事件反映出崇禎帝對眾臣的不信任態度,錢謙益、瞿式耜、章允儒等受重責正是要警告廷臣不得結黨,不得把持政局。也正是通過閣訟,溫體仁、周延儒逐漸控制朝政,便佞取容,導帝以深刻,崇禎自以為英明善察,卻不知正入奸臣機彀,實在是可笑又可歎。

　　閣訟事件的影響很大,就崇禎帝而言,一方面,它與清除魏黨的共同點

〔註52〕參見《閣訟記略》、《明季北略》卷四、《明史》卷三百零八《溫體仁傳》、《周延儒傳》等。
〔註53〕《閣訟記略》。

在於崇禎帝意欲乾綱獨攬，威權自操，溫體仁說王永光不即離朝是「冢臣去留，皇上不得專主」，正是測中崇禎帝心中最忌諱之處有為而發。終崇禎一朝，明思宗始終緊握皇權不肯放鬆，專橫獨斷，猜忌臣下，如「吳輔甡面奏，欲疏請蠲楚賦，謂：『民久困兵火，徵必不能應，且令仁聲先路，則安民即剿寇勝著耳。』允之。及疏入，留中，蓋不欲恩歸臣下也。」〔註 54〕特別是在為帝後期，明思宗殺袁崇煥，頻繁更換各級官員，重責失事之文臣，致使官員無所適從，惶懼不安，不敢任事，加劇了政治的混亂。另一方面，閣訟中溫體仁、周延儒屢屢誇張說：「滿朝皆是謙益之黨」、「諸臣皆不以公忠為念」〔註55〕，使得崇禎帝對朝中黨爭極為警惕與憎惡，曾召首輔韓爌等，認為「進言者不憂國而植黨，自名東林，於國事何補」，「當重繩以法」〔註 56〕。就東林黨而言，它使東林上升的整體趨勢受到遏制，錢謙益既被斥，黃道周、倪元璐、姚希孟、文震孟等也難得大用，失去了推行政治綱領、施展抱負、澄清天下的最好時機，因此倪元璐說：「君子之不幸，未有甚於此時者矣」〔註57〕。就溫體仁、周延儒而言，枚卜中他們為了自己的私利，不惜與滿朝官員相爭，與東林為敵，事後攻擊者甚眾，為了保住自己的地位，他們只有爭取崇禎帝的支持，並大肆結黨以做抗拒，在朝中極力以權謀壓倒東林，進而掌握權勢，謀取私利，對於當時的諸多國家大事則苟默取容。如溫體仁「自以排廷論，取中旨得相，日夜患詹翰諸臣之逼己，其才且賢者，必害之以事，抑勿使前，取癃篤謹愿無能之人布腹心，引與同列，苟以充位塞爭，且假之形己長而固寵。」「彼蓋挾其私智，上以彌縫主心，中以諉避事任，下以錮蔽人才。一相之禮貌全，身家固，而萬事潰不可收矣。」〔註58〕

枚卜被訐對錢謙益的打擊很大，因為在政治上他從未如此接近他的目標：入閣執政，可惜卻為溫、周所阻。因此閣訟被訐成為錢謙益一生的恨事。《東澗詩鈔小傳》云：「生平所最抱恨者尤在閣訟一節，每一縱談及之，輒盛氣坌湧，語雜沓不可了。」〔註 59〕他在《十一月初六日召對文華殿旋奉嚴旨革職待罪感恩述事凡二十首》其一中自述：「孤臣卻立彤墀內，咫尺君門淚滿

〔註54〕 《三垣筆記》中，頁 61。
〔註55〕 《閣訟記略》。
〔註56〕 《明史》卷二百四十一《韓爌傳》，卷三百九《溫體仁傳》。
〔註57〕 《國榷》卷八十九，頁 5462。
〔註58〕 吳偉業《綏寇紀略》卷七「開縣敗」，頁 5289；補遺上，頁 5458（《筆記小說大觀》第 24 編，臺北新興書局有限公司 1978 年 6 月版）。
〔註59〕 《碑傳集補》卷四十四，頁 2424。

襟。」〔註60〕他一方面憤恨「宮鄰初散鼠狐群，殷殷成雷又聚蚊。卷舌光芒仍炫燿，臺階氣象尚氤氳。」〔註61〕暗指溫體仁、周延儒巧言令色，讒言惑主。一方面他又自認心地光明：「浮名盡可供描畫，腐骨終須付汗青。」〔註62〕他悔，悔自己不應出山，云：「出山我自慚安石，作相人終忌子瞻。」〔註63〕因而說：「事到抽身悔已遲，每於敗局算殘棋。都門有客送臨賀，廷辨何人是魏其？楊柳曲中游子老，車輪枕畔逐臣知。寒燈冷炕悽涼夜，不醉何因作酒悲？」〔註64〕他又自我排解，說自己本就命運多舛，沒有才學，此次正可保全晚節，「孤生半世飽艱辛，敢恨虞翻骨相屯。吾道非與何至此？臣今老矣不如人。養成枳棘難爲橘，刈盡椒蘭不作薪。每誦韓公晚香名，整襟時一慰沉淪。」〔註65〕本來即將處於權力的高峰，沒想到卻轉眼受責革職，這不禁讓他感慨榮辱：「兩月春明席未溫，眼看深谷又高原。金多爭羨洛陽路，禍至方思上蔡門。五鼎食烹皆主父，三期賢佞總王尊。」最後說：「莊生能悟逍遙理，只爲精思曳尾言。」〔註66〕他似乎已經吸取教訓，對朝政失去興趣，並下定決心，「深慚薄劣干南斗，莫更求名擬少微。」而要「春水花源尋伴侶，秋風瓜圃會賓朋。書空泫涕非吾事，縱是憂時也不應。」〔註67〕在封建社會，每當功業受挫，文人便會轉向自我人身保全與精神逍遙，錢謙益也是如此，他吟道：「頗爲艱危識天意，要令漁釣穩三江。」〔註68〕認爲時局艱難，仕途危險，受罰歸鄉正是天意，這其實不過是故作放達而已。

〔註60〕《初學集》卷六，頁183。
〔註61〕《初學集》卷六《十一月初六日召對文華殿旋奉嚴旨革職待罪感恩述事凡二十首》其七，頁188。
〔註62〕《初學集》卷六《十一月初六日召對文華殿旋奉嚴旨革職待罪感恩述事凡二十首》其二，頁185。
〔註63〕《初學集》卷六《十一月初六日召對文華殿旋奉嚴旨革職待罪感恩述事凡二十首》其三，頁186。
〔註64〕《初學集》卷六《十一月初六日召對文華殿旋奉嚴旨革職待罪感恩述事凡二十首》其五，頁187。
〔註65〕《初學集》卷六《十一月初六日召對文華殿旋奉嚴旨革職待罪感恩述事凡二十首》其六，頁188。
〔註66〕《初學集》卷六《十一月初六日召對文華殿旋奉嚴旨革職待罪感恩述事凡二十首》其十一，頁190。
〔註67〕《初學集》卷六《十一月初六日召對文華殿旋奉嚴旨革職待罪感恩述事凡二十首》其十四，頁192。
〔註68〕《初學集》卷六《十一月初六日召對文華殿旋奉嚴旨革職待罪感恩述事凡二十首》其二十，頁196。

二、丁丑獄事

　　回到家鄉後，錢謙益優游度歲，詩酒唱和，但同時也關心著國家大事。此時溫體仁已擠周延儒去位而爲首輔，日導帝以深刻，明王朝在軍事、經濟、政治上都面臨著嚴重的危機：「當是時，流寇蹕畿輔，擾中原，邊警雜沓，民生日困」，由於溫體仁狡猾柔媚，「未嘗建一策，惟日與善類爲仇」〔註69〕，因此屢屢被攻。

　　由於錢謙益是山林領袖，溫體仁一方面顧慮錢謙益「姓字尚在人中，死灰或至復然」〔註70〕，一方面想借陷害錢謙益打擊政治對手。恰在此時，常熟訟棍陳履謙負罪逃入京城，「召姦人張漢儒、王藩與謀曰：『殺錢以應烏程之募，富貴可立致也。』」〔註71〕於是他們「坐常熟會館中，捃拾錢瞿事，盡取生平所不快及事連錢孫二姓者周內之」，「共五十八款，贓幾三四百萬」。「當諸人之造榜揭也，景良既非本懷，履謙去鄉久，不能晰錢瞿居鄉事，有所聞亦傳言失眞，同事者俱書生，但能爲醜詞，實不中窾要。」崇禎丙子冬，疏上，溫體仁大喜過望，立即票擬嚴旨逮問錢謙益、瞿式耜。崇禎十年丁丑二月末，錢、瞿二人聞報即孑身離家，來到郡城赴逮。有鄉人向錢謙益獻策：「款曹、和溫、藥張」。曹即司禮監太監管東廠事曹化淳，溫即溫體仁，張即張漢儒。錢謙益聽後「蹶然起拜」〔註72〕。當錢謙益被解送往北京時，撫寧侯朱國弼抗章劾溫體仁欺君誤國，溫體仁懷疑是錢謙益指使，陳履謙便嗾使王藩具揭說朱國弼門客周應璧受錢謙益賄銀三千兩，代朱國弼起草本章參奏溫體仁，又改「款曹、和溫、藥張」六字爲「款曹、擊溫、擒陳、藥張」八字，攔街跪投給溫體仁，溫體仁「接揭欣然，攜王藩入朝房密語久之而出，一時喧然側目。藩又首之於衛，是時掌衛事者爲董琨，首揆私人也。衛據揭上聞，奉旨提訊。」〔註73〕但錦衣衛嚴刑拷打當事人卻始終不得要領，案件遂久拖不決。當時溫體仁與曹化淳爭權奪利，勾心鬥角，便懷疑曹化淳與錢謙益相通，並想通過此事動搖曹化淳的地位，於是具揭攻曹。崇禎帝將此揭給曹化淳看，曹化淳叩首稱冤，崇禎帝便將此案交給曹化淳處理。曹化淳對溫體仁萬分惱恨，窮加追治，拷訊陳履謙、張漢儒等，於是「盡得漢儒等奸狀及體

〔註69〕《明史》卷三百八列傳第一百九十六《溫體仁傳》，頁7935。
〔註70〕《初學集》卷八十七《剖明關節始末以祈聖鑒以明臣節疏》，頁1818。
〔註71〕《初學集》卷二十五《丁丑獄志》，頁802。
〔註72〕《虞山妖亂志》，《虞陽說苑甲編》本。
〔註73〕《虞山妖亂志》，《虞陽說苑甲編》本。

仁密謀」〔註74〕，陳履謙、張漢儒、王藩等被枷死。這時撫按官也上疏聲稱張漢儒所奏不實，「刑部亦據之入告，三上，徒瞿杖錢，始得俞旨釋歸，則戊寅之秋也。」〔註75〕經過此案，「帝始悟體仁有黨。」「體仁乃佯引疾，意帝必慰留。及得旨竟放歸，體仁方食，失匕箸，時十年六月也。」〔註76〕

　　錢謙益此禍，首起於訟棍的訐奏，但根子在首輔溫體仁對錢謙益的忌恨，溫體仁在此案中暗中操縱，才使得案件波瀾迭起。如張漢儒奏稿寫成後，想刻板印行，「苦無刻貲，且懼邏者，遲疑數日，忽有一人長身而髯，手持廿金，曰：『相君知爾欲與錢謙益為難，大善，但上疏，當從中主持。知汝貧，姑以此為刻揭助。』」〔註77〕因此此案始終與朝廷中的政治鬥爭糾結在一起。溫體仁試圖藉此機會打擊政敵，穩固自己的地位，但錢謙益借助皇帝親信太監曹化淳的力量，不僅使自己轉危為安，而且意外地扳倒了「得主方深，莫敢誰何」〔註78〕的首輔溫體仁。這固然與錢謙益堅持鬥爭，接連上疏向皇帝辯冤叫屈有關，但更主要的是溫體仁「專務刻核，迎合帝意」〔註79〕，「無他補益，惟謹身奉上，務為恔急殘薄之行以結主知，軍國重事付之罔聞而已，天下嗷嗷，指為奸人」〔註80〕，所以在朝在野都有很多力量企圖推倒溫體仁。而在地方，則巡撫為浙江張國維，道臺為慈谿馮元飆，蘇州知府是福建陳洪謐，巡按是路振飛，都與錢謙益聲氣相投，甚至關係密切，因而極力為他開脫。最後，關鍵的力量是曹化淳。曹化淳曾是王安名下太監，由於王安與東林黨關係密切，錢謙益曾寫過王安的墓誌銘，故而曹對錢頗有好感，特別是溫體仁欲藉此案危及自己的地位，所以他更要幫錢傾溫。

　　在錢謙益、瞿式耜被拘期間，由於溫體仁不得人心，錢謙益夙負威望，士人皆認為錢謙益無辜，同情並敬重他，為之奔走，並前往探視，「尚書侍郎暨臺諫郎署相見者五十餘人」〔註81〕，甚至「傅給事右君、胡行人雪田，皆來執經」〔註82〕，朝廷官員進牢中向囚犯學經，這可不多見，他們正是以這

〔註74〕　《明史》卷三百八列傳第一百九十六《溫體仁傳》，頁7936。
〔註75〕　《虞山妖亂志》，《虞陽說苑甲編》本。
〔註76〕　《明史》卷三百八列傳第一百九十六《溫體仁傳》，頁7936。
〔註77〕　《虞山妖亂志》卷上，《虞陽說苑甲編》本。
〔註78〕　《虞山妖亂志》卷下，《虞陽說苑甲編》本。
〔註79〕　《明史》卷三百八列傳第一百九十六《溫體仁傳》，頁7935。
〔註80〕　《虞山妖亂志》卷下，《虞陽說苑甲編》本。
〔註81〕　《初學集》卷十二《霖雨詩集》序，頁385。
〔註82〕　《初學集》卷十二《獄中雜詩》之八自注，頁392。

種方式表示對錢謙益的支持與對溫體仁的不滿。錢謙益對他們很是感激，也為他們的俠義精神所感動，在《贈別鄭仰田高士》中云：「徒步追尋萬里餘，飄然南下似投虛。齎持仙草當乾糒，摒擋空箱出塞驢。閒代天符分雨滴，狂隨豎子掉雷車。幔亭雲鶴時相過，定有空中寄我書。」〔註83〕

在獄中，由於首輔溫體仁想借機陷害，皇帝又信任溫體仁，且訊問者都是溫體仁的親信，錢謙益情形危殆，因而內心又苦悶，又惶恐，自稱：「知交跎蹉憂連坐，僮僕倉皇擬叫閽。美酒經時澆漢獄，愁腸終夜繞吳門。卻憐痛定仍思痛，病悸頻將白首捫。」〔註84〕可見當時境況甚是凄慘。他既為自己叫屈，又憤恨小人陷害，說：「訓狐白日向人呼，罔兩中宵問影孤。」〔註85〕並反覆渲染獄中的苦境：牢中小，「有室端堪容兩膝，無床何處認雙趺。」〔註86〕牢中熱，「驕陽初伏正乘權，窟室薰蒸劇可憐。爍石只應圜土爛，流金不見鐵圍穿。」〔註87〕牢中陰森，「玄鳥避巢無四序，燭龍回駕少三光。枯骸每與人爭坐，白晝頻看鬼亂行。」〔註88〕牢中擁塞，「祝去詛來如有恨，單行卻立豈為恭？駢頭會聚攢蜂牖，接迹經過折蟻封。」〔註89〕在獄中，日子過得似乎加倍漫長，使得他慨歎：「八寒陰獄長如此，縱有陽春到此休。」〔註90〕他因而痛悔自己不應識字人世，說：「閒中檢點人間事，憂患只應識字初。」〔註91〕但他並沒有完全消沉，相反還不時鼓勵自己，說：「千載汗青終有日，十年血碧未成灰。」〔註92〕這是用忠義自勵，同時，他還利用佛、道思想來開導自己，一則曰：「蓬蒿環堵彈琴處，方丈毗耶宴坐時。」〔註93〕再則曰：「此中未悟《逍遙》理，枉讀《南華》第一篇。」〔註94〕所以雖然獄中艱苦，他卻說：「獨有老夫誇矍鑠，更思曳足看飛鳶。」〔註95〕他在獄中與友人唱和，

〔註83〕《初學集》卷十二，頁387。
〔註84〕《初學集》卷十二《獄中雜詩》之十六，頁397。
〔註85〕《初學集》卷十二《獄中雜詩》之九，頁393。
〔註86〕《初學集》卷十二《獄中雜詩》之九，頁393。
〔註87〕《初學集》卷十二《獄中雜詩》之十，頁393。
〔註88〕《初學集》卷十二《獄中雜詩》之十四，頁396。
〔註89〕《初學集》卷十二《獄中雜詩》之二十二，頁400。
〔註90〕《初學集》卷十二《獄中雜詩》之十三，頁395。
〔註91〕《初學集》卷十二《獄中雜詩》之五，頁390。
〔註92〕《初學集》卷十二《獄中雜詩》之二十八，頁403。
〔註93〕《初學集》卷十二《獄中雜詩》之二十四，頁401。
〔註94〕《初學集》卷十二《獄中雜詩》之二，頁389。
〔註95〕《初學集》卷十二《獄中雜詩》之十，頁393。

「最是催詩並問字，每於清夜惱比鄰。」〔註96〕竟然還有閒情逸志懷念江南的美景：「夢斷江南好春事，與君獄底話神仙。」〔註97〕他雖然說：「功名過眼籌燈在，世事從頭倒枕論」〔註98〕，似乎已經「痛改前非」，不想再過問政治了，可實際上還是割捨不下憂國忠君之心，說：「睡起懵騰扶白首，可知羅網是君恩？」〔註99〕又說：「猶有憂時心未已，雞鳴風雨歎斯晨。」〔註100〕他尤其關心遼東戰況，說：「三韓殘破似遼西，並海緣邊盡鼓鼙。東國已非箕子國，高驪今作下句驪。中華未必憂寒齒，群虜何當悔噬臍？莫倚居庸三路險，請封函谷一丸泥。」〔註101〕他敏銳地認識到失去朝鮮支持對遼事的重要影響，並提出警告，認爲居庸之險不可憑恃。可惜當時的主政者並未加以重視。他同時感歎說：「大有羯奴侵上國，可無司馬相中朝」〔註102〕，歎惋朝中沒有干練之臣，並隱然以禦敵自負。錢謙益在獄中諸詩鮮明地表現了肉體的痛苦與掙扎，精神的苦悶惶惑與渴求解脫，可謂是黯淡時世下、黑暗牢獄中的凄涼詩篇。

經過張漢儒案，溫體仁雖然下臺，但國家政治並未得到改善，溫體仁的繼承者們基本延續溫體仁的政策與做法，《明史》云：「其所推薦張至發、薛國觀之徒，皆效法體仁，蔽賢植黨，國事日壞，以至於亡。」〔註103〕而錢謙益也並沒有在政治上得以翻身，在亂世中獲得禦敵安民的機會，馮舒記云：「初，舒之在南獄也，有蔣亨者，東廠長班也，以銅商事下獄。是時舉國謂錢公且爰立，舒問之，亨曰：『錢瞿事當無患，然我都主爺是愛惜官爵人，此一獄也，直是了款曹局耳，若錢遽登仕版，則恐裹邊重疑之，恐不免戴一罪名去。』裹邊者，宮中稱上之詞也。」〔註104〕由於崇禎帝的猜忌與曹化淳的自保，錢謙益依然不能復出，只能仍舊歸老虞山。

〔註96〕 《初學集》卷十二《獄中雜詩》之二十五，頁402。
〔註97〕 《初學集》卷十二《獄中雜詩》之二十，頁399。
〔註98〕 《初學集》卷十二《獄中雜詩》之十九，頁399。
〔註99〕 《初學集》卷十二《獄中雜詩》之十九，頁399。
〔註100〕 《初學集》卷十二《獄中雜詩》之六，頁391。
〔註101〕 《初學集》卷十二《獄中雜詩》之十一，頁393。
〔註102〕 《初學集》卷十二《獄中雜詩》之十五，頁396。
〔註103〕 《明史》卷三百八列傳第一百九十六《溫體仁傳》。
〔註104〕 《虞山妖亂志》，《虞陽說苑甲編》本。

第三節　崇禎朝後期的錢謙益

一、風流老虞山

　　張漢儒京控案平息後，錢謙益平安回家，歸家之後的他自覺死裏逃生，恍若隔世，自稱：「去年琅璫燕山頭，天荒地老神鬼愁。今年燕喜虞山陽，風恬雲暖化日長。眼中陵谷有如此，何異揚塵看海水。……局裏滄桑人不知，推枰一笑何榮辱？與君酌酒莫逡巡，紛紛朝市又生塵。夜露未晞賓既醉，人間已有爛柯人。」〔註105〕他慶幸自己全身而回，感慨往事，似乎甘心隱退終老，說：「老夫幽繫經幾年，歸來舍下新流泉。以歸名泉聊自慰，扶杖閒詠歸來篇。」〔註106〕經歷多次政治風波，他似乎對此有些恐懼，友人茅孝若「扼腕時事，思以布衣召見」，他作詩勸止，說：「世事看如許，君今已悟不？商歌何處達？說夢豈能求？善觸兼防鹿，知機並畏鷗。永懷河渚客，暗默古今憂。」〔註107〕他對世事非常失望，認為隱逸方可全身於亂世。但這又不完全是他的真實想法，他還是有種種幻想。如《十六夜見月》中云：「天公試手，浴堂金殿，瞥見清明時節。」下有小注云：「時中朝新有大奸距脫之信。」大奸指薛國觀，崇禎十四年八月，薛國觀被賜死，所以錢謙益興奮地說：「喜天邊，穆穆金波，重照蕭蕭華髮。」〔註108〕似乎看到一線希望。但被廢日久，他也承認：「敢云吾道大，相顧此生微」，所以只好「垂綸收釣具，煉石補漁磯。」〔註109〕他對時局十分關注，有自己的看法，但又畏懼政治風波，同時又不可能復官，只能隱退田園，這種欲出不能出，欲隱不甘心的心情糾糾纏纏，令他又苦惱，又惆悵。這都體現在他僅有的四首《永遇樂》詞中。如《中秋大雨》：「晚來妝了，插花看鏡，恍似身臨瑤闕。燭滅香殘，暗風吹雨，魂夢空淒切。月宮深鎖，桂輪何處？莫被愁人攀折。應自恨、青天碧海，茫茫奔月。」〔註110〕這抒發的正是入朝不得的痛苦。而《十七夜》云：「生公石上，周遭雲樹，遮掩一分殘闕。天上《霓裳》，人間《桂樹》，曲調都清切。」一片寧和氣氛與賞月的喜悅心情，但忽然間，又想起「干戈遍地，烏驚鵲繞，

〔註105〕《初學集》卷十五《題陸叔平滄桑對弈圖贈稼軒五十初度》，頁526。
〔註106〕《初學集》卷十五《歸來泉歌答金壇於惠生曹汝真》，頁526。
〔註107〕《初學集》卷十六《次韻答茅孝若見訪五首》之四，頁582。
〔註108〕《初學集》卷十七《十六夜見月》，頁608。
〔註109〕《初學集》卷十七《九月望日得石齋館丈午日見懷詩次韻卻寄》之一，頁612。
〔註110〕《初學集》卷十七《中秋大雨》，頁608。

一寸此時心折。」所以他發出「憑誰把、青天淨洗，長留皓月」〔註 111〕的感慨，說明他雄心依然未滅。

　　錢謙益的性格中本就有風流儒雅、瀟灑放蕩的一面，爲了排遣心中的苦悶，追求心靈的寧靜，他縱情山水，與友人詩酒唱和，以文人雅事自娛。如他向山僧乞蘭，寫下《乞蘭詩示西隱長老》，詼諧地說僧人種蘭「聞香嫌破戒，插鬢苦頭禿。」若賣蘭則「酒肉相薰染，珠翠並攢簇。譬如漢明妃，嫁與胡虜族。」所以還不如送給自己，「新婦配參軍，豈不得所欲。」〔註 112〕友人茅孝若七夕納姬，他寫詩湊趣：「花橋不勝鵲橋無？河漢盈盈漏水徂。可應早嫁歌盧女？莫以無郎欺小姑。赤鳳巧偏棲玉樹，烏龍狂欲撼金鋪。詩人老似張公子，賤妾應爲燕燕雛。」〔註 113〕

　　而最能表現錢謙益風流個性的無過於他與柳如是的情緣。柳如是「初名隱雯，繼名是，字如是。爲人短小，結束俏利，性機警，饒膽略。適雲間孝廉爲妾」，後來「孝廉謝之去。遊吳越間，格調高絕，詞翰傾一時。嘉興朱治憪爲虞山錢宗伯稱其才，宗伯心豔之，未見也。」〔註 114〕從後來錢謙益贈柳如是的詩中也可見出他對柳如是早就豔羨不已：「爭得三年才一笑，可憐今日與同舟。」〔註 115〕崇禎庚辰冬，柳如是「扁舟訪宗伯，幅巾弓鞋，著男子服，口便給，神情灑落，有林下風。宗伯大喜，謂天下風流佳麗，獨王修微、楊宛叔與君鼎足而三，何可使許霞城、茅止生專國士名姝之目。」〔註 116〕柳如是的《半野堂初贈詩》很好地說明了錢謙益在當時的聲望以及柳如是對他的初次印象：「聲名眞似漢扶風，妙理玄規更不同。一室茶香開澹黯，千行墨妙破冥濛。竺西瓶拂因緣在，江左風流物論雄。」〔註 117〕首聯不僅讚譽錢謙益是學問大家，而且與馬融一樣生性放達，頸聯則說明錢謙益當時虔心向佛，以及他在江左的聲望。「風流」、「物論雄」正說出錢謙益在時人心目中的印象。尾聯「今日沾沾誠御李，東山蔥嶺莫辭從。」不僅寫出自己見到錢謙益的快慰，也以李膺、謝安比錢謙益。由此可見柳如是對錢

〔註 111〕《初學集》卷十七《十七夜》，頁 610。
〔註 112〕《初學集》卷十六《乞蘭詩示西隱長老》，頁 578。
〔註 113〕《初學集》卷十七《次韻茅四孝若七夕納姬二首》之一，頁 600。
〔註 114〕顧苓《河東君小傳》，《柳如是詩文集》附錄，頁 219。
〔註 115〕《初學集》卷十八《次日疊前韻再贈》，頁 617。
〔註 116〕顧苓《河東君小傳》，《柳如是詩文集》附錄一，頁 219。
〔註 117〕《初學集》卷十八附，頁 616。

謙益不僅很有好感，而且也很瞭解，詩中恭維得都很恰切。錢謙益對柳如是的印象也很好，說：「文君放誕想流風，臉際眉間訝許同。」〔註118〕錢謙益讚賞卓文君聞琴私奔，視之爲雅事，並以之比柳如是，說明錢謙益本就不大顧忌禮教之大防，所以柳如是易妝主動求見，在旁人看來實在駭人聽聞，在牧齋看來卻是美事。所以錢謙益對柳如是主動來訪極爲興奮：「枉自夢刀思燕婉，還將摶土問鴻濛。霑花丈室何曾染？折柳章臺也自雄。但似王昌消息好，履箱擎了便相從。」〔註119〕兩人一見，便情投意合，泛舟河上，錢謙益贈詩云：「冰心玉色正含愁，寒日多情照柁樓。萬里何當乘小艇？五湖已許辦扁舟。每臨青鏡憎紅粉，莫爲朱顏歎白頭。苦愛赤闌橋畔柳，探春仍放舊風流。」〔註120〕仕進無門，他只能歸隱田園，傷時歎老，好在有柳如是相伴，聊以忘卻種種愁苦。這種心情正如《牧齋遺事》所云：「當丁丑之獄，牧翁佗傺失志，遂絕意時事。既得章臺，欣然即有終老溫柔之願」。柳如是則作詩說：「誰家樂府唱無愁？望斷浮雲西北樓。漢珮敢向神女贈，越歌聊感鄂君舟。春前柳欲窺青眼，雪裏山應想白頭。莫爲盧家怨銀漢，年年河水向東流。」〔註121〕詩中暗嵌柳河東三字，表示自己感激並接受錢謙益的愛慕。崇禎十三年十二月二日，錢謙益特爲柳如是建的我聞室落成，錢謙益與柳如是及二三好友文酒宴會，錢謙益興奮地寫道：「清尊細雨不知愁，鶴引遙空鳳下樓。紅燭恍如花月夜，綠窗還似木蘭舟。曲中楊柳齊舒眼，詩裏芙蓉亦並頭。今夕梅魂共誰語？任他疏影蘸寒流。」〔註122〕可以說此夜也是他與柳如是的定情之夜，在他心中留下深刻的印象，使得他暮年在病榻垂死呻吟，也念念不忘，追憶說：「老大聊爲秉燭遊，青春渾似在紅樓。買回世上千金笑，送盡生年百歲憂。留客笙歌圍酒尾，看場神鬼坐人頭。蒲團歷歷前塵事，好夢何曾逐水流。」〔註123〕柳如是「留連半野堂，文燕浹月。越舞吳歌，旋舉遞奏；香籤玉臺，更唱迭和。」〔註124〕錢謙益歡喜無限，或

〔註118〕《初學集》卷十八《庚辰促冬河東君至止半野堂有長句之贈次韻奉答》，頁616。
〔註119〕《初學集》卷十八《庚辰促冬河東君至止半野堂有長句之贈次韻奉答》，頁616。
〔註120〕《初學集》卷十八《冬日泛舟有贈》，頁617。
〔註121〕《初學集》卷十八《次韻奉答》，頁617。
〔註122〕《初學集》卷十八《寒夕文讌再疊前韻是日我聞室落成》，頁618。
〔註123〕《有學集》卷十三《病榻消寒雜詠四十六首》之三十四，頁664。
〔註124〕顧苓《河東君小傳》，《柳如是詩文集》附錄一，頁219。

與柳如是泛舟東郊，或山莊探梅，或紅妝守歲，或泊舟小飲，繾綣快意，在《辛巳元日》中寫道：「新年轉自惜年芳，茗椀薰爐瀰麴房。雪裏白頭看鬢髮，風前翠袖見容光。官梅一樹催人老，宮柳三眠引我狂。西迹籃輿南浦櫂，春來只爲兩人忙。」〔註125〕喜氣洋溢於詩句之中。可惜崇禎十四年正月底，錢謙益與友人有約，於是柳如是陪錢謙益至鴛湖，兩人分別，錢謙益作長詩《有美一百韻晦日鴛湖舟中作》，詩中對柳如是極盡讚美：「生小爲嬌女，容華及麗娟。詩哦應口答，書讀等身便。緗帙攻《文選》，緹囊貫史編。」錢謙益不僅誇頌她的美貌、文采，還說她「度曲窮分刌，當歌妙折旋。吹簫嬴女得，協律李家專。畫奪丹青妙，琴知斷續弦。」琴曲書畫，無所不能，令他神魂顛倒。他並回憶這一個月來兩人在一起的愉快生活，對柳如是戀戀不捨，說：「從今吳榜夢，昔昔在君邊。」〔註126〕

錢謙益遊西湖、黃山後便著手籌備與柳如是的婚事，兩人於崇禎十四年六月初七日在松江舟中結褵，「學士冠帶皤髮，合卺花燭，儀禮備具。賦《催妝》詩，前後八首。雲間縉紳，譁然攻討，以爲褻朝廷之名器，傷士大夫之體統，幾不免老拳。滿船載瓦礫而歸，虞山怡然自得也。」〔註127〕錢謙益娶柳如是後，爲她「建絳雲樓，窮極壯麗，上列圖史，下設幃帳，以絳雲仙姥比之」〔註128〕，夫婦倆詩酒唱酬，校讎圖史，臨文討論，樂在其中。

錢謙益欣賞、喜愛柳如是不僅僅因爲她詩文作得好，還因爲她性格「倜儻好奇，尤放誕」〔註129〕，錢謙益自己也說她：「流風殊放誕，彼教異嬋娟」〔註130〕，並認爲這是柳如是迷人之處。這可能是因爲柳如是身上的放誕性格正與他相合。而且柳如是關注政治，與張溥、陳子龍等均有密切往來，她拜訪錢謙益之時便已說明自己仰慕錢謙益清流領袖的政治立場與地位。錢謙益在政治上頗爲自負，同時又極不得意，柳如是則以王安石、謝安等爲比，既是安慰，又是鼓勵，這不能不讓錢謙益有知己之感。

當然，錢謙益雖然一方面身處溫柔鄉，放縱於詩酒山水與紅顏知己之間，他對功業的追求與對國事的關心依然沒有改變，因而在《癸未除夕》中說：「漸

〔註125〕《初學集》卷十八《辛巳元日》，頁622。
〔註126〕《初學集》卷十八《有美一百韻鴛湖舟中作》，第624至626頁。
〔註127〕沈虯《河東君傳》，《柳如是詩文集》附錄一，頁221。
〔註128〕沈虯《河東君傳》，《柳如是詩文集》附錄一，頁221。
〔註129〕顧苓《河東君小傳》，《柳如是詩文集》附錄一，頁219。
〔註130〕《初學集》卷十八《有美一百韻鴛湖舟中作》，頁625。

喜閨門歡有緒，劇憐海宇亂如絲。」〔註131〕表現了自己對不斷惡化的時局的擔憂。

二、苦謀仕進路

雖然錢謙益離實現抱負、濟世安邦的政治目標似乎越來越遠了，但是他仍然關心時事。其《曲阜道中》之一云：「霜林蕭瑟敝車來，宗國蒼茫正可哀。泗水秋風沈漢鼎，魯丘落日起秦灰。憂時慮與巢鳥切，去國心隨候雁回。惆悵閟宮偏泯滅，郊原牧馬總庬隤。」〔註132〕他已經隱隱意識到明帝國即將崩潰，心情極爲惆悵與哀傷，但又束手無策。

崇禎十二年清明，周延儒突然來拜訪錢謙益，雖然兩人曾經有隙，但現在同爲在野之人，周又主動來看他，於是兩人似乎拋棄前嫌，「衰衣爭聚看，棋局漫相陪。樂飲傾村釀，和羹折野梅」〔註133〕，盡享山林之樂。但他們依然對時事極爲關注，對入朝躍躍欲試：「鴟夷看後乘，戎馬問前籌。側席煩明主，東山自可求。」崇禎十一年秋，清軍突破明軍防線，一直南下，攻入山東，而守軍無能爲力，孫承宗殉國，盧象升戰死，都邑殘破，人民被屠掠，直至崇禎十二年方退去。想必周延儒和錢謙益也曾談論此事，錢謙益對朝中無能臣、軍中無猛將很是憤慨，說：「若問山東事，將無畏簡書？白衣悲命駕，紅袖泣登車。甲第功誰奏？歌鍾賞尙虛。」最後則恭維周延儒：「安危有公在，一笑偃蓬廬。」〔註134〕周延儒訪錢謙益當然不是遊山玩水，也不是訪朋問友，而是抱有政治目的：崇禎六年周延儒被溫體仁排擠，「失勢，心內慚。」無時無刻不希望能重新入閣，但由於溫體仁在位久，始終沒有機會。溫體仁歸家後，「張至發、薛國觀相繼當國，與楊嗣昌等並以媢嫉稱。一時正人鄭三俊、劉宗周、黃道周等，皆得罪。」〔註135〕東林唯恐重蹈天啓覆轍，希望在朝廷中掌握主動權。當時任禮部郎的吳昌時與東林關係密切，於是寫信給張溥說：「虞山毀不用，湛持相不三月被逐，東南黨獄日聞，非陽羨復出不足弭禍」〔註136〕云云。張溥便勸說座師周延儒：「公若再相，易前轍，可重得賢聲。」周延儒深

〔註131〕《初學集》卷二十《癸未除夕》，頁742。
〔註132〕《初學集》卷十四《曲阜道中》之一，頁511。
〔註133〕《初學集》卷十五《陽羨相公枉駕山居即事賦呈四首》之一，頁539。
〔註134〕《初學集》卷十五《陽羨相公枉駕山居即事賦呈四首》之四，頁540。
〔註135〕《明史》卷三百八列傳第一百九十六《周延儒傳》，頁7928。
〔註136〕《吳梅村全集》卷二十四《復社紀事》，頁604。

表贊同。「始周延儒里居，頗從東林遊，善姚希孟、羅喻義。既陷錢謙益，遂仇東林。」〔註137〕因此他要出相，要易前轍，首先就要取得東林的支持，而要取得東林的支持，首先就要和東林黨魁錢謙益達成諒解。就政治來說，周延儒再出是東林黨重振的政治需要；就個人來說，錢謙益也要做出高姿態，而且兩人同受溫體仁打擊，同病相憐，又對時事有相同的關切與相近的看法，所以還比較融洽。《社事本末》說張溥曾與錢謙益、項煜、徐汧、馬世奇等就周延儒再相事相商於虎丘石佛寺，可見錢謙益是不反對周延儒復出的。至於周延儒訪虞山是否與錢謙益達成什麼政治協議，我看未必。一來當時周延儒能否入閣還是未知數，二來從詩中「安危有公在，一笑偃蓬廬」看，錢謙益恭維只要周延儒能執政，自己就可以隱居高臥，表明自己並無爭位之意。

後來「吳昌時爲交關近侍，馮銓復助爲謀。會帝亦頗思延儒，而國觀適敗。十四年二月詔起延儒。九月至京，復爲首輔。尋加少師兼太子太師，進吏部尙書、中極殿大學士」〔註138〕，深得崇禎帝寵信。張溥等要求周延儒信守諾言，周延儒入朝後便「悉反體仁弊政。首請釋漕糧白糧欠戶，蠲民間積逋，凡兵殘荒地，減見年兩稅。蘇、松、常、嘉、湖諸府大水，許以明年夏麥代漕糧。宥戍罪以下，皆得還家。復誆誤舉人，廣取士額及召還言事遷謫諸臣李清等。」他還說：「老成名德，不可輕棄。」於是「鄭三俊長吏部，劉宗周掌都察院，范景文長工部，倪元璐佐兵部，皆起自廢籍。其他李邦華、張國維、徐石麒、張瑋、金光辰等，布滿九列。釋在獄傅宗龍等，贈已故文震孟、姚希孟等官。」他又說服崇禎帝復黃道周官，因而「中外翕然稱賢。」〔註139〕東林黨人的大量擢用，自然令錢謙益也有復官的幻想。特別是當時軍事形勢相當嚴峻，錢謙益以知兵聞名，其師孫承宗又在軍事上頗有建樹，所以屢屢有人推薦錢謙益擔任方面，錢謙益自己也躍躍欲試。如他自稱：「沈中翰上疏，請余開府登萊，以肄水師。」錢謙益也因此表現出雄豪的氣慨，躊躇滿志：「東略舟師島嶼紆，中朝可許握兵符？樓船搗穴眞奇事，擊楫中流亦壯夫。弓渡綠江驅瀫貂，鞭投黑水駕天吳。劇憐韋相無才思，省壁愁看厓海圖。」〔註140〕顯然錢謙益有著出世的迫切願望。但是周延儒卻並沒有薦舉錢

〔註137〕《明史》卷三百八列傳第一百九十六《周延儒傳》。
〔註138〕《明史》卷三百八列傳第一百九十六《周延儒傳》，頁7928。
〔註139〕《明史》卷三百八列傳第一百九十六《周延儒傳》，頁7928。
〔註140〕《初學集》卷二十《元日雜題長句八首》之四，頁709。

謙益的意圖，「語所知曰：『虞山正堪領袖山林耳。』」這不禁令錢謙益大為氣惱，憤然寫下：「廟廊題目片言中，準擬山林著此翁。客至敢論床上下，老來祇辨路西東。延登盡說沙堤好，刺促寧憐閣道窮。千樹梅花書萬卷，君看松下有清風。」〔註141〕這自然是反話，因為錢謙益不僅有強烈的參與時政的願望，而且有充分的自信，決不會甘於在山林中讀書弄梅。因為此事，錢謙益對周延儒非常痛恨，在《蟲詩十二章》中他以蟲影射周延儒，或以之比蜜蜂：「清都為觀閣，紫殿作芳叢。不分針芒毒，偏於甜蜜中。採花迷共主，嚼蠟賺家翁。又講君臣禮，排衙傲保蟲。」〔註142〕「清都」、「紫殿」正暗指內閣，「甜蜜中」有「針芒毒」正暗喻周延儒口蜜腹劍，「採花迷共主，嚼蠟賺家翁」則指周延儒「性警敏，善伺意指」〔註143〕，上欺皇帝，下騙自己。而《蜘蛛》又云：「著物橫絲巧，謀身長蹄周。螫人惟果腹，送喜又當頭。映日文偏著，漫天網不收。禁持憑鼠婦，吞噬莫相尤。」〔註144〕所謂「螫人惟果腹，送喜又當頭」，正指周延儒暗地阻礙錢謙益復出，卻又屢屢向錢謙益表示自己已經盡力向皇帝舉薦。

　　崇禎十六年四月，錢謙益與周延儒徹底決裂，其導火線可能是周延儒再次寄書企圖誆騙〔註145〕，錢謙益在《復陽羨相公書》中云：「一二門牆舊士，頻頻傳諭，謂閣下援引，不遺餘力，親承天語，駁阻再三」，又說：「兵垣郵中，復蒙手教」〔註146〕，從信中「兵垣」、「恭聞督師北伐，汎掃胡塵，臺席戎旃，曠世為烈」來看，應是四月，因為《明史》記載「十六年四月，大清兵略山東，還至近畿，帝憂甚。大學士吳甡言奉命辦流寇，延儒不得已，自請視師。帝大喜，降手敕，獎以召虎、裴度」〔註147〕。錢謙益雖然在給周延

〔註141〕《初學集》卷二十《元日雜題長句八首》之六，頁710。
〔註142〕《初學集》卷二十《蟲詩十二章》之《蜜蜂》，頁717。
〔註143〕《明史》卷三百八列傳第一百九十六《周延儒傳》，頁7926。
〔註144〕《初學集》卷二十《蟲詩十二章》之《蜘蛛》，頁716。
〔註145〕周延儒是否有意欺騙錢謙益還有待考證。當時鄭三俊、劉宗周、黃道周等都是周延儒所舉薦，這些人論才幹，論聲望，均不在錢謙益之下，周延儒不會在乎多推薦一個。事實上，錢謙益不能復出，主要是因為崇禎帝對他依然沒有好感，而且閣訟中錢謙益受責，如今又被召用，豈不是自打耳光？所以周延儒曾說：「錢少宗伯之起，易於外而難於內。」（《三垣筆記》附識中，頁195）至於「虞山正堪領袖山林」之語，我看倒也沒說錯，錢謙益可能並不適合做官從政。鄙意以為，錢謙益一生的大錯，就在於功名欲太強。
〔註146〕《初學集》卷八十《復陽羨相公書》，頁1709。
〔註147〕《明史》卷三百八列傳第一百九十六《周延儒傳》，頁7930。

儒的信中寫得很委婉客氣，說自己「衰年殘生，日甚一日，視鋒車祖道之時，更復頹然篤老」，「不若因仍永錮，長放山林，庶可以上順天心，下安愚分。」〔註148〕所說「長放山林」，正是影射周延儒所說「虞山正堪領袖山林」的話，但信中不溫不火，有禮有節。而在約略同時所寫的《寄長安諸公書》和《癸未四月吉水公總憲詣闕詣書鼇下知己及二三及門謝絕中朝寢閣事慨然書懷因成長句四首》中則怒不可遏，表現出對周延儒兩面三刀的憤恨，這才是其眞情的流露。在《寄長安諸公書》中，錢謙益說：「頃者一二門牆舊士，爲元老之葭莩桃李者，相率詣書，連章累牘，盛道其殷勤推挽、鄭重汲引，而天聽彌高，轉圜有待。」元老正指周延儒。他說：「元老此出，補治之勳已成，伊、周之頌無忝。」指周延儒復出後起廢、蠲逋、清獄、薄賦，海內稱賢，因而自鳴得意，又諷刺周延儒假意薦舉自己是因爲「惟是陳人長物，尙滯菰蘆，則格天之業，尙欠分毫」，因此「必欲描頭畫角，宣播其虛公；拭舌膏唇，補苴其罅隙。」錢謙益對周延儒則毫不信任，說：「主上以師臣待元老，言無不信，諫無不從，獨難此一人一事，不啻如移山轉石。」並且表示：「謙益雖老鈍無似，其肯附諸人之末光，移群公之所天以事元老乎？假令從諸人之言，包羞忍恥，搖尾乞憐，元老亦憐而與之以一官。則此一官者，非朝廷之官而元老之官也。」所以他以「鬚眉皎皎，孤撐另立」自負，不屑「拜官公朝，謝恩私室。呈身識面，廉恥掃地。」〔註149〕其實，錢謙益並不是眞的不願入朝。如果他眞的不願入朝，也不至於如此氣憤，恰恰是他抱著強烈的復出願望，卻爲周延儒所梗，所以又失望，又怨恨。如：「信是子公多氣力，帝城無夢莫相招。」〔註150〕「仕路揶揄誠有鬼，相門灑掃豈無人」、「東閣故人金谷友，肯將心迹信沉淪？」〔註151〕等，都說明他本有仕進之心，周延儒卻不肯出力，因此才「絕交莫笑嵇康懶，即是先生《誓墓》文。」下定決心與周延儒斷交。至於他所說「一意入山，永絕仕進之局，進可以收拾晚節，退可以保全殘生」〔註152〕，只不過是失望至極後的表態罷了。同時，他的決定也基於對當時形勢的分析，說：「此輩陰陽其心，丹青其口。虞門果闢，必將以吐哺握髮，歸其德於一老；湯網猶張，又且以激聒喧呶，卸其咎於眾正。在謙

〔註148〕《初學集》卷八十《復陽羨相公書》，頁1709。

〔註149〕《初學集》卷八十《寄長安諸公書》，頁1711。

〔註150〕《初學集》卷二十《謝絕中朝寢閣啓事慨然書懷》之二，頁723。

〔註151〕《初學集》卷二十《謝絕中朝寢閣啓事慨然書懷》之三，頁724。

〔註152〕《初學集》卷八十《寄長安諸公書》，頁1711。

益不退不遂，咸爲絕地；在群公或默或語，皆爲過端。」〔註153〕擔心自己即
使入朝，也可能進退失據。

三、慨然聯梟雄

錢謙益雖然已經對周延儒不抱希望，但仍然渴望施展抱負。當時兵事是
國家當務之急，他又常以知兵自負，人們也往往以兵事薦舉他。而要得到薦
舉，並在薦舉後能有所作爲，就必須與當時手握兵權的實力派交好。經過多
年的對內對外戰爭，明軍主力損失大半，除鎮守山海關的吳三桂外，有軍功
且兵多勢大的將領屈指可數，不外左良玉、馬士英、鄭芝龍等數人。馬士英
於崇禎十五年六月在周延儒的幫助下，起爲兵部右侍郎兼右僉都御史，總督
廬、鳳等處軍務。鳳陽是皇陵所在地，廬州又控扼江淮要衝，馬士英手握重
兵，平劉超之亂，「時流寇充斥，士英捍禦數有功。」〔註154〕廬、鳳捍衛江南，
阻止張獻忠等農民軍流入，令江南士紳生命財產得以保全，所以錢謙益對馬
士英很是讚賞，同時又希望能對自己將來治軍有所幫助，因而說自己「憂時
念亂，輪囷結轖，耿耿然掛一馬瑤草於胸臆中，垂二十年矣。今幸而弋獲之，
雖欲不傾倒輸寫，其可得乎？」〔註155〕；而錢謙益是東林黨魁，鄉紳領袖，
馬士英也有結交之願，以鞏固自己的政治地位，因此兩人有較密切的關係。
在《中秋日得鳳督馬公書來報剿寇師期喜而有作》中說：「衡門兩版朝慵睡，
簷前鵲喜喧墜地。鶡冠將軍來打門，尺書還自中都至。書來尅日報師期，正
是高秋誓旅時。先驅虎旅清江漢，厚集元戎出壽蘄。伏波威靈天所付，花馬
軍聲鬼神怖。郢中石馬頻流汗，漢上浮橋敢偷渡。浹旬風雨洗青冥，璧月今
宵出廣廷。老夫洗醆酹尊酒，再拜先占太白星。」〔註156〕對馬士英大加恭維。
在《答鳳督馬瑤草書》中他說：「自仁兄授鉞以來，無向不摧，所至必克。袁、
闖脅息，逆超授首，獻賊則潛山一役，遊魂假息之餘也。天方割楚，盈其惡
而降之罰。頃者虎旅先驅，元戎後繼，山崎川行，風旋雷擊，此正死賊天亡
之日。」他以元末農民軍爲例，分析時勢說：「今闖、曹、革、袁群賊，不相
統屬，非有友諒駕馭之略也。闖陷荊、襄，獻陷武、漢，各不相顧。闖不顧
獻，獻不顧闖，心渙勢散，易於摧敗。闖陷荊襄，不能顧豫，今保鄧不能顧

〔註153〕《初學集》卷八十《寄長安諸公書》，頁1711。
〔註154〕《明史》卷三百八列傳第一百九十六《馬士英傳》，頁7937。
〔註155〕《初學集》卷八十《答鳳督馬瑤草書》，頁1713。
〔註156〕《初學集》卷二十《中秋日得鳳督馬公書來報剿寇師期喜而有作》，頁731。

荊、襄，即其一身首尾，已不相顧，而況能顧獻？則獻之自顧，亦從可知也。」
當時農民軍主力李自成、張獻忠軍雖然互不相顧，軍事上沒有密切的配合，
但有大致的戰鬥區劃，分頭攻擊，可以相互牽制明軍，此伏彼起，令明軍疲
於奔命。當然，若能將各支農民軍分而治之，便能各個擊破，因此錢謙益向
馬士英獻計說：「當委秦蜀之兵以掣闖，使不得南，而我專力於獻。九江之師
扼其前，蘄、黃之師搗其後，勿急近功，勿貪小勝，蘼之使自救，擾之使自
潰。此萬全之策、必勝之道也。」這是就整體戰局來說，要點就在於阻敵機
動，對獻、闖進行戰略分割。秦蜀之兵指洪承疇、孫傳庭等部，九江之師指
左良玉部，蘄、黃之師指馬士英部，要實現三支明軍主力的配合，恐怕需位
高權重之人的有效調控，錢謙益隱然以此自命。不過這種策略並不新鮮，楊
嗣昌在位時便已採用。「勿急近功、勿貪小勝」正指出當時軍中弊端，各將急
於求小功小利，往往反誤大局。信中未說明蘼、擾農民軍的具體措施，實情
倒是農民軍不斷地蘼、擾明軍與地方，這是由農民軍流動作戰的策略和高度
的機動能力所決定，可能錢謙益是想廣練團練，各自據守，進可以攻敵之小
股武裝，是為擾；退可以堅守待援，不使敵縱橫掠奪，是為蘼。錢謙益還指
出：「楚豫之間，豪民大族，多結寨柵以自固。蘄、黃、眞、確、光、息之間，
所在不乏。彼非肯為賊用者也。其被殺則怨軍也，其偽降則內間也，不可不
急收也。二賊多用楚人以為守令。傳聞武昌守曰謝鳳洲，舉人有才名者也。
此輩必不死心為賊用，因而用之，許以殺賊自贖，未有不效死者也。」〔註157〕
這則是建議馬士英利用地主武裝以及在農民軍任職的士人。

　　錢謙益與左良玉在明末的交往難以找到線索，癸未春，李邦華北上，邀
錢謙益至揚州，「艱危執手，潸然流涕，囑曰：『左寧南，名將也。東南有警，
兄當與共事，我有成言於彼矣。』篋中出寧南牘授余，曰：『所以識也。』入
都，復郵書曰：『天下事不可為矣。東南根本地，兄當努力，寧南必不負我，
勿失此人也。』」〔註158〕可見為了防禦東南，李邦華曾作左良玉與錢謙益間的
牽線人。《南渡錄》中說黃斌卿於弘光元年四月初破左良玉軍，「獲其奏檄書
牘甚眾，內貽禮部尚書錢謙益一牘，有廢置語」〔註159〕，想來兩人還是有一
定交往的。

〔註157〕《初學集》卷八十《答鳳督馬瑤草書》，頁1713。
〔註158〕《有學集》卷三十四《忠文李公神道碑》，頁1217。
〔註159〕《南渡錄》卷五，頁749。

　　錢謙益與鄭芝龍的交往實迹難覓，但在癸未三月朔日，作有《請調用閩帥議》，主張調鄭芝龍軍剿滅農民軍，並陳述五便：「鄭帥方略諳曉，師律精嚴。感激聖恩，誓以死報。」「鄭兵皆島卒番鬼，習泅善沒，如長魚擁劍，跳躍於驚濤巨浪之中。賊雖多梟悍，原野奔突，而水戰非其所長。以鄭之長，制閩之短。」「其銃炮之猛毒，槍刃之犀利，牌甲之輕堅，船艦之完好，皆二十年以來，積歲月，閱攻戰，竭貲力而就之者也。彼在行間，必悉索以來，無製造檢稽之勞，而得利兵堅甲之用。」「禽鳥之制也以氣，鄭來則閩必縮足不敢南下，而江海間萑苻伏莽，可取次收服，為我之爪牙。」「江南無知兵之將，無束伍之卒，一經調度，旌旗壁壘，煥然改色，東南半壁，轉弱為強，比於閩海。」顯然他對於鄭芝龍及鄭兵都很瞭解，對江南將卒的弱點也看得透徹。錢謙益並說：「東南之要害，不止一隅。既奉命移鎮，則東南皆信地也。皖急可藉以援皖，鳳急可藉以援鳳，淮急可藉以援淮」〔註160〕，顯然認為東南半壁，都應倚重鄭芝龍軍。他還為鄭芝龍生日作詩云：「戟門瑞靄接青冥，海氣營雲擁將星。河鼓火芒朝北斗，《握奇》壁壘鎮南溟。扶桑曉日懸弧矢，析木長風送柝鈴。蕩寇滅奴須及早，佇看銅柱勒新銘。」〔註161〕詩中既有恭維，更有勉勵，顯然錢謙益對鄭芝龍寄予厚望，並有籠絡之意。

　　由錢謙益與馬士英、左良玉、鄭芝龍的關係來看，他對兵事的關注由前期重東事，變為重視張獻忠、李自成農民軍，這是因為當時農民軍發展迅猛，流動作戰，令東南士民大為恐慌。由於錢謙益聲望甚隆，又以知兵名，因此顧苓說當時「鳴鏑銅馬，騷動中外，江南士民為桑土計者欲叩閽，援豫楚例，請以公備禦東南」，所以錢謙益所為正是為防禦東南做準備。面對著處於內憂外患之中、積貧積弱、民不聊生的明王朝，有志的士人企圖做出挽救危亡的最後努力，「淮撫史公可法倡義勤王，馳書相約」〔註162〕，因此錢謙益在癸未歲「與群公謀王室事」，並寫詩回憶說：「忠驅義感國恩賒，板蕩憑將赤手遮。星散諸侯屯渤海，飆回子弟走長沙。」〔註163〕那時他壯懷激烈，仍然抱有扭轉乾坤的幻想，欲與各地豪傑並起，掃滅農民軍與清軍，建立偉業。甚至在明亡前，錢謙益似乎還有復出的最後一線機會：顧苓說崇禎帝「於甲申三月

〔註160〕《初學集》卷八十七《請調用閩帥議》，頁 1835。
〔註161〕《初學集》卷二十《鄭大將軍生日》，頁 713。
〔註162〕金鶴沖《錢牧齋先生年譜》「癸未」條。
〔註163〕《有學集》卷十三《病榻消寒雜詠》其十八，頁 650。

十一日賜環召公」〔註164〕，錢謙益也在《哭稼軒留守相公一百十韻》「甘陵錄牒寢，元祐黨碑鐫」一聯中自注云：「余與君以甲申三月初十日同日賜還，邸報遂失傳。」〔註165〕可是三月十七日李自成軍便已兵圍北京，十九日，崇禎自縊，錢謙益的一切希望就此破滅。《甲申元日》云：「又記崇禎十七年，千官萬國共朝天。偷兒假息潢池裏，幸子魂銷槃水前。天策紛紛憂帝醉，臺階兩兩見星聯。衰殘敢負蒼生望，自理東山舊管絃。」〔註166〕從詩中自注「賊入長安」可知此詩作於崇禎十七年三月十八日之後，所謂「蒼生望」，正是指長期以來多人舉薦錢謙益的努力及士論對他拯偏救弊的期待。但是最終天下不可振救，錢謙益直至崇禎自盡也只能一直退隱在家。

第四節　作爲明末政治人物的錢謙益

不可否認，錢謙益是明末比較特殊的一個政治人物，他在朝爲官的時日雖然不多，共計：萬曆三十八年中進士後爲翰林院編修數月，五月丁父憂離朝；泰昌元年八月還朝，補翰林院編修原官，天啓元年補右春坊右中允知制誥，天啓二年冬以太子中允移疾歸；天啓四年秋赴召，以太子諭德兼翰林院編修充經筵日講官，歷詹事府少詹事，天啓五年五月削籍歸；崇禎元年七月應召，歷詹事，轉禮部右侍郎兼翰林院侍讀學士協理詹事府事，十月即得罪而去。但是他的出處總與朝廷大事、東林黨的沉浮緊密相連。

錢謙益所任官職均是清望之官，主要是備位禁近，文字侍從，一般不參與具體事務與朝廷大政的決策。如翰林院編修是史官，「掌修國史。凡天文、地理、宗潢、禮樂、兵刑諸大政，及詔敕、書檄，批答王言，皆籍而記之，以備實錄。國家有纂修著作之書，則分掌考輯撰述之事。經筵充展卷官，鄉試充考試官，會試充同考官，殿試充收卷官。凡記注起居，編纂六曹章奏，謄黃冊封等咸充之。」〔註167〕詹事府少詹事爲正四品，輔佐詹事掌統府、坊、局之政事，以輔導太子〔註168〕。禮部侍郎正三品，佐尚書掌天下禮儀、祭祀、宴饗、貢舉之政令，「合典樂典教，內而宗藩，外而諸蕃，上自天官，下逮醫

〔註164〕顧苓《東澗遺老錢公別傳》。
〔註165〕《有學集》卷四《哭稼軒留守相公一百十韻》，頁139。
〔註166〕《初學集》卷二十《甲申元日》，頁743。
〔註167〕《明史》卷七十二志第四十九職官二。
〔註168〕《明史》卷七十二志第四十九職官二。

師、膳夫、伶人之屬，靡不兼綜」〔註169〕。加之錢謙益爲官謹愼，很少上奏，所以很難評價錢謙益在朝的政治影響。就其政治立場而言，他與東林黨有大致相同的取向，即堅持傳統封建政治倫理：忠君愛國，關注國事，關懷民生。如《天啓甲子六月河決彭城居民漂溺者數萬，余以季秋過之，水尙與雉堞齊，方議改築，悼復河之無人，憂改邑之不易，停車感歎而作》中云：「東師猶在野，西寇時決踷。狐狸滿四野，虎豹守九閽。爛羊費官爵，寵鶴多乘軒。」〔註170〕對當時的時世表示憂慮與關切。在《王師二十四韻》中他指出當時農民起義的起因：「潢池皆赤子，京觀即黔黎。割剝緣肌盡，誅求到骨齊。相將持梧梃，只似把鋤犁。」即認爲所謂的賊不過是窮苦百姓由於壓迫、剝削太重太深而反抗。他更描繪了當時戰亂的血腥：「大將兵符集，中原戰馬嘶。可憐禽狗鼠，還與僇鯨鯢。兔已無餘窟，羊偏畏觸羝。偵猶煩地穴，攻亦舞衝梯。賊縛加鈎索，師還布蒺藜。塹溝塡老弱，竿槊貫嬰兒。血並流爲谷，屍分踏作溪。殘膏腥竈井，枯骴掛棠梨。處處懸人臘，家家占鬼妻。虎饑倀亦泣，人立豕能啼。穴頸同蒿艾，刲腸見草稊。旋風來凜凜，哭鬼去淒淒。虛市稀煙突，鄉鄰斷犬雞。暗行燐自照，春作骼成泥。兵候天猶慘，荒郊日易低。停車心悄悄，不寐夜棲棲。」他把戰況描寫得如此觸目驚心，令人毛骨悚然，一方面是表現「滅賊」對鄉邑的塗毒，一方面也表現對被迫爲「寇」和無辜死難的人民的同情。所以他認爲戰亂是「天心留儆戒，人事識端倪。」並指出「奴強恐噬臍」〔註171〕，即認爲明王朝的心腹大患應是剛剛興起的滿洲。事實上，正是由於遼東戰場上的失利，朝廷爲了增加軍餉，不斷加派，使得民窮財盡，才使得農民起義蜂起雲湧，最終導致明朝的滅亡。這種對國家命運和人民疾苦的關心一直貫穿於錢謙益的詩文中。

　　錢謙益在明末的政治生涯可以崇禎繼位爲界分爲前後兩個時期。

　　崇禎繼位前，明神宗「雖御朝日希，而柄不旁落，止以鄙夷群臣之故，置庶務於不理，士大夫益縱橫於下，故國事大壞。即兩黨相攻，亦未嘗一剖其是非，直聽其自爲勝負而已。然東林所持，如國本、梃擊等事，皆忤上旨。而攻東林者，詆東林爲好名，爭國本爲離間，因上之所喜也。故東林之徒盛，而其勢屈。」〔註172〕天啓朝初期東林黨人得勢，持論清激，與魏忠賢等對立，

〔註169〕《明史》卷七十一志第四十八職官一。
〔註170〕《初學集》卷二，頁82。
〔註171〕《初學集》卷二，頁85。
〔註172〕《幸存錄》「門戶雜誌」，見《明季北略》卷二十四，頁695。

魏忠賢利用明熹宗貪於木藝、不理朝政的機會，網羅黨羽，對東林黨進行迫害。

在此時期，錢謙益的政治地位並不高，《虞山妖亂志》云：「當其未第時，已駸駸為黨魁矣」，這是不對的，錢謙益雖與東林黨的淵源很深，但他與大批東林黨人結識還是在中進士之後。萬曆三十二年十月，東林書院建成，這是東林黨興起的一個重要標誌，而錢謙益在《顧母王夫人壽序》自敘在此前後他與顧憲成的交往云：「余初謁光祿，光祿以吏部郎里居。門庭蕭寂，凝塵滿座。已出見，與淳兄弟，摳衣低首，頌禮甚嚴。余淩厲蹞跙，塵拂拂上羈貫，意豁如也。後數年，光祿辟講堂於東林。……又數年，黨議漸起，以謂裁量執政，品覈公卿，有甘陵、汝南之譏。……余以間過之，捧手屏足，猶恐餘波及人，洶洶如也。」〔註173〕顯然錢謙益當時只是視顧憲成為鄉賢、父執而尊敬、拜訪，本人並未介入東林。萬曆三十八年錢謙益在會試中探花，座師多為東林中人，他也與東林黨有了密不可分的聯繫，與諸君子交往推心置腹，如趙南星與他「氣誼感激，有後死之託」〔註174〕，「嘗酒間屬余：『我死，子當志吾墓。』」〔註175〕他與鄒元標於天啟二年相識，「一見如平生歡」，「嘗過予邸舍，抵掌談笑，欠伸於坐隅之榻，語方更端未悉，摩腰坦腹，齁齁熟睡矣。」〔註176〕此外，他與楊漣、繆昌期、顧大章等的交情都很深。正因為此，雖然他在政治上沒有明確的表現，人們還是視他為東林黨的重要人物，在天啟朝中受到閹黨的注意，在《天鑒錄》中榜上有名，在《點將錄》中更是被列入天罡星中〔註177〕，並名列正式公佈的《東林黨人榜》，被迫害削籍。

從李應升給他的三封書信中可以確切地看出錢謙益當時在政壇及東林黨中的政治地位：其一云：「不肖孤蹤暗識，臨淵夜行，於天下國家之故茫如也，然私竊自念時事破壞由紀綱廢弛，此行塞白將以為首，而辱承臺教，忽發其蒙。臺翁居揆席，握樞衡，其於清朋黨、振紀綱茲一言仰窺一斑矣。所恨匆匆就道，弗獲請益，孰為切要之款，孰為整頓之方，倘有便郵，不吝終教之否乎？孫老師身繫安危，還朝何日，翁臺何以籌之，並希指示。講筵虛左，寵召非遐，拱

〔註173〕《初學集》卷三十八，頁1047。
〔註174〕《初學集》卷八十四《書竹林七賢畫卷》，頁1774。
〔註175〕《初學集》卷八十四《跋趙忠毅公文集》，頁1768。
〔註176〕《初學集》卷三十《刻鄒忠介公奏議序》，頁896。
〔註177〕《明季北略》卷二，頁44。

聽履聲之入，發武庫之藏耳。」〔註178〕其二云：「官府隔絕，惟有講筵一脈稍通真呼吸，非具學識才辨精誠膽力者不能收格心之益，以此望翁臺之入爲世道計甚大，非一人私言也。邇來同志分曹玄黃，已見太阿倒授，將有清流白馬之憂，幸孫老師甚膺天眷，入關可期，而居中斡旋尤亟亟於翁臺，是望東山之屐幸勿久淹。若向來持議之人聞已虛中無我，不必掛念也。不肖拙鈍駑下，不能爲吾黨絲毫損益，舌短心長，面牆是歎，倘翁臺進而教之，或終不至貿貿耳。」〔註179〕其三云：「春間放舟南下，靜觀世局，屈指大端，十得八九，從前正氣頗旺，渠輩打算驅除忙卻心手，故使深林鎩羽，稍定驚魂，直到滿盤淨盡時饞鷹餓虎，勢無休歇。區區勒黨錮之碑，伸僞學之禁，詎足以快其心乎？此中機局作何究竟，翁臺定得其微，兼六君子生死關頭，近來頗聞其概否？」〔註180〕孫承宗於天啓二年六月守禦山海，以天啓五年十月去職〔註181〕，而李應陞於「天啓二年徵授御史，謁假歸。明年秋還朝」，天啓五年「三月，工部主事曹欽程劾應升護法東林，遂削籍。」〔註182〕因此三封信均作於天啓二年至五年間，這也正是東林與閹黨鬥爭最激烈的時期。寫作第一封信時，情形還不緊急，李應升只是擔心朝政怠弛，信中內容與他於天啓三年陳時政之疏相近，疏略曰：「今天下敝壞極矣，在君臣奮興而力圖之。陛下振紀綱，則片紙若霆；大臣捐私曲，則千里運掌；臺諫任糾彈，則百司飲冰。今動議增官，爲人營窟，紛紜遷徙，名實乖張。」又說：「今事下部曹，十九寢閣，宜重申國典，明正將領之罪。錦衣旂尉，半歸權要，宜遣官巡視，如京營之制。衛官襲職，比試不嚴，宜申明舊章，無使倖進將校蠹食。逃軍不招，私募乞兒，半分其糧，宜力爲創懲。窮民敲撲，號哭滿庭，奸吏侵漁，福堂安坐，宜嚴其法制。」可惜「時不能用」。天啓四年，東林與閹黨的矛盾公開化，「正月，李應升疏陳外番、內盜及小人之患，譏切近習，魏忠賢惡之。」「楊漣劾忠賢，得嚴旨，應升憤，即抗疏繼之。中言：『從來奄人之禍，其始莫不有小忠小信以固結主心。根株既深，毒手乃肆。今陛下明知其罪，曲賜包容。彼緩則圖自全之計，急則作走險之謀。蕭牆之間，能無隱禍？』」「萬燝之死也，應升極言廷杖不可再，士氣不可折，譏切忠賢輩甚至。已，代高攀龍草疏劾崔呈秀。呈秀窘，昏夜款門，

〔註178〕《落落齋遺集》卷五西臺書牘上《答錢牧齋》。
〔註179〕《落落齋遺集》卷六西臺書牘中《答錢牧齋》。
〔註180〕《落落齋遺集》卷七西臺書牘下《與錢牧齋》。
〔註181〕《明史》卷二百五十《孫承宗傳》，頁6472。
〔註182〕《明史》卷二百四十五《李應升傳》，頁6364。

長跪乞哀。應升正色固拒，含怒而去。」〔註183〕因爲與閹黨鬥爭失利，東林黨擔心清流被迫害，準備借助孫承宗的力量，所以第二封信一方面對黨爭表示憂心，一方面又寄望於孫承宗，於是希望錢謙益能居間發揮作用。而孫承宗也正有借十一月入賀萬壽節之機面奏軍政大事之意：「會忠賢逐楊漣、趙南星、高攀龍等，承宗方西巡薊、昌。念抗疏帝未必親覽，往在講筵，每奏對輒有入，乃請以賀聖壽入朝面奏機宜，欲因是論其罪。魏廣微聞之，奔告忠賢：『承宗擁兵數萬將清君側，兵部侍郎李邦華爲內主，公立齏粉矣！』忠賢悸甚，繞御床哭。帝亦爲心動，令內閣擬旨。次輔顧秉謙奮筆曰：『無旨離汛地，非祖宗法，違者不宥。』夜啓禁門召兵部尙書入，令三道飛騎止之。又矯旨諭九門守闍，承宗若至齊化門，反接以入。承宗抵通州，聞命而返」〔註184〕。由於閹黨的阻撓，孫承宗也無能爲力。據第三封信中「春間放舟南下」，可知寫於天啓五年三月李應升被削籍之後，信中又云「六君子生死關頭」，六君子指天啓五年以受楊鎬、熊廷弼賄矯旨逮下詔獄的楊漣、左光斗、魏大中、袁化中、周朝瑞、顧大章六人，其年七月，獄卒受指，魏大中、楊漣、左光斗同夕斃之〔註185〕，袁化中、周朝瑞也隨即被拷打致死，但直到顧大章受審，人們才知道，所以此信應作於此時期。當時已是一片腥風血雨，李應升對魏忠賢殘酷打擊正人，不至殺盡不止的局面十分擔心。信中向錢謙益詢問對策與六君子的消息，說明他對錢謙益很是信任。三封信中李應升對錢謙益都很尊敬，多次討教對時局的看法與策略，而並不以進言責之，可見錢謙益在東林黨中主要是居中斡旋，出謀畫策，與李應升等也是同心相應，聲氣相合，這可由錢謙益自述「天啓乙丑，逆奄鈎黨急，刺促長安中，篝燈夜坐。當時（繆昌期）絮語及應山，余撫几歎曰：『應山拼一死糜爛，爲左班立長城。微應山，黨人駢首參夷，他日有信眉地乎？』次見（李應升）擊節以爲知言，目光炯炯激射，寒燈翳然，爲之吐芒。相與長歎而罷」〔註186〕清楚地見出。天啓六年三月李應升被逮下詔獄，酷掠，坐贓三千，於閏六月斃之〔註187〕。錢謙益後來爲他作墓誌銘，深寄哀思〔註188〕。

〔註183〕《明史》卷二百四十五《李應升傳》。
〔註184〕《明史》卷二百五十《孫承宗傳》，頁6471。
〔註185〕《明史》卷二百四十四《魏大中傳》，頁6336。
〔註186〕《有學集》卷四十六《李忠毅公遺筆跋》，頁1533。
〔註187〕《明史》卷二百四十五《李應升傳》。
〔註188〕參見《有學集》卷二十九《忠毅李公墓誌銘》，頁1072。

　　當然，錢謙益被認爲是東林黨中的重要人物，不僅因爲他與東林諸君子有密切交往，更因爲他的政治思想與他們有一致之處，即持比較開明的封建傳統政治理念：從錢謙益對張居正的反覆讚歎來看，他對張居正不僅崇拜，而且可能接受張居正的政治主張。他一則曰：「上御極初，有以管、商之術秉國成者，其人雖任智力，劫持天下，然一時尊主權，核吏治，循名實，省議論，晝然可觀。後之紹述者，變操切而塗澤，反綜覈而模稜，使天下事不蕲廢，亦不勸行，能者無所見長，不能者無所見末。積頹積廢，以有今日。」〔註189〕他曾在萬曆三十八年會試和殿試的策問中較明確地闡發自己的政治思想：在廷試策中錢謙益開門見山地認爲：「臣聞帝王之治天下也，必有畫一天下之大法，而後上下之紀綱肅；必有貫徹天下之眞心，而後上下之命脈通。」大法指「名實相稽，威德相御，下不得有煩囂之國是，而上不至有壅遏之國成。此宇內之大同也，不可以假借者也。」眞心則指「堂階一德，宮府一體，上不以積疑爲攬權，而下不以積威爲奉職。此君心之眞同也，不可以假襲者也。」從而實現帝王「不綜覈而言路自清，不振勵而廟謨自定。以君心之眞同，成宇內之大同。君之惠澤流，而臣之悃誠達。」〔註190〕這裡主要是從君臣政治關係來闡述封建士人理想的政治哲學，其中既有正心、誠意、治國、平天下的儒家思想，也有無爲而治的道家思想。如「天下之所以治者，君心同而天下無弗同也。」〔註191〕由此，他認爲：「天下有大防二，議論與詔令是也。議論之播騰也在下，而所以司其氣機，決其關竅者，則屬之於上。故有形在下而下不得衡操者，議論也。詔令之傳宣也在上，而所以導其血脈，應其條理者，則屬之於下。故有權在上而上不得臆逞者，詔令也。」這其實仍是在探討君臣的相互影響與協調，因爲封建社會中皇帝發布命令主要通過詔令，而臣下的意見也主要表現在議論中。他指出「二者省則俱省，煩則俱煩，行則俱行，格則俱格。在上在下，皆若有使之然者」〔註192〕。對於帝王，他認爲「王道必本於無欲；非無欲也，以天下之欲爲欲也。」〔註193〕如果帝王縱慾，那麼「天下有覆盆向隅，不敢望天者，則天下之目苦不得視，而吾之欲色者詘矣；天下有呻吟歎息，危涕相告者，則天下之耳苦不得聽，而吾之

〔註189〕《初學集》卷八十九策・第一問，頁1849。
〔註190〕《初學集》卷八十八，頁1837。
〔註191〕《初學集》卷八十八，頁1838。
〔註192〕《初學集》卷八十八，頁1838。
〔註193〕《初學集》卷八十九制科二・聖王必以其欲從天下之心，頁1843。

欲聲者塞矣；天下有結轖底滯，無生人之樂者，則天下之痿痺苦不得伸，而吾之欲甘美者卻矣。深宮麴房，嚬號笑舞，進斯民於應門九重之內，而撤一心於閭閻畎畝之下，斯所謂以天下之欲爲欲，與封己一膜者迥異乎？」〔註194〕這段話酣暢淋漓，充分表現了對民眾疾苦的關注，其主要思想來源無疑是孟子的民本主義。對於臣下，錢謙益也反對「今之憂亂者，動則曰主上不親大臣，不信群臣，奏請不行，帑藏不發。」他認爲「今之民所以不治者，上不以實政課下，而下不以實心應上，大臣過於自疑，而小臣專於自爲，有職掌而無操柄，有體統而無精神，名爲刻勵，實則叢脞耳。」〔註195〕這種批評不可謂不尖銳。因此錢謙益反對「諱言振飭，而猥以調養爲事」，提出：「惟是公卿輔弼之臣，盡洗其惜身顧名畏首餘尾之念，爲天子振刷紀綱，圖維命脈，令出惟行，毋以掛壁藉口；名期責實，毋以塗飯貽饑。而後內之臺省部寺，盡戢曠林之戈；外之監司守令，各去撲滿之智。一德一心，以民生國計爲事，則上心不難轉移，而瓦解之勢可無作也。」〔註196〕明末官場積弊難返，錢謙益的設想雖然美好，但也只能是幻想。

需要指出的是錢謙益在崇禎朝以前雖列名黨籍，但表現平平，萬曆三十八年會試中的銳氣與勇氣似乎被官場的複雜陰暗消磨殆盡〔註197〕。天啓時局勢險惡，內憂外患頻仍，朝中政治鬥爭激烈，但錢謙益好像沒有什麼建言，《初學集》中未見一篇當時所寫的奏疏。當然，他與東林諸君子交好，不與閹黨同流合污，這就已經表明了他的政治態度，但東林黨堅定敢爲、抨擊權臣的

〔註194〕《初學集》卷八十九制科二·聖王必以其欲從天下之心，頁1844。
〔註195〕《初學集》卷八十九策·第一問。
〔註196〕《初學集》卷八十九策·第一問，頁1849。
〔註197〕這種轉變可能也與申時行的影響有關，錢謙益自述「余爲書生，好譚國政，大廷對策，極訟江陵受遺命，尊主強國之功，而後人紹述者，盡臚其綜覈之政，一切爲顢頇姑息，以取悅於天下，紀綱不振，議論日煩，職此之故也。登朝後，以詞林後輩，謁少師於里第，少師語次從容謂曰：『政有政體，閣有閣體。禁近之臣，職在密勿論思，委曲調劑，非可以悻悻建白，取名高而已也。王山陰諍留一諫官，掛冠而去，以一閣老易一諫官，朝廷安得有許多閣老？名則高矣，曾何益於國家？閣臣委任重責望深，每事措手不易。公他日當事，應自知之。方謂老夫之言不謬也。』德音琅琅，不聳不茹，實爲余制策狂言而發。迄今猶可思也。」（《列朝詩集小傳》丁集中「申少師時行」，頁545）申時行此語正概括了他的政治行爲與思想（可參見《明史·申時行傳》和《萬曆十五年》），而錢謙益自稱「秉承其訓辭」（《有學集》卷十七《申比部詩序》，頁770），可能也接受了他的觀點，因此他在天啓、崇禎、弘光三朝的政治表現可能都與此有關。

勇氣與大義凜然、視死如歸的精神則在他身上沒有得到體現。如楊漣在錢謙
益入仕前便與之深交，「令常熟時，語謙益曰：『吾生平畏友，子與元模耳』」
〔註198〕，《楊澹孺詩稿序》中曾記云：「往文孺（楊漣字）在省垣，余方里居，
文孺夢要余登高賦詩，有『柳風來太液，梧月映華清』之句，詒書告余曰：
天涯兄弟，夢寐相感，不令樂天、微之獨擅千古。」〔註199〕可見兩人情誼之
深。楊漣「見魏忠賢、客氏專擅，遂聲罪首攻，於天啟四年甲子六月初一日，
有二十四罪之奏。權璫驚怖累日」，後魏忠賢手封墨勅，不由閣票，削楊漣等
為民。在獄中，「許顯純密承璫意，異刑酷拷，肉綻骨裂，坐贓二萬，五日一
比，髓血飛濺，死而復甦。許顯純竟將頭面亂打，齒頰盡脫；鋼針作刷，遍
體掃爛如絲」，楊漣「罵不絕口。復以銅錘擊胸，脅骨寸斷，仍加鐵釘貫頂，
立刻致死。時七月二十四日也」〔註200〕，死得極為慘烈。陳愚（即元模）「於
公周旋生死，匿其幼子於廬山」，可謂不負知己，而錢謙益不過「杜門絕迹，
相與屏人野哭。」〔註201〕再如繆昌期與錢謙益「同里同館同志同隸黨籍」，青
年時定交，交情甚好，錢謙益自述萬曆末年，「予以史官里居，群小畏予之出，
而忌公之翼予也，曰：『必亟剪之，是將令虞山速飛。』」由此可見兩人在政
治上有密切聯繫。繆昌期被捕後，得知錢謙益幸免，「疾呼家僮曰：『虞山免
矣。』喜見顏間，忘其身之在貫索也。」〔註202〕對錢謙益真是情深誼重。楊
漣上疏，有流言說是繆昌期代草，天啟五年，「坐楊公獄詞牽連追贓」，第二
年被收捕，「公坐檻車，取故紙敗筆，籍記其平生」〔註203〕，請求錢謙益為他
寫行狀，從容赴義，在詔獄中被「加酷刑殺之」〔註204〕。楊漣、繆昌期與左
光斗、高攀龍、周宗建等人被殺，主要因為是東林骨幹，並與魏黨有正面衝
突，而錢謙益能逃過網羅，則主要因為他小心謹慎、隱默不言，所以在天啟
四年還能還朝為官，削籍後得以保全性命，而這與東林黨人正直敢言的特點
也有不合。

　　崇禎帝繼位後，朝廷政治與黨爭格局都發生了重大變化，崇禎摧閹黨，定

〔註198〕《初學集》卷五十《楊公墓誌銘》，頁 1274。楊漣於萬曆三十四年中進士，
　　　　授常熟縣尹。
〔註199〕《初學集》卷三十一，頁 917。
〔註200〕《明季北略》卷二「楊漣慘禍本末」條，頁 48。
〔註201〕《初學集》卷五十《楊公墓誌銘》，頁 1274。
〔註202〕《初學集》卷四十八《繆公行狀》，頁 1248。
〔註203〕《初學集》卷四十八《繆公行狀》，頁 1245。
〔註204〕《明季北略》卷二「繆昌期」條，頁 68。

逆案，「昔東林諸臣，為魏瑞所羅織甚慘，其尚存者，人無不以名賢推之；為忠賢收用者，自屬下流無可取，僉謂君子小人之分界，至此大明。」但是東林劫餘「急功名，多議論，惡逆耳收附會，其習如前。上久而厭之，心疑其偏黨。」〔註205〕枚卜訐奏，使朝中眾臣的爭鬥公開化，崇禎帝越發疑心朝臣結黨營私；滿洲鐵騎突入薊鎮，逼近都城，大臣束手無策，讓崇禎更加輕視諸臣〔註206〕。因此，「門戶之名為上所深惡」，「知兩黨各以私意相攻，不欲偏聽，故政府大僚俱用攻東林者，而言路則東林為多。」〔註207〕他的初心是借兩黨互相監視、牽制，從而平息內爭，但這並未從根本上解決黨爭問題，反而使崇禎朝的黨爭更為錯綜複雜。事實上，崇禎對朝中的黨爭有深刻認識與充分瞭解，如「宋少司農之普比於薛輔國觀，國觀死，懼為東林所斥，薦錢宗伯謙益、劉中丞宗周等以求容。時章都諫正宸惡其反覆，鈔參之，上笑曰：『渠既非彼家人，徒取辱耳，何以薦為？』」〔註208〕顯然他對當時的黨爭格局有清晰的認識。只是他出於自己利益考慮，自覺不自覺地介入、利用黨爭：一方面，皇帝並不希望群臣團結一心，同進退的朝臣集體將嚴重制約皇權，使皇帝難以控制臣下，所以利用臣子的內訌反有利於皇帝掌握朝權；另一方面皇帝需要直臣來裝點門面，但又忌恨直臣，因為皇帝總有私欲，而直臣往往對他的個人野心與私欲進行制約。而且皇帝往往或疑心臣下賣直沽名，或疑心大臣假借名義，謀取私利，如崇禎「每閱章疏，必召皇太子同觀，且語之曰：『凡閱科道疏，須觀其立意，或薦剡市恩，或救解任德，此立意處。若鋪張題面，娓娓紙上者，借耳，無為所欺也。』」〔註209〕所以崇禎對所謂正人往往是厭惡的，如「傅司馬宗龍，初入見，諄諄以民窮財盡為言，云餉不可加，兵不可增。上初云：『卿言是。』時宗龍指天畫地，言愈力，上始不悅，語宗龍曰：『卿但當料理寇敵耳。』既退，語閣臣曰：『宗龍所言，半言官唾餘，何也？』自此兵部諸疏無一俞者，未幾下獄。」〔註210〕因此終崇禎一朝，所謂正人多被視為迂闊，並不受重用，而溫體仁、周延儒等柔媚諂佞之人反得到信任。

〔註205〕《幸存錄》「門戶大略」，見《明季北略》卷二十四，頁 691。
〔註206〕崇禎帝一直就鄙視臣下，《三垣筆記》附識上云：「上聰明天縱，初即位時，視諸臣每有不足之意。一日，召對諸臣，無一語當聖意，上曰：『此就是召對了麼？』」（頁 154）。
〔註207〕《幸存錄》「門戶大略」，見《明季北略》卷二十四，頁 691。
〔註208〕《三垣筆記》附識，頁 190。
〔註209〕《三垣筆記》上，頁 26。
〔註210〕《三垣筆記》上，頁 34。

　　閹亂之後，東林中堅損失大半，錢謙益等碩果僅存，因而人望歸之，被視為黨魁，所以崇禎元年會推閣臣時列名第二。錢謙益始終自命清流，對於黨魁之稱他是默認的，曾說：「流俗相尊作黨魁」〔註211〕，「閣訟之興，謙益為黨魁」〔註212〕。他也很想利用這種地位在政治上有所作為，可是由於崇禎對於東林與臣下的猜忌，由於溫體仁及其繼任者與東林的對立、爭鬥，錢謙益自枚卜失敗後只能退隱林下達十餘年之久，面對亂世雖有雄心壯志也不獲施展。在這十多年中，東林派系的官員都努力薦舉，試圖讓他復出，但錢謙益作為黨魁，聲望甚高，他復出的影響太大，必然改變朝中的政治態勢，可能使本有的黨爭平衡被打破，而且危及閣臣的權位，這是崇禎與政敵無論如何也不能容忍的，所以他羈留山林也是必然的了。錢謙益的命運也許可以從姚思孝的遭遇中得到啟示：李清說：「姚都諫思孝，主持聲氣，及以謫出國門，送者傾都，應接不暇。不二月，予亦以謫行，送者寂然也，止同郡顧給諫國寶、姚都諫耀一至，飲數杯即行。孤立無倚者，喧寂迥異乃爾。豈知他日同列名賜環，而獨蒙欽點者乃予也。」〔註213〕聲氣中人雖得到朝臣的廣泛同情與支持，但恰恰為崇禎帝所疑忌，也容易為小人所扼，所以仕途之坎坷，反較孤立無黨者更甚。

　　在這種情況下，東林黨官員也逐漸發生變化。一方面東林黨在萬曆、崇禎朝為國為民的言行與堅定無私的精神使其獲得了很高的聲望，在崇禎朝中也左右言論，政治能量很大，因此許多人依附他們，其中便良莠不齊，如「東林附麗之徒多不肖，貪者、狡者俱出其中」〔註214〕，「吳輔姓尚聲氣，故間出偽士」〔註215〕，當時曹良直與龔鼎孳「皆險刻，每遇早朝，則自大僚以至臺諫，咸嘖嘖附耳，或曰曹糾某某，或曰龔糾某某，皆畏之如虎。兩人與姓密，人有以此並疑姓者。」這無疑敗壞了聲氣中人的聲譽，傅振鐸針對此就曾說：「凡招權納賄，言清而行濁者，雖曰講門戶，曰附聲氣，而亦真小人也。凡不招權，不納賄，品高而名闇者，雖門戶無講，聲氣無附，而亦真君子也。」〔註216〕說明當時君子與小人的分野已漸漸模糊不清了。另一方面，東林黨人

〔註211〕《初學集》卷六《十一月初六日召對文華殿旋奉嚴旨革職待罪感恩述事凡二十首》其十，頁190。
〔註212〕《初學集》卷六十二《曹公神道碑》，頁1476。
〔註213〕《三垣筆記》上補遺，頁42。
〔註214〕《幸存錄》「門戶大略」，《明季北略》卷二十四，頁694。
〔註215〕《三垣筆記》中，頁52。
〔註216〕《三垣筆記》中，頁53。

爲了自身的政治利益，開始逐漸摒棄原來所奉行的原則，如不與內監交結、不與政敵妥協等。在天啓朝時，魏忠賢「初亦雅意諸賢，而諸賢以其傾仄，彌恨惡之，周宗建、侯震暘等相繼糾彈，並及客氏。」〔註217〕葉向高在萬曆、天啓朝中對朝廷紛爭極力彌縫折中，不僅未得到理解，反被同志譏嘲、抨擊。這一方面確實表現了東林黨人的氣節，但也說明他們不能靈活變通，不知政治策略。但至崇禎朝，崇禎的猜疑、排斥與打擊，政敵的處處做梗、明爭暗鬥，對東林黨人形成了包圍，使得他們非常被動，爲擺脫政治困境，尋求外援，他們開始交結內侍，甚至與政敵合作。關於君子與宦官的關係，夏允彝論述頗詳：「東林初負氣節，每與內璫爲難，即賢璫王安，亦璫之慕賢，非諸賢之通璫也。」〔註218〕崇禎初年，「不許內璫與廷臣交一私語，廷臣遂忽璫輩，而攻東林者默結之，日以朋黨之名中於上」〔註219〕，這就使得東林黨人處境艱難，如枚卜中錢謙益失利，就與周延儒、溫體仁與內侍相勾結有關。但在政爭中東林黨也得到宦官的幫助，錢龍錫出獄，「自云：『大璫王某實心冤之，不然必無生理。』溫之陷錢謙益於獄也，謙益去死如發，大璫曹化淳憤而發奸棍陳、張之陰謀，陳與張立枷死，溫逐而錢釋矣。薛之死也，成於廠璫王某；而周之死也，則又小王璫之怒之也。」〔註220〕東林黨漸漸看出與宦官交往可以在政治上獲得實利，「及其衰也，求勝不得，亦有走險與璫結交者，崇禎之季，往往有之矣。」〔註221〕如《三垣筆記》云：「東林諸公素矜節義，以劾宦官爲名高。後馮給諫元颺、孫給諫晉等倡爲法門廣大說，於是吳儀曹昌時始與東廠比，一切行賄受賄間被緝獲，必託昌時以數千金往方免，昌時亦揚揚居功，不以爲愧。」〔註222〕與政敵的妥協，主要體現在周延儒再相上。雖然策劃者與實施者主要是復社中人，但也得到東林黨人的默許與支持，史惇《慟餘雜記》載：「牧齋既百計不能，涿州又斷斷不可，求其兩可而軟美者，宜興乎？東林以宜興爲決不敢拗，南黨亦以宜興爲決不敢背。故宜興再召，天下之人謂『兩邊擡出』云。」周延儒被選中，是與他的能力和性格特點分不開的，「上即位以來命相三四十人，其中非無賢者，求其精神提挈得起者，

〔註217〕《幸存錄》「門戶大略」，見《明季北略》卷二十四，頁690。
〔註218〕《幸存錄》「門戶大略」，見《明季北略》卷二十四，頁690。
〔註219〕《幸存錄》「門戶雜誌」，見《明季北略》卷二十四，頁706。
〔註220〕《幸存錄》「門戶雜誌」，見《明季北略》卷二十四，頁706。
〔註221〕《幸存錄》「門戶大略」，見《明季北略》卷二十四，頁690。
〔註222〕《三垣筆記》上，頁5。

惟宜興與烏程二人，但俱不軌於正耳。其初入門更無少異，惟宜興近和，烏程近刻，其以自遂一也。」〔註223〕周延儒本人有能力，又與朝中主要勢力都有密切聯繫，早年與東林黨人友善，張溥、吳偉業等又都是他的門生，因而各方都能夠接受。當然，幫助周延儒復出，其中既有政治實用主義目的，也符合東林黨人的道德理想，一方面能改變東林黨人被動受制的局面，使政壇煥然一新，一方面也能採取一些減輕人民負擔，改善人民生活的措施，從而使明王朝能夠苟延殘喘下去，不致使本已尖銳的矛盾激化。其實本來東林黨的轉變可以認為是一種政治策略，是經由政治實用主義以實現道德理想主義，因為在當時要實施政治主張就必須在政爭中掌握主動，團結一切可以團結的力量，進而對皇權實現制衡。但在複雜的歷史環境中，道德對自我與世道人心的約束是脆弱的，不少人一旦掌握權勢，就難以克制將其效益最大化的欲望，而本來的目標——道德理想主義便漸漸迷失了。此時東林表面得勢，「攻東林俱見罪，四明至楚粵，無一入臺省者」，「天下咸奔走焉，仕途捷徑，非東林不靈，波及諸生，如復社、幾社，不一而足，家馳人驚，恐漢末標榜，不是過也。」〔註224〕但在這種繁盛的背後是自我精神的消亡，東林黨漸漸成為互相爭鬥與實現個人野心的工具。錢謙益作為黨魁，無疑也參與了這種轉變，如他在丁丑獄事中惶懼驚悚，當單良佐以「款曹、和溫、藥張」六字進，他便「躍然起拜」，所謂款曹，就是與宦官曹化淳交結，所謂和溫，就是與溫體仁妥協，這就說明錢謙益為了自己的性命與利益，在非常時刻也可以拋棄原則，並最終在曹化淳的幫助下，得以脫險。他積極參與了周延儒復出的密謀，其目的不過是為求得復出，所以當志願不遂，他便氣憤難當，破口大罵。黨爭使得人們往往只以黨比者和異己者來區分，而不注重事件本身的是非，這點錢謙益也不能免俗，如「喬侍御可聘巡按兩浙時，吳下諸公皆欲重蔡少司寇奕琛受賄罪，託嘉興史司李德翼言於可聘，而錢少宗伯謙益為最，可聘心無適莫，正色拒之。謙益等遂以為黨邪叛正，且尤及吳侍御甡，謂甡乃可聘兒女戚，何不致一言。」〔註225〕如此混亂而殘酷的黨爭，漸漸使士人走向偏狹與刻薄，如夏允彝便說：「若有進和平之說者，即疑其異己，必操戈攻之，雖有賢者畏其辨而不能持。亦有因友及友，並親戚門牆之相連者，必多方猜

〔註223〕楊士聰《玉堂薈記》卷上，頁1422。
〔註224〕談遷《棗林雜俎・智集》「分黨」條。
〔註225〕《三垣筆記》附識上，頁168。

防，務抑其進而後止。激而愈甚，後忿深前，身家兩敗，而國運隨之。」〔註226〕所以東林黨走向衰微是必然的，它對於明亡也不能說沒有責任。

雖然面臨著種種問題，東林黨及其後繼者在朝在野仍然勢力強大，而錢謙益作為山林領袖，雖然百計不得出，依然被世人推重，侯方域在《答張天如書》中便說：「貴鄉虞山之爭枚卜，長洲之去國，為數年來極有關繫事。長洲已與日月爭光，天下所觀望者，惟虞山與婁東耳。」〔註227〕錢謙益自己身在林間，但心在闕下，對復出還抱著渺茫的希望，曾在詩中云：「夕烽纏斗極，昃食動嚴宸。帝賚旁求急，天章召對勤。睿容紆便殿，清問及遺民。當寧呈嗟數，班行省記真。虛名勞物色，樸學愧天人。」自注：「上曰：『錢某博通今古，學貫天人。』咨嗟詢問者再。」錢謙益因而感激流涕，說：「四達聰明主，三緘密勿臣。東除宜拱默，北向共逡巡。日月誠難蔽，雲雷本自屯。孤生心自幸，幽仄意空頻。漫欲占連茹，何關歎積薪。丹心懸魏闕，白首謝平津。感遇無終古，酬恩有百身。堯年多甲子，禹甸少風塵。歌罷臨青鏡，蕭然整角巾。」〔註228〕他一方面感慨自己年老歲大，但又表示只要可能，還是願意盡忠酬恩。因此錢謙益時時關注當時的重大事件，並有自己的看法，這集中體現在他的《向言》三十首中。

《向言》所收均為政論，各則的體例比較一致，都是先引史書、史事，再做些闡發，以借古諷今，言近而旨遠，明明有為而發，但並不指明針對當今何人何事，類於啞迷。這一方面是錢謙益以史臣自命，而史乘的主要作用就是為後人提供借鑒。另一方面，經過政治上的風風雨雨，錢謙益已經變得非常小心，他不再是意氣風發的探花郎，而只是年逾花甲的老布衣，生活上他可以瀟灑風流，但決不敢拿自己的性命與政治前途開玩笑。所以他在文中小心謹慎，欲言又止，而不點明自己的用意。從《序》中所言「《詩》曰：『維此聖人，瞻言百里。』善聽向言者，莫如聖人。有瞻言之聖人，言從作乂，而天下無向言之咎矣」來看，錢謙益是希望崇禎帝能夠看到它，並聽取他的建議，所以他詳細討論了為君與用人之道。如他說：「治世之主，未嘗不佚樂；亂世之主，未嘗不憂勤厲精。而治亂相懸者，何也？明主之憂勤在於擇賢，

〔註226〕《幸存錄》「門戶大略」。

〔註227〕《壯悔堂文集》卷三。

〔註228〕《初學集》卷二十《嘉禾司寇再承召對下詢幽仄恭傳天語流聞吳中恭賦今體十四韻以識榮感》，頁725。

而佚樂在於得人。」「夫亂世之君，各賢其賢，雖有真賢而不能用也。是故懸石程書，損撤膳服，憂勞日昃，而天下滋亂。」〔註229〕崇禎之勤奮求治，輟減音樂，有目共睹，但卻勞而無功，天下愈亂，錢謙益認為是不得其人之過，這未嘗不是原因之一，如他所重用的溫體仁、周延儒、張至發、薛國觀等，或奸滑，或愚黯，逢迎主上，暗謀私利，如溫體仁「不露破綻，大意主於逢迎，其後轉相摹仿，不離烏程一派，雖精粗不同，其揆一也。」〔註230〕錢謙益又說：「人主之英明者，必不好勝騁辯；好勝騁辯者，必不英明」〔註231〕，這則是影射崇禎帝輕視臣下，剛愎多疑。陸贄曾指出君上之弊有六：好勝人，恥聞過，騁辯給，眩聰明，厲威嚴，恣強愎，而這些毛病崇禎帝幾乎都有，如他寄耳目於東廠，好辯駁爭勝，喜苛察之明。錢謙益敢於指出皇帝的缺點，也可見出他的膽量。錢謙益並從正面提出皇帝應「以如來之心，行調御之法」，要能明辨君子小人，「君子，藥石也；小人，美疢也。君子必勁而苦，小人必輭而甘。」〔註232〕此實是暗指當時能直言時政、諄諄勸諫的東林黨人是君子。與當時的黨爭相聯繫，錢謙益反覆論述君子與小人的區別及其對國家治亂安危的影響，認為：「自古奸邪小人，與夫叛臣敵國，往往並心合喙，以甚間謀國之君子」，以提醒崇禎警惕。這些其實都是傳統治國理論與道德理想如政治清平、統治者寡欲愛民等的表述，也只是對明末政治弊端的部分認識，事實遠比這複雜得多。「崇禎時，誤國輔臣皆指周延儒、溫體仁，誤國樞臣皆指楊嗣昌、陳新甲。然歷數前後輔樞，其智略優長，又推四人最。蓋將相乏才，故眾口所詆，猶居然冠軍，此國事所以不支也。」〔註233〕朝中官員雖多，卻少經濟之才，崇禎起用道德有缺陷的官員，也是不得已之舉。崇禎雖有種種缺點，但谷應泰云：「懷宗之殫慮竭精，勤求民瘼，英察類漢明，猜忌則優於唐德；綜覈近孝宣，偏聽則異於宋神，斯固治世足以奮烈，而亂世足以救亡者，獨奈何皇輿掃迹，天祿隕墜，相報若斯之酷耶？」〔註234〕雖然褒揚過當，但也能引人深思。明之亡，與崇禎帝的個人缺點固然有一定關係，但更重要的是整個社會方方面面的弊端糾結在一起，僅指責崇禎帝沒有意義。錢謙益

〔註229〕《初學集》卷二十三，頁765。
〔註230〕楊士聰《玉堂薈記》卷上，頁1422。
〔註231〕《初學集》卷二十三，頁766。
〔註232〕《初學集》卷二十三，頁771。
〔註233〕《三垣筆記》附識上，頁174。
〔註234〕《明史紀事本末》卷七十二《崇禎治亂》。

雖極力要求親君子，遠小人，但面對外有強敵窺伺，內則民窮財盡的情形，空有高尚道德情操也是不夠的，而君子所奉行的儒家治國方略在複雜的政治實踐中也往往難以奏效。所以夏允彝說：「東林之持論高，而於籌虜、制寇，卒無實著」〔註235〕。其實在明末社會，百病叢生，制度中的弊端充分暴露，人心敗壞不可收拾，其滅亡是必然的，錢謙益空有豪情壯志，也無迴天之力。

《向言》每首都影射時事，如論王伾、王叔文之用事，實影射周延儒，認為「小人而乘君子之器，盜思奪之矣。」它對很多具體問題如設藩鎮、加強居庸關、紫荊關的守備，平定農民軍、荊襄的戰略地位、漕運、遷都等問題都有所論述，其中不乏真知灼見。所有這些，都表明錢謙益作為一個開明士紳，對國家民族的前途命運極為關切，並有挽回衰世的願望，所以錢謙益在潛意識中並不認為自己只是一個儒者，而視自己為雄傑，他輕視儒者之學，認為「帝王之學，學為聖王而已矣。儒者之學，非所當務也。修身齊家治國平天下，聖王之學也。……儒者之學，函雅故，通文章，逢衣博帶，攝齊升堂，以為博士官文學掌故，優矣。使之任三公九卿，然且不可，而況可以獻於人主乎？」〔註236〕他又引《靖康小錄》說：「天地穢濁之氣，預生妖人賊子，老奸腐儒，以誤國家。是宗廟社稷之不幸，非諸人之罪也。此四人者，有一不備，國亦不亡。」〔註237〕他將腐儒與奸賊並列，與他自青年便厭惡偽學，強調學術應經世致用一致，他在《向言》中縱橫捭闔，指點江山，激揚文字，顯然是不甘心終老於書本。可惜，他的議論雖高，但與現實仍有差距；他的心志雖雄，卻一直沒有機會得以實現。終崇禎一朝，由於明思宗的苛急暴戾，因封疆失事、黨爭失利、執政無功、言論不當而受責的經撫、樞臣、輔臣、言官、大臣何止十百，或被殺，或自殺，或被投入詔獄，或被廷杖受辱，或發配邊境，官員無不戰戰兢兢，既要擔心國家危殆，又要擔心身家性命，可謂是痛苦難熬。錢謙益雖然久享清望，但缺少政治實踐的歷練，對於具體事務也不很熟悉，雖擅長紙上談兵，以知兵名，但從未指揮過一兵一卒，因此

〔註235〕《幸存錄》「門戶大略」，《明季北略》卷二十四，頁694。其實東林中也有經濟之士，如孫承宗、吳甡等人，特別是孫承宗在東北禦敵中成效卓著。就理論上說，東林黨的政治主張也有合理的部分，但它首先需要得到皇帝的有力支持，能全面貫徹，並持續相當長的時間，這在崇禎朝是不可能做到的。崇禎帝一向操切，只會視此為迂儒之言，在複雜的黨爭中政策也很可能會走樣，而且朝令夕改，不可能有成。

〔註236〕《初學集》卷二十三，頁764。

〔註237〕《初學集》卷二十三，頁776。

他不能復出，很難說是社稷的幸與不幸；在困頓的時局中，官員憂心忡忡，百姓生活在水深火熱之中，而錢謙益得以優游林下，盡享田園之樂，受眾人推戴尊崇，又有紅顏知己柳如是相伴，詩酒歡娛，他未能實現自己的政治理想，也很難說是個人的幸與不幸。

第三章 錢謙益在弘光朝及其降清

第一節 入朝

　　就在錢謙益聽說崇禎帝準備召他回京不勝欣喜後不久，崇禎十七年三月十九日，李自成的農民軍攻入北京城，崇禎帝自縊於煤山。但由於南北阻隔，情況不明，四月戊午，史可法等還誓師勤王。這時雖然有傳言說京師已經失陷，但眾人仍然疑信相半。而留都確切知道北京失守的消息已是四月中了：「十四日辛未，有內官至南京，府部科道等官始知北京被陷確信，上殉社稷，大小驚惶。」〔註1〕

　　此時擺在南京群臣面前的問題就是以何人為主，以填補權力真空。當時，福王朱由崧、潞王朱常淓都避難來到淮安，「以倫以序本宜立福邸，其次則惠、瑞、桂三王也。潞邸比四王為疏。」〔註2〕圍繞著擁立，勳臣、南京官員、將領、地方大員都為了國家利益與自己的私心權力而奔忙、議論、爭鬥。

　　史籍中所載主要是立福王與立潞王之爭。福王朱由崧的血統，「與熹宗、思宗共出於神宗」，而潞王朱常淓的血統「與熹宗、思宗共出於穆宗。故兩者相較，常淓之皇帝繼承權，較由崧疏遠一級。」〔註3〕福王素來名聲不佳，但更重要的是南京眾臣多為東林和復社中人，對萬曆朝因福王朱常洵而起的妖書、梃擊、移宮等案還記憶猶新，擔心福王即位後舊事重提，伺機報復；而

〔註1〕《明季南略》卷一，頁6。
〔註2〕《續幸存錄》，頁2005。
〔註3〕《柳如是別傳》，頁858。

惠、瑞、桂三王又在遠方，於是就有人提出擁立潞王。陳寅恪並且認爲「東林者，李太后之黨也。嗣潞王常淓之親祖母即李太后。此東林所以必需擁戴之以與福王由崧相抵抗。斯歷史背景，恩怨系統，必致之情事也。至若常淓之爲人，或優於由崧。然生於深宮之中，長於婦人之手，其賢不肖，外人甚難察知。」〔註4〕陳先生從血緣關係來考察，確實精細，令人信服。不過我以爲擁立潞王主要還是與時勢相關，在只有兩種選擇面前，東林黨自然認爲潞王比福王易於接受，因爲在政治上沒有風險，而且以倫序本不應立潞王，這樣潞王被擁立後，東林黨在政治上便佔優勢，「可邀功」〔註5〕。而要擡高潞王，貶低福王，只能借福王邸居的醜事了，這也便是眾臣所云之七不可：貪、淫、酗酒、不孝、虐下、不讀書、干預有司，所以說潞王賢是與福王相較，其實質是立潞王的藉口罷了，因爲潞王是否定然賢於福王，確實難以證實。於是南京諸臣說潞王賢，而馬士英說福王賢。《南渡錄》在事後說：「上（指弘光帝）既失國，咸恨不立潞王，時太常少卿張希夏奉勅獎王，獨語大理寺丞李清曰：『中人耳，未見彼善於此。王居杭時常命內官下郡邑廣求古玩。又指甲可長六七寸，以竹筒護之，其爲人可知矣。』大理寺少卿沈胤培常曰：『使王（指潞王）立而錢謙益相，其敗壞與馬士英何異？』」〔註6〕廣求古玩，指甲過長，不過是王孫紈絝習氣，不可深求，而且當時潞王受到弘光帝與馬士英黨的猜忌，正宜深自韜晦，不可稍露鋒芒。我以爲從兩件事倒可見出此人的品性，一是馬士英入杭州，欲立潞王，被他拒絕〔註7〕，可能是不想被馬士英挾制。一是貝勒率清軍入浙，「以書招王，王度力不能拒，又不忍殘民，遂身詣其營，請勿殺害人民。貝勒許之，遂按兵入杭，市不易肆。」〔註8〕由此可見，其膽識較弘光似要勝出一籌。

立潞王派主要是部分南京文臣與在野清流，《明史》認爲「陰主之者，廢籍禮部侍郎錢謙益，力持其議者，兵部侍郎呂大器，而右都御史張慎言、詹事姜曰廣皆然之。前山東按察使僉事雷縯祚、禮部員外郎周鑣往來游說。」

〔註4〕 《柳如是別傳》，頁858。

〔註5〕 《明史》卷三百八列傳第一百九十六《馬士英傳》，頁7939。

〔註6〕 《南渡錄》卷五，頁756。

〔註7〕 據《明季南略》卷四「三十日辛亥」條，但《祁忠敏公日記》第六冊記載乙酉「六月初九日，家僕從武林來，乃知潞藩於初七日受皇太后命，初八日登監國之位矣。」

〔註8〕 《明季南略》卷五，頁279。

而立福王派則主要是軍事將領與勳臣。如馬士英「密與操江誠意伯劉孔昭，總兵高傑、劉澤清、黃得功、劉良佐等結」，圖謀擁立福王〔註 9〕。他們認為福王奇貨可居，想借擁立來邀功。擁潞派與擁福派意見對立，而擁立新君又事關重大，實司擁立事的史可法難以決定。考慮到「鳳督馬士英擁強兵挾四鎮，以恫喝南都諸大臣。諸大臣懾不敢逆」，是當時的實力派，於是他便「私問諸士英，士英遣其私人口傳立君當以賢，倫敘不宜固泥。可法信之，答書極刺弘光帝藩邸諸不道事，意在潞邸。」〔註 10〕馬士英得到書信後卻以之為口實，「移書諸大僚謂以敘以賢無如福王，兼責史可法當主其議。二十二日可法治兵於浦口，二十三日諸臣謁孝陵定議，劉孔昭面詈呂大器不得出言搖惑，遂定議福王。」〔註 11〕五月戊子，南京兵部等衙門尚書史可法等迎福王入京，以內守備府為行宮居之。擁立之爭最終以擁福派的勝利而告終。

　　但真實的歷史真是如此嗎？從其他文獻看，潞王在朝臣的討論中並不佔優勢，主要問題就是在倫序上，潞王較福、桂、惠等王為疏，姜曰廣也並不主立潞王。陳貞慧說：「江南北諸紳，則群起擁潞王。曰廣曰：『神宗皇帝聖子神孫，濟濟具在也，四十八載之深仁，何負於天下，而輕持其座，別與圖功耶？恐天下有起而議其後者矣。』可法聞而是之，曰：『此兵端也，惟分定可以已之。』」〔註 12〕這種說法是可信的，《祁忠敏公日記》云：「（甲申）四月二十九日，先晤姜燕及，云定議之時勳貴詈及文臣，且有以不欲迎福藩疑姜者，蓋云東林諸公曾因爭並封，爭梃擊，有宿憾也。然燕及云：『我輩享神宗四十八年太平之福，今不立其子孫而誰立乎？』」〔註 13〕可見當時主立潞王者主要是士紳而非官員，因為士紳所負的政治責任小，而官員要考慮方方面面的問題，畢竟在封建秩序中，繼位以帝系為重。同時日記也說明劉孔昭等當時辱罵眾臣之事也喧傳國中，爭立之局在當時就已經被歪曲，甚至祁彪佳都不明真相。陳貞慧又說高弘圖曾與鳳督馬士英商議，認為「以親以賢，惟桂方可，議既定，士英欲自以為功，即約諸臣晤於江浦，規布腹心。曰廣不

〔註 9〕　《明史》卷三百八列傳第一百九十六《馬士英傳》，頁 7939。
〔註 10〕　《續幸存錄》，頁 2006。
〔註 11〕　《甲乙事案》卷上，頁 518。
〔註 12〕　陳貞慧《過江七事》「計迎立」條，《痛史》本。
〔註 13〕　《祁忠敏公日記・甲申日曆》「四月二十九日」條。

往，諸卿貳亦不往，語詳曰廣辨鎮將疏中。往受語者，科臣李沾，臺臣郭維經也。歸而布之，鳳督迎桂矣。越日，可法亦以手書曉諸臣：『迎桂者何，以福惠之有遺議也。乃捨而立桂也。』……時南中咸知主兵者定議，已擬儀郎戒乘輿法物往粵矣。及士英歸鳳，則聞諸將高傑、黃得功、劉良佐畢集，大駭，詗之，乃知守備大璫盧九德合盟，亦有所擁立，而所立者福也。士英度勢之成也，無敢支吾，遂隱其前說，且乞坿盟。於是士英稱定策矣。」〔註14〕這種說法在諸書中少見，而且桂王離南京甚遠，迎立頗難，似乎疑點很大。但我認為它有可信之處，因為陳貞慧與姜曰廣等關係密切，很多事想必是親耳所聞，而且很多歷史記載也可為它旁證。如馬士英初不欲立福王，這點談遷也說到：「士英初意亦不專洛陽，與史尚書同。」〔註15〕因此夏完淳說史可法「私問諸士英，士英遣其私人口傳立君當以賢，倫敘不宜固泥」〔註16〕是可信的，因為當時馬士英可能確實並不主立福王。李沾參與定策，無疑是想藉此謀進身之階，因此隨風轉向，曾與馬士英一起商議擁立桂王，而當馬士英轉而主張擁立福王後，他也隨機應變，在眾官集朝內會議時，堅決主立福王，「奮袂厲聲曰：『今日有異議者，以死殉之！』」〔註17〕以此掩蓋自己曾有立他藩之議。從馬士英與高傑、黃得功、劉良佐、盧九德的關係來考察，馬士英當時任兵部右侍郎兼右僉都御史，總督盧鳳等處軍務，盧九德是皇陵守備太監，黃得功、劉良佐是馬士英手下鎮將，因此馬士英不應事後才知曉他們結盟。馬士英之所以起初與史可法一樣不主立福王，就在於當時南京東林黨較盛，而馬士英只是盧鳳總督，要進入朝中執政，必須在政治上倚靠東林，如他當初與錢謙益交往以借助東林名望一樣，因此他自然要附和史可法等人〔註18〕。高傑甲申春才南下至江北，與馬士英並無隸屬關係，但他所統四萬人皆山陝勁卒〔註19〕，因而此次結盟對馬士英絕對有利，可能正是由於這個結盟，使得馬士英意識到自己重兵在手，足以控制局勢，進而進入權力中樞，從而下定決心，轉而擁立福王，並走上與東林對立的道路。史可法為爭取軍

〔註14〕陳貞慧《過江七事》「計迎立」條，《痛史》本。

〔註15〕《棗林雜俎》仁集「定策本末」條。

〔註16〕《續幸存錄》「南都大略」條。

〔註17〕《明季南略》卷一，頁7。

〔註18〕李沾也是如此，追逐權勢，為討好東林，他欲立桂王，五月又薦吳甡、錢謙益（見《明季南略》卷一，頁45；《南渡錄》卷一，頁589），而當馬士英勢力漸盛，他又擁福王，反噬東林。

〔註19〕《史可法年譜》，頁146。

隊，勸說馬士英不立福王，在手書中有福王不忠不孝等語〔註20〕，結果恰恰被馬士英利用來威脅自己。

　　馬士英此時手握三張牌：諸將之盟、福王、史可法之信，自覺勝券在握，因而得意洋洋，發書給南京官員，明確表態支持福王，並云：「已傳諭將士，奉福藩爲三軍主，而諸大帥且勒兵江上以備非常矣。」咄咄逼人，出言恫嚇。祁彪佳親見呂大器從袖中出示此信〔註21〕，則呂大器早就看過，自然不敢與之對抗，在四月二十六日的諸臣會議中更不可能還有異議。而這時一些大臣爲了給自己撈取政治資本，演出了一幕定策的醜劇：「李沾咆哮忽起，衆咸驚怪之，沾則攘袪大呼：『今日尙不立福王耶？吾撞死於此。』掖御史陳良弼佐之。劉孔昭亦作索劍狀，曰：『大家死，大家死』。（姜）曰廣呼語之曰：『爾輩何爲者？……若夫迎立，昨已定矣，序實應也，兵以臨之，勢成分定，其孰敢推遷以自干戮辱？此何爲者，甚矣其淡也。』旁觀者皆相視微嘻。及出，乃知是日福邸有人刺候，沾等詗知，爲此也。自是李沾亦儼然定策矣。」〔註22〕由於衆臣欲以立君居爲大功，因而演出此戲，迷惑衆人。福王爲帝後，所謂定策諸臣如馬士英、李沾都極力渲染執異議者之多，自己一力主張之難，以見福王之孤危，自己之忠心，從而挾制皇帝，謀取高位，並以執異議、立外藩爲名打擊政敵。之所以當時攻異議者不說他們欲立桂王，而說欲立潞王，一來因爲馬士英曾主立桂王，姜曰廣等都已知道，此說正爲馬士英所忌；二來桂王在遠，而潞王近在肘腋，惟有說潞王才可以引起福王的疑慮，襯出諸臣的大功，並用以攻擊主要分佈在江浙的東林、復社中人；三來說潞王可以引導視線至東林，陳寅恪已指出東林是李太后之黨，因而擁戴潞王。而且當日所謂人望皆在潞王〔註23〕，也主要是在野東林、復社大造輿論，如錢謙益、雷縯祚等〔註24〕。因此我以爲當日朝中主立潞王者並不多，勢力也並不強。只是後來馬士英、李沾等都以立潞王來攻擊東林黨人，甚至當日主張立福王之姜曰廣也被誣爲「定策時顯有異志」〔註25〕，因而顯得擁立潞王者甚多。

〔註20〕據《棗林雜俎》仁集「定策本末」條；《過江七事》「計迎立」條；《續幸存錄》「南都大略」條。
〔註21〕《祁忠敏公日記・甲申日曆》「四月二十九日」條。
〔註22〕《過江七事》「計迎立」條。
〔註23〕《明季南略》卷一，頁6。
〔註24〕據《明史》卷三百八《馬士英傳》，頁7939；《棗林雜俎》仁集「異議」條。
〔註25〕《明季南略》卷二，頁79。

由於當日眞相本已模糊不清，後來史籍又輾轉相抄〔註26〕，故而今日所見史料都只言福潞之爭，眞實情況已經很難證實了。由於可靠的材料並不充足，以上所論還待深入考證。

擁福派如馬士英等主立福王，固然是從封建倫序考慮，更重要的是認爲福王勢單力薄，便於挾持，自己定策有功，將來可以爲所欲爲。如崇禎十七年六月二十日，御史黃澍攻擊馬士英爲姦臣，馬士英的權位岌岌可危，便上密疏，「言上之得立由臣及四鎮力，其餘諸臣皆意戴潞藩，今日彈臣去，明日且擁立潞藩矣。上信其言，爲雨泣久之，以後一切朝事俱委士英。」〔註27〕儘管誠如文秉所說：「無事則論敘，有事則擇賢，古今之通義也。福王在藩失德甚著，自無擁立之理。」〔註28〕但擁潞派還是有名不正、言不順之嫌，路振飛便說：「議賢則亂，議親則一」〔註29〕，按照封建傳統秩序，倫序爲先，立賢易起紛爭，明朝爲爭皇位，先有靖難之役，後有奪門之變，再有寧王之亂，使得群臣都噤若寒蟬，不敢定議，以免背上援立外藩的罪名。而且擁潞派主要是文臣與在野人士，徒有名望，沒有任何實力，遷延觀望，事必不成。相比之下，擁福派掌握重兵，加上勳臣如徐弘基、劉孔昭的大力贊導，果斷地發兵送福王至儀眞。百官仰人鼻息，懾於威勢，不敢與他們抗衡，所以擁潞派失敗是必然的。

擁立之爭對弘光政權的政治有重大影響：首先，福王先監國，後即位，馬士英、劉孔昭、李沾等因策立之功得以逐漸掌握朝權，四鎮亦受厚恩，更加飛揚跋扈。弘光帝受馬士英等挾制，無所作爲，聽任他們濁亂朝政，所以弘光政權之亡，實亡於孝陵定議。如當時便有人認爲「使諸臣果以序迎，則上何至書召四鎮，士英與傑又何得居功？非錢謙益、呂大器誤之而何？」〔註30〕其次，由擁立之爭形成的兩派鬥爭延續於弘光政權之中，轉爲清流與軍事將領、勳臣、閹黨餘孽的鬥爭。擁立之爭本身已經充分說明後者是實力派，佔據政壇主導地位，而清流雖有一定勢力，卻明顯處於下風。弘光政權建立後，這種對立更加尖銳，但清流更加不能與之相敵，最終一敗塗地。這種鬥

〔註26〕 當前所見南明史料中頗多敘述相同之處，甚至有的詞句完全一樣，不排除互相傳抄的可能。
〔註27〕 《南渡錄》卷五，頁757。
〔註28〕 《甲乙事案》卷上，頁518。
〔註29〕 《史可法年譜》，頁126。
〔註30〕 《三垣筆記》下，頁94。

爭使得舉朝心力用於勾心鬥角，置軍國大事於一旁，使得弘光政權最終走向傾覆。第三，擁立之爭使得馬士英攻擊異已有了極好的藉口，如呂大器、張愼言、周鑣、雷縯祚等，或致仕削籍，或被捕被殺，清流損失慘重，即使在朝者也戰戰兢，只能俯首聽命。

在擁立之爭中，錢謙益表現積極，「雖家居，往來江上，亦意在潞藩」〔註31〕。他聯絡在朝官員，意圖擁立潞王，這一方面是出於東林的黨派利益考慮，畢竟他是東林黨魁，對東林來說立潞王比立福王更有利；另一方面他亦有私心：若潞王即位，則他因為定策的功勞可能被召還，並委以重任。但書生謀事，總不如武夫乾脆果決，擁立潞王最終失敗，錢謙益不僅無功，反而有禍，若福王追究此事，則錢謙益難逃打擊。所以錢謙益在聽到福王被擁立後，立即轉變態度，談遷記云：「錢謙益侍郎觸暑步至膠東第中，汗渴解衣，連沃豆湯三四甌。問所立，膠東曰，福藩。色不懌，即告別。膠東留之曰，天子毋容抗也。錢悟，仍坐定。遽令僕市烏帽，謂：我雖削籍，嘗經赦矣。候駕江關，諸臣指異之。」〔註32〕《南渡錄》使記載：「謙益以立潞議懼禍，時科臣李沾有定策功，故浼沾疏薦為巧護地。」五月乙卯〔註33〕，御史陳良弼為此感到不平，說：「陛下以親以賢當正大統，及龍江覲駕，謙益邪議撓止，時科臣李沾相對詫異，與臣等並持公論，及事定，謙益猶現身密間，沾對臣曰：此時尚議論不歸正乎？今忽以謙益與黃道周、黃景昉等全薦黃扉，臣憂姦人鑽用，心不可測，當陛下前不惜一死爭之，退仍與沾爭，彼謂為吾同鄉，不得不調停。夫調停同鄉情面，不顧紊亂朝廷，是何心哉？謙益大節已喪，公論共斥，閱沾薦疏，原借名正人君子，而於眾瑜中混以瑕邪，從來誤國宿套，牢不可破，願以臣疏與沾疏懸之國門，發下文武諸臣共勘。疏奏，沾無以屈也。」〔註34〕應該說此疏不無過激，因為諸臣爭擁立，各有私心，不能便說誰對誰錯，更談不上「大節已喪」。當時士紳中擁立潞王者甚夥，說錢謙益是姦人，是「公論共斥」，不是言過其辭，便是別有用心。結合眾臣會議時陳良弼助李沾大鬧〔註35〕，可知陳良弼此疏不過是借攻擊異議者，為自己定策表功而已。這也說明錢謙益擁立潞王之事對他極為不利，很可能成為政敵攻擊

〔註31〕《幸存錄》，頁1904。
〔註32〕《棗林雜俎》仁集「異議」條。
〔註33〕據許重熙《明季甲乙兩年彙略》卷一，頁19。
〔註34〕《南渡錄》卷一，頁589。
〔註35〕陳貞慧《過江七事》「計迎立」條，《痛史》本。

的好藉口。好在福王似乎對他並未追究〔註36〕，六月上旬，錢謙益被任命為南京禮部尚書兼翰林院侍讀學士，協理詹事府事〔註37〕。

　　錢謙益得以召用，一種可能是當時朝廷中清流仍有相當的勢力，史可法、姜曰廣、高宏圖、呂大器、陳子龍等濟濟一堂，《明史》曰：「可法、弘圖及姜曰廣、張慎言等皆宿德在位，將以次引海內人望」〔註38〕，《幸存錄》也說：「既立，可法為首輔，亟召天下名流以收人心」〔註39〕，錢謙益正屬於海內人望、名流之列，所以被召也是當然的。另一種可能是錢謙益在明末便與馬士英交好，馬士英幫助錢謙益還朝。《小腆紀年》云：「諸臣議立君，謙益推戴潞王常淓，與馬士英不合。王既立，謙益懼得罪，更疏頌士英功。士英乃引謙益為禮部尚書，謙益復力薦阮大鋮」〔註40〕。但後一種可能有難解之處：1、錢謙益與馬士英在明末的交往，相互帶有政治目的，馬士英是想利用錢謙益的聲望，而錢謙益則想借助馬士英的地位。私交是私交，在政治上卻不能含糊。錢謙益推戴潞王，馬士英推戴福王，這是南明政爭的開端，他們的立場和思考問題的出發點都有不同，政治分歧明顯存在。2、馬士英一入朝就為擴充自己勢力而努力削弱清流的力量，與東林不睦，而錢謙益是東林黨魁，援引他入朝，對馬士英的地位反有威脅。3、《小腆紀年》在一些關鍵性的史事上顛倒了秩序，也就顛倒了因果：五月初二日，便有劉孔昭特舉阮大鋮，為史可法等所阻〔註41〕，馬士英則是在六月六日壬戌特舉阮大鋮〔註42〕，而錢謙益被召是在同日或更晚。六月甲子，阮大鋮即陛見，九月丁亥內批特授阮大鋮兵部添注右侍郎〔註43〕，而錢謙益上疏頌馬士英功是在十月丁巳〔註44〕，這自然不會是為了復官

〔註36〕《三垣筆記》下（頁105）中云：「上（弘光帝）寬仁，即位後從不追咎異議。一日，馬輔士英言及立潞王事，上曰：『朕叔父立，亦其分耳。』」。
〔註37〕錢謙益被任命之日各種史書記載不一，《國榷》卷一百二（頁6113）與《明季南略》卷二（頁59）皆言為初六壬戌，《小腆紀年》卷六（頁446）、《甲乙事案》卷上（頁524）則言為甲子。
〔註38〕《明史》卷三百八列傳第一百九十六《馬士英傳》。
〔註39〕《幸存錄》，頁1905。
〔註40〕《小腆紀年》卷六，頁449。
〔註41〕《明季南略》卷一，頁15。
〔註42〕據《明季南略》卷一（頁41），《甲乙事案》卷上（頁523）則認為是在六月癸亥。
〔註43〕《甲乙事案》卷上，頁534。
〔註44〕《小腆紀年》卷八，頁612。

了，且那時也不用再舉薦阮大鋮。至於錢謙益上疏是否爲馬士英歌功頌德，後文再論。

結合六月初，起劉宗周都察院左都御史〔註 45〕，六月乙丑，劉澤清、高傑公舉陳洪範，丙寅馬士英薦起張捷，辛巳，徐石麒爲吏部尚書〔註 46〕，可知當時對立兩派競相援引己方人物，以壯大自己勢力。錢謙益可能便是清流力薦入朝，以改變朝中兩派的力量對比。而且錢謙益自六月初六日被召，至七月還未入闕，陳子龍爲此上薦舉人才疏：「已補者如錢謙益、黃道周、徐汧、吳偉業、楊廷麟等，皆一時人望，宜速令赴闕。庶吉士陳于鼎英姿壯志見累門閥。既以不阿鄉衮，浮沉至今，困衡之士，荏苒足惜。當量才錄用也。」此文後附批語云：「崇禎十七年七月二十五日奉旨：人才宜乘時徵用，說得是。錢謙益等速催來京到任」〔註 47〕。陳寅恪先生曾因此推斷錢謙益抵都「至早亦必在七月下旬之末」〔註 48〕。據《祁忠敏公日記》甲申日曆記載，崇禎十七年七月二十八日，「方致書候錢牧老，而牧老已至京口，乃出晤之。值黃明輔，即同全其舟中，易戎服，與並馬登艮山，觀鄭弁天鴻安插各兵。」〔註 49〕可知錢謙益動身赴南京，二十八日方至京口。而《國榷》記載崇禎十七年七月二十七日壬子，命經筵擇吉暫開於武英殿，禮部尚書錢謙益充講官〔註 50〕，可能當時朝廷已經知道錢謙益即將入朝。

第二節　在朝

錢謙益二十八日至京口，則入朝可能在八月初，如談遷《棗林雜俎》仁集逸典類「異議」條說錢謙益「八月入朝，陰附貴陽，日同朱撫寧，劉誠意，趙忻城，張冢宰捷，阮司馬大鋮，聯疏訐異議者。」《國榷》也在崇禎十七年八月丙子「宗貢生誣奏」條下說：「初，陳必謙北轉，邑人錢謙益求復官未遂，今入京首詆之，結歡馬士英，同諸勳貴專言定策，意逐高弘圖、姜曰廣代之。」〔註 51〕兩條相印證，從一「今」字似可推斷錢謙益入朝在八月。

〔註 45〕　《明季南略》卷一「劉宗周論時事」條，頁 45。
〔註 46〕　《明季南略》卷二「六月甲乙總略」條。
〔註 47〕　《陳臥子先生兵垣奏議》上《薦舉人才疏》，轉引自《柳如是別傳》，頁 872。
〔註 48〕　《柳如是別傳》下冊，頁 874。
〔註 49〕　祁彪佳《祁忠敏公日記》第六冊《甲申日曆》「七月二十八日」條。
〔註 50〕　《國榷》卷一百二，頁 6134。
〔註 51〕　《國榷》卷一百二，頁 6140。

　　儘管錢謙益最終得以還朝，但甲申五月至八月間清流與馬士英等的鬥爭已初分勝負，清流的勢力大為削弱。崇禎十七年五月初九日丙申，馬士英自請入朝，拜疏即行。十三日庚子，馬士英營兵由淮赴江，達南京，共一千二百船，凡三日而畢〔註52〕。這就說明馬士英擁兵自重，企圖借兵挾制朝廷，急於奪權。所以十六日，史可法以士英之入，勢不兩立，自請出鎮。十八日，史可法出鎮，馬士英入閣輔政，仍掌兵部事，權傾朝野。清流與馬士英的第一次較量以清流失敗告終，形勢對清流開始不利。六月六日，馬士英以知兵為言特舉阮大鋮，群臣便紛紛反對，一是因為阮大鋮名聲不好，如羅萬象說：「輔臣薦用大鋮，或以愧世之無知兵者。然而大鋮實未知兵，恐《燕子箋》、《春燈謎》即枕上之陰符，而袖中之黃石也。」；二是因為阮大鋮是逆案中人，翻逆案為清議所不容。如御史詹兆恒說：「欽案諸人久圖翻局，幸先帝神明內斷不可移。」「國仇未復，而忽召見大鋮，還以冠帶，豈不上傷在天之靈，下短忠義之氣！」三是馬士英乘高弘圖督漕未入而自擬旨召阮大鋮，於例不合，高弘圖便說：「舊制京堂必會議」，呂大器也說馬士英此舉「視吏部如芻狗」〔註53〕。但是弘光帝在馬士英的鼓動下竟用之為江防兵部尚書。在朝中兩派的第二次鬥爭中馬士英又取得勝利。此後馬、阮勾結，拉群結黨，打擊東林、復社諸人，六月初十日丙寅，吏部尚書張慎言罷〔註54〕，十七日癸酉，呂大器引疾去〔註55〕。七月二十六日，朱統錝「上書誣詆大學士姜曰廣穢迹，定策時顯有異志，詞連史可法、張慎言、呂大器等。蓋馬士英欲擠可法，以獨居定策之功；劉孔昭欲去可法，以專任田仰，為一網打盡之計。阮大鋮屬草，授統錝上之。」二十九日，朱統錝又參奏姜曰廣謀逆，高弘圖、姜曰廣皆引疾杜門。吏科熊汝霖因而說：「臣觀目前大勢，即偏安亦未可穩。『兵餉戰守』四字，改為『異同恩怨』四字，朝端之上，玄黃交戰。即一二人之用捨，而始以勳臣繼以方鎮。固圉恢境之術全然不講，惟舌鋒筆鍔之是務，真可笑也！且以匿帖而逐舊臣矣，俄又以疏藩而參宰輔矣，繼又喧傳復廠衛而人心皇皇矣。」〔註56〕此疏洞徹時事，說明當時朝政濁亂，馬士英等穩占上風。

　　錢謙益是清流中人，這就決定了他在南明的政治地位不會穩固，因為清

〔註52〕　《甲乙兩年彙略》卷一，頁17。
〔註53〕　《明季南略》卷一「馬士英特舉阮大鋮」條。
〔註54〕　《甲乙事案》卷上，頁524。
〔註55〕　《明季南略》卷二，頁60。
〔註56〕　《明季南略》卷二，頁81。

流勢力較馬士英等爲弱，正爲馬阮、四鎮、勳臣等所忌恨與打壓；而且錢謙益曾參與擁立潞王，更容易遭人攻訐，輕而指爲定策時有異志，重而定爲謀逆。因此，在這個時候，他面對的選擇只能是：一、退隱回鄉；二、與馬阮等抗爭；三、沉默苟容；四、與馬阮合流。錢謙益一直有強烈的功業欲望，當此之時，他認爲正是他實現抱負的好機會，如他入朝後，於八月十六日寫信給祁彪佳，「言東義再警，南都震動，薦朱長元，顧子方，言能得彼中豪傑而可以收拾之。」〔註57〕「東義再警」指甲申東陽許都起義軍殘餘力量再度興起，錢謙益顯然對時事非常關注，並想聯絡豪士以掃滅起義軍。在《彭達生晦農草序》中他回憶說：「弘光南渡，東南旂弓輿馬之士，舉集南都。彭子達生、韓子茂貽將應維揚幕辟，客余宗伯署中。莫不豎眉目，舐齒牙，骨騰肉飛，指畫天下事，數著可了。旋觀諸子，顧盼淩厲，如饑鷹之睨平蕪，如怒馬之臨峻阪。余固有經營四方之志，恃諸子以益強，何其壯也！」〔註58〕說明錢謙益當時有恢復之心，並努力聯絡四方義士，籠絡了一些豪傑。所以他的志向遠大（權力欲強），功業未成，不會輕易隱退。錢謙益是承認實力之人，天啓黨禍中，他隱默不言；辛丑獄事中他贊同「和溫」的策略，想與溫體仁緩和矛盾；明末與馬士英、鄭芝龍等聯繫，參與幫助周延儒還朝，這些都說明他重視實力派，不會和他們對抗，而且主動權在他們手中，對抗並無任何益處。事實上，在南明，凡攻擊馬、阮等的官員無不或貶、或免、或下獄，如黃澍、左光先、祁彪佳等。對朝政不置可否，也不是好辦法，因爲錢謙益畢竟有把柄握在政敵手中，而且這樣也不能實現他的政治抱負。所以若要建功立業，必須與馬、阮等實力派交好，沒有他們的支持，不僅不能入閣、參與朝政，甚至可能有殺身之禍。而與馬士英聯合也不是沒有可能，《三垣筆記》云：「初，士英以薦大鋮，致中外沸議，意稍折。一日，閣中推詞臣缺，言已故張庶常溥可惜。士英曰：『我故人也，死酹而哭之。』姜輔曰廣笑曰：『公哭東林賢者，亦東林耶？』士英曰：『予非畔東林者，東林拒予耳！』高輔弘圖復從臾之，頗有和解意。及劉總憲宗周疏自外至，大鋮等宣言：『曰廣實使之。』於是士英怒不可回，而薦（謝）升、（高）捷之疏出矣。或曰激宗周上疏者，在籍周儀曹鑣，曰廣不知也」〔註59〕。結合《續幸存錄》中所云：

〔註57〕《祁忠敏公日記》第六冊《甲申日曆》「八月十六日」條。
〔註58〕《有學集》卷十九《彭達生晦農草序》，頁810。
〔註59〕《三垣筆記》下，頁97。

「馬本有意爲君子，實廷臣激之走險，當其出劉入阮之時，賦詩曰：蘇蕙才名千古絕，陽臺歌舞世間無。若使同房不相妬，也應快殺竇連波。蓋以若蘭喻劉，陽臺喻阮也，尚見相臣之體。」應該說，當時馬士英不是不可以爭取的，高弘圖之從臾，也是與明末東林黨人借政治實用主義實現道德理想主義的策略一致，想避免紛爭，團結馬士英，共襄國事。可惜東林內部意見不統一，致使黨爭激化。所以錢謙益向馬阮靠攏，可能一方面基於對自身地位的憂慮，一方面則基於對功業的強烈嚮往，可能也代表了清流中一部分溫和派的立場。

《小腆紀年》考證曰：「高安朱芷汀題袁翼《邃懷堂集·王義士柳枝詞》後云：才人末路腸偏熱，倩女歡場酒最腥。博得金冠珠一頂，佃夫座上醉初醒。注：才人謂謙益，倩女謂柳，佃夫謂大鍼。大鍼據要津，謙益以妾柳氏出爲奉酒，大鍼贈珠冠一頂，謙益命柳謝，移座近之。」〔註60〕陳寅恪先生說：「頗疑錢阮二人遊宴尤密，蓋兩人皆是當日文學天才，氣類相近故也。」〔註61〕阮大鍼文才固是極好，但聲名不佳，事關大節，不可含糊。錢謙益不僅與馬、阮遊宴，在政治上也有相應的行動，如《棗林雜俎》「異議」條說錢謙益入朝後「日同朱撫寧、劉誠意、趙忻城、張冢宰捷、阮司馬大鍼，聯疏訐異議者」，這可能與《南渡錄》所載十月甲子「命提從逆楊觀光等，保國公朱國弼、誠意伯劉孔昭、禮部尚書錢謙益、吏部左侍郎張捷、兵部右侍郎阮大鍼所糾也」〔註62〕同指一事。

錢謙益交好馬、阮，使他在南明的政治風波中均得以安然渡過，而同時主擁立潞王者大都得罪，如「九月辛亥，革原任吏部侍郎呂大器職，擢太常寺少卿李沾都察院堂上官。沾言大器懷挾異心，阻撓定策故也。」〔註63〕十月廿三日丁丑，「阮大鍼奏雷縯祚不忠不孝，下法司嚴訊。」〔註64〕錢謙益是擁立潞王的主謀者之一，卻得以保全官位，不能說與馬、阮的保護無關。所以錢謙益自然也會接受他們的指使。就如張捷一樣，《南渡錄》說：「（張）捷居鄉孝友，尤自礪，明旨亦許其清執。及爲冢宰，追怨東林刺骨，且以諸勳臣及士英、大

〔註60〕 《小腆紀年》卷六，頁449。
〔註61〕 《柳如是別傳》，頁867。
〔註62〕 《南渡錄》卷三，頁663。
〔註63〕 《南渡錄》卷三，頁657。
〔註64〕 《明季南略》卷二，頁102。

鍼薦己，一切推升悉聽頤指，公論尤之。」〔註65〕爲了保全自我，他們自覺或不自覺地違背初心，向權勢靠攏。其實不止與馬、阮接近者要向他們靠攏，中立者爲了自己的權勢與利益，也漸漸轉變，如王鐸，「當高姜共事時，持內傳與廠衛甚力，又力言蔡奕琛、張捷等不可用。每指其文集語諸同志曰：『吾錚錚自樹，則此集傳，否則覆瓿耳。誓不學周、溫輩以貪奸貽唾也。』及奕琛等秉權，意稍折。至是，以票擬從逆爲公疏，暗摘劉侍御光斗，又昌言攻之。不得已，一日三往，兼調停於內，方留中。」〔註66〕馬、阮及其朋黨排擠異己，順我者昌，逆我者亡，凡留戀官位者無不低首聽命，不敢與抗。

　　但錢謙益的決定是錯誤的，因爲馬士英借擁立福王上臺後，野心極大，想獨霸朝政，極力打擊政敵，擴充自己勢力，因擔心自己在朝中孤弱，又想報阮大鋮之恩，所以極力援引阮大鋮入朝，阮大鋮入朝又力圖翻逆案，以掩蓋自己的劣迹，於是閹黨餘孽紛紛登朝，又力圖復三朝要典，對東林等進行政治報復。這種發展是必然的，由於馬阮等步步進逼，窮追不已，清流即使想與之合作也不可能，更不用說馬士英等所爲已經違反了他們心中的道德準則與政治理想。因此夏允彝、李清等對兩派各打三十大板的分析是錯誤的：清流雖不必然能救國，但馬阮輩確實誤國，加速了南明的毀滅。所以清流認爲要中興，必先清除姦佞，極力遏制馬士英不斷膨脹的勢力，攻擊馬士英等，而馬士英則在四鎮與勳臣的支持下對清流進行瘋狂打擊，不把清流誅除乾淨決不罷休。鬥爭中還糾纏著自萬曆、天啓、崇禎以來的積怨，錯綜複雜而又難分難解。所以朝廷的黨爭便愈演愈烈，成爲你死我活的殘酷內鬥。在這種情形下，所謂群臣和衷共濟的說法只能是幻想。錢謙益作爲東林黨的重要人物，他的政治基礎是東林、復社等官紳勢力，他的政治資本是清望。身在清流陣營中卻想和馬阮聯手，必然導致清流的反感與鄙視，而馬阮等也只是利用他而已，定然不會真心幫助他。於是，他便處於夾縫之中，進退失據了。儘管他得以在黨爭中保住官位，但所得大於所失：不僅使自己聲望大損，而且失去了自己人格的獨立性與政治上的獨立見解。

　　而且在事實上，弘光政權危機四伏，困難重重。經濟上，李清說：「今天下秦、晉屬順，燕、代屬清，袞（應爲兗）、豫已成甌脫，閩、廣解京無幾，徽、寧力殫於安、蕪二撫，常、鎮用竭於京口二鎮，養兵上供者，僅蘇、松、

〔註65〕《南渡錄》卷三，頁673。
〔註66〕《三垣筆記》下，頁117。

江浙。且昔以天下供天下不足，今以一隅供天下有餘乎？營建儀器，事事增出，其何支也！」〔註67〕當時戰亂頻仍，財用極度匱乏，可宮中依然奢侈無度，爲造中宮禮冠與常冠，「內臣需價三十萬，責於戶、工部及應天府，催請甚急，工部闇戶部言：『今何時耶？金甌半缺，民力已枯，今天下兵馬錢糧通盤打算缺額至二百二十五萬有奇，戶部見存庫銀止一千有零耳』」〔註68〕。龐大的赤字促使弘光政權更加瘋狂地攫取民財，加重人民負擔，「佃練湖，放洋船，瓜、儀製鹽，蘆州升課，甚至沽酒之家每斤定稅錢一文，利之所在，搜括殆盡。」〔註69〕爲了增加收入，甲申九月，立開納助工事例，文華殿中書一千五百兩，武英殿中書一千兩，內閣中書二千兩，待詔三千兩，拔貢一千兩，推知銜一千兩，監紀職方五千、三千不等，時爲之語曰：「中書隨地有，翰林滿街走。監紀多如羊，職方賤如狗。蔭起千年塵，貢拔一呈首。掃盡江南錢，堵塞馬家口。」〔註70〕同時朝政濁亂，政治黑暗：「馬士英當國，與劉孔昭比，濁亂國是。內則韓、盧、張、田，外則張、李、楊、阮，一唱群和。兼有東平、興平遙制內權，忻城、撫寧侵撓吏事，邊警日逼而主不知，小人乘時射利，識者已知不堪且夕矣。」〔註71〕軍事上，四鎮驕橫跋扈，難以駕馭，且爲爭奪利益互相攻擊，如甲申九月，黃得功、高傑相互攻戰。至於人心，陳子龍便說當時「人情泄沓，無異昇平之時，清歌漏舟之中，痛飲焚屋之下，臣誠不知所終矣！其始皆起於姑息一二武臣，以至凡百政令皆因循遵養，臣甚爲之寒心也。」〔註72〕在這種危殆的局勢下，錢謙益是不可能有所作爲的。弘光朝中政治才能勝過錢謙益的清流很多，如史可法、姜曰廣、高弘圖、祁彪佳等，都是施政多年而且卓有成傚之人，但都或苦苦支撐，或請告乞休。而錢謙益很少參與朝廷具體事務，沒有多少實際經驗，能否駕馭時局還是未知數。他既不能拯偏救弊，又不能濟困扶危，功業既空，卻依附馬阮，聽馬阮指使，那就只能是眷戀官位、渴望入閣了。他的功業心其實已經逐漸轉變成爲功名心、權欲心，追求功業的內涵變爲追逐功名、權位的空銜。由於沒有具體材料，錢謙益的心態今天難以測知，可能他當時還心存僥倖，希望能夠完成平生心願，入閣執政。

〔註67〕 《明季南略》卷二，頁 99。
〔註68〕 《南渡錄》卷三，頁 675。
〔註69〕 《明季南略》卷二，頁 104。
〔註70〕 《甲乙事案》卷上，頁 537。
〔註71〕 《明季南略》卷二，頁 104。
〔註72〕 《明季南略》卷二，頁 93。

　　錢謙益在弘光朝前期（甲申八月入朝至乙酉正月枚卜）的政治活動僅於各種史料中存留有少許片斷。如《國榷》云：「九月辛卯，上始御經筵，禮部尚書錢謙益講大學堯典之首節，宴諸臣，不賚。」〔註73〕《南渡錄》云：「十一月戊子〔註74〕，京師旱，命禮臣錢謙益等禱雨於天地壇。」〔註75〕崇禎十七年十月初四戊午他上「矢愚忠以禆中興」疏，從這些記載中難以看出錢謙益有何實際的政績。值得關注的是錢謙益十月所上的奏疏，它不僅充分說明錢謙益對時局的認識，同時也是許多時人、史家訾議錢謙益之處。

　　此疏全文數千言，載於《牧齋外集》卷二十，在《小腆紀年》卷八、《南渡錄》卷三等書中亦有節錄，題為「愚臣報國心長，乞骸慮切，謹矢愚忠，略陳梗概，以禆中興萬一事」。疏中條列四事：嚴內治、定廟算、振紀綱、惜人才。其中嚴內治中又有三條，一曰崇敬畏。他說：「自古中興令主世當屯難，皆側身恐懼，不敢寧居」，並以晉元帝為例，說：「晉元帝初鎮江東，頗以酒廢事」，後接受王導建議，「有司奏太極殿施絳帳，帝命多施青布，夏施青練。將拜貴人，有司請市雀釵，帝以煩費不允。史稱帝恭儉有餘，雄武不足，然小心祇畏，再光晉祚。伏望陛下取法元帝，小心翼翼，昭事上帝。」這顯然是影射弘光帝溺於酒色，奢侈無度。如《明季南略》說：「時上（弘光帝）深居禁中，惟漁幼女、飲火酒、雜伶官演戲為樂。修興寧宮，建慈禧殿，大工繁費，宴賞賜皆不以節，國用匱乏。」〔註76〕所以弘光帝看到這一條後大為惱怒，說：「朕將罷西宮露居耶？」〔註77〕可見此條正揭到弘光帝的痛處。二曰作志氣。「大小臣工相與攻蓼茹荼，同心僇力，以哀痛憯怛之志，作精明果銳之氣，用以雪仇恥，營恢復，志壹而氣不動者未之有也。」此條一是針對朝廷黨爭激烈而發，一是針對當時的苟安習氣，這與章正宸所說「聞大吏錫鞶矣，不聞獻俘。武臣私鬥矣，不聞公戰。老成引遁矣，不聞敵愾。諸生卷堂矣，不聞請纓。如此而曰是興朝氣象，臣雖愚知其未也」〔註78〕相近。三曰慎舉動，說：「堂堂天朝不能報天地不共之仇，而假靈屬夷，藉手胡虜，賊果殄滅，其恥滋甚。況虜逐闖擄燕，哭我梓宮，修我陵廟，收我臣僚，豈直

〔註73〕《國榷》卷一百三，頁6145。
〔註74〕原文作「戊午」，誤，當年十一月無戊午，查前後時日，應為戊子。
〔註75〕《南渡錄》卷三，頁674。
〔註76〕《明季南略》卷二「朝政濁亂」條，頁104。
〔註77〕《國榷》卷一百三，頁6154。
〔註78〕《明季南略》卷二，頁74。

革面革心，懷我好音，其殆狙伺以覘我也。是故三事之官六典不可不修舉，恐其易我也；四海之內，八音不可不遏密，恐其薄我也；將作之工不可不省，乘輿不可不節，賜予不可不當，名器不可不惜，恐其汰我也。一命令之出，無俾反唇相稽，一政事之行，務使齰指相戒，我資虜以爲外懼，而又借其覘以自強，此所謂戰勝於廟堂者也。」當時弘光朝中不少官員對清朝存在幻想，而錢謙益卻對他們有清醒的認識，首先認爲復君父之仇不應假手他人，表現出相當的志氣；其次他指出清朝禮葬崇禎帝后，並非眞心與弘光朝廷和好，而是虎視眈眈，別有用心，因而應當警惕；再次，他認爲應在政治上做好充分準備，以防範清朝；最後，他提出可以利用外患使舉朝同心協力，奮發圖強。這說明他的眼光還是很敏銳，所提出的省將作、節乘輿、惜名器、息內爭、戒政事等也針砭時弊。

定廟算中也有三條：一曰審國勢。他基於對弘光小朝廷地理形勢的分析，認爲「宜勅下督師輔臣提挈諸鎭，連絡布置，張我出穴之形，遏彼建瓴之勢，師中有長子，諸鎭必拱手奉命，固淮東以拱金陵」，視之爲「急著」。此條主旨在於力圖規復，應爲出穴之虎，不可爲護穴之兔。這與史可法八月二十五日疏稱「國家設四鎭於江北，江左非偏安計，志圖規復。斷不可以江南片席地，儼然自足」〔註79〕是一致的。二曰專閫寄，此爲「全局」。他說：「臣以爲此地設一撫，彼地添一督，旁撓眾掣，無裨疆事，不若專任武將，進取全局，一以畀之，而以公忠博大之臣挈持其綱領，提掇其精神，庶可坐策其成。」弘光朝四鎭的兵權甚大，史可法雖稱爲督師輔臣，統轄四鎭，但也對桀驁不馴的眾將無可奈何。錢謙益此處所論也正是南明當日的軍事情形，他承認將領的地位與既得利益，但當時各鎭勇於私鬥，怯於公戰，不願恢復寸土，因此所謂「坐策其成」不過爲「一事無成」罷了。錢謙益又說：「若今之建國近在江表，上控江漢，下壓江淮，則京口三輔之地更宜建置重鎭，與五鎭棋布，以成居重馭輕之勢。」此條似不妥當，當時黃得功汛地在儀眞，劉良佐在壽州，劉澤清在淮安，高傑據瓜州，以爲藩屏。東南餉額不滿五百萬，江北已給三百六十萬〔註80〕，若京口再設一鎭，兵員軍餉都是難題，而且這與第一條矛盾，五鎭棋布是守勢，再設一鎭徒糜軍餉；若圖進取，應集中兵力於江北，尤其是徐州，東可窺山東，西可入河南。甲申十月十三日，史可法命黃

〔註79〕《史可法年譜》，頁 144。
〔註80〕《明季南略》卷一，頁 31。

得功移駐廬州，以防桐、皖，劉良佐進復黃、汝，高傑移駐徐州，進復開、歸。此方爲進取之勢。可能錢謙益此論是想統一江防與京都衛戍事權。三曰酌財計。大旨在於「勅下戶部滿盤打算，務使兵制餉額約略相當，勿以旗纛相望，多增無益之兵；勿以召募四出，坐耗有限之餉。」又說：「東南民力殫竭，蓋藏空虛，蠲貸則用乏，征求則變生。南宋茶酒之稅、交子之法與夫鼓鑄開採納贖之利擇精強心計之臣委以利權，精求而善行之，此今日之急藥也。」南明的經濟困境比之明末更爲嚴重，當時的主要開支是軍餉與朝廷費用。錢謙益認爲「兵節則餉足，餉足則兵強」，這似乎有爲而發，史載九月庚戌，有旨：「江上水兵五萬、陸兵三萬，上下江水陸一萬五千，操江兵三萬，尚少三萬，議募補。」〔註81〕可能錢謙益正是針對這道旨意而委婉規諷。但這種建議不過是隔靴搔癢，因爲明末軍中的一大積弊是將領貪婪，或冒餉，或剋扣士兵軍餉，以充私囊，供自己肆意揮霍，如劉澤清「造宅於淮安，極其深邃壯麗，四時之室俱備，僭擬皇居，休卒淮上，無意進北一步，大興土木，日費千金，田仰與之共事，但知請餉，不知餉之所用也。」〔註82〕錢謙益不敢觸動各方將領的利益，不談核兵、核餉，只提節兵，並不能根本解決問題。弘光帝揮霍無度，大興土木，錢謙益不提節流，可見他懦弱。至於開源，錢謙益認識到征求易激變，於是提出榷稅、開納等方法增加收入。此說一方面是由於當時局勢極爲困頓，民窮財盡，改善經濟所能採用的措施極少，榷稅開納亦是不得已而爲之；另一方面這又是飲鴆止渴。國家動亂十餘年，當務之急是與民休息，節用強兵。榷稅開採則擾民，這是萬曆朝就有明鑒的，開納則九月馬士英就已經實施，「十八日癸卯，馬士英請免府州縣童生應試，上戶納銀六兩，中戶四兩，下戶三兩，竟送學院收考。」「又詔行納貢例，廩生納銀三百兩，增六百兩，附七百兩」，「又立開納助工例」〔註83〕。這種增加收入的方法甚爲便捷，但社會效應極壞，《明季南略》說：「是時士英賣官鬻爵，鄉邑哄傳。予在書齋，今日聞某挾貲赴京做官矣，明日又聞某鬻產買官矣，一時賣菜兒莫不腰纏走白下，或云把總銜矣，或云游擊銜矣，且將赴某地矣。嗚呼！此何時也，而小人猶爾夢夢，欲不亡得乎！」〔註84〕甲申十二

〔註81〕許重熙《明季甲乙兩年彙略》卷二，頁33。
〔註82〕許重熙《明季甲乙兩年彙略》卷二，頁32。
〔註83〕《明季南略》卷二，頁98。
〔註84〕《明季南略》卷二，頁99。

月十三日，馬士英奏沽酒之家每斤定稅一文，十四日，監軍宋劼請採礦銅陵，錢謙益無疑導其先河。

振綱紀有四條：一曰申祖制。「今建國之初，舊章殘闕，有司不復考論，一切以便宜苟且從事，宜勅下內閣部院，訪求太祖制書，撮舉其切要事宜，提綱舉要，勒成一書，使斷國論、定法令者一以太祖制書為準的。」二曰明條例。他說：「臣以為亦宜勅內閣部院將今年五月十三日以後先後施行詔旨看詳訂定，歸於畫一，勒成見行條例一書頒佈中外，確實遵守。」南渡之初，百廢待興，條章典例，必須講求，但全以明太祖之制書為準，則不免迂腐，因為時移勢易，拘泥成法只能是膠柱鼓瑟。三曰辨是非。「門戶之禍與國終始，可為寒心，伏乞陛下嚴勅新朝痛洗積習，斷國論者是非賞罰公平直截，不應糊模兩可，長養葛藤，其有放恣回遹，閔不知畏，則以紅牌之法從事，此振舉紀綱之要領也。」此條發論甚高，也切中時弊，黨爭中兩派互相攻擊，往往置國是於不顧，令親者痛，仇者快。但當時黨爭激烈，決不是空言可解，而且朝政是非難辨，各人所說均振振有詞，不容易判斷忠奸。四曰覈吏治。錢謙益指出「年來貪殘布列，惰窳成風，如腐骴敗肉不復可加爬搔，當中興更始之時，積習因循淹淹暮氣，了無彈冠振衣之色，生民蠱病何由少息」，他對平民的疾苦還是很關注的，對時弊的認識也很精闢，但他所提出的解決辦法卻不禁令人啞然失笑：「精選明幹朝臣十許人分行天下，盡籍官吏能否而升黜之，如此可以澄清天下，年歲之間可望致治」，升降黜陟聽此十餘朝臣，權不可謂不大，那又如何能保證這些朝臣不是貪殘之輩呢？所謂澄清天下，年歲致治不過是大言而已，吏治腐敗不可能在短時間內靠少數人解決。

最後之「惜人才」人們關注最多，也最有爭議。一曰資幹濟。「今天下非才乏也，分門戶，競愛憎，修恩怨，即其胸中了然，如暗者之不能言，魘者之不能寐，有物以限之也。今人才當摧殘剝落之秋，以真心愛惜，以公心搜訪，庶可共濟時艱。臣所知者，有英穎特達如蔡奕琛，馮元颺及某某者，謀國任事，急病攘夷之選也。有老成典型如唐世濟，范鳳翼，鄒之麟及某某者，端委廟堂，疏穢鎮浮之選也。有公望著聞者，詞臣余煌，道臣陳洪謐之流也。有淪落可惜者，科臣陶宗道，楊兆升及某某之流也。」二曰雪冤滯。「欽定逆案諸臣，未免軒輊有心，上下在手。陛下既以贊導無據，拔阮大鋮而用之矣。若虞廷陛、楊維垣、虞大復、吳孔嘉、周昌晉，乞下部詳察錄用，許其自新，亦渙群破黨之一端也。」三曰拯流移。「今燕都淪沒，南奔之後略似永嘉，中

原士大夫或流離淮北，或困踣江表，其間多忠臣志士不忘故國者，所至宜接濟安插，擇其能者官之，無使顛連瑣尾，有悔來之思。」

關於資幹濟，錢謙益所舉諸人多確有可舉之處，即如蔡奕琛，李清說他「自是才人，其入相，杜銅臭，入部院詞林，杜納貢選教職，罷冒濫職方，禁部箚參遊守把為害地方，嚴核請乞及銓選之偽冒者。又嚴束金吾，不許添役收受詞狀，亦有一番釐振。」〔註85〕「英穎特達」之考語應為不妄。蔡奕琛與錢謙益有深刻的仇怨，在明末，蔡奕琛屬溫體仁一黨，崇禎十四年辛巳十一月，他以賄薛國觀前事逮訊，不肯入獄，抗章自訟為復社諸人構陷，並攻擊錢謙益說：「復社殺臣，謙益教之也。」錢謙益回奏說：「臣先張溥成進士二十餘年。結社會文，止為經生應舉，臣叨任卿貳，不應參涉。奕琛以舊輔溫體仁親戚，疑臣報復，其坐王陛彥事，自有睿斷，非遠臣所得與知。」〔註86〕錢謙益此次特舉蔡奕琛，說：「蔡奕琛曾以復社抗疏攻臣，臣心知其誤，固已釋然置之矣。天下多事，將伯助予。中流遇風，吳越相濟。果有嫌隙，固當先國家之急而後私仇，況臣本無仇於奕琛乎？臣親見門戶諸臣，植黨營私，斷送社稷，斷送君父，何忍復師其故智。」此論倒是冠冕堂皇，而且似乎可見錢謙益之胸懷氣度。但計六奇說：「馬士英將起用蔡奕琛，恐物論不容，乃趨一大僚薦之，薦詞有『阮大鋮皆魁壘男子』語。」〔註87〕所謂大僚即指錢謙益，這是認為馬士英誘導錢謙益推薦。而《國榷》則說：「奕琛與馬士英同年而善，謙益度必用，迎附之。」〔註88〕則認為錢謙益為討好馬士英而薦。從蔡奕琛立即被召用來看，此事與馬士英確有聯繫。蔡奕琛「抵任時上疏自辨，內言臣向者偶激風聞，曾牽及禮臣錢謙益，今謙益休休雅量，盡釋猜嫌，引臣共濟，方深愧歉為不可及。臣獨何心，敢留成念。」〔註89〕顯然是對錢謙益疏中所稱同心為國的回應。在雪冤滯中錢謙益還是很注意措詞，所舉之人在欽定逆案中等次較低，而且一則說要「詳察錄用」，再則說要「許其自新」。他並補充說：「崇禎初年欽案初定，臣待放國門，張慎言、房可壯二臣過臣邸舍，相與扼腕歎息。慎言慨然曰：吾三人他日當事，宜共料理此案。彈指十

〔註85〕《三垣筆記》頁122。
〔註86〕據《吳梅村全集》卷二十四《復社紀事》，頁604；《初學集》卷八十七，頁1822。
〔註87〕《明季南略》卷二，頁101。
〔註88〕《國榷》卷一百三，頁6154。
〔註89〕《南渡錄》卷四，頁703。

六年，斯言耿耿猶在臣耳，豈待今日乃始傅會彈冠，慫恿翻案哉？若夫平反之內亦當分別，伸雪之餘不妨澄汰，則在當事者一秉虛公，無滋囂濫而已。」關於逆案之定，夏允彝說：「案所羅列甚廣，幾無一遺矣。其不妥者如楊維垣首參呈秀，不宜入也，以其力扼韓爌、文震孟，遂處以謫戍；虞廷陞曾參孫居相，於趙南星原無彈章以糾，南星誤處之；呂純如雖有頌璫之疏，疏至，熹廟已賓天，霍維華取其疏稿削去之矣，竟據邸報亦入之。此何等事，而草草報入，致被處者屢思翻案，持局者日費隄防，糾纏不已。」〔註90〕可見許多人對此本就有不同意見。錢謙益並引用張慎言之語，當時張慎言尚在，可以對質，因此不致為偽。

應該說，錢謙益此疏對於當時政治、經濟、軍事等重大問題都提出建議，有些觀點切中時弊，見解深刻，而且文筆極為出色。就文中立意而言，一是要雪仇恥，營恢復；二是要定條例，求人才；三是要息內鬥，禁門戶。但是首先，錢謙益雖然對現實的認識較深刻，但由於經驗不足，所提出的解決方案不是迂腐，便是草率，難以實行。其次，他反對黨爭，要求痛洗門戶積習，先國家之急而拋棄嫌隙，用心雖好，但過分理想化，在弘光朝不可能實現。第三，錢謙益疏中不敢明白指斥皇帝、將領和其它官員，為討好實力派人物，他讚美馬士英，並說：「先帝以楚事付左良玉，而舊疆恢復，以閩事付鄭芝龍，而嶺海無虞，此專任武將之明效也。」其實正如熊汝霖所言：「先帝隆重武臣，而死綏敵愾十無一二，叛降跋扈，肩背相望。」〔註91〕如左良玉不聽節制，縱兵劫掠，畏敵不進〔註92〕。將馬士英比之孫承宗更是言過其實，近於諂媚。

史家及研究者往往對錢謙益薦蔡奕琛與逆案中人頗為不滿，事實上，他疏中實施最迅捷，影響最大的也正是此條。疏上，立即有旨：「蔡奕琛、楊維垣等下吏部酌用。」〔註93〕顯然這是由於馬士英的援引，否則二人不會陞遷如此之快。史書中或說蔡奕琛「見中有魁壘男子語則不喜，颺言於朝，曰：『我自宜錄用，何藉某之薦牘誚我』，聞者笑之。」〔註94〕或說：「當日力阱奕琛，

〔註90〕 夏允彝《幸存錄》卷下，頁1944。關於楊維垣等人該不該列入逆案，應該根據他們的前後言行來綜合考察，楊維垣助魏忠賢殺害忠良有據，不能因為他見風使舵、倒戈一擊便輕諒之。

〔註91〕 許重熙《明季甲乙兩年彙略》卷二，頁30。

〔註92〕 據《明季北略》卷十九王世顯《左良玉始末》，頁404。

〔註93〕 《國榷》卷一百三，頁6154。

〔註94〕 《小腆紀年》卷八，頁615。

欲以吳中彥賄相加者，實謙益也。人兩哂之」〔註95〕，對錢謙益進行譏諷，談遷並認爲自此疏一出，「逆案始牽復矣」〔註96〕，此言不盡爲實，但它爲翻逆案者提供藉口，並爲之推波助瀾，倒是事實。徐鼒則斥之爲「無恥」，並說：「謙益謬附東林，以爲名高，既以患得患失之心，爲倒行逆施之舉，勢利薰心，廉恥道喪，蓋自漢唐以來，文人之晚節莫蓋，無如謙益之甚者。」〔註97〕這就不免過分了，因爲綜觀全疏，雖不無私心，但主要還是關注國是。他頌美馬士英僅有一句，所薦蔡奕琛、逆案中人也不無可取。而且錢謙益所爲與他在政治上的脆弱有關，由於他沒有堅實的背景和政治基礎，只能寄希望於實力派的支持，對他們或誇頌，或爲之薦引，都是自然的。說錢謙益接近馬士英等則可，說他與馬、阮等完全合流則似乎不妥，至於倒行逆施、廉恥道喪則更是流於詈罵，並不符合當時之真實。

　　錢謙益的政治基礎比較薄弱，他雖然「覬相位，日逢馬阮意遊宴」〔註98〕，但並不能得到馬、阮的信任，如《續幸存錄》云：「士英借謙益以用群奸而愈疑，謙益反絕揆望。」〔註99〕當時馬士英的勢力傾動朝野，東林黨人幾乎被斥一空，此時錢謙益不僅沒有什麼利用價值，反有妨礙。只是錢謙益極爲謹慎，對朝事默默而已，如甲申十二月十五日，楊維垣說《三朝要典》爲黨人所毀，於是禮部受命購付史館；三十日，楊維垣又爲霍維華等訟冤，力稱維華等忠。凡逆案已死者，竟有贈恤。當此逆案將翻之時，錢謙益身爲東林中人卻不力爭，所以馬士英等也不加以攻擊。

　　甲申十二月，大悲之獄起。十二月十七日，西城兵馬司捕得自稱親王的一名和尚，和尚自稱是定王，「爲國變出家，法名大悲和尚。今潞王賢明，應爲天子，欲弘光讓位。」〔註100〕並牽出錢謙益、申紹芳二大臣，言語支吾。關於大悲的真實身份，各種材料記載不同。《續幸存錄》說是吳僧大悲之行童，從大悲往來錢謙益、申紹芳家，自稱烈皇帝，後又自稱爲潞王之弟。而《明季南略》則說是齊庶宗詐冒定王。阮大鋮便想藉此興起大獄，盡殺諸君子，與張孫振等鍛鍊以合擁戴一案，於是有十八羅漢、五十三參、七十二菩薩之

〔註95〕　《南渡錄》卷四，頁703。
〔註96〕　《國榷》卷一百三，頁6154。
〔註97〕　《小腆紀年附考》卷八順治元年甲申十月，頁615。
〔註98〕　《國榷》卷一百三，頁6154。
〔註99〕　《續幸存錄》，頁2012。
〔註100〕　《明季南略》卷三，頁150。

說，海內清流皆入其內，如徐石麒、徐汧、陳子龍、祁彪佳、夏允彝等。馬士英卻不想多殺，只是以大悲口中所供錢謙益及申紹芳二人上聞，二人疏辨亦旋解，大悲最終被斬於西市〔註101〕。大悲之獄險到極處，若此獄一成，東林黨、復社眾人幾乎人人不免，錢謙益更是在劫難逃。好在馬士英不想興大獄，眾人得以無恙，但這也說明朝權以及清流的命運已經完全掌握在馬士英手上，錢謙益即使在朝也不過是個點綴罷了。所以錢謙益不可能在政治上真正得到馬士英的幫助。這樣，錢謙益在朝中只能與馬、阮等虛以委蛇，難有作為。而當錢謙益看出這點時，他已經難以抽身了。

弘光元年正月辛丑，「南京吏部左侍郎蔡奕琛兼東閣大學士，直文淵閣。枚卜時，錢謙益、阮大鋮、李沾等各有奧援，而奕琛以誠意侯劉孔昭薦得之。」〔註102〕錢謙益入相再次失敗。蔡奕琛入朝僅兩月，資淺望輕，卻能後來居上，全在於勳臣的大力支持。阮大鋮未能入閣，在於已經與馬士英有嫌隙：「瑤草薦阮疏以為在廷諸臣無出其右，為阮任怨任咎，無所不至。阮既得志，遂欲奪其樞席，瑤草遽以協理處之。」〔註103〕錢謙益的奧援文中沒有明言，但想來不是很有力。錢謙益雖然熱中相權，卻每每功虧一簣。

功業難成，功名無望，錢謙益徹底失望，而且當時「東林列仕籍者已同抱蔓，惟在籍未處」〔註104〕，政壇上危機四伏。軍事上，正月十三日夜，許定國襲殺高傑，各鎮間的利益爭奪更趨激烈；清兵則步步進逼，渡洛陽，攻邳州。可朝中依然苟安享樂，二月初一日，弘光命於嘉興、紹興二府選淑女。時勢濁亂至此，錢謙益因而萌生退念，在弘光元年二月壬申，請求退居修國史，即家開局。在奏疏中他說：「萬曆中，閣臣陳於陛請修全史，開局纂修，旋即報罷，大抵官多則拜除不一，人眾則考要難稽，文雜則貫串無緒，古人所以有白頭汗青之歎也。臣壯歲登朝，留心史事三十餘年，揚挖討論，差有端緒。昔宋臣司馬光編修歷代通鑑，以衰疾乞就冗官，前後所任聽以書局自隨，給之祿秩，不責職業，卒能成書。臣願比光例，即家開局，成書或徑進，或按期繳納，仍聽閣臣總裁改定，奉詔頒行。」〔註105〕司馬光曾捲入黨爭，錢謙益想必隱隱以他自比。既然政治功業不能實現，他轉而想實現修史的願

〔註101〕據《幸存錄》、《續幸存錄》、《明季南略》。
〔註102〕《國榷》卷一百四，頁6177。
〔註103〕《續幸存錄》，頁2024。
〔註104〕《南渡錄》卷四，頁721。
〔註105〕《南渡錄》卷四，頁718。

望，以此留名。但在當時，修史實為不急之務，有多少軍國大事需要討論，
而錢謙益卻付之闕聞。疏上，弘光命在任料理。

　　二月底，鴻臚寺少卿高夢箕密奏太子自北來，三月一日「太子」入南京，
隨後移之入大內，又捕之下中城獄，經過多次鞫問會審，仍然真假難辨，馬
士英、王鐸等以為假，而黃得功、左良玉、何騰蛟、袁繼咸等則疏爭。恰在
此時，三月十三日，有童氏婦人自稱舊妃，自越其傑所解至，入錦衣獄，後
瘐死獄中。中外以「太子」、「童妃」兩案均以假冒下獄，並株連忠介之士，
群情譁然。弘光帝因而急出獄詞，遍示中外，眾論益籍籍，說馬士英等朋比
為奸，導弘光帝滅絕倫理。其實這正表明民眾對弘光帝統治的不滿情緒。當
時「衛役詐偽盛行，京城百里內雞犬無存，且僉書官人人準狀，民間細事，
動至傾家」〔註106〕，百姓生活痛苦已極，對朝廷的腐敗與弘光的昏庸極為憤
恨，朝野對立情緒嚴重。左良玉本就與馬士英等有矛盾，便以此為藉口，於
四月初四日舉兵東下，疏參馬士英翻逆案、修要典、用私人、害太子等八大
罪，聲稱要清君側。初五日，入九江，初七日，入東流，沿途遍張告示，說：
「本藩奉太子密旨，率師赴救。」弘光帝匆忙調黃得功、劉良佐離汛，遣劉
孔昭、阮大鋮、方國安、朱大典共禦左兵〔註107〕。左良玉的奏疏與檄文指斥
馬士英略無隱諱，說：「同己者性佯豺虎，行列豬貑，如阮大鋮、張孫振、袁
弘勳等數十巨慝，皆引之為羽翼，以張殺人媚人之赤幟；異己者德並蘇、黃，
才媲房、杜，如劉宗周、姜曰廣、高弘圖等數十大賢，皆誣之為朋黨，以快
虺如蛇如之狼心」〔註108〕，對朝政的批判極為尖銳。但是他起兵東下，從根
本上並不代表清流與士民的利益，而是從自己的利益出發，是他與四鎮、馬
士英矛盾的總爆發。此時清軍已南下，四月初一日，清軍過黃河，「自歸德以
達象山，七八百里，無一兵防守。揚、泗、邳、徐，勢同鼎沸。」〔註109〕初
四日，清軍分路至亳州、碭山。當此國家多難之時，左良玉不盡釋前嫌，與
各路軍鎮同仇敵愾以對清軍，卻舞干戈於蕭牆之內，不僅不智，更是不識大
局。

　　由於清軍來勢兇猛，而弘光朝廷的主要防禦方向卻改為向西，以抵禦左

〔註106〕許重熙《明季甲乙兩年彙略》卷三，頁51。
〔註107〕《明季南略》卷三，頁199。
〔註108〕《明季南略》卷三《左良玉討馬士英檄》，頁197。
〔註109〕《明季南略》卷三，頁190。

良玉軍，史可法兵員不足，於四月八日三報緊急。弘光帝說：「上游急則赴上游，北兵急則赴北兵，自是長策。」這種拆東牆補西牆的方法只會使軍隊疲於奔命，而且說了等於沒說。史可法便說：「上游不過欲除君側之奸，原不敢與君父爲難。若北兵一至，則宗社可虞，不知輔臣何意蒙蔽至此！」〔註110〕史可法之言正是默認左良玉清君側的合理性。其實馬士英怎是蒙蔽，他長於內鬥，深知政治鬥爭是你死我活的，左兵一至，他最危險。由於淮河防線兵力單薄，清軍如入無人之境。四月十八日，揚州被圍〔註111〕。十九日，弘光召對，士英力請禦左良玉，姚思孝、李之椿、吳希哲等則說淮、揚最急，應亟防禦。弘光諭士英曰：「左良玉雖不該興兵以逼南京，然看他本上意思原不曾反叛，如今還該守淮、揚，不可撤江防兵。」馬士英一聽，以爲弘光帝也要把自己推到左軍刀下，厲聲指群臣說：「此皆良玉死黨爲游說，其言不可聽，臣已調得功、良佐等渡江矣。寧可君臣死於清，不可死於良玉之手！」瞋目大呼：「有異議者當斬！」弘光默然，諸臣咸爲咋舌，於是北守更疏〔註112〕。馬士英調兵不是基於軍事，而是基於政治判斷，清軍實力遠勝於左軍，但他害怕左軍更甚，因爲左軍鋒芒直指向他。錢謙益是主張防北的，在《雞人》一詩中自注說：「余力請援揚，上深然之。」〔註113〕但自十九日召對後，弘光便不敢違拗馬士英，史可法曾血書寸紙馳詣兵部代題請救，弘光帝亦不報，所以「上深然之」，應在十九日召對之時。錢謙益在召對中雖然與馬士英意見相左，但馬士英權大凶蠻，自然不能與之相抗。錢謙益便「已而抗疏請自出督兵，蒙溫旨慰留而罷。」〔註114〕這種請求氣勢不可謂不壯，但在當時政治、軍事背景下看卻是幼稚的。馬士英操縱軍政大權，極力防禦左軍，在朝中大肆逮問所謂左軍內應，勒令周鑣、雷縯祚自盡，錢謙益並非其親信，自然不會交付兵權。而且當時將領跋扈，不聽指揮，史可法經營揚州一年，殫精竭慮，守揚州城時兵力不過老弱者數千而已。且不說朝廷無兵可調，即使有兵，

〔註110〕《明季南略》卷三「議禦北兵」條，頁201。
〔註111〕揚州被圍，諸書記載不一，《明季南略》卷三說是二十四日，《罪惟錄》說是十七日，《明史・史可法傳》作二十日，《弘光實錄鈔》卷四作十五日，《清實錄》多鐸報文作十八日。史可法《二十一日遺書》中云：「北兵於十八日圍城，至今尚未攻打」，想來更爲準確。
〔註112〕《明季南略》卷三，頁202。
〔註113〕《有學集》卷八《雞人》「刺閹痛惜飛章罷」下小注，頁388。
〔註114〕《有學集》卷八《雞人》「刺閹痛惜飛章罷」下小注，頁388。

錢謙益尚無威德，士兵不服統轄，在清軍面前只會一觸即潰。且統兵需糧餉器材，而當時弘光朝廷經濟已經陷入困境，早在二月，史可法便奏軍資最乏，淮揚兩關由於北道不通，徵銀每季不過五千〔註115〕。沒有軍資，軍隊不待敵兵來便已散盡。所以錢謙益督兵只能是空想，後果也必不妙。

　　錢謙益此舉，可能一方面是想慨然救國，一方面是想避禍，他回憶說：「左寧南在鎮，數飛章規勸時事，謂上不應信任姦邪，崇要典、翻逆案，負先皇帝宗社重寄。一旦擁兵南下，執詞陳義，以清君側爲名，師甫下而身死，群小猶骨驚也。幼洪（吳適）接塘報，緣江剽掠者，方國安之遊兵，非左兵也。疏請下詔撫慰罷戰，勿令兵絓不解，而失備於北牧。於是德清新參，攘臂彈劾，謂左良玉稱兵犯闕，大逆不道。吳適徇私護庇，應與同罪。而大獄遂鋒起矣。先是新參羅成，御史白簡抗辨，坐予指使，欲陷以不測。賴先帝聖明得免。而御史所彈事下浙省按驗。幼洪奮筆定爰書，皆有狀，新參深銜之，遂乘此並中兩人，疏謂左兵之來，有聞之欣欣喜色者，良玉死，有愀然不樂者，是爲吳適之大主盟。蓋專指余也。群小以幼洪爲網，謀盡殺東南士大夫異己者凡三十餘人，而余爲其首。北兵渡江，獄乃得解。不然，摩厲以須，西師之及，吾刃將剚矣。」〔註116〕左良玉本與東林黨有密切聯繫，此次起兵也與東林、復社眾人的利益相合，因而有意借助錢謙益等人，如《南渡錄》記載黃斌卿於弘光元年四月初破左良玉軍，「獲其奏檄書牘甚眾，內貽禮部尙書錢謙益一牘，有廢置語」〔註117〕。而錢謙益與左良玉可能也早有聯繫〔註118〕，對他十分敬仰，並對此次興兵非常同情，在《左寧南畫像歌爲柳敬亭作》中說：「是時寧南大出師，江湘千里連軍麾。……誓剡心肝奉天子，拼灑毫毛布戰場。秦灰燒殘漢幟靡，嗚呼寧南長已矣！時來將帥長頭角，運去英雄喪首尾。倚天劍老親身匣，垂敝猶興晉陽甲。數升赤血噴余皇，萬斛青蠅掩牆翠。」〔註119〕所以說他聽到左兵來，欣欣然有喜色，良玉死，愀然不樂一點沒錯。馬、阮之黨一直擔心東林等與左良玉里應外合，所以極力防範，二十一日，蔡奕琛票旨切責吳適：「訛言亂政，爲逆臣出脫，是何肺腸」，第二天具疏特糾逮適下獄。御

〔註115〕《明季南略》卷三，頁169。
〔註116〕《有學集》卷二十五《誥封吳母徐太孺人八十壽序》，頁982。
〔註117〕《南渡錄》卷五，頁749。
〔註118〕李邦華曾在明末介紹錢謙益與左良玉共謀王事，事見第二章第三節。
〔註119〕《有學集》卷六，頁275。

史張孫振又有疏糾適為「東林嫡派，復社渠魁，宜速正兩觀之誅」〔註120〕。所以錢謙益所言可能是實，說明當時他處境危險，受馬、阮黨暗攻，急於離朝避亂，故而提出督兵救援揚州。

清軍圍揚州後，史可法盡力抵禦，但援兵不至，四月二十五日，城破，史可法壯烈殉國，闔城被屠，死難者數十萬。此時由於江北之兵或降或逃，弘光朝廷門戶大開，所依恃者惟有長江天險。因此，「四月二十六日戊寅，弘光帝視朝畢，對群臣問遷都計，禮部錢謙益力言不可，乃退。」〔註121〕錢謙益為什麼反對遷都，史料中沒有記載，從《明季南略》卷三「召對」條所云：「是時，清兵渡江甚急，王鐸身為大臣，而無一言死守京城以待援兵至計」〔註122〕來看，可能他主張死守。但當時明軍戰鬥力極弱，死守只不過是坐以待斃，而逃跑也只能逃一時，所以弘光朝廷君臣無計可施。但仍有人心存僥倖，錢謙益說：「乙酉五月初一日召對，講官奏胡馬畏熱，必不渡江。余面叱之而退。」〔註123〕但自欺欺人者不乏其人，當時張捷率百官進賀，阮大鋮虛報捷音，又與楊維垣等密謀殺害東林諸人，於是初一日，有書聯於東、西長安門柱云：「福人沉醉未醒，全憑馬上胡謅；幕府凱歌已休，猶聽阮中曲變。」〔註124〕福人指弘光，馬指馬士英，阮指阮大鋮。大敵入侵，朝廷混亂不堪，民眾離心離德，弘光朝廷之亡只是早晚問題了。弘光朝廷眾臣面對困境手足無措，戰不能戰，守不堪守，便只能寄希望於與清軍媾和。五月初七日戊子，百官集於清議堂議事，預坐者十六人：馬士英、王鐸、蔡奕琛、陳於鼎、張捷、陳盟、錢謙益等，「各竊竊偶語。百官集者甚眾，皆不得與聞。臨散，李喬、唐世濟齊聲相和曰：『便降志辱身，也說不得了。』散後有叩大僚者，皆云：『清信雖急，如今不妨了。』蓋所商議藉之龍講款於清也。是日晝晦，大風猛雨，人心洶洶。」〔註125〕弘光朝廷初立時，就曾向清朝示好，但遭到冷遇，如今清軍已揮師南下，弘光朝廷腐敗至極，危如累卵，講和最終只能走向投降。昏君庸臣，在恐懼與無奈中等待著弘光小朝廷的滅亡。

〔註120〕《明季南略》卷三「吳適下獄」條，頁203。
〔註121〕《明季南略》卷三，頁208。
〔註122〕《明季南略》卷三，頁209。
〔註123〕《有學集》卷八《雞人》「執熱漢臣方借著，畏炎胡騎已揚舲」下自注，頁388。
〔註124〕《明季南略》卷四，頁210。
〔註125〕《明季南略》卷四，頁211。

　　錢謙益在朝近一年，親歷弘光朝的黨爭內亂與醉生夢死，他在《一年》中憤慨地說：「一年天子小朝廷，遺恨虛傳覆典刑。豈有庭花歌後閣，也無杯酒勸長星。吹唇沸地狐群力，劈面呼風羯鬼靈。姦佞不隨京洛盡，尙流餘毒螫丹青。」〔註126〕弘光朝廷初立，士民皆渴望中興，但明末的種種矛盾一直在延續，特別是馬士英爲改變政治上的不利形勢，起用阮大鋮等逆案中人，激化朝野黨爭，使得局勢不可收拾。當時有識之士無不對時局憂心忡忡，如「沈常少胤培論祭周藩歸浙，邀友陸雲龍同行，雲龍曰：『公在北以使事出都，不半月變作，今又行矣，時事如何？』胤培曰：『君以爲何如？』雲龍曰：『似乎要敗。』胤培曰：『還似等不得要敗。』」〔註127〕馬阮等並不是不知道內訌之危害，卻依然爲了一己私利而排斥異己，以攫取更大的權力；弘光帝並不是不明白國勢岌岌可危，可依然飲酒享樂；百官並不是不明白國家百廢待興，強敵窺伺，卻諂媚權臣，覬覦高位。這種種看似愚蠢的行爲其實正是因爲他們清醒地認識到亡國的必然，在即將毀滅的恐懼與絕望中，傳統道德的約束失效，人的欲望急劇膨脹，他們陷入對權勢、利益與欲望瘋狂追逐的迷狂中，急於縱慾享樂與快意恩仇，因爲他們明白也許這是他們擁有的最後一線機會了。這種末日情緒在封建王朝更迭中是很常見的。人心的渙散使得本已千瘡百孔的弘光朝廷毫無挽救的希望，錢謙益再有才幹，也無能爲力。但不能說錢謙益就對此沒有一點責任，縱不能激濁揚清如劉宗周，苦心經營如史可法，但也可以潔身自好如陳子龍，可他卻隱默苟且，甚至隨波逐流，可能他還是將自己的欲望、利益看得太重，無法割捨心中那點私念。總的說來，錢謙益在弘光朝廷政治基礎薄弱，政治地位不穩，身處亂朝而遊移於邪正之間，冀有所成而持患得患失之心態，且政治活動不多，因之政治作用也不大。

第三節　降清

　　弘光元年五月，清軍渡江，南明守軍崩潰，朝廷主要官員迎降，使清軍順利佔領南京，並進而開始征服江南。面對清軍的鐵蹄，錢謙益與趙之龍等迎降，不久便循例北遷，至北京候官，自順治三年元月至六月，爲清廷官員六個月後，便以疾乞假，回到家鄉。錢謙益降清與仕清歷時雖短，僅爲一年

〔註126〕《有學集》卷八，頁 386。
〔註127〕《三垣筆記》下，頁 120。

多，但是他一生中最重要、後人爭論最多的一個時期。這一年多還可細分爲三個階段，三個階段中他的心態、面對的人生選擇與選擇的理由都有不同。

第一個階段指弘光元年五月初九日至十七日，錢謙益決定降清。

弘光元年五月初九日，清軍開閘放舟，蔽江而南，江南之師全部崩潰，武弁各卸甲鼠竄。鄭鴻逵等軍怯於殺敵，勇於掠奪，入丹陽燒劫後南走，雞犬一空。面對兵敗如山倒、清兵刻日便至的局面，弘光帝於初十日夜悄然逃走。十一日黎明，錢謙益坐肩輿過馬士英家，門庭紛然。過了良久，馬士英出來，小帽快鞋，上馬衣，向錢謙益一拱手說：「詫異，詫異！我有老母，不得隨君殉國矣。」即上馬去。平旦，百姓見宮門不守，宮女亂奔，才知道皇帝、首輔俱已逃走，於是驚惶失措，亂擁入內宮搶掠，御用物件遺落滿街。一時間，文武官員逃遁隱竄，互不相顧。民眾蜂湧出城，又有出而復返的，民心已亂。趙之龍於是出告示以安民心，有「此土已致大清國大帥」之語，並閉各城門以待清兵。此時，南京城降清已成定局。中午，有趙監生率百姓千餘人，擒王鐸到中城獄，群毆之，使認「太子」。王鐸大聲說：「非干我事，皆馬士英所使。」眾人亂打，王鐸鬚髮俱盡。「太子」阻止眾人，命令把王鐸監禁於中城獄。於是百姓擁「太子」上馬，至西宮，拿出戲箱中的翊善冠給他戴，於武英殿登座，群呼萬歲。由於人心洶洶，憤恨權奸，馬士英黨害怕報復，十二日，李沾求趙之龍庇護，逃出京城，而張捷與楊維垣自盡〔註128〕。十三日，百姓焚毀馬士英和其子馬錫的寓所，並搶掠阮大鋮、楊維垣、陳盟家。此時南京城內處於一片大難臨頭的恐慌與混亂之中。十四日，清軍至南京，兵臨城下。

當此之時，錢謙益等南明官員有固守與投降的選擇。固守城池必需以下幾個條件：充足的兵員、可能的援救、穩定的民心、充分的準備、必死的決心。而當時四鎮兵和操江軍或潰或逃，南京守軍又毫無鬥志，軍心渙散，根本不可能堅守；南京周圍明軍基本都已潰散，不可能有援軍趕來，即使有，也不可能與清軍相抗；南京城內人心惶惶，民心不穩，流言紛起；擁有實權，

〔註128〕《明季南略》卷四「馬士英奔浙」、「趙監生立太子」、「十二日癸巳」條。李清與夏允彝認爲張捷、楊維垣是死節，我以爲不然：十一日馬士英出走，留下幾十名黔兵全部被百姓擊殺。十二日，獲馬士英中軍八人，也全被趙之龍斬殺。馬士英的黨羽惶惶不可終日，此時清軍尚未來，京城秩序大亂，民眾毆打王鐸，搶掠馬、阮、楊、陳諸家，說明他們在宣泄對弘光朝的不滿情緒。當時有謠諺曰：「馬劉張楊，國勢速亡」（《明季南略》卷三，頁152），張捷、楊維垣應該知道自己罪孽深重，故而極度恐懼而自殺。此時清軍未入城，弘光帝未被擄，國在君在，說張、楊二人死節，死國乎？死君乎？

主持政務的趙之龍念念不忘與清媾和，十三日，文武諸僚集中府會議，談到「太子」，皆有難色，不知是否當立。趙之龍便說：「此中復立新主，款使北歸，其何辭以善後！」眾皆然之，哄然而散〔註129〕。這就說明南京官員都只寄希望於款，而未準備過戰。最重要的是南京官民畏懼清軍的屠刀，惟恐南京失守後全城被屠，認為只有降順才可保萬一，如趙之龍欲迎入清軍，「百姓不願，羅拜於地。之龍下馬諭眾曰：『揚州已屠，若不迎之，又不能守，徒殺百姓耳。惟豎了降旗，方可保全。』眾不得已，從之。」〔註130〕所以南京城中眾人只有苟免之心，全無堅守之志。在這種情況下，戰不能戰，守不能守，逃不能逃，鑒於揚州屠戮之慘，南京官員為保全全城包括自己的生命、財產，只有投降一條路。

　　錢謙益開始並不清楚形勢，對清軍還抱有幻想，《三垣筆記》云：「劉廣昌良佐無拒北意，惟於水西門外縱火焚掠。百姓恐攻城，徹夜驚呼，乃議推保國公朱國弼為留守官。之龍密遣使渡江，啟迎北兵。時諸臣猶不知，集議錢宗伯謙益所，謙益太息曰：『事至此，惟有向小朝廷求活耳。』擬啟稿送之龍，之龍置不用。」〔註131〕《東澗遺老錢公別傳》亦云：「上出狩，洪範輩紿公以南宋金人之約，公信之，人多就公謀進止，公曰：『事至此，惟有作小朝廷以求活耳』，擬致書北軍前，移草於總督京營戎政忻城伯趙之龍，之龍屏不用，竟以降表去。」錢謙益在當時並不掌握實權，對朝中大事沒有決策權，所以向清求和而趙之龍不用是可能的。當時清軍大兵過江，就是為了完全征服明朝，而錢謙益居然相信清軍會接受與南明的和約，也真是幼稚得可以。當投降已成定局，對於錢謙益而言，他還有降清與自盡的選擇。降則屈志辱身，大節有虧，留下罵名；死則可全節取名。在兩者中錢謙益最終選擇了投降。五月十四日乙未，錢謙益與阮大鋮、李喬各向清軍遣迎報名〔註132〕。十七日錢謙益引清官二員，從五百騎由洪武門入，盤九庫，清軍命錢謙益駐皇城內守之〔註133〕。

〔註129〕《明季南略》卷四，頁216。
〔註130〕《明季南略》卷四，頁217。
〔註131〕《三垣筆記》附識下，頁240。
〔註132〕據《國榷》卷一百四，頁6212。在其它記載中則有不同，如《明季南略》卷四「十四日乙未」條云：「報清豫王兵到都城，忻城伯趙之龍率禮部尚書管紹寧、總憲李喬，各遣二官縋城出迎，跪道旁高聲報名。」阮大鋮似乎當時也已逃走，不在南京。
〔註133〕《明季南略》卷四，頁219。

對於錢謙益為何不選擇自盡，而選擇降清，論者有種種觀點：一是追逐權益說。如陳子展在《中國文學史講話》（下）中云：「雖是有理解的文人，不作兩截人，談何容易！我縱不要富貴，無奈富貴逼我，怎熬得住心頭癢？……看見了物質享受，熬不住心頭癢的人壓根兒不怕精神上的譴責，像錢謙益、龔鼎孳之流，就是一個好例。」即認為錢謙益降清是由於富貴的誘惑，追求物質享受〔註134〕。在當代也有持相近觀點者，如楊義《錢謙益降清心態》中說：「錢謙益這人一生愛官，幾經沉浮的他好不容易做到了禮部尚書，豈可輕易拋擲？……在他的內心深處，他還想圓他那個曾經近在咫尺的宰相夢」〔註135〕。二是降以有為說。這又可分為二種，第一種是政治復明說，如顧苓《東澗遺老錢公別傳》云：「北師入京，乃謬為招諭，陰圖伺隙，不得已而行文種、范蠡之事，計復不售」，張鴻在《錢牧齋先生年譜原序》〔註136〕中則說：「先生（錢謙益）委曲求全，亦止盡其心，而不使復仇之機自我而絕而已，成敗生死置之度外，何論榮辱乎？」〔註137〕第二種是含垢撰史說，如《有學集》姜殿揚跋認為「其不死也，實以遺山、太樸自負，欲完有明一代史稿耳。」〔註138〕暴鴻昌在《錢牧齋降清考辨》〔註139〕中採信了這一說法。三是怕死無奈說，這是最通行的意見。陳寅恪說：「牧齋之降清，乃其一生污

〔註134〕汪龍麟《錢謙益詩研究》（《清代文學研究》，北京出版社2001年版）認為「民國時期的各種文學史及有關論文，在闡釋錢謙益失節事時多采此說。」（頁68）而據我目前所查閱的民國時期出版的十餘種文學史（如胡雲翼、林之棠、曾毅各人所著的《中國文學史》），其中論到錢謙益多是略為介紹其經歷，認為他人品低劣，文學成就高，分析其投降原因者極少，「富貴逼人」說也僅見於《中國文學史講話》。

〔註135〕《古典文學知識》1997年第4期。

〔註136〕見金鶴沖《錢牧齋先生年譜》民國三十年鉛印本。

〔註137〕汪龍麟《錢謙益詩研究》（《清代文學研究》，北京出版社2001年版）稱：「金譜之成書與錢文選之翻印的時代，正是日寇大舉侵華之時。金、錢於民族危亡之際為錢謙益降清所做的如上辯護，不獨證據不足，且難免有取媚漢奸之嫌了。」（頁68）要說明的是：錢文選翻印金譜可能有取媚漢奸的嫌疑，這點在來新夏的《近三百年人物年譜知見錄》中也有提及。但金鶴沖作《錢牧齋先生年譜》始於1911年，成於民國戊辰，即1928年（見金鶴沖《錢牧齋先生年譜》跋），曾於1934年印行，而日寇大舉侵華是在1937年。此書立論確有失偏頗，但金鶴沖在書中強調錢謙益的反清行動與心志，洋溢著民族氣節。金鶴沖本意可能是為家鄉先賢諱飾，與為漢奸辯護無關。

〔註138〕四部叢刊初編本。

〔註139〕《北方論叢》1992年第4期。

點。但亦由其素性怯懦，迫於事勢所使然。」〔註140〕周法高說：「牧齋本來怕死，這也是人之常情，由於怕死，只有出諸投降之一途。」〔註141〕

近年來研究者更從錢謙益心態來分析錢謙益降清的選擇。如李慶的《錢謙益：明末士大夫心態的典型》〔註142〕，認爲錢謙益在儒家傳統之外，還受到陽明心學、「三教合一」思潮的影響，因而他「得以從另外一種角度來審視人生，來考慮個人和客觀世界的關係」，「當這種感情遇到了現實利益抉擇時，也就有可能變成爲衝破傳統道德觀念束縛和改變傳統思維方式的精神力量。」而且錢謙益十分追求自己的享樂，「有很強生命意識」，所以選擇降清是自然的。汪群紅《論錢謙益人格特徵的遊移性》〔註143〕進而認爲錢謙益悲劇性的人格精神「是由其人格特徵的遊移性造成的，而遊移來自於理想與現實的矛盾，個人與社會的衝突」，並指出「其思想的矛盾，行爲的反覆，一方面體現了他內心強烈的濟世救民的儒家理想和人格精神，另一方面又反映了各種異端思想對其儒家人格精神的消解。」她以此推論，認爲錢謙益「對改朝換代，態度非常超脫與平靜。忠君報國的儒家正統思想，顯得那麼縹緲，那麼毫無意義」，從而導致他做出降清的選擇。

我認爲，首先，任何選擇的背後都有對得失的權衡，這種權衡又與個人的人生觀、價值取向有關。推動自盡殉節的力量是對於氣節的堅持，而推動降清受辱的力量則是生的本能。孰輕孰重的比較，則根於平日的修養。在第一章、第二章中我便已經說明，錢謙益雖然是東林中人，但他只是與東林的政治立場相同，聲氣相通，關係密切，他的思想接受王學更多些，重個性的張揚，而對個性的肯定中就潛含著對自我的重視。殉難諸人平日多注重砥礪自己的氣節與忠義之性，而錢謙益卻慣於優遊山水，愉悅情性，對氣節的培養要欠缺些。而且，他性格中的放達無拘束反而有助於消解義、節對精神的壓力。在生死關頭，錢謙益重視自我、樂於享受、儒弱戀生的個性就充分暴露了。錢謙益不是沒想過死，《牧齋遺事》云：「乙酉五月，柳夫人勸牧翁曰：『是宜取義全大節，以副盛名。』牧翁有難色，柳奮身欲入池中，持之不得入。」對錢謙益而言，死，就意味著拋棄一切功業、才學、享樂、親人……，

〔註140〕《柳如是別傳》第五章，頁1045。
〔註141〕《柳如是事考》，臺北：作者自印本，1978年版。
〔註142〕發表於《復旦學報》1989年第一期。
〔註143〕《吳中學刊》1996年第2期。

這要付出比生大得多的勇氣。而且在當時，個人之死什麼都不能挽回，國家已破，宗社爲墟，死的意義只在於表現個人的氣節，追求身後的美名。而對錢謙益來說，美名雖好，怎及得身家性命重要。所以錢謙益選擇降清是他個性特徵、所持信念、平日修養、當時局勢綜合作用的結果。如他的朋友「邵得魯以不早剃髮，械繫僇辱，瀕死而不悔。」爲安慰邵得魯對最終剃髮的不能釋懷，錢謙益引佛典而論：「優波離爲佛剃髮作五百童子剃頭師，從佛出家，得阿羅漢果。孫陀羅難陀不肯剃髮，握拳語剃者：『汝何敢持刀，臨閻浮王頂？』阿難抱持，強爲剃髮，亦得阿羅漢果。得魯即不剃髮，未便如難陀取次作轉輪聖王。何以護惜數莖髮，如此鄭重？彼猖猖剃髮，刀鋸相加，安知非多生善知識，順則爲優波離之於五百釋子，逆則如阿難之於難陀。而咨歎慨歎，迄於今，似未能釋然者耶？」爲剃髮，本已歸順的江南奮起反抗，付出慘重的代價，錢謙益不會不知道反剃髮中所蘊含的民族感情與道德意義，他如此說，雖是安慰，也正透露出他內心對剃髮、降服的無奈與順受，認爲性命比氣節重要，「我輩多生流浪，如演若達多晨朝引鏡，失頭狂走。頭之不知，髮於何有？」〔註144〕事實上，錢謙益本人在剃髮問題上就是很隨意的，「豫王下江南，下令剃頭，眾皆洶洶。錢牧齋忽曰，頭皮癢甚。遽起。人猶謂其篦頭也。須臾，則髠辮而入矣。」〔註145〕由此也可以隱約看出他在降清中的思想軌迹：死不如生，命都沒了，一切對自己也就沒意義了，既然不能抗拒清軍的鐵蹄，那還不如坦然接受，說不定這就是自己的命運，也許還能從中找到新的意義。他的性格太有彈性，正是這種彈性才使他得以安然渡過種種危難與困苦，但也正是由於這種彈性，使他在不該屈服的時候彎下了腰。沒有彈性難以處世，也難以成事。而在國家民族危急存亡之秋，首鼠兩端，貪生猶豫，以至最終走向失節降敵，則不惟毀了自己的一生，且亦有辱民族尊嚴，有負於家國。當然，他也並不是從來就如此，在閹禍最酷之時，他也曾激昂慷慨〔註146〕，但這麼些年那麼多的挫折漸漸地磨平了他的銳氣、勇氣與豪氣，他既然能與周延儒妥協，與馬阮妥協，自然也就不在乎再向清軍妥協一次。

其次，歷史人物的選擇與他所處的環境、他選擇時所參考的信息源與信息量密切相關，若忽視這些，則容易得出錯誤的判斷。錢謙益降清是迫於形

〔註144〕《有學集》卷四十九《題邵得魯迷途集》，頁1587。
〔註145〕史惇《慟餘雜記》「錢牧齋」條，轉引自《柳如是別傳》，頁935。
〔註146〕參見《有學集》卷四十六《李忠毅公遺筆跋》，頁1533。第二章第三節已引。

勢和對清軍的恐懼，是一種權宜之策，在亂世中，他只想到顧惜自己的性命，而難以考慮其它。

　　所以，第一，關於錢謙益投降是爲了追求富貴，這點有些令人難以置信。就投降諸人來說，他們內心充滿了恐懼與對清軍如何處置他們的揣測。趙之龍迎清軍入城之前就已經說明他投降是因爲害怕重蹈揚州慘禍。當弘光朝廷大僚前往拜謁豫王時，「縋城出迎，跪道旁高聲報名。將近豫王前喝起，眾人倉皇入報。此時大雨淋漓，無一騎一卒敢站簷下者。二大僚匍匐進，行四拜禮」〔註147〕，可見眾人對清軍非常惶恐，狼狽至極。當時有傳說云：「豫王入城，越二日，詣校場出寶刀豎立案上，拜而祭之。若城應屠，當祭時刀鞘自出；如不應屠，則刀鞘不出。豫王祭畢視之，刀鞘不出，遂免屠。既而，上有使至，以南京人眾，復將議屠。廿六日，王令發三炮乃屠。及放第三炮，見關帝服綠袍，以袖拂炮，數燃火數拂之，炮終不得鳴。豫王見而異之，拜焉，謂其下曰：『關聖在此顯異，不可屠。』遂免。」〔註148〕南京人傳述這種故事，正說明他們驚魂未定，投降後依然擔心自己的生命安全。就征服者而言，清軍入城之初，「李喬齊大清告示二道，一爲《大清攝政叔父王曉諭江南文武官民》，一爲《欽命定國大將軍豫王曉諭南京官民》，大約言：『福王僭稱尊號，沉緬酒色，信任僉壬，民生日瘁。文臣弄權，只知作惡納賄；武臣要君，惟思假威跋扈。上下離心，遠近仇恨。』」〔註149〕這說明清軍是以弔民伐罪的姿態入南京的。入南京後，清軍帶著勝利者意得志滿的倨傲，生殺在手。五月十六日，豫王受百官朝賀，「查不朝參者，妻子爲俘。差假本堂報知註冊，每日點名，大僚俱四更進而午後歸。工部尚書何瑞徵先於十一日自縊，不死，損左足，臥家不朝，王命縛之。」〔註150〕所以平日趾高氣揚的南京官員如今不過是命懸於他人之手的俘虜罷了，已經失去人身自由。而且清軍對南明君臣並沒有什麼好感，一向否定弘光政權的合法性與正統性。豫王入城後，問太子何在，趙之龍以王之明對，豫王說：「逃難之人自然改易姓名，若說姓朱，你們早殺過了。」朱國弼見機馬上說：「太子原不認，是馬士英坐易。」豫王大笑說：「姦臣，姦臣！」「太子」見豫王，豫王離席迎之，坐於己右，相去

〔註147〕　《明季南略》卷四，頁217。
〔註148〕　《明季南略》卷四，頁225。
〔註149〕　《明季南略》卷四，頁218。
〔註150〕　《明季南略》卷四，頁218。

不離丈許。弘光帝被擒，豫王使他坐於「太子」下，並對弘光說：「汝先帝自有子，汝不奉遺詔，擅自稱尊何爲？」又曰：「汝既擅立，不遣一兵討賊，於義何居？」又曰：「先帝遺體止有太子，逃難遠來，汝既不讓位，又轉輾磨滅之何爲？」〔註151〕弘光朝廷中人對所謂北來太子難辨眞僞，而豫王入城後便當即以之爲眞，其實他是想藉此「太子」以否認弘光帝繼位的合理與合法，並以此證明他下江南、征服南明是正義的。事實上，在南下之前，豫王就與史可法等互相論爭，其意義也在於爲自己的軍事征服找藉口。既然弘光政權不合法，那麼滿朝官員自然也就都是僞官了。對於投降諸官員，清人在內心是很鄙夷的。五月二十二日，豫王下令建史可法祠，優卹其家。而當李喬等官員爲諂媚清人而剃髮求見，豫王便斥其無恥，加以唾罵〔註152〕。褒揚忠臣，斥罵無恥官員，說明清人獎勵忠義，貶斥貳臣，留用弘光政權諸臣，只是要利用他們而已。一旦他們失去價值，就會被毫不容情地拋棄。事實上，弘光政權諸臣北上後，大多不被重用，僅王鐸是個例外，那是得益於他弟弟在清軍中。所以，在這種生命尚且不能得到保障，匍匐苟活於清軍刀劍之下的情況下，降清官員根本不可能知道等待自己的命運將是怎樣，正所謂人爲刀俎，我爲魚肉，如果說錢謙益居然還能幻想陞官發財，那豈非滑天下之大稽？所以錢謙益的宰相夢不僅不可能近在咫尺，而是根本不敢做。因爲對於他們而言，如何生存下來才是第一位的，也是迫在眉睫的。

第二，錢謙益的投降是一種保命的倉惶選擇，而參與復明運動與修史都是他仕清回鄉後的再選擇，它們與降清雖有關聯，但並非因果關係。事實上，錢謙益對他的降清是很後悔的，這在他的詩文中多有表露，如果他的投降是隱忍以待，又何悔之有呢？

再次，錢謙益降清與王朝滅亡時亡國之民的心態有關。在封建社會中，人們的生活、理想、喜怒哀樂都是與帝國息息相關的，儘管明末臣民都明白明王朝遲早要傾覆，但一旦他們以生命維繫的帝國眞的崩潰了，那種絕望、悲痛與迷惘是難以言說的，似乎他們的過去已經永遠地離開了他們，而前途卻一片黑暗，他們不知應向何處去，曾經的理想與未來化爲了泡影，人生道路也一下轉了個大彎，他們想哭，卻不知該向誰去哭；想喊，卻又不知該喊些什麼。北京被攻陷、南京投降，都有許多士民自殺，既是出於堅持氣節，

〔註151〕《明季南略》卷四，頁 218，頁 224。
〔註152〕《明季南略》卷四，頁 221，頁 225。

也是出於絕望與悲憤。在這種天崩地解的時刻，人們往往茫然奔走，有的投降，有的自殺，有的逃入深山大澤，一片末日氣象。在這樣重大的歷史轉變關頭，士人的動蕩、分化就顯示出來了。他們的道德素養、人生態度，情操性格中的優點與弱點一下子暴露無遺，這就是所謂「疾風知勁草，板蕩識誠臣」。當此之時，錢謙益性格中脆弱的一面，他處事的彈性，他因私心而引發的患得患失，也都在關鍵時刻暴露了出來。在天崩地解之時，他自覺身世飄搖，突然失去了心靈的依歸，猶如溺水之人，哪怕一根稻草也要抓得緊緊的。他害怕死，但又不知如何走下去。就是在這樣激烈的心靈震蕩中，他降清，並且不僅自己降，而且代清軍勸降，如他與常熟知縣曹元芳書云：「主公蒙塵五日後金兵始至，秋毫無犯，市不易肆，卻恐有追師入越，則吳中未免先受其鋒，保境安民之舉不可以不早計也。犧牲玉帛待於境上以待強者而庇民焉。古之人行之矣，幸門下早決之。」〔註153〕清軍進南京後約束軍紀，軍容壯盛，錢謙益一方面承認清軍是強者，明軍不能相敵；一方面又希望清軍能保證江南士紳的既得利益，和平相處，因而與清朝合作，稱北兵為三代之師，諄諄勸邑中歸順〔註154〕。這是他勸降的理由，其實我們也可以看作是他為自己降清所能找到的自我心靈的解脫。他脆弱，他痛苦，他自責，而根本的一點，是他怕死。古代士人在經濟、政治與精神上往往依附於統治者，朝代更替之後，士人為了尋求依附以得到政治地位與經濟利益，往往投身於新統治者的懷抱。如「鼎革初，諸生有抗節不就試者，後文宗按臨，出示，山林隱逸，有志進取，一體收錄。諸生乃相率而至，人為詩以嘲之曰：『一隊夷、齊下首陽，幾年觀望好淒涼。早知薇蕨終難飽，悔殺無端諫武王。』」〔註155〕錢謙益不過開風氣之先。中國士人傳統人格的這種複雜性，是一個值得深入研究的問題。

對錢謙益性格中的軟弱、怕死、義利之間的動搖，以至走向變節這一不可原諒的行為，我們無疑應該加以否定。中國傳統士人作為社會的精英，一向被視為國家道德、文化的標桿，他們一直以社會良心自持，以肩負社會的、歷史的使命自傲，以追求道德的完美與堅守氣節為理想，錢謙益的降清行為從根本上顛覆了傳統道德與士人的氣節，因此顧苓說：「公不死為東林之門戶

〔註153〕《虞陽說苑乙編》第三冊虞山趙某《厝亭雜記》。
〔註154〕《祁忠敏公日記》第六冊《乙酉日曆》六月初五日。
〔註155〕《柳南續筆》卷二「諸生就試」條，頁165。

羞」〔註156〕。但在探討他降清的心態時，我們不僅要注意他性格中一貫的脆弱、彈性、因過分聰明而易變的特徵，還應更細緻地考察他做生死抉擇時的歷史環境，以及這種環境對他心態的可能影響，因爲內心的扭曲必然是在一定的外部壓力下發生的。首先要注意清軍在揚州屠城的殘酷與兵臨南京城下的威懾所帶來的恐怖氣氛，以及這種氣氛給南京臣民包括錢謙益的震動與驚惶，如《揚州十日記》述當時慘狀云：「諸婦女長索繫頸，累累如貫珠，一步一蹶，遍身泥土；滿地皆嬰兒，或襯馬蹄，或藉人足，肝腦塗地，泣聲盈野。行過一溝一池，堆屍貯積，手足相枕，血入水碧赭，化爲五色，塘爲之平。」「查焚屍簿載其數，前後約計八十萬餘，其落井投河，閉戶自焚，及深入自縊者不與焉。」時至今日，我們依然爲史書的記載而毛骨悚然，而當日南京城內眾人望著城外嘶鳴的戰馬，那種恐懼無疑更爲刻骨銘心。其次，錢謙益在弘光帝與馬士英等相繼逃走後，進入決策層，戰與降不僅決定著南京城的命運，也決定江南四郡人民的命運，身爲禮部尚書，他所要承擔的壓力，所要面對的責任都較之他人大得多。他的脆弱的、易變的性格，他那怕死的致命弱點，在那關鍵的需要做出重大抉擇的一刻，他所面對的責任交錯進來，有可能是促成他做出選擇的一個因素。錢謙益可能想利用自己的影響力在清軍與反清軍民之間進行斡旋，使士紳的損失減小到最低程度，他說：「大兵到京城外才一日，僕挺身入營，創招撫四郡之議，此時營壘初定，兵勢洶湧，風鶴驚危，死生呼吸，僕眞見大事已去，殺運方興，拼身捨命爲保全萬姓之計，觸冒不測，開此大口。」〔註157〕這雖不無爲自己開脫的意思，但也可能是他當時的眞實想法。第三，從當時朝廷中的議論看，中心議題是戰還是降，彌漫的是畏死與降敵的氣氛，而弘光帝與馬士英的悄然逃走更讓官員在危機關頭首先想到如何保存自己，而沒有殉節的慨然與勇氣，因此他們大部分最後都投降清軍，殉節者只是少數，多鐸曾上奏說：「十五日，我兵至南京。明忻城伯趙之龍，率魏國公徐州爵，保國公朱國弼、隆平侯張拱日、臨淮侯李祖述、懷寧侯孫淮城、靈璧侯湯國祚、安遠侯柳祚昌、永康侯徐宏爵、定遠侯鄧文圍、項城伯韋應俊、大興伯鄒順孟、寧晉伯劉允基、南和伯方一元、東寧伯焦夢熊、安城伯張國才、洛城伯黃周鼎、成安伯柯永祚、駙馬劉贊元、內閣大學士王鐸、翰林程正揆、張居、禮部尚書錢謙益、兵部侍郎朱之臣、

〔註156〕《東澗遺老錢公別傳》。
〔註157〕《牧齋外集》卷二十二《與邑中鄉紳書》。

梁雲構、李紳、給事中杜有本、陸郎、王之晉、徐方來、莊則敬及都督十六員，巡捕提督一員，副將五十五員，並城內官民迎降。」〔註158〕可能正是受朝廷官員的妥協言論與降清氣氛的影響，使得錢謙益內心的保命之念勝過氣節之想，而從眾效應也使他內心中的羞愧得以減輕。當然，一切外因都要通過內因來起作用，上面三點也只是提供一種探討其內心的可能。通過內外兩方面、性格特徵與特定境遇的結合，才能對錢謙益降清的心態有一個全面而準確地把握。因為對這一關鍵事件的準確把握，我們才有可能正確地解讀他後來參與復明的行為。

　　儘管錢謙益降清，但他的心境十分複雜，降時，他「泣語其館賓沈明倫曰：子憶朱勝非事乎？未知得為朱勝非否？洪武門開，慟哭而出。」〔註159〕顯然他降清是不得已而為之，內心充滿了傷痛。五月十七日，錢謙益領清軍入城，忽向帝闕四拜，因淚下。北兵問他緣由，他說：「我痛惜高皇帝三百年之王業，一旦廢墜，受國厚恩，寧不痛心！」北兵亦為之歎息〔註160〕。「田雄執弘光至南京，豫王幽之。司禮監韓贊周第令諸舊臣上謁，王鐸獨直立，戟手數其罪惡，且曰：『余非爾臣，安所得拜』。遂攘臂呼叱而出。」而錢謙益見到故主，「伏地痛哭，不能起」〔註161〕。弘光帝固然有罪，但諸臣也都有過。錢謙益既為國破而感傷，也為弘光被擄而悲哀。這種種哀傷又與他降清的羞慚結合在一起，化為一聲長歎：「亡國之臣求死不得」〔註162〕，可見他的內心實在是非常悲痛的。從這時起，他的心靈就已經背負上降清的十字架。

　　第二個階段指錢謙益降清後至赴北京前，錢謙益幫助清軍招撫江南。

　　降清後，錢謙益不僅得以保全性命，而且被豫王命兼吏、禮二部尚書，他自然喜出望外，在感激之餘，極力為新主子服務，以求賞識。他以招降江南為己任，致書督撫及鄉紳輩勸降，有名正言順、天與人歸等語〔註163〕，曾貼告示於蘇州云：「大兵東下，百萬生靈盡為虀粉，招諭之舉未知闔郡士民以為是乎？非乎？便乎？不便乎？有知者能辨之矣。如果能盡忠殉節，不聽招

〔註158〕《多鐸奏疏》，引自鄧之誠《骨董瑣記全編》，頁399。
〔註159〕顧苓《東澗遺老錢公別傳》。
〔註160〕據《明季南略》卷四，頁219；《小腆紀年》卷十，頁812。
〔註161〕《牧齋遺事》。
〔註162〕引自錢謙益與常熟知縣曹元芳書，《虞陽說苑乙編》第三冊虞山趙某《居亭雜記》。
〔註163〕《甲乙事案》卷下，頁570。

諭，亦非我所能強也。聊以一片苦心與士民白之而已。」〔註164〕錢謙益招撫江南固然有向清朝邀功討好之意，因爲南下清軍戰鬥力雖強，但後勤不能得到充分保障，只能取給於民間，錢謙益等招諭郡縣有利於消解抵抗，幫助清軍穩定統治，並使軍隊獲得給養；但另一方面，在亂世中老百姓最大的願望是能使自己的生命財產得以保全，不致顛沛流離，家破人亡，錢謙益此舉未始沒有保全郡邑之心，在客觀上可以緩解百姓痛苦。當時清軍所向披靡，以武力迫使江南人民降順，爲迅速征服江南，急於屠城立威，以震懾抵抗者。如劉光斗就曾移箚王玉汝云：「師至而抗者屠，棄城而乏供應者火，公有心人，當爲桑梓圖萬全。」王玉汝於是與邑民具牛酒以迎清兵〔註165〕。所以錢謙益之招撫在江南士紳中頗有響應者。

第三個階段指錢謙益赴北京爲官及回鄉。

乙酉年秋間，清軍已經基本穩定了江南的局勢，一方面降官已經沒有什麼利用價值，一方面又擔心投誠者反覆，故而將所有南京降員均驅至北京，錢謙益亦隨例至北京候用。當時北京清廷官員有滿員，有漢官，滿官地位比同品級的漢官高；而漢官又有三種，一是清軍入關前即仕於清朝者，一是清軍入關後至南下前仕於清朝者，一是清軍南下後降順者，其中又以第三種漢官地位最低。如順治二年八月，湖廣道監察御史盧傳奏云：「創業之初，用捨宜愼。聞江南投順官次第畢集。請急銓法。斷自去年三月以前者爲故明舊臣；三月以後者，率皆福王新用之人。賄賂鑽營，難爲確據。宜仍查舊冊履歷，補以原職。不得任其冒濫以開幸端。」〔註166〕陳寅恪便指出：「清初入關，只認崇禎爲正統，而以福王爲偏藩，故漢人官銜皆以崇禎時爲標準。」〔註167〕所以錢謙益不會受到重用那是必然的，甚至可能受到壓制、鄙視與嘲弄。入京後數月，錢謙益遲至順治三年正月才被命以禮部侍郎管秘書院事，充修明史副總裁。禮部侍郎正是錢謙益在崇禎朝中的最高官職，當時他任此職僅數月便因閣訟被削籍，清廷再命他任此職不啻對他的譏諷。至於管秘書院事，充修明史副總裁也不過是以他爲文字侍從之臣。一來仕途不得意，二來自己內心始終對降清仕清感到羞慚，三來家鄉士紳對他頗多指責，「交口彈駁，體

〔註164〕《虞陽説苑乙編》第三冊《居亭雜記》。
〔註165〕《明季南略》卷四，頁232。
〔註166〕《清世祖實錄》卷二十，頁246。
〔註167〕《柳如是別傳》第五章，頁889。

無完膚」﹝註168﹞，使得錢謙益的心情極不順暢，他明白自己在清廷中永無出頭之日，早已萌生退念。順治三年五月，弘光帝、潞王、南京「太子」等在解至北京後俱被清廷殺害，這對錢謙益無疑是個極大的震動。於是當年六月，他便以疾乞假，而清廷也給以優待：「得旨，馳驛回籍，令巡撫視其疾瘵具奏。」﹝註169﹞這其實就是下令監視。不管怎樣，錢謙益終於得以安全回鄉，但故國破滅，人事全非，自己也身名狼藉，不能不令他心灰意冷。

　　如何評價錢謙益降清仕清的行爲？我個人認爲只有殉義而死者、堅持抗清者、終生拒不仕清者才眞正有資格批評他。當時有許多人對錢謙益冷嘲熱諷，但他們自己也並非眞的能在生死關頭堅持心中的原則而毫不動搖。他們生活於清軍鐵蹄之下而不敢反抗，甚至最終爲了生計扭扭捏捏地應試赴選，和錢謙益相比不過是五十步笑百步罷了。坐而論道易，躬行實踐難。錢謙益也曾慷慨陳詞，但眞到國家需要的時候，對生的留戀、對死的恐懼、種種私心雜念一霎那間都浮上心頭，而終於失節。沒有大勇氣、大智慧、高尚情操的人是很難克服這些誘惑的。死，永遠比生更沉重。一個人的生命有多重意義，就個人而言，包含個體生命的存續、個性的張揚、身心的解放與自我價值的實現；而就社會而言，則要維護自己所處群體的利益，保證群體意志得到實現。自我價值溝通了自我與社會的聯繫，如果以社會爲中心，則自我的實現應在社會中完成；而如果以個體爲中心，則自我價值的判斷更多在於己身。錢謙益受王學影響，但同時儒家倫理準則又與之糾纏，因此在投降與自殺之間徘徊。但經過多年的坎坷磨難，他逐漸拋棄道德理想主義，走向政治實用主義，在明末特別是弘光朝廷中不惜屈氣節而求實利，因此他的降清仕清又不是偶然的失足，這也正宣告東林黨後期借政治實用主義實現道德理想主義策略的破產，它最終必然蛻變爲掩蓋個人利益追逐的漂亮招牌。

　　無疑，錢謙益的降清是有種種理由的，如重生惡死，修史的心願尚未完成等等，但不管怎樣，他背叛了自己曾經賴以自豪的氣節與時人對他的尊敬，背叛了自己的民族感情﹝註170﹞，這與他所享有的威望極不相稱，也對不起抗清而死的恩師孫承宗。面對危局，他確實無能爲力，但他最終放棄了一切人格、尊嚴、名譽而屈膝投敵，這是封建社會中士人品格的最大侮辱。比起殉

﹝註168﹞《牧齋外集》卷二十二《與邑中鄉紳書》。
﹝註169﹞《清史列傳》卷七九。
﹝註170﹞在《初學集》卷二十七《書武林讓夷事》中錢謙益對滿洲攻殺明軍表示強烈的義憤，並極端仇視所謂「建州夷」。

節者、抗清者、遁隱者，他不夠堅強，不夠勇敢，未能經受住誘惑與考驗。他曾在崇禎十六年十二月作的《重修維揚書院記》中批評當時「朝著無槃水加劍之大臣，疆場多扣頭屈膝之大吏，集詬成風」，並說：「夫立乎人之本朝，蠅營狗苟，欺君而賣國者，謀人之軍師國邑，偷生事賊，迎降而勸進者，惻隱羞惡辭讓是非之心，蓋已漸然不可復識矣。」〔註171〕真是鏗鏘激昂，擲地有聲，可是言猶在耳，他卻變節事清，兩者的反差如此強烈，不啻對他自己的尖刻嘲諷。

「時窮節乃現」，在生與死之間，人格高大與卑微的差別便完全暴露出來。自清軍南下，義不受辱，拒絕降服，乃至奮起抵抗、兵敗被殺者頗眾，在他們身上表現出來的勇氣與堅定、對於道德理想與民族氣節的堅持讓我們肅然起敬。「金陵破，秦淮河丐者碎碗畫壁上曰：三百年來盛治朝，兩班文武盡降逃。剛腸暫寄卑田院，乞子羞存命一條。遂投河死。六合諸生馬純仁樸公投泮池死，題衣帶曰：朝華而冠，莫夷而髡，與死其心，寧死其身。一時迂事，千古大人。明堂處士，樸公純仁。」「邵武府同知錢塘王道焜，天啓辛酉經魁，以福寧學正南平知縣升任，憂去。乙酉六月自經，遺筆示子孝廉均曰：我以苟從仕官，他日何以見爾祖於地下。」「吏部考功司員外郎青浦夏允彝絕命辭：幼承父訓，長荷國恩，以身事主，不愧忠貞。南都既覆，猶望中興，中興既杳，何忍長存。卓哉吾友，虞求廣成，勿齋容如，子才蘊生，願言從子，握手九原。子完淳夙慧，早知名，丁亥黨累就死金陵，詞色不變，其絕筆詩：三年覊旅客，今日又南冠。無限河山淚，誰言天地寬。已知泉路近，欲別故鄉難。毅魄歸來日，靈旗空際看。」〔註172〕……壯烈殉國者很多都是錢謙益的老友、相識，如祁彪佳、陳子龍、侯峒曾、金聲等，錢謙益的氣節、精神自然不能與他們相提並論。

當然，同死心塌地效忠清朝的降者相比，錢謙益心中的良知從來也沒有泯滅，他降清並不等於說他就沒有民族感情，氣節蕩然無存，只不過是對死的恐懼壓倒了這一切罷了，所以他雖然懾服於清軍的武力，但對明朝依然有深深的眷戀。他曾對清朝抱有幻想，但薙髮之令下後，清朝消滅漢族衣冠文化與民族意識的企圖得到暴露，江南士民奮起反抗，遭到清軍的血腥鎮壓。清朝決心借殺戮以立威，推行民族征服與民族壓迫，這無疑令錢謙益大為反

〔註171〕《初學集》卷四十四，頁1129。
〔註172〕《棗林雜俎》仁集「群忠備遺」條。

感，對與清朝和平相處、互相利用的幻想也破滅了。他此時痛悔降清、仕清，並努力爲自己開解，試圖平息內心的不安，但輿論的壓力與自己的悔恨讓他生命中的最後十餘年充滿了艱辛與苦澀。

第四章　故國情懷與暮年心境

　　錢謙益於順治三年七月〔註1〕自北京歸鄉，心情十分悲傷，不僅感歎故國破滅，也哀怨自己身世不幸。在《丙戌南還贈別故侯家妓人多哥四絕句》其一中云：「繡嶺灰飛金谷殘，內人紅袖淚闌干。臨觴莫恨青娥老，兩見仙人泣露盤。」此詩表現了對昔日王侯家妓的同情，也寄寓了自己的幻滅之感。第一句寫往日的豪富已灰飛煙滅，只留下幸存者感傷無限。第二句則寫甲申年李自成農民軍與清軍先後入北京，乙酉年清軍又南下攻佔南京，時局翻天覆地的變化令亂世中人痛苦不堪，兩見故國破滅，自己亦顛沛流離，混亂的時世與個人淒慘的命運就這樣結合在一起。其二云：「天樂荒涼禁苑傾，教坊淒斷舊歌聲。臨歧只合懵騰去，不忍聽他唱《渭城》。」〔註2〕錢謙益感慨今昔，徘徊哀歎，心情悲涼。正是這種悲涼哀苦，成爲錢謙益晚年生活與心靈的基調。

　　更令人難堪的是他歸鄉後時時有人對他降清、仕清、失落歸鄉進行奚落。當時有詩云：「錢公出處好胸襟，山斗才名天下聞。國破從新朝北闕，官高依舊老東林。」《棗林雜俎》又記：「或題虎丘生公石上寄贈大宗伯錢牧齋盛京榮歸之作：入洛紛紛意正濃，蓴鱸此日又相逢。黑頭已自羞江總，青史何曾用蔡邕。昔去幸寬沈白馬，今來應悔賣盧龍。最憐攀折庭邊柳，撩亂春風問阿儂。」〔註3〕錢謙益本人對於降清也有愧於心，所以時人的羞辱令他慚愧難

〔註1〕　《東華錄》二云：「順治三年六月甲辰秘書院學士錢謙益乞回籍養病，許之，仍賜馳驛。」查鄭鶴聲《近世中西史日對照表》可知六月甲辰是六月廿九，錢謙益歸鄉無論如何至早也是七月。
〔註2〕　《有學集》卷一，頁4。
〔註3〕　《棗林雜俎》和集「嘲錢牧齋」條。

當，《柳南續筆》記載說錢謙益「一日，舟次白龍潭，諸名士方群趨迓之，（金）天石忽投一詩云：『畫舫滄江載酒行，山川滿目不勝情。朝元一閉千官散，無復尚書舊履聲。』宗伯（錢謙益）得詩默然，即日解維去。」〔註4〕

　　在清初，拒不仕清的士人主要面對著兩個問題，一是復明，二是生存。其中復明又有兩種具體內涵，一是清統治區的士人或策劃、或組織、或參與反清起義，如陳子龍、夏完淳、黃毓祺等，或者聯絡各方義士與殘明力量，傳播反清思想，如黃宗羲、歸莊等，或者不與清朝合作，在內心中渴望能夠光復明祚，如傅山、魏禧等人；二是殘明統治區的士人參與殘明政權，企圖維持帝統，並反攻中原，如瞿式耜、張同敞等人。士人堅持復明，一是因為畢竟明祚未絕，人們還存留一線渺茫的希望，如擁魯王、擁隆武帝、擁唐王、擁永曆帝、擁鄭成功等，只要明宗室堅持明朝的旗號，哪怕只僻處一隅，士人也一廂情願地相信會有光復的一天。二是清軍的殘暴屠殺與清朝的民族壓迫激起強烈反抗，清軍的征服一直伴隨著對漢族軍民的野蠻殺戮，而這不過是為了摧毀被征服者抵抗的意志，使他們畏懼臣服，並藉此以炫耀武力，同時一系列民族歧視、民族壓迫的政策也使漢族士民不堪忍受，不滿以致仇視清統治者，轉而思念明朝。三是因為復明是士人維繫民族精神與情感，堅持民族氣節的依託，復明在很多士人那裡不過是個形式，他們往往沒有復明的實際行動，事實上他們是以復明寄託對故國的思念，對漢族衣冠文化的追憶，並表明他們不與清合作的立場與九折不悔的氣節。關於生存問題，士人在明亡前一般都有穩定的收入來源與確切的人生目標，而在明亡之後，一切都被顛覆，士人若選擇了生存，就必須重新尋找生存的經濟基礎，定位生存的意義與目標，應對生存所要付出的代價。大致說來，有隱居山林著書立說者，如王夫之；有漫遊河山以遣孤憤者，如顧炎武；有廣泛交遊以謀大事者，如黃宗羲；還有出家為僧者，如熊開元。錢謙益曾降清、仕清，儘管他一直以遺民自居，但自當時至當代都極少人肯定他的遺民身份，因為遺民不是一個簡單的文化概念，它有著豐富的政治、倫理內涵，評論一個人是否遺民，應對其經歷、心態做總的評價。但錢謙益具有遺民心態，並與遺民如黃宗羲、歸莊、潘檉章、吳炎等有密切交往則是不爭的事實，這使得他歸鄉後的生活、心態、文學與遺民有很多的共性；同時由於他曾氣節有虧，受人鄙視，內心有愧，因此又是遺民中的異類，在心態、活動中表現出與他人不同的特性。

〔註4〕《柳南續筆》卷四，頁202。

由於時代的複雜與錢謙益自身的內在矛盾，錢謙益成為清初那個特殊年代中讓人難以描述與評說的特殊人物。

第一節 復明活動

錢謙益歸鄉之時，清兵已逐漸掃清在浙江的殘明勢力。六月清軍破浙東、陷金華，殺顧錫疇於溫州，監國魯王航海入閩。七月，陷衢州。八月，清軍入閩，隆武帝被殺。九月，清兵陷泉州、福京，唐王、遼王航海奔粵。十一月，蘇觀生立唐王於廣州，改元紹武，而桂王即位於肇慶。敵兵未至，殘明政權為爭正統又起內鬥，直至兵戎相見，而清軍乘機陷廣州，殺唐王。清軍勢如破竹，步步進逼，殘明力量只能苦苦支撐。

而在江南，民族矛盾依然十分激烈，抗清活動轉入地下。江南抗清積極，並受清廷的高度重視與高壓控制，這首先因為江南是明朝的龍興之地，當年明太祖朱元璋正是憑藉江南的人才與資源，才得以北上討元，滅胡興漢。其次，江南是中國的財賦之區，經濟繁榮，京師仰給於江南的田糧與賦稅，而且當時中原等地殘破，民生凋弊，江南雖經戰火，損失較輕，對清朝的意義更大；與此同時，由於沉重的錢糧賦稅倍於往時，使得江南士民的反抗情緒更熾。第三，從戰略上看，江南是清軍掃滅閩廣殘明勢力的後方基地與重要孔道，也是殘明力量規取的目標。如丁亥春，監國魯王曾命劉中藻督師浙閩。因此當時許多義士潛伏在江南，聯絡士民，傳遞情報，騷擾敵人後方。最後，江南文化繁榮，士子受儒家文化濡染深，對政治的參與熱情高，因而更傾向於支持殘明勢力以對抗異族統治。江南抗清活動大致上可分為兩個階段，第一階段自順治二年清軍南下至順治三年，或是抵抗清軍的佔領，或是反抗薙髮令而起義，或是反正起兵，以鄉兵和明朝殘餘部隊為主，他們或嬰城而守，如江陰、嘉定；或藏於郊野，如吳易。他們的戰鬥力很低，而且素質參差不齊，且各自為戰，勢力很弱，極易被清軍各個擊破。丙戌六月清兵襲執吳易於嘉善，械至杭州後，江南就沒有較大規模的鄉兵了。江南抗清也轉入第二階段。這一階段是以策反故明軍隊、聯絡殘明政權為主，通消息，謀起兵。

錢謙益歸鄉後便積極參與復明運動，這有其複雜的心理因素與現實原因。首先，在錢謙益的內心深處，始終對清朝沒有歸屬感。他親眼目睹清朝如何逐漸強盛，如何屢次進攻明朝，如何掠地殺人，他的恩師孫承宗就死於

清軍之手，他在文集中時時表現對清軍的痛恨，而這並不會迅速消退。他降清仕清之時也依然懷念故國，痛惜國亡。他降清是因為畏懼，而仕清是因為無奈，雖不無功名之念，但亡國之臣卑躬屈膝於異族君主之前，再愚蠢的人也明白自身岌岌可危，前途堪虞。歸鄉後，正當江南民族矛盾異常激烈之時，殘明政權負隅頑抗，而清朝推行血腥統治，力圖扼殺一切反抗力量與敵對思想。這些都使得錢謙益對清朝更多拒斥與仇恨，而無維護之忠誠。另一方面，他在明朝生活六十餘年，他的喜怒哀樂，美好的回憶與功業的幻想都與明朝緊緊相聯，因此對明朝的追思與嚮往還更多些。如《丙戌七夕有懷》云：「閣道垣牆總罷休，天街無路限旄頭。生憎銀漏偏如舊，橫放天河隔女牛。」〔註5〕金鶴沖說：「此詩在隆武即位後十日而作，女牛之隔，君臣之異地也。」〔註6〕隆武即位於乙酉閏六月丁未〔註7〕，而此詩作於丙戌七月，時間相隔甚遠，所以金鶴沖此說實是附會。陳寅恪承認此詩首二句用星宿之典，以指南都傾覆，建州入關之事，但又同意黃宗羲所說：「意中不過懷柳氏」〔註8〕。這裡有兩個疑點，一是既懷柳如是，前二句為何寄意如此深遠；二是所謂「生憎銀漏偏如舊」所指為何？而且「橫放天河隔女牛」既可解為懷念柳如是，也可解為懷念殘明政權。詩中三句均與柳氏無關，而且當時他即將歸鄉，很快就能見到愛妻，末句為何又如此惆悵呢？所以我認為錢謙益在此詩中未始沒有感歎明亡清興，遙念殘明政權之意。他歸鄉的許多詩都表現了對故明的懷念，如「地更區脫徒為爾，天改撐犁可耐他？李賀漫歌辭漢淚，不知鉛水已成河。」〔註9〕對於異族征服中國他是既無奈又不平。從「先祖豈知王氏臘，胡兒不解漢家春。可憐野史亭前叟，掇拾殘叢話甲申」〔註10〕來看，他心中既有民族感情，也有對前朝的思念與感傷。因此他的文集中始終不奉清朝正朔，不見清帝年號，詩集也以秋槐命名，取自王維詩，寄託自己故國之傷與失身之悲。他自稱「楚奏鍾儀能忘舊，越吟莊舄忍思他。西鄰象戲秋燈外，抵幾喧呶競渡河。」〔註11〕他自比鍾儀、莊舄，雖曾為清朝之囚、仕於異族，

〔註5〕　《有學集》卷一，頁5。
〔註6〕　《錢牧齋先生年譜》丙戌條。
〔註7〕　據柳亞子《南明史綱初編》，頁13。
〔註8〕　《柳如是別傳》，頁894。
〔註9〕　《有學集》卷一《再次茂之他字韻》，頁21。
〔註10〕　《有學集》卷一《歲晚過茂之見架上殘帙有感再次申字韻》，頁41。
〔註11〕　《有學集》卷一《見盛集陶次他字韻重和五首》之二，頁26。

但仍然心懷故國。鄰居下棋大呼渡河，令他頓生雄心，可能使他想起宗澤臨死前大呼渡河，也可能使他想起東晉鐵騎勁卒蜂湧渡河，擊破苻堅軍，以弱勝強，從而使東晉小朝廷轉危為安。

其次，錢謙益由於降清，心中始終有羞慚之情，因而有復明以補過的心理。他在內心總以腆顏事清為愧，從不敘述降清仕清始末，並自命為遺民，這說明他力圖掩蓋降清的經歷與痛悔，而這恰恰暴露他內心時時不能直面自己貪戀生命、背棄志節的自我，他因而迫切渴望能夠幫助殘明，興復漢族江山，以此洗雪恥辱。如他在寄給瞿式耜密信的末尾說：「若謙益視息餘生，奄奄垂斃，惟忍死盼望鑾輿拜見孝陵之後，燅水加劍，席薰自裁。」〔註12〕他在詩中又說：「覆杯池畔忍重過，欲哭其如淚盡何！故鬼視今真恨晚，餘生較死不爭多。」〔註13〕錢曾注「覆杯池」云：「《六朝事迹》：『覆杯池今城北三里，西池是也。晉元帝中興，頗以酒廢政。丞相王導奏諫，帝因覆杯於池中以為誡。』」而錢謙益在甲申十月向弘光帝上《中興疏》第一事第一條便以晉元帝為例，說：「晉元帝初鎮江東，頗以酒廢事」，後接受王導建議，「有司奏太極殿施絳帳，帝命多施青布，夏施青練。將拜貴人，有司請市雀釵，帝以煩費不允。史稱帝恭儉有餘，雄武不足，然小心祗畏，再光晉祚。伏望陛下取法元帝，小心翼翼，昭事上帝。」〔註14〕錢謙益在覆杯池畔感歎不已：晉元帝能接受王導意見，最終實現中興，而弘光帝卻不能採納自己的直諫，縱酒奢侈，最後國破身死，這其中既有對故國的傷心，也有對自己忠言未用的哀怨。「故鬼」句可參看顧公燮《消閒雜記》所云：「宗伯暮年不得意，恨曰：『要死，要死。』君（柳如是）叱曰：『公不死於乙酉，而死於今日，不已晚乎？』」〔註15〕柳曾於乙酉勸牧齋死，錢謝不能，此刻錢謙益後悔不已。從當時錢謙益的心態和兩人的性格來看，這條記載是可信的，甚至聲口也摹繪得惟妙惟肖。既然痛悔自己死也晚，生也苦，自然渴望能湔雪降清的惡名，所以他說：「鵑讖北來仍喚汝，梟謀東徙莫知他。夜闌挹酒朝南極，箕尾芒銷爛絳河。」〔註16〕錢曾注為：「《邵氏聞見錄》：『康節治平間與客散步天津橋上，

〔註12〕 《瞿式耜集》卷一《報中興機會疏》，頁105。
〔註13〕 《有學集》卷一《再次茂之他字韻》，頁21。
〔註14〕 《牧齋外集》卷二十。
〔註15〕 《柳如是詩文集》附錄二，頁243。
〔註16〕 《有學集》卷一《見盛集陶次他字韻詩重和五首》之五，頁29。

聞杜鵑聲，慘然不樂。客問其故，公曰：天下將治，地氣自北而南。將亂，自南而北。今南方地氣將至，禽鳥得氣之先者也。」杜鵑傳說是蜀國故主杜宇所化，悲啼：「不如歸去，不如歸去」。詩云「鵑識北來」，令人想到死於北京的崇禎帝與弘光帝，而「仍喚汝」，可能指錢謙益有回頭復明之念。由於錢謙益曾降清，不少人譏諷他，因此他以謀徙之梟自比，東徙也可能指他決定改弦更張，參與復明，故說「莫知他」，表示自己此舉不顧他人非議。

再次，錢謙益抗清與他的功業願望有關。錢謙益有雄壯的功業抱負，頗以知兵自負，希望能建立不世之功，但在明末與南明均未能如願，清朝雖用他，但實不過文字之臣，而且錢謙益之功業內涵是與明朝相聯，也不可能為清朝服務。錢謙益總以結交豪俠義士作為實現功業的重要途徑，所以他樂於結識他們，而當時抗清活動的主要內容就是聯絡志士豪傑，因此也正與錢謙益志趣相合。在《己丑歲暮讌集連宵，於是豪客遠來，樂府駢集，縱飲失日，追歡忘老，即事感懷，慨然有作四首》中他寫道：「風雪填門噪晚鴉，翛翛書劍到天涯。何當錯比揚雄宅，恰似相逢劇孟家。夜半壯心回起舞，酒闌清淚落悲笳。流年遒盡那堪餞，卻喜飛騰暮景斜。」「送客留髡促席初，履交袖拂樂方舒。酒旗星上天猶醉，燭炬風欹歲旋除。霜隔簾衣春盎盎，月停歌板夜徐徐。舡船莫惜頻煩勸，已是參橫斗轉餘。」「風光如夢夜如年，如此歡娛但可憐。曼衍魚龍徒瞥爾，醉鄉日月故依然。漏移警鶴翻歌吹，霜壓啼烏殺管絃。曲宴未終星漢改，與君堅坐看桑田。」「扶風豪士罄追歡，楚舞吳歈趁歲闌。銀箭鼓傳人惝怳，金盤歌促淚汍瀾。杯銜落日參旗動，炬散晨星劫火殘。明發昌門相憶處，兩床絲竹夜漫漫。」〔註17〕從「曲宴未終星漢改，與君堅坐看桑田」來看，遠來豪客應是抗清義士。錢謙益與他（們）歌酒歡娛，彷彿忘記痛苦與哀傷，意興橫飛，壯心勃然而起。可見他將自己未實現的雄心與抱負轉而寄託在復明事業上。他說：「槍口刀尖取次過，銀鐺其奈白頭何！壯心不分殘年少，悲氣從來秋士多。帝欲屠龍愁及我，人思畫虎笑由他。端居每作中流想，坐看衝風起九河。」〔註18〕詩寫得豪邁雄壯，第一聯意謂自己已面對太多的死亡威脅，如今自己年紀已老，牢獄之災更不在話下。第二聯則說，雖然自己殘生無多，可是壯心猶存，更有對亡國之悲憤。他雖然端居家中，卻總希望能傚仿祖逖，擊楫中流，力挽狂瀾，收復中華河山，因而

〔註17〕《有學集》卷二，頁65。
〔註18〕《有學集》卷一《見盛集陶次他字韻詩重和五首》之一，頁26。

密切關注抗清鬥爭。可惜的是，由於種種原因，復明運動終將歸於消歇，錢謙益最終還是會失望。

錢謙益參與復明運動主要是資助抗清部隊、出謀畫策、聯絡義士與策反清軍。如祝純嘏芸堂甫編《孤忠後錄》說順治四年正月「（黃）毓祺糾合師徒，自舟山進發。常熟錢謙益命其妻豔妓柳如是至海上犒師」。而金鶴沖《錢牧齋先生年譜》將此事繫於順治三年丙戌，並認爲《秋興詩》所云：「閨閣心懸海宇棋，每於方罫繫歡悲。乍傳南國長馳日，正是西窗對局時」蓋指此事。考錢謙益與黃毓祺早就相識，在錢謙益《與木陳和尚》之二中云：「密雲尊者塔銘，十五年前已諾江上黃介子之請矣。重以尊命，何敢固辭。……謹與曉上座面訂，以明年浴佛日爲期，爾時或得圍繞猊座，覿面商榷，庶可於法門稍通一線，亦可以慰吾亡友於寂光中也。」〔註19〕而黃毓祺此次起兵，是「於丙戌冬十一月集兵，期一夕襲取江陰、武進、無錫三城」〔註20〕，自舟山而攻江陰等地，必有人聯絡，有人接應。因此此事雖無確證，但也不是無根之談。可惜毓祺此次進兵，「適颶風大作，海艘多飄沒。毓祺溺於海，賴勇士石政負之，始得登岸。約常郡五縣同日起兵恢復事既不就，而志不少衰。逃名潛竄。」〔註21〕黃毓祺逃往江北，想來也是得到錢謙益的幫助。史載順治「五年四月鳳陽巡撫陳之龍擒江陰黃毓祺於通州法寶寺，搜出僞總督印及悖逆詩詞，以謙益曾留毓祺宿其家，且許助資招兵入奏。」〔註22〕黃毓祺自起兵失敗後就逃往江北，《明季南略》說他「僞爲卜者遊通州」〔註23〕，《南忠記》說他「往揚州，設絳帳於諸富商家」〔註24〕，祝芸堂則說他「至淮，索居僧舍」〔註25〕，雖然記載不一，但他主要在江北活動是無疑的，因而錢謙益留宿黃毓祺，並許諾出資助其募兵應在此時。後來黃毓祺要起義，派人往錢謙益處提銀五千，想來便是踐此約。但「錢謙益心知事不密，必敗，遂卻之。」〔註26〕錢謙益既已許諾，本不會食言。陳寅恪因而說：「鄙意牧齋當時實亦同

〔註19〕《錢牧齋尺牘》卷二。
〔註20〕錢肅潤輯《南忠記》「貢士黃公」條。
〔註21〕祝純嘏芸堂甫編《孤忠後錄》，痛史本。
〔註22〕《清史列傳》卷七九貳臣傳乙《錢謙益傳》。
〔註23〕《明季南略》卷四「黃毓祺續紀」條，頁253。
〔註24〕錢肅潤輯《南忠記》「貢士黃公」條。
〔註25〕祝純嘏芸堂甫編《孤忠後錄》，痛史本。
〔註26〕《明季南略》卷四「黃毓祺續紀」條，頁253。

情於介子之舉動，但其不付款者，蓋由家素不豐，無以籌辦鉅額也。」〔註27〕
據《明季南略》所云，當時黃毓祺使者所持空函用了巡撫印，這是因爲黃毓祺曾「受隆武箚，佩浙直軍門印，得私署官屬」〔註28〕，也即所謂「僞總督印」，這正說明錢謙益與黃毓祺交好，並早已參與黃的反清活動：空函用巡撫印，說明錢謙益早知黃毓祺的眞實身份，也說明黃信任錢謙益，而使者持此函，足以表明提銀不是爲私，而是爲復明大業。問題在於此函用印本是以示鄭重，並取信於錢謙益，但此印也足以暴露抗清力量，使者往來於清廷重重盤查之長江南北，事機不密。據事理而推，應是錢謙益一方面老於世故，爲避禍，另一方面也確實難以籌措，因而加以拒絕。

　　當時清朝嚴厲打擊抗清力量，錢謙益儘管十分小心，還是兩次被牽連進去。第一次是在順治四年（丁亥），三月晦日早晨，錢謙益正在禮佛，忽然被捕，「銀鐺拖曳，命在漏刻。」柳如是得知後，雖然「沉疴臥蓐，蹶然而起，冒死從行，誓上書代死，否則從死。慷慨首途，無刺刺可憐之語。」錢謙益因而也得到勇氣〔註29〕。關於這場獄事，論者比較混亂。顧苓的《東澗遺老錢公別傳》中說：「送公歸者起兵山東被獲，因得公手書，並逮公，銀鐺三匝，至北乃解。」金鶴沖《錢牧齋先生年譜》認爲錢謙益此案是受黃毓祺牽連。陳寅恪則考證說錢謙益是「爲謝陛盧世㴶等之牽累」〔註30〕，裴世俊也在《四海宗盟五十年——錢謙益傳》中認爲盧世㴶與謝陛被誣告私藏兵器而被法辦，因此捉拿錢謙益。考顧苓說使錢受牽連者是起兵山東，那麼就不會只是私藏兵器。鄧之誠在《清詩紀事》中說錢謙益「歸遂牽連淄川謝升案」，陳寅恪考證謝升當時已死，由此推測應是謝陛。但鄧之誠特意說是淄川謝升，想來就不應是德州謝陛。南明時將兩人弄混，那是因爲兵荒馬亂，信息不明。而且謝陛之私藏兵器案不知起於何時，即使在丁亥年，也不一定牽連盧世㴶，而且盧世㴶的傳略也未提到此案，即使牽連到盧世㴶，也不一定牽連到錢謙益，所以不能構成完整的因果鏈條。陳寅恪又說：「謝陛盧世㴶二人又皆不受清廷之官職者，自與抗清復明之運動有關也」，這種因果關係也不是必然的。所以鄧之誠、陳寅恪、裴世俊關於此案的說法皆不可信。《和東坡西臺詩韻六首》之

〔註27〕　《柳如是別傳》，頁924。
〔註28〕　《明季南略》卷四「黃毓祺續紀」條，頁253。
〔註29〕　《有學集》卷一《和東坡西臺詩韻六首》序，頁9。
〔註30〕　《柳如是別傳》，頁899。

四云：「三人貫索語酸淒，主犯災星僕運低。溲溺關通真並命，影形絆縶似連雞。」〔註31〕《病榻消寒雜詠四十六首》記丁亥羈囚事也說：「羶氈重圍四浹旬，奴囚並命付灰塵。三人縲索同三木，六足鉤牽有六身。」〔註32〕可見錢謙益入獄桎梏甚重，因此這不會是一般的牽連案件，而是重案。羅振玉《史料叢刊初編》《洪文襄公（承疇順治四年丁亥七月初十日）呈報吳勝兆叛案揭帖》內引蘇松常鎮四府提督吳勝兆狀招云：「順治四年三月內有戴之俊前向勝兆嚇稱蘇州拿了錢謙益，說他謀反。隨後就有十二個人來拿提督。你今官已沒了，拿到京裏，有甚好處？」〔註33〕這說明錢謙益被捉確實是陷入謀反案中，而且他與當時的反清運動有千絲萬縷的聯繫，否則戴之俊不會以此事勸吳勝兆反正。陳寅恪說：「考牧齋自云以丁亥三月晦，被急徵至南京下獄，歷四十日始出獄，仍被管制。至己丑春，始得釋還常熟。」〔註34〕這就是把錢謙益在清朝的丁亥案與黃毓祺案合而為一了。但《和東坡西臺詩韻六首》之一云：「朔氣陰森夏亦淒」，又說：「重圍不禁還鄉夢，卻過淮東又浙西。」可知錢謙益此次入獄並不是在南京，而是在北方。而謝象三《一笑堂集》卷三有詩題為《丁亥冬被誣在獄，時錢座師亦自刑部回，以四詩寄示，率爾和之》，這便說明錢謙益丁亥是被捉至北京刑部獄中，而非在南京。葉紹袁《啟禎記聞錄》附《芸窗雜錄・記順治四年丁亥事略》也說：「丁亥牧老被逮，柳氏即束裝挈重賄北上，先入燕京，行賂於權要，以曲為幹旋。然後錢老徐到，竟得釋放，生還里門。」〔註35〕柳如是是否以重賄使錢謙益得釋尚有疑問，但被解往北京而非南京則是確切的。陳寅恪認為顧苓的《東澗遺老錢公別傳》與《河東君小傳》自相牴觸〔註36〕，其實顧苓兩文並不矛盾，在《東澗遺老錢公別傳》中先述丁亥獄事，即《河東君小傳》中所云「丁亥三月捕宗伯亟」之事。丁亥案應該是錢謙益生平最可怕之事，被捕之急，入獄之苦，均甚於崇禎年間丁丑獄事，可惜當時「獄中遏紙筆」〔註37〕，因而詩篇甚少。丁亥案前因後果均不甚明瞭，想來當事人與朝廷均極忌諱，錢謙益何以入獄，只

〔註31〕　《有學集》卷一，頁11。
〔註32〕　《有學集》卷十三，頁649。
〔註33〕　轉引自《柳如是別傳》，頁909。
〔註34〕　《柳如是別傳》，頁913。
〔註35〕　《柳如是詩文集》附錄二，頁227。
〔註36〕　《柳如是別傳》，頁913。
〔註37〕　《有學集》卷一《和東坡西臺詩韻六首》序，頁9。

能等待新材料的發現了。至於此獄何以得解，柳如是定然是功不可沒的。錢謙益在詩序中已經稱讚不已，顧苓也讚歎說：「君挈一囊，從刀頭劍芒中，牧圍饘橐惟謹。」〔註38〕她的勇氣與對錢謙益的忠貞實在令人感動敬佩。也正是因需消解此獄，錢謙益家中資產可能所剩不多，故而不能按約資助黃毓祺。

錢謙益自北京回鄉後不數月，又被捲入黃毓祺之案中。《清史列傳》卷七九貳臣傳乙《錢謙益傳》云：「（順治）五年四月鳳陽巡撫陳之龍擒江陰黃毓祺於通州法寶寺，搜出偽總督印及悖逆詩詞，以謙益曾留毓祺宿其家，且許助資招兵入奏。詔總督馬國柱逮訊。」《明季南略》則說：「（黃）毓祺將起義，遣徐摩往常熟錢謙益處提銀五千，用巡撫印。摩又與徽州江某善，江嗜賄而貪利，素與清兵往還，窺知毓祺事，謂徐摩返必挾重貨，發之可得厚利。及摩至常熟，錢謙益心知事不密，必敗，遂卻之。摩持空函還。江某詣營告變，遂執毓祺及薛生一門，解於南京部院，悉殺之。」〔註39〕祝純嘏芸堂甫編《孤忠後錄》記黃毓祺被逮與之有所不同：「（黃毓祺）至淮，索居僧舍。一日，僧應薛從周家禮懺，周聞知祺，延而館之。祺有部曲張純一、張士儁二人，向所親信。二人從武弁戰名儒轉輸實無所措，謀於名儒，將以祺為奇貨。名儒故與薛有隙，得此為一網打盡計。於是首者首，捕者捕，禍起倉卒矣。」不論如何，錢謙益與黃毓祺的關係是很深的。黃毓祺被逮，錢謙益的處境極為危險。他來到江寧後便向馬國柱訴辯，說自己「前此供職內院，邀沐恩榮，圖報不遑，況年已七十，奄奄餘息，動履藉人扶掖，豈有他念。」因而「哀籲問官乞開脫。會首告謙益從逆之盛名儒逃匿不赴質，毓祺病死獄中，乃以謙益與毓祺素不相識定讞。馬國柱因疏言：『謙益以內院大臣歸老山林。子侄三人新列科目，必不喪心負恩。』於是得釋歸。」〔註40〕錢謙益能從此案中脫身實屬僥倖，難怪《明季南略》說：「錢謙益以答書左祖清朝得免，然已用賄三十萬矣。」〔註41〕而陳寅恪則辯稱當時錢謙益不能付出重賄，實是柳如是借助人情才使他幸免。

兩案中錢謙益都險到了極處，丁亥案情況不明，但從「雲林永絕離羅雉，砧幾相鄰待割雞」、「後事從他攜手客，殘骸付與畫眉妻」〔註42〕可知他當時

〔註38〕顧苓《河東君小傳》。
〔註39〕《明季南略》卷四「黃毓祺續紀」條，頁253。
〔註40〕《清史列傳》卷七九貳臣傳乙《錢謙益傳》。
〔註41〕《明季南略》卷四，頁254。
〔註42〕《有學集》卷一《和東坡西臺詩韻六首》之五、之六，頁12、頁13。

已不做生還之想。而在黃毓祺案中，錢謙益與之交通的證據確鑿，容留逆犯的罪名可不輕，當年陳子龍參與吳勝兆起義，事敗亡命，「所至之家輒遭禍。顧咸正及其子天達、天逵皆坐是受戮。」〔註43〕清朝正借殺戮以威懾支持抗清運動的江南士民，而錢謙益的辯詞蒼白無力，若不是馬國柱大力維護，恐怕不免大禍臨頭。兩案之起說明錢謙益積極參與抗清活動，也說明清政府並不信任他。

　　錢謙益雖然兩經大獄，生死懸於一髮，但依然故我，堅定地繼續進行復明活動。錢謙益參與復明運動有一個特點，即他與各種抗清力量都有聯繫，如魯王、永曆政權、鄭成功軍等，而不太考慮殘明政權中的正統問題，這也正是他在抗清活動中政治實用主義態度的表現。如他說：「一枰舉錯競秋風，對局旁觀意不同。眼底三人皆國手，莫將鼎足笑英雄。」〔註44〕箋注本中此詩作《金陵後觀棋絕句》，詩中又有「秋風」二字，結合前後詩序，可知此詩作於戊子秋錢謙益訟繫於南京之時。此詩表面寫兩友對弈，一友觀棋，但同組其他絕句均藏有隱語，此首也應是如此。秋風北來，所以可代指清軍，競秋風的字面意思是兩人競棋於秋風中，深層意思是與秋風競，即殘明與清軍相抗；「對局旁觀意不同」，實指殘明與清軍對抗，而自己旁觀。「眼底三人皆國手」，實指當時各種政治、軍事力量，裴世俊指「三人」為清廷、永曆政權、鄭成功，我以為聯繫下句「莫將鼎足笑英雄」，錢謙益在感情上不會以清軍為國手，稱之為英雄。戊子是永曆二年，監國魯三年，隆武四年〔註45〕，這年秋天李成棟請永曆帝移蹕肇慶，魯大學士劉中藻連復壽寧、慶元、泰順等縣，鄭成功在當年閏三月復同安、安溪後圍攻泉州失利。因此，三人應暗指永曆政權、監國魯政權與鄭成功三股殘明力量。詩中贊許他們面對不利的時局堅持鬥爭，都是國手；鼎足而立，支撐明朝餘祚，盡為英雄。所以在感情上，他對這些英勇抗清的力量不分彼此，在行動中也和三方面的志士都有交往與聯絡。

　　錢謙益與永曆政權主要通過瞿式耜來聯絡。丙戌年十月，兩廣總督丁魁

〔註43〕《明季南略》卷四「陳子龍投河」條，頁268。

〔註44〕《有學集》卷一《後觀棋絕句六首》之二，頁33。

〔註45〕據《南明史綱初稿》第三編頁35，丁亥十月，「朱成功從大學士曾櫻、路振飛議，頒明年隆武四年戊子大統曆於海上，用文淵閣印印之」，「監國魯王亦頒監國魯三年戊子大統曆於海上。」後來鄭成功雖於戊子年八月向永曆政權奉表入朝，但政治、軍事行動都是相對獨立的。

楚、廣西巡撫瞿式耜等奉桂王朱由榔監國於肇慶,瞿式耜升爲吏部左侍郎東
閣大學士,攝尚書事。十一月,桂王即位於肇慶,進瞿式耜爲文淵閣大學士。
順治六年己丑七月十五日,瞿式耜家人遣家僮胡科前往粵中探視,九月十六
日方抵達桂林公署,並帶著錢謙益寫給瞿式耜的密信一封,「絕不道及寒溫家
常字句,惟有忠驅義感溢於楮墨之間。」瞿式耜認爲:「謙益身在虜中,未嘗
須臾不念本朝,而規畫形勢,瞭如指掌,綽有成算。」瞿式耜爲此特向永曆
帝上《報中興機會疏》「奏爲天意扶明可必,人心思漢方殷,謹據各路蠟書,
具述情形,仰慰聖懷。更祈迅示方略,早成中興偉業事」。疏中引用錢謙益手
書云:

> 千古來國家之敗壞,惟崇禎十七年之禍爲最烈,而中興之基業
> 事功,惟我皇上今日爲最易。西南幅員且半天下,無論非一成一旅
> 之圖;而賢臣良將,無不臥薪枕戈;兵馬錢糧,方且川湧雲集;豈
> 非大有爲之日乎?但難得而易失者,時也;計定而集事者,局也。
> 人之當局如弈棋然,楸枰小技,可以喻大。在今日有全著、有要著、
> 有急著。善弈者視勢之所急而善救之。今之急著,即要著也;今之
> 要著,即全著也。夫天下要害必爭之地,不過數四,中原根本自在
> 江南。長、淮、汴京,莫非都會,則宜移楚南諸勳重兵,全力以恢
> 荊、襄,上扼漢沔,下撼武昌。大江以南在吾指顧之間。江南既定,
> 財賦漸充,根本已固,然後移荊、汴之鋒,掃清河朔。高皇帝定鼎
> 金陵,大兵北指,庚申帝遁歸漠北,此已事之成效也。其次所謂要
> 著者,兩粵東有庾關之固,北有洞庭之險。道通滇、黔,壤鄰巴蜀。
> 方今吳三桂休兵漢中,三川各郡,數年來非熊在彼,聯絡布置,聲
> 勢大振。宜以重兵徑由遵義入川。皇上則擇險固寬平富饒之地,若
> 沅州或常德,爲駐蹕之所,居重馭輕,如指使臂。三川既定,上可
> 以控扼關、隴,下可以掇拾荊、襄,老成謀國,當久已熟籌而預決
> 之。倘以芻言爲迂而無當,今惟急著是問。夫弈棋至於急著,則斜
> 飛橫掠,苟可以救敗者無所不用。邇者,燕京特遣恭順、致順、懷
> 順三虜,進取兩粵,於江南、楚中各借餉二十萬,刻期南下,其鋒
> 不可當;而僞續順公沈容現紮星沙,尤眈眈虎視。因懷順至吉安忽
> 然縊死,故三路之師,未即渡洞庭過庾嶺。然其勢終不可過,其期
> 諒不甚遠,豈非兩粵最急時乎?至彼中現在楚南之勁虜,惟辰、常

馬蛟麟爲最。傳聞此舉將以蛟麟爲先鋒。幸蛟麟久有反正之心，與
江、浙提鎮張天祿、田雄、馬進寶、卜從善輩，皆平昔關通密約，
各懷觀望。此眞爲楚則楚勝，而爲漢則漢勝也。在皇上今日當必不
吝破格之庸，以鼓其忠義之氣，灰其爲虜用命之心。蛟麟倘果翻然
樂爲我用，則王師亟先北下洞庭。但得一入長江，將處處必多響集。
即未必盡爲佐命之偉勳，亦足以分虜之應接，疲虜之精神，使不能
長驅直入。我得以完固根本，養精蓄銳，恢楚恢江，克復京闕，天
心既轉，人謀允臧。〔註46〕

錢謙益慣於分析時局，如甲申十月《中興疏》中便以審國勢爲急著，以專閫
寄爲全局，以酌財計爲急藥，在此信中雖借論棋以論世，談的也是全著、要
著與急著。所謂全著，是從全國形勢與復明大業著眼來談論恢復戰略，認爲
先應佔領荊襄，再進攻江南，然後過長江掃清中原華北。說「中原根本自在
江南」，是因爲封建社會後期，中國經濟重心逐漸向南偏移，江南成爲封建王
朝財賦米糧的重要供應基地，而且當時中國處處遭受兵災，損失慘重，江南
損失相對較輕，生產力的破壞並不嚴重。所以以江南爲恢復基地是可行的。
所謂要著，是從永曆政權的控制地域著眼來談戰略發展，認爲應入川，從而
掌握主動權。四川歷來被稱爲天府之國，較爲富庶，且易守難攻，而且由此
可以高屋建瓴，乘勢攻陝西與湖北，是永曆政權發展的最重要的一步。所謂
急著，則是根據當時清軍即將發動的進攻提出的建議，認爲應策反敵將，瓦
解敵方陣營，並乘機下洞庭，入長江。清軍中本就多漢兵漢將，他們往往對
清軍統領心懷不滿，對清軍與抗清力量的鬥爭心存觀望，以獲得自己的最大
利益，如金聲桓、李成棟的反正都對永曆政權有很大意義。因此策反既是必
要的，也是可行的。

　　但錢謙益對時局的分析又是片面的。永曆政權內部存在著複雜而深刻的
矛盾，永曆帝本人並無誓死恢復之心，猶疑避敵，只希望能苟延殘喘，而無
心進取。如順治五年，清兵前驅至靈川，郝永忠戰敗，請永曆帝當晚逃跑，
瞿式耜「力爭，不聽，左右皆請速駕，式耜又爭」，永曆帝說：「卿不過欲予
死社稷爾。」瞿式耜爲之泣下沾衣〔註47〕。政治上明朝的痼疾如黨爭、權臣
秉政、宦官干政等依然存在，如己丑「九、十兩月，（嚴）起恒獨相奉永曆，

〔註46〕《瞿式耜集》卷一，頁105。
〔註47〕《明史・瞿式耜傳》，《瞿式耜集》附錄，頁308。

粉飾太平。」「錢啓少入川回奏，陳拱樞約洞誑言，皆曰：『四方好音日至。』如醉如夢，妄相妄憶而已。兩衙門又以考選考貢事，是非賄賂，朝夕忙忙。長洲伯王皇親新蓄奚僮，蘇崑曲調，鸞箋紫釵，復豔時目。文武臣工，無夕不會，無會不戲，卜晝卜夜。加級加銜，三代恩綸，蔭子貤封，諸等異數，所求必遂。」〔註48〕；軍事上兵力單薄，來源複雜，無統一節制，大將跋扈，內訌頻繁。如郝永忠、劉體仁、李赤心、高必正等曾是李自成部將；己丑年忠貞營李赤心等自汀潭援江，「走衡山、耒陽扎營。其買馬官兵與駐衡之胡一青生釁，凡衡以上各營，俱以自阻，不得赴督師何騰蛟之調。」〔註49〕經濟上偏處西南，土瘠民貧，經濟不發達，承載力弱，且經過多年戰火與亂軍洗劫，經濟、生產破壞嚴重。史載瞿式耜駐守桂林，「民力窮竭，誅割無術，槁悴萬狀」〔註50〕，桂林是粵西門戶，瞿式耜以留守督師親鎮，尚困頓如此，可見一般。所以永曆政權只能拮据困守，恢復河山只是一句空洞的口號而已。因此錢謙益所謂全著那只能是幻想。而他的要著也不可行，永曆政權著力防守著湖南與廣東，兵力不足，無力挺進三川，而且王應熊在四川無所作為，「無師可督，蟒衣玉帶，端坐受庭謁而已」〔註51〕，並早於戊子四月卒於畢節衛軍次。所以他的要著也只能是空談。錢謙益報告智順王尚可喜、恭順王孔有德、懷順王耿仲明南下，並指出這是兩粵存亡之刻。據《清世祖實錄》，順治六年五月丁丑，令孔有德率舊兵三千一百，及新增兵一萬六千九百，共二萬，往剿廣西；耿仲明率舊兵二千五百及新增兵七千五百，尚可喜率舊兵二千三百及新增兵七千七百，共二萬，往剿廣東〔註52〕。形勢確實非常緊急。而馬蛟麟也確實被調，「加左都督，充定南王下隨征總兵官」〔註53〕。但策反馬蛟麟一要較充分的時間進行游說，二要有雄厚的實力來脅迫，有豐厚的利益做引誘，而這兩點永曆政權都不具備。所以錢謙益此信對當時的時局沒有提出什麼有價值的意見，只是袒露一腔對故國的熱愛之情與恢復的熾烈願望而已。

所以瞿式耜得到此信後雖然立即報告永曆帝，但是他是結合廣西巡撫魯可藻標下差官屬文慶所帶江南、北義紳密箚，說明當時人心嚮明，以慰聖心，

〔註48〕 《明季南略》卷十二「舉朝醉夢」條，頁421。
〔註49〕 《嶺表紀年》卷三，頁85。
〔註50〕 《明季南略》卷十二「桂林民力窮竭」條，頁422。
〔註51〕 《池北偶談》卷六「王應熊」條，頁132，參見《小腆紀傳》卷三十。
〔註52〕 《世祖章皇帝實錄》卷四四，頁352。
〔註53〕 《世祖實錄》卷四四，頁353。

並鼓動永曆帝圖謀恢復。因此他的著眼點不在於錢謙益的計策，自己也說：「謙益遠隔萬里，其言豈果當於中興之廟算？」而在於錢謙益寄書的苦心，說：「彼身爲異域之臣，猶知眷戀本朝，早夜籌維，思一得以圖報效，豈非上蒼悔禍，默牖其衷？亦以見天下人心未盡澌滅，眞祖宗三百年恩養之報。」錢謙益信中策反馬蛟麟的建議最務實，瞿式耜也最感興趣，說：「原任川、湖督臣萬年策，自平溪衛取路黎、靖來桂林，具述虜鎭馬回子駐兵常德，實有反正之心。年策幾番遣幕士鄭古愛往說馬回子，傾心結納，回子即名蛟麟者也。古愛當亦不久至粵，定有確耗。」但是史載己丑年「九月初五日，太監秦宗蛟自湖南返，過桂林，言辰常總兵馬蛟麟有歸國心。式耜疏請勅印，命宗蛟往。至則蛟麟但修書報命而已。」〔註 54〕雖然通過不同渠道可知馬蛟麟確實有反正之念，瞿式耜也進行過試探，但是最終失敗。道理很簡單，在局勢不明朗的情況下，馬蛟麟還是要對永曆政權與清軍的爭鬥繼續觀望。

　　要指出的是，錢謙益此信乃至瞿式耜此疏都有重大的疑點：首先，信中說耿仲明、尙可喜、孔有德進取兩粵，只是「因懷順至吉安忽然縊死，故三路之師，未即渡洞庭過庾嶺」。順治六年五月丁丑改封恭順王孔有德爲定南王，懷順王耿仲明爲靖南工，智順王尙可喜爲平南王，各授金冊、金印，並命孔有德攻廣西，耿仲明、尙可喜攻廣東。所以他們並非三路，而是兩路；耿仲明之死，也應與孔有德的軍事行動無關。關於耿仲明之死，《世祖實錄》、《清史稿》、《清史列傳》記述一致：「師既行，其部下副都統陳紹宗、參領劉養正、佐領張起鳳、魏國賢，收留隱匿逃人事覺」，順治六年九月己巳，諭耿仲明：「陳紹宗、劉養正、張起鳳、魏國賢雖有航海來歸之功，今隱匿逃人，是犯不赦之條矣。曩遣王南征，以爲腹心可寄，必能利益國家，何乃縱屬誘掠，實出意外。其攜去隨征者甚眾，即嚴察械歸」。耿仲明「奉諭，旋察出三百餘人，械歸，上疏引罪。法司議仲明應削王爵，罰白金五千兩，命從寬免削爵。仲明未及聞命」，十一月壬午，次吉安，自縊死〔註 55〕。查《近世中西史日對照表》，十一月壬午是陰曆十一月廿七，錢謙益或瞿式耜得知此消息都應在十二月，而錢謙益的密信是在順治六年七月十五日前所寫，瞿式耜之疏

〔註 54〕　《所知錄》卷三，頁 209。

〔註 55〕　《清史列傳》卷七十八《貳臣傳甲・耿仲明傳》，頁 6481；參考《清史稿》卷二百三十四《耿仲明傳》，頁 9405；《清史稿》卷一百六十八表八；《世祖實錄》卷四六，頁 366、373；《嶺表紀年》卷三，頁 109。

是永曆三年即同年九月呈上，此事實在令人費解。也許耿仲明死於七月中以前，但《世祖實錄》按日編排，錯的可能性不大，而且眾多史籍所述相同，靖南王之死事關重大，日期不可能會偏差四個月以上；也許此信寫於順治六年十二月以後，但瞿式耜疏中日期既詳且明。可能「因懷順至吉安忽然縊死，故」數字爲後人所加，如金鶴沖《錢牧齋先生年譜》轉引此信便無此語，也許是他所見《瞿忠宣公集》與陳寅恪等不同，也許是他發現了這個紕漏而加以改正，都不得而知。因爲無法確證，此事只能存疑待考。其次，錢謙益以洞庭爲兩粵所可憑依之天險，但永曆政權與清軍相抗於長沙、湘潭、衡州一線，而非相持於洞庭湖。而且己丑二月，清兵陷湘潭，何騰蛟死難。三月，清兵陷衡州、永州，湖南已無險可守，若此書作於己丑七月，則不應有如此明顯的疏漏。第三，錢謙益建議永曆帝移駐沅州或常德，而常德正是清軍佔領區，後文中他提及策反馬蛟麟，而馬蛟麟是辰常總兵，正駐常德。所以錢謙益此信作於何時難以考證，信中所述形勢與丁亥、戊子、己丑的實際情況也都不很吻合，這也許是因爲當時戰亂頻仍，錢謙益離湖廣太遠，信息不靈；也許是另有緣故。

但錢謙益曾以棋語喻局勢，寄書給瞿式耜，這是可以肯定的。顧苓《東澗遺老錢公別傳》中說他「以隱語作楸枰三局寄廣西留守太保瞿公」，時間和「隱語」可能有誤，但事實卻是有的。《有學集》中頗多觀棋之作，都是以隱語寄予對時局的關切，並借弈棋分析形勢。如「飛角侵邊劫正闌，當場黑白尙漫漫。老夫袖手支頤看，殘局分明一著難。」〔註56〕此詩作於戊子秋，此時永曆政權、監國魯政權與鄭成功軍正與清軍在湖南、浙江、福建等地展開激烈的拉鋸戰，爭奪尺地寸土，這便是所謂的「飛角侵邊劫正闌」；清軍因爲戰線過長，後方不穩，漢族將領反正，一時不能徹底消滅殘明勢力，而殘明力量也過於弱小，不能取得更大的戰果，因此鬥爭尙漫漫無期。在此之時，雙方的行動都非常小心，盡量保全實力，力求集中兵力致對方於死地，此即「殘局分明一著難」。因此他在給瞿式耜的密信中以楸枰三局喻時局，正與他此時主要考慮的問題、考慮問題的習慣相一致。《投筆集》「後秋興」組詩中每疊第四首首句、第二句尾字爲「棋、悲」，這些詩的內容都是借棋作隱語，或喻當前局勢，或喻自己的身世，或敘述楸枰三局的前前後後。如《後秋興六》之四中說：「棋罷何人不說棋，閒窗覆較總堪悲。故應關塞蒼黃候，未是

〔註56〕《有學集》卷一《後觀棋絕句六首》之四，頁33。

天公皀白時。火井角芒長焰焰，日宮車輦每遲遲。腐儒未諳楸枰譜，三局深慚厓帝思。」最後一聯可能就是指曾以楸枰三局寄給瞿式耜，因為當時三股殘明政權中朱以海為監國魯王，鄭成功為延平王，只有朱由榔為帝。《後秋興七》之四中又說：「破碎江山惜舉棋，斜飛一角總堪悲。可憐紙上楸枰局，便是軍前畫筭時。帳殿咨嗟如宿昔，芒鞋奔赴轉稽遲。誰將姑婦中宵語，借箸從容啓睿思。」此詩首聯與密信中「夫弈棋至於急著，則斜飛橫掠，苟可以救敗者無所不用」相應，頷聯則指瞿式耜將密信轉奏永曆帝，頸聯中「芒鞋奔赴」可能指胡科赴粵，尾聯則與瞿式耜《報中興機會疏》中「絕不道及寒溫家常字句，惟有忠驅義感溢於楮墨之間」相合。在《後秋興十二》之三中錢謙益哀悼永曆帝被殺，並說：「廿年薪膽心猶在，三局楸枰算已違」。錢謙益在密信中的全著、要著是要入三川，定江南，但一直未能實現，甚至急著中的策反敵將也失敗了，最後永曆帝身死國滅，令他痛心不已，失望至極。顯然，以楸枰三局上呈永曆政權是錢謙益晚年念念不忘並頗為自豪的一件事，也是他參與復明運動的重要證據。

　　可惜庚寅年正月，清軍便越過大庾嶺，攻陷韶州，永曆政權已無險可守，十一月辛亥，清軍陷廣州，甲寅，陷桂林，留守大學士瞿式耜與總督張同敞被執。《明史》云：「十月，（胡）一青、（王）永祚入桂林分餉，榕江無戍兵，大兵益深入。十一月五日，式耜檄印選出，不肯行，再趣之，則盡室逃。一青及武陵侯楊國棟、綏寧伯蒲纓、寧武伯馬養麟亦逃去。永祚迎降，城中無一兵。式耜端坐府中，家人亦散。部將戚良勳請式耜上馬速走，式耜堅不聽，叱退之。俄總督張同敞至，誓偕死，乃相對飲酒，一老兵侍。召中軍徐高付以敕印，屬馳送王。是夕，兩人秉燭危坐。黎明，數騎至。式耜曰：『吾兩人待死久矣』，遂與偕行，至則踞坐於地。諭之降，不聽，幽於民舍。兩人日賦詩倡和，得百餘首。至閏十一月十有七日，將就刑，天大雷電，空中震擊者三，遠近稱異，遂與同敞俱死。」〔註57〕從中可見當時殘明局勢的艱危，瞿式耜雖名為督師留守，但諸將不聽調度，畏死偷生，瞿式耜無力振救，只能從容赴死。自被執至被殺，作《浩氣吟》四十首，壯懷激烈，感慨深長，催人淚下。他還時時夢見自己的恩師錢謙益，作《自入囚中，頻夢牧師，周旋繾綣，倍於平時，詩以誌感》云：「君言胡運不靈長，佇看中原我武揚。頗羨南荒留日月，寧知西土變冠裳？天心莫問何時轉，臣節堅持詎改常？自分此

〔註57〕　《明史・瞿式耜傳》。

生無見日，到頭期不負門牆。」〔註 58〕詩的前半部敘述錢謙益相信明軍定能擊敗清兵，並讚賞永曆政權堅持明祚，由「寧知西土變冠裳」一轉，說想不到如今清軍深入，殘明危殆。儘管天心已轉，瞿式耜也自誓要堅持氣節，不負恩師。從中可見瞿式耜與錢謙益師徒情深，並可見瞿式耜理解錢謙益復明的苦心，諒解他降清的行為。錢謙益得到瞿式耜的死訊後非常悲痛，作《哭稼軒留守相公一百十韻》，說：「師弟恩三紀，君臣誼百年。」〔註 59〕瞿式耜的死，不僅使他痛失愛徒，也是永曆政權乃至復明大業的一個重大損失，所以全詩穿插著師弟私情與抗清激情，感情真摯而強烈。詩歌全以感情來推動，時序錯落，在讚頌了瞿式耜艱苦卓絕的抗清鬥爭與壯烈死難後，他表達了自己的痛苦之情。瞿式耜被殺後，其子瞿玄錫想將他的遺骨回鄉安葬，錢謙益特為他寫下《瞿留守賻引》，在此文中他高度評價瞿式耜的功績：「奮半臂以迴天，百身枝柱；援弱毫而畫日，八載拮据。移象緯於嶺邊，區分禹迹；整權輿於規外，開展堯封。」瞿式耜在艱危的時局中雖百折而不悔，堅守桂林，堪稱中流砥柱。並說：「風動滇雲，星連越嶠。俠轂則黃、儂、邕、管，稽首翠華；飛箋則庸、蜀、匡、雩，輸心赤伏」，這也與他在密信中對永曆政權優勢的分析相近。錢謙益還充滿感情地歌頌瞿式耜的壯烈犧牲：「警傳風鶴，軍化沙蟲。潰莒徒聞浹辰，及郢不關三戰。於是角巾就縶，奮袂致辭。曼聲長嘯，呼南八為男兒；潑墨賦詩，喜臧洪之同日。握顏公之爪，死不忘君；剖弘演之肝，生猶報命。蓋皇天畀以完節，而尼父謂之成仁。厥維艱哉！嗚呼偉矣！」〔註60〕《明史・瞿式耜等傳》贊便說：「何騰蛟、瞿式耜崎嶇危難之中，介然以艱貞自守。雖其設施經畫，未能一睹厥效，要亦時勢使然。其於鞠躬盡瘁之操，無少虧損，固未可以是為訾議也。夫節義必窮而後見，如二人之竭力致死，靡有二心，所謂百折不回者矣。明代二百七十餘年養士之報，其在斯乎！其在斯乎！」順治九年三月，瞿式耜的《浩氣吟》在常熟刻板成書，錢謙益寫下《浩氣吟序》，對瞿式耜的氣節與精神再次熱情謳歌，並說：「其人為宇宙之真元氣，其詩則今古之大文章。吐辭而神鬼胥驚，搖筆而星河如覆。況復流連警蹕，沉痛提封。死不忘君，沒而猶視。人言天荒地老，斯恨何窮；我謂劫盡灰飛，是詩不泯。」顯然他對瞿式耜對於信念與氣節的

〔註58〕《瞿式耜集》卷二，頁 243。

〔註59〕《有學集》卷四，頁 138。

〔註60〕《有學集》卷十五，頁 727。

堅持是深有感悟的。他並從個人私情沉痛地說：「伊余晼晚，邁此痟瘥。皓首師生，腸斷寢門之哭；蕭晨冰雪，神傷絕命之詞。燈火青熒，鬚眉如見；窗櫺寂歷，欷噫有聞。」〔註61〕他彷彿時時見到瞿式耜，心中悲愴，難以自已。吳梅村就曾說：「蓋其師弟氣誼，出入患難數十餘年，雖末路頓殊，而初心不異，其見於詩文者如此。」〔註62〕錢吳交好，吳梅村可能知道錢謙益的苦心孤志，故而能深刻體會他的悲哀，否則為何云「初心不異」呢？（「初心不異」要再加分析，何謂初，是明末一起參加東林為初，還是反對清軍為初？若是反對清統治，則應說本心不異才是。）

　　要實現錢謙益的楸枰三局，反清復明，就必須實現西南永曆軍隊、東南沿海監國魯王軍和鄭成功軍的聯絡與協同。這種協同有兩條線，一是通過海上三支復明力量實現相互聯絡，一是通過陸上抗清志士攜帶密信，往來傳遞。錢謙益正是陸上抗清聯絡人之一，他的復明活動是整個清初抗清運動的一部分，而並非孤立的、個體的行為。

　　錢謙益在與瞿式耜的密信中曾以策反敵將為急著，並提及馬進寶、田雄等原明將「關通密約，各懷觀望」，在湖南配合明軍防禦要策反馬蛟麟，而在江南要配合明軍進取則應策反馬進寶。馬進寶，字惟善〔註63〕，原明安慶副將，都督同知，順治二年迎降清軍，並於順治「三年從端重親王博洛南征，克金華，即令鎮守。六年命加都督僉事，授金華總兵，管轄金衢嚴處四府。」〔註64〕金衢嚴處四府位處浙中，向東可以和舟山的監國魯王政權呼應，向南可以和在福建沿海的鄭成功相通，向西與江西接壤，是浙閩兩條前線的後方，又是東南沿海通過江西、湖南與在貴州、廣西的永曆朝廷聯繫的要道。進則可攻江西，直搗進攻湖南、廣東的清軍的後方，或由杭州攻向南京，威脅清統治的腹心，它對於復明運動有重要意義。因此爭取馬進寶，與海上力量呼應，是東南抗清的重要一著。金鶴沖《錢牧齋先生年譜》云：「黃太沖欲招婺中鎮將南援，前年十月，太沖副馮京第乞師日本未得，是年三月，來見先生，欲因先生以招婺中鎮將，有事則遣使入海告警，令為之備。」這可與《梨洲先生神道碑文》所云：「公既自桑海中來，杜門匿景，東遷西徙，靡有寧居。

〔註61〕　《有學集》卷十六，頁742。
〔註62〕　《吳梅村全集》卷五十八《梅村詩話》，頁1147。
〔註63〕　《明季南略》卷十六，頁496。
〔註64〕　《清史列傳》卷八十，頁6700。

又有上變於大帥者，以公爲首，而公猶挾帛書，欲招婺中鎭將以南援」〔註65〕相印證。錢謙益曾在密信中向瞿式耜告警，說清軍要進取兩粵，「刻期南下，其鋒不可當」，庚寅年正月，清軍陷庾關、韶州，二月圍廣州，永曆政權危急，所謂「南下」，可能就是指此。若婺中鎭將馬進寶能出兵江西，襲擾清軍後方，確實可能緩解永曆政權的壓力。黃炳垕《黃梨洲先生年譜》中「順治七年庚寅」條云：「三月，公至常熟，館錢氏絳雲樓下，因得盡繙其書籍。」黃宗羲本人因被人舉報，可能活動不方便，而且在江南士紳中的威望也不如錢謙益，加之錢謙益與馬進寶都曾在明朝爲官，又同投降清朝，通過錢謙益來勸說馬進寶最合適，所以黃宗羲三月至常熟不會僅爲了閱讀錢謙益的藏書。錢謙益可能接受了黃宗羲之託，四月底出發往浙江，五月初一日渡過錢塘江〔註66〕，隨後溯江而上，至嚴州後轉往金華。這次錢謙益勸說馬進寶的行動其實意味深長，錢謙益只能是以江南士紳的身份與馬進寶進行接洽，試探他是否眞有反清之心。黃宗羲要錢謙益出面，而自己不前往，正是考慮到錢謙益曾任清廷高級官員，目前沒有殘明身份，他去，馬進寶不會有所顧慮；同時這也正說明策反馬進寶還只是處於初期階段，因爲如果是要商討反清的具體細節，那一定是要殘明政權中有職位者專門去談，而不會派錢謙益了。錢謙益此去比較實際的一點其實在於馬進寶能「有事則遣使入海告警，令爲之備」〔註67〕，因爲依靠江南士紳報告軍情，消息總不大靈通，若有清將暗通信息，使魯王軍和鄭成功軍能相機早做準備，在戰略戰術上就可以爭取主動。

　　錢謙益赴婺，作有《庚寅夏五集》，詩中的感情都十分低落，這可能一方面是因爲當時清軍在湖南、廣東對永曆政權發起猛攻，形勢危殆，另一方面是因爲此去手中無牌，不知游說是否能夠成功〔註68〕。所以錢謙益在《夏五集》序中說：「作詩者其有憂患乎？」〔註69〕如在桐廬七里灘，錢謙益云：「釣壇不爲沈灰改，丁水猶餘折戟寒。欲哭西臺還未忍，唳空朱嗝響雲端。」〔註

〔註65〕　《鮚埼亭集》卷一一。
〔註66〕　《有學集》卷三《庚寅夏五集》序云：「以初一日渡羅刹江」，錢塘江因風濤險惡，故又名羅刹江。既然五月初一方渡浙水，則錢謙益必在四月底方動身。
〔註67〕　金鶴沖《錢牧齋先生年譜》「庚寅」條。
〔註68〕　陳寅恪認爲：「牧齋性本怯懦，此行乃梨洲及河東君所促成」（《柳如是別傳》，頁1050），則錢謙益去時惴惴不安，卻又不得不成行，也是致使他情緒低落的原因之一。
〔註69〕　《有學集》卷三，頁83。
〔註70〕　《有學集》卷三《早發七里灘》，頁83。

70〕他聯想到謝翱曾在此登臺痛哭故國，不禁滿懷悲愴。在《五日釣臺舟中》云：「緯劃江山氣未開，扁舟天地獨沿洄。空哀故鬼投湘水，誰伴新魂哭釣臺？五日纏絲仍漢縷，三年灼艾有秦灰。吳昌此際癡兒女，競渡讙呶盡室回。」〔註71〕首兩句指清朝統治殘暴，復明形勢不明朗。頷聯結合時令，借哀屈原與謝翱抒發故國之痛，悼念殉難義士。第五句是說明祚未絕，人心思漢。五日當晚，錢謙益至睦州，作《五日夜泊睦州》：「客子那禁節物催，孤篷欲發轉徘徊。晨裝警罷誰驅去？暮角飄殘自悔來。千里江山殊故國，一壞天地在西臺。遙憐弱女香閨裏，解潑蒲觴祝我回。」〔註72〕此首與上一首作於同一天，感情也相互呼應，由客旅而生悲情，再由復國壯懷而想念家室。陳寅恪說：「或疑『自悔來』之語，乃此行不成功之意。」〔註73〕其實錢謙益作此詩時尚未見到馬進寶，從頷聯與尾聯來看，這是表現錢謙益游說馬進寶前的疑懼與憂慮，「自悔來」與「祝我回」都說明當時他認為此行有生命危險。勸說清軍大將反正風險不測，尤其清朝待馬進寶不薄，順治二年馬進寶「入京陛見，賜一品服色，並莊田、宅地、鞍馬有芟。旋隸鑲白旗漢軍，後改正藍旗。」〔註74〕而且馬進寶心如虎狼，「殘忍好殺」〔註75〕，此行實在令錢謙益心驚膽顫，不知能否安然返家。但對比《夏五集》中錢謙益至金華前後詩中所表現的感情，可知此行比較順利。至金華前，詩歌的感情都很凝重悲愴，而至金華後則要明快許多，如《婺州懷古》云：「礮車猶並日車紅，當道空傳一老熊。野鳥淒涼啼廢壘，纖兒喌哳笑行宮。中天赤字開皇祖，午夜朱旗閃越公。獨有鸛鵝如夙昔，雙溪省識釣魚翁。」〔註76〕在第五句下自注云：「皇祖開省於婺，黃旗榜署，有山河日月之聯。」〔註77〕再對比前後西臺所作，感情的變化更加明顯：去時說：「欲哭西臺還未忍，哯空朱喟響雲端。」「空哀故鬼投湘水，誰伴新魂哭釣臺？」哀切痛苦；歸時則說：「雙臺離立釣魚壇，香火空江五月寒。林木猶傳唐慟哭，溪雲常護漢衣冠。蒼崖辢闡春山老，白鳥襀褫夏雨殘。有約重來薦蘋藻，謹將心迹愬魚竿。」〔註78〕感情不僅平和許多，而且從最

〔註71〕《有學集》卷三，頁84。
〔註72〕《有學集》卷三，頁85。
〔註73〕《柳如是別傳》，頁1043。
〔註74〕《清史列傳》卷八十《馬逢知傳》，頁6700。
〔註75〕《明季南略》卷十六，頁494。
〔註76〕《有學集》卷三，頁85。
〔註77〕《有學集》卷三，頁85。
〔註78〕《有學集》卷三《歸舟過嚴先生祠下留別》，頁86。

後一聯來看，可能他有重來之約，並想效法嚴子陵功成身退，因此可能他與馬進寶已經達成進一步商討的協議。這亦可在史實中得到佐證，《清史列傳·馬逢知傳》中說順治七年九月，馬進寶奏言：「臣家口九十餘人，從征時即領家丁三十名，星赴浙東。此外俱在旗下，距金華四千餘里，關山迢遞，不無內顧之憂。懇准搬取。」這不妨可視為馬進寶力圖擺脫清朝控制的第一步。同年「十一月，土賊何兆隆嘯聚山林，外聯海賊，為進寶擒獲。隨於賊營得偽疏稿，謂進寶與兆隆通往來，疏請明魯王頒給敕印。又得偽示，稱進寶已從魯王。」雖然馬進寶與督臣陳錦都說是敵人的離間計，但亦真偽難辨，甚至可能疏、示都是真的。儘管錢謙益此行部分達到與馬進寶溝通的目的，但馬進寶本身姦猾搖擺，又令錢謙益對他反清的堅定性不無疑慮，在《東歸漫興六首》之三中云：「棨戟森嚴禮數寬，轅門風靜鼓聲寒。據鞍老將三遺矢，分閫元戎一彈丸。戲海魚龍呈變怪，燈山煙火報平安。腐儒篋有英雄傳，細雨孤舟永夜看。」〔註79〕故黃宗羲曾批此詩說：「牧齋意欲有所為，故往訪伏波，及觀其所為，而廢然返櫂。」〔註80〕《書夏五集後示河東君》則云：「帽簷欹側漉囊新，乞食吹簫笑此身。南國今年仍甲子，西臺昔日亦庚寅。聞雞伴侶知誰是？畫虎英雄恐未真。詩卷叢殘芒角在，綠窗剪燭與君論。」〔註81〕

錢謙益回常熟後，策反馬進寶的活動仍在秘密進行。金鶴沖《錢牧齋先生年譜》在辛卯條中云「為黃晦木作書紹介見馬進寶於金華。」陳寅恪認為《錢牧齋尺牘》卷二《致□□□》就是致馬進寶者，書云：「餘姚黃晦木奉訪，裁數行附候，計已達鈴閣矣。友人陳昆良赴溫處萬道尊之約，取道金華，慨慕龍門，願一投分。此兄志節軒豁，不肯伍眉謁權貴，介恃道誼之雅輒為紹介，緇衣之好，知有同然，自當把臂入林，水乳相契也。晦木知必荷昕眜，先為遙謝。」〔註82〕若此信真是給馬進寶，則從中可以看出錢謙益、黃宗炎、馬進寶三人互相認識〔註83〕，錢謙益並再介紹陳昆良給馬進寶。徐孚遠《釣

〔註79〕《有學集》卷三，頁107。
〔註80〕華笑廎《雜筆》一「黃梨洲先生批錢詩殘本」條，轉引自《柳如是別傳》頁1048。
〔註81〕《有學集》卷三，頁111。
〔註82〕陳寅恪在《柳如是別傳》，頁1039中考證萬道尊就是分巡溫處道萬代尚，順治十四年任，並根據《清史列傳·馬逢知傳》所說「十三年遷蘇松常提督」推斷此書作於順治十三年丙申秋季以前，但這樣就互相矛盾：馬在金華，則萬不在任，萬在任，則馬已離任。可能此信並非給馬進寶，待考。
〔註83〕若此信作於順治十三年，則與金鶴沖所說於順治八年介紹黃宗炎給馬進寶不合，且從語氣判斷不出是否初次介紹黃宗炎。

璜堂存稿》卷一二《懷陳昆良》（原注：時聞稼軒之變）云：「嗟君萬里赴行都，桂嶺雲深入望迂。豈意張公雙劍去，卻令伍子一簫孤。粵西駐輦當通塞，湖北揚旌定有無。分手三年鴻雁斷，如余今日正窮途。」從詩中可見陳昆良與永曆朝廷有密切的聯繫，介紹他給馬進寶，很可能有非常之謀。順治十一年，馬進寶喜添佳子，錢謙益特作《伏波弄璋歌》往賀。之一云：「天上張星照海東，扶桑新湧日車紅。尋常弧矢那堪掛，自有天山百石弓。」之二云：「釃酒椎牛壁壘開，三軍大嚼殷如雷。百年父老爭歡笑，曾吃誰家湯餅來？」之四云：「開天金榜豁鴻蒙，越國旌旗在眼中。百萬婺民齊合掌，玉皇香案與金童。」之五云：「龍旗交曳矢頻懸，繡裸金盆笑脅駢。百福千祥銘漢字，浴兒仍用五銖錢。」這些詩都隱諱地勸馬進寶勿忘興復漢家江山，積極進取，建立功業。

順治十三年丙申，馬進寶遷蘇松常鎮提督〔註84〕，移鎮松江。松江控扼長江口，是魯王軍與鄭成功軍進攻南京的重要通道，而且遺民與復明志士眾多，為聯絡志士，打開進取通道，接應海上明軍，錢謙益隨即往雲間活動。在《高會堂酒闌雜詠序》中，錢謙益慨歎「菰蘆故國，兵火殘生。衰晚重遊，人民非昔。」並自稱此行「口如啾嚶，常見吐吞；胸似碓舂，難名上下。語同隱謎，詞比俳優。語云惟食忘憂，又曰溺人必笑。我之懷矣，誰則知之？」顯然行動秘密，言語隱晦，心情激動。錢謙益在松江時借住於徐武靜的高會堂〔註85〕，徐武靜，名致遠，正是永曆政權在江南的秘密聯絡人之一，如《徐闇公先生年譜》「永曆六年壬辰」條所附永曆敕文便云：「知爾（即徐闇公）與樞司臣徐致遠等潛聯內地，不避艱危，用間伐謀，頗有成緒。」〔註86〕在《徐武靜生日置酒高會堂賦贈八百字》中錢謙益曰：「著作推徐幹，交遊說鄭莊。駕從千里命，諾許片言償。故國魚龍冷，高天鴻雁涼。撫心惟馬角，策足共羊腸。」自注：「上四語，兼懷闇公。」〔註87〕而徐闇公正是江南復明力量的負責人之一。《徐闇公先生年譜》永曆八年（順治十一年）甲午條「永曆遣官齎敕諭先生及張元暢」下附敕曰：「爾僉憲臣孚遠履貞抗節，歷久不渝。近復深入虜窟，多方聯絡，苦心大力，鑒在朕心。……用是特部議予孚遠贊理直浙恢剿軍務，兼理糧餉關防。……爾務遙檄三吳忠義，俾乘時響應，以

〔註84〕《清史列傳》卷八十《馬逢知傳》，頁 6700。
〔註85〕《有學集》卷七，頁 315。
〔註86〕徐孚遠《釣璜堂存稿》附陳乃乾、陳洙纂輯《徐闇公先生年譜》。
〔註87〕《有學集》卷七，頁 334。

奮同仇。仍一面與勳臣成功商酌機宜，先靖五羊，會師楚粵。俟稍有成績，爾等即星馳陛見，以需簡任，尚其勉旃，慰朕屬望。」從錢謙益的詩來看，他是很清楚徐武靜、徐闇公的身份與活動的。在《高會堂酒闌雜詠序》中錢謙益云：「若乃帥府華誕，便房曲宴。金釭銀燭，午夜之砥室生光；檀板紅牙，十月之桃花欲笑。橫飛拇陣，倒卷白波；忽發狂言，驚回紅粉。歌聞《敕勒》，祇足增悲；天似穹廬，何妨醉倒」〔註88〕，可見他在松江一方面和馬進寶有所接觸，一方面又和復明志士往來布置，正所謂「始信出門交有功，橫眉豎目皆駿雄。」〔註89〕錢謙益與他們詩酒宴會，稱：「尊開南斗參旗動，席俯東溟海氣更。當饗可應三歎息？歌鍾二八想昇平。」〔註90〕所謂昇平自然是指恢復故明而言。在《丙申重九海上作四首》中錢謙益抒發了自己的壯心與豪氣，如其二云：「黃浦橫流絕大荒，迎簪依約指扶桑。銷沉鮫室餘窮髮，磨滅龍宮向夕陽。故國屢經滄海變，吾家猶說射潮強。登高莫漫誇能賦，四海空知兩鬢霜。」〔註91〕頸聯含蓄地說雖然明王朝已經衰微，但自己依然雄心未滅。在《徐武靜生日置酒高會堂賦贈八百字》中他更說：「酒兵天井動，飲器月氏良。」〔註92〕寄寓了對清人的仇恨與奮身殺敵的渴望。

　　錢謙益策反馬進寶，馬進寶為謀求自己的最大利益，始終與之虛與委蛇，但對殘明力量也不無幫助。順治十六年，鄭成功進攻江寧，連陷州縣。「戶科給事中孫光祀密糾逢知當海賊犯江寧時，竟不赴援。及賊復攻崇明，為官兵所敗，反代其請降，巧行緩兵之計。鎮海大將軍劉之源、江南總督郎廷佐、蘇松巡按馬騰升先後疏報：『偽兵部黃徵明乃數年會緝未獲之海逆，今經緝獲解京。其姪黃安自海中遣諜陳謹夤緣行賄，計脫徵明，並貽書逢知，傳遞關節。』」同年九月，「部臣劾逢知失陷城池，當鎮江失守，擁兵不救，賊遁又不追剿，應革世職並現任官，撤取回旗。」順治十七年八月，刑部侍郎尼滿往江南與劉之源、郎廷佐確審，合疏陳奏：「逢知於我軍在沙浦港獲海賊柳卯，即聲言卯係投誠，賞銀給食，託言令往招撫，縱之使還。又海逆鄭成功曾遣偽官劉澄說逢知改衣冠，領兵往降，逢知雖聲言欲殺劉澄，反饋以銀兩，又

〔註88〕《有學集》卷七，頁315。
〔註89〕《有學集》卷七《次韻答雲間張洮侯投贈之作》，頁322。
〔註90〕《有學集》卷七《雲間諸君子肆筵合樂饗余於武靜之高會堂飲罷蒼茫欣感交集輒賦長句二首》之二，頁319。
〔註91〕《有學集》卷七，頁329。
〔註92〕《有學集》卷七，頁335。

遣人以扇遺成功，並示以投誠之本。又私留奉旨發回之蔡正，不即斥逐，並將蔡正之髮薙短，以便潛往，且遣人護送出境。是逢知當日從賊情事，雖未顯著，然當賊犯江南時，託言招撫，而陰相比附，不誅賊黨，而交通書信，兼以潛謀往來，已爲確據。」〔註93〕馬進寶後爲此伏誅。由此可見，馬進寶一直與反清秘密力量有交往，並且在鄭成功入長江之役中起了正面的作用。

　　錢謙益策反馬進寶只是他聯絡東南、圖謀復明活動的一部分。顧苓《東澗遺老錢公別傳》云：「安西將軍李定國以永曆六年七月克復桂林，承制以蠟書命公及前兵部主事嚴栻聯絡東南，公乃日夜結客，運籌部勒，而定國師還。」《南明史綱初編》云壬辰七月，西寧王李定國克桂林，清定南王孔有德自焚死。盡復梧州、柳州諸地，劉文秀復敘州，白文選復重慶。九月，李定國復衡州，白文選復辰州。十一月，李定國敗清兵於衡州，斬其主將敬謹親王尼堪。由此可見，當時永曆政權有兩個主要進攻方向，一是規畫川南，自敘州而重慶；一是進取湖南，自靖州而沅州、辰州，自桂林而衡州。攻四川，正與錢謙益致瞿式耜密信中之要著合；攻湖南，指向荊襄，又與密信中之全著合。可能李定國與錢謙益的恢復策略相近，想通過長江東下，與在東南的魯王軍遙相呼應。此時形勢對殘明力量相當有利，李定國若以密令要求東南義士準備接應是在情理之中的。同年多，「謙益迎姚志卓、朱全古祀神於其家，定入黔請命之舉。」〔註94〕這顯然是與策應永曆進軍有關。姚志卓，錢塘人，「乙酉閏六月與參將方元章誓義舉兵閩中，授平原將軍，浙東封仁武伯。」〔註95〕若《存信編》與《小腆紀傳》的記載均無誤，則志卓於壬辰多至錢謙益家，次年癸巳春，率所部依定西侯張名振，七月入貴築行營，上疏安隆，召見慰勞賜宴，遣志卓東還，招集義兵海上。是年多，從名振破清軍於崇明之平陽沙，第二年進攻崇明，歿於陣〔註96〕。而朱全古則可能與姚志卓同往，「冢宰范鑛以朱全古萬里赴義，題授儀制司主事。九年三月簡封朱全古兼兵科給事中，視師海上。先是甲午秋文安之密與全古曰：劉李之交必合，眾志皆與孫離，但未知事機得失如何也。我當以多還蜀，君可以春還，吳楚上下流觀察形勢，各靖其志。是年春，海上有警，行營吏部尙書范鑛請遣使宣諭姚志卓，

〔註93〕《清史列傳》卷八十《馬逢知傳》，頁6701。
〔註94〕沈佳《存信編》，轉引自《柳如是別傳》，頁1061。
〔註95〕《小腆紀傳》卷四十七列傳第四十。
〔註96〕參見沈佳《存信編》，轉引自《柳如是別傳》，頁1061；《小腆紀傳》卷四十七列傳第四十。

逐命全古。全古還吳，轉渡江，由海門至前山洲。志卓已卒。全古宣敕拜奠。丁酉入楚報命。」〔註97〕從姚志卓與朱全古的活動看，他們的主要任務是東西聯絡，而錢謙益正是與謀者之一。但是李定國由於受孫可望疑忌，在湖南戰鬥失利，不能實現預定的由洞庭下長江、收復江南的計劃，而且壬辰十一月，永曆帝以孫可望跋扈不可恃，遣使密諭李定國統兵入衛〔註98〕，李定國因而從湖南退回廣西，轉而於癸巳年二月開始進攻廣東，希望與鄭成功軍東西夾擊，收復全粵，進而北上，可惜鄭成功為了自己的利益，並不積極配合，致使李定國無功而返〔註99〕。

　　錢謙益與復明義士的聯絡很密切，並與張名振、張煌言三入長江之役有關係。《投筆集·後秋興三》之三云：「北斗垣牆闇赤暉，誰占朱鳥一星微。破除服珥裝羅漢，減損齏鹽飽伏飛。娘子繡旗營壘倒，將軍鐵矟鼓音違。鬚眉男子皆臣子，秦越何人視瘠肥。」第二聯下自注：「姚神武有先裝五百羅漢之議，內子為盡橐以資之，始成一軍。」姚神武即姚志卓，羅漢是借明人典故以諱兵士之名〔註100〕。當時姚志卓已歸舟山張名振軍，錢謙益與柳如是盡力資助，助其裝備兵勇。第三聯下自注云：「張定西謂阮姑娘：吾當派女抱刀侍柳夫人，阮喜而受命。舟山之役中流矢而殞，惜哉。」張定西即張名振，為魯王軍定西侯；阮姑娘，據陳寅恪考證，可能是張名振軍中女性將領〔註101〕。錢謙益述此情景如畫，似乎為他親眼所見，而且以軍將抱刀侍柳如是，可能當時錢、柳二人曾親至張名振軍中拜會。此詩最後一聯自注：「夷陵文相國來書云云。」夷陵文相國即文安之，字汝止，夷陵人。庚寅六月，永曆帝在梧州，嚴起恒為首輔，文安之至，起恒讓之居首輔〔註102〕。雖然不知文安之於何時寄信給錢謙益，但他與永曆政權的聯繫是可以肯定的。史載癸巳年十二月，張名振全師進攻崇明，大捷於平洋沙〔註103〕。甲午年正月、三月、

〔註97〕沈佳《存信編》，轉引自《柳如是別傳》，頁1061。
〔註98〕《南明史綱初稿》，頁55。
〔註99〕見顧誠《南明史》第二十五章《李定國的兩次進軍廣東》。
〔註100〕謝肇淛《五雜俎》記載明代有宗室名漢，自諱其名，其子讀《漢書》，諱曰讀「兵士書」；其妻供十八羅漢，諱曰「供十八羅兵士」。轉引自顧誠《南明史》，頁824。
〔註101〕見《柳如是別傳》，頁1063。此阮姑娘既然死於丙申舟山之役，自然與甲午死於京口之參將阮姑娘非同一人。
〔註102〕《小腆紀傳》卷三十，頁692。
〔註103〕《南明史綱初稿》，頁58。

十二月，張名振率軍三入長江〔註104〕。可能錢謙益、柳如是正是在癸巳年底至甲午年至其軍中與他相會。甲午年正月，張名振登金山，題詩云：「十年橫海一孤臣，佳氣鍾山望裏眞。鵜首義旗方出楚，燕雲羽檄已通閩。王師枹鼓心肝噎，父老壺漿涕淚親。南望孝陵兵縞素，會看大纛禡龍津。」前云：「予以接濟秦藩，師泊金山，遙拜孝陵，有感而賦。」〔註105〕結合此詩與當時的政治、軍事形勢，顧誠認爲張名振等三入長江之役「是由內地反清復明人士聯絡東西，會師長江，恢復大江南北計劃的一個組成部分」是有充分根據的。顧誠並認爲錢謙益、姚志卓、李之椿、張仲符、朱周鎮、賀王盛、眭本等均參與其事〔註106〕。聯繫前引《存信編》的記載與錢謙益前詩，可以認爲錢謙益聯絡海上明軍與西南明軍是可信的。在《甲午春日觀吳園次懷人詩卷愴然有感次韻二首》之一云：「誰憑龍漢問編年？轉眼分明浩劫前。無藉每思邀帝博，長貧只合賫天錢。石言晉國寧非濫，鶴語堯時劇可憐。渡海蹈河都未了，不如拔宅去登仙。」之二云：「銅人流淚自何年？歷歷開元在眼前。海上浪傳千歲藥，民間猶使五銖錢。」〔註107〕其中都有很深的故國情懷與對復明的堅持。在《武陵觀棋六絕句》中，其一云：「急須試手翻新局，莫對殘燈覆舊棋。」其二云：「滿盤局面若爲眞？賭賽乾坤一番新。」其四云：「一著先人更不疑，侵邊飛角欲何之？鴻溝赤壁多前局，從古原無自在棋。」〔註108〕這些詩句無不令人想起張名振、永曆政權、鄭成功三支復明力量在甲午年對清軍的多次進攻。可惜，由於孫可望與永曆帝爭權奪利，使得殘明力量內耗嚴重，無力東下，鄭成功又爲了自身利益，沒有策應李定國入粵，張名振等人的復明努力又一次失敗了。

但錢謙益依然積極奔走，廣事聯絡。金鶴沖《錢牧齋先生年譜》「丙申」條云：「移居白茆之芙蓉莊，即碧梧紅豆莊也，在常熟小東門外三十里，先生外家顧氏別業也。白茆爲長江口岸之巨鎮，先生與同邑鄧起西、崑山陳蔚村、歸玄恭及松江、嘉定等諸遺民往還探刺海上消息，故隱迹於此，一以避人耳目，一以與東人往還較便利也。」丙申年錢謙益作《人日得沈昆銅書詔我滇

〔註104〕顧誠《南明史》述此頗詳。只是各種史料記載略有出入，如《明季南略》卷十六所載時日與《南明史》有不同之處。
〔註105〕《明季南略》卷十六，頁484。
〔註106〕顧誠《南明史》，頁822。
〔註107〕《有學集》卷五，頁185。
〔註108〕《有學集》卷五，頁194。

連心紅卻寄》云:「人日緘書寄老翁,封題意與古人同。憐予味蜇黃連苦,顧子心殷朱粉紅。磨勵寸丹回白首,滌除雙碧向青銅。滇雲萬里通勾漏,職貢遙遙問乙鴻。」〔註109〕此詩以隱語表示自己反清復明、心向永曆的苦心。他並在《與姚將軍茂之話舊有贈》中說:「故國青齊賜履遙,東平遺壘荻蕭蕭。海雲尚起田橫島,漳水仍流豫讓橋。劍去衝星黃土在,歌沈漏月白虹驕。知君未忘聞雞約,髀肉如今消未消。」〔註110〕第二聯指海上復明力量仍在堅持,內地義士亦不忘復仇。第四聯則隱約透露遺民的復國之志。丙申年八月,清軍攻陷舟山,魯王軍義英伯阮駿、誠意伯劉永錫等皆死之,錢謙益為作《悼郁離公子》以哀悼劉永錫,詩云:「腥風吹浪海天昏,蹙縮鯨波戰血渾。萬里龍城沈水府,一身魚腹答君恩。下從乃祖良無愧,上對高皇定有言。南斗朱旗應在眼,不勞楚些與招魂。」〔註111〕詩中對舟山明軍之敗與劉永錫之死寄予無限傷感,最後一聯則說殘明力量依然存在,復明仍有希望。

順治十六年己亥四月,鄭成功、張煌言親率主力北上,五月進入長江,抗清運動最後的輝煌一幕開始了。鄭成功,原名鄭森,隆武帝曾養以為嗣,賜國姓,改名成功。錢謙益與他有師弟之情,崇禎十七年,鄭成功入南京太學,「聞錢謙益名,執贄為弟子,謙益字之曰大木」〔註112〕,鄭成功的父親鄭芝龍本是海盜,後向明朝投誠,因此鄭軍長於舟師海戰。清軍南下後,鄭成功率水軍輾轉於浙閩沿海,堅持抗清,隆武帝被殺後,他曾向永曆帝奉表入朝,永曆三年正月被封為延平郡王,是抗清力量中不可小看的一支,並積極圖謀以舟師進取江浙沿海與長江沿岸。「順治丙戌,芝龍降清,羈置北京。成功率眾入海,駐思明洲。丁酉,聞芝龍被殺,遂引舟師抵浙。八月十八,襲溫、臺四郡,馬信等降,江南大震,將沿江數百里港門堵塞,以通馬路。成功駐臺,數月忽去。戊戌,謀入南,啟行發炮,颶風大作,壞舟千計,乃還。」〔註113〕順治十五年,清軍三路進攻西南永曆政權,鄭成功一方面為牽制清軍,一方面利用東南空虛的機會,聯合張煌言向清軍腹地進攻。五月二十九日經江陰,六月初一日至初三日,蔽江而上,初八至丹徒,十三泊巫山祭天。自六月十五日始與清軍大戰,管效忠「初出兵四千,止存百四十人,歎曰:『吾

〔註109〕《有學集》卷六,頁273。
〔註110〕《有學集》卷六,頁297。
〔註111〕《有學集》卷六,頁313。
〔註112〕據《賜姓始末》、《鄭延平年譜》。
〔註113〕《明季南略》卷十六,頁485。

自滿洲入中國，身經十有七戰，未有此二陣死戰者！」〔註114〕六月二十三日，
鎮江降，鄭成功慰勞百姓曰：「若等苦十六年矣。」二十八日啓行往南京〔註
115〕。鄭成功這次進攻所帶軍隊相當精銳，裝備精良〔註116〕，戰鬥力強，戰
法多變，充分發揮其水戰優勢，與清軍騎兵作戰也不遑多讓。在《明季南略》
卷十六「鄭成功入鎮江」條中對此有充分的說明，如「（六月）十五日，海舟
二千三百號泊焦山。先遣四舟，外蒙白絮，內載烏泥，止操舵數人，揚帆而
上。清兵望見，大發砲石，海舟近壩，從容復下。清兵注射，砲聲晝夜不絕，
有如轟雷，可聞三百里。凡發砲五百，不傷一艘。海舟既上復下，循環數次，
一以誘清砲矢，二以水兵藏內，近壩即入水砍斷。」「十七日，上瓜洲，從後
寨殺入。清兵出禦，蓋東門外有高岸，清騎布列，鄭兵立兩旁水田中斫馬足，
大敗之。」「鄭將劉某，乘東門之勝，直追入瓜洲城大殺，將沿江砲移向談家
洲擊之，清兵立桀不定。有海兵二十，忽自江中浮上，持長刀亂斫。洲上兵
走，海舟泊至，以千人追殺，清師二千俱盡。」「凡騎兵遇步卒，反退數丈，
加鞭突前，敵陣稍動，即乘勢殺入，步卒自相踐踏，騎兵因而蹂躪，以此常
勝。至是，遇鄭兵亦用此法，萬騎突前，鄭兵嚴陣當之，屹然不動，俱以團
牌自蔽，望之如堵。清兵三卻三進，鄭陣如山，而清之長技盡矣。遙見鄭兵
背後黑煙冉冉而起，欲卻馬再衝，而鄭兵疾走如飛，突至馬前殺人矣。其兵
三人一伍，一兵執團牌蔽兩人，一兵砍馬，一兵砍人，其鋒甚銳，一刀揮鐵
甲軍馬為兩段。」〔註117〕鄭軍勢如破竹，清軍大敗，句容、儀真、滁州、六
合等城相繼來歸。六月二十八日，張煌言所統前鋒水軍到達南京觀音門下。
形勢對抗清力量極為有利。

　　在抗清的大好形勢下，錢謙益極為興奮，於七月初一日寫下《金陵秋興
八首次草堂韻》。其一云：「龍虎新軍舊羽林，八公草木氣森森。樓船蕩日三
江湧，石馬嘶風九域陰。掃穴金陵還地脈，埋胡紫塞慰天心。長干如唱平遼
曲，萬戶秋聲息搗碪。」其二云：「雜虜橫戈倒載斜，依然南斗是中華。金銀
舊識秦淮氣，雲漢新通博望槎。黑水遊魂啼草地，白山新鬼哭胡笳。十年老
眼重磨洗，坐看江豚蹴浪花。」其三云：「大火西流漢再暉，金風初勁朔聲微。

〔註114〕《明季南略》卷十六，頁488。
〔註115〕《明季南略》卷十六，頁489。
〔註116〕見顧誠《南明史》，頁938。
〔註117〕《明季南略》卷十六，頁486～488。

溝填羯肉那堪臠，竿掛胡頭豈解飛。高帝旌旗如在眼，長沙子弟肯相違。名王仔首餘生兵盡，敢道秋高牧馬肥。」其四云：「九州一失算殘棋，幅裂區分信可悲。局內正當侵劫後，人間都道爛柯時。住山獅子頻申久，起陸龍蛇撤捩遲。殺盡羯奴才斂手，推枰何用更尋思。」其五云：「壁壘參差疊海山，天兵照雪下雲間。生奴八部憂懸首，死虜千秋悔入關。箕尾廓清還斗極，鶉頭送喜動天顏。枕戈席薰孤臣事，敢擬逍遙供奉班。」其六云：「戈船十萬指吳頭，太白芒寒八月秋。淝水共傳風鶴警，臺城無那紙鳶愁。白頭應笑皆遼豕，黃口誰容作海鷗。為報新亭垂淚客，卻收殘淚覽神州。」其七云：「鈴索驚傳航海功，秋宵蠟炬井梧中。馮夷怒擊前潮鼓，颺母誰催後鷁風。蛟吐陣煙吹浪黑，猩殷袍血射波紅。秦淮賣酒唐時女，醉倒開元鶴髮翁。」其八云：「金刀復漢事逶迤，黃鵠俄傳反覆陂。武庫再歸三尺劍，孝陵重長萬年枝。天輪只傍丹心轉，日駕全憑隻手移。孝子忠臣看異代，杜陵詩史汗青垂。」這八首詩充分體現錢謙益得知鄭成功、張煌言軍隊勝利消息後的喜悅，斥罵清軍為「雜虜」、「羯奴」、「遼豕」，稱鄭成功、張煌言軍為「龍虎新軍」、「天兵」，對於擊敗清軍、恢復中華充滿信心，同時說自己正枕戈待命，勝利後將席薰自裁。

但是鄭成功並沒有堅定的決心與清軍戰鬥，進而收復江南、中原，他在佔領鎮江後進展緩慢，乘船順長江緩緩西上，七月初九日才到達南京儀鳳門下，隨後圍而不攻長達半月。相形之下，張煌言在六月三十日小挫後，率軍收取上游郡縣，雖然所部兵不滿千，船不足百，可在七月七日到達蕪湖後廣事招撫，「江之南北相率來歸，郡則太平、寧國、池州、徽州；縣則當塗、蕪湖、繁昌、宣城、寧國、南陵、南寧、太平、旌德、貴池、銅陵、東流、建德、青陽、石埭、涇縣、巢縣、含山、舒城、廬江、高淳、溧水、溧陽、建平；州則廣德、無為以及和陽，或招降，或克復，凡得府四、州三、縣則二十四焉」〔註118〕，「水陸兵至萬餘」〔註119〕。鄭成功本應派兵登陸，水陸並進，不但可以大大加快行軍速度與進攻節奏，而且可以擴大影響，奪得更多土地，實現戰略展開。這可能是因為鄭成功一貫具有水軍本位思想，想充分發揮水軍對清軍的優勢；也可能他是為了保全以至擴充自己的實力，避免在

〔註118〕 《張蒼水集》第四編《北征錄》，頁194。參見同書第一編《上監國啟》。《南明野史》卷中記載為四府三州二十三縣，少溧水縣。

〔註119〕 《張蒼水集》第一編《上監國啟》，頁14。

陸戰中遭到損失；還可能是因爲他爲瓜洲、鎮江之勝而自滿。《明季南略》云：「(鄭成功)以兵逼城，城內寂然不動。鄭兵益懈，謂功在旦夕，甚輕之。」〔註120〕七月二十三日，梁化鳳、管效忠、哈哈木等突然由神策門破牆進攻，前鋒鎮余新被擒，二十三、四兩日再戰，甘輝等大敗，二十四日，鄭成功放舟而下，瓜洲、鎮江守軍相繼撤退，全軍退出長江口。鄭成功之敗全因本人失策：論進，他沒有積極發動進攻，沒有建立穩固的前進基地，「圍石頭城者已半月，初不聞發一鏃射城中，而鎮守潤江督帥亦未嘗出兵取旁邑，如句容、丹陽實南畿咽喉地，尚未扼塞，故蘇、松援虜得長驅入石城。」張煌言爲此曾上書鄭成功，「略謂頓兵堅城，師老易生他變，亟宜分遣諸帥，盡取畿輔諸郡邑，若留都出兵他援，我可以邀擊殲之，否則不過自守虜耳。俟四面克復，方可以全力注之，彼則直檻羊阱獸也。」〔註121〕這些意見都很精闢，但鄭成功並未聽取。論守，則鄭軍在大敵之前輕敵自滿，戒備不嚴，「士卒釋兵而嬉，樵蘇四出，營壘爲空，虜諜知，用輕騎襲破前營。延平倉猝移帳，質明軍竈未就，虜傾城出戰，兵無鬥志，竟大敗。」〔註122〕在戰敗之後鄭成功不是整軍再戰，而是倉皇撤退，前功盡棄，甚至未通知張煌言，使張煌言極爲被動，在敵軍包圍下大軍潰散，他只能隻身間關百折，輾轉歸海。因此我懷疑鄭成功此次進軍並沒有大舉進攻、恢復中原的準備，而只是一種軍事試探，逼清議和，並爲補充物資而進行掠奪，《延平王戶官楊英從征實錄》中云：「八月初一日，師回至狼山上沙，時糧運船多重載，不堪駕駛，委戶都事楊英分派各中軍船並各提督統鎮船隻運載，預作兵糧。各船俱滿載糧船放回，賜手梢各路糧千餘石。」鄭軍倉皇撤退卻滿載糧食，可見是早有準備，而若進攻不至於準備這麼多糧食，這只能說明他是想收集糧食運回福建。可見鄭成功與張煌言不同，張本是浙人，對恢復江南有強烈的願望，故而不畏挫折，以弱旅橫擊強敵，軍紀嚴明；而鄭在江南爲客兵，有種種顧慮，只想飽掠而返。

　　錢謙益在八月初二作《後秋興八首之二》，其一云：「王師橫海陣如林，士馬奔馳甲仗森。戒備偶然疏壁下，偏師何意潰城陰。憑將按劍申軍令，更插靴刀徹士心。野老更闌愁不寐，誤聽刁斗作秋砧。」充分反映他在聽到鄭成功軍南京城下失利消息後的複雜心理：首聯歌頌鄭成功軍的氣勢，頷聯遺

〔註120〕《明季南略》卷十六，頁494。
〔註121〕《張蒼水集》第四編《北征錄》，頁195。
〔註122〕《張蒼水集》第四編《北征錄》，頁195。

憾戰事不利,「偶然疏」與「何意潰」都暗寓對鄭成功大意輕敵與部署不當的批評,「偏師」二字又暗指主力未受損,還可再戰,所以頸聯希望鄭成功軍以此敗爲戒,繼續作戰。「誤聽刁斗作秋碪」與《金陵秋興八首次草堂韻》其一「長干女唱平遼曲,萬戶秋聲息搗碪」呼應,表現他對鄭軍反敗爲勝的渴望。其二云:「羽檄橫飛建旆斜,便應一戰決戎華。戈船迅比追風驃,戎壘高於貫月槎。編戶爭傳歸漢籍,死聲早已入胡笳,並天夜報南沙火,簇簇銀燈滿盞花。」其三云:「龍河漢幟散沈暉,萬歲樓邊候火微。卷地樓船橫海去,射天鳴鏑夾江飛。揮戈不分旄頭在,反旆其如馬首違。翹指奔逃看靺鞨,重收魂魄飽甘肥。」這兩首都歌頌鄭軍的氣勢與聲威,描繪擊敗清軍、士民歡呼的盛況。其四云:「由來國手算全棋,數子拋殘未足悲。小挫我當嚴徼候,驟驕彼是滅亡時。中心莫爲餘飛動,堅壁休論後起遲。換步移形須著眼,棋於誤後轉堪思。」這首詩則指出當時形勢是可能轉換的,我軍雖受挫,但仍有機會。錢曾釋「換步移形」:「《蜀志・譙周傳》:『智者不爲小利移目,不爲意似改步,時可而後動,意合而後居,故湯武之師不再戰而克。』」這也正是錢謙益對鄭成功提出的建議:堅定進攻的決心,密切防備,再圖進取。其五云:「兩戒關河萬里山,京江天塹屹中間。金陵要奠南朝鼎,鐵甕須爭北固關。應以縷丸臨峻阪,肯將傳舍抵屏顏。荷鋤父老雙含淚,愁見橫江虎旅班。」此首是進一步向鄭成功提出政治與軍事建議,指出應在南京實現明朝的復興,而要佔領南京,就應爭奪北固關等要地,然後乘勢進擊,並應努力發動遺民以獲得廣泛的支持。其六云:「吳儂看鏡約梳頭,野老壺漿潔早秋。小隊誰教投刃去,胡兵翻爲倒戈愁。爭言殘羯同江鼠,忍見遺黎逐海鷗。京口偏師初破竹,蕩船木柹下蘇州。」此首指出當時形勢對鄭軍極有利,廣大漢族民眾擁護鄭軍復明,而清軍中的漢兵也有投誠之意,詩中第二聯下自注:「營卒從諸首長,皆袖網巾氈帽,未及倒戈而還。」因此對鄭成功匆匆撤退十分遺憾與悲傷。其七云:「十載傾心一旅功,御槍原廟夢魂中。每思撒豆添營壘,更欲吹毛布雨風。淮水氣連天漢白,鍾離雲捧帝車紅。南宮圖頌丹鉛在,辜負秋窗老禿翁。」錢謙益自歸家後,十餘年念念不忘復明,希望明軍能大獲全勝,自己也準備爲功臣圖畫作頌,可惜最終仍不能如願。其八云:「艱難恢復事逶迤,蟻穴何當潰澤陂。駝馬已臨迤北路,砲車猶護向南枝。雷驚犀象牙方長,雨送蛟龍宅屢移。最喜伏波能整旅,封侯印佩許雙垂。」此首意謂恢復事業總是艱難曲折的,雖然鄭軍不得不退出長江,但復明仍有希望。

八月初四日，鄭軍退到吳淞，初七日兵船集中於平洋沙、稗沙一帶。「初八日，舟師至崇明港，（鄭成功）集諸將議曰：『師雖少挫，全軍猶在，我欲攻克崇明縣，以作老營，然後行思明弔換前提督等一枝，再圖進取。一則逼其和局速成，二則採訪甘提督等諸將生死信息，三則使虜知我師雖敗，尚全力攻城，不敢南下襲我。諸將以爲如何？眾答曰：可。』」〔註123〕初十日，鄭軍在崇明登陸，次日大舉攻城，失利後回師南下。錢謙益在《後秋興之三》前有小序曰：「八月初十日小舟夜渡，惜別而作。」當時鄭成功尚在崇明準備進攻，而常熟白茆港也有鄭成功伏艦百餘〔註124〕。錢謙益名其集爲《投筆集》，原來便有投筆從戎之意，觀詩意可知惜別是與柳如是相別，準備經白茆港參加鄭成功軍。其一云：「負戴相攜守故林，繙經問織意蕭森。疏疏竹葉晴窗雨，落落梧桐小院陰。白露園林中夜淚，青燈梵唄六時心。憐君應是齊梁女，樂府偏能賦薰碪。」其二云：「丹黃狼藉鬢絲斜，卅載間關歷歲華。取次鐵圍同穴道，幾曾銀浦共仙槎。吹殘別鶴三聲角，迸散棲烏半夜笳。錯記窮秋是春盡，漫天離恨攪楊花。」其四云：「閨閣心懸海宇棋，每於方罫繫歡悲。乍傳南國長馳日，正是西窗對局時。漏點稀憂兵勢老，燈花落笑子聲遲。還期共覆金山譜，桴鼓親提慰我思。」其五云：「水擊風搏山外山，前期語盡一杯間。五更噩夢飛金鏡，千疊愁心鎖玉關。人以蒼蠅污白璧，天將市虎試朱顏。衣朱曳紫留都女，羞殺當年翟茀班。」其六云：「歸心共折大刀頭，別淚闌干誓九秋。皮骨久判猶貫死，容顏減盡但餘愁。摩天肯悔雙黃鵠，貼水翻輸兩白鷗。更有閒情攪腸肚，爲余輪指算神州。」其七云：「此行期奏濟河功，架海梯山抵掌中。自許揮戈回晚日，相將把酒賀春風。牆頭梅蕊疏窗白，甕面葡萄玉盞紅。一割忍忘歸隱約，少陽原是釣魚翁。」其八云：「臨分執手語逶迤。白水旌心視此陂。一別正思紅豆子，雙棲終向碧梧枝。盤周四角言難罄，定局中心誓不移。趣覲兩宮應慰勞，紗燈影裏淚先垂。」詩中回憶與柳如是在一起的種種經歷，情意繾綣，同時又幻想復明大業成功之後兩人的相會。兒女之情與復國壯志相互結合，使得詩歌既有旖旎風情，又慷慨豪邁。

關於錢謙益八月十日至十九日的行蹤，金鶴沖《錢牧齋先生年譜》說：「先生自初十夜惜別之後，至十九日始回芙蓉莊。先是，初四日，國姓遣蔡政往見

〔註123〕楊英《先王實錄》。參見順治十六年「爲報明江寧崇明獲捷有功人員事揭帖」殘件，《鄭成功檔案史料選輯》，頁309。轉引自顧誠《南明史》，頁955。

〔註124〕《吳梅村全集》卷第二十五《梁宮保壯猷紀》，頁639。

馬進寶（《海上見聞錄》及《馬逢知傳》），而先生亦於初十後往松江晤蔡、馬。十一日後，國姓攻崇明城，而馬遣中軍官同蔡政至崇明，勸其退師，以待奏請，再議撫事。此時先生或偕蔡政往崇明亦未可知。十八日，國姓回師至浙江，而先生亦以十九日抵家。《海上見聞錄》等書與先生所紀之日甚合也。」《延平王戶官楊英從征實錄》記云：「初四日，師泊吳淞港，遣禮都事蔡政往見馬進寶進京議和事，機宜俱授蔡政知之，亦無書往來。」但沒有任何證據表明錢謙益八月十日後是去了松江，並與蔡政至崇明。《後秋興之四》前有小序云：「中秋夜江村無月而作」。據其八「莫道去家猶未遠，朝來衣帶已垂垂」可知此江村離錢家不遠，再由其二「穴紙江風吹雨斜，槿籬門內尚中華」推測，可能這是復明力量在長江邊上的一個聯絡點。其八云：「菰鄉蘆渚路逶迤，竹杖迢迢度葛陂。陌柳未紓離別緒，庭梧先曳卻回枝。途危只仗心魂過，路劣才容腳指移。」下有自注：「夢度險岸，劣容腳指，江鄉夜行，光景宛然。」因此錢謙益可能於初十夜與柳如是分別後便秘密來到這個江村。其五云：「石龜懷海感崑山，二老因依板蕩間。最好竹枝歌一曲，共憐荷葉限雙關。三年章武紓殘淚，半字開元慰別顏。攜手行宮應有日，看君重點日華班。」由此可見，錢謙益在江村是準備由此輾轉至永曆朝廷中，但尚未成行。錢謙益此時又哀傷，又緊張，又興奮。在其一中云：「淅淅斜風回隔林，悲哉秋風倍蕭森。過禽啁哳銜兵氣，宿鳥離披逗暝陰。人倚片雲投海角，天收圓月護江心。今宵思婦偏淒緊，幸少清光照夕碪。」他思念愛妻，悲秋傷懷，哀從中來。其二云：「穴紙江風吹雨斜，槿籬門內尚中華。蒼涼伍員蘆中客，浩蕩張騫漢上槎。弦急撞胸懸杵臼，火炎衝耳簇簫笳。刀尖劍映憛騰度，瞠目猶飛滿眼花。」這是寫復明力量的壯勢，既有暗中聯絡者，亦有浩蕩大軍。其三云：「貝闕珠宮何處是，漁莊蟹舍與心違。只應老似張丞相，捫摸殘骸笑瓠肥。」說明他仍抱入永曆朝為官的幻想。其四云：「身世渾如未了棋，桑榆策足莫傷悲。孤燈削柹丸書夜，間道吹簫乞食時。雨暗蘆中雙槳急，月明江上片帆遲。荒雞喚得誰人舞，只為衰翁攬夢思。」其中所蘊含的感情非常複雜。第一聯說自己身世浮沉，雖然年歲老大，仍應努力。第二聯則指自己的復明苦心與活動。第三聯寫眼前事，地下復明力量與鄭軍正緊張活動。最後則感歎自己已老。其七云：「幡沈竿折好論功，願借前籌玉帳中。夜度放螢然堠火，宵征依鵲嘯檣風。鬢稀尚要千莖白，心折惟餘一寸紅。莫忘指麾淮蔡語，天津橋畔倚闌翁。」他渴望自己能效力於殘明軍中，自稱身雖老而心猶赤，希望能幫助伐清。

　　鄭成功軍在圍攻崇明失利後，揚帆南下，而張煌言也在軍隊潰散後歷經千難萬苦後由天台出海，復明力量在江南的最後一次大規模軍事行動就這樣失敗了〔註125〕。從《後秋興之五》前小序：「中秋十九日暫回村莊而作」來看，可能錢謙益自中秋後至十九日外出活動未果，只能返回。一「暫」字，說明他仍對參加鄭軍抱有希望。他自述：「自喪亂來余破膽，除君父外有何心」〔註126〕，表現對殘明的忠誠。其三云：「五嶺三湘皓景暉，西方誰謂好音微。烏瞻華屋謀重止，燕語雕梁悔別飛。妖鼠浮江佔地改，歲星去國報天違。高曾奕葉恩波在，忍忘乘軒與策肥。」其四云：「起手曾論一著棋，明燈空局黯生悲。蕭疏齒髮凋殘日，突兀乾坤賭賽時。海水怒飛龍起急，天梁橫截雁來遲。盤鎹大有中原約，酌酒加餐慰爾思。」雖然清軍獲勝，但錢謙益相信明軍一定能反攻中原，這既是對復明前景充滿希望，同時也是自我安慰。其五云：「警蹕遙聞出楚山，奮飛直欲詣行間。荒墩木葉誰家戍，淺水蘆花何處關。未得星馳追御宿，只憑露布浣愁顏。腐儒錯莫從人笑，遲暮猶論耿鄧班。」這首詩充分表現他渴望入永曆朝獻計獻策的心情。但「警蹕遙聞出楚山」與其一「石城又報重圍合」可能都是當時的流言，因為當時永曆帝已入緬，而張煌言潛行山谷中，間道走歸，並無出楚山、圍南京之事。錢謙益由於極度渴望明軍能反敗為勝因而相信謠言，不禁令人感到悲哀。其六云：「頭白那禁更白頭，況逢秋月又添秋。笛飛瓜步空傳恨，刀剪吳淞始斷愁。半壁東南餘虎兕，百年臣子總梟鷗。兔園斷爛芝蘇鑒，臨極猶聞起一州。」他對此次明軍失敗的傷感溢於言表，但對能夠順利歸家還是感到高興，其八云：「孤蓬信宿且透迤，白水柴門返故陂。丹桂月舒新結子，蒼梧雲護舊封枝。歌闌長夜秋方盛，語到宵閭日每移。小飲折花重剪燭，參旗長並酒旗垂。」此時錢謙益尚未對時局感到失望，九月初六日，他泛舟吳門，探聽情況，才感到深深的痛楚。在《後秋興之六》其三云：「秋陽黯淡比寒暉，硯匣書床生事微。簾幙霜前新燕去，窗欞日隙凍蠅飛。吹葭自候雷風動，煉石誰摣天水違。躍馬揮戈竟何意，相逢應笑食言肥。」復明大業難以成功，錢謙益心中的哀傷難以自已，因而在其六中云：「黃葉紛飛溝水頭，白雲蕭瑟自高秋。餘年且問雞豚社，故國空餘稻蟹愁。匣裏兵符憑語雀，鏡中衰髮亂群鷗。荒陂誰惱眠鵝鴨，午夜喧聲似蔡州。」他的雄心壯志彷彿都隨著秋風飄逝。

〔註125〕關於這次失敗的原因，顧誠《南明史》頁956有精闢的論述，茲不贅述。
〔註126〕《後秋興之五》其一。

　　此後，復明運動就走向衰微，錢謙益雖有抗清之心，卻已無所作爲，只能在詩文中寄託對殘明的思念與滅清的幻想。

　　錢謙益參與復明活動，在當時只有周圍親近的朋友才知道，故能理解他的苦心孤志，但眾人均言詞閃爍，遂令此事不彰。金鶴沖《錢牧齋先生年譜》大致勾勒了他的主要行動，而陳寅恪先生的《柳如是別傳》則勾微索引，做出令人信服的考證。在討論錢謙益的復明活動中，一個主要的困難就是難以確證，只能依靠隱約透露的一點材料進行推論，因此我只就有據可述者舉其犖犖大端而論，他與遺民密謀反清的種種活動具體可參見《柳如是別傳》。在此應探討的一是錢謙益究竟在什麼程度上參與復明活動，二是如何評價他的復明活動。

　　首先，錢謙益是一個身處清統治區的士人，當時的遺民可以從事的復明活動一是參加山寨抗清，如黃宗炎；二是間關至魯王、永曆朝廷或參加鄭成功軍；三是策反清軍中漢族將領；四是打探消息，充當明軍耳目。由於士人在民眾中具有相當的影響力，雖然他們不掌握軍事力量，但當明軍逼近時，能鼓動士民起而反清，恢復郡縣，接應抗清部隊，如己亥年張煌言據蕪湖時各方反正，其中便有這些士人的功勞，張煌言說當時「遠邇壺漿恐後，即江楚魯衛豪雄，多詣軍門受約束，請歸禡旗相應。」〔註127〕他們的忠義之心可嘉，所起的作用則與時勢有關。爲了反清，他們或被殺，或入獄，或遠竄，艱辛備嘗，百折不撓。錢謙益參與復明活動的時間很長，從順治三年直至病逝，或寄密信獻策，或策反馬進寶，或聯絡各方志士，甚至準備參加鄭成功軍，轉道入永曆朝廷，活動積極主動，與當時的抗清將領如黃毓祺、瞿式耜、張名振、姚志卓等皆有來往，接受秘密使命，並與黃宗義、黃宗炎、歸莊、徐致遠、徐闇公等有密切聯繫，爲抗清還兩次被捕，死裏逃生。雖然錢謙益在抗清運動中的影響不如黃宗義、閻爾梅等大，但他以六、七十歲的殘年之軀奔走經營，雖小心謹愼、畏禍懼死仍冒險復明，令人感動，可視爲江南鄉紳抗清的代表，他復明的動機、活動，對明朝的思念與對殘明政權的期望，對抗清階段性勝利的喜悅與失敗的懊喪，敵視清朝又不得不與清朝虛與委蛇等行爲、心理都很有典型性。當時江南士紳與清朝合作後又暗中反抗者不在少數，通過對錢謙益的分析可以看出他們的心理。

〔註127〕《張蒼水集》第四編《北征錄》，頁 194。

　　其次，如何評價錢謙益的復明活動。現當代研究者對清初的抗清鬥爭一般持贊許的態度，主要理由是清軍的野蠻攻擊與清政府的血腥統治激起漢族軍民的激烈反抗。當然，反清復明也有堅持明祚、維持漢族中心地位的意圖。從形勢分析與歷史事實來看，抗清運動終將沉寂。前面已經分析了永曆政權所面臨的困難，再總體地評價抗清陣營，便會發現其中矛盾重重，危機四伏。如永曆朝廷內部孫可望欲篡權，從而激起與李定國等的矛盾，鄭成功雖奉永曆為主，但往往從一己私利出發，或併吞較弱的抗清力量，或不與李定國、監國魯王軍協同作戰，或單方面與清軍議和，因此抗清總體力量不弱，但沒有有效的統一號令，缺乏相互配合，甚至互相掣肘、吞併，這不僅僅是相互距離遙遠、聯絡困難的緣故，更主要的是各方利益不統一，爭權奪利，甚至有野心。再從經濟上看，魯王軍、鄭成功軍都只佔有少量海島與沿海小塊陸地，永曆政權雖據有大片土地，但地瘠民貧，且經過多年戰亂的蹂躪，因此經濟基礎都比較脆弱，糧草、物資的供給都很成問題，所以鄭成功軍常常四處劫掠。軍事上殘明的水軍實力強，但受氣候影響大，多次被颱風損毀；而在陸戰中清軍的戰鬥力無疑更強。再從政治上看，殘明政權內部武將跋扈，朝政混亂，人心浮動，而清朝相比之下則更有生氣一些，對地方的統治雖然殘暴，但更有效率。在對峙的情況下，如果永曆政權採取的措施得當，如休養生息，屯墾備戰，革新政治，統一事權，分化敵軍，招徠義士等，還可以支撐得久些，否則清軍依靠全國的財賦力量，逐漸平定內部，耗盡殘明實力，最終定會將其消滅。再說清統治區的復明運動雖也曾有所作為，但他們只能等待時機。清朝一方面以高壓統治進行殘酷鎮壓，如「己亥，海師至京口，金壇諸縉紳有陰為款者。事既定，同袍相訐發，遂羅織紳衿數十人，撫臣請於朝，亦同發勘臣就訊。既抵，五毒備至，後駢斬，妻子發上陽。又昔年所獲大成圓果諸教，至是獄定，亦磔於江寧，所謂江南十案者也。共得數百人，同於辛丑七月，決於江寧市，血流成河，無不酸鼻。」〔註128〕清朝借通海案、明史案、錢糧案等大肆殺戮，以恐嚇士人。另一方面，清朝又竭力分化拉攏士人，如請吳梅村出山等。遺民外無接應，內受重壓，復明事業幾乎停滯。錢謙益復明不僅是為了掩蓋失節之羞，同時也是自己的真實心願。雖然他抗清活動的成效不顯著，但也是可以理解的，從抗清運動上說，它有種種困難；從錢謙益個人來說，畢竟是書生謀事，膽氣雄壯，面對敵強我弱的形勢卻也

〔註128〕婁東無名氏《研堂見聞雜記》，痛史本。

無能爲力，由於信息不靈，所提的建議往往與現實有一定差距，加之年歲老邁，有心無力。但他的苦心孤志、豪言壯舉還是值得同情。

第二節　晚年生活與心境

錢謙益在與復明力量秘密聯絡的同時，也與清廷官員有密切的交往。文官中上至龔鼎孳、房可壯，下至知縣，武官則總督、提督、總兵等都與之交結。由於錢謙益是大名士、大文豪，兩朝高官，清廷官員爲了籠絡人心，附庸風雅，自然樂於與之相會。而錢謙益在這種交往中既是與他們虛與委蛇，同時也在謀求自身的利益。如錢謙益在《贈土開府誕日》中爲土國寶歌功頌德：「休光籍籍著蘭臺，爲靖全吳特簡來。千里行師如枕席，南來生聚出栽培。擎天共仰霜中檜，愛日催開雪後梅。聞道仙喬殊未散，相將一泛紫霞杯。」「兩年節鉞惠吾吳，袍血初乾待剖符。南國競騰慈母頌，西京遙望慶雲呼。酬功指水稱如帶，獻壽增山擬佩壺。會待黃金看鑄像，誰容畫入五湖圖。」〔註129〕又如《上梁提督壽》云：「戴斗崆峒事不誣，歡聲喜氣滿東吳。八方象緯瞻龍節，萬乘風雷應虎符。鯨海烽煙天際靜，狼星芒角日邊孤。降神崧嶽知今日，莫展稱觴愧老夫。」〔註130〕《佟中丞壽詩》又云：「玉帳牙旗累策勳，黑頭麟閣早知聞。三方節鉞推開府，一半河山屬使君。閩海舊諳魚鳥陣，越江新領鸛鵝軍。懸弧正應彤弓錫，遙指醫閭拜五雲。」「六琯陽回朔氣和，燭花如月酒如波。金章競奏清風頌，鐵騎齊揮挽日戈。一宿崇朝朝紫極，雙星永夕傍銀河。碧桃五夜開花遍，遼鶴爭知幾度過。」〔註131〕在《錢牧齋尺牘》中也有很多與清朝大小官員往還的書信。有意思的是他一方面在《投筆集》中歌頌明軍，咒罵清軍，一方面又寫下《奉賀郎制府序》歌頌郎廷佐云：「每念節鎮之地，襟江帶海，潢池弄兵，海島竊發。單車小艇，巡行水陸，宵征露宿，涉鯨波而衝颶浪，所至搜討軍實，申明斥堠，布置要害。衝波跋浪之士，靡不骨騰肉飛。裹糧求敵，德威宣佈，軍聲烜赫。於是海人蜑戶，連艘投誠。鯨鯢獝貐，聞風遠遁。萑苻解散，菰蘆宴如，則公之成勞也。」〔註132〕《梁提督累廕八世序》則稱頌梁化鳳云：「公以鞭霆掣電之風略，拔山貫日之忠勇，

〔註129〕《牧齋集外詩》《贈土開府誕日》其一、其二。
〔註130〕《牧齋集外詩》。
〔註131〕《有學集補遺》卷上《佟中丞壽詩八首》之三、之四。
〔註132〕《牧齋外集》卷九。

奮迹武威，守禦山右。旋調崇川，總領水師。未幾海氛大作，蹂躪瓜步，搖撼南服。公出奇奮擊，雷劈電奔，斧蟷鋒蝟，江水爲赤。已而復窺崇川，公隨飛援追剿，海波始靖，而東南獲有安壤。余江邨老民，藉公廣廈萬間之庇，安枕菰蘆，高眠晚食，方自愧無以報公，而又念舊待罪太史氏，勒燕然之銘，香旃常之續，皆舊史所有事也。」〔註133〕兩相對照，不禁令人又好笑，又悲哀。

這種交往與對官員的恭維並不能簡單地說表現了錢謙益的無恥，其深層反映的是錢謙益暮年的無奈與可悲。錢謙益在歸鄉後一直未返京，已經喪失其在朝中的政治地位。居鄉士紳在明朝很有地位，並在地方上有一定權力，但在清朝則遭到清政府的打擊。而且清朝官員對他參與復明活動其實都略有耳聞，但或眼睜眼閉，或助其開脫，兩次入獄遭困也賴他們相助。錢謙益此時政治上受制於人，經濟上仰給於人，爲了維持體面的生活，向各級官員竭力示好也是迫不得已。當然，這種交往也是有謀利企圖的，如他的兒子應試，他爲之寫信給舊相識，請求給予照顧，說：「吳閶執手一別三秋，恭惟老公祖望重四海，澤滿三吳，棠蔭方滋，歌思彌永。頃者帝心簡在資望深崇，東南半壁指日再睹高牙，治某得與海濱父老聽車音而迎馬首。斗牛之分，德星貴臨，豈獨一家一人之私祝哉？向所指武林奸惡，已遵諭屬舍侄令其執三尺法從事，渠仰承憲規，一一稟命，決不使吞舟漏網也。茲因犬子某計階，專令叩謁，問候萬福，黃口稚子，伏唯推愛垂青。」〔註134〕由此可見錢謙益與清朝官員似乎有不可告人的往來。附帶提及的是清初很多遺民自己與清朝不合作，但並不反對親友出來應試做官，此風早在元初文天祥那就有，他自己要做忠臣，卻也不反對弟弟仕元，顧炎武與在清朝爲官的外甥來往，黃宗羲默許兒子黃百家與弟子萬斯同入明史館等，都是如此，而冒襄爲了兒子甚至不惜向友人乞求。這其實是道德理想與現實利益相妥協的一種心理狀態。錢謙益早在丙戌就遣子應鄉試中式，可能是爲了保證家族的政治地位與實際利益，在特殊情形下它還能成爲護身符，如黃毓祺案中錢謙益被牽連，馬國柱上疏爲之開解：「『謙益以內院大臣歸老山林。子侄三人新列科目，必不喪心負恩。』於是得釋歸。」〔註135〕

〔註133〕《牧齋外集》卷九。
〔註134〕《錢牧齋先生尺牘》卷二《致某》。
〔註135〕《清史列傳》卷七九貳臣傳乙《錢謙益傳》。

與明亡前相一致，錢謙益性格中風流瀟灑的一面並沒有消失，因此復明活動並非錢謙益晚年生活的全部，他依然喜歡與朋友詩酒唱和，喜愛賞心韻事。曾寫下香豔的《秦淮花燭詞四首》，其一云：「寶馬香車火樹中，沉香甲煎燎霜空。渡頭花燭催桃葉，午夜秦淮一水紅。」其二云：「寶鏡臺前玉樹枝，綺疏朝日曉妝遲。夢回五色江郎筆，一夜生花試畫眉。」其三云：「冰弦三疊奏琴心，雙舞胎仙和好音。莫鼓人間求鳳曲，遠山那得似青琴。」其四云：「繙罷陰符香篆闌，洞房銀燭辟輕寒。燈前壁上芙蓉色，總向金蓮影裏看。」〔註136〕享用醇酒美食後，他會戲書致謝，「蓬池鱠美薦冰醪，食指紛然動爾曹。三歎何曾知屬厭，八珍空復羨淳熬。腹膬放箸煩偏勸，胸末堆盤笑老饕。明日洗廚重速客，未愁蘿蔔旋生毛。」〔註137〕他還饒有興味地採集鮮花釀製美酒，寫下《採花釀酒歌示河東君》，詩云：「選擇名花代麴糱，攪翻海水歸尊卣。儀狄杜康非祖先，糟丘酒池等便溲。此方本出修羅宮，百花百藥爲酒母。雲安麴米縮柘漿，庇治酒才須四友。釀投次第應火候，揉和停勻倚心手。回潮解駁只逡巡，色香風味無不有。才傾鬱烈先飽鼻，未瀉甘旨已滑口。豈同醇酎待月旦，不用新豐算升斗。」〔註138〕這無疑也是文人雅事。沉溺於豔情、美食、美酒中，錢謙益似乎找到了快樂。即使晚年病廢在床，他也追慕古人樂事以爲快，在《戲詠雪月故事短歌十四首》序中說：「康樂言：天下良辰美景，賞心樂事，四者難並。中秋腳病，伏枕間思，良辰美景，無如雪月，此中樂事可快心極意者，古今亦罕。尋繹各得七事，系短歌以資調笑。若山陰、藍關之雪，牛渚、赤壁之月，不免寒餓，雖可清神濯骨，今無取焉。」〔註139〕名士風度，易代難改。

錢謙益作爲大名士，雖因降清而聲名不佳，失去往日在江南士人中的巨大影響力與社盟的宗主地位，但依然關注清初的士風與文人結社。他在與吳偉業的信中云：「竊謂天下之盛，盛於士君子之同，而壞於士君子門戶之未破。東漢之末，濟濟在朝，元祐以還，英賢傑出，而漢亡宋弱者何哉？分別之見，存之太甚故也。其始不過一二君子辨學術同異、政事得失，其心皆出於公普。悲天憫人之切，不覺其過，而胸腑之間毫末未釋，望風承響者乘間

〔註136〕《有學集》卷八，頁410。
〔註137〕《有學集》卷八《水亭承鄧元昭致饌諸人偶集醉飽戲書爲謝》，頁383。
〔註138〕《有學集》卷九，頁449。
〔註139〕《有學集》卷十，頁493。

佐鬥，病胕潰癰，遂至不可療治。清流白馬之痛，有心世道者每每致咎於一
二君子之不謹。嗚呼，一二君子之在當時，豈自知其爲禍之烈至於如此也。
今天下文人，雖不獲方駕古哲，而靈蛇明月，十室而九，較弘正嘉隆之際，
似今日爲盛。然僕喜其盛，遽憂其衰。蓋吾吳，天下之望也，愼交、同聲兩
社，吾吳之望也。其愼交之汪均萬、宋既庭、侯研德、宋右之、陸翼王、吳
弘人、計甫草、許竹隱、趙山子諸公，同聲之鄭士敬、章素文、沈韓倬、趙
明遠、錢煉百、宮聲諸公，又吾吳兩社之望也。望者，天下之表也。望之所
繫，豈可輕開嫌隙。諸公僕雖未獲盡與周旋，相爲罄折，挹其長論，知其皆
道德君子，必無若僕所慮者。然僕聞其頗有異同，在諸公可諒其無他，正恐
天下之傅會諸公者不知諸公之指，積釁漸深，安知其禍之極，不至於此。《易》
曰：『履霜，堅冰至。』太公曰：『兩葉不齊，將尋斧柯。』此僕之喜而遽憂
者也。」錢謙益反對君子分門立戶，擔心當時江南文社之首同聲、愼交互相
鬥爭。《研堂見聞雜記》說在復社潰散之後，「未幾而吾吳復有同聲、愼交，
爲二宋所主，德宜右之、德宏疇之、實穎既庭，而佐之者尤侗展成、彭瓏雲
客也。初與同郡章素文爲莫逆交，素文有滄浪社書一選，其表揚諸子信至，
而後忽以言語相參商，與素文爲敵國，遂跳而有愼交之約，應之者梁溪、松
陵、練川，而其下婁東也。婁東諸公，爲東道主，時七邑之士畢至，奚訂盟
書。……時章素文悒悒在家，而陰遣其友王禹慶、錢宮聲，隨群而至，書押
之時，禹慶執筆不肯下，眾苦之，奮袖出。及宮聲，宮聲亦相持數言，長揖
去。時婁東雖爲東道主，而王維夏、郁計登、周之傑，與素文約，不欲附也，
相率不肯署名。停筆者可一飯頃，而張敬修其樂與也，奮筆先書，和之者絡
繹不絕，而子俶輩不得已亦書，於是水火之形判。……其局既罷，素文於是
扁舟來東，與婁東、玉峰諸子，更建旂鼓，聯絡四方，復有同聲之約，主之
者素文，佐之者趙明遠、沈韓倬、錢宮聲、王其長也。」同聲、愼交兩社的
矛盾起於睚眥，錢謙益對此憂心忡忡，認爲士人身繫天下之望，不可黨同伐
異，輕開嫌隙，於是勸吳偉業云：「閣下聰明特達，好善不倦之心，信於天
下久矣，一旦出而調和焉，則朋黨之釁消，而歸美閣下者無窮。且兩社之信
閣下者尤至，一整頓於詩文，一解憾於杯酒，而固已磊磊明明，盡輸服於閣
下，閣下則以談笑之頃，收作睹之功矣。」在錢謙益的推動下，吳偉業主持
同聲、愼交兩社大會，盛況空前：「癸巳之春，各治具虎阜，申訂九郡同人，
四方來者，可得五百人。先一日，愼交爲主，以大艦十餘，橫互中流，舟可

容數十席，中列娼優，明燭如星，數部伶人，聲歌競發，直達旦而後已。九郡中縉紳冠帶之士，無不畢與。次日，同聲爲主，設席於虎阜之巔，列星開筵，伶人迭奏，將散時如奔雷瀉泉，遠望山上，如天際明星，晶瑩圍繞。其日兩社諸公，各誓於關壯繆之前，以示彼此不相侵叛。」〔註 140〕錢謙益自稱：「僕年逾七十，時以醫藥自賴，近復箋注教典，於三藏十二部之文日親，萬事灑然，視天地皆旅泊，獨於朋友文字之好，不能盡忘，故欲急睹閣下之成，以伸其願，非有他冀也。」〔註 141〕這當然是他勸說吳梅村的原因之一。另一個原因可能是他關注江南的士風、士習，希望能借合盟實現士人的聯合，講學問道，振興古學，激揚士氣。之所以要由吳偉業出面，而不由他親自主持，除他上文所述的理由外，可能還因爲他在清朝已經聲名有損。不過在清朝，文人社盟已經愈趨愈下，《研堂見聞雜記》云：「大率復社爲局，聲氣一合，而今則瓜分豆裂；復社之取人，專以才學，而今則專以勢要；復社每切磨文字，講求聲譽之術，而今則置文字不言，但取幹局，取通脫，取縱橫，凡高門鼎族，各聯一社以相雄長，大約如四公子之養士，雞鳴狗盜，以備一得之用而已，因時勢爲之，而人心風俗，亦另一機杼已。」復社之起，與當時政治、文化狀況有密切聯繫，士人一方面想挽回八股文寫作中的頹風，一方面對政治有高昂的參與熱情，因而重才學，重氣節；而至清朝，在滿洲統治的高壓下，那種抨擊政治的激情與尖銳鋒芒不可能再存在了，社盟成爲基於地域或利益的文人小集團，相互之間往往爲了細事而攻擊，很容易分化組合。清朝「始建，盟會盛行，人間投刺，無不稱盟弟者，甚而豪胥市狙，能翕張爲氣勢者，縉紳躪屣問訊，亦無不以盟弟自附，而狂瀾眞不可挽」〔註 142〕，雖然氣勢極盛，但已經喪失其政治性和進步意義，對砥礪士習並無幫助，其糜爛是必然的。順治末、康熙初，清朝對江南文人的打擊空前嚴厲，如奏銷案、通海案、哭廟案、莊則誠明史案等，每案均牽連文士至數百人，僅辛丑七月，決於江寧市的士子便有數百，「血流成河，無不酸鼻。」〔註 143〕士人更加謹小愼微，結社的積極性漸小，加之「康熙初年，朝廷以法律馭下，嚴行禁革，此風遂改」〔註 144〕，盟社進入低潮。好在同聲、愼交兩

〔註 140〕《研堂見聞雜記》，痛史本。
〔註 141〕《與吳梅村》其三，《錢牧齋先生尺牘》。
〔註 142〕《研堂見聞雜記》，頁 41b。
〔註 143〕《研堂見聞雜記》，頁 35b。
〔註 144〕《研堂見聞雜記》，頁 41b。

社之合中錢謙益並未出面，未引起統治者的注意，而吳梅村被逼出仕，可能便與他主持虎丘之會有關。

　　錢氏鼓動吳梅村出面調和同聲、慎交兩社，是否有私心，希望能通過聯合兩社，使自己在江南士人中的聲譽略為挽回呢？未找到有力的證據。不過在營救顧炎武一事中，可以略見錢謙益行為、心態的複雜。順治十二年乙未五月，顧炎武與葉氏搆訟，歸莊求解於錢謙益。全祖望《亭林先生神道表》云：「顧氏有三世僕曰陸恩，叛投里豪，欲告先生（即顧炎武）通海。先生亟往擒之，湛之水。僕婿復投里豪，以千金賄太守，求殺先生，即繫奴家，危甚！有為先生求救於某公者，某公欲先生自稱門下，其人私書一刺與之。先生聞之，急索刺還，不得，列揭於通衢以自白。某公亦笑曰：『寧人之卞也。』」張穆案：「為先生求救者，歸高士玄恭；某公者，謂錢謙益也。」〔註145〕從《歸莊集》卷三《送顧寧人北遊序》、卷五《與葉嵋初》、《與顧寧人》中均可考知乙未之案。錢謙益希望顧炎武自稱門下，但從各方敘述看來並非真要顧炎武拜其為師，否則不會歸莊私書一刺即可，可能錢謙益只是想以此滿足自己的虛榮心而已，由此可見錢謙益急於改變自己的名聲，甚至不惜乘人之危，真是可悲而又可歎。

　　其實，錢謙益入清後再也不可能像明亡前那樣自在逍遙，既享山林之樂又享盛名隆譽，雖然他也飲美酒，也賞美景，也酬唱，也風流，也關注文社，但其中滲透著深深的悲涼與苦楚，所以如果要用一個字來概括錢謙益在清朝的生活與心境，那只能是：苦。

　　首先，錢謙益在經濟上陷入窘境。在明朝，錢謙益的家境是比較富裕的，初識柳如是時，能以十日築我聞室〔註146〕，與柳如是結合後，又「為築絳雲樓於半野堂之後。房櫳窈窕，綺疏青瑣。旁龕金石文字，宋刻書數萬卷。列三代秦漢尊彝環璧之屬，晉唐宋元以來法書，官哥定州宣成之瓷，端溪靈璧大理之石，宣德之銅，果園廠之鬃器，充軔其中。」〔註147〕所有這些古器宋書，均價值不菲。《牧齋遺事》中載錢謙益僅購北宋《前後漢書》便出價三百餘金，還是因為《後漢書》缺二本，售之者故減價。後來有書賈偶然得到所缺二本，錢謙益款以盛筵，予之廿金。此書「紙質墨色，炯然奪目，真藏書

〔註145〕轉引自《歸莊集》附錄一《年譜》，頁552。
〔註146〕沈虬《河東君傳》，《柳如是詩文集》附錄一，頁221。
〔註147〕顧苓《河東君小傳》，《柳如是詩文集》附錄一，頁219。

家不世寶也。」〔註148〕僅此便可見一般。但入清後，錢謙益在詩文書信中反覆提及他的窮困潦倒，如《復張綏子》之一云：「閉戶寫經，無寸晷之暇，卻以三空四盡，官逋如火，譙訶催索，時復聒耳，雖復付之罔聞，不免時一懊惱也。來諭極欲相應，奈正當此窮極之時，倉箱未能充盈，已盡歸催科之吏，不能作無米之炊，以應水火之求，且待開歲更爲之計，未能預爲訂期。外附脫粟一石，聊充盤殽之敬，幸笑置之。食品二種附謝。」〔註149〕《復林茂之》又云：「弟年來窮困，都無人理，盜劫歲荒，催徵迭困，上下無交，困無斗粟，天地間第一窮人，人不知也。案頭無墨，每向人乞墨，如尺璧斗金，莫有應者，不能有餘墨奉寄也，可笑如此，亦復可歎。」〔註150〕前後對比，看得出錢謙益的經濟狀況在不斷惡化。辛丑年有盜賊入他家行竊，他適外出，自云：「相知聚首，樂極生悲，山堂燕及之辰即江村胠篋之夕，山妻稚子，匍匐荒田，片紙寸絲，遂無餘剩，幸以扁舟早出，免於白刃。」〔註151〕此次被盜使錢謙益本已困頓的生活雪上加霜，他在《與趙月潭》中訴苦：「舉家狼狽，五月被裘，石臺公祖分俸爲制絺綌，少可蔽體，而家中百物罄盡。賤內累年爲嫁女奩具亦一卷而去。僕苦口勸諭，欲以義命爲解，而卒未可破除也。」〔註152〕所以他在與好友李孟芳的信中，一則曰：「歲事蕭然，欲告糴於子晉，藉兄之寵靈，致此質物，庶幾泛舟之役，有以藉手，不至作監河侯也。以百石爲率，須早至爲妙，少緩則不及事矣。」再則曰：「空囊歲莫，百費蝟集，欲將弇州家漢書，絕賣與子晉，以應不時之需，乞兄早爲評斷。」〔註153〕

〔註148〕《牧齋遺事》，《古學彙刊》第一集，上海國粹學報社印行。但據《錢牧齋先生尺牘》補遺《與□□□》云：「趙文敏公家藏前後漢書爲宋槧本之冠，前有文敏公小像，太倉王司寇得之京山。李維柱字本石，本寧先生之弟也，嘗語予：若得趙文敏家漢書，每日焚香禮拜，死則當以殉葬。後予以千金從徽人贖出，藏弆二十餘年，今年鬻之於四明謝象山。床頭黃金盡，生平第一段風景事也。此書云多之日殊難爲懷，李後主去國聽教坊雜曲，揮淚對宮娥一段淒涼景色約略相似。」卷二《與李孟芳》之十二「欲將弇州家漢書，絕賣與子晉……此書亦有人欲之，意不欲落他人之手，且在子晉找足亦易辦事也」，似乎此書本購自王家，未補足，後又賣給毛子晉，而非如《牧齋遺事》所言「爲居要津者取云」，莫非錢謙益有兩套《漢書》？

〔註149〕《錢牧齋先生尺牘》卷一。
〔註150〕《錢牧齋先生尺牘》卷一。
〔註151〕《錢牧齋先生尺牘》卷一《與李梅公》。
〔註152〕《錢牧齋先生尺牘》卷一。
〔註153〕《與李孟芳》之十、之十二，《錢牧齋先生尺牘》卷二。

　　錢謙益之所以晚年窮困，金鶴沖在《錢牧齋先生年譜》中云：「先生平生多難，或以貨免，晚歲破產餉義師，負債益重。」首先應說明錢謙益在入清時經歷動亂，家產便已不豐。《柳如是別傳》「述及順治二年乙酉清兵破明南都，牧齋奉獻豫親王多鐸之禮物獨薄事，據此得知牧齋當時經濟情況實非豐裕。蓋值斯求合苟免之際，若家有財貨，而不獻納，非獨己身不應出此，亦恐他人未必能容許也。」〔註154〕錢謙益入朝時間甚短，且均為清望之員，在南明為禮部尚書，但並不得志，想來沒有什麼灰色收入，其主要經濟來源是常熟田產，在留都沒有多少財產，所以獻禮獨薄可能是迫不得已。而在常熟之財物，在清軍劫掠之後可能也所餘不多，《七峰遺稿》第三十二回「戰城中壯士橫屍　避相府秀才喋血」云：「讀書人見識，俱道牧齋降過清朝，身將拜相，家中必然無兵到的。孰知屠城之令既下，豈在為一個降官家裏。第三日，人傳說惟有絳雲樓上殺的人多，且大半是戴巾平日做秀才讀書人面孔。」〔註155〕此說若可信，則可見清軍屠掠常熟，錢家亦不免。陳寅恪力證錢謙益此時亦不豐裕，是想說明丁亥之獄全憑河東君利用人情，才使牧齋脫禍。但以當時情形衡量，不可能不用賄。據《河東君殉家難事實・孝女揭》云：「我母柳氏，係本朝秘書院學士我父牧齋公之側室。吾父歸出之後，賣文為活。煢煢女子，蓄積幾何。」則錢謙益在歸鄉後的主要收入是潤筆之資，而這實在不敷用度，如《答吳》中云：「聞頗以筆箚自潤，僕苦老窮，亦仰給於此，本賣文為活，翻令室倒懸」〔註156〕。其次，當時江南的賦稅很重，上至富戶，下至佃農，經濟壓力都很大。在明朝，鄉紳尚可利用權勢寄冒，但清朝查處極嚴，特別是錢糧案中「撫臣更立奏銷法，歲終，將紳衿所欠，造冊申朝。時吳中士子，未諳國法，有實欠未免者，有完而總書未經註銷者，有實未欠糧，而為他人影冒立戶者，有本邑無欠，而他邑為人冒欠者，有十分全完，總書以纖怨，反造十分全欠者，千端萬緒，不可枚舉。蘇松常鎮四郡，並溧陽一縣，紳士共得三千七百人。既達於朝，部臣議覆，吏部先議紳既食祿，不當抗糧，現任降二級調用，在籍者提解來京，送刑部從重議處，已故者提家人，其革職廢紳，則照民例，於本處該撫發落。吾州在籍諸紳，如吳梅村、王端士、吳寧周、黃庭表、浦聖卿、曹祖來、吳元祐、王子彥，俱擬提解刑部，

〔註154〕《柳如是別傳》，頁918。
〔註155〕《虞陽說苑甲編》第一冊。
〔註156〕《錢牧齋先生尺牘》卷二。

其餘不能悉記。」〔註157〕錢謙益無疑為完納錢糧所苦，他曾指出「敝鄉衝疲，地瘠糧重，邇來仍歲洊饑，漕事滋困」〔註158〕，在奏銷案中他也受到騷擾，說：「近日一二梟獍蜚語計窮，創為一說，謂寒家戶田欠幾萬金，將有不測之禍，又託言出自縣令之言，簧鼓遠近。試一問之，戶有許多田，田有許多糧，若欲盈欠萬之額，須先還我踰萬之田而後可。小人嚼舌，不顧事理一至於此。」〔註159〕並在《與陳金如》中云：「戶糧事已悉甚詳，所云欠至六十者皆已付而未納，尚掛欠額，管糧人可恨如此。今盡數追清，度不致貽累也。」〔註160〕其實即使是正常稅糧，也令錢謙益焦頭爛額，無力措辦。收入雖少，可錢謙益的花費很大，除維持家庭生活開支外，錢謙益奔走復明，捐金贈明軍，入獄後以賄賂脫困，營救志士等都需要錢。如金鶴沖《錢牧齋先生年譜》「戊戌」載：「季春遊武林，訪黃太沖兄弟於昭慶寺，已而晦木來告張蒼水妻董、子祺在仁和獄中且十年矣，今開贖例，得五十金則二人可出也，先生慨然畀以五十金贖之。……顧苓云：先生於前後死國之臣必經紀其家，大聲疾呼，罔所顧忌。不獨贖蒼水妻子而已。」所以他窮困潦倒那是自然的。

既然賣文為生，與錢債相連的便是文債。錢謙益一直苦於文債，在給錢曾的信中說：「歲行盡矣，有兩窮為苦，手窮欠錢債多，腹窮欠文債多。手窮尚可延挨，東塗西抹，腹窮不可撐補，為之奈何。」〔註161〕《與王兆吉》又說：「生平有二債，一文債，一錢債。錢債尚有一二老蒼頭理直，至文債則一生自作之孽也。承委南軒世祠記，因一多來文字宿逋未清，俟逼除時當不復云祝相公不在家也，一笑。」〔註162〕文債與錢債是相應的，他為人作文，不過為求潤筆之費以補雜費，但老人拖著病軀還不得不絞盡腦汁地寫應酬文字，以免他人催促，也是件很痛苦的事，錢謙益說：「逼除為文債所苦，兩日以來頭涔涔然，擁被僵臥，遂不得倒屣相迎，深用為愧。文債相逼，應是枯腸作祟，不知與頭腦何與，李代桃僵，殊可一笑也。」〔註163〕他為了文債付出很多心力，而且潤筆之費也有多有少，並不真能滿足他的需要，如《與陳

〔註157〕婁東無名氏《研堂見聞雜記》。

〔註158〕《錢牧齋先生尺牘》卷二《與某》。

〔註159〕《錢牧齋先生尺牘》卷二《與某》。

〔註160〕《錢牧齋先生尺牘》卷二。

〔註161〕《與遵王》之五，《錢牧齋先生尺牘》卷二。

〔註162〕《錢牧齋先生尺牘》卷二。

〔註163〕《與毛華伯奏叔臞季》，《錢牧齋先生尺牘》卷二。

金如》中「逼除爲文債所窘，頗似往年管外制，用寶攢迫時，然彼時潤筆殊可觀，今日則恰與枯腸相稱，可發一笑也」〔註164〕。一代文壇盟主曾寫下多少激揚文字，華麗詩篇，如今爲了糊口勉爲其難地寫毫無感觸的墓誌、賀序，眞是令人心酸。

錢謙益不僅貧，而且老病纏身，在《復趙》中云：「僕累年積疴，眞病眞衰，眞聾眞聵，日啜粥半盂，兩臂瘦如削蔗，已自分韜巾待盡，醫者教以守心魂，斷筆墨，或可支綴餘生，今只得謹守其戒，偶一犯之，頭眩脅脹，百病交作。恭承來命，責以飛文遣詞，實不能勉強從事，徒有浩歎而已。經年一榻，斷絕交遊，又豈能招搖詞壇，遍徵歌頌？」〔註165〕他所患的疾病，有腳氣、耳鳴、耳聾、頭眩等，如《復嚴》中云：「老人病瞶，自是血氣衰涸，恐非藥石所能治，蠅聲梟音，狺狺盈耳，頗以聾代掩耳，殊不思飲社酒也。」〔註166〕在《與李孟芳》中又說：「昨因兩耳暴痛，不能肅容，入夜兩腮俱腫，耳中蓬蓬然，不聞雷霆，恐爲濟老之續，苦甚。」〔註167〕同時由於足疾時常發作，他後來經常臥床不起，如在《與王雙白》中說：「十九日之剋期赴會，不意中秋足疾又發，大抵腫脹之苦，時止時作，不可爲典要，行步欹危，足脛無力，恐其遂爲痼疾，只是扶床繞榻，蹣跚而止。」〔註168〕疾病衰老不僅給他的肉體帶來很多痛苦，還令他精神沮喪，不能寫作。

窮、病，還止於身，更痛苦的是對錢謙益精神的打擊，這種打擊僅其大者便有兩次，一是絳雲樓被焚，二是愛孫夭亡。

庚寅十月，絳雲樓發生火災，延及半野堂，圖書玩好盡付之一炬，他所裒輯的明史稿一百卷（鄒式金云）和論次的昭代文集百餘卷（顧苓云）也在這場大火中悉爲煨燼。錢謙益重視藏書，並爲之付出很大心血，「大江以南，藏書之家無富於錢」〔註169〕，而他的藏書又絕大多數存於絳雲樓中，其《絳雲樓書目》是他晚年根據記憶所寫，雖僅有原藏的十之一二，但也令人讚歎，黃宗羲便說：「絳雲樓藏書，余所欲見者無不有」〔註170〕，如今卻灰飛煙滅，

〔註164〕《錢牧齋先生尺牘》卷二。
〔註165〕《錢牧齋先生尺牘》卷一。
〔註166〕《錢牧齋先生尺牘》卷一。
〔註167〕《錢牧齋先生尺牘》卷二。
〔註168〕《與王雙白》之二，《錢牧齋先生尺牘》卷二。
〔註169〕《舻剩》卷三。
〔註170〕《黃宗羲全集》第一冊《思舊錄》「錢謙益」條，頁375。

豈不令人傷痛，因此錢謙益感歎云：「甲申之亂，古今書肆圖籍一大劫也；庚寅之火，江左書肆圖籍一小劫也。」〔註171〕而明史稿與昭代文集的焚毀對他的打擊更是難以估量的。錢謙益一直以修史自任，晚明時曾參與修纂《神宗實錄》，並撰有《國初群雄事略》、《太祖實錄辨證》等史著，其材料的豐富與史識都頗得好評。南明時又疏言留心國史三十餘年，請即家開局修史而未果，降清後更想存有明一代之史，以懺悔補過，說：「本朝養士三百年如此其久也。鴻朗莊嚴，含章挺生，當有左、馬、班、范之儔，徵石室之遺文，訪端門之逸典，勒成一書，用以上答九廟而下詔來茲者」〔註172〕。錢謙益又云：「往予領史局，漳浦石齋先生過予揚搉，輒移日分夜。就義之日，從容語其友曰：『虞山尚在，國史猶未死也。』」〔註173〕因此錢謙益在清初的修史，不僅是為了實現個人願望，也是不負亡友期許，同時也有借史保存民族文化與精神，寄託故國之思，並激勵人心之意。想不到凝聚著他的辛勞與苦心的史稿卻化為灰燼，不能不令錢謙益痛苦萬分，自云：「己丑之春，余釋南囚歸里，盡發本朝藏書，裒輯史乘，得數百帙，選次古文，得六十餘帙，州次部居，遺蒐闕補，忘食廢寢，窮歲月而告成。庚寅孟冬，不戒於火，為新宮三日之哭，知天之不假我以斯文也。息心樓神，皈依內典，世間文字，眇然如塵沙積劫矣。」〔註174〕並在六年之後說：「僕自通籍，濫塵史局，即有事於國史。晚遭喪亂，偷生視息，猶不自恕，冀以鐘漏餘年，竟紬書載筆之役。天未悔禍，祝融相與。西京舊記，東觀新書，插架盈箱，蕩為煨燼。知天之不欲使我與於斯文也。灰心空門，不復理世間文字」〔註175〕。他在《蕉園》中又說：「蕉園焚稿總凋零，況復中州野史亭。溫室話言移漢樹，長編月朔改唐蓂。謏聞人自訛三豕，曲筆天應下六丁。東觀西清何處所，不知汗簡為誰青？」〔註176〕絳雲樓之火，使他的史學研究與文學創作受到很大打擊，這對一個以著述為樂趣、為寄託的文人來說意味著他已心灰意冷，既不可能借史著以不朽，又無心借詩文以遣懷，只能以宗教為精神支柱來求得解脫。

戊戌中秋，錢謙益的長孫錢佛日夭亡，錢謙益十分悲痛，寫下《桂殤四

〔註171〕金鶴沖《錢牧齋先生年譜》。
〔註172〕《有學集》卷三十九，頁1367。
〔註173〕《有學集》卷十四《啟禎野乘序》，頁687。
〔註174〕《有學集》卷十七《賴古堂文選序》，頁768。
〔註175〕《有學集》卷三十九《答吳江吳赤溟書》，頁1367。
〔註176〕《有學集》卷八，頁387。

十五首》，序云：「《桂殤》，哭長孫也。孫名佛日，字重光，小名桂哥。……聰明勤敏，望其早成，擬作志傳，毒痛憑塞，啜泣忍淚，以詩代之，效東野《杏殤》之作。」錢謙益數代單傳，對愛孫自然視若珍寶，而且桂哥從小聰明伶俐，習書學文，頗有乃祖之風，錢謙益回憶云：「兒好爲飛白書，又忽作雙飛白，鉤剔清整。少暇則作數紙，非肄業及之也。」「兒讀《大學》，至『綿蠻黃鳥』，即援筆注其上云：『綿蠻，南蠻之聲也。』制掌大小本，自爲箋疏，今亡矣。又一日問塾師：一字臥則爲一，豎爲何字？再添一豎爲何字？塾師無以應。乃出字書爲塾師解之。親黨皆畏其辨難。」「兒三四歲騎竹馬，稱媷坐衙，指其頂曰：他日要戴紗帽也。」因此錢謙益讚賞說：「神情秋水貌春風，鄉里嗟籲羨聖童。只有一般還惎汝，書淫傳癖類家公。」錢謙益本對他寄予厚望，不料卻不幸夭折，白髮人送黑髮人，令他大爲傷心，悲訴：「銀輪丹桂矞枝枝，璧月新圓汝命虧。世上無如爲祖好，人間只有哭孫悲。踏翻大地誰相報？叫斷高天竟不知。身似束柴憐病叟，拾巢空復羨雅兒。」「七十長筵燕喜新，充閭先報石麒麟。多生欠汝千行淚，此日拋予半個身。往往鳳凰傷短羽，家家豚犬竟長春。呼天辟地都無分，回向空王證往因。」從「杏殤那比桂殤悲，八桂林摧最好枝。總是中原無獨角，不應東國有長離。驅烏畫地標秦塞，騎竹朝天習漢儀。臨穴正如哀奄息，傷心豈獨爲家兒」來看，似乎錢謙益將孫兒之死與復明希望渺茫聯繫在一起。錢謙益還說：「庚寅劫火六丁然，綠字丹書運上天。汝去箋天應乞與，絳雲樓閣故依然。」將書焚孫夭之痛轉爲虛無美好的幻想，其中蘊含著對人世苦難的哀痛。錢佛日之死，使錢謙益更轉向佛教，自云：「佛日爲名本佛奴，臨行大士數提呼。業山夙昔從茲倒，淚海今生爲汝枯。香像銜悲頻頂禮，金經捫泣重箋疏。筆端舍利含桃許，憑仗光明度冥途。」〔註177〕〔註178〕

　　但在晚年的種種憂愁痛苦之中，最令錢謙益魂牽夢縈、愁腸百結、痛苦萬分的還是亡國的悲痛與曾經降清的恥辱無時不在噬齧他的心靈，他因此曾

〔註177〕《有學集》卷九，頁455。

〔註178〕據《錢牧齋先生尺牘》卷二《與毛子晉之四十》：「《桂殤詩》實哀痛之餘，假此少遣鬱塞，又辱兄丹青妙筆爲此兒傳神寫照，而此中頗有一二語爲傍人指摘者，殊非意中之事。然老年暮景，恐此詩一出便有許多葛藤，卻生家庭中荊棘，此實一往哀傷點簡不到，悔之莫及，今乞仁兄爲我將此刻收起，萬勿流佈，待面時一訴委曲，然後知此詩之不可出也。」可知聊寄哀痛的《桂殤詩》寫成後尚在家中掀起風波，老人眞是動輒得咎。

經熱情地投入復明運動，付出巨大的心力，並為之而時喜時憂，但最終卻失望至極。

錢謙益對亡國的哀傷並非作偽，而這種哀傷又與降清的羞愧結合在一起。他在《西湖雜感》序中說：「舊夢依然，新吾安往？況復彼都人士，痛絕黍禾；今此下民，甘忘桑梓。侮食相矜，左言若性。何以謂之？嘻其甚矣！昔日南渡行都，愁遺南市；西湖隱迹，追抗西山。嗟地是而人非，忍憑今而弔古。」〔註179〕他時時不能忘懷故國，因為在傾覆的故明大廈裏還埋藏著他的青春與歡樂，他的理想與抱負。在《雲間董得仲投贈三十二韻依次奉答》中，錢謙益一則曰：「州移中土九，路失下牢千。歷歷開元事，明明萬曆年。」再則曰：「瘋憂殊悄悄，蟻鬥正悄悄。但倚三精在，寧思九鼎遷。垣牆隳閣道，鈎盾廢天田。」懷念曾有的盛世繁華，對明亡痛心疾首。同時他又說：「季葉絲方梦，殘生繭自纏」，「錯莫三年笑，迷離千日眼」，「夢裏褒衣疊，循來蒜髮芊」〔註180〕，袒露自己痛苦的心靈。他的詩文始終浸染著這種亡國的悲涼感傷。

殘明曾在西南支撐了十餘年，堅持抗清旗幟，進行艱苦卓絕的鬥爭，與清軍展開激烈的拉鋸戰，它的掙扎就如風前之燭，似乎轉眼間就將黯然熄滅，但一會兒又光明耀眼。錢謙益將滿腔的希望付之於復明運動，並積極投身於其中，他的心也隨之或喜或憂或悲，最終喪失一切希望。庚子十二月，吳三桂入緬甸境，緬人將永曆帝及皇太后、皇后、皇太子等送與清軍，壬寅四月，永曆帝被迫自盡，太子亦遇害。消息傳來，錢謙益十分震驚，《後秋興十二》序云：「壬寅三月二十三日以後，大臨無時，啜泣而作。」他在《後秋興十三》中又自序：「自壬寅七月至癸卯五月，訛言繁興，鼠憂泣血，感慟而作，猶冀其言之或誣也。」其一云：「地坼天崩桂樹林，金枝玉葉痛蕭森。衣冠雨集支祈鎖，閶闔風淒紂絕陰。醜虜貫盈知有日，鬼神助虐果何心。賊臣萬古無倫匹，縷切揮刀候斧碪。」其二云：「海角崖山一線斜，從今也不屬中華。更無魚腹捐軀地，況有龍涎泛海槎。望斷關河非漢幟，吹殘日月是胡笳。姮娥老大無歸處，獨倚銀輪哭桂花。」其三云：「庸屬經營付落暉，宮車消息轉依微。空留丹血從三后，無復遺言詔六飛。馬角烏頭期已誤，龍姿虎步識俱違。逆臣送喜猖狂甚，趣與然脂照腹肥。」錢謙益對吳三桂切齒仇恨，對永曆政權

〔註179〕《有學集》卷三，頁89。
〔註180〕《有學集》卷七，頁323。

的最終滅亡傷心而又無奈。他活得如此長壽，以致不幸地看到了復明運動中
最悲慘的一幕，而這最終擊毀了他生的希望與勇氣。他說：「不成悲泣不成歌，
破硯還如墨盾磨。拚以餘生供漫興，欲將禿筆掃群魔。途窮日暮聊爲爾，髮
短心長可奈何。賦罷無衣方卒哭，百篇號跽未云多。」〔註181〕他長歌當哭，
但也無法將自己的憤怒、絕望、哀傷全部傾吐出來，在《後秋興之十三》中
其五云：「夢回猶傍五溪山，歷井捫參唾霧間。卻指帝星臨楚分，如聞王氣滿
吳關。地翻黑水才伸足，天轉青城始破顏。辛苦蒼梧舊留守，忠魂常領百僚
班。」其六云：「麻衣如雪白盈頭，六月霜飛哭九秋。兩耳也隨風雨劫，半人
偏抱古今愁。地閟沮洳教魚鳥，天闊煙波養鷺鷗。誰上高臺張口笑，爲他指
點舊皇州。」這些詩無不情難自已，催人淚下。在《癸卯中夏六日重題長句
二首》中他對自己的故國心境進行了總結，其一云：「漫漫長夜獨悲歌，孤憤
塡胸肯自磨。敵對災星憑酒伯，破除愁壘仗詩魔。逢人每道君休矣，顧影還
呼汝謂何。欲共老漁開口笑，商量何處水天多。」其二云：「百篇學杜擬商歌，
墨瀋頻將漬淚磨。世難相尋如鬼疰，國恩未報是心魔。射潮霸主吾衰矣，觀
井仙人奈老何。取次長謠向空闊，江天雲物爲誰多。」〔註182〕他感憤無極，《投
筆集》至此終止，《華嚴經注》亦輟簡，唯待死而已。

　　錢謙益是不是遺民還有爭議，但他入清後生活與心態的痛苦在遺民中確
實很有代表性，如對故國的眷戀，對復明的盼望與絕望，無路可走的悲愁，
生活的困頓等。這種痛苦又可分爲三個層次。第一層是故國情懷。亡國之人
對故國的思念與悲哀中既有對往日快樂生活的追憶，也有今日艱難度日的辛
苦，還有今昔對比的失落，但所有這些還不足以說明亡國哀痛的深刻內涵。
其中的根源既有封建道德體系所施加的堅持氣節的道德壓力，又有封建士人
拯救、振興國家、民族的使命感，還有生活於異族統治下對本民族文化存亡
繼絕的責任感等。如閻爾梅爲抗清而躲避追捕，說：「自經離亂後，凡事與心
違。君載妻孥累，吾逃姓字非。」〔註183〕但依然自言：「既爲任事臣，安敢卸
牛絡。」〔註184〕他將個人的淒涼身世與故國的滄桑變幻緊緊結合在一起，說：
「中原離亂歲雲徂，日日移家家漸無。讀禮空山人慘澹，談兵半夜鬼揶揄。

〔註181〕《投筆集》卷下《吟罷自題長句撥悶二首》之二。
〔註182〕《投筆集》卷下。
〔註183〕《白牛山人詩集》卷五《雁門送李天生歸陝》，頁295。
〔註184〕《白牛山人詩集》卷三《看花南閣同葉潤山分賦》，頁256。

郊居習獵分鳧雁，臥病加餐掘筍蒲。鄙薄彈冠非志士，花開攜酒宅東隅。」〔註185〕儘管貧寒無助，他依然堅持操守，在《首陽謁二賢廟》中說：「雷首雲高陰柏田，黃河南下復東漩。昔人懷古歌虞夏，後世聞風拜几筵。烈士性情多失路，忠臣生死不隨天。微箕並食周家粟，視此將毋愧九淵。」〔註186〕姜埰亦述亂離之苦與遺民之悲云：「吁嗟我生十齡時，傳聞遼陽數喪師，慈母抱我懷中泣，賊軍臨城將安之。豈知轉眼二十年，四方征戰苦相纏，家亡國破命不淑，死填溝壑生顛連。即今白首臣江滸，辰慘不給日到午。水深即欲防鯨鯢，山高那免憂豺虎。海內戎馬太轉側，身在江南憶江北。」〔註187〕死前他自書「一腔熱血，欲灑何地」八字〔註188〕，表現遺民壯志不遂的心痛。這種深刻的故國悲哀可以引起任何時代士人的同情與共鳴，所以就可以理解生長於清代的孔尚任爲什麼會寫作充滿遺民氣味的《桃花扇》了。同時故國情懷又是很樸素的：我曾經生活在明朝，我人生的一部分與之相聯，社會動蕩，朝代更迭，曾龐大輝煌的明朝消失了，這使我的人生發生了巨大變化，我總對他還是有些留戀，時時回想，感到哀傷。所以降清、仕清者也有故國情懷，而這又並不妨礙他爲異族統治者服務，龔鼎孳便是這樣一個典型。如龔鼎孳表現自己的亡國悲情云：「吐舌談前事，攢眉向上游。翠蛾珠珥亂，龍種玉魂秋。夜火傳深殿，銅駝立古丘。杜鵑花下血，點點是春愁。」〔註189〕「劫過昆明萬事隳，壯心初向鏡邊灰。休文座上人非少，庾信江南賦獨哀。滿眼干戈疑去住，百年家國重徘徊。遙知簪日題書恨，淚裏新詩慘不聞。」〔註190〕「草滿銅駝客賦歸，離亭樽酒寸心違。河山雪涕殘詩稿，風雨招魂古帝畿。」〔註191〕他並與遺民交往，同情他們的淒苦生活，說：「一自海內鳴金鐵，滿眼箭簇非吾土。頹牆敗瓦壓書卷，美人俊物理軍鼓。白日行歌飯不足，饑鼠走案塵生釜。大雅淪亡老輩盡，痛哭秋山卷風雨」〔註192〕很難說這種情感是矯揉造作或虛僞的，它其實就是亂離中人的共同心聲，與個人的道德選擇沒有

〔註185〕《白牟山人詩集》卷六上《山中答友人》。
〔註186〕《白牟山人詩集》卷六上，頁353。
〔註187〕《敬亭集》卷二《偶成九首》之九，頁564。
〔註188〕《敬亭集‧年譜續編》「癸丑」條，頁542。
〔註189〕《定山堂詩集》卷四《述聞》其三，頁418。
〔註190〕《定山堂詩集》卷十七《伯父雍笼公惠詩垂憶依韻奉報》，頁590。
〔註191〕《定山堂詩集》卷二十一《送李卿子南歸》，頁648。
〔註192〕《定山堂詩集》卷四《李雲田將出都門命賦老蕩子失意行槩括其意爲長歌贈別》，頁416。

必然的聯繫，面對國破家亡，回想人生種種經歷，誰能不歎一聲，「花發銅駝燕不歸，旅鴻猶傍戰場飛。長攜故老青山淚，一灑空林白袷衣。雨雪漸傷年歲往，風塵終喜姓名違。移舟莫向新亭路，王謝河山歎亦稀」〔註193〕，只不過隨著時間的沖刷與生活的安定、舒適，這種故國之情會漸漸淡漠。

　　第二層是今昔反差的痛苦。這其中又有兩種，一是個人生活與地位的反差，如錢謙益在明朝時生活優裕，名望甚隆，是清流領袖，有入相之望，與柳如是詩文唱和，心情愜意，但入清後卻動輒得咎，兩次被禁錮，心情悲痛。在易代前後反差巨大的不僅他一人，很多遺民都與錢謙益有類似的困境，如侯方域、冒襄等，動亂與清軍的武力征服在一夜之間剝奪了他們的特權和幾代積累的財富，曾經鐘鳴鼎食的富貴之家轉眼寒酸敗落，曾瀟灑享樂的貴公子也只能爲飢寒而奔波。甚至乞食爲生，巨大的反差使他們時時回憶往日的繁華氣象，面對今日的凄苦欲哭無淚。如冒襄在明末爲貴公子，詩酒風流，聞名天下，入清後「鹽官避難，全家瀕死，雖俯仰得脫鋒刃，而家人被殺掠者二十餘口，故園池魚委署官妄加藉沒，幾不能復保廬墓」〔註194〕，他自歎「僕少年不自揣度，妄謂此生鍾鼎之奉應屬分爲，故視一切甚易甚渺，乙酉以後，家幾破而復存，身既死而復活，更捐棄一切爲身外物」〔註195〕。但他並沒有眞正解脫，或云：「兩載支離十畝荒，缽池清淺亦滄桑。那知衰柳殘桐後，白玉黃金擁赤霜。」〔註196〕或云：「憶昔從親南嶽回，梁溪高宴綺羅堆。當歌忽下窮途淚，濺血難逢化鶴杯。」〔註197〕昔日的財富如夢，豪華如煙，他感傷「余貧已骨立」，「金盡朋友散」〔註198〕，訴苦云：「老嬰患難，力竭心枯。兩子黷於逋責，溷於輿隸」〔註199〕，「三十年前受享太過，二十年來退讓太過，所以無端不測之事重見迭至。」〔註200〕面對這一切，他卻只能「茹茶飲蘗如含飴，飲刃吞灰稱逸叟。」〔註201〕

〔註193〕《定山堂詩集》卷十九《雪後諸同人集寓齋送與治、爾止、伯紫、半千還白門》，頁623。
〔註194〕《巢民文集》卷三《答李廷尉書》，頁584。
〔註195〕《巢民文集》卷三《答丁菡生詢回生書》，頁583。
〔註196〕《巢民詩集》卷六《碧落廬邊看菊十日成四絕句》之二，頁565。
〔註197〕《巢民詩集》卷四《追和顧子方西陵痛哭詩原韻》，頁531。
〔註198〕《巢民詩集》卷一《將至吳門與陳階六黃門言懷先寄百韻》，頁488。
〔註199〕《巢民詩集》卷二《二哀詩之韓蔡公》引，頁504。
〔註200〕《巢民文集》卷三《答龔芝麓先生》，頁591。
〔註201〕《巢民詩集》卷二《百憂集行寄呈芝麓先生》，頁503。

　　二是易代前後繁華與衰敗的反差。連年的戰爭與清軍的屠掠使得城鄉均遭受嚴重破壞，處處是廢墟荒草，令曾嬉遊於其中的士人不勝欷歔，有繁華如夢之感。錢謙益曾記揚州殘破云：「十里珠簾叢腐草，二分明月冷煙花。」〔註202〕《西湖雜感》又說：「匼匝湖山錦繡窠，腥風殺氣入偏多。夢兒亭裏屯蛇豕，教妓樓前掣駱駝。粉蝶作灰猶似舞，黃鶯避彈不成歌。嘶風朔馬中流飲，顧影相蹄怕綠波。」〔註203〕曾經名士歌酒流連的名勝如今蒼涼破敗，令人心痛。閻爾梅在《過開封有感》亦云：「中原樞極鎖神京，沙海光躔角亢精。八月龍津黃水潰，千年雉堞綠泥平。彝門草昧無監者，蓬澤塵高失步兵。最是流民堪發笑，歸來滿地掘銀坑。」「六代京華渾漏氿，三川禾黍一空桑。繁臺艮嶽丘墟盡，鐵塔亭亭澹夕陽。」〔註204〕而最有代表性的作品莫過於張岱的《西湖夢尋》了，他越是將明亡前的杭州寫得花團錦簇、賞心悅目，就越是讓人傷感今日的冷清淒涼。《自序》中云清初回杭，「至斷橋一望，凡昔日之弱柳夭桃、歌樓舞榭，如洪水淹沒，百不存一矣」，真令人恍如隔世。

　　錢謙益痛苦心靈的第三層，是對失節的悔恨。長期以來，錢謙益一直以氣節自負，作為東林黨魁與清流領袖，他的風節既受人景仰，也是他自己的精神支柱之一，使得他雖然在政治上屢次受挫，甚至入獄，依然能激勵自己。但降清使得他的自信完全崩潰，再如何辯解也無法掩蓋他降清、仕清的恥辱。中國古代的士人向來以社會道德的維護者自居，以忠孝為立身之本，有著強烈的國家意識和民族意識，這是他們進退行止的基本準則，一旦顛覆這一基本的道德守則，也就失去個人生存的基礎。而錢謙益降清後不僅要受人譏嘲，自己的心靈也一定時時在自我譴責。所以錢謙益降清又復明的心理與金聲桓、李成棟等略有不同，金、李對個人利益得失考慮得更多，而錢謙益則首先是因為道德約束與自我痛悔。雖然他參與了復明運動，但也未能消除曾有的污點與心中的愧疚，所以他在詩文中從不談論降清與仕清經過與心情，正說明他對此非常避諱，也說明他始終無法釋懷。這種經歷與痛苦，在清初的士人中是少見的，也是錢謙益心態的最大特點，因為降清的官員和仕清的士子往往都能逐漸接受現實，忠於新君，而遺民則有徵不赴，寂寞終窮，不會如此反覆。與錢謙益的痛苦相近的士人，可能還要數吳梅村。順治十年九月，吳偉業應清廷徵召，離開家鄉前往北京，並於次年出仕為秘書院侍講，後又

〔註202〕《有學集》卷二《寄題廣陵菽園》，頁50。
〔註203〕《有學集》卷三《西湖雜感》其十一，頁98。
〔註204〕《白耷山人詩集》卷六下《過開封有感》其一，其二，頁366。

升國子監祭酒。關於他出仕的前前後後，王于飛《吳梅村生平創作考論》第二章《順、康年間的出與處》有較詳盡的論述，認爲他是不甘心頹然自棄而主動與清朝合作的，但由於在朝廷複雜的政治鬥爭中他的靠山陳之遴失勢，他始終未能得到重用，施展抱負的夢想幻滅後，他於順治十三年冬丁憂南歸，從此偃息不出。雖然後人對他每多恕詞，但吳梅村欲借清朝實現理想、志願不遂、鬱鬱歸鄉、痛悔失節的心靈軌迹與錢謙益極爲相似，錢謙益寄痛楚於復明運動中，而吳梅村寄痛楚於詩文中。他自言：「故人往日燔妻子，我因親在何敢死！憔悴而今困於此，欲往從之愧青史」〔註205〕，又在《賀新郎二首》之二「病中有感」中說：「追往恨，倍淒咽」，「爲當年、沉吟不斷，草間偷活。艾灸眉頭瓜噴鼻，今日須難訣絕。早患苦、重來千疊。脫屣妻孥非易事，竟一錢不值何須說！人世事，幾完缺？」〔註206〕沉痛悲愴，字字是血。而最激烈的是《臨終詩四首》其一中所言：「忍死偷生廿載餘，而今罪孽怎消除？受恩欠債應填補，總比鴻毛也不如。」〔註207〕這種對自我的詛咒與錢謙益在《與族弟君鴻書》中說自己「瀕死不死，偷生得生。絳縣之吏不記其年，杏壇之杖久懸其脛。此天地間之不祥人」〔註208〕是一致的，有時我想，這些話或許不是說給自己聽的，而是說給後人聽的，他們已經預見到後人會爲他們的失節喋喋不休，乾脆來個自我徹底否定，不再對身後令名抱有幻想。但又有誰能否認他們內心確實存在難以排遣的羞慚與痛苦呢，封建道德對人的束縛與壓迫以失節爲最甚，因爲三綱中第一條便是「君爲臣綱」，降敵仕異族，這是最大的罪孽，而且它隨之而來的懲罰是輿論的壓力與自己內心的精神折磨，讓人無處可藏，時時懺悔，心靈的痛苦極爲慘烈。

正是這種種痛苦使得錢謙益越來越躲進佛教中，以此麻醉自己的心靈。入清前後，錢謙益對佛教的接受是有區別的：在晚明，錢謙益信仰佛教，主要是受家庭影響，雖然對佛理研究甚深，但思想中儒、釋、道雜糅，而入清後，則徹底遁入佛教。在北京時，他便在《與邑中鄉紳書》中說自己受鄉人彈駁「固薄德所招，亦是宿業所積」，因而要「齊心持戒，朝夕向如來前發願懺悔」〔註209〕。歸鄉後，他「荒村匿迹，日與蒲團貝葉作緣」〔註210〕，自稱

〔註205〕《吳梅村全集》卷十詩後集二《遣悶六首》其三，頁260。
〔註206〕《吳梅村全集》卷二十二詩後集十四，頁585。
〔註207〕《吳梅村全集》卷二十詩後集十二，頁531。
〔註208〕《有學集》卷三十九《與族弟君鴻論求免慶壽詩文書》，頁1341。
〔註209〕《牧齋外集》卷二十二。

「僕衰齡弱質，頹廢晼晚。燭武如人，師丹多忘。惟有拋撇世念，迴向空門，貝葉數行，禪燈一盞，送老送窮，更無餘事。」〔註211〕。他「束身空門，歸心勝諦，義天法海，日夕研求，刳心刻腎，如恐不及」〔註212〕，終日禮佛、讀經、注經，「不讀世間書，不作世間文，不見世間人，不談世間事，一身如寄，萬念灰冷」〔註213〕。錢謙益學佛理信佛教，一是以之排遣種種痛苦，實現精神麻醉，如他說：「近讀內典，深知一切怨親，皆是因緣業報，人世刀途血路，種種可畏，以佛眼視之，正復了不異人也。」〔註214〕所以當「一室蕭然，復遭盜劫，殘年衣食，俯仰無計」，他卻自稱「幸少知禪理，萬法俱空，五月披裘，付之一笑而已。」〔註215〕學佛信佛二是希望能藉此消弭災難，晚年的種種事故如絳雲樓火災、愛孫夭折、鄉居被盜等都是突如其來，令他完全沒有安全感，只能寄望於佛祖的保祐，如他說：「年來禍患如影依形，劫火洞然，業風匝地，重煩佛力冥感，人天護持，瀕死阽危，僅而獲免」〔註216〕，因此說：「劫運未了，風火未息，憑仗佛力得以安枕，菰蘆敢不努力教乘以報罔極。」〔註217〕學佛信佛三是爲了求得解脫，現實生活的痛苦使他難以承受，迫切渴望往生極樂。他說：「不肖歷閱患難深淺因果，乃知佛言往因眞實不虛，業因微細，良非肉眼所能了了，多生作受，亦非一筆所能判斷，惟有洗心懺悔，持誦大悲咒金剛心經，便可從大海中翻身，立登彼岸也。」〔註218〕〔註219〕

〔註210〕《致蔡魁吾》之四，《錢牧齋先生尺牘》卷一。
〔註211〕《致梁鎮臺》之一，《錢牧齋先生尺牘》卷一。
〔註212〕《與王貽上》之三，《錢牧齋先生尺牘》卷一。
〔註213〕《與周工部》之一，《錢牧齋先生尺牘》卷一。
〔註214〕《與周工部》之一，《錢牧齋先生尺牘》卷一。
〔註215〕《致蔡魁吾》之四，《錢牧齋先生尺牘》卷一。
〔註216〕《與素華禪師》，《有學集》卷四十，頁1372。
〔註217〕《與含光師》之八，《錢牧齋先生尺牘》卷二。
〔註218〕《與周減齋》，《錢牧齋尺牘》補遺。
〔註219〕《有學集補遺》卷下《大佛頂首楞嚴經疏解蒙鈔錄始》云：「庚寅之冬，不戒於火，五車萬卷，蕩爲劫灰，佛像經廚火燄輟（輒）返，金容梵筴笑如有神護，震慴良久，矍然憬悟，是誠吾佛尊世（世尊）深慇大悲，愍我多生曠劫，遊盤世間文字海中，沒命洄淵，不克自出，故遣火頭金剛猛利告報相拔救耳。尪念瘑疣，痛求對治，刳心發願，矢盡餘年，將世間文字因緣迴向般若，憶識誦習，緣熟是經，覽塵未忘，披文如故，撫劫後之餘燼，如寱時人說夢中事；開夢中之經函，如醒人取夢中物。」應該說錢謙益走向佛教是受多種因素影響，庚寅絳雲樓火災雖有重要推動作用，但從根本上說是精神上擺脫困境、渴求解脫的必然結果。

這些理由在今天看來非常可笑，可是老人卻虔信之，禮拜之，藉以安頓心靈。

但是佛教也不能真正解救錢謙益痛苦的靈魂，他在《與君鴻》中說：「日月逾邁，忽復八旬，勅斷親友，勿以一字詩文枉賀。大抵賀壽詩文只有兩字盡之，一曰罵，二曰咒。本無可頌而頌，本無可賀而賀，此罵也；老人靠天翁隨便過活，而祝之曰長年，曰不死，此咒也。」〔註220〕他在另一《與族弟君鴻書》中則言詞更為激烈地說：「少竊虛譽，長塵華貫，榮進敗名，艱危苟免。無一事可及生人，無一言可書冊府……雄虺之所愁遺，鵂鶹之所接席者也。」他悲哀地總結自己的一生，認為一無足取，甚至自我咒罵，這並不是謙虛，而是一種極度的悔恨與失望。曾經的自信與雄心如今到哪裏去了？他又說：「今吾之年，吾祖八分之一耳。身遭喪亂，刀途血路，一日當百死，已不啻吾祖之八百年。向令服水桂，餐雲母，養氣交接，幾及吾祖之老壽。茫茫人世，憂患日長，享八百有盡之歲年，而擔身世無窮之愁苦，斯漆園小生所以睥睨冥靈，笑我祖之以久特聞也。」〔註221〕他曾以籛後人自居，渴望長壽，但現在卻以生為累，以死為樂，曾經的瀟灑風流與對人生的眷戀如今又到哪裏去了？這種哀痛在其他處也有表現，如《與陸勑先》云：「僕老矣，衰矣，餘生殘息，只欠一死，居此羅剎國土，一燈半炷，皈向空門，埋頭屏足，猶恐被黑風吹倒，尚敢向人前插牙樹頰，剖白是非耶？足下念我，尚知東阡北陌有此一老，不知退院老僧，久在折腳鐺邊，作針孔藕絲活計也。」〔註222〕對於晚年的錢謙益而言，老、病、窮、愁、悔、哀無時無刻不在折磨他，生給他帶來的只是無盡而又無奈的痛苦。

康熙三年，錢謙益終於逝去，而他的死又是如此淒涼。金鶴沖《錢牧齋先生年譜》云：甲辰「春，玄恭再來問疾，五月臥病於東城故第，自知不起，貧甚，為身後慮，會鹽槎使者顧某求文三首，一為莊子注序，一為其父雲華墓誌，一為雲華詩序，潤筆千金。先生使陳式為之，文成而先生弗善也。越日，黃太沖、呂用晦、吳孟舉偕來訪先生，先生自言貧困，以三文為請，太沖請少稽時日，先生不可，閉太沖書屋，自辰至亥，三文悉就（《思舊錄》、《柳南隨筆》）。南雷詩曆云：囑筆完文抵債錢。蓋紀實也。三文使人作大字，先生臥視稱善，叩首謝之。太沖云：余將行，公特招余枕邊，云：惟兄知吾意，

〔註220〕《錢牧齋先生尺牘》卷二。
〔註221〕《有學集》卷三十九《與族弟君鴻論求免慶壽詩文書》，頁1341。
〔註222〕《錢牧齋先生尺牘》卷二。

歿後文字不託他人，尋呼孫貽與聞斯言，其後孫貽別求於龔孝升云（《思舊錄》）。太沖去後，越數日，先生遂卒，五月二十四日也。歸玄恭有祭文一首。」〔註223〕錢謙益死前輾轉病榻，文債、錢債尚未還清，只能求黃宗羲代筆以償，一代文豪，晚景淒慘，令人心酸。

而在錢謙益死後，又發生了錢氏家難：錢謙益屍骨未寒，兒子孫愛文弱不振，「族黨以爲可侮，藉口攘銀六百兩，又覬其田六百，訌於其室，勢洶洶莫解，孫愛不知爲計。柳夫人故有殉意，乃婉言謝眾曰：『明日合宴，其有所需，多寡惟命』，眾乃散。柳夫人中夜書訟詞，遣急足詣府縣告難，而自取束帛縊於榮木樓，是爲六月二十八日。明日，府縣聞柳夫人死，命捕諸惡少，則皆抱頭逃竄不復出。孫愛感柳夫人意，用匹禮殮之，從陳夫人」〔註224〕。〔註225〕

錢謙益身後，有贊之者，有惜之者，有罵之者，莫衷一是〔註226〕。到了乾隆三十四年，乾隆帝特下敕諭：「錢謙益本一有才無行之人，在前明時身躋膴仕，及本朝定鼎之初，率先投順，泺陟列卿，大節有虧，實不足齒於人類。朕前所序沈德潛所選《國朝詩別裁集》，曾明斥錢謙益等之非，黜其詩不錄，實爲千古綱常名教之大關。彼時未經見其全集，尚以爲其詩自在，聽之可也。今閱其所著《初學集》、《有學集》，荒誕悖謬，其中詆毀本朝之處，不一而足。夫錢謙益果終爲明朝守死不變，即以筆墨騰謗，尚在情理之中，而伊既爲本朝臣僕，豈得復以從前狂吠之語列入集中，其意不過欲以此掩其失節之羞，尤爲可鄙可恥！錢謙益業已身死骨朽，姑免追究，但此等書籍悖理犯義，豈可聽其留傳，必當早爲銷毀。」敕令各地督撫把書肆和藏書家的《初學集》、《有學集》全部交出，鄉村僻壤也不例外，無使稍有留存。乾隆三十五年，清高宗爲《初學集》題詩曰：「平生談節義，兩姓事君王。進退都失據，文章那有光？眞堪覆酒甕，屢見詠香囊。末路逃禪去，原爲孟八郎。」乾隆四十一年詔諭史館：「錢謙益反側卑鄙，應入國史貳臣傳，尤宜據事直書，以示傳信。」四十三年二月再諭：「錢謙益素行不端，及明祚既移，率先歸命。乃敢於詩文陰行詆毀，是爲進退無據，非復人類。若與洪承疇等同列貳臣傳，不

〔註223〕參見《黃宗羲全集》第一冊《思舊錄》「錢謙益」條，頁375。
〔註224〕金鶴沖《錢牧齋先生年譜》。
〔註225〕可參看《虞山妖亂志》、錢氏《孝女揭》、趙管《趙管揭》等。
〔註226〕關於此，可參看謝正光的《探論清初詩文對錢牧齋評價之轉變》（《清初詩文與士人交遊考》，南京大學出版社，2001年9月版）。

示差等，又何以昭彰癉？錢謙益應列入乙編，俾斧鉞凜然，合於《春秋》之義焉。」〔註227〕乾隆四十一年又諭《四庫全書》館：「明末諸人書集，詞意牴觸本朝者，自當在銷毀之列。……如錢謙益在明已居大位，又復身事本朝。而金堡、屈大均，則又遁迹緇流，均以不能死節，靦顏苟活，乃託名勝國，妄肆狂猖，其人實不足齒，其書豈可復存？自應逐細查明，概行毀棄，以勵臣節而正人心。」〔註228〕他之所以封殺錢謙益，當然是可以理解的。若肯定失節之人，則以後將何以為政，更何況錢謙益文集中曾多次抨擊後金及清。他封殺錢謙益，與其說是對於一個前人行止是非的評價，不如說是為了教臣下以忠節，警告有異心之士人。自此不僅再無人讚賞錢謙益，甚至無人敢提其名，彷彿世上從來就沒有文壇盟主錢牧齋此人。用一把火燒掉一切的異端言論的事，歷史上屢見不鮮，但往往難以奏效，無論這種行為是正義還是非正義，大都如此。禁燬錢謙益的著作也如此。到了清末，他的詩文再度刊行，並引起世人關注。不過，著作是禁而猶存，而眾人一提起錢謙益，卻多是惋惜或鄙視的語氣，所論亦多與乾隆帝之言相似。如吳晗的《「社會賢達」錢牧齋》便對他做了全面否定的評價：「這個人的人品實在差得很，年輕時是浪子，中年是熱中的政客，晚年是投清的漢奸，居鄉時是土豪劣紳，在朝是貪官污吏，一生翻翻覆覆，沒有立場，沒有民族氣節，除了想作官以外，從沒有想到別的。他的一點兒成就、虛名、享受，全盤建立在對人民剝削的基礎上，是一個道地的完全的小人、壞人。」〔註229〕錢謙益曾求身前身後名，可是身前受譏，身後又蒙數百年之惡名〔註230〕，這無論從他個人的行止來說還是從士人的傳統性格來看，都有許多值得深思之處。

《牧齋遺事》記：「芙蓉莊，即紅豆村，在我邑小東門外。去城三十里，白茆顧氏別業也。牧翁為顧氏外甥，故其地後歸於錢。紅豆樹大合抱，數十年一花，其色白，結實如皂莢子，赤如櫻桃。順治十八年辛丑，牧翁壽八十，而此花適開。蓋距前此開花時已二十年矣。遂與諸名士賦詩以誌其瑞，見《有

〔註227〕《清史列傳》卷七十九《錢謙益傳》。

〔註228〕《四庫全書總目》卷首。

〔註229〕《吳晗史學論著選集》第二卷，北京市歷史學會主編，人民出版社1986年版，頁570。

〔註230〕相比之下，吳梅村身後的命運較錢謙益好得多，這不僅是因為乾隆帝喜歡他的詩文，還因為吳梅村的表現要馴順得多，不像錢謙益在降清前後都對清朝詈罵不已。

學集》。至康熙三十二年癸酉，再結實數斗，村人競取之。時莊已久毀，惟樹在野田中耳。今樹已半枯，每歲發一枝，枝無定向。土人云：『其枝所向之處，稻輒歉收。』亦可怪也。」曾經的文采風流，曾經的名士才子，如今都煙消雲散，芙蓉莊已毀，紅豆樹猶存，卻傳爲妖讖，豈不可笑而又可悲？

錢謙益生平和心態小結

就錢謙益個人來看，他是一個典型的才子，這體現在他為人重性情，喜怒易形於顏色，好交友，輕信他人；生活上重適意瀟灑，愛玩樂，有名士風采；性格軟弱易變，有時慷慨激昂，有時又哀婉低回；知識淵博，才華橫溢，涉獵廣泛。在他身上有諸多矛盾：風流不羈，但又受封建道德的束縛很深；政治能力不強，不善為官，卻又渴望做閣臣；不能承擔重任，卻總愛議論軍國大事，以拯救天下自命。這些在承平盛世都沒什麼，達則可能做太平宰相，如晏殊，雍容華貴，風流弘長；窮則可以做名流文豪，如湯顯祖，輕鬆愉悅，詩酒會友，遊山玩水，也不失身後令名。但偏偏錢謙益的一生跨越了中國最複雜與最驚心動魄的歷史時期之一——晚明與明末清初。正是這種歷史背景使得錢謙益自身內在的矛盾、個人與社會的矛盾都被空前激化，性格中的弱點也凸顯出來，並在他的人生抉擇中起重大作用。受這些因素影響，錢謙益的一生經歷複雜：曾是東林黨魁，又曾向馬士英、阮大鋮靠攏；曾與清朝誓不兩立，又降清、仕清；後又參與反清復明。他對社會環境的反應也難以捉摸，有時狂傲，有時謙卑，有時怯懦，有時激動。他的心態也甚難把握：對理想的追求，政治上的失意，對禮法的輕視，在堅持道德與追求實際利益間的搖擺，降清的羞慚，復明的苦心等等，本書也只是勾勒了一條很不完整的線索而已。而錢謙益矛盾痛苦的心靈可能只有真正經歷過種種憂患的滄桑老人才能準確把握。

事實上，我想盡力把錢謙益還原為一個普通的士人，他渴望崇高與完美，但又有怯懦、自私、溺於欲望的一面，而歷史恰恰把他放在了一個激烈震蕩的時代。在那樣激烈震蕩的時代，士人或赴國難而慷慨就義；或求富貴而媚

事新朝；或隱忍偷生以寄人籬下；或遠引高蹈而僻處山林。而對於錢謙益這樣一位有著複雜人格的人來說，歷史對他而言實在過於沉重與殘酷，他一生動輒得咎，事事不如意：做不成狀元也就罷了，結果捲入黨爭，多年放廢於山野；做不成閣老也就罷了，結果被人誣告，打入大牢；不能苟活於亂世也就罷了，結果屈膝投降；不能流芳百世也就罷了，結果有可能會遭臭萬年。所以他不是完人，也不是小人，他在困頓的時世與艱難的個人選擇面前無所適從的悲哀，我們都能體會到。從時代和社會的重壓看，是生命不能承受之重；從個人的無奈選擇和時勢對命運的拋擲看，又是生命不能承受之輕。

在這裡，我反覆思考一個問題：是什麼造成了錢謙益的悲劇？是錢謙益自己嗎？他無疑應為自己的選擇付出代價，但是他的選擇不僅與性格有關，也與社會環境有關：他不可能不投身於政治，因為那是那個時代有理想、有抱負的士人實現自己願望的主要途徑。他不可能不參加東林黨，因為與東林黨人的聯繫自他父親便開始了。他不可能不被捲入黨爭，在激烈的黨爭中，幾乎不存在中間路線，不偏不倚者可能遭到對立雙方的共同打擊。在南明，他不可能不與馬、阮接近，因為所有與馬、阮相抗者都或貶或離朝或被殺。降清後他不可能不復明，因為他的故國情結與封建道德驅使他投入注定失敗的鬥爭中。

錢謙益一生最大的錯誤就是降清、仕清，如果他自盡殉國，或是英勇抗清，或者隱居不出，相信他的後半生和身後名就會完全不同了。不管怎麼說，降清都是當時最差的選擇，不僅喪失了自己的氣節，給自己帶來無盡的懊悔與自責，還受到時人與後世的輕視、譏嘲乃至唾罵。但如果全面審視那個時代士人所處的境況，我們就會發現，歷史給予他們可供選擇的道路並不多，他們的生存空間也很小，悲情與慘烈彌漫於明清之際的時空中，如自盡與抗清而死者的悲壯與剛烈，抗清運動中的幸存者與隱居者的生之折磨與痛苦，降清者的痛悔與哀慟，都讓數百年後的我們怦然心動，情難自已。必須承認，在那個歷史境況下，士人必須做出選擇，但無論他們怎樣選擇，都注定是悲劇。所以亂世對士人來說就是對肉體和心靈的摧殘，即使時至今日，我們已經進入信息時代，對人、社會乃至宇宙有更豐富與更深刻的認識，我們依然無法完全解決個人與社會、道德與利益、生與死間的矛盾，也依然無法想像明末清初的士人還有什麼其它選擇，能平安而快樂地度過那個亂世。

所以我認為錢謙益受制於個人性格的弱點，在那個悲劇的時代中，無論

做出什麼選擇，都不能從根本上改變自己悲慘的命運。他是那個悲劇時代中被道德壓力與現實壓力所扭曲的靈魂，是企圖在個人與歷史的困境中掙扎卻失敗的典型。而乾隆帝的考語，以權力話語將他作爲臣節的反面典型，並釘於歷史的恥辱柱上。他風風雨雨、艱難坎坷的一生，被種種挫折與痛苦摧殘得傷痕累累的心靈，蓋世的才名與文筆，只能任由後生小子評說，留給後人無限的唱歎。虞山寂寞，見數百年精魂難滅；紅豆猶生，歎餘一點血色成讖。

第五章　錢謙益的文學思想（上）

序論

　　錢謙益作爲一個出色的文學家，在明末清初的文壇上享有很高的威望。鄒式金說：「牧齋先生產於明末乃集大成也。其爲詩也，擷江左之秀而不襲其言，並草堂之雄而不師其貌，間出入於中、晚、宋、元之間。而渾融流麗，別具爐錘，北地爲之降心，湘江爲之失色矣。其爲文也，仰觀雲霞之變，俯察山川之奇，中究人物品類之盛，本之六經以立其誠，參之三史以練其才，遊之八大家以通其氣，極之諸子百氏稗官小說以窮其用，文不一篇，篇不一局，如化工之肖物，縱橫變化，而不出乎宗。又如景星卿雲，光怪陸離，世所希見而不自知其所至。信藝苑之宗工，詞林之絕品也。」〔註1〕但自近代以來，對錢謙益文學成就的評價往往與他的人品聯繫在一起，因而有貶之者，如胡懷琛《中國文學史略》〔註2〕云：「錢謙益、吳偉業、龔鼎孳，爲一派，是皆屈節仕清廷者，而其文亦華而不實，人品文品，均無足論」；也有褒之者，如劉麟生在《中國文學史》〔註3〕中說錢謙益「在詩學上，造詣非常偉大。『沈鬱藻麗，原本杜陵，逸情高致，遠在梅村祭酒之上。』（陳碧城語）」；還有客觀分析者，如劉大杰的《中國文學發展史》〔註4〕下卷認爲其「集中頗多應酬

〔註1〕　《有學集序》。
〔註2〕　胡懷琛《中國文學史略》，上海梁溪圖書館印行，1924年3月版，頁130。
〔註3〕　劉麟生《中國文學史》，1933年2月再版，頁426。
〔註4〕　劉大杰《中國文學發展史》，上海：古典文學出版社，1958年3月第一版，頁281。

之作，自然難免菁蕪雜處。在各體中，確實也還有些好詩。」其實，只要不因人廢言，錢謙益的文學成就與文學功績是不能抹殺的。童行白便說：「牧齋之詩，實清朝有數之大家也」〔註5〕，顧實也說他「擊破李王故辭，爲清朝詩文成立無上之大功績焉」〔註6〕。

　　錢謙益詩歌研究中的一個重點是如何評價錢謙益入清後詩歌所表現的對失節的痛悔與對亡明的哀悼。游國恩等認爲它們是錢謙益用來「企圖掩飾靦顏事敵的恥辱」〔註7〕，這與乾隆上諭所言「其意不過欲藉此以掩其失節之羞」〔註8〕如出一轍；對此章炳麟早有評論：「世多謂謙益所賦，特以文墨自刻飾，非其本懷。以人情恩宗國言，降臣陳名夏至大學士，猶拊頂言不當去髮。以此知謙益不盡詭僞矣！」〔註9〕陳寅恪進而說：「牧齋之降清，乃其一生污點。但亦由其素性怯懦，迫於時勢所使然。若謂其必須始終心悅誠服，則甚不近情理。」〔註10〕結合錢謙益文集中始終不奉清朝正朔，可知此論至爲公允。所以後人也多肯定錢謙益入清後詩歌表現的感情是眞實的。如胡明的《錢謙益入清後詩歌試論》〔註11〕細緻地分析了錢謙益在《有學集》、《投筆集》中的思想內容與感情，揭示其晚年「急功邀譽、補過自贖的心理狀態」與內心的痛苦。

　　錢謙益詩歌研究的另一個重點是評價它的特色及其對於清代的影響。劉大杰說：「錢謙益提倡宋元的詩，他推崇蘇東坡、元好問。馮班說：『牧翁每稱宋、元人，以矯王、李之失。』(《鈍吟雜錄》)錢氏的這種見解，給與當日詩壇很大的影響。」他並認爲清初「尙宋的風氣，實由錢謙益的鼓吹」〔註12〕。中國科學院文學研究所編寫的《中國文學史》則認爲錢謙益的「詩歌風格接近晚唐和宋代的詩，有些創造性，同時詩歌技巧也相當成熟。」更有人說錢謙益「原本杜陵，出入韓白蘇陸元虞諸家」〔註13〕。正是由於錢謙益轉益多

〔註5〕　童行白《中國文學史綱》，上海大東書局，1933年11月再版，頁294。
〔註6〕　顧實《中國文學史大綱》，商務印書館，1929年9月四版，頁294。
〔註7〕　游國恩等《中國文學史》第四冊，人民文學出版社1964年3月第1版，頁174。
〔註8〕　《清實錄》乾隆二十六年辛巳上諭，中華書局1986年影印本。
〔註9〕　《訄書·檢論》卷八《楊顏錢別錄》，《章太炎全集》(三)，上海人民出版社，1984年版。
〔註10〕《柳如是別傳》。
〔註11〕《中華文史論叢》1984年第4輯，上海古籍出版社，1984年12月第1版。
〔註12〕劉大杰《中國文學發展史》下卷，上海：古典文學出版社，1958年3月第1版。
〔註13〕曾毅《中國文學史》，上海：泰東圖書局，1922年版，頁293。

師，風格多樣，使得學者的評價不盡相同。裴世俊在《錢謙益詩歌研究》中總結說：錢謙益「學杜甫，得其神髓骨力」，從而「蒼涼激越，沉著雄厚」；「學義山，擷其風神華采」，從而「婉曲蘊藉，典麗宏深」；「學蘇陸，接近宋人面目」，從而「宏肆奔放，縱橫雄健」，最終形成「融通唐宋，詩成一家」的藝術特色。他並進而指出錢謙益對王士禎、馮班、黃宗羲、袁枚、沈德潛、翁方綱等「均有沾溉和影響」，而且錢謙益提倡宋詩，開啓了清代學宋的端倪〔註14〕。羅時進論述錢謙益對清代詩風的影響則更具體、更準確，說：「錢謙益以唐宋兼宗爲新的詩學選擇，具體途轍是以崇尙杜詩爲由唐向宋的起點，在詩壇大力導入宋代詩風，融鑄異質，求變創新，以沉潛深厚改變浮薄膚淺，以性情爲本取代唯務格調，從而形成宏衍闊大的氣局，使詩歌創作具有多元組合的美質」，開啓了清代新詩風〔註15〕。此外，孫之梅在《〈病榻消寒雜詠〉與〈投筆集〉──兼論錢謙益七律詩在題材上的開拓》中認爲：「錢謙益以七律連章的形式紀傳、紀史……提高了七律的檔次，豐富了七律的表現功能，擴展完善了七律連章的形式，在七律詩體的演變史上具有集前人大成的功績。」〔註16〕這是就具體一點來論述錢謙益的詩學貢獻。

　　與詩歌研究相比，對錢謙益古文的研究略顯薄弱，其中裴世俊的《錢謙益古文首探》對錢謙益的古文作了較全面的評述。他的《錢謙益古文價值三論》〔註17〕從三個方面進行論述：「『講求實學，由經術以達於世務』，是學術文章的價值」，「『定公安於一時，徵信史於後世』，是碑傳文學的價值」，「『排王李、斥鍾譚，有起衰之功』，是文論文章的價值」。錢謙益「才力富健，學殖鴻博」，古文「敘事必兼議論，而惡剿襲，詞章貴鋪序而賤彫巧，可謂堂堂之陣，正正之旗」〔註18〕，在史學、文學上有一定價值，在某些方面尙值得進一步研究。

　　錢謙益不僅文學成就很高，他曾主盟文壇數十年，對當時的文學風氣具

〔註14〕關於錢謙益宗宋的問題，孫立在《明末清初詩論研究》中說得比較妥當：「錢謙益的態度實際上是宗宋而不詘唐，這是他綜合反芻前人論詩的結果。」（頁307）清人宗宋的原因很複雜，不僅僅是受某人的影響，它既受士風、學風的左右，也有文學、文學思想自身發展的原因。

〔註15〕《錢謙益唐宋兼宗的祈向與清代詩風的新變》，《杭州師範學院學報》2001年第6期。

〔註16〕《求是學刊》1993年第6期，頁74。

〔註17〕《蘇州大學學報》1991年第4期。

〔註18〕曾毅《中國文學史》，上海：泰東圖書局，頁293。

有導向作用，而且由於他是創作大家，對美的感受很敏銳，往往能提出精闢的藝術見解，因此他的文學思想也一直受到研究者的重視。

關於錢謙益文學思想的來源，朱東潤在《中國文學批評史大綱》中認爲：「牧齋之說，得之震川之門人，得之於湯義仍，得之於袁小修，而融會貫通，大振力出，則又有其自己之見解在」〔註19〕，方孝岳在《中國文學批評》〔註20〕中則說錢謙益宗奉杜甫的「排比鋪陳」，「他的宗旨，在論文方面則皈依歸有光，論詩則皈依李東陽。」歸納可知，「牧齋家世與王元美爲夙好，年十六七時，學爲古文，出於其門」〔註21〕，三十七、八歲後，受湯顯祖等人的影響，文學思想發生巨大轉變〔註22〕，詩歌宗法杜甫，古文師法宋濂、歸有光。他交遊廣泛，其中李長蘅、程孟陽等給予他的正面影響很大，與袁宏道、袁小修等交好，但詩文理論並不完全一致，早年與鍾惺、譚元春有較多接觸〔註23〕，但對他們的批評最嚴。錢謙益對明末幾大文學主張的轉進打出很值得注意，朱則傑《清詩史》就認爲他「於復古派，取其借鑒古人的精神，但是不偏於『模仿形似』，不拘於『漢魏盛唐』；於反復古派，則『取其申寫性靈而不悖於風雅』、反對單純模擬的精神，但是現實性更強，師法更廣泛」〔註24〕，正因爲此，他才能夠深刻地認識復古派與竟陵派的弊端。

關於錢謙益文學批評的主要對象，研究者都無異詞，認爲他「極力反對前後七子之剽竊摹古，又極反對鍾、譚等人之幽仄鬼僻的主張。」〔註25〕同時，錢謙益對於以前的選詩者，最反對繼承嚴羽劃分初盛中晚的高棅，因爲他認爲明朝人的詩病，多半是從高棅的《唐詩品彙》引出來的〔註26〕。「對於公安派，錢謙益沒有直接予以批評，但在實際上也有所修正」〔註27〕。一般研究者更注意錢謙益攻擊七子與竟陵詩論的內容，而郭紹虞在《中國文學批評史》中則注意到他在批評態度方面的功績，指出錢謙益「以『狂易』二字，批評當時批評界的態度」，「至於被劫持者隨波逐流，也是牧齋所痛心的。」

〔註19〕《中國文學批評史大綱》，上海古籍出版社1983年6月新1版，頁237。

〔註20〕三聯書店1986年12月第1版。

〔註21〕朱東潤《中國文學批評史大綱》，上海古籍出版社1983年6月新1版，頁233。

〔註22〕據鄔國平《錢謙益文學思想初探》，《陰山學刊》1990年第4期，頁9。

〔註23〕孫立《明末清初詩論研究》。

〔註24〕朱則傑《清詩史》，江蘇古籍出版社1992年2月第1版，頁43。

〔註25〕方孝岳《中國文學批評》，三聯書店1986年12月第1版。

〔註26〕方孝岳《中國文學批評》，三聯書店1986年12月第1版，頁183。

〔註27〕孫立《明末清初詩論研究》。

因而「由前者言，他將使人看破劫持者的伎倆，可以不爲所動。由後者言，他將使人運用自己的思想，不致輕易爲人劫持。」當然，也有研究者指出錢謙益在批評中的偏頗之處，如胡明說：「錢氏是個才子型的詩論家，說話好任意氣，措詞時欠深酌，論詩往往缺乏冷靜公允的科學態度，有時露出明顯的氣量褊狹和感情用事（如對李東陽的吹捧，對徐禎卿的貶責等）」〔註28〕，所說均是事實。因此，我們應辯證地分析錢謙益對復古派與竟陵派的批評，一方面他能大力攻破當時文壇之弊，促進詩歌的創新；另一方面，又矯枉不免過正，很多論點過於偏激。

關於錢謙益文學思想的主要內容則人言人殊。如劉守安《論錢謙益的文學思想》〔註29〕從六個方面來談：「運世遷流，風雅代變」的文學發展論，「根情」「言志」的文學本質論，重「內質」、重內容的文學作品論，尚悲壯雄渾的詩文風格論，倡「通經」、重「學問」的作家修養論，以「別裁僞體」爲宗旨的文學批評論。黃保眞則在《中國文學理論史》〔註30〕中認爲錢謙益「集諸家、諸派詩義理論之長，最終歸結爲『反經』、『循本』」，並認爲「『反經』就是恢復、還原儒家經典中的固有內容」，「並把它作爲指導文學創作的基本原則」，而「文章只有『萌坼於靈心，蟄啓於世運，而敓長於學問』，境會相感，情僞相逼，爲於所不能不爲」，「才算是『循本』」。郭紹虞則認爲錢謙益是性靈與學問並重，並以一「眞」字以聯貫之〔註31〕，可謂言簡而義賅。

在對錢謙益文學思想的研究中，詩論是重中之重。胡明的《錢謙益詩論平議》從三個方面對錢氏的詩學進行概括：一、他的詩有本說「一面要求情之眞，即眞好色眞怨悱，另一方面又強調情之眞不是平平淡淡、穩穩妥妥、渾渾噩噩所自來。一首孕育著的眞詩往往將被身世時命困擾的詩人推到一個情志高度昇華的狀態之中，欲遏不止，欲罷不能，唯傾瀉一淨而後快」，「只要情眞、人眞，無往而非詩。」二、「錢謙益論詩不局促於詩之格律聲病、意匠機巧之能事，而是站在詩外」，「更多地注意詩人自身的情性氣志與客觀外物的境遇際會的有機聯繫。」三、錢謙益認爲「詩就其本質來說就是一種廣義的史。」具體就錢謙益詩論的核心而論，有的研究者認爲其「詩論的核心

〔註28〕《錢謙益詩論平議》，《社會科學戰線》1984年第2期。
〔註29〕《北京社會科學》1993年第2期。
〔註30〕北京出版社，1987年12月第1版。
〔註31〕《中國文學批評史》下卷，百花文藝出版社，1999年3月第1版。

是『變』，認爲詩歌應隨時代的發展而發展」，持此觀點的有朱則傑的《清詩史》與陳公望的《錢謙益的詩論及其詩歌創作》〔註32〕；有的研究者則認爲「錢謙益詩學觀點之核心，是主張『詩有本』，以情爲詩歌的根本」，持此觀點的有裴世俊的《錢謙益主情審美命題及其價值》〔註33〕。這兩種觀點是就錢謙益詩論不同層面而論，都有一定根據，事實上，「錢謙益的詩論非常龐雜，涉及到多個方面，但又缺乏一個鮮明的可以一以貫之的理論」〔註34〕。因此，說錢謙益詩論有多個核心可能更符合實際。

對於錢謙益文學思想的評價，研究者有不同的觀點。劉守安在《論錢謙益的文學思想》中認爲錢謙益對文學各個方面的問題「都有較爲深刻和全面的論述，因此其文學思想具有較強的系統性」〔註35〕，而孫立則認爲：「錢謙益的詩論在理論上說不上有太多的獨創性，也缺乏嚴整的體系。」〔註36〕平心而論，錢謙益詩文理論的許多觀點都是隨口而發，現實的針對性很強，但沒什麼系統性，雖然對詩文的很多問題都有所論及，但並不是一個有機整體。對於錢謙益文學思想與明代文學批評的關係，諸家認識大體一致，認爲「他的議論，對於有明一代的文學批評，可算是一個總結束。」〔註37〕而對於他在清詩發展中的意義，則有的認爲「他在論詩的過程中話題很多，論說到方方面面，又能綜合各家詩說的內容，再加上他文壇盟主的地位，所以他死後反倒有不少詩派或詩說能和他掛上鈎」〔註38〕，有的則認爲：「錢謙益可說是既『開風氣』又『爲師』。……他憑藉自己特殊的條件，發揮自己多種的努力，啓發培育了大批的清代詩人，爲清詩造就了一支強大的生力軍。清初的各個重要詩人乃至詩派，幾乎都可以溯源到錢謙益。」〔註39〕雖然評價有高有低，但對於他在文學發展中承上啓下的地位還是肯定的。

前人的研究成果正是我們研究的基礎與起點，在對錢謙益文學與文學思想的研究中雖然成績不少，但仍有更深開掘的可能與必要，本章主要探討三

〔註32〕 發表於《牡丹江師範學院學報》1997 年第 3 期。
〔註33〕 發表於《江海學刊》1991 年第 4 期。
〔註34〕 孫立《明末清初詩論研究》，頁 306。
〔註35〕 《北京社會科學》1993 年第 2 期，頁 45。
〔註36〕 《明末清初詩論研究》。
〔註37〕 方孝岳《中國文學批評》，三聯書店 1986 年 12 月第 1 版。
〔註38〕 孫立《明末清初詩論研究》。
〔註39〕 朱則傑《清詩史》，江蘇古籍出版社 1992 年 2 月第 1 版，頁 56。

個方面的問題：錢謙益文學思想的主要內容、它與錢謙益文學創作的關係、它與同時文壇的聯繫。

第一節　經史爲綱

　　錢謙益不僅是一位著名的文學家，同時對經學與史學也有相當的研究，吉川幸次郎曾著有《錢謙益與清朝經學》，全文共分七章（另有序章和結語），分析錢謙益對經和漢儒之學的尊重及其對經的研究方法，分析錢謙益對俗學的認識，對王陽明和李卓吾的評價，認爲其文學理論是以「經」爲基礎，並論述了錢謙益的經學與清代經學的關係。文章全面而深刻。而研究錢謙益的史學，值得注意的是張永貴、黎建軍的《錢謙益史學思想評述》〔註40〕，文中認爲錢謙益史學思想，「其特色之一是援『經』入『史』，即以經學爲輔助手段，通過經史之辨以求史，此實爲清代史家治史之一重要方法，錢氏實開此學術風氣之先驅者。特色之二是對於『時學』加以批判，錢氏對『時學』之批判，乃與當時國運聯繫起來，實欲以學術救治社會。」

　　在中國傳統文化與學術中，經學、史學、文學往往是相通的，錢謙益的學術也有此特色，他一直強調「經經緯史之學」，認爲經與史有緊密的聯繫，提出「六經，史之宗統也。六經降而爲二史，班、馬其史中之經乎？」因此他要求學者「通經」、「學古」〔註41〕，效法古人，「自童丱之始，《十三經》之文，畫以歲月，期於默記。又推之於遷、固、范曄之書，基本既立，而後遍觀歷代之史，參於秦、漢以來之子書，古今撰定之集錄，猶舟之有柂，而後可以涉川也，猶稱之有衡，而後可以辨物也。」〔註42〕同時，他的經史之學又有很強的實用目的，是爲社會政治服務的。他說：「相天下者之不可以不學也。相天下者猶醫師也，上醫醫國，以康濟一世爲能事，而自顧一身，陰淫蠱惑，狂易喪志，我躬之不閱，而何以理天下？六經、《語》、《孟》之書，猶醫經之《靈樞》、《本草》也；史傳之所是非失得淑慝善敗，猶秦越人之《難經》、叔和之《脈經》、忠州之《集驗方》也。」〔註43〕錢謙益努力加強自己

〔註40〕　《史學月刊》2000 年第 2 期。
〔註41〕　《初學集》卷四十三《頤志堂記》，頁 1116。
〔註42〕　《初學集》卷四十三《頤志堂記》，頁 1115。
〔註43〕　《初學集》卷四十《昨非庵日纂三集序》，頁 1073。

的學養正是爲了實現他救世濟民的抱負，也正因爲他學富見博，使得他一直對爲相救世有很高的自信。

　　錢謙益的經學成就並不高〔註44〕，但較有特色，主要內容是反對道學，主張章句之學；反對舉業，主張經世致用。他將道學與舉業合稱爲俗學，並進行激烈的抨擊，反對「今之學者，陳腐於理學，膚陋於應舉，汩沒錮蔽於近代之漢文唐詩」〔註45〕，認爲理學、舉業、摹古蒙蔽士人心智，批判云：「夫今世學者，師法之不古，蓋已久矣。經義之敝，流而爲帖括；道學之弊，流而爲語錄。是二者，源流不同，皆所謂俗學也。俗學之弊，能使人窮經而不知經，學古而不知古，窮老盡氣。盤旋於章句佔畢之中，此南宋以來之通弊也。……馴至於今，人自爲學，家自爲師，以鄙俚爲平易，以杜撰爲新奇，如見鬼物，如聽鳥語，無論古學不可得見，且並其俗學而失之矣。六經子史，譬如藥物之有參苓也。參苓之劑，足以生人。假令投之毒藥之中，則亦化而爲毒藥而已矣。今之學者，繆種已成，六經子史，一入其中，皆化爲異物」〔註46〕。錢謙益一方面認爲明代學術之敝開端於宋學，因而對之大加撻伐，說：「宋之學者，自謂得不傳之學於遺經，掃除章句，而胥歸之於身心性命。近代之儒者，遂以講道爲能事，其言學愈精，其言知性知天愈眇，而窮究其指歸，則或未必如章句之學，有表可循，而有坊可止也。」另一方面他又批評士人沉溺於舉業的流弊，說今人「汩沒於舉業，眩暈於流俗。八識田中，結轖晦蒙，自有一種不經不史之學問，不今不古之見解，執此以裁斷經學，秤量古人，其視文、周、孔、孟，皆若以爲堂下之人，門外之漢，上下揮斥，一無顧忌。於兩漢諸儒何有？及其耳目回易，心志變眩，疑難橫生，五色無主，則一切街談巷說，小兒豎儒所不道者，往往奉爲元龜，取爲指南。」〔註47〕這對於明末學風的指責可謂一針見血，痛快淋漓〔註48〕。他認爲由經學遞降而爲俗學，對社會的危害極大，說：「經學之熄也，降而爲經義；道學之偷也，流而爲俗學。胥天下不知窮經學古，而冥行擿埴，以狂瞽相師。馴至於今，

〔註44〕 顧仲恭曾說錢謙益「於《十三經注疏》猶未能熟，雖博極群籍，抑末也。讀書人恐不如是。」王應奎則說：「然吾聞吳祭酒梅村嘗問宗伯曰：『有何異書可讀？』曰：『《十三經注疏》耳。』觀此則彼於經疏亦未必全不留心，特未能如仲恭之精熟耳。」（《柳南隨筆》卷五，頁85）。

〔註45〕 《初學集》卷四十三《頤志堂記》，頁1115。

〔註46〕 《初學集》卷三十五《贈別方子玄進士序》，頁992。

〔註47〕 《初學集》卷七十九《與卓去病論經學書》，頁1706。

〔註48〕 錢謙益對於時文的評論主要集中於《有學集》卷四十五《家塾論舉業雜說》。

輕材小儒，敢於嗤點六經，呰毀三傳，非聖無法，先王所必誅不以聽者，而流俗以爲固然。生心而害政，作政而害事，學術蠹壞，世道偏頗，而夷狄寇盜之禍，亦相挺而起。」錢謙益對於明末學術積弊痛心疾首，甚至認爲當時的社會問題也是由此引起，因而提出振興古學，以救世道人心，說：「孟子曰：我亦欲正人心。君子反經而已矣。誠欲正人心，必自反經始；誠欲反經，必自正經學始。」〔註49〕所以錢謙益反俗學的具體內涵就是正經學，它以恢復漢唐經學爲途徑，他說：「六經之學，淵源於兩漢，大備於唐、宋之初，其固而失通，繁而寡要，誠亦有之，然其訓故皆原本先民，而微言大義，去聖賢之門猶未遠也。學者之治經也，必以漢人爲宗主，如杜預所謂原始要終。尋其枝葉，究其所窮，優而柔之，饜而飫之，渙然冰釋，怡然理順，然後抉摘異同，疏通凝滯。漢不足求之於唐，唐不足求之於宋，唐、宋皆不足，然後求之近代。庶幾聖賢之門仍可窺，儒先之鈐鍵可得也。」因此他具體提出要學習古人「讀書多，立言愼，於古人著作，非果援據該博，商訂詳審，不敢輕著一語」的態度，認爲「文章之體要當如此也。」〔註50〕錢謙益本人也正是這麼做的，如他在《讀左傳隨筆》中由分析句讀、字形、音義來討論原文的本意與注疏的錯誤，極爲嚴謹，表現出與明末粗疏自大習氣全然不同的學術態度〔註51〕。正經學的指向是經世致用，解決社會危機，實現天下大治，他認爲「經學與國政，咸出於一，而天下大治。」〔註52〕又說：「古之君子，能相天下，謀王體，而斷國論者，其所以修德居業，朝夕交戒，未嘗不原本於學；漢唐以來，權臣倖子，誤軍國而禍身家，前車後轍，相望而不知戒，其昏瞀潰敗，未有不由於不學者也。」〔註53〕所以他讚賞屠幼繩「留心天下事，輶軒所至，訪邊塞之要害，問民生之疾苦，於時艱國恤，三致意焉。《周官》之五書，《皇華》之咨諏，蓋庶幾近之。」〔註54〕顯然正經學的途徑與指向又是相合的，他因此勉勵學者復歸儒家學術正統，說：「治本道而道本心，傳翼經而經翼世，其關棙統由乎學。學也者，人心之日月也。儒者學聖，王者學天。存於密勿之爲性原，質於上帝之爲天命，流於製作見於典誥冊命之

〔註49〕《初學集》卷二十九《新刻十三經注疏序》，頁851。
〔註50〕《初學集》卷八十五《跋渭南文集》，頁1783。
〔註51〕見《初學集》卷八十三，頁1747。
〔註52〕《初學集》卷二十九《春秋匡解序》，頁877。
〔註53〕《初學集》卷四十《昨非庵日纂三集序》，頁1073。
〔註54〕《初學集》卷三十三《秦槎路史序》，頁956。

爲文章，繼乎烈祖接乎堯、舜、禹、湯之爲統系，敷於禮樂播於紀綱法度質文寬猛之宜之爲治功。」〔註55〕

　　一方面，錢謙益強調經世致用之學，反映了明末學者的共同心願與取向，如崇禎十一年，陳子龍、徐孚遠、宋徵璧網羅明朝名卿巨公之文有涉世務國政者，編爲《皇明經世文編》，《經世文編凡例》云：「儒者幼而志學，長而博綜，及致治施政，至或本末眩瞀，措置乖方，此蓋浮文，無裨實用，泥古未能通今也。……徐子孚遠、陳子子龍，因與徵璧取國朝名臣文集，擷其精英，勒成一書。如採木於山，探珠於淵，多者多取，少者少取。至本集不載，而經國所必須者，又爲旁採，以助高深。」書中含賦役吏治、兵農水利、天文地理等實用內容。這其實是面對明末社會動盪，朝廷急需治國人才應運而生的。此後黃宗羲、顧炎武等更大力倡導實學〔註56〕。另一方面，錢謙益讚賞章句之儒，貶斥宋學，提倡窮經學古，對於清初漢學的復興也有很大影響。錢謙益對明末學風的抨擊有摧陷廓清的作用，對於經世致用的強調也開風氣之先，因此他的學術代表了明末清初學風的轉變。

　　錢謙益的史學成績非常突出。他曾擔任史官，得以閱讀各種宮廷秘藏，著有《國初群雄事略》、《太祖實錄辨證》等史著，在《初學集》、《有學集》中的許多考證文章也詳審精當。吳晗曾說：「就錢牧齋對明初史料的貢獻說，我是很推崇這個學者的。二十年前讀他的《初學集》、《有學集》、《國初群雄事略》、《太祖實錄辨證》諸書，覺得他的學力見解，實在比王弇州（世貞）、朱國楨高。……最近又把從前所看過的史料重讀一遍，深感過去看法之錯誤。因爲第一他的史學方面成就實在有限，他有機會在內閣讀到《昭示奸黨錄》、《清教錄》一類秘本，他有錢能花一千二百兩銀子買一部宋本《漢書》，以及收藏類似俞本《皇明紀事錄》之類的秘笈，有絳雲樓那樣收藏精博的私人圖書館，從而作點考據工作，實在沒有什麼了不起；第二這個人的人品實在差得很……」〔註57〕。其實吳晗已經離開了錢謙益史著的實際價值，而著眼於

〔註55〕《有學集》卷十四《大學衍義補刪序》，頁675。
〔註56〕必須指出，錢謙益對於如何通過正經學以經世致用是比較模糊的，只是認爲「盛世道統明於上，而治化自洽於下」（《有學集》卷十四《大學衍義補刪序》，頁675），認爲應從經中吸取治國經驗，以傳統儒家的政教理念來解決社會問題，但如何操作，能否收到成效，都沒有明確的論述。所以他雖然積極參與政治，但並沒有清晰的治國方略與具體的實施步驟，因而一無所成。
〔註57〕《吳晗史學論著選集》第二卷《「社會賢達」錢牧齋》，頁570。

他的研究條件來論是非了。之所以有這一看法的轉變，是因爲他先入爲主，影響他對錢謙益史學評價的是他對錢謙益人品的認識，因人而廢言，實在不是科學的態度。在明代，像錢謙益這樣有機會、有條件的人並不少，但並不是人人在歷史研究上都有成績。眞正制約一個人史學成就的不是資料、資金、研究條件，而是研究者的史識、史才、研究態度與研究努力程度。正是因爲錢謙益熱愛歷史研究，刻苦鑽研歷史，他才會有意識地利用一切機會收集材料，購買珍本。相比之下，李清雖也不喜歡錢謙益的爲人，但對他治史的嚴謹與實績還是非常讚賞的，說：「錢宗伯謙益博覽群書，尤苦心史學，當《開國功臣事略》時，聞予家有傅潁公三代廟碑，三走書江北，期必得乃已。又自言讀王弇州《史料》，有定遠侯王弼賜死，家至籍。見《楚昭王行實》之說，即馳書託某親知往楚府求《昭王行實》至，乃知弇州言非。至是，疏言留心國史三十餘年，請在家開局纂修，上命在任料理，謙益志也。……後國亡，史稿皆付絳雲樓一炬，殊可惜也。」〔註58〕事實上錢謙益不僅史學著述不少，他對史學研究也有自己的見解。他曾在天啓元年的浙江鄉試程錄中系統闡明了自己所理解的史法：「嘗竊聞史家之法矣，以一代爲經，以一代之事與人爲緯。何言乎其經也？創守治亂，興廢存亡，升降質文，包舉一代之全史者是也。何言乎其緯也？律曆禮儀、河渠食貨，其事不一，而一事亦有首尾也；公侯將相、賢奸順逆，其人不一，而一人亦有本末也。以言乎經緯錯綜，則一代之事，襞裂爲千百，而千百事之首尾，不出於一事；一代之人，臚傳爲千百，而千百人之本末，不出於一人。所謂一事一人者何也？吾所謂創守治亂，廢興存亡，升降質文，包舉一代之全史者也。」〔註59〕錢謙益又提出史家之則例：「六經，史之祖也。左氏、太史公，繼別之宗也。歐陽氏，繼禰之小宗也。等而上之，先河後海，則以六經爲原；等而下之，旁搜遠紹，則以歐陽氏爲止。此亦作史者之表識，而論史者之質的也。」他並以此評論五代以後之史，認爲《宋史》、《金史》、《元史》的同病是：「史之有本紀，一史之綱維也。今舉駁雜細碎志傳所不勝書之事，羅而入之於本紀。古之爲史者，本紀立而全史已具矣；今之爲史者，全史具而本紀之規摹猶未立也。發凡起例，舉無要領；紀事立傳，不辨主客。互載則複累而無章，迭舉則錯迕而寡要。」值得注意的是錢謙益之治史也是以實用爲指向的，他引曾鞏之言曰：「史

〔註58〕　《三垣筆記》下，頁135。
〔註59〕　《初學集》卷九十《浙江鄉試程錄・第三問》，頁1870。

者所以明夫治天下之道也，爲之者亦必天下之才，然後其任可得而稱也。是
故能會通一代之事者，其中能囊括天下之事者也。能銓配一代之人者，其中
能包裹天下之人者也。」〔註60〕他認爲治史者應有宏闊的視野與對社會的深
刻思考。所以他在《向言》中以古諷今，就是認爲史事中有治天下之道，而
能囊括天下之事、包裹天下之人的史家也非自己莫屬。明亡後，史學成了保
存民族文化、寄託亡國哀思、延續民族精神的重要手段，因此遺民中治史者
甚多，其中也往往蘊含很深的民族感情，如萬斯同等人。錢謙益內心創巨痛
深，故國情結深種，修史成爲他暮年的寄託，但絳雲一炬，又令他沮喪萬分。
他曾說：「祖功宗德，日月不刊。國憲家猷，琬琰斯在。《周官》之六典如故，
《公羊》之三世非遞。不於此時考求掌故，網羅放失，備漢三史，作唐一經，
將使禹迹夏鼎，弗克配天，文謨武烈，於焉墜地。惟我昭代，文不在茲？豈
蜀史之無官，仰藉氏之忘祖」。其中表現出對民族文化存亡繼絕的高度責任感
與對明王朝的哀悼之情。正基於此，他又對當時的史學狀況表示擔憂，針對
著史者，他說：「今以匹夫庶士，徒手奮筆，典籍漫漶，凡例踳駁，定、哀之
微詞誰正？建武之新載無徵。此一難也。編年之有左氏也，紀傳之有班、馬
也，其文則史，其義則經。《三國》之簡質，班之末子也。《五代》之條暢，
馬之耳孫也。今一旦而祧班而墠范，昭左而穆馬，《東觀》已後，夷諸席薦。
足取步目，言以足志，雖師契而匠心，恐代斲而傷指。又一難也。」〔註61〕
針對當時的史料，他又說：「自絲綸之簿，左右史之記，起居召對之籍，化爲
煨燼」〔註62〕。這其實是對亡國之後人才凋零、學風率易、典籍散失的哀歎。
在當時，治史困難重重，又責任重大，錢謙益擔心僞史流傳，遂使信史不彰，
史實埋沒，因而提醒史家「韓退之論史官善惡隨人，憎愛附黨，巧造語言，
鑿空構立，何所承受取信，而或草草作傳記，傳萬世乎？謂余不信，則又以
人禍天刑懼之曰：若無鬼神，豈可不自心慚愧；若有鬼神，將不福人。痛哉
斯言，正爲今日載筆之良規，代斲之炯鑒也。」〔註63〕潘檉章、吳炎有志修
明史，他對此極爲讚賞，慨然以殘存的史籍相贈〔註64〕，並進行細心的指導：

〔註60〕《初學集》卷九十《浙江鄉試程錄・第三問》，頁1874。
〔註61〕《有學集》卷十四《玉劍尊聞序》，頁688。
〔註62〕《有學集》卷十四《啓禎野乘序》，頁686。
〔註63〕《有學集》卷十四《啓禎野乘序》，頁686。
〔註64〕婁東無名氏《研堂見聞雜記》說吳炎與潘檉章在入清後「閉關不與人通，一
　　　　以著書爲事，其撰明史也，虞山錢宗伯以書三航，供其纂輯。」。

「僕嘗謂古人成書，必有因藉，龍門旁取《世本》，涑水先纂《長編》，此作史之家之高曾規矩也。」〔註65〕從錢謙益所作的各種史學著述來看，他治史著文極為嚴謹，如他為李邦華作神道碑，便特意寄書給其子，仔細詢問李邦華生平的細節，說：「狀所載監、撫二疏，備矣，第未詳初疏在某月某日，次疏在某日，詞臣南遷之疏，相去又幾日。此大事也，須用史家以日繫月、以事繫日之例，時日分明，奏封隔別，則同堂共事，交口合喙之心迹，可不辨而了然矣。龍胡既逝，螭頭不存，造膝之談，憑几之語，人為增損，家為粉飾。今當就彼記注，確為箋疏，無令暗中摸索，移頭改面。」〔註66〕

正是因為錢謙益的學術是以經學、史學為框架建構的，所以他的文學思想也以經學、史學為綱，他說：「僕之才與志，未必不逮今人。而學問則遠不如古人。古人之學，自弱冠至於有室，六經三史，已熟爛於胸中，作為文章，如大匠之架屋，梲桷榱題，指揮如意。今以空疏繆悠之胸次，扣以訓詁沿襲之俗學，一旦悔悟，改乘轅而北之，而世故羈紲，年華耗落，又復悠忽視陰，不能窮老盡力，以從事於斯，遂欲鹵莽躐等，驅駕古人於楮墨之間，此非愚即妄而已矣。」〔註67〕錢謙益此語不無自謙，但他對古人以經史為文章基礎的贊慕之情溢於言表。

也正因為這樣，他對近世文章的批判是與對近代經學、史學的批判聯繫在一起的，如《賴古堂文選序》云：「近代之文章，河決魚爛，敗壞而不可救者，凡以百年以來，學問之繆種，浸淫於世運，熏結於人心，襲習綸輪，醞釀發作，以至於此極也。蓋經學之繆三：一曰解經之繆，以臆見考《詩》、《書》，以杜撰竄三《傳》，鑿空瞽說，則會稽季氏本為之魁；二曰亂經之繆，石經託之賈逵，詩傳擬諸子貢，矯誣亂真，則四明豐氏坊為之魁；三曰侮經之繆，訶《虞書》為俳偶，摘《雅》、《頌》為重複，非聖無法，則餘姚孫氏鑛為之魁。史學之繆三：一曰讀史之繆，目學耳食，踵溫陵卓吾之論，而漫無折衷者是也；二曰集史之繆，攘遺捨瀋，昉毗陵荊川之集錄，而茫無鉤貫者是也；三曰作史之繆，不立長編，不起凡例，不諳典要，腐於南城，蕪於南潯，踳駁於晉江，以至於盲瞽僭亂，蟪聲而蚋鳴者皆是也。……凡此諸繆，其病在膏肓腠理，而癥結傳變，咸著見於文章。文章之壞也，始於餖飣掇拾，剽賊

〔註65〕《有學集》卷三十九《答吳江吳赤溟書》，頁1368。
〔註66〕《有學集》卷三十八《與吉水李文孫書》，頁1330。
〔註67〕《有學集》卷三十八《再答蒼略書》，頁1309。

古昔；極於驕僭昌披，偭背規矩。」〔註 68〕所以錢謙益對學術風氣、文學風氣的改造也是合在一起而論的，說：「今誠欲回挽風氣，甄別流品，孤撐獨樹，定千秋不朽之業，則惟有反經而已矣。何謂反經，自反而已矣。吾之於經學，果能窮理析義、疏通證明，如鄭、孔否？吾之於史學，果能發凡起例、文直事核如遷固否？吾之爲文，果能文從字順、規摹韓、柳，不偭規矩，不流剽賊否？吾之爲詩，果能緣情綺靡、軒翥風雅、不沿浮聲、不墮鬼窟否？虛中以茹之，克己以屬之，精心以擇之，靜氣以養之。如所謂俗學之傳染，與自是之癥結，如鏡淨而像現，如波澄而水清。於是乎函道德、通文章，天晶日明，地負海涵」〔註 69〕。以上是就整個社會的學風、文風而言，而相應地對個人而言，作詩、爲文皆應以深厚的經學、史學修養爲前提。如他說黃孝翼「少而好學，六經三史諸子別集之書，填塞腹笥，久之而有得焉。作爲詩文，文從字順，弘肆貫穿，如雨之膏也，如風之光也，如川之壅而決也。」〔註 70〕又暗引韓愈的話，用以稱讚黃淳耀：「口不絕吟於六藝之文，手不停披於百家之編，記事必提其要，纂言必鉤其玄，焚膏油以繼晷，恒兀兀以窮年」，從而得以「沉潛乎訓義，反覆乎句讀，礱磨乎事業，而奮發於文章，沉浸醲鬱，含英咀華，張皇幽眇，閎其中而肆其外。」〔註 71〕這些都是論述經史之學與詩文創作的密切聯繫。如他在《程太史詩集序》中說程克勤「生平學問，根柢經史，貫穿掌故，搜討旁魄，汪洋逶迤。故其作爲文詞，有倫有要，或原或委，世之儒者，未能或之先也。」又說程翼蒼「手批口吟，朝講夕復。研磨編削，焚膏繼晷。以其間與學士大夫飛章染翰，唱和往復，短則四律，長或千言。風雨發於行間，珠玉生於字裏。於時之攻比興、儷聲律者，命儔嘯侶，喧豗叫囂，靡不蜇吻縮舌，望塵而退。」他如此反覆論述，大力鼓吹學經史而爲詩文，正是爲了改造當時「浮華陽焰，轉盼而立盡」〔註 72〕的淺陋學風、文風，實現復興古學，重樹風雅的理想。

　　具體說來，史學對文學的影響主要是從史籍中可學得文法，錢謙益說：「讀班、馬之書，辨認其同異，當知其大段落、大關鍵，來龍何處，結局何處，手中有手，眼中有眼，一字一句，龍脈歷然。……由二史而求之，千古之史

〔註 68〕《有學集》卷十七，頁 768。
〔註 69〕《有學集》卷三十八《答徐巨源書》，頁 1314。
〔註 70〕《初學集》卷三十二《黃孝翼蟬窠集序》，頁 934。
〔註 71〕《初學集》卷三十二《黃薀生經義序》，頁 942。
〔註 72〕《有學集佚文·程太史詩集序》，頁 51。

法在焉，千古之文法在焉。宋人何足以語此哉！以文法言之，二史之文，亦不過文從字順而已矣。……而古今之文法章脈，來龍結局，紆回演迤，正在文從字順之中。此吾之於二史，所以童而習之，白首茫然，不能不望洋而長歎者也。」〔註73〕《史記》、《漢書》作為中國古代優秀的歷史散文，一直是古文家效法的榜樣，文論家也往往以之研習文法，錢謙益此說並不新鮮。值得注意的是錢謙益的古文中確實可見史筆，碑傳及其他作品均文直事核，簡而有法。

　　同時，錢謙益不僅在史學研究中以詩證史，他還在文學理論中強調詩應續史。以詩證史是以詩為歷史材料，肯定它的歷史真實性，他因此稱賞汪元量的《湖州歌》、《越州歌》、《醉歌》「記國亡北徙之事，周詳惻愴，可謂詩史。」〔註74〕如果說這還只是作家不得已而為之，錢謙益便進而要求詩人有意地以詩記史，說：「孟子曰：『詩亡然後《春秋》作。』《春秋》未作以前之詩，皆國史也。人知夫子之刪《詩》，不知其為定史。人知夫子之作《春秋》，不知其為續《詩》。《詩》也，《書》也，《春秋》也，首尾為一書，離而三之者也。三代以降，史自史，詩自詩，而詩之義不能不本於史。曹之《贈白馬》，阮之《詠懷》，劉之《扶風》，張之《七哀》，千古之興亡升降，感歎悲憤，皆於詩發之。馴至於少陵，而詩中之史大備，天下稱之曰詩史。唐之詩，入宋而衰。宋之亡也，其詩稱盛。皋羽之慟西臺，玉泉之悲竺國，水雲之苕歌，《谷音》之越吟，如窮冬沍寒，風高氣慄，悲噫怒號，萬籟雜作，古今之詩莫變於此時，亦莫盛於此時。至今新史盛行，空坑、厓山之故事，與遺民舊老，灰飛煙滅。考諸當日之詩，則其人猶存，其事猶在，殘篇齧翰，與金匱石室之書，並懸日月。謂詩之不足以續史也，不亦誣乎？」〔註75〕他實是借詩史同源之說勉勵詩人以詩存史，記一代之哀痛，這也正是當時廣大遺民作詩的主題之一。錢謙益本人也作了許多詩以記亡國後的時事和自己的悲哀，如《投筆集》中諸詩，均有詩史價值。

　　詩史相通，以詩補史是明末清初許多文學家所持的觀點，如吳梅村說：「古者詩與史通，故天子采詩，其有關於世運升降、時政得失者，雖野夫遊女之詩，必宣付史館，不必其為士大夫之詩也；太史陳詩，其有關於世運升降、

〔註73〕《有學集》卷三十八《再答蒼略書》，頁1310。
〔註74〕《初學集》卷八十四《跋汪水云詩》，頁1764。
〔註75〕《有學集》卷十八《胡致果詩序》，頁800。

時政得失者，雖野夫遊女之詩，必入貢天子，不必其爲朝廷邦國之史也。」〔註76〕黃宗羲更明確地指出：「今之稱杜詩者，以爲詩史，亦信然矣。然注杜者，但見以史證詩，未聞以詩補史之闕，雖曰詩史，史固無藉乎詩也。逮夫流極之運，東觀蘭臺，但記事功，而天地之所以不毀，名教之所以僅存者，多在亡國之人物。血心流注，朝露同晞，史於是而亡矣。猶幸野制遙傳，苦語難銷，此耿耿者明滅於爛紙昏墨之餘，九原可作，地起泥香，庸詎知史亡而後詩作乎？是故景炎、祥興，《宋史》且不爲之立本紀，非《指南》、集杜，何由知閩、廣之興廢？非水雲之詩，何由知亡國之慘？非白石、晞發，何由知竺國之雙經？陳宜中之契闊，《心史》亮其苦心；黃東發之野死，寶幢志其處所：可不謂之詩史乎？元之亡也，渡海乞援之事，見於九靈之詩。而鐵崖之樂府，鶴年席帽之痛哭，猶然金版之出地也。皆非詩史之所能盡矣。明室既亡，分國鮫人，紀年鬼窟，較之前代干戈，久無條序。其從亡之士，章皇草澤之民，不無危苦之詞。以余之所見者，石齋、次野、介子、霞舟、希聲、蒼水、密之十餘家，無關受命之筆，然故國之鏗爾，不可不謂之史也。」〔註77〕他們都認識到時代的苦難是與士人的內心相通的，而士人的末世情緒又在詩文中得到了充分的體現，因此詩文是最眞實、最直觀的心史，足以傳之久遠。同時詩史說在當時還有現實意義，即要求作者以詩文全面記錄歷史，尤其是反映殘明政權的苦苦撐持與遺民復明的希望和對氣節的堅持，因爲這些必然是清朝修正史所要刪削的內容。乾隆大興文字獄，借修《四庫全書》抽毀大量遺民著作，也正是看到詩歌存史的價值，企圖以此銷毀抗清鬥爭史，消除漢人反清的意識。

　　至於將經學與文學相聯繫，這本就是中國古代文學理論的傳統之一，一方面，錢謙益要求文應是「六經之苗裔，《騷》、《雅》之耳孫」〔註78〕，並且認爲詩中有儒者之詩，說：「余惟世之論詩者，知有詩人之詩，而不知有儒者之詩。《詩》三百篇，巡守之所陳，太師之所繫，採諸田畯紅女，途歌巷諤者，列國之風而已。曰《雅》，曰《頌》，言王政而美盛德者，莫不肇自典謨，本於經術。言四始則《大明》爲水始，《四牡》爲木始，《嘉魚》爲火始，《鴻雁》爲金始。言五際則卯爲《天保》，酉爲《祈父》，午爲《采芑》，亥爲《大明》。

〔註76〕 《且樸齋詩稿序》，徐懋曙《且樸齋詩稿》卷首。
〔註77〕 《南雷文定・前集》卷一《萬履安先生詩序》。
〔註78〕 《有學集》卷三十八《答杜蒼略論文書》，頁 1308。

淵乎微乎！非通天地人之大儒，孰能究之哉？荀卿之詩曰：『天下不治，請陳佹詩。』炎漢以降，韋孟之《諷諫》，束廣微之《補亡》，皆所謂儒者之詩也。唐之詩人，皆精於經學。韓之《元和盛德》，柳之《平淮夷雅》，《雅》之正也。玉川子之《月蝕》，《雅》之變也。後世有正考父，考校商之名《頌》，以《那》為首，其必將有取於此。而世之論詩者莫能知也。」〔註79〕顯然，他認為經是一切文學的源頭，也是詩文創作的榜樣。另一方面，與此相對，他又將批判俗學與批判文壇弊病聯繫在一起，如說：「古學一變而為俗，俗學再變而為繆。繆之變也，不可勝窮。五方之音，變而為鳥語，五父之逵，變而為鼠穴」，並以此為武器批評復古派與竟陵派，希望古學能「粲然復明於世」〔註80〕。但是返經如何與文學結合，這還需要在創作中不斷的探索，黃宗羲就曾批評錢謙益「用《六經》之語，而不能窮經」〔註81〕，《論文管見》中也說：「近見巨子動將經文填塞，以希經術，去之遠矣」，文中引用經文，顯然並不能就此實現錢謙益返經的目標，但這清楚地表明了錢謙益引經學入文學的傾向。

　　錢謙益曾說：「根於志，溢於言，經之以經史，緯之以規矩，而文章之能事備矣！」〔註82〕他又自述云：「古人學問，自齠貫就傅以往，歲有程，月有要，年未及壯，而九經、三史、七略、四部之樞要，已總萃於胸中。其有著作，叩囊發匱，舉而措之而已耳。余以少失學，晼晚改步，蹭蹬功名，洊臻喪亂，神志荒耗，誦讀遺忘，乃欲上下馳騁，追扳古人於行墨之間」〔註83〕，顯然，經史為綱不僅是他所提倡的理論，他也力求在自己的創作中付諸實踐，因此他的古文十分注重規範，講求典雅中正，黃宗羲因而說他「其敘事必兼議論而惡夫剿襲，詞章必貴乎鋪敘而賤夫雕巧，可謂堂堂之陣，正正之旗。」〔註84〕

第二節　靈心與世運

　　文學雖與學術有莫大的關聯，但錢謙益也認識到它是個人的內心表現，

〔註79〕　《有學集》卷十九《顧麟士詩集序》，頁823。
〔註80〕　《初學集》卷七十九《答唐訓導論文書》，頁1702。
〔註81〕　《黃宗羲全集》第一冊《思舊錄》，頁374。
〔註82〕　《有學集》卷十九《周孝逸文稿序》。
〔註83〕　《有學集》卷三十九《答山陰徐伯調書》，頁1348。
〔註84〕　《南雷詩曆》卷二《八哀詩‧錢宗伯牧齋》。

其中反映出作者的個性。他說：「文之傳也，貴使人得其神情謦欬，千載而下，如或見之。若應酬卷軸之文，學徒胥史，互相傳寫，概而存之，則其人之精神，反沉沒於此中，不得出矣。」〔註85〕又說詩「如人之有眉目焉，或清而揚，或深而秀，分寸之間，而標置各異，豈可以比而同之也哉？」〔註86〕因此他一方面稱引顧天埈所說「天下有文人之文章，有豪傑之文章，豪傑之文章，雲蒸龍變之氣，遇感即發，寧容較深淺、商工拙於其間耶？」〔註87〕認為人的品性不一，文章風格也有別，此即文如其人。另一方面，他便要求作者應表現真性情，說：「古之作者，本性情，導志意，讕言長語，《客嘲》《僮約》，無往而非文也。途歌巷舂，春愁秋怨，無往而非詩也。今之作者則不然，矜蟲魚，拾香草，駢枝而儷葉，取青而妃白，以是為陳奐像設斯已矣，而情與志不存焉。」〔註88〕此即文應如其人。

關於作者，錢謙益說：「詩人才子，皆生自間氣，天之所使以潤色斯世」〔註89〕，這說明一方面，他認為詩人的任務就是「潤色斯世」。所謂「潤色斯世」，或可理解為給斯世以文飾，使之華美，使之精彩，使之更富於生機。一方面他又認為詩人生自間氣，為天所使，而所謂間氣是「不苟一行」的英淑之氣，人稟間氣，則「心靈洞開，翱翔自得，誰屑群猜。」〔註90〕這種神秘的天人感應觀念與錢謙益所重視的靈心有密切的內在聯繫，他說：「文章者，天地英淑之氣，與人之靈心結習而成者也。與山水近，與市朝遠；與異石古木哀吟清唳近，與塵壒遠；與鍾鼎彝器法書名畫近，與時俗玩好遠。故風流儒雅、博物好古之士，文章往往殊邈於世，其結習使然也。」〔註91〕錢謙益沒有詳細解釋靈心為何物，它可能與王陽明所說：「天地萬物與人原是一體，其發竅之最精處，是人心一點靈明」〔註92〕有關，而湯顯祖說的「士奇則心靈，心靈則能飛動，能飛動則下上天地，來去古今，可以屈伸長短生滅如意，如意則可以無所不如」〔註93〕也許也可以給我們一點啟示。從錢謙益所言來

〔註85〕《初學集》卷八十四《跋傳文恪公文集》，頁 1768。
〔註86〕《初學集》卷三十一《范璽卿詩集序》，頁 910。
〔註87〕《初學集》卷三十《顧太史文集序》，頁 903。
〔註88〕《初學集》卷三十二《王元昭集序》，頁 932。
〔註89〕《有學集》卷十七《梅村先生詩集序》，頁 757。
〔註90〕柳宗元《柳先生集》卷四十《祭楊憑詹事文》。
〔註91〕《初學集》卷三十一《李君實恬致堂集序》，頁 907。
〔註92〕《傳習錄》卷下。
〔註93〕《湯顯祖全集》詩文卷三十二《序丘毛伯稿》，頁 1140。

看，靈心與世俗之心、功利之心相對，可能是指士人優游於山林、徜徉於經史、迴翔於書畫、不染塵坌、雅致清淡的精神追求與審美趣味。而在文學創作中，靈心則指作家能以超脫的美學態度、敏銳的審美能力與清新奇麗的詩意去把握生活中的美，因此它的結果就是風流文人表現儒雅生活的清麗詩文，它的美學風格是優雅秀麗，而不是崇高悲壯或鄙俚通俗、生澀拗峭。這與錢謙益歸隱山林、享受田園之樂的心態與創作相關。如《初學集》卷四十五中的《秋水閣記》、《花信樓記》、《玉蘂軒記》，卷四十六《遊黃山記》等皆從容不迫、清新明快，感受天地的變化與自然的秀美，可視為靈心所為之作。

　　錢謙益認為靈心與淑氣相應，詩人以敏銳的審美感受自由地抒發自己對萬物之美的感悟，因此詩文便是自然的，而不是造作的，不加雕繪而靈秀天成，作者創作也能隨意揮灑，如行雲流水。這便是《梅杓司詩序》中所闡述的：「詩之為道，駢枝儷葉，取材落實，鋪陳揚厲。可以學而能也；劌目鉥心，推陳拔新，經營意匠，可以思而致也。若夫靈心雋氣，將迎悅忽，稟乎胎性，出之天然。其為詩也，不矜局而貴，不華丹而麗，不鉤棘而遠。不衫不履，粗服亂頭，運用吐納，縱心調暢。雖未嘗與捃摭掊擢者炫博爭奇，而學而能，思而致者，往往自失焉。」〔註94〕更具體地說，他認為靈心既與天賦有關，同時也有後天的文化薰陶與人生境界的提升，培養超塵出世的人生態度、高雅的審美趣味與深厚學識的作者才有靈心，所以他讚賞「獨至之性，旁出之情，偏詣之學」〔註95〕吳梅村似乎是符合他的理想的詩人，錢謙益在《梅村先生詩集序》中便云：「詩之道，有不學而能者，有學而不能者；有可學而能者，有可學而不可能者；有愈學而愈能者，有愈學而愈不能者。有天工焉，有人事焉，知其所以然，而詩可以幾而學也。……梅村之詩，其殆可學而不可能者乎？夫詩有聲焉，宮商可叶也。有律焉，聲病可案也。有體焉，正變可稽也。有材焉，良楛可攻也。斯所謂可學而能者也。若其調之鏗然，金舂而石戛也；氣之能然，劍花而星芒也；光之耿然，春浮花而霞侵月也；情之盎然，草碧色而水綠波也。戴容州有言：『藍田日暖，良玉生煙，可望而不可置於眉睫之間。』以此論梅村之詩，可能乎？不可能乎？文繁勢變，事近景遙，或移形於跬步，或縮地於千里。泗水秋風，則往歌而來哭；寒燈擁髻，則生死而死生。可能乎？不可能乎？所謂可學而不可能者信矣。而又非可以

〔註94〕《有學集》卷十八，頁791。
〔註95〕《初學集》卷三十二《馮定遠詩序》，頁939。

不學而能也，以其識趣正定，才力宏肆，心地虛明，天地之物象，陰符之生殺，古今之文心名理，陶冶籠挫，歸乎一氣，而咸資以爲詩。」〔註96〕由此可知錢謙益其實贊同嚴羽「詩有別才，非關書也；詩有別趣，非關理也」〔註97〕，認爲苦心經營、遣詞鍊字固也可以爲詩，但總不若靈心天性之詩；功夫既在詩中，亦在詩外，可學亦不可學。他此論是「使人知天人之際，可學不可學之介，出自心神，本乎習氣。眞如內典所謂多生異熟，不思議薰習者，庶幾無幾倖其不能，而鏃礪其可學，爲斯人少分箴砭，提醒眼目耳。」〔註98〕因此他強調的一是自然天成，二是性情流露。

其實靈心在錢謙益詩論中主要指作者的情感世界與審美素養〔註99〕，它雖然很重要，但在理論上有不足之處，因爲：一、靈心有天賦的內涵，而錢謙益又不主張過分強調天賦，這與他情感郁勃、自然爲詩的思想有矛盾。作家才力有別，這是不可人力而求的，但對世界的審美體悟與情感契合，這總是可以做到的。二、它是錢謙益對創作主體的審美素養要求，更多地帶有個人的風格愛好與美學追求，而這在豐富多彩、風格多樣的文壇中是不能衡以一律的，因此他對性情之眞還更強調一些。三、他在闡述靈心時往往朦朧飄渺，與對性情的論述相比顯得模糊，這是因爲傳統文論對作家創作心理的認識本就比較抽象。

與靈心相關聯，錢謙益認爲詩文應是個人心志的表現，他說：「《書》不云乎：詩言志，歌永言。詩不本於言志，非詩也。歌不足以永言，非歌也。宣己諭物，言志之方也。」〔註100〕他認爲詩歌的本質就是抒發作者的心靈與感情，在《增城集序》中又說：「《書》有之：詩言志，歌永言。春秋諸大夫會而賦詩，曰武亦以觀諸子之志。……夫世之稱詩者，較量興比，擬議聲病，丹青而已爾，粉墨而已爾。其屬情藉事，不可考據也。其或不然，剽竊掌故，傅會時事，不歡而笑，不疾而呻，元裕之所謂不誠無物者也。志於何有？」〔註101〕元好問在《楊叔能小亨集引》中說：「何謂本，誠是也。」又說：「由心而

〔註96〕《有學集》卷十七，頁 756。
〔註97〕《滄浪詩話・詩辨》。
〔註98〕《有學集》卷三十九《與吳梅村書》，頁 1363。
〔註99〕它與性情有聯繫又有區別，籠統地說，性情也包含在靈心之內；細緻分辨，人人都有性情，而不一定人人都有靈心。性情是個人與世運交感而生，而靈心會被耗盡。
〔註100〕《初學集》卷三十二《徐元歎詩序》，頁 924。
〔註101〕《初學集》卷三十三，頁 958。

誠，由誠而言，由言而詩也，三者相爲一。情動於中而形於言，言發乎邇而
見乎遠，同聲相應，同氣相求，雖小夫賤婦孤臣孽子之感諷，皆可以厚人倫、
敦教化，無它道也。故曰不誠無物。夫惟不誠，故言無所主，心口別爲二物，
物我邈其千里，漠然而往，悠然而來，人之聽之，若春風之過馬耳，其欲動
天地、感鬼神難矣。其是之謂本。」錢謙益對元好問比較推崇，他不僅借鑒
了不誠無物說，也移植了他的詩有本說：「古之爲詩者有本焉，《國風》之好
色，《小雅》之怨誹，《離騷》之疾痛叫呼，結轖於君臣夫婦朋友之間，而發
作於身世偪側、時命連蹇之會，夢而囈，病而吟，春歌而溺笑，皆是物也。
故曰有本。唐之李、杜，光焰萬丈，人皆知之。放而爲昌黎，達而爲樂天，
麗而爲義山，譎而爲長吉，窮而爲昭諫，詭灰皋兀而爲盧全、劉叉，莫不有
物焉，魁壘耿介，槎枒於肺腑，擊撞於胸臆，故其言之也不慚，而其流傳也，
至於歷劫而不朽。今之爲詩，本之則無，徒以詞章聲病，比量於尺幅之間，
如春花之爛發，如秋水之時至，風怒霜殺，索然不見其所有，而舉世咸以此
相誇相命，豈不末哉！」〔註102〕將兩者相比，他們在強調眞志眞情上是一致
的，但錢謙益詩有本說的教化意味要淡一些。

　　其實詩言志作爲儒家詩教的重要命題之一，志是有特定內涵的，而無論
從錢謙益的創作表現還是從他的理論闡釋來看，他的志更多是指個人的情
感，這與錢謙益本人個性張揚、任性重情的人格特點有關，也與他曾受晚明
個性解放思潮的薰染有關，如他說：「佛言眾生爲有情，此世界爲情世界。儒
者之所謂五性，亦情也。性不能不動而爲情，情不能不感而緣物，故曰情動
於中而形於言。詩者，情之發於聲音者也。古之君子，篤於詩教者，其深情
感蕩，必著見於君臣朋友之間，少陵之結夢於夜郎也，元、白之計程於梁州
也，由今思之，能使人色飛骨驚，當饗而歎，聞歌而泣，皆情之爲也。」〔註
103〕錢謙益有意無意地把佛教的眾生有情、儒家的性捏合在一起，作爲詩歌表
現的內容，甚至以此去偷換儒家詩教的內涵，都說明他思想的複雜。再如他
說：「《記》曰：人生而靜，天之性也。感於物而動，性之欲也。性不能以無
感，感不能以無欲，物與性相摩，感與欲相蕩，四輪三劫，促迫於外；七情
八苦，煎煮於內，身世軋戞，心口交跙，萌於志，發於氣，衝擊於音聲，而
詩興焉。故曰：『詩言志，歌永言。長言之不足，則嗟歎之，嗟歎之不足，則

〔註102〕　《有學集》卷十七《周元亮賴古堂合刻序》，頁767。
〔註103〕　《有學集》卷十九《陸敕先詩稿序》，頁824。

詠歌之。』暢其趣，極其致，可以哀樂而樂哀，窮通而通窮，死生而生死，性情之窮變，而詩道盡矣。」〔註104〕他認爲性即情，肯定性、情、欲的合理性，並主張文學應該表現性情之變化，這無疑受到晚明個性解放思潮的影響。由性情出發，他便強調「眞情」、「眞詩」，說：「《三百篇》以後，《騷》、《雅》具在。太史公曰：『《國風》好色而不淫，《小雅》怨誹而不亂。』此千古論詩之祖。劉彥和蓋深知之，故其論詩曰：『軒翥詩人之後，奮飛詞家之先。』《三百篇》變而爲《騷》，《騷》變爲漢、魏古詩，根柢性情，籠挫物態，高天深淵，窮工極變，而不能出於太史公之兩言。所謂兩言者，好色也，怨誹也。士相娟，女相說，以至於風月嬋娟，花鳥繁會，皆好色也。春女哀，秋士悲，以至於《白駒》刺作，《角弓》怨張，皆怨誹也。好色者，情之橐籥也。怨誹者，情之淵府也。好色不比於淫，怨誹不比於亂，所謂發乎情、止乎義理者也。人之情眞，人交斯僞。有眞好色，有眞怨誹，而天下始有眞詩。一字染神，萬劫不朽。」〔註105〕前面錢謙益強調詩言志、詩有本與推尊《詩經》還可見出儒家詩教的影響，而在此肯定眞好色、眞怨誹，則無疑是以「好色不淫，怨誹不亂」爲話語，而表述晚明思想解放所帶來的文學思想新變。

湯顯祖、公安派、竟陵派也提倡抒發性情，肯定眞詩，湯顯祖說：「世總爲情，情生詩歌，而行於神。天下之聲音笑貌大小生死，不出乎是。因以憺蕩人意，歡樂舞蹈，悲壯哀感鬼神風雨鳥獸，搖動草木，洞裂金石。其詩之傳者，神情合至，或一至焉；一無所至，而必曰傳者，亦世所不許也。」〔註106〕他將情的地位擡得很高，甚至認爲「情不知所起，一往而深，生者可以死，死可以生。」〔註107〕至於袁宏道所說「大概情至之語，自能感人，是謂眞詩，可傳也」〔註108〕，在這一點上，也與錢謙益的思想有一致之處。

但與湯顯祖等人有很大不同的是，錢謙益之眞性情與眞詩主要是指「四輪三劫，促迫於外；七情八苦，煎煮於內」而使作者困苦鬱悶，不吐不快之情，是心口格格不下，不得已而出之詩，如他讚賞「輪囷偪塞，傴蹇排募，人不能解而己不自喻者，然後其人始能爲詩，而爲之必工」〔註109〕，這無疑

〔註104〕《有學集佚文·尊拙齋詩集序》。
〔註105〕《有學集》卷十七《季滄葦詩序》，頁758。
〔註106〕《湯顯祖全集》詩文卷三十一《耳伯麻姑遊詩序》，頁1110。
〔註107〕《湯顯祖全集》詩文卷三十三《牡丹亭記題詞》，頁1153。
〔註108〕《袁宏道集箋校》卷四《敘小修詩》，頁188。
〔註109〕《初學集》卷三十二《馮定遠詩序》，頁939。

與明清之際的時世和當時作者的心態有關。當明末清初之時，社會動盪不安，明朝岌岌可危以至最終敗亡，人民痛哭哀號，士人擔憂國家、民族的命運，自己也在亂世中苦苦求生，而且艱危的時局時時有突發事件，令士人時而大喜，時而大驚，時而大悲，國家的未來、個人的前途就這樣緊緊地紐結在一起，令他們寢食難安，心情激動，無法自已。因此當時詩文中多表現禦強敵於郊野、舞干戈於邦內、朝野黨爭內訌的政治、軍事情形，經濟凋敝，家國殘破，民不聊生，爲逃難流離失所、惶恐不安的社會現實，以及詩人壯志難酬、功業不成、坎坷困頓的經歷和憂愁驚懼煎迫、救國無路、解脫無門的心態。從吳梅村、錢謙益至龔鼎孳，侯方域、陳子龍至姜垛等莫不如此。他們親身經歷數百年未有的天地大變，因此詩歌內容豐富，情感眞摯強烈，詩歌往往有悽怨豪壯之氣，有震動人心的力量。所以錢謙益肯定時世、境遇對詩人心靈、情感的影響，並在《虞山詩約序》中說：「古之爲詩者，必有深情畜積於內，奇遇薄射於外，輪困結轖，朦朧萌折，如所謂驚瀾奔湍，鬱閉而不得流；長鯨蒼虬，偃蹇而不得伸；渾金璞玉，泥沙掩匿而不得用；明星皓月，雲陰蔽蒙而不得出。於是乎不能不發之爲詩，而其詩亦不得不工。其不然者，不樂而笑，不哀而哭，文飾雕繢，詞雖工而行之不遠，美先盡也。」〔註110〕這無疑是對當時詩文的現實要求。比之韓愈的「不平則鳴」〔註111〕與歐陽修的「愈窮愈工」〔註112〕，它具有更爲深廣的社會歷史內涵與更爲強烈複雜的情感。從錢謙益本人的創作來看，他的詩文尤其是後期的作品確實表現出難以自已、不得不宣泄的眞性情尤其是悲情，如《夏五詩集》中諸詩、《哭稼軒留守一百十韻》、《桂殤詩》、《消寒雜詠》等，其中的感情都是眞誠而熾熱的。

　　由提倡抒發性情與眞詩，錢謙益進一步將詩與人合一，提出詩其人之說：「古云詩人，不人其詩而詩其人者，何也？人其詩，則其人與其詩二也，尋行而數墨，儷花而鬥葉，其於詩猶無與也。詩其人，則其人之性情詩也，形狀詩也，衣冠笑語，無一而非詩也。」〔註113〕這應該是他所認爲的作詩的最高境界，它的內涵其實很豐富，一方面他認爲詩人應在詩中抒發性情，袒露內心，而不是爲寫詩而作詩，因此有眞人便有眞詩，詩是人的眞實表現。如

〔註110〕《初學集》卷三十二，頁923。
〔註111〕《送孟東野序》。
〔註112〕《歐陽文忠公文集·梅聖俞詩集序》。
〔註113〕《初學集》卷三十二《邵幼青詩草序》，頁935。

他說：「咸仲之為人，眉宇軒豁，心腑呈露，意中無結轖不可解之事，喉間無嗔咽不可道之語，以君父為天，以師友為命，以文章山水為日用飲食。其為詩文也，亦若是而已。……咸仲之詩文喜而歌焉，哀而泣焉，醒而狂焉，夢而愕焉，嬉笑嚬呻，謦咳涕唾，無之而非是也。咸仲之性情在焉，咸仲之眉宇心腑在焉。有眞咸仲，便有咸仲之眞詩文，其斯為咸仲而已矣」〔註 114〕，他所針對的是傭耳剽目、蠅聲蚓竅的偽詩；另一方面他又認為詩是詩人生活的重要部分，詩人以審美的眼光去看世界，以詩意的態度去生活，因此詩人在生活中自然為詩。他進一步闡發說：「夫詩者，言其志之所之也。志之所之，盈於情，奮於氣，而擊發於境風識浪奔錯交湊之時世，於是乎朝廟亦詩，房中亦詩，吉人亦詩，棘人亦詩，燕好亦詩，窮苦亦詩，春哀亦詩，秋悲亦詩，吳詠亦詩，越吟亦詩，勞歌亦詩，相春亦詩。窮盡其短長高下抑抗清濁吐含曲直樂淫怨誹之極致，終不倍背乎五聲六律七音八風九歌之倫次。詩之教如是而止。古之為詩者，學遡九流，書破萬卷，要歸於言志永言，有物有則，宣導情性，陶寫物變。學詩之道，亦如是而止。」〔註 115〕正因為詩其人，故而遭逢際會便能肆口而發，無時不可作詩，無物不可入詩。詩中寫眞情，這是已經熟濫了的觀點，而詩其人、人詩合一的提法則比較新穎，只要用眞情去感受，生活中處處是詩材，因此以詩人之眼來觀察生活，在生活中享受詩意，這點無疑是錢謙益的獨到見解。錢謙益本人是個才子型的詩人，他性格坦率，情感外露，閱歷豐富，創作也往往隨性而發，在詩中表現自己的內心；同時他經歷曲折，也曾緩步於皇宮，也曾羈紲於牢獄，也曾清嘯於林下，也曾哀歎於江邊，也曾激昂慷慨，也曾屈辱喪節，他的一生眞是戲劇化的一生，無時不逗引他的才思與詩情，留下眾多飽含眞情的篇章。因此他自己正履踐著「詩其人」的詩學觀點。

提倡性情與眞詩，不僅是由於晚明個性解放思潮、公安派的影響，也不僅是批判復古派的需要，它更是明末清初時代的需要，陳子龍便說：「古之君子遇世衰變，身嬰荼痛，宣鬱達情，何嘗不以詩歟？」「夫人之悲，孰大於喪其君父者哉？從其質也，闒躃哭泣，自天子達於庶人，猶之乎鳴號啁噍也，君子為之節飾焉，則情文生矣。所謂長歌慘於痛哭，豈徒辭翰之事乎？」〔註

〔註 114〕《初學集》卷三十一《劉咸仲雪庵初稿序》，頁 909。

〔註 115〕《有學集》卷十五《愛琴館評選詩慰序》，頁 713。

〔註 116〕《陳忠裕公全集》卷二十六《申長公詩稿序》。

116〕所以明清之際文學思想的主流便是重情，如黃宗羲說：「凡情之至者，其文未有不至者也」〔註117〕，「古之人情與物相遊不能捨，不但忠臣之事其君，孝子之事其親，思婦勞人結不可解，即風雲月露，草木蟲魚，無一非眞意之流通，故無溢言漫辭以入章句，無諂笑柔色以資應酬。」〔註118〕王夫之也說：「情在而禮亡，情未亡也。禮亡而情在，禮猶可存也。」〔註119〕「哭之無涕者，哀之非哀也；笑之無歡者，樂之非樂也；歌之無感者，弗足以長言嗟歎。」〔註120〕陳祚明亦曰：「夫詩者，思也，惟其情之是以。夫無憂者不歎，無欣者不聽，己實無情而喋喋焉，繁稱多詞，支支蔓蔓，是夫何爲者？故言詩不准諸情，取靡麗，謂修辭厥要，弊使人矜強記，採摭抄竊古人陳言，徒塗飾字句，懷來鬱不吐，志不可見，失其本矣。」〔註121〕以情爲文學之本，不僅是對文學本質的認識，從根本上看也是意識到文學對社會、自我的功用，因爲情眞之詩文才最有力量與價值。

錢謙益反覆論述文學中表現的是「歡欣噍殺，紆緩促數，窮於時，迫於境，旁薄曲折，而不知使然」之情〔註122〕，他也就承認世運對作者情感的影響、對文學的影響。

所謂世運，就是指朝代興衰與社會變化。在承平之世，這種變遷是緩慢的，而在易代之際，社會動蕩不寧，人們遷徙流轉，逃難求生，身世的變化、心靈的震動都是巨大而持久的。關於文學與世運的關係，錢謙益承接時運遷移、質文代變的傳統思想，而加入了元氣說。他說：「夫文章者，天地之元氣也。忠臣志士之文章，與日月爭光，與天地俱磨滅。然其出也，往往在陽九百六、淪亡顚覆之時。宇宙偏沴之運，與人心憤盈之氣，相與軋磨薄射，而忠臣志士之文章出焉。有戰國之亂，則有屈原之《楚詞》，有三國之亂，則有諸葛武侯之《出師表》，有南北宋、金、元之亂，則有李伯紀之奏議、文履善之《指南集》。忠臣志士之氣日昌，文章之流傳者，使小夫婦孺俳優走卒，皆爲之徘徊吟咀，歔欷感泣。而夷考其時，君父爲何人，天下國家之事爲何如？」〔註123〕明末的社會動亂令錢謙益憂心忡忡，慨然欲澄清天下，所以他在評論

〔註117〕《南雷文定》卷一《明文案序上》。
〔註118〕《南雷文案》卷一《黃浮先詩序》。
〔註119〕《詩廣傳》卷二《檜風》二，頁754。
〔註120〕《詩廣傳》卷五《魯頌》三。
〔註121〕《采菽堂古詩選‧凡例》。
〔註122〕《有學集》卷四十七《題燕市酒人篇》，頁1550。
〔註123〕《初學集》卷四十《純師集序》，頁1085。

中也每每讚賞雄渾剛健的詩文，如他稱讚孫承宗的文章「其大者爲高文典冊，籌邊斷國，固已著竹帛而垂夷夏。其小者則殘膏剩馥，猶足以衣被海內，沾丐作者。此天地之元氣，渾淪磅礴，非有使之然者也。」〔註124〕又論孫幼度之詩「有光熊熊然，有氣灝灝然，一以爲號鯨鳴鼉，一以爲風檣陣馬。雜述感事之作，憂軍國，思朋友，忠厚惻怛，憔悴宛篤，非猶夫衰世之音，蠅聲蚓竅，譙吟而鬼哭者也。今夫吾師者，國家之元氣也，渾淪盤礴，地負海涵，其餘氣演迤不盡，而後有幼度兄弟，而後有幼度兄弟之詩。徵國家之元氣於吾師，徵吾師之元氣於幼度之詩。」〔註125〕顯然天地國家之元氣、忠臣義士之元氣、詩文之元氣是相應的關係。這種元氣指在時代激烈動盪、人民痛苦不堪之時，志士挺身而起，謀求救世救民，並以詩文反映社會的巨大變化，所以詩文中有廣闊的社會面貌與剛強不屈的個性，風格鏗鏘壯麗，充滿豪氣與陽剛之美。他的元氣說對黃宗羲有深刻影響，黃宗羲說：「夫文章，天地之元氣也。元氣之在平時，崑崙旁薄，和聲順氣，發自廊廟，而鬯浹於幽遐，無所見奇。逮夫厄運危時，天地閉塞，元氣鼓蕩而出，擁勇鬱過，坌憤激訐，而後至文生焉。故文章之盛，莫盛於亡宋之日，而皋羽其尤也。」〔註126〕明清之際的很多詩文都具有他所說的元氣，其實這正是易代之際的社會與士人心態所決定的。

錢謙益也注意到詩風的變化與世運變化的關係。他說：「昔者隆平之世，東風入律，青雲干呂，士大夫得斯世太和元氣吹息而爲詩。歐陽子稱聖俞之詩哕然似春，淒然似秋，與樂同其苗裔者，此當有宋之初盛，運會使然，而非人之所能爲也。兵興以來，海內之詩彌盛，要皆角聲多，宮聲寡；陰律多，陽律寡；噍殺恚怒之音多，順成嘽緩之音寡。」〔註127〕明末的詩歌由於詩人感受到時代的衰敗而具有濃厚的末世情緒，這是自然的。而就個人來說，詩人在詩歌中表現的內容不僅與他的經歷相關，他的風格也會因之發生重大變化。錢謙益曾在《南征吟小引》中評述袁伯應詩歌風貌的變化，「其詩高華鴻菀，蒼老沈鬱，亦與境而俱變。當其督餉遼左，歷覽關塞，指顧氈幕，籌策表餌，欲以尺組繫單于，故其詩縱橫頓挫，若田僧超臨陣作《壯士歌》，使人有車馳馬驟、投石橫草之思。已而休沐里居，扞禦孤城，撝拄強寇，主憂臣

〔註124〕《初學集》卷三十一《孫靖自文序》，頁916。
〔註125〕《初學集》卷三十一《孫幼度詩序》，頁915。
〔註126〕《黃宗羲全集》第十冊《謝皋羽年譜遊錄注序》，頁34。
〔註127〕《有學集》卷十七《施愚山詩集序》，頁760。

辱，以四郊多壘爲恥，故其詩淒清悄厲，若劉越石登樓長嘯，使人有雲深月近，裹創飲血之恐。至其椎關南國，登車奉使，江南佳麗之地，風聲文物，與其才情互相映帶，而羽書之旁午，民力之凋敝，持籌蒿目，又迸逼於胸中，故其爲詩曲而中，婉而多風，古人感懷諷諭纏綿惻愴之致，往往交驚雜作。」〔註128〕他又論易代之際翻天覆地的變化對於李緇仲詩風的影響，說緇仲原先「豐神開朗，鬚眉如刻畫，握筆數千言，旋風驟雨，發作於行墨之間」，此後「日月愈邁，禍亂侵尋，於是乎爲退士、爲旅人、爲乞食之貧子、爲對簿之累囚，禿袖敝衣，蒼顔白髮，如命侶之陽雁、如繞樹之越鳥，伶仃彳亍」〔註129〕。其實這種變化在明末清初的文壇上是很常見的，就錢謙益自己而言又何嘗不是如此，在明亡前，他雖也有低沉之作，但總有雄心壯志，總是充滿自信，而入清後則或哀怨，或悲傷，或痛悔，或憤慨。

正因爲錢謙益認識到詩文與世運的密切聯繫，所以他肯定文學變化的合理性，認爲：「夫文章者，天地變化之所爲也。天地變化與人心之精華交相擊發，而文章之變不可勝窮。」他並以文學史中的實例論證說：「文至於昌黎，止矣。陸希聲言：李元賓於退之，所得不同，不可以相上下。叔則謂唐、宋之文，不盡於八家。此知其變者也。是故論唐文，於韓、柳之前，未嘗無陳拾遺、燕、許、曲江也，未嘗無權禮部、李員外、李補闕、獨孤常州、梁補闕也，未嘗無顔魯公、元容州也。元和以還，與韓、柳挾轂而起者，指不可勝屈也。宋初盧陵未出，未嘗無楊億、王禹偁也，未嘗無穆修、柳開也。盧陵之時，未嘗無石介、尹洙、石曼卿也。眉山之時，未嘗無二劉三孔也。眉山之學，流入於金源，而有元好問。昌黎之學，流入於蒙古，而有姚燧。蓋至是文章之變極矣。」〔註130〕在文學史高峰的前後，都有相當多的文學家進行有益的探索，他們同時又構成了文壇豐富絢麗的面貌。不僅古文如此，詩歌也是這樣，他又說：「惟詩亦然，富有日新，擬議以成其變化，豈復有聲韻可陳，境會可擬乎？」〔註131〕這種發展變化的觀點無疑較復古派高出許多，它也正是批判王、李之學的武器。在《列朝詩集》中，錢謙益更是在全書中都貫穿著變化發展的思想。但要指出的是他同時主張效法古代的典範，而對

〔註128〕《初學集》卷四十，頁 1084。
〔註129〕《有學集》卷二十《李緇仲詩序》，頁 838。
〔註130〕《有學集》卷三十九《復李叔則書》，頁 1344。
〔註131〕《初學集》卷三十三《南遊草敘》，頁 960。

詩文如何創新並沒有提出多少具體意見，他的理想還是要「追配古人」〔註 132〕。

　　文學與世運關係的另一方面，就是詩文對社會的作用。在這點上，錢謙益又認為詩文不只是作家個人的，而且應是社會的，它應介入歷史，干預社會。除了前已論及的詩文應記史存心外，錢謙益還認為詩文應有關於世教，他說：「先儒有言：詩人所陳者，皆亂狀淫形，時政之疾病也；所言者，皆忠規切諫，救世之針藥也。文中子評六代之詩，立纖誇鄙誕之目，為狂為狷，有君子之心者，數人而已。今天下之詩盛矣，聯翩麗藻，皆歸於駢花鬥草，留連景光，而詩人之針藥無聞焉。」因此他高度讚賞王與胤之詩為「誇人纖兒嘈囋者之針藥也」〔註 133〕。他全面接受儒家詩教，在《十峰詩序》中做了充分闡釋：「《虞書》曰：『詩言志。』詩者，志之所之也，而要自直寬剛簡出之。《周禮》：『大師教六詩，曰風，曰賦，曰比，曰興，曰雅，曰頌。』所謂三經三緯也。而必以六德為之本。……夫詩本以正綱常、扶世運，豈區區雕繪聲律、剽剝字句云爾乎？昔者李百藥見文中子論詩，上陳應、劉，下述沈、謝，分四聲八病剛柔清濁以為序，而文中子不之答也。此其故惟薛收知之，若曰：明三綱，達五常，徵存亡，辨得失，夫子之論詩者如是。今之人不知詩學，營營馳騁於末流，宜為文中子之所棄，而亦薛收之所不取矣。……嗚呼！詩道大矣，非端人正士不能為，非有關于忠孝節義綱常名教之大者，亦不必為。」〔註 134〕由此，他對詩人、作詩目的、詩歌內容、詩歌風格都指出明確導向：詩人應加強自身的品德修養，作詩是為了綱常名教，詩歌表現的內容都應與此有關，風格自然是中正平和。如他稱讚錢磥曰「為理學、氣節、文章中人，故其為詩也，志意發越，元氣盤鬱，粹然一歸於中正。昔師乙論聲歌調，寬靜柔正者宜歌《頌》，廣大疏達恭儉好禮者宜歌《雅》，正直而靜廉者宜歌《風》。磥曰以其所宜，發而為詩，其為直己陳德可也。」〔註 135〕

　　再具體分析，同是主張儒家詩教，在明亡前錢謙益更強調關乎時事，有為而作，如《初學集》卷八十五《書黃宮允石齋所作劉招後》云：「古人之文，未有無為而作者。無為而作，雖作而不傳，傳而不久，不作可也。余少時讀蘇子由《三宗漢昭帝論》，忽易其文詞，竊疑呂成公不當錄之於《文鑑》。已

〔註 132〕　《列朝詩集小傳・丁集中》「袁儀制中道」，頁 569。
〔註 133〕　《有學集》卷四十二《王侍御遺詩贊》，頁 1430。
〔註 134〕　《有學集》卷十九，頁 831。
〔註 135〕　《有學集》卷十九《十峰詩序》，頁 831。

而深考之，子由爲此論，當哲宗初元之時，人主方富於春秋，冀其學道愛身，祈天永命，而託論於三宗昭帝，憂深慮遠，古之大臣獻《金鑒》而箴丹扆者，殆未有以過。此吾以此益信古人之文，斷無無爲而作者。而少時之輕於持論，爲可愧也。」〔註136〕在《題吳太雍初集》中也說：「古人之詩文，必有爲而作，或託古以諷諭，或指事而申寫，精神志氣，抑塞磊落，皆森然發作於行墨之間。故其詩文必傳，傳而可久。余觀西吳吳太雍之文，憂時憤世，抗論悟俗，如逌人之警道路，如司寤之詔夜時，此吾所謂有爲而作者也。」〔註137〕因而他要求恢復詩教，讚賞李伊闕的詩「於虜訌盜橫，民窮政僻，無不極其懆歎，而歸其責於政本，有將荷作柱，以搬充幹之刺焉。蓋君之通達國體，切直敢言如此。令采風之使，進而被之管絃，言之無罪，聞之足戒，豈不足以列四詩之目，而稱五諫之首也哉！」〔註138〕。這些都說明他主張引時政內容入文學，試圖借詩文以補偏救時。而在降清後，他在重世教的同時有時也強調溫柔敦厚之旨，如《施愚山詩集序》云：「《記》曰：『溫柔敦厚，詩之教也。』說《詩》者謂《雞鳴》、《沔水》殷勤而規切者，如扁鵲之療太子；《溱洧》、《桑中》咨嗟而哀歎者，如秦和之視平公。病有淺深，治有緩急，詩人之志在救世，歸本於溫柔敦厚，一也。」〔註139〕這與錢謙益自己的身份、理想、經歷、心態有關。明亡前錢謙益身負東山之望，無時不在圖謀復出，關注時政，對救國救民充滿信心與迫切感，所以他的作品往往議論朝政、世情、士風，曲筆多中，如《向言》等。而降清後，他不過是一介布衣孤老，理想破滅，爲求得內心平衡，努力調和心境，在詩文中表現自己對於榮辱毫不掛懷，甚至企圖以道學面目掩蓋自己失節之羞；在明亡前，錢謙益對統治者還存有幻想，相信義士奇人如鄭仰田、沈伯和、盧孔禮等的力量，企圖通過政治手段與整頓兵事來拯偏救弊，因此認爲詩歌可以勸諫天子，具有政治功用，如：「有《舂陵》之詩，而被國風之探，聖天子陳而用之，邦伯得人，萬物吐氣，盜賊滅息，而天下乂安，此詩之爲用，顧不大歟？」〔註140〕但在入清後，他更關注士人的心態與精神家園，有感於人心淪喪，道德泯滅，便將救世全歸於改造人心，說：「趙邠卿之敘《孟子》曰：『帝王公侯，遵之則可以致隆平，頌清

〔註136〕《初學集》，頁1793。
〔註137〕《初學集》卷八十六，頁1813。
〔註138〕《初學集》卷三十三《增城集序》，頁958。
〔註139〕《有學集》卷十七，頁760。
〔註140〕《初學集》卷四十《時子求期思集序》，頁1076。

廟。卿大夫士蹈之，則可以尊君父、立忠信。守志厲操者儀之，則可以崇高節、抗浮雲。』此古學之典要，亦救世之針藥也。」〔註141〕同時從個人創作發展來看，他的學力益厚，文學表現手法更圓熟，能斂鋒芒於內，追求雍和博雅之美。當然，由於錢謙益性格的直率，他的哀傷與激動仍不時流露於詩文之中，並不能完全實現自己提出的溫柔敦厚的理論主張。

錢謙益既然認爲對詩中之性情應進行規範〔註142〕，這就與他在論性情時所提出的自由抒寫有衝突。其實這正反映錢謙益文學觀念的複雜性：他本人既受傳統儒家道德的深深制約，同時又受王學和晚明思想解放思潮的影響，追求豪放縱情，兩者既互補，又矛盾，使他的性格搖擺不定，甚至言行不一。在詩文創作上，他以豪氣激蕩見長，但也有典雅流麗之作，既重眞情以至悲情的充分吐露，又力求雅正渾厚。與當時的社會相聯繫，詩其人與自然地抒情寫意是因爲急劇變化的社會、坎坷多難的身世使作家急切地要在詩文中宣泄自己的哀傷、痛苦、激動等心情。而強調儒家詩教，主張溫柔敦厚首先是對遺民文學哀苦之音、淒怨之聲的反撥，使文壇不至於走入悲涼的偏狹之境而不能自拔，如錢謙益說：「兵興以來，海內之詩彌盛，要皆角聲多，宮聲寡；陰律多，陽律寡；噍殺恚怒之音多，順成嘽緩之音寡。」〔註143〕他故而提出溫柔敦厚以矯之，讚賞申維志之詩「多出於黍離之後，雍頌爾雅，噍殺不作，梧桐之萋萋，鳳凰之雝喈，宛然猶在尺幅之中。」〔註144〕他又在《新安方氏伯仲詩序》中說：「二方子之詩，無流僻，無噍殺，瀏瀏乎其音也，溫溫乎其德也，庶幾詩人之清和，可以語溫柔敦厚之教也與？」〔註145〕；其次，在易代之際，學術諸說興起，各種思想對正統儒家形成衝擊，因此提出向儒學復歸的要求也是自然的，錢謙益文學思想中的經史爲綱、反經循本、學《詩》學杜等其實都是這種努力的表現；第三，錢謙益對溫柔敦厚的提倡還與對重熙累洽之世的追憶聯繫在一起，其中滲透著對往日承平繁華的回想與今不如

〔註141〕《有學集》卷二十《婁江十子詩序》，頁845。
〔註142〕這與王夫之論詩情應「貞」、「正」是接近的，可參見《船山詩學研究》。而吳應箕也說：「無情，詞安從眞；非其人，情安得正？無情而有詞，詞不眞焉，其失也僞；情不正而有詞，詞即眞焉，生心之害詎有已哉？」（《樓山堂集》卷十六，頁554）顯然規範性情以符合道德準則是當時士人的普遍要求，這與晚明個性解放思潮的重情說有區別。
〔註143〕《有學集》卷十七《施愚山詩集序》，頁760。
〔註144〕《有學集》卷十七《申比部詩序》，頁771。
〔註145〕《有學集》卷二十，頁843。

昔的哀苦，如《申比部詩序》中對申時行傾慕不已：「追想太平風流宰相，一觴一詠，翰墨遊戲，皆乘國家之元氣以出。流風餘韻，可以衣被百世」，並說：「造化吉祥之氣，與國家休明之運，旁薄結轄，而鍾美於人物，必有奇絕殊尤者出於其間，草木之華，亦中氣之分也，而可以為病乎？」因而為之長歎：「嗟夫！國家二百餘年，世習平康正直之俗，人被溫柔敦厚之教。」〔註146〕這其實是末世情緒在文學中的特殊表現〔註147〕。

　　這種時代要求與末世情緒在文學思想中的複雜表現也體現於當時的其他文論家中，如陳子龍也注意到世運盛衰與文學的聯繫：「世之盛也，君子忠愛以事上，敦厚以取友，是以溫柔之音作而長育之氣油然於中，文章足以動耳，音節足以竦神，五音乘之以致其治；其衰也，非辟之心生，而宂屬微末之聲著，粗者可逆，細者可沒，而兵戎之象見矣」〔註148〕，他所處的時世無疑是衰世，因此希望能以詩文挽救亂世，具體來說就是詩文應對社會、時政進行褒刺：「蓋憂時託志者之所作也，苟比興道備而褒刺義合，雖塗歌巷語，亦有取焉。」「夫作者而不足以導揚盛美，刺譏當時，託物連類而見其志，則是風不必列十五國，而雅不必分大小也，雖工而余不好也。」〔註149〕。他並論述當時詩歌與時代相應，「念亂則其言切而多思，望治故其辭深而不迫」〔註150〕，這正是對明清之際末世情緒表現在文學中的兩個主要方面的精到總結。因此陳子龍一方面希望實現盛世人文，讚賞「二三子生於萬曆之季，而慨然志在刪述，追游夏之業，約於正經以維心術，豈曰能之，國家景運之隆，啓迪其意智耳。聖天子方彙中和之極，金聲而玉振之，移風易俗，返於醇古。」〔註151〕一方面又承認十餘年來烽煙四起，破軍殺將，直至天翻地覆，故國破滅，詩歌不能不憂憤念亂，「雖飛鳥疾風之聲，猶為魂驚，況乎追念疇昔，紬繹篇章，思燕笑之期，體詠歌之志，詩則猶是也，而哀可知矣，豈必雍門之琴乃

〔註146〕《有學集》卷十七，頁770。
〔註147〕錢謙益生於亂世中，雖然提倡溫柔敦厚，恢復盛世雅音，但也明白眞情迸發的力量，說「謝皐羽之詩，長留天地間」（《有學集》卷二十《楊明遠詩引》，頁855），並承認兩者並不相背，可以共存，如王翰明的詩歌「雍頌言志，有似春秋之卿大夫，哀傷激越，泣禾黍而淚山河，又有似乎天水之遺悲也。」（《有學集》卷二十《王翰明詩引》，頁857）。
〔註148〕《陳忠裕公全集》卷二十五《皇明詩選序》。
〔註149〕《陳忠裕公全集》卷二十五《六子詩序》。
〔註150〕《陳忠裕公全集》卷二十六《三子詩選序》。
〔註151〕《陳忠裕公全集》卷二十五《皇明詩選序》。

能浪浪沾襟哉？」〔註152〕前者提倡正經返古，後者肯定眞情感人，兩者相合，才是明末清初詩學的主要內容。如侯方域也在《孟仲練詩序》中云：「孟君生平數遭興廢，皆身與之，固宜其痛切以憤，怨悱以怒，而其爲詩顧能遣於道，不以自累，望之也厚，而測之也深。是豈猶夫世俗之苟作者耶？」一方面要寫出時代翻天覆地的變化及其對士人內心的重大影響，哀怨悲痛，情不自禁，一方面又要注意情感表達的藝術性，避免直白叫囂，而應沉鬱頓挫，從而具有深刻的內涵與打動人心的力量，這才是當時詩人的創作追求。

　　還應注意的是，錢謙益的創作與文論是很複雜的，在他的創作中雖有關懷家國的詩篇，但也有很多描寫悠閒享樂的作品；他雖說要求文學應有關于忠孝節義，但又說：「詩者，志之所之也。陶冶性靈，流連景物，各言其所欲言者而已。」〔註153〕並肯定無關世用的藝術創造，說：「余惟唐、宋以來，名人魁士，以風流儒雅爲宗者，若李汧公、米南宮、趙魏公之流，其標置欣賞，往往在勳名德業之外，無當於世用，而世顧不可少焉者，何也？草之有秋蘭也，木之有古松老梅也，味之有苦茗也，臭之有名香也，於世用亦復無當，而世亦不可少焉。」〔註154〕其實，這正是明末清初的特殊時世與錢謙益的特殊個性間矛盾的表現。明清之際的政治、經濟、軍事困境使士人有強烈的救國救民的使命感，要求把他們的全部才智、精力都投入到參政議政、奔走聯絡、禦敵平亂中來；而錢謙益雖有宏偉的抱負，救世的熱情，同時又是一個風流才子，嗜酒愛茶，賞畫品棋，閒適逍遙，前者要求文學爲世運服務，而後者又使士大夫文學與尖銳的社會矛盾有一定距離。這兩者完全可以在士人內心與文學中和諧地共存，如他說范璽卿之詩「終和且平，穆如清風，有忠君憂國之思，而不比於怨；有及時假日之樂，而不流於荒。」〔註155〕兩者本來就都是士人之志，也是士人之所欲言。但隨著時局的進一步惡化乃至國破家亡，士人的內心憂苦備至，詩文也浸染哀怨淒愁，個人悲慘的身世與社會翻天覆地的變化就緊緊地結合在一起，詩文與文論也自然的將自我與國家相聯繫。

　　由第一、二節可知，錢謙益的詩文理論有兩條主線，一是經史爲綱，其

〔註152〕《陳忠裕公全集》卷二十六《三子詩選序》。
〔註153〕《初學集》卷三十一《范璽卿詩集序》，頁910。
〔註154〕《初學集》卷三十一《李君實恬致堂集序》，頁907。
〔註155〕《初學集》卷三十一《范璽卿詩集序》，頁911。

中蘊含的是傳統儒家文論的價值判斷與創作指向。這一條線，是儒家傳統思想教育的傳承。對於錢謙益這樣一位有東林黨背景的人來說，這種傳承是很自然的。二是重作者個人心性、重真情真詩，這一方面是受晚明思想解放思潮、湯顯祖與公安派文學思想的影響，一方面是明清之際社會現實強烈觸動作家心靈而產生的宣泄需要。兩條線索有重合之處，如錢謙益曾說：「夫詩文之道，萌折於靈心，蜇啓於世運，而茁長於學問。三者相值，如燈之有炷有油有火，而焰發焉。今將欲剔其炷，撥其油，吹其火，而推尋其何者爲光，豈理也哉！方其標舉興會，經營將迎。新吾故吾，剝換於行間。心神識神，湧現於句裏。如蛻斯易，如蛾斯術。心了矣，而口或茫然。手了矣，而心猶介爾。於此之時，而欲鏤塵畫影，尋行而數墨，非愚則誣也。」〔註156〕在創作中，作者情性、社會變遷、經史之學就這樣緊密地融彙在一起。

第三節　對文壇弊端的抨擊

　　錢謙益的思想極具批判精神，他在經學、史學、佛學、文學等方面都有這方面的表現。一方面大力批判當時的僞學、詩病、狂禪，一方面樹立起新的典範。值得注意的是他的經學、史學、文學都與政治、國事相聯繫，這其實正反映他對當時政治混亂、時局動蕩的失望，希望能夠恢復封建統治秩序，實現昇平繁盛、文化昌明。他提倡文學應有盛世之風韻，對前代的文采風流極爲讚賞，曾說：「昔在休明之世，吾吳徐武功、吳文定、王文恪公，以館閣巨公，操文章之柄。一時名賢輩出，若劉昌謨、楊君謙、劉廷美之流，浮沉郎署，迴翔藩臬，宏覽博物，含英咀華，殘編蠹簡，映照緗素。降及正、嘉，文徵仲以耆年長德，主盟詞苑。王祿之、陸子傳諸公，掞華落藻，前輝後光。國家重熙累洽、人文化成、士大夫含章挺生，與天之卿雲、地之器車，榮光休氣，參兩叶應，豈偶然哉！」〔註157〕他要用他所理解的休明之世的人文化成作爲尺度，來批判當時的文學弊端，在其中寄寓著身處亂世而對治世的羨慕情思。這集中體現在對李東陽與七子派的對比中，如他贊李東陽云：「公（李東陽）慧悟夙成，風神娟秀，歷官館閣，四十年不出國門，獎成後學，推挽才雋，風流弘長，衣被海內，學士大夫出其門牆者，文章學述，粲然有所成

〔註156〕《有學集》卷四十九《題杜蒼略自評詩文》，頁1594。
〔註157〕《有學集》卷十八《范長倩石公集序》，頁792。

就……國家休明之運，萃於成、弘，公以金鐘玉衡之質，振朱弦清廟之音，含咀宮商，吐納和雅，渢渢乎，洋洋乎，長離之和鳴，共命之交響也。」〔註158〕承平盛世，雍和雅正，歷官館閣，風流弘長，門生有成，這些其實都是錢謙益對於時世與個人功名理想的表述，是他在明末清初做過無數遍卻最終也沒有實現的夢想。錢謙益又說：「西涯之文，有倫有脊，不失臺閣之體。詩則原本少陵、隨州、香山以迨宋之眉山、元之道園，兼綜而互出之。」這些其實也是錢謙益自己所追求的文學創作目標。顯然他所理解的李東陽是經過他自己的改造，並寄託著他自己的人生理想與文學取向。因此他對「力排西涯，以劫持當世，而爭黃池之長」〔註159〕的李夢陽等人深致不滿，並認爲「西涯北地升降之間，文章氣運，胥有繫焉」〔註160〕，所以他對文壇弊病的抨擊不僅僅是文學論爭，也是其心態中末世情緒的反映，是企圖挽回大雅、再現休明盛世的努力。

　　同時，對文壇弊病的批評與錢謙益本人文學思想的急劇轉變有關。他自述：「僕年十六七時，已好陵獵爲古文。空同、弇山二集，瀾翻背誦，暗中摸索，能了知某行某紙。搖筆自喜，欲與驅駕，以爲莫己若也。爲舉子，偕李長蘅上公車，長蘅見其所作，輒笑曰：『子他日當爲李、王輩流。』僕駭曰：『李、王而外，尙有文章乎？』長蘅爲言唐、宋大家，與俗學迥別，而略指其所以然。僕爲之心動，語未竟而散去。浮湛里居又數年，與練川諸宿素遊，得聞歸熙甫之緒言，與近代剽賊雇貰之病。臨川湯若士寄語相商曰：『本朝勿漫視宋景濂。』於是始覃精研思，刻意學唐、宋古文，因以及金、元元裕之、虞伯生諸家，少得知古學所從來，與爲文之阡陌次第。」〔註161〕這說明錢謙益是破王、李之學的門牆而出，轉而接受宋濂與歸有光的學術與文學思想的。所以他特別讚賞嘉定之學，說：「嘉定爲吳下邑，僻處東海，其地多老師宿儒，出於歸太僕之門，傳習其緒論。其士大夫相與課《詩》、《書》，敦名行，父兄之訓誨，師友之提命，咸以謏聞寡學，叛道背德爲可恥。」〔註162〕「其師承議論，以經經緯史爲根柢，以文從字順爲體要」〔註163〕，又說：「夫以嘉定之

〔註158〕 《列朝詩集小傳・丙集》「李少師東陽」，頁245。
〔註159〕 《初學集》卷八十三《書李文正公手書東祀錄略卷後》，頁1759。
〔註160〕 《列朝詩集小傳・丙集》「李少師東陽」，頁245。
〔註161〕 《有學集》卷三十九《答山陰徐伯調書》，頁1347。
〔註162〕 《有學集》卷十七《金爾宗詒翼堂詩草序》，頁775。
〔註163〕 《初學集》卷三十二《嘉定四君集序》，頁922。

多君子，讀書修行，涵養蘊畜，百有餘年，風流弘長，餘風閨氣，演迤旁薄」，後學如「爾宗爲子魚之子，胚胎前光，得以服事其鄉之孝秀，若唐叔達、婁子柔、程孟陽者，濡染其風尚，而浸漬其議論。蓋其學問不出於家庭唯諾几席杖函之間，而話言誦習，已超然拔出於俗學矣。其爲詩，故未嘗矜辨博，獵新詭，求以自異於人。顧其情眞，其詞婉，雍頌諷歎，行安而節和，遠不違唐人之聲律，而近不失鄉里名家和平深穩之矩度」〔註164〕。錢謙益與嘉定諸子關係很密切，並接受他們經經緯史之學與文從字順的思想。

值得注意的是嘉定諸子的文學成就都不高，即使如錢謙益大力吹捧的程孟陽，詩歌雖雍和中正，但平平無奇。錢謙益與他們相比，接受了讀書修行、涵養蘊藉的思想，同時他性格中的豪氣與瀟灑好奇精神使他的視野更開闊，坎坷的經歷、複雜的社會使他的詩文內容極爲豐富，而轉益多師又使他的風格更爲多樣，所以能夠青出於藍而勝於藍。

還應指出的是，錢謙益對文壇弊端的批判矛頭主要指向復古派與竟陵派，而這也正與他的文學思想相應相合，提出性情與眞詩是與復古派相對，提出溫柔敦厚、有關政教則是與竟陵派相對。

首先，錢謙益對復古派文學及其思想進行猛烈抨擊。復古派盛行於明代中期，以李夢陽、何景明等前七子和王世貞、李攀龍等後七子爲代表，餘波延及明末，他們主張「文必秦漢，詩必盛唐」，希望能與古代文學高峰比肩，而採取的方法則是句模字擬，在當時便受到許多人的批判。

復古派自它崛起之日起便風靡文壇，雖屢被挑戰卻依然盛行，在明末清初仍有相當的勢力。錢謙益一生與復古派相始終，他對前後七子如此深惡痛絕就在於復古派的影響太大，危害太深，連他自己也差點誤入歧途，他說：「近代之學詩者，知空同、元美而已矣。其哆口稱漢、魏，稱盛唐者，知空同、元美之漢、魏、盛唐而已矣。自弘治至於萬曆，百有餘歲，空同霧於前，元美霧於後。學者冥行倒植，不見日月。甚矣兩家之霧之深且久也！以余所見，才人志士，踔屬風發，可以馳驟古人者多矣。惟其聞見習熟，抑沒於兩家之霧中，而不能自出，如昔人所謂有下劣詩魔，入其肺腑者。夫是以少而眩，長而堅，老而無成，而終不自悔也。」他對此極爲痛心。而至清初，復古派仍然如百足之蟲，死而不僵，如在《復李叔則書》中錢謙益自述：「僕年四十，始稍知講求古音，撥棄俗學。門弟子過聽，誦說流傳，遂有虞山之學。……

〔註164〕《有學集》卷十七《金爾宗詒翼堂詩草序》，頁775。

側聞中原士大夫，颺何、李之後塵，集矢加遺，雖聖秋亦背而咻我。」〔註165〕爲掃蕩廓清復古派對文壇的影響，以開拓自己理想的詩學，他不遺餘力地對復古派的錯誤觀點進行駁斥。

針對復古派認爲文學自漢唐以來愈變愈下的觀點，錢謙益闡明自己的文學發展觀：「夫文章者，天地變化之所爲也。天地變化與人心之精華交相擊發，而文章之變不可勝窮。」〔註166〕，他從文學與天地的關係著手，說明文學的發展是必然的，並以文學史實例證之：「唐人如岑嘉州、王右丞、錢考功皆與杜老爭勝毫芒。晚唐則陸魯望、皮襲美，金源則元裕之，風指穠厚，皆能橫截眾流。」就個人創作來說，則「欲求進，必自能變始，不變則不能進。陸平原曰：『其爲物也多姿，其爲變也屢遷。』又曰：『謝朝華於已披，啓夕秀於未振。』皆善變之說也。」〔註167〕作家只有不斷變化出新，才能使自己的作品更上一層樓。其中所蘊含的無不是發展的觀點。文學的發展中又有其原則，錢謙益指出：「文章途轍，千途萬方，符印古今、浩劫不變者，惟眞與僞二者而已。僞體茲多，稂莠煩殖。有以獵《兔園》、拾餕飣者爲經術者矣，有以開馬肆、陳芻狗爲理學者矣，有以拾斷爛、黨枯杇爲史筆者矣，有以造木鳶、祈土龍爲經濟者矣。眞文必淡，而陳羹醨酒、酸薄腐敗者亦曰淡。眞文必質，而盤木焦桐、捲曲枯杇者亦曰質。眞文必簡，而斷絲折線、尺幅窘窄者亦曰簡。眞文必平，而滂蹄牛蹤、行潦紆餘者亦曰平。眞文必變，而飛頭歧尾、乳目臍口者亦曰變。眞則朝日夕月，僞則朝華夕槿也。眞則精金美玉，僞則瓦礫糞土也。不待比量而區以別矣。」〔註168〕只要是眞文，雖不學漢文唐詩，而自可以與它們媲美，而斤斤於漢唐矩度，則反墮入僞體，求爲漢文唐詩而不可得。他因此說：「夫文之必取法於漢也，詩之必取法於唐也，夫人而能言之也。漢之文有所以爲漢者矣，唐之詩有所以爲唐者矣。知所以爲漢者而後漢之文可爲；曰爲漢之文而已，其不能爲漢可知也。知所以爲唐者，而後唐之詩可爲；曰爲唐之詩而已，其不能爲唐可知也。自唐、宋以迄於國初，作者代出，文不必爲漢而能爲漢，詩不必爲唐而能爲唐，其精神氣格，皆足以追配古人。其間爲古學之蠹者，有兩端焉：曰制科之習比於俚，道學

〔註165〕《有學集》卷三十九，頁 1343。
〔註166〕《有學集》卷三十九《復李叔則書》，頁 1343。
〔註167〕《有學集》卷三十九《與方爾止》，頁 1356。
〔註168〕《有學集》卷三十九《復李叔則書》，頁 1345。

之習比於腐。斯二者，皆俗學也。然而文章之脈絡，畫然如江河之行地，代有其人，人有其傳，固非俗學之可得而亂也。」〔註169〕他認為漢唐之詩文之所以達到高峰，就在於他們的精神氣格高，所以學者應復興古學，學古人之真精神，而不應只知學漢唐詩文之文句，這樣文學便可不學漢唐而自高明。他並認為明代的文章也有其價值，而且學有原委，是值得重視的財富，他說：「本朝之文，祖唐而禰宋，鑿鑿乎統系具在，圖牒可徵。今將詢於介眾，謀之道路，家自立埤，人各賓尸，而茫然未有適從。」〔註170〕顯然錢謙益並非不主張復古，但他比復古派更高明之處在於重文學的內涵，重原本溯流，這也是與他的學術、文學淵源相應的。

以此為基礎，錢謙益對復古派代表人物展開系統的批評，指出復古派的危害不僅在於文學理論的歷史虛無主義，更重要的是它否定了創新，扼殺了文學的進步：「弘、正之間，有李獻吉者，倡為漢文杜詩，以叫號於世，舉世皆靡然而從之矣。然其所謂漢文者，獻吉之所謂漢而非遷、固之漢也；其所謂杜詩者，獻吉之所謂杜，而非少陵之杜也。彼不知夫漢有所以為漢，唐有所以為唐，而規規焉就漢、唐而求之，以為遷、固、少陵盡在於是，雖欲不與之背馳，豈可得哉！獻吉之才，固足以顛頓馳騁，惟其不深惟古人著作之指歸，而徒欲高其門牆，以壓服一世，矯俗學之弊，而不自知其流入於繆，斯所謂同浴而譏裸裎者也。嘉靖之季，王李間作，決獻吉之末流而揚其波，其勢益昌，其繆滋甚。弇州之年，既富於李，而其才氣之饒，著述之多，名位之高，尤足以號召一世。然其為繆則一而已。今觀弇州之詩，無體不具，求其名章秀句，可諷可傳者，一卷之中，不得一二。其於文，卑靡冗雜，無一篇不傴背古人矩度，其規摹《左》、《史》，不出字句，而字句之訛繆者，累累盈帙。聞其晚年手《東坡集》不置，又亟稱歸熙甫之文，有久而自傷之語。然而歲月逾邁，悔之無及，亦足悲矣！夫本朝非無文也，非無詩也。本朝自有本朝之文，而今取其似漢而非者為本朝之文；本朝自有本朝之詩，而今取其似唐而非者為本朝之詩。人盡蔽錮其心思，廢黜其耳目，而唯繆學之是師。在前人猶仿漢、唐之衣冠，在今人遂奉李、王為宗祖，承訛踵偽，莫知底止。僕嘗論之，南宋以後之俗學，如塵羹塗飯，稍知滋味者，皆能唾而棄之。弘、正以後之繆學，如偽玉贗鼎，非博古識真者，未有不襲而寶之者也。繆學之

〔註169〕《初學集》卷七十九《答唐訓導論文書》，頁 1701。
〔註170〕《有學集》卷三十九《復李叔則書》，頁 1345。

行，惑世而亂眞，使夫人窮老盡氣，至死而不知悔，其爲禍尤慘於俗學。」〔註171〕這種批評可謂一針見血，切中竅要。

復古派之所以能風靡有明一代，流毒深遠，一方面它適應了人們對於漢文唐詩的仰慕與趕超文學高峰的渴望，一方面又是因爲它好學易學，以漢唐爲範本，句模字擬，使得中下之才亦可輕而易舉地作詩文，並自以爲有漢唐之氣象。但這種摹擬剽竊的手法無疑對文學創作與文學發展只有百害而無一利。如錢謙益說：「前代以詩鳴蜀者，無如楊用修。用修之取材博矣，用心苦矣，然而傭耳剽目，終身焉爲古人之隸人而不知也。粉墨青朱，錯互叢龐，窮老盡氣，迷其端原」〔註172〕。

摹擬之弊具體說有以下幾個方面，一是無實際內容，如「今之爲詩文者，剽於耳，傭於目，賫於口，不知其枵然無有也，而汲汲然誇示於人，人亦雜然誇之。……舉世之相誇也無已，則其中之所有者亦鮮矣，此可以一笑者也。」〔註173〕明末學術空疏，而士人卻驕狂自大，錢謙益此語正刺此病。二是無性情，如說當時詩人「矜蟲魚，拾香草，駢枝而儷葉，取青而妃白，以是爲陳羮像設斯已矣，而情與志不存焉。」〔註174〕三是無學問，錢謙益說：「牢籠古今，極命庶物，沿流溯源，文從字順，古人之學也。無其學而捃拾撦割，掎剝剽略，枝梧如窮子之博易，如貧女之縫紝，爲陋而已」〔註175〕。復古派正因爲無學，所以才抄古人文詞以飾其陋。

錢謙益因此總結說：「近代之僞爲古文者，其病有三，曰傲，曰剽，曰奴。竇人子賫居廊廡，主人翁之廣廈華屋，皆若其所有，問其所託處，求一茅蓋頭曾不可得，故曰傲也。椎埋之黨，銖兩之奸，夜動而晝伏，忘衣食之源而昧生理，韓子謂降而不能者類是，故曰剽也。傭其耳目，囚其心志，呻呼喑囈，一不自主，仰他人之鼻息，而承其餘氣，縱其有成，亦千古之隸人而已矣，故曰奴也。百餘年來，學者之於僞學，童而習之，以爲固然。彼且爲傲爲剽爲奴，我又從而傲之剽之奴之。沿訛踵繆，日新月異，不復知其爲傲爲剽爲奴之所自來，而況有進於此者乎？」〔註176〕因此他針鋒相對地提出文學

〔註171〕《初學集》卷七十九《答唐訓導論文書》，頁1701。
〔註172〕《初學集》卷三十三《瑞芝山房初集序》，頁960。
〔註173〕《初學集》卷三十二《黃孝翼蟬窠集序》，頁933。
〔註174〕《初學集》卷三十二《王元昭集序》，頁932。
〔註175〕《有學集》卷十七《宋子建遙和集序》，頁762。
〔註176〕《初學集》卷三十二《鄭孔肩文集序》，頁930。

以經史爲基礎、靈心說、詩其人說、求變說等。對復古派的抨擊早已有之，如歸有光當王世貞「踵二李之後，主盟文壇，聲華烜赫，奔走四海」之時，「獨抱遺經於荒江虛市之間，樹牙頰相撐拄不少下。」〔註177〕而袁宏道看到「萬曆中年，王、李之學盛行，黃茅白葦，彌望皆是。文長、義仍，嶄然有異，沈痾滋蔓，未克芟薙」，便「以通明之資，學禪於李龍湖，讀書論詩，橫說豎說，心眼明而膽力放，於是乃昌言擊排，大放厥辭。以爲唐自有詩，無論工不工，第取讀之，其色鮮妍，如旦晚脫筆研者。今人之詩雖工，拾人飣餖，才離筆研，已成陳言死句矣。唐人千歲而新，今人脫手而舊，豈非流自性靈與出自剽擬者所從來異乎！空同未免爲工部奴僕，空同以下皆重臺也。」〔註178〕由此可見錢謙益很多對復古派的批評都與公安派相通，但他是以歸有光的經史之學和公安派的性情之眞來矯之，因而避免了公安派狂瞽鄙俚之病。明末竟陵派也抨擊七子，但它並不徹底，如鍾惺說：「大丁鱗前無爲于鱗者，則人宜步趨之。後于鱗者，人人于鱗也，世豈復有于鱗哉？勢有窮而必變，物有孤而爲奇。石公惡世之群爲于鱗者，使十鱗之精神光焰，不復見於世。李氏功臣，孰有如石公者？」〔註179〕他將李攀龍自身理論、創作的弊端輕描淡寫，只認爲是後人之模仿使他的精神光焰被掩蓋，看似公允，卻有粉飾之嫌。

　　錢謙益對嚴羽、高棅的思想進行批評。嚴羽在《滄浪詩話》中提出：「夫學詩者以識爲主：入門須正，立志須高；以漢魏晉盛唐爲師，不作開元天寶以下人物。若自退屈，即有下劣詩魔入其肺腑之間，由立志之不高也。」「論詩如論禪：漢魏晉與盛唐之詩，則第一義也。大曆以還之詩，則小乘禪也，已落第二義矣。晚唐之詩，則聲聞辟支果也。學漢魏晉與盛唐詩者，臨濟下也；學大曆以還之詩者，曹洞下也。」〔註180〕高棅則編纂《唐詩品彙》，認爲「有唐三百年詩，眾體備矣。故有往體、近體、長短篇、五七言律句絕句等制，莫不興於始，成於中，流於變，而陊之於終」〔註181〕，他並將唐詩分爲初、盛、中、晚四個階段，大致以初唐爲正始，盛唐爲正宗、大家、名家、羽翼，中唐爲接武，晚唐爲正變、餘響。錢謙益認爲嚴羽、高棅的理論是復古派理論的根源，所以加以大力駁斥。在《愛琴館評選詩慰序》中說：「古學

〔註177〕《列朝詩集小傳・丁集中》「震川先生歸有光」，頁559。
〔註178〕《列朝詩集小傳・丁集中》「袁稽勳宏道」，頁567。
〔註179〕《隱秀軒集》卷一七《問山亭詩序》，頁254。
〔註180〕《滄浪詩話・詩辨》。
〔註181〕《唐詩品匯總序》。

日遠，人自作群，邪師魔見，蘊釀於宋季之嚴羽卿、劉辰翁，而毒發於弘、德、嘉、萬之間學者。甫知聲病，則漢、魏、齊、梁、初、盛、中、晚之聲影盤牙於胸中，傭耳借目，尋條屈步，終其身爲隸人而不能自出。」他首先嚴厲抨擊了嚴羽、高棅論詩限隔時代的錯誤，說：「世之論唐詩者，必曰初、盛、中、晚。老師豎儒，遞相傳述。揆厥所由，蓋創於宋季之嚴儀，而成於國初之高棅。承譌踵謬，三百年於此矣。夫所謂初、盛、中、晚者，論其世也，論其人也。以人論世，張燕公、曲江，世所謂初唐宗匠也。燕公自岳州以後，詩章淒惋，似得江山之助，則燕公亦初亦盛。曲江自荊州已後，同調諷詠，尤多暮年之作，則曲江亦初亦盛。以燕公係初唐也，溯岳陽唱和之作，則孟浩然應亦盛亦初。以王右丞係盛唐也，酬春夜竹亭之贈，同左掖梨花之詠，則錢起、皇甫應亦中亦盛。一人之身，更歷二時，將詩以人次耶？抑人以時降耶？世之薦樽盛唐，開元、天寶而已，自時厥後，皆自《鄶》無譏者也。誠如是，則蘇、李、枚乘之後，不應復有建安有黃初；正始之後，不應復有太康有元嘉；開元天寶已往，斯世無煙雲風月，而斯人無性情，則歸於墨穴木偶而後可也。」〔註182〕一方面，他認爲劃分初盛中晚不符合作家創作的實際情況，過於機械；一方面，他又認爲各個時代的文學都有自己的性情表現與價值。其次，錢謙益對嚴羽以禪喻詩和妙悟說提出批評：「嚴氏以禪喻詩，無知妄論，……謂學漢、魏、盛唐爲臨濟宗，大曆以下爲曹洞宗，不知臨濟、曹洞初無勝劣也。其似是而非，誤入針芒者，莫甚於妙悟之一言。彼所取於盛唐者，何也？不落議論，不涉道理，不事發露指陳，所謂玲瓏透徹之悟也。《三百篇》，詩之祖也，『知我者謂我心憂，不知我者謂我何求』，『我不敢效我友自逸』，非議論乎？『昊天曰明，及爾出王』，『無然歆羨，無然畔援，誕先登於岸』，非道理乎？『胡不遄死』，『投畀有北』，非發露乎？『赫赫宗周，褒姒滅之』，非指陳乎？今仍其一知半見，指爲妙悟，如照螢光，如觀隙日，以爲詩之妙解盡在是，學者沿途覓迹，搖手側目，吹求形影，摘抉字句，曰此第一第二義也，曰此大乘小乘也，曰是將夷而爲中爲晚，盛唐之牛迹兔徑，倀乎其唯恐折而入也。目翳者別見空華，熱病者旁指鬼物。嚴氏之論詩，亦其翳熱之病耳。」〔註183〕

　　錢謙益對嚴羽、高棅的批評與他自己肯定文學的創新變化，在創作中轉

〔註182〕《有學集》卷十五《唐詩英華序》，頁 707。
〔註183〕《有學集》卷十五《唐詩英華序》，頁 707。

益多師，廣泛取法，而不盲目崇拜盛唐有關。當然，他的批評中有一些過激之處，如詩歌發展分期是詩歌研究的一個重要內容，嚴羽、高棅只是在這一方面作了一些有益的嘗試。不可否認，盛唐詩歌是中國詩歌發展的高峰，嚴羽、高棅的推崇也無可非議，只是據此否定中晚唐則不對。再如妙悟說在一定層面上揭示了詩中特別的美學蘊含與學詩方法，雖然所論難以捉摸，但對中國審美詩論的影響很大。錢謙益的詩歌以才氣取勝，其詩或豪健感激，或哀婉淒涼，與嚴羽所提倡的創作風格不合，他反對嚴羽不落議論是對的，但不能就此否認還有另一種風格在，因此他對嚴羽簡單地加以否定失於粗率。其實錢謙益全面否定嚴羽、高棅的理論是想將復古派從理論到創作，從源至流連根拔起，完全擊潰，從而使文壇得以轉向，走上健康發展的道路。

　　錢謙益還對風行於明末文壇的另一主要流派竟陵派進行了撻伐。乍看上去，竟陵派的詩學與錢謙益的文論有相近之處，如提倡靈心，重性情，認為勢有窮而必變等，與復古派的思想似乎截然相反。但錢謙益卻將它們綁在一起進行批判：「夫獻吉之學杜，所以自誤誤人者，以其生吞活剝，本不知杜，而曰必如是乃為杜也。今之訾謷獻吉者，又豈知杜之為杜，與獻吉之所以誤學者哉？古人之詩，了不察其精神脈理，第抉摘一字一句，曰此為新奇，此為幽異而已。於古人之高文大篇，所謂鋪陳終始，排比聲韻者，一切抹殺，曰此陳言腐詞而已。斯人也，其夢想入於鼠穴，其聲音發於蚓竅，殫竭其聰明，不足以窺郊、島之一知半解，而況於杜乎？獻吉輩之言詩，木偶之衣冠也，土苴之文繡也。爛然滿目，終為象物而已。若今之所謂新奇幽異者，則木客之清吟也，幽冥之隱壁也。縱其淒清感愴，豈光天化日之下所宜有乎？嗚呼！學詩之敝，可謂至於斯極者矣！」〔註184〕以鍾惺、譚元春為代表的竟陵派繼公安派而起，時當萬曆末年，晚明個性解放思潮已經退潮，社會衰象畢露，國家的命運成為人們關注的焦點，大部分士人關懷局勢，渴望拯救國家，而一部分士人面對困苦艱難的時世灰心失望，將自我封閉於孤芳自賞、清幽澹淡的精神幻境與文人雅趣中，因此他們不同於晚明思想解放高潮時期的開朗外向與個性張揚，所要表現的只是在複雜局勢中士人退縮回自我內心的孤懷孤詣，重視的是幽深孤峭的詩歌風格，如鍾惺說：「夫日取不欲聞之語，不欲見之事，不欲與之人，而以孤衷峭性，勉強應酬，使吾耳目形骸為之用，而欲其性情淵夷，神明恬寂，作比興風雅之言，其趣不已遠乎！」因此要「索

〔註184〕《初學集》卷三十二《曾房仲詩序》，頁929。

居自全，挫名用晦，虛心直躬，可以適己，可以行世，可以垂文，何必浮沉周旋，而後無失哉！」〔註185〕與此相應，譚元春說：「夫人有孤懷，有孤詣，其名必孤，行於古今之間，不肯遍滿寥廓。而世有一二賞心之人，獨為之咨嗟徬皇者，此詩品也。譬如狼煙之上虛空，嫋嫋然一線耳，風搖之，時散時聚，時斷時續，而風定煙接之時，卒以此亂星月而吹四遠。」〔註186〕這種厭棄塵世的心態、單薄柔弱的審美追求正與感受到山雨欲來風滿樓，而自身經歷又顛躓哀愁的士人苦悶的內心相應，於是竟陵派得以在文壇上大行其道。陳子龍云：「漢體昔年稱北地，楚風今日遍南州」，自注：「時多作竟陵體。」〔註187〕沈春澤也在《刻隱秀軒集序》中說：「自先生之以詩若文名世也，後進多有學為鍾先生語者，大江以南更甚。」〔註188〕

　　錢謙益對竟陵派的批評主要體現在：第一，他對竟陵派創作中纖細生澀的審美風格極為不滿，說：「自近世之言詩者，以其幽眇峭獨之指，文其單疏僻陋之學，海內靡然從之，胥天下變為幽獨之清吟，詰盤之斷句，鬼趣勝，人趣衰，變聲數，正志微，識者之所深憂也。」〔註189〕但他批判竟陵派的核心並不是語言、意境、音節等問題，而是在重世運、重詩教的思想下認為竟陵派是衰世之音，與他理想的溫柔敦厚詩學相對。他說：「自萬曆之末以迄於今，文章之弊滋極，而閹寺鉤黨凶災兵燹之禍，亦相挻而作。嘗取近代之詩而觀之，以清深奧僻為致者，如鳴蚓竅，如入鼠穴，淒聲寒魄，此鬼趣也。以尖新割剝為能者，如戴假面，如作胡語，嘄音促節，此兵象也。鬼氣幽，兵氣殺，著見於文章，而氣運從之。有識者審聲歌風，岌岌乎有衰晚之懼焉。」〔註190〕第二，他對竟陵派以其狹隘的詩學旨歸肆意詆諆詩人深致不滿，說：「萬曆之季，稱詩者以淒清幽眇為能，於古人之鋪陳終始，排比聲律者，皆訾謷抹殺，以為陳言腐詞。海內靡然從之，迄今三十餘年，甚矣詩學之舛也！」〔註191〕又說：「若近年之談詩者，蒼蠅之鳴，作於蚯蚓之竅，遂欲以一隙之見，上下今古。公安袁小修嘗歎息曰：『少陵《秋興》，元、白《長恨》諸篇，皆

〔註185〕《隱秀軒集》卷一七《簡遠堂近詩序》，頁250。
〔註186〕《譚元春集》卷二十二《詩歸序》，頁594。
〔註187〕《陳子龍詩集》卷十三《遇桐城方密之於湖上歸復相訪贈之以詩》其二，頁415。
〔註188〕《隱秀軒集》附錄一，頁601。
〔註189〕《初學集》卷三十三《南遊草序》，頁960。
〔註190〕《初學集》卷三十《徐司寇畫溪詩集序》，頁903。
〔註191〕《初學集》卷三十一《劉司空詩集序》，頁908。

千秋絕調，彼何人斯，奮筆簡汰？此輩無心，所以睐目。』賢哉小修，其所見去人遠矣。」〔註192〕第三，錢謙益指出竟陵派與復古派一樣，其根源在於無學，說他們「自是其一隅之見，於古人之學，所謂渾涵汪茫，千彙萬狀者，未嘗過而問焉。而承學之徒，莫不喜其尖新，樂其牽易，相與糊心睐目，拍肩而從之。以一言蔽其病曰：不學而已。亦以一言蔽從之者之病曰：便於不學而已。」〔註193〕鍾、譚所著書極多，如《詩觸》、《遇莊》、《史懷》、《周文歸》、《秦漢文歸》等，多肆意輕誕，錢謙益便說：「鍾之評《左傳》也，它不具論，以克段一傳言之，公入而賦，姜出而賦，句也，大隧之中凡四言，其所賦之詩也。鍾誤以大隧之中為句斷，而以融融泄泄兩句為敘事之語，遂抹之曰：俗筆。句讀之不析，文理之不通，而儼然丹黃甲乙，衡加於經傳，不已僨乎？是之謂非聖無法，是之謂侮聖人之言。而世方奉為金科玉條，遞相師述。」〔註194〕顧炎武也批評說：「近世盛行《詩歸》一書，尤為妄誕。魏文帝《短歌行》：『長吟永歎，思我聖考。』『聖考』，謂其父武帝也。改為『聖老』，評之曰：『聖老字奇。』」〔註195〕鍾惺曾在《放言小引》中說：「惟袁子平心以讀書，虛懷以觀理，細意定力以應世，然後發而為言，有物有則，確乎其不可奪，沛乎其不窮，斯之謂放。夫言小豈易放哉？」〔註196〕顯然竟陵派不是不主張學養，但他們的理論與實踐有較大差距，學風流於浮靡。錢謙益針對竟陵派說：「學術日頗，而人心日壞，其禍有不可勝言者，是可視為細故乎？」〔註197〕這與他一貫所持的學術、文學與世運相關的思想相合，這也是他批判竟陵派的主要原因。

　　當然，竟陵派能夠主盟詩壇，自有其價值與合理性，其創作有獨特的美學風味，詩學主張也頗有可取之處，它在文壇上的正面影響是修正公安派末流浮滑俚俗之弊與「師心獨造」所造成的空疏隨意之風，孫立在《明末清初詩論研究》中便對它做了較全面客觀的評介。錢謙益肯定了竟陵派矯正公安派的創作、理論出發點，如說公安派末流「矯枉過正，於是狂瞽交扇，鄙俚

〔註192〕《初學集》卷七十九《答唐訓導論文書》，頁 1702。
〔註193〕《列朝詩集小傳‧丁集中》「譚解元元春」，頁 572。
〔註194〕《初學集》卷二十九《葛端調編次諸家文集序》，頁 872；參見《初學集》卷八十三《讀左傳隨筆》，頁 1747。
〔註195〕《日知錄》卷十八。
〔註196〕《隱秀軒集》卷一七，頁 262。
〔註197〕《初學集》卷二十九《葛端調編次諸家文集序》，頁 872。

公行，雅故滅裂，風華掃地。竟陵代起，以凄清幽獨矯之，而海內之風氣復大變。」〔註198〕他也並不完全反對竟陵派的詩學理論，甚至在很多方面還有相近之處。如鍾惺說靈心：「從古未有無靈心而能為詩者」〔註199〕，錢謙益也說靈心；鍾惺說：「詩，清物也。其體好逸，勞則否；其地喜淨，穢則否；其境取幽，雜則否；其味宜澹，濃則否；其遊止貴曠，拘則否。」〔註200〕錢謙益也說：「文章者，天地英淑之氣，與人之靈心結習而成者也。與山水近，與市朝遠；與異石古木哀吟清唳近，與塵壒遠；與鍾鼎彝器法書名畫近，與時俗玩好遠。」〔註201〕譚元春說：「夫作詩者一情獨往，萬象俱開，口忽然吟，手忽然書。即手口原聽我胸中之所流，手口不能測，即胸中原聽我手口之所止，胸中不可強，而因以候於造化之毫釐，而或相遇於風水之來去，詩安往哉？」〔註202〕錢謙益亦說：「性不能不動而為情，情不能不感而緣物，故曰情動於中而形於言。詩者，情之發於聲音者也。」〔註203〕當然，這種簡單的比附說明不了什麼，因為錢謙益與竟陵派所說的靈心、性情、古人精神等的內涵、美學指向、與各自詩學理論的聯繫都有種種不同。如同說真詩，鍾惺在《詩歸序》中說：「真詩者，精神所為也。察其幽情單緒，孤行靜寄於喧雜之中，而乃以其虛懷定力，獨往冥遊於寥廓之外。」〔註204〕這就與錢謙益所提倡的真詩在內涵、美學趣味與創作表現都有很大不同。這說明在當時的文壇，文學家思考的很多問題都是相同的，如詩文中如何表現性情，什麼是真詩，學養與詩歌的關係等，但受各人個性、才力、經歷、喜好的影響，他們解決問題的方法、路線有很大差異。錢謙益性格外向，瀟灑倜儻，有縱橫四海、拯危圖存之志，而鍾惺「羸寢，力不能勝布褐。性深靖如一泓定水，披其帷，如含冰霜。不與世俗人交接，或時對面同坐起若無睹者，仕宦邀飲，無酬酢主賓，如不相屬，人以是多忌之。」〔註205〕譚元春則「困頓久，性不柔耐，輕去易就，又憤世人勞役恥辱，博科名，至公卿，負心而稱善，以人之死而

〔註198〕《列朝詩集小傳・丁集中》「袁稽勳宏道」，頁567。
〔註199〕《隱秀軒集》卷二八《與高孩之觀察》，頁474。
〔註200〕《隱秀軒集》卷一七《簡遠堂近詩序》，頁249。
〔註201〕《初學集》卷三十一《李君實恬致堂集序》，頁907。
〔註202〕《譚元春集》卷二十三《汪子戊巳詩序》，頁622。
〔註203〕《有學集》卷十九《陸敕先詩稿序》，頁824。
〔註204〕《隱秀軒集》卷一六，頁236。
〔註205〕《譚元春集》卷二十五《退谷先生墓誌銘》，頁681。

得安，嘗慨不暇忍，則抑其心，勉就灰冷曰：『何必富貴爲？』」〔註206〕；錢謙益才氣橫溢，學識豐厚，而鍾、譚則遠遠不如，錢鍾書說：「竟陵派鍾譚輩自作詩，多不能成語，才情詞氣，蓋遠在公安三袁之下」〔註207〕；錢謙益是明末黨魁，雖然仕途不得意，但負天下之望，而鍾、譚獨立不群，落落不偶，生活淒涼，鍾惺「俯仰郎署，衡文閩海，終不能大有所表見」〔註208〕，而譚元春「久困諸生」，「慨然謝巾衫。學使者周鉉敦趣復學，然數試不利。恩選入太學，又不偶。」「丁丑赴公車，抱病卒於長店，所攜篋中書散去」〔註209〕。所以錢謙益是開放型審美趣味，鍾、譚是內斂型審美趣味也就是自然的了。有意思的是，錢謙益與鍾惺兩人都曾寫過《徐元歎詩序》，從中便可見出兩人詩論的差異。錢謙益的《徐元歎詩序》鮮明地體現了其詩論主張，批評自江西派、嚴羽至復古派，並認爲：「《書》不云乎：詩言志，歌永言。詩不本於言志，非詩也。歌不足以永言，非歌也。宣己諭物，言志之方也。文從字順，永言之則也。」主言志，主文從字順，都是錢謙益文論中的要點。他讚賞徐元歎「淡於榮利，篤於交友，苦心於讀書，而感憤於世道，皆用以資爲詩者也」，並說：「夫別裁僞體，使學者志於古學而不昧其所從，元歎之責也。」〔註210〕而鍾惺的《徐元歎詩序》中的主張很模糊，他說：「惺論詩亦求其可而已。唯是惺之所不敢遽以爲可者，乃世之所謂可，而非詩之所必可者也。」〔註211〕由此可見，錢謙益的詩學批評是以杜甫和儒家詩教爲旗幟，而竟陵派的詩學批評則堅持自我中心與個性色彩，如鍾惺說：「內省諸心，不敢先有所謂學古不學古者，而第求古人眞詩所在」〔註212〕，而所謂眞詩所在其實就是他們的孤懷孤詣。譚元春亦自詡「自出眼光之人，專其力，壹其思，以達於古人」〔註213〕。關於徐元歎之詩，鍾惺說：「去歲友人范長倩曾示元歎詩，亟稱其才情風華之美，而予惜其太俊，不敢遽以爲可。」又說如今「予讀元歎詩，不必指其妙處何在，但覺一部亦滿，一篇亦滿，一句亦滿，一字亦滿，滿者，即

〔註206〕李明睿《鍾譚合傳》，見《譚元春集》附錄二，頁959。
〔註207〕《談藝錄》「竟陵詩派」，頁102。
〔註208〕《譚元春集》卷二十五《退谷先生墓誌銘》，頁681。
〔註209〕李明睿《鍾譚合傳》，見《譚元春集》附錄二，頁958。
〔註210〕《初學集》卷三十二，頁924。
〔註211〕《隱秀軒集》卷一七，頁269。
〔註212〕《隱秀軒集》卷一六《詩歸序》，頁236。
〔註213〕《譚元春集》卷二十二《詩歸序》，頁594。

可之義也。」鍾惺不喜太俊的詩文，可能與其幽峭的審美取向有關；對徐元歎的讚賞也與錢謙益大不相同，說明他們詩論指向有別：錢謙益指向古學，而鍾惺指向自心，說：「理數機候，人問予，予自問，皆莫能知。深思力求，俟其時之自至，故之自明而已。」〔註214〕

錢謙益不遺餘力地對竟陵派進行攻擊，確有過激之處，誠如孫立所云，但也並不是沒有價值，因爲竟陵派在明末有廣泛影響，從者甚眾，按鍾惺在《問山亭詩序》中的邏輯來說，「勢有窮而必變，物有孤而爲奇」，錢謙益批評他們還應是他們的功臣呢〔註215〕。幽深孤峭的作品固然有其美學特色，「掃蕩腐穢，其功自不可誣」〔註216〕，但如果詩壇上一片纖仄孤高之音則並非正常現象，若人人都作「樹外高峰啼老鶯，少年扶杖問無生。主人正坐幽窗下，對得葵花不忍烹」〔註217〕這樣的詩，情固然是眞情，境也固然是幽境，但這種詩歌的表現內容太過狹窄，風格也過於單一，它雖然反映了明末部分士人中存在的身處末世，尋求躲避的閉鬱心態，但也只能是特定時期的特定產物，不能代表文學發展的方向。錢謙益說：「萬曆之季，稱詩者以凄清幽眇爲能，於古人之鋪陳終始，排比聲律者，皆訾謷抹殺，以爲陳言腐詞。海內靡然從之，迄今三十餘年。甚矣詩學之舛也！譬之於山川，連風隆障，逶迤平遠，然後有奇峰仄澗，深岩複壁，窈窕而忘歸焉。譬之於居室，前堂後寢，弘麗靚深，然後有便房曲廊，層軒突夏，紆回而迷復焉。使世之山川，有詭特而無平遠，不復成其爲造物；使人之居室，有突奧而無堂寢，不復成其爲人世。又使世之覽山水造居室者，舍名山大川不遊，而必於詭特，則必將梯神山，航海市，終之於鬼國而已；舍高堂邃宇弗居，而必於突奧，則必將巢木杪、營窟室，終之於鼠穴而已。今之爲詩者舉若是，余有憂之而愧未有以易也。」〔註218〕錢謙益一方面擔憂竟陵派抹殺鋪陳排比，風靡海內三十年，使詩道大壞，一方面又認爲竟陵派單一的幽僻風格與主流審美取向不合，是走入詩歌發展的死角。錢謙益又說：「史稱陳、隋之世，新聲愁曲，樂往哀來，竟以亡國。而唐天寶樂章，曲終繁聲，名爲入破，遂有安、史之亂。今天下兵興盜

〔註214〕《隱秀軒集》卷一七《徐元歎詩序》，頁269。
〔註215〕《隱秀軒集》卷一七，頁254。
〔註216〕《清詩話續編》賀貽孫《詩筏》，頁197。
〔註217〕《譚元春集》卷十《五月七日康虞宅病中對花》，頁305。
〔註218〕《初學集》卷三十一《劉司空詩集序》，頁908。

起，民不堪命，識者以謂兆於近世之歌詩，類五行之詩妖。」〔註219〕錢謙益
將對時世的擔心與對詩弊的反感結合在一起，所以在當時的形勢下，錢謙益
大力的批判也是可以理解的。

相比之下，公安派雖然與竟陵派詩歌主張相近，但因爲它在崇禎初即已
消歇，對當時詩壇的消極影響不大，錢謙益也便多有恕詞。在《陶仲璞遁園
集序》中他說：「萬曆之季，海內皆詆訾王、李，以樂天、子瞻爲宗，其說唱
於公安袁氏。而袁氏中郎、小修，皆李卓吾之徒，其指實自卓吾發之。」又
說：「夫詩至於香山，文至於眉山，天下之能事盡矣。袁氏之學，未能盡香山、
眉山，而其抉摘蕪穢，開滌海內之心眼，則功於斯文爲大。」〔註220〕對公安
派的學術淵源、功績與局限都進行了簡明扼要而又恰如其分的評價。應該說，
錢謙益對公安派的認識還是比較客觀、辯證的，公安派的文學成就與影響不
小，但其弊病也值得注意，他說：「中郎之論出，王、李之雲霧一掃，天下之
文人才士始知疏瀹心靈，搜剔慧性，以蕩滌摹擬塗澤之病，其功偉矣。機鋒
側出，矯枉過正，於是狂瞽交扇，鄙俚公行，雅故滅裂，風華掃地。」所以
他在《袁祈年字田祖說》中便指出六經是文之祖，《詩經》是詩之祖，婉轉地
對公安派進行批評，並說：「子歸而叩擊於小修，以吾言爲端，其於吾言必有
進焉」〔註221〕。但他也指出，公安派仍有可取之處，「學者無或操戈公安，而
復嘘王、李之燼，斯道其有瘳乎！」〔註222〕所以他在批判公安末流的同時，
也肯定公安後學：「仲璞之集，稱心而言，指事而論，無薄喉棘手之艱，無東
塗西抹之飾，則亦袁氏之遺風，可以祖香山而宗眉山，不墜落今世詞章道學
窟穴中也。……龍湖一瓣香具在，安得促席從仲璞而問之？」〔註223〕這一是
因爲公安派掃蕩復古派的功績甚大；二是因爲錢謙益不僅與袁中道交情甚
好，而且他的思想與公安派有很多相近之處；三是因爲袁中道對公安派後期
的弊病有清醒的認識，並試圖加以糾正。如錢謙益引「小修序中郎詩云：『錦
帆、解脫，意在破人執縛。間有率易遊戲之語，或快爽之極，浮而不沈，情
景太眞，近而不遠，要亦出自靈竅，吐於慧舌，寫於鋩穎，足以蕩滌塵垡，

〔註219〕《初學集》卷三十一《劉司空詩集序》，頁908。
〔註220〕《初學集》卷三十一，頁919。
〔註221〕《初學集》卷二十六，頁826。
〔註222〕《列朝詩集小傳・丁集中》「袁稽勳宏道」，頁567。
〔註223〕《初學集》卷三十一《陶仲璞遁園集序》，頁919。

消除熱惱。學者不察，效顰學語，其究為俚俗，為纖巧，為莽蕩，烏焉三寫，弊有必至，非中郎之本旨也。』」〔註224〕

錢謙益說：「近代詩病，其證凡三變：沿宋元之窠臼，排章儷句，支綴蹈襲，此弱病也；剽唐、選之餘瀋，生吞活剝，叫號隤突，此狂病也；搜郊、島之旁門，蠅聲蚓竅，晦昧結惜，此鬼病也。救弱病者，必之乎狂；救狂病者，必之乎鬼。傳染日深，膏肓之病日甚。」〔註225〕這便是對復古、公安、竟陵三派詩病的最好概括，錢謙益對它們進行激烈的批評是為了掃清詩壇弊病，進而推行他所堅持的文學理論，而其總綱便是：「《三百篇》，詩之祖也；屈子，繼別之宗也；漢、魏、三唐以迨宋、元諸家，繼禰之小宗也。六經，文之祖也；左氏、司馬氏，繼別之宗也；韓、柳、歐陽、蘇氏以迨勝國諸家，繼禰之小宗也。古之人所以馳騁於文章，枝分流別，殊途而同歸者，亦曰各本其祖而已矣。……夫欲求識其祖者，豈有他哉？六經其壇墠也；屈、左以下之書，其譜牒也。尊祖敬宗收族，等而上之，亦在乎反而求之而已。」〔註226〕這種理論中正平和，是正統的儒家詩學，它在明末清初的動蕩年代提出，無疑與錢謙益的政治理想、奮鬥歷程有關，而錢謙益的作品能取得高度成就，不僅與他的文學思想相關，更與他瀟灑放達的個性、豐富的學識、熟練的創作技巧以及劇烈變動的時世、困頓流離的經歷有關。

當然，錢謙益對文壇弊病的批評不是孤立的，在當時也有很多文論家起而響應，如侯方域批評：「往者大雅不作，浮豔具陳，十年以來，天下之人淫詞詖說榛莽塞路。當是時，小生末儒挾一組織故冊子，篇章之積不能以寸，稍稍規而摹之，取富貴如寄。」因而讚賞「積學力行之士」，要求學者「息鹵莽之心，務滋植之業」〔註227〕，這些話與錢謙益的批評甚至有些字句都是相同的。再如艾南英在《答夏彞仲論文書》中自云：「每見六朝及近代王李崇飾句字者，輒覺其俚，讀史記及昌黎、永叔古質典重之文，則輒覺其雅，然後知浮華與古質，則俚雅之辨也。百物朝夕所見者，人不注視也，則今日獻吉、于鱗、元美剿竊成風之謂也。用功深者，收名也遠，不為當時所共怪，則必無後世之傳，則韓歐大家，與今日有志斯道，力排陳言，不為浮華補綴之謂

〔註224〕《列朝詩集小傳・丁集中》「袁稽勳宏道」，頁568。
〔註225〕《初學集》卷八十三《題懷麓堂詩鈔》，頁1758。
〔註226〕《初學集》卷二十六《袁祈年字田祖說》，頁826。
〔註227〕《壯悔堂文集》卷一《贈徐子序》，頁611。

也。」〔註228〕艾南英主張根本六經，學習雄深古健的韓歐古文，與七子派後學往復論辯，言詞激烈，都與錢謙益的觀點和態度近。這種反復古的潮流並不是某人登高一呼便能推動的，從根本上看它是當時社會對文學的要求。即如陳子龍，「幼時既好秦漢間文，於詩則喜建安以前」，贊許「北地、信陽力返風雅，歷下、瑯琊復長壇坫，其功不可掩，其宗尚不可非也。」〔註229〕並主張「文當規摹兩漢，詩必宗趣開元，吾輩所懷以茲為正，至於齊梁之贍篇，中晚之新搆，偶有間出，無妨斐然，若晚宋之庸沓，近日之俚穢，大雅不道，吾知免夫。」〔註230〕後來他卻說：「五七言絕句，盛唐之妙在於無意可尋而風旨深永，中晚主於警快，亦自斐然。今之法開元者取諧聲貌而無動人之情，學西崑者頗涉議論而有好盡之累，去宋人一間也。」「獻吉、仲默、于鱗、元美，才氣要亦大過人，規摹昔制，不遺餘力，苦加椎駁，可議甚多。今人之才又不如諸子，而放乎規矩，猥云超乘，後世可盡欺耶？」〔註231〕影響這種變化的主要是時世要求作者表現真情，而表現真情自然要反對擬議，所以陳子龍說：「今夫歌頌酬獻之作應乎人者也，應乎人者，其言飾；憂愁感慨之文，生乎志者也，生乎志者，其言切。故善觀世變者，於其憂愁感慨之文可以見矣。」可以說真情的提倡與復古派的最終崩潰都是「時為之」〔註232〕。

要指出的是，錢謙益對當時詩歌主要流派進行激烈批評，帶有明末的門戶習氣，有時言詞不免過甚，因而在清初引起反彈，如王士禎便對錢謙益狂批復古派深致不滿，說：「牧齋力攻空同，其稍能與空同異者則亟進之。至云空同就醫京口，吳中人士皆絕弗與通；又言高郵王磐口占《詠老人燈》詩面譏空同，尤非事實。當時空同文章氣節震動天下，王磐何人，敢爾無禮？且空同劾壽寧侯，劾劉瑾，名榜朝堂，號為黨魁，即不以詩名世，已仰之如泰山北斗，乃絕弗與通，如避豺虎蝮蛇然，何為者耶？牧翁尊一學張禹、孔光之西涯，強擬東坡；貶一能為汲黯之空同，曲加文致，以此修史，其顛倒是非必矣。」〔註233〕對於竟陵派，朱鶴齡也表示了與錢謙益不同的意見，說鍾譚「其教以幽深孤峭為宗，直取性靈，不使故實」，「幽深孤峭，唐人名家多

〔註228〕《天傭子集》卷五。
〔註229〕《陳忠裕公全集》卷二十五《彷彿樓詩稿序》。
〔註230〕《陳忠裕公全集》卷三十《壬申文選凡例》。
〔註231〕《陳忠裕公全集》卷二十五《六子詩序》。
〔註232〕《陳忠裕公全集》卷二十五《方密之流寓草序》。
〔註233〕《居易錄》卷二十一。

有此體，譬諸屠門大嚼後，啜蒙頂紫茁一瓷，無不神清氣滌，此種風味亦何可少？」〔註234〕但從總體看，復古派、竟陵派經過錢謙益的批判，已不成氣候。廓清文壇之功，不能不首推錢謙益。

第四節　散華片玉

錢謙益的文學理論就其整體而言並沒有什麼系統性，由於他生活經歷、性格、思想的複雜性，他的文學思想中也時常有越出儒家範疇的新穎見解，如散華片玉，美不勝收。

錢謙益的佛學修養很深厚，佛學對其文學也有明顯的滲透。他在《讀蘇長公文》中說：「吾讀子瞻《司馬溫公行狀》、《富鄭公神道碑》之類，平鋪直敘，如萬斛水銀，隨地湧出，以為古今未有此體，茫然莫得其涯涘也。晚讀《華嚴經》，稱性而談，浩如煙海，無所不有，無所不盡，乃喟然而歎曰：『子瞻之文，其有得於此乎？』文而有得於《華嚴》，則事理法界，開遮湧現，無門庭，無牆壁，無差擇，無擬議。世諦文字，固已蕩無纖塵，又何自而窺其淺深，議其工拙乎？」〔註235〕錢謙益本人對《華嚴經》極為尊崇，曾說：「《華嚴》三部經中王，小本龍宮流震旦。諸佛密藏如來海，勝妙威德不思議。鹽水蟲蟻得上升，蒙光地獄登十地。見聞隨喜及受持，方便疾得菩提分。」〔註236〕錢謙益的古文也有蘇軾的風格，汪洋恣肆，那麼他作文是不是也於《華嚴》中有得呢？

晚年的錢謙益沉潛於佛學中更深，他不僅在論詩中引佛典，如《鼓吹新編序》中連引佛典中牧女賣乳、群盜搆乳、舊醫新醫三個比喻〔註237〕，他甚至明確提出作者應有意識地學習佛學，說：「余竊謂詩文之道，勢變多端，不越乎釋典所謂薰習而已。有世間之薰習，韓子之所謂『無望其速成，無誘於勢利，養其根而竢其實，加其膏而希其光』者是也。有出世間之薰習，佛氏所謂『應以善法扶助自心，應以法水潤澤自心，應以境界淨治自心，應以精進堅固自心，應以忍辱坦蕩自心，應以智證潔白自心，應以智慧明利自心』者是也。……世間詩文宗旨，亦豈有有外於是乎？……世間與出世間，亦豈

〔註234〕《愚庵小集》卷八《竹笑軒詩集序》。
〔註235〕《初學集》卷八十三，頁1756。
〔註236〕《有學集》卷四十二《法書華嚴經偈》，頁1446。
〔註237〕《有學集》卷十五，頁710。

有二道乎？」〔註238〕這已經不是簡單的借佛典闡明詩論了，而是明白的以佛家的修養改造詩人的心靈。對於所謂出世間之薰習，錢謙益還曾如此描述：「季華少習禪支，晚爲清眾，几案皆旁行四句之書，將迎多赤髭白足之侶。靜拱虛房，永懷支遁；陵峰採藥，希風道猷。所謂客情既盡，妙氣來宅者與？其爲詩也，安得而不佳？」〔註239〕所以他爲很多僧人詩集作序，並教以「適山情，助禪悅，掃除一切詩偈毒蜜，以灰香淨滌而後可。」〔註240〕這些主張都表明他受佛學濡染甚深，這一方面是因爲他晚年在生活上與佛徒來往密切，苦研佛典，生活比較枯淡，自稱「只如今牧齋老人不會參禪，不會說法，不會做詩，不會拈語錄，鎮日住三家村裏，破飯籮邊，腳波波地，口喃喃地，恰似個會戴襆頭的和尚。」〔註241〕；一方面是他在文學上，於詩「老而廢業，繙經之暇，輒諷誦寒山子、龐居士、傅大士詩偈，於古人詩，柴桑、輞川、香山而外，間取伊川、江門二家以送老，口助禪悅」，詩歌對於自我的功能發生了重大變化。更重要的是他心灰意冷，想借佛教實現對喧囂世界、悲慘人生與痛苦心靈的逃避，故而認爲世間與出世間無別，而文學也正爲此宗旨服務，所以他說：「杼山有言：『隳名之人，萬慮都盡，強留詩道，以樂性情。』蓋由瞥起餘塵未泯，豈有健羨於其間哉？逐名利，耽嗜欲，鬥花葉，拾膏馥，聚塵俗羶膩之肺腑，而發清淨柔軟之音聲，天下無有。」〔註242〕因此他後期要求涵養於佛學，提倡清淡詩風都與他逃遁塵世、枯寂黯淡的心態有關。

　　錢謙益甚至企圖將詩學納入佛學範疇中，說：「人身爲小情器界，地水火風，與風金四輪相應。含而爲識，竅而爲心，落卸影現而爲語言文字。偈頌歌詞，與此方之詩，則語言之精者也。今之爲詩者，矜聲律，較時代，知見封錮，學術柴塞，片言隻句，側出於元和、永明之間，以爲失機落節，引繩而批之，是可與言詩乎？此世界山河大地，皆唯識所變之相分。而吾人之爲詩也，山川草木，水陸空行，情器依止，塵沙法界，皆含攝流變於此中。唯識所現之見分，蓋莫親切於此。今不知空有之妙，而執其知見學殖封錮柴塞者以爲詩，則亦末之乎其爲詩矣。」這其實是以佛教的世界觀、人生觀來理解詩人的世界與自我，以唯識來認識詩，以空有之妙來批評詩壇弊端，以「佛

〔註238〕《有學集》卷十六《高念祖懷寓堂詩序》，頁751。
〔註239〕《有學集》卷二十《空一齋詩序》，頁842。
〔註240〕《有學集》卷二十一《寄巢詩序》，頁883。
〔註241〕《有學集》卷二十一《石夢禪師語錄小引》，頁891。
〔註242〕《有學集》卷二十《空一齋詩序》，頁842。

於鹿苑轉四諦後，第三時用維摩彈斥，第四時用般若眞空淘汰清淨，然後以上乘圓頓甘露之味沃之」來比喻詩學中的轉益多師與去陳創新。這也就是以佛學的認識論來作爲文學的認識方法。不僅如此，他還說：「吾嘗謂陶淵明、謝康樂、王摩詰之詩，皆可以爲偈頌，而寒山子之詩，則非李太白不能作也。」陶潛、謝靈運、王維都曾研習佛法，詩皆空靈淡雅，但它們與偈頌有根本不同，偈頌是爲了闡揚佛法，而詩歌是爲了表現心靈；寒山之詩是僧詩，李白之詩是文人之詩，兩者的審美趣味還是有所不同。錢謙益抹殺它們的區別，不過是希望詩人創作皆應做到「意窮諸所無，句空諸所有」，詩歌皆應「梯空躡玄，霞思天想，無鹽梅芍藥之味，而有空青金碧之氣，世之人莫能名也。」或如「西土讚頌之詩，凝寒靜夜，朗月長宵，煙蓋停氛，帷燈靜燿，能使聞者情抱暢悅，怖淚交零。」〔註243〕說白了，就是以佛理滲於詩中，使詩歌極無煙火氣，美在虛無縹緲間。這與他的眞性情之說、溫柔敦厚之說並看，似乎完全不相關，而這正反映錢謙益思想的複雜與多樣的美學追求。

錢謙益雖沉溺於佛教中，但他的內心又非常複雜，念念不忘失節的屈辱，忠義之念不泯，於是在《羅浮種上人集序》中說：「余爲木陳山翁序其文集，援引妙喜老人忠君憂國之言，將以念當世士大夫，如有宋之張德遠子韶者，有客見之，舌吐不能收，曰：『安得頂戴壞衣鬖髮，而詆諆士大夫？』余隱几不答，憫然而去」，又說種上人「歷神都，望陵廟，感激偪塞，啜泣爲詩。嗚呼！銅人之泣漢也，石馬之汗唐也，楚弓魯玉，於世外之人何與？……上人之詩出，壞衣鬖髮如山翁輩流者，固將聞空谷之足音跫然而喜，而嚮之吐舌不收者，又將如爰居之聽鐘鼓震掉而不食。」〔註244〕清初許多士人不願和清政府合作，或遁入山林，或遁入空門，而忠肝義膽猶在，詩歌也多抒發自己亡國之哀，如函可詩云：「驚傳一紙到遼陽，舊國樓臺種白楊。老友盡亡惟我在，而師更苦秘予傷！孤臣臥老長干月，破衲被殘大漠霜。共是異鄉生死隔，西風吹淚血成行！」〔註245〕所以對他們不能簡單地以世外人視之。而錢謙益複雜的僧詩觀點也正反映他追求靈魂超脫與對故國情結無法釋懷的精神困境。

在佛學的影響下，錢謙益還提出香觀說，它集中體現於《有學集》卷四

〔註243〕《有學集》卷十八《陳古公詩集序》，頁799。
〔註244〕《有學集》卷二十一，頁886。
〔註245〕《甲申朝事小紀》上冊初編卷四，頁98。

十八《香觀說書徐元歎詩後》與《後香觀說書介立旦公詩卷》中，孫之梅在
《錢謙益的「香觀」「望氣」說》〔註246〕中對此有專門論述。她說：「以『香
觀』論詩，不僅僅是藝術欣賞中通感的問題，而是它能夠形象、全面地表述
錢謙益關於詩歌本質特徵的理論和對當時詩歌創作中不良風氣的批評。」應
該說，香觀說的提出延續了他對詩壇弊端的一貫批評，如「杼山論詩，科偷
句爲鈍賊，是人應以盜香結罪。下視世人，逐伊蘭之臭，胖脹衝四十由旬，
諸天惡而掩鼻者，其又將若之何？」〔註247〕「此世界薰習穢惡，伊蘭胖脹之
臭，上達光音天。且公現鬻香長者身，以蔬筍禪悅之香，作妙香句而爲說法。」
〔註248〕而他在文中所推崇的詩風正與他晚年佞佛後提倡的清淨柔雅之音聲一
致，如說：「元歎擺落塵坌，退居落木庵，客情既盡，妙氣來宅，如薛瑤英肌
肉皆香，其詩安得而不香。」〔註249〕而且公之詩，也是「所謂孤高清切，不
失蔬筍風味者」〔註250〕。這種詩風既與他當時寂寞悲涼的心態有關，也可能
是他暮年創作繁華落盡見眞淳、返樸而歸眞的表現。這種清淡的風格在文字
上並沒有「青黃亦白，煙雲塵霧之色」，因而不必用目，只可用鼻。錢謙益說
「以嗅映香，觸鼻即了。而聲色香味四者，鼻根中可以兼舉」〔註251〕。他用
六根互用，心手自在法喻詩、論詩，爲傳統的味說加一重含意。

　　此外，錢謙益還有不少新異觀點，如在《有學集》卷十七《宋子建遙和
集序》中論和詩等，在此便不一一列舉。他作爲一個大文豪，有時興之所至，
神來之筆隨意揮灑，對文學藝術提出獨特見解都是自然的，但進入我們視野
的首先還是那些與當時文學理論關鍵問題有關或對後人影響較大的觀點。

〔註246〕發表於《中國韻文學刊》1994 年第 1 期。
〔註247〕《有學集》卷四十八《香觀說書徐元歎詩後》，頁 1568。
〔註248〕《有學集》卷四十八《後香觀說書介立旦公詩卷》，頁 1570。
〔註249〕《有學集》卷四十八《香觀說書徐元歎詩後》，頁 1567。
〔註250〕《有學集》卷四十八《後香觀說書介立旦公詩卷》，頁 1569。
〔註251〕《有學集》卷四十八《香觀說書徐元歎詩後》，頁 1567。

第六章　錢謙益的文學思想（下）

第五章第一節已經論述了錢謙益的文學思想是以經史爲綱，這不僅體現於他的詩文理論中，更具體、系統地體現於他的兩部主要著作——《列朝詩集》與《錢注杜詩》中。錢謙益一直以史官自命，同時又是當世文豪，雙重身份使得他時時以文學與史學相融的目光關注社會，分析作品，研究文學史，敏銳的眼光與深厚的學識使《列朝詩集》、《錢注杜詩》具有獨特的文學、史學價值。

第一節　錢謙益與《列朝詩集》 〔註1〕

關於《列朝詩集》編纂的起因與經過，錢謙益在《〈列朝詩集〉序》中已經說得很清楚，天啓初年，程嘉燧在讀元好問《中州集》後向錢謙益提議：「元氏之集詩也，以詩繫人，以人繫傳。《中州》之詩，亦金源之史也。吾將仿而倣之。吾以采詩，子以庀史，不亦可乎？」兩人撰次國朝詩集幾三十家後中止。明清易代，江山板蕩，對錢謙益的心靈造成很大衝擊，順治三年丙戌，錢謙益在歸家後又重新開始這項工作〔註2〕，並於己丑年基本完成，交給毛子

〔註1〕 錢謙益還編有《吾炙集》，因孫之梅在《錢謙益與明末清初文學》第四章中已論述得較詳盡，茲不贅述。

〔註2〕 錢謙益原文爲：「越二十餘年而丁開寶之難，海宇版蕩，載籍放失，瀕死頌繫，復有事於斯集，託始於丙戌，徹簡於己丑。」容庚在《論列朝詩集與明詩綜》中說：「五年六月，訟繫金陵，復有事於斯集」，王琳、孫之梅在《〈列朝詩集〉述要》中則說：「錢謙益以降臣引疾南歸，重操舊業，采詩庀史集於一身。順治四年因通海入金陵獄，從人借書，遍訪明代詩集未見者，順治六年獄釋還鄉，交付門人毛晉刊刻。」從錢謙益自序看，容庚所說開始纂輯之年有誤。

晉付梓，因而避過庚寅焚書之難〔註3〕。在錢謙益給毛子晉的信中，很多論及《列朝詩集》的校刻情況，從中可知，《列朝詩集》是先編〔註4〕，後繕寫，經校定後再付刻，如：「詩集之役，得暇日校定付去，所謂因病得閒，渾不惡也。丁集已可繕寫」〔註5〕。在編纂的過程中有暫闕，有補充，如「近日如丘長孺等流欲存其人，卒未可得，姑置之可耳」〔註6〕，「甲集前編方參政行小傳後又考得數行，即附入之，庶見入人於此卷，非臆見耳」〔註7〕。詩集編成有先後，但基本上是閱過一部分便立即送至毛子晉處，並希望刻印，說明錢謙益對此書刊刻流行的迫切期望，如說：「乾集閱過，附去，本朝詩無此集不成模樣，彼中禁忌殊亦闊疏，不妨即付剞劂，少待而出之也。」〔註8〕又說：「諸樣本昨已送上，想在記室矣。頃又附去閏集五冊，乙集三卷。閏集頗費蒐訪，早刻之可以供一時談資也。」〔註9〕《列朝詩集》真正完成較晚，一個可能是在順治九年，因為《〈列朝詩集〉序》寫於順治九年九月十三日，首句便曰：「毛子子晉刻《歷朝詩集》成，余撫之憮然而歎。」一個可能是順治十一年，《耦耕堂詩序》云：「歲在甲午，余所輯《列朝詩集》始出。」〔註10〕

他可能是受序中「瀕死頌繫」一語誤導，其實這可能是指「有事於斯集」的背景。論順治四年之獄見第四章第一節，與順治五年訟繫金陵非一事，且當時梏縶於獄中，不可能從人借書、訪明代詩集，這在《有學集》卷一《和東坡西臺詩韻六首》中說得很清楚，而順治五年拘繫於南京則很寬鬆，可以與遺民林古度等往來，因此亦可借書訪書。

〔註3〕 錢謙益自序云：「庚寅陽月，融風為災，插架盈箱，蕩為煨燼。此集先付殺青，幸免於秦火、漢灰之餘。」

〔註4〕 《錢牧齋先生尺牘》卷一《與周安期》中云：「此事（編纂《列朝詩集》）定當與仁兄共之，可先為料理搜輯，若空同、大復、弇州及劉子威輩，篇帙浩繁，先加丹鉛點定，俟弟歸告成之。元敳、子羽暨兩令弟可與共搜訪一篇半紙，不可塗抹，而國初人為尤要。想仁兄篋中先有定本也。」要在短短幾年內完成對明代文學的檢閱，並加以取捨纂輯，並不是一件容易的事，而且當時錢謙益本人兩度為獄事所困，因此纂輯中必有人相助，當然主要工作還是由錢謙益完成的。

〔註5〕 《錢牧齋先生尺牘》卷二《與毛子晉》其八。

〔註6〕 《錢牧齋先生尺牘》卷二《與毛子晉》其八。

〔註7〕 《錢牧齋先生尺牘》卷二《與毛子晉》其十六。

〔註8〕 《錢牧齋先生尺牘》卷二《與毛子晉》其十七。前面還有數語：「《夏五集》有抄本，可屬小史錄一小冊致伯玉，俾少知吾近況耳。」因此此信作於庚寅六月之後不久。由此可知《列朝詩集》雖於己丑年完成，但錢謙益此後仍在陸續做些後期工作。

〔註9〕 《錢牧齋先生尺牘》卷二《與毛子晉》其十八。

〔註10〕 《有學集》卷十八，頁781。

我想可能順治九年《列朝詩集》刻成並開印，但印數不多，書名也叫《歷朝詩集》〔註11〕，這是爲了送給朋友看的，如錢謙益就曾說：「詩集來索者多人，竣業後當備紙刷幾部應之，亦苦事也」〔註12〕；順治十一年，改名爲《列朝詩集》，並正式印行出售，如甲午中秋遇季滄葦，滄葦所讀《列朝詩集》便是購得的〔註13〕。很多人早就知道錢謙益在編纂此詩集，並熱切地希望能先睹爲快，如錢謙益云：「獄事牽連，實爲家兄所困……羈棲半載，采詩之役所得不貲，大率萬曆間名流篇什可傳而人間不知其氏名者不下二十餘人，可謂富矣。此間望此集者眞如渴饑，踵求者苦無以應。」〔註14〕由此信揣測可能錢謙益訟繫南京時即有不少文士向他索求已部分編成的詩集，因此錢謙益經常說：「詩集索者甚眾，只得那貲刷印以應其求」〔註15〕，而錢謙益也對它的廣泛流傳頗爲得意，在《季滄葦詩序》中提及士人對它的喜愛，一則曰：「譚余所輯《列朝詩集》，部居州次，累累如貫珠。人有小傳，趣舉其詞，若數一二。」再則曰：「滄葦購得此集，翻閱再三，手自採繢，成大掌簿十帙，雖書生攻《兔園冊》，專勤無如也。」〔註16〕

　　錢謙益在時隔二十餘年後再次編纂《列朝詩集》是很有深意的，他自云：「越二十餘年而丁開寶之難，海宇版蕩，載籍放失，瀕死頌繫，復有事於斯業」，正是明末清初的社會動亂、書籍流失、斯文泯滅，使得他下定決心完成有明一代詩史。所以編輯《列朝詩集》的目的正如錢謙益所言：「鼎革之後，恐明朝一代之詩遂致淹沒，欲倣元遺山《中州集》之例，選定爲一集，使一代詩人之精魂留得紙上，亦晚年一樂事也。」〔註17〕這一方面是爲了在異族統治之下傳承漢族文化，防止優秀遺產湮沒；一方面是爲了保存士人精魂，

〔註11〕　神州國光社鉛印本《列朝詩集》前錢謙益序云：「毛子子晉刻《歷朝詩集》成」，容庚在《論列朝詩集與明詩綜》中說：「列朝又稱歷朝，如自序首行爲《歷朝詩集序》，序之首句云：『毛子子晉刻《歷朝詩集》成。』《牧齋有學集》目錄第十四卷《歷朝詩集序》，皆名稱之歧異者。」（頁138）
〔註12〕　《錢牧齋先生尺牘》卷二《與毛子晉》其十九。
〔註13〕　《有學集》卷十七《季滄葦詩序》，頁758。
〔註14〕　《錢牧齋先生尺牘》卷二《與毛子晉》其三十九。後面云：「板心各欲改一字，雖似瑣屑，亦不容以憚煩而不爲改定也，幸早圖之。」顯然錢謙益采詩與刻印是同時進行的，而且在詩集完成前便已刻板。
〔註15〕　《錢牧齋先生尺牘》卷二《與毛子晉》其三十二。
〔註16〕　《有學集》卷十七《季滄葦詩序》，頁758。
〔註17〕　《錢牧齋先生尺牘》卷一《與周安期》。

激勵人心。在清初很多遺民都有志於撰述，如黃宗羲、王夫之、吳炎、潘檉章等，他們的用心也與錢謙益相同。

因此《列朝詩集》的纂輯出版與錢謙益入清後的心態有密不可分的聯繫。書成後，他一方面感懷程嘉燧，一方面又說：「翟泉鵝出，天津鵑啼，海錄谷音，咎徵先告，恨余之不前死，從孟陽於九京，而猥以殘魂餘氣，應野史亭之遺懺也。哭泣之不可，歎於何有？」〔註18〕其中有對自己降清的深深悔恨與滄海桑田的沉痛悲哀。具體說來，體現於《列朝詩集》中的錢謙益晚年心態主要有以下幾個方面：一、歆羨休明盛世：處於衰世中的士人有很重的末世情結，它的一個重要內容就是對曾經的太平盛世充滿羨慕之情，如錢謙益曾說：「弘治間，文體春容，士習醇厚，端人正士，居文學侍從之列，如金鐘大鏞之在東序，而中吳二公為之眉目，何其盛也。」〔註19〕對於士人而言，盛世對他們不僅意味著國家強盛，生活安定，欣欣向榮，而且表現於士風與文風中，具體說來就是士人生活從容灑脫，平和豁達，文學上優游不迫，和平中正。這集中體現在對李東陽的評論上，他說：「國家休明之運，萃於成、弘，公以金鐘玉衡之質，振朱弦清廟之音，含咀宮商，吐納和雅，渢渢乎，洋洋乎，長離之和鳴，共命之交響也。」〔註20〕這已經很難說是真正的文學評價還是錢謙益對國家興衰、士人命運今昔對比而感傷的個人情感的流露，這點尤其反映在對臺閣體的認識上。錢謙益說楊士奇「今所傳《東里詩集》，大都詞氣安閒，首尾停穩，不尚藻辭，不矜麗句，太平宰相之風度，可以想見，以詞章取之則末矣。」〔註21〕又說：「永樂以後，公卿大夫，家各有集。館閣自三楊而外，則有胡廬陵、金新淦、黃永嘉。尚書則東王、西王。祭酒則南陳、北李。勳舊則東萊、湘陰。詞林卿貳，則有若周石溪、吳古崖、陳廷器、錢遺庵之屬，未可悉數。余惟諸公，勳名在鼎鍾，姓名在琬琰，固不屑與文人學士競浮名於身後」〔註22〕。臺閣體的雍容嘽緩雖說明國家太平無事，士人生活舒適，但在文學上並沒有很大價值，錢謙益不是不明白這一點，但他對當時館閣大老逐功名、樹文幟、悠閒舒心可謂歆羨不已，這是完全可

〔註18〕錢謙益《列朝詩集序》，《列朝詩集小傳》附錄，參見《有學集》卷十四，頁678。
〔註19〕《列朝詩集小傳‧丙集》「王少傅鏊」，頁276。
〔註20〕《列朝詩集小傳‧丙集》「李少師東陽」，頁245。
〔註21〕《列朝詩集小傳‧乙集》「楊少師士奇」，頁162。
〔註22〕《列朝詩集小傳‧乙集》「楊少師榮」，頁163。

以理解的，正如前四章所分析的那樣，自錢謙益青年始，明王朝在政治、經濟與對外軍事上便遭遇相當的困難，而且形勢越來越不樂觀，瀟灑的士人雖然也歌舞昇平，但只要他還有眼睛和耳朵，衰敗的時代就會在他的心中投下陰影，如袁宏道等。至於錢謙益更是如此，他也許不平，也許困惑，很不幸，他生於一個衰世、亂世之中，種種的打擊和痛苦令他無路可逃，雖有強烈的功名願望，雖自負文才蓋世，卻一事無成，屢陷困境，最後還成爲貳臣，所以他只能在彩色的夢中想像往日的社會承平與文化休明，將自己未實現的幻想寄於對盛世的讚美。這在他的文學思想中也產生了影響，第五章已論。二、感傷陵谷滄桑：盛世之景只能在夢中見到，而一旦回到現實，河山破碎，宗社爲墟，風流不再，二三遺民故老只能對景傷懷，讀詩落淚，因此在《列朝詩集小傳》中時時有對往日繁華風流的哀歎。如他說朱有燉「製《誠齋樂府傳奇》若干種，音律諧美，流傳內府，至今中原絃索多用之。李夢陽《汴中元宵》絕句云：『中山孺子倚新妝，趙女燕姬總擅場。齊唱憲王新樂府，金梁橋外月如霜。』由今思之，東京夢華之感，可勝道哉！」〔註 23〕在《金陵社集諸詩人》中他回憶金陵承平，文社三次盛況後說：「戊子中秋，余以銀鐺隙日，采詩舊京，得《金陵社集詩》一編，蓋曹氏門客所撰集也。嗟夫！日中月滿，物換星移，舟壑夜趨，飲獵且改。白門有烏，無樹枝之可繞；華表歸鶴，悵城郭之並非。撰文懷人，籲其悲矣！謂我何求，亦無薔焉。」〔註 24〕他又回憶明神宗「奉兩宮純孝，內府藏顏魯公書孝經，得之如珙璧，命江陵相裝潢題識，珠囊綈幾，未嘗一日去左右。喪亂之後，朝士以百錢買得之。魯公法書精楷，儼如麻姑仙壇，每章有吳道子畫，精彩映發，手若未觸。天球琬琰，零落人間，躬閣之餘，不自知清淚之沾漬也。」〔註 25〕這種感情與吳梅村在《聽女道士卞玉京彈琴歌》、《宣宗御用餵金蟋蟀盆歌》〔註 26〕中所表現的興亡之感與故國情懷是一致的。三、對復明的期望。這主要體現在《列朝詩集》的命名和分集上。錢謙益雖在清朝，《列朝詩集》卻初名《國朝詩集》，錢謙益說：「集名國朝兩字，殊有推敲，一二當事有識者議易以列朝字以爲千妥萬妥，更無破綻，此亦篤論也。」〔註 27〕在小傳中他對明朝也始終稱爲國

〔註 23〕　《列朝詩集小傳‧乾集下》「周憲王」，頁 8。
〔註 24〕　《列朝詩集小傳‧丁集上》，頁 463。
〔註 25〕　《列朝詩集小傳‧乾集上》「神宗顯皇帝」，頁 5。
〔註 26〕　見《吳梅村全集》卷三。
〔註 27〕　《錢牧齋先生尺牘》卷二《與毛子晉》之三十九。

朝，並特列諸帝、諸王爲乾集，這其實說明錢謙益認爲明朝並沒有滅亡，對殘明寄予厚望，正所謂「重華又報日重暉，中路何曾歎式微。高廟肅將三矢命，定陵快睹五雲飛。即看靈武收京早，轉恨親賢授鉞遲。」〔註28〕所以他只承認甲申、乙酉之變爲「開、寶之難」〔註29〕，而不認爲是朝代更迭，因此元好問的《中州集》自甲迄癸，而《列朝詩集》止於丁，錢謙益說：「癸，歸也，於卦爲歸藏，時爲冬令。月在癸日極丁。丁，壯成實也。歲曰強圉。萬物盛於丙，成於丁，茂於戊。於時爲朱明，四十強盛之年也。金鏡未附，珠囊重理，鴻朗莊嚴，富有日新，天地之心，聲文之運也。」〔註30〕陳寅恪說這「實寓期望明室中興之意」〔註31〕，甚是。四、隱寓個人命運的苦痛：錢謙益常常將自己的遺民心態與不幸命運寄寓於對元遺民的同情中，如他說危素：「大兵之入燕也，趨所居報恩寺入井，寺僧大梓力挽起之，曰：『國史非公莫知；公死，是死國史也。』兵垂及史庫，言於主帥，轝而出之，累朝實錄得無恙。入國朝，甚見禮重。上一日聞履聲，問爲誰，對曰：『老臣危素。』上不懌曰：『我道是文天祥來。』遂謫佃和州。」〔註32〕這很容易讓人想起錢謙益自己的降清經歷。危素以國史爲責而不死，錢謙益投降不死，亦有志於國史，他記黃道周曾在「就義之日，從容語其友曰：『虞山尙在，國史猶未死也。』」〔註33〕黃道周於丙戌年三月在南京殉義，他當時不可能不知道錢謙益已經降清，但仍肯定他可存國史，錢謙益特意將其點出，是有深意的；危素入明朝又被譏爲失節而被貶，錢謙益入清爲官也因爲郁郁不得志而歸鄉。歸鄉後，錢謙益的著作中但書甲子，不書清朝紀年，以辛丑爲「鴻朗莊嚴重光赤奮若之歲」，這與元遺民吳海「爲文但書甲子，爲翰墓誌，書其歿之歲曰『著雍敦牂』，以自寓云」〔註34〕之心事、情感相同。他還在王逢小傳中說：「原吉爲張氏畫策，使降元以拒臺，故其遊崑山懷舊傷今之詩，於張楚公之亡，有餘恫焉。而至於吳城之破，元都之亡，則唇齒之憂，黍離之泣，激昂愾歎，情見乎詞。前後無題十三首，傷庚申之北遁，哀皇孫之見俘，故國舊君之思，

〔註28〕 《投筆集》卷上《後秋興之七》其三。
〔註29〕 《〈列朝詩集〉序》。
〔註30〕 《〈列朝詩集〉序》。
〔註31〕 《柳如是別傳》，頁1007。
〔註32〕 《列朝詩集小傳·甲集》「危學士素」，頁83。
〔註33〕 《有學集》卷十四《啓禎野乘序》，頁687。
〔註34〕 《列朝詩集小傳·甲前集》「王總管逢」，頁47。

可謂至於此極矣。謝皋羽之於亡宋也，西臺之記，冬青之引，其人則以甲乙
爲目，其年則以羊犬爲紀，廋辭讔語，喑啞相向，未有如原吉之發攄指斥，
一無鯁避者也。」〔註35〕其中感慨深長，實寓自己的故國情懷於其中。

　　關於《列朝詩集》的研究，最有價值的成果是容庚的《論列朝詩集與明
詩綜》〔註36〕，它分析了《列朝詩集》的撰集、定名與內容的增改、禁燬與
重印的缺誤，並與《明詩綜》進行了比較詳細的比較，認爲「錢氏之優於朱
氏可得而定」，「《明詩綜》固不敵《列朝詩集》」，「要之朱氏自是文學大家，
其《詩話》有獨到之處，選詩不盡同於錢氏，可以相成而不相背，讀者合而
觀之可也。」〔註37〕此外，王琳、孫之梅的《〈列朝詩集〉述要》〔註38〕對《列
朝詩集》進行了簡介，著重從《列朝詩集小傳》中看錢謙益對復古派的批判
和明代詩歌的地域特色；同林、利民的《對立互補　趨於融通》〔註39〕則通
過比較《列朝詩集小傳》與《靜志居詩話》中對唐寅、李夢陽、袁宏道的評
價來分析兩書的異同與價值。《列朝詩集》的研究應是一個比較系統的工程，
它的基礎是兩方面的工作，一是分析明人詩集，比較錢謙益在《列朝詩集》
中所選詩歌，從而判斷錢謙益的取向及其對該詩人的評價是否準確，選詩是
否恰當；一是比較《列朝詩集》與清初人選明詩的其它著作，分析錢謙益與
同時代人取捨的差異，這就不僅涉及到對整個明代詩歌發展的宏觀與微觀認
識，而且必須對整個清初詩選家的思想與選詩原則有準確地把握，它不是一
篇論文所能涵括的。〔註40〕正因爲《列朝詩集》研究的艱巨性與複雜性，所
以目前多數學者主要關注《列朝詩集小傳》，同樣，由於本人時間、能力的限
制，本書也只能以《列朝詩集小傳》爲基礎來考察錢謙益，對《列朝詩集》
的正式全面研究將是今後的努力方向。我對《列朝詩集》將主要從以下幾個
方面來分析：

〔註35〕　《列朝詩集小傳·甲前集》「席帽山人王逢」，頁 14。
〔註36〕　《嶺南學報》第十一卷第一期。
〔註37〕　關於容庚作此文的用意，可參看黃光武《容庚〈金文編〉諸版序言漫議》，發
　　　　　表於《中山大學學報》1999 年第 4 期。
〔註38〕　《山東師大學報》1995 年第 5 期。
〔註39〕　發表於《南通師專學報》1996 年第 1 期。
〔註40〕　同時，還必須考慮到選本所選的詩歌是否能代表作者的眞實水平，這個問題
　　　　　就比較複雜，因爲許多明人詩集今已不存，其作品賴選本以傳。而所選是否
　　　　　恰當，由於文獻闕如，難以遽論。

一、體例

　　《列朝詩集》本身是沒有凡例的（它與《中州集》的凡例近），錢謙益在《〈列朝詩集〉序》中說：「備典故，采風謠，汰冗長，訪幽仄；鋪陳皇明，發揮才調，愚竊有志焉。討論風雅，別裁偽體，有孟陽之緒言在，非吾所敢任也，請以俟世之作者。」此言可視爲《列朝詩集》的總綱。所謂「備典故，采風謠，汰冗長，訪幽仄」是選詩的原則，主要是精與全；「鋪陳皇明，發揮才調」是選詩的目的，既要展現明朝詩歌的成就，又要張揚優秀的詩風。他雖然自謙不敢「討論風雅，別裁偽體」，但小傳中很多評論卻正以此爲標的。在品評詩人、梳理文學發展源流、討論文學風尚轉變上，錢謙益認識到「中表因依，研席應求，文章問學，風氣密移，非深思論世，置身於百年以前，未能或知也」〔註41〕，這也正是錢謙益所採用的研究方法。

　　錢謙益強烈反對高棅在編纂《唐詩品彙》時將唐詩分爲初、盛、中、晚四個階段，認爲是限隔時代〔註42〕，因此他自己在《列朝詩集》中便分爲乾集、甲前集、甲、乙、丙、丁、閏等集，他曾自稱編書中「州次部居，發凡起例」〔註43〕，說明他在編集排列各家時是頗具匠心的，大致說來，七集之分總體上是依詩人的身份不同而分列的，如乾集上是諸帝，乾集下是諸王，閏集是僧道、香奩、宗室、內侍、青衣、傭書、無名氏、集句、神鬼、滇南、外國等，而中間五集都是士人〔註44〕，它又大體依照時間順序來編排，如容庚說：甲集前編自明太祖元末壬辰起義至丁未建國一十六年，甲集自洪武開國至建文兩朝三十五年，乙集含永樂洪熙宣德正統景泰天順六朝六十二年，丙集含成化弘治正德三朝五十七年，丁集含嘉靖隆慶萬曆泰昌天啓崇禎六朝一百二十三年〔註45〕，但這只是相對而言的。對於跨越時代者，通常將其列入某集，而其中頗見錢謙益的去取；特殊如劉基，將其分列於甲前集與甲集中，這是爲了說明劉基一爲元之遺民，一爲明之功臣。各集中第一人一般來說代表了錢謙益的文學取向，如甲前集、甲集以劉基爲首，乙集以解縉爲首，丙集以李東陽爲首，丁集下是程嘉燧。特別應指出的是丁集上爲首之人爲高叔嗣，丁集中爲首之人是陸師道，兩人雖不有名，成就也不高，但都與復古

〔註41〕《列朝詩集小傳・丁集上》「皇甫僉事涍」，頁413。
〔註42〕關於此可參見第五章第三節與《有學集》卷十五《唐詩英華序》。
〔註43〕《〈列朝詩集〉序》。
〔註44〕其中雖有布衣，有雜販，但大體上都符合士人的人生態度與美學趣味。
〔註45〕容庚《論列朝詩集與明詩綜》。《嶺南學報》第十一卷第一期。

派針鋒相對，可能錢謙益認為他們代表著詩歌發展的正確方向，如錢謙益說高叔嗣「少受知於李獻吉，弱冠登朝，薛君采一見歎服，詩以清新婉約為宗，未嘗登壇樹幟，與獻吉分別淄澠，固已深懲洗拆之病，而力砭其膏肓矣。」「蔡白石、王岩潭以蘇門（高叔嗣）為我朝第一。其言雖過，要之未可盡非也。余故錄子業詩，取冠丁集云。」〔註46〕在一集中詩人大致按年代先後排列，但同時又將有師承、交遊關係，或有共同人格、詩學傾向者列在一起，以代表人物為首，如丙集以李東陽為首，其子附列，其後的謝鐸、張泰、陸釴與李東陽同輩，並被他所稱許，而石珤、羅玘、邵寶、顧清、魯鐸、何孟春同為李東陽門人，故並列。列在一起的人物間編排順序又有講究，如錢謙益說：「余錄先後五子之詩，以元瑞終焉，非以元瑞為足錄也，亦庸以論世云爾。」〔註47〕凡此種種，都極為細密而且蘊含深意，難以一一察考。

　　容庚曾在《論列朝詩集與明詩綜》中舉「其選詩標準，有可忖度而知者」八項：不取元老大集、不取道學體面，不取遙和，不取摹擬，不取剿賊，不取僻澀，不取平調，不取俗套。從《列朝詩集小傳》中還可得選錄詩人原則數條，一是蕪淺不錄，如說廖道南「才名甚著，其詩尤蕪淺，不及錄」〔註48〕；一是不取卑弱，如說：「後五子之詩，皆沿襲七子格調，而余魏尤卑弱，茲集無取焉。」〔註49〕這些其實也是錢謙益文學思想與文學批評的具體表現，但究竟錢謙益在選錄詩人、選詩中有何標準，還是應比較明代詩人、詩集與所選詩人、詩作及同一時期的明詩選方可確信。

二、詩與史

　　錢謙益既是文學家，又是史學家，堅持詩與史相通〔註50〕，而《列朝詩集》便既是詩集，又是史著，他自己便說：「余撰此集，仿元好問《中州》故事，用為正史發端，搜撮考訂，頗有次第。」〔註51〕而這也並非虛語。《列朝詩集》將詩與史兩方面緊密結合，相聯互通，在詩學與史學領域中均有重要價值。從宏觀上看，1、《列朝詩集》以史繫詩：詩人分屬各集，而各集又基

〔註46〕　《列朝詩集小傳・丁集上》「高按察叔嗣」，頁372。
〔註47〕　《列朝詩集小傳・丁集上》「胡舉人應麟」，頁447。
〔註48〕　《列朝詩集小傳・丁集上》「童庶子承敍」，頁382。
〔註49〕　《列朝詩集小傳・丁集上》「張僉都九一」，頁440。
〔註50〕　參見第五章第二節。
〔註51〕　《列朝詩集小傳・甲集》《書徐布政賁詩後》，頁158。

本以明史為序，綱舉目張，由《列朝詩集》可以查考詩人在明代歷史、文學史中的相對位置；2、《列朝詩集》以詩記史：從單個詩人來看，他所編選的詩歌與撰寫的小傳說明了個人的生平、心態、詩風，同時也可見出歷史風貌之一斑，而一集中全體詩人的生活、心態、詩風就反映了一個時代的社會風氣與士人風貌、詩壇面貌；如費宏小傳中說明世宗曾「御製七言詩，有『睠茲忠良副倚賴，未讓前賢專令名』之句。安仁深忌，疏言：『詩詞小技，猥勞聖躬，且使宏窺意指，竊恩遇以壓朝士，假結納以救過。』上報之，殊弗為動，亦不甚鐫責也，當時大臣，其忮悍無禮如此。」〔註52〕這是以人見史；又如甲集中眾多詩人或被殺或瘐死或戍邊，充分說明了朱元璋、朱棣的暴戾與對文化的高壓控制，這是由集見史。3、《列朝詩集》以史筆述評：錢謙益素以寫國史為平生一大心願，曾撰寫多部史著，以《春秋》之微旨、《史記》之文法為榜樣，小傳中敘述詩人生平簡而有法，篇幅雖短，卻能抓住人物的突出個性與代表性事件來刻畫面目，見人性情，栩栩如生。如他描寫陳汝言矜伉專己，則僅舉一事：「嘗騎馬過吳市，遇王止仲徒行，不為下，以手招之曰：『王止仲，可來我家看畫。』止仲尾之往，弗敢後」〔註53〕，通過寥寥數筆便將陳汝言傲慢的神態描摹如畫，並通過他人的反應加以映襯。同時他在評論中也往往見史家之法，或微言大義，寓褒貶於不露聲色之中，如論孫一元說：「詩名噪天下。或譏其《太白漫稿》蘊藉未逮古人。棠陵方豪曰：『山人宏才廣識，議論鑿鑿，副名實，知兵，曉吏事，使之用世，當為王景略，又能得海內豪傑之心，使之忘形刎頸，雖謂之用世之才，可也。』由此言之，太初以布衣旅人，傾動海內，其挾持殆必有大過人者。去之百五十年，乃欲以皮相雌黃天下士，其可哉！」〔註54〕含蓄地讚揚孫一元的才華氣度，對批評者的率易表示反對。又如他曾說自己所錄熊卓詩「出俞氏百家選中，皆獻吉所汰去者。」〔註55〕說明自己與李夢陽選詩標準截然不同，發人深思。評論中又或聲色俱厲，一無隱諱，以為誅心之論，如說：「國初詩家，遙和唐人，起於閩人林鴻、高棅。永、天以後，浸以成風，式之（張楷）遍和唐音，及李杜詩，各十餘卷。又有並和瀛奎三體諸編者，塵容俗狀，填塞簡牘，捧心

〔註52〕 《列朝詩集小傳·丙集》「費少師宏」，頁255。
〔註53〕 《列朝詩集小傳·甲前集》「陳經歷汝言」，頁41。
〔註54〕 《列朝詩集小傳·丙集》「太白山人孫一元」，頁328。
〔註55〕 《列朝詩集小傳·丙集》「熊御史卓」，頁318。

學步，只供噦嘔。昔人有言，賦名六合，已是大愚，其此之謂乎！」〔註56〕這種批評態度集中體現在對明代詩壇影響最大的復古派的批判中。總之，錢謙益的《列朝詩集》全面選取了明朝諸多詩人的詩作，簡述他們的生平、性格、生活、交遊、學養、創作風格、文學思想等，並進行精要的評價，既可見出有明一代詩歌的總體面貌，同時又通過他的選詩與評述可以對重要作家進行重點把握。

具體說來，《列朝詩集》中詩與史的結合還體現在：1、存詩人、存著作：錢謙益為編纂《列朝詩集》不遺餘力地搜集各家作品，鉅細無遺，甚至牽連獄事、羈繫南京時也不忘訪詩借書，為了完整地反映明代詩歌的面貌，一些小家雖著作無存，僅存的幾首詩也被收入，以實現借集存詩、借詩存人、從而記錄真實歷史的目的，庶幾可保前輩緒餘不墜。如他收入袁養福，說：「當（吳）原博時，能伯已不為吳人所知，然則吳中先輩，迄於今日，身名俱沈者，又豈可勝道哉！余錄諸公之詩，間有借詩以存其人者，姑不深論其工拙也」〔註57〕，在記丁敏時也說：「吳人張智企翱《跋張來儀集後》云：『吳中之詩，一盛於唐末，再盛於元季，繼而有高、楊、張、徐及張仲簡、杜彥正、王止仲、宋仲溫、陳惟寅、丁遜學、王汝器、釋道衍輩，附和而起，故極天下之盛，數詩之能，必指先屈於吳也。』先輩推重遜學如此。今人不復知其氏名，可歎也！余故錄一詩，以識其人焉。」〔註58〕由於文籍散失，詩風代變，許多詩人的作品未能流傳，致使人、詩湮沒無聞，錢謙益因而勾微索引，將較有名的詩人基本列入，以完整地梳理明代詩歌發展的線索，全面描繪詩壇的面貌。同時，以集存人也反映了錢謙益對不幸士人的同情，如文徵明說：「吳有閭起山秀卿者，家惟一僮，日走從人家借書，手抄口吟，日夜不休，所獲學俸，盡費為書資。家貧不能炊，質衣以食，而玩其書，不忍棄。竟以積勞得疾殀死。」所以錢謙益說：「秀卿著述，自《二科志》以外無傳，余悲其人，與兩朱先生略相類也，因附著焉。」〔註59〕

2、論史：錢謙益在《列朝詩集小傳》中常常對明代詩歌的發展進行論述，對文壇的各種派別、文學風尚的轉變、詩人的結社交遊等文學史細節都刻畫

〔註56〕　《列朝詩集小傳‧乙集》「張僉都楷」，頁192。
〔註57〕　《列朝詩集小傳‧甲集》「袁憲史養福」，頁135。
〔註58〕　《列朝詩集小傳‧乙集》「丁學究敏」，頁201。
〔註59〕　《列朝詩集小傳‧丙集》「朱處士凱」附見，頁304。

得清晰細緻。它主要有四個方面的內容，一是論個人文學思想的轉變：明代文學發展風雲變幻，詩人也往往或受風氣之左右，或力自振作，使文學思想與創作發生根本的轉變，如記唐順之「爲文始尊秦漢，頗效空同，已而聞王道思之論，灑然大悟，盡改其少作。」〔註60〕他的經歷倒與錢謙益相似，都是受人啓發，破七子派門牆而出。錢謙益又論王世貞「少年盛氣，爲于鱗輩撈籠推挽，門戶既立，聲價復重，譬之登峻阪、騎危牆，雖欲自下，勢不能也。迨乎晚年，閱世日深，讀書漸細，虛氣銷歇，浮華解駁，於是乎洴然汗下，蘧然夢覺，而自悔其不可以復改矣。論樂府，則亟稱李西涯爲天地間一種文字，而深譏模仿、斷爛之失矣。論詩，則深服陳公甫。論文，則極推宋金華。」〔註61〕；二是論地域文學的演變：明代鄉邦詩人較多，地域文學繁榮，舉其大者有吳中、嶺南、江右、閩派等，王琳、孫之梅的《〈列朝詩集〉述要》已對此進行了簡要評述。其中錢謙益最關注的是吳中文學的演變，因爲他身處吳中，對家鄉前輩最有感情，也最熟悉，他說：「自元季迨國初，博雅好古之儒，總萃於中吳，南園俞氏、笠澤虞氏、廬山陳氏，書籍金石之富，甲於海內。景天以後，俊民秀才，汲古多藏，繼杜東原、邢蠹齋之後者，則性甫、堯民兩朱先生，其尤也。其他則又有邢量用文、錢同愛孔周、閻起山秀卿、戴冠章甫、趙同魯與哲之流，皆專勤績學，與沈啓南、文徵仲諸公相頡頏，吳中文獻，於斯爲盛。百年以來，古學衰落，而老生宿儒、笥經蠹書者，往往有之。吳岫方山，非通人也，聚書逾萬卷。錢穀叔寶，畫史也，與其子允治手鈔書至數千卷。」〔註62〕這是對明代吳中學術流變的總結，他又說：「吾吳文章之盛，自昔爲東南稱首，成、弘之間，吳文定、王文恪遞持海內文柄，同時楊君謙、都玄敬、祝希哲，仕不大顯，而文章奕奕在人。九逵稍後出，自視甚高，自信甚篤。爲文法先秦、兩漢。」〔註63〕其中洋溢著自豪感。錢謙益激烈反對復古派，可能也與吳中的文風、學風有關，如他說：「吳中前輩，沿習元末國初風尚，枕藉詩書，以嘰名干謁爲恥。獻吉唱爲古學，吳人厭其剿襲，頗相訾謷。」〔註64〕事實上，錢謙益文學的轉變也確實與嘉定學派有密切關係；三是論某一階段文學的發展面貌，如在卞榮小傳中說：「今

〔註60〕《列朝詩集小傳・丁集上》「唐僉都順之」，頁375。
〔註61〕《列朝詩集小傳・丁集上》「王尚書世貞」，頁436。
〔註62〕《列朝詩集小傳・丙集》「朱處士存理」，頁303。
〔註63〕《列朝詩集小傳・丙集》「蔡孔目羽」，頁307。
〔註64〕《列朝詩集小傳・丙集》「黃舉人省曾」，頁321。

所傳卞郎中集，往往率易凡近，叫囂噭突，但以敏捷爲能事，無可諷詠者。國初永、宣後，風尚大都如此。」〔註65〕；四是論某一文學流派的演進過程，如他論復古派：「子相（宗臣）在郎署，與李于鱗、王元美諸人，結社於都下。於時稱五子者：東郡謝榛、濟南李攀龍、吳郡王世貞、長興徐中行、廣陵宗臣、南海梁有譽，名五子，實六子也。已而謝、李交惡，遂黜榛而進武昌吳國倫，又益以南昌余曰德、銅梁張佳胤，則所謂七子者也。于鱗既歿，元美爲政，援引同類，咸稱五子，而七子之名獨著。」〔註66〕他並在此後時常論到後五子、廣五子等及復古派內部的矛盾與分化。

　　錢謙益在《列朝詩集小傳》中不僅論述明代文學史，而且討論明代歷史：他曾在吳橄小傳中引用李開先《遊海甸詩序》，並說：「嘉靖初，海淀之獄，與蘇子美諸人監院飲酒之事，大略相似。貴溪恃寵忮橫，一至於此，西市之禍，豈不幸哉！伯華記此事，有關於國論，故詳著之。」〔註67〕顯然錢謙益在《列朝詩集小傳》中有意收集能眞實反映明史、有助國論的材料。而且他對明代歷史有自己的看法，如他說：「慶元之父子，右文好士，皆有可書，志勝國群雄者，無抑沒焉。」〔註68〕又說：「元末，張士誠據吳，方谷眞據慶元，皆能禮賢下士；而閩海之士，歸於有定，一時文士，遭逢世難，得以苟全者，亦群雄之力也。」〔註69〕錢謙益能肯定元末群雄保護文人的歷史功績，可見其非凡的史識。這也正體現在他的《國初群雄事略》等史著中。他在小傳中也試圖修正對歷史人物的評價，力求公允眞實，如他在蔡經小傳中說：「國史於經之被逮，力言其功，爲文華、嵩所譖冤死，而東南之論殊不然。永陵史出江陵手，傳聞異辭，不可以不覈也。」〔註70〕他在尹耕小傳中又說：「分宜能知子莘，能用胡宗憲，其識見亦非他庸相可比。」〔註71〕歷史上對嚴嵩評價很低，但錢謙益還是肯定其識見有可取之處，不可謂不大膽。錢謙益的創新精神使他具有不人云亦云的膽識，常發出人意表的見解，所以他敢於在萬曆三十八年的廷試策中稱頌張居正說：「皇上御極初，亦嘗以優崇召對，倚毗

〔註65〕　《列朝詩集小傳・乙集》「卞郎中榮」，頁193。
〔註66〕　《列朝詩集小傳・丁集上》「宗副使臣」，頁431。
〔註67〕　《列朝詩集小傳・丁集上》「吳參議橄」，頁381。
〔註68〕　《列朝詩集小傳・甲前集》「方參政行」，頁45。
〔註69〕　《列朝詩集小傳・甲前集》「陳平章有定」，頁46。
〔註70〕　《列朝詩集小傳・丁集上》「蔡總督經」，頁383。
〔註71〕　《列朝詩集小傳・丁集上》「尹僉事耕」，頁388。

重臣，而其人亦能以強力把持天下。蓋六事疏中所稱省議論重詔令者，一時綱舉目張，班班可考。」〔註72〕錢謙益又進而說「國家急虜，拊髀思將帥之臣，當取文武大略，不應以便文瑣節，繩約掎摭。分宜得君當國，能知子莘，而不能違物議以收其用，議論多而節目繁，何以羅出群之材，備羯夷之患耶？」他並要以此「告世之謀國者」〔註73〕。這種只重安邦才能、不拘物議小節的觀點倒頗有點曹操唯才是舉的氣度，而他的目的就是收羅各種人才以應對外患，所以他在明末政局中採取政治實用主義，與周延儒、馬士英、阮大鋮妥協，讚賞蔡奕琛，重視與奇才異士的交往等，都是這種政治思想的表現，是為了應付明末內憂外患、大敵當前的一種策略。

3、考證：錢謙益嚴謹的史學態度與豐富的史學知識也體現在《列朝詩集小傳》中，書中時常對詩人的生平進行細緻考證。如劉炳小傳中說：「彥昺（劉炳）在國初，官中書典簽。同郡許瑤，撰《澤存堂記》云：『至正之季，彥昺以義旅從軍於浙。時政日乖，其志莫遂。迨龍飛江左，以獻書言事，受知於上。擢官清要，輔政藩閫，出宰百里，兩考而歸，以病告老。』宋景濂《詩敘》云：『彥昺奉命佐戎幕於閩，別去十年，重會秦淮上。』彥昺《洪武己未弔余廷心墓文》，自稱大都督府掌記。集載《哀曹國公詩》云：『三年忝記府，龍鍾侍文墨。』又《沐西平輓詩》云：『十年參幕府，慚愧簪纓客。』曹國公以洪武三年領大都督府事，西平以四年同知大都督府。蓋彥昺初任中書典簽，而後從事於都府也，出宰未知何地。汝南周象初《詩集後序》云：『先生職典簽，草戎檄，解銅墨，以歸休乎田里。洪武戊寅，挾其所輯以來，遂鋟梓以傳。』則洪武末，彥昺尚在，未知歿於何年。」〔註74〕僅考證一人的事蹟，便如此廣徵博引，說明錢謙益學術研究的嚴肅認真，而且考證中以詩歌為歷史資料，這是與《錢注杜詩》中詩史互證的方法一致的，這也說明在錢謙益的史學視野中，經學、史學、文學是融彙貫通的。他在方行小傳中又考證說：「方谷真據慶元，侄明善據溫，授江浙行省平章，又有明鞏、明謙者，明敏或其群從也。復見心《蒲庵集》夜宿東軒束方明敏大參詩云：『重來濠上得盤桓，剪燭東軒坐夜闌。』國初，元臣例安置濠，見心奉詔往鳳陽，與明敏數唱酬，知明敏亦徙濠也。沐景顒《滄

〔註72〕《初學集》卷八十八制科一，頁1840。
〔註73〕《列朝詩集小傳·丁集上》「尹僉事耕」，頁387。
〔註74〕《列朝詩集小傳·甲前集》「劉典簽炳」，頁37。

－250－

海遺珠》，多載國初戌濠之詩，而明敏與焉，知徙濠後又謫滇也。余之初考如此。及觀袁忠徹《古今識鑒》云：『方明敏，國珍子也，柳莊相之曰：『君邊庭赤氣如刀劍紋，二九日有陞進。』隨從父克太倉，授分省參政，調江西。』乃知明敏為谷眞子，前元之升授，實以谷眞奝子之役，而余初考為未詳也。」〔註75〕由於史料不完整，歷史的眞實面目難以理清，所以錢謙益自己也要根據新發現的材料不斷修正自己的認識。他還在劉仁本小傳中說：「仁本之為省郎，蓋元官也。或谷眞請於朝而授之也。國史云：『獲其員外郎』，則直以仁本為方氏之官矣。淮張及慶元幕府辟授，略仿有唐藩鎮承制故事，而國史考之不詳也。」〔註76〕這是直以自己的研究成果來補正國史闕誤。這些考證主要集中在甲前集與甲集中，一方面是因為明初史料殘缺，多所忌諱，所以詩人生平中有很多疑點需要確證，一方面是錢謙益在明初歷史研究中用力最勤，收穫也很大。

三、錢謙益對士人命運的關切與對士人人格的取向

有明一代政壇起伏不寧，中央高度集權，昏主庸君輩出，中官數度為亂，權奸更是層出不窮，使得士人往往在仕途與生活中遭到沉重打擊，可以說，明代詩歌史就是一部士人的血淚史。錢謙益一生遭遇許多憂患與痛苦，又身處動蕩的明清之際，因而他對士人的不幸命運極為同情，並且反映在《列朝詩集》中。這又可分為三方面，一是對受專制君主與姦臣、宦寺迫害而被殺、入獄者的同情：明代士人在朝中幾度遭受厄運，僅數封建君主對官員殘酷摧殘之大者便有明太祖之除功臣興黨獄、明成祖靖難之變殺建文之忠臣、明英宗復辟後之報復、明世宗大禮議之廷杖；有明一代宦寺驕橫，中官之禍甚烈，如王振、劉瑾、魏忠賢等都對在朝在野官員大肆攻擊；明代政治腐敗，權奸黨同伐異，不擇手段地除去清流，如嚴嵩、溫體仁等。因此士人往往無故或被殺，或拘禁，或流放。如朱元璋好猜疑妄殺，洪武朝詩人往往無辜被殺，明初四傑中高啓被腰斬，楊基「供役卒於工所」，張羽「以事竄嶺表，未半道，召還。抵京信宿，知不免，自投龍江以死」，徐賁「下獄死」〔註77〕。其它未被禍的士人也幽憂恐懼，如袁凱因為答對不得上意，「惶懼，託癲疾辭歸。上

〔註75〕《列朝詩集小傳·甲前集》「方參政行」，頁44。
〔註76〕《列朝詩集小傳·甲前集》「劉左司仁本」，頁44。
〔註77〕見《列朝詩集小傳·甲集》各人小傳下。

（朱元璋）使人詗之，佯狂得免。」〔註78〕又如朱棣攻入南京後，盡殺不附從者，手段之殘暴令人毛骨悚然，動輒赤族，如「文皇帝即位，令縛（練）子寧，語不遜，斷其舌，遂族其家。永樂時，禁嚴，有藏片紙隻字者，皆坐。」〔註79〕又如才子解縉「見東宮，辭去，高煦譖之，徵下獄」，後瘐死，「或云命獄吏沃以燒酒，埋雪中死。」〔註80〕而明朝前後二百餘年因忠而被謗、無端下獄者就更多了。錢謙益對他們的遭遇感到十分悲痛，如在宋濂小傳中說宋濂著作「入國朝者，劉誠意選定爲《文粹》十卷，門人方孝孺、鄭濟等又選《續文粹》十卷，皆孝孺與同門劉剛、林靜、樓璉手自繕寫，刊於義門書塾。丙戌歲，余於內殿見之。孝孺字名皆用墨塗乙，蓋猶遵革除舊禁也。悲感之餘，附識於此。」〔註81〕其中蘊含著對方孝孺因忠貞被夷滅九族、死後文字被禁的深切哀傷。

二是對志不獲遂、功名無成者的同情，錢謙益對明代眾多聰明、有才幹的士人不得重用，困阨終生表示深深的同情，如記陸完殲滅流寇，後下獄，謫戍鎮海，因而感歎說：「少保才氣雄傑，江海殲渠，勳在社稷，而不克以功名終。」〔註82〕再如唐皋小傳中說：「學士老於場屋，暮年始登上第，爲文下筆立就，或求竄易字句，伸筆直書，不襲一字，人咸服其才，惜未究其用也。」〔註83〕其中也寄寓著自己才華出眾、抱負非凡、卻無用武之地、功業無望的身世之慨。他又記李開先「改定元人傳奇樂府數百卷，蒐輯市井豔詞、詩禪、對類之屬，多流俗璅碎，士大夫所不道者。嘗謂古來才士，不得乘時柄用，非以樂事繫其心，往往發狂病死，今藉此以坐消歲月，暗老豪傑耳。」〔註84〕所以錢謙益在崇禎年間的風流享樂，既是個性使然，亦未嘗沒有銷磨壯心的用意。

三是對窮愁困頓、掙扎求活者的同情。如他記豐坊「鶉衣藍縷，濕突不炊。僮奴絕粒而逋亡，賓客過門而不入。顧頡煢獨，以終其身」，並說「存禮負俗多累，蒙謗下流，司馬（張時徹）持論，瑕瑜不掩，使後人猶有撫卷歎

〔註78〕《列朝詩集小傳・甲集》「袁御史凱」，頁73。
〔註79〕《列朝詩集小傳・甲集》「練都御史子寧」，頁150。
〔註80〕《列朝詩集小傳・乙集》「解學士縉」，頁161。
〔註81〕《列朝詩集小傳・甲集》「宋太史濂」，頁80。
〔註82〕《列朝詩集小傳・丙集》「陸少保完」，頁260。
〔註83〕《列朝詩集小傳・丙集》「唐講學皋」，頁368。
〔註84〕《列朝詩集小傳・丁集上》「李少卿開先」，頁377。

惜者，存禮可以無憾於九京矣。」〔註85〕又記屠隆：「長卿雖爲吏，家無餘貲，好交遊，蓄聲伎，不耐岑寂，不能不出遊人間。自謂采眞者十之三，乞食者十之七，蓋實錄也。衰晚之年，精華垂盡，率筆應酬，取說耳目，淵明乞食之詩，固曰『叩門拙言詞』，今乃以文詞爲乞食之具，志安得不日降，而文安得不日卑！長卿晚作冗長不足觀，其病坐此，雲杜亦云，豈不傷哉！」〔註86〕屠隆爲窮困所迫，不得不以文詞爲乞食之具，錢謙益因而指出這樣只會志降文卑。具有諷刺意味的是，可能他自己也想不到晚年他會窮困潦倒，不得不也靠潤筆之資求活，死前尙爲文債所苦。

《列朝詩集小傳》中還描繪了明代士人豐富多樣的人格與人生態度、行爲方式，從中可以見出錢謙益的人格取向。錢謙益在《列朝詩集小傳》中以較多筆墨描摹的士人主要有三類：一是瀟灑不羈者，這些士人不大拘守禮法，任情適意，我行我素，追求自我個性的張揚，其中又可具體分爲以下幾類：1、風流豁達者：如徐燐「慕李陵之爲人，跌宕自喜，時時從少年爲狎遊，耽暱倡樂，盡廢其產。挾筴遊建業，遍覽形勝，召秦淮歌姬，命酒劇飲，酒酣以往，援筆賦詩，感歎六代興亡之際，高歌長嘯，引聲出蕭滲間，視舉世無如也。數射策不中，遂棄去。晚年食貧喪子，一老女寡居。踰年一入城市，寄浮屠舍，蕭然旅人，前所與遊者咸逝。皇甫子循及張敉、劉鳳掃室布席，爭延致之，雖篤老，槃案杯斝間，雅謔迭奏，至漏下不倦，間有所不可，論辯蜂湧，意氣勃發，堅悍少年弗如也。」〔註87〕徐燐的生活倒眞是袁宏道在《致龔惟長先生書》中所說人生五大眞樂的寫照〔註88〕，歷富貴貧困而其性不改。又記姚綬「作滄江虹月之舟，遊泛吳、越間，粉窗翠幙，擁僮奴，設香茗，彈絲吹竹，宴笑彌日。家設亭館稱是，作室曰『丹丘』，自稱丹丘先生。人望之亦以爲神仙云。」〔註89〕嚮往之情溢於言表。2、豪宕感激者：如記湯胤績云：「公爲人軒豁倜儻，兩眸睜然，髭奮起如戟。奮髯談論，欲起古豪傑與之友，視世人無如也。爲歌詩，豪放奇倔，援筆揮灑，如風雨晦冥中電光翕焰，人多爲之奪氣。」〔註90〕3、孤傲自負者：錢謙益記李先芳「自負才名，多所

〔註85〕《列朝詩集小傳・丁集上》「豐主事坊」，頁408。
〔註86〕《列朝詩集小傳・丁集上》「屠儀部隆」，頁446。
〔註87〕《列朝詩集小傳・丁集上》「徐處士燐」，頁416。
〔註88〕見《袁宏道集箋校》卷五《致龔惟長先生書》，頁205。第一章第一節已引。
〔註89〕《列朝詩集小傳・乙集》「姚御史綬」，頁196。
〔註90〕《列朝詩集小傳・乙集》「湯參將胤績」，頁210。

傲睨，兩御史出按部，故事，當從尚寶授印，兩御史自尊顧視從吏，伯承詫之曰：『尚璽郎當授印繡衣，安所得黑衣耶？』兩御史大慚，大計時頗被螫。及為外吏，益奴視僚屬，不具賓主，竟用是敗。家故多貲，壯年罷官，精計然白圭之筴，家益起，大搆園亭，廣蓄聲妓……優游林下，享文酒聲伎之奉四十餘年，年八十四而卒。」〔註91〕羅宗強師曾說明代中期以後，經商給仕途不得志的士人提供了更多的出路，觀李先芳之事蹟，豈不信然，若非他因孤傲罷官，發憤經商，終不過一轅下駒耳。4、任誕狂狷者，如張靈小傳中說：「（唐）寅嘗邀遊虎丘，會數賈飲於可中亭，且賦詩。靈更衣為丐者，賈與之食，啖之，且與談詩，詞辯雲湧，賈始駭，令賡詩，揮毫不已，凡百絕。抵舟易維蘿陰下，賈使人迹之不得，以為神仙，賈去，復上亭，朱衣金目，作胡人舞，形狀殊絕。」〔註92〕再如記桑悅：「御史聞悅名，召令說詩，請坐講，講未竟，即跣足爬垢，御史不能耐，乃罷講。」〔註93〕

二是偏情至性者，這些士人僻處城鄉，不樂與人相接，寒床冷竈，唯務學作詩，如記邢參「為人沉靜有醞藉，固而不陋，嘉遯城市，教授鄉里，以著述自娛，戶無寸田，未嘗干謁，雖朋友之門，亦不輕步屨過從，昌谷、希哲皆尚之。早歲喪偶，不再娶，客至或無茗椀，薪火斷則冷食。嘗遇雪，累日囊無粟，兀坐如枯株，諸人往視之，見其無慘懍色，方苦吟誦所得句自喜。又連日雨，復往視，屋三角墊，怡然執書坐一角，不糝亦累日矣。」〔註94〕錢謙益很讚賞這些攻苦力學、有詩癖的士人，如記羅玘「詩文振奇側古，必自己出。在金陵，每有撰述，必棲喬樹之巔，霞思天想，或閉坐一室，客有窺者，見其容色枯槁，有死人氣，皆緩步以出。常語都穆少卿：『吾為尊公作銘，暈去四五度矣。』」〔註95〕又記吳文泰「與同郡丁敏遜學為友，無日夕吟。兩人嘗閉戶共為詩，人見其終日突無煙，往視之，兩人方瞪目相對，忘其未食也。」〔註96〕

三是中和沖淡者，這些士人溫雅寬厚，洵洵讓人，樂易好善。如他記文徵明「為人孝友愷悌，溫溫恭人，致身清華，未衰引退，當群公凋謝之後，

〔註91〕《列朝詩集小傳·丁集上》「李同知先芳」，頁426。
〔註92〕《列朝詩集小傳·丙集》「張秀才靈」，頁298。
〔註93〕《列朝詩集小傳·丙集》「桑柳州悅」，頁285。
〔註94〕《列朝詩集小傳·丙集》「邢處士參」，頁302。
〔註95〕《列朝詩集小傳·丙集》「羅侍郎玘」，頁271。
〔註96〕《列朝詩集小傳·乙集》「吳涿州文泰」，頁201。

以清名長德，主中吳風雅之盟者三十餘年。文人之休有譽處壽考令終，未有如徵仲者也。」〔註97〕再如說李維楨「為人樂易闊達，交遊猥雜，有背負者窮而來歸，遇之反益厚。其左遷在江陵時，江陵敗，人謂當抗疏自列，本寧慨然曰：『江陵遇我厚，左官非江陵意也。奈何利其死，以贅於時世乎？』其為長者如此。」〔註98〕錢謙益對他們均表示傾慕。

在這些士人中既有錢謙益自己的影子，也體現了他的喜好與追求。錢謙益自己亦風流，亦豪壯，亦自負：攜伶人看花〔註99〕，與柳如是河上結褵，都說明他放縱性情，而不太顧忌物議；擊鼓催花信〔註100〕、採花釀美酒，也正表現他的風流怡蕩；以掃清文壇為己任，立論每每與人有異，堅持己見，又可知他的孤高自負；與豪士往還，慷慨激昂，抒發澄清宇內之志，又見出他的豪健。至於對偏情至性者，錢謙益曾在《馮定遠詩序中》中記馮班「為人悠悠忽忽，不事家人生產，衣不掩骭，飯不充腹，銳志講誦，亡失衣冠，顛墜坑岸，似朱公叔。燎麻誦讀，昏睡蓺髮，似劉孝標」，並說：「軟美圓熟，周詳謹愿，榮華富貴，世俗之所歡羨也，而詩人以為笑；淩厲荒忽，敖僻清狂，悲憂窮蹇，世俗之所詢姍也，而詩人以為美。人之所趨，詩人之所畏；人之所憎，詩人之所愛。」因而讚賞「獨至之性，旁出之情，偏詣之學」〔註101〕他雖然自己不能做到遠離繁華，但對孤僻專勤的詩人還是很欣賞的。至於對中和沖淡者的尊敬，則表現他對於封建道德的復歸和恢復君子古風的努力，如他曾說：「古之君子，居大位，享令名，制謹其節度，裁減其嗜好，約身量腹，而不少假易者，何也？以為天地之美不可盡，盡則造物憎之；生民之利不可專，專則陰陽患之；國家之寵利不可冒，人主之知遇不可負，冒且負則祖宗殛之，鬼神誅之。故曰：吾非惡利而逃之，以逃死也。人禍莫重於蘊利，而天道莫甚於惡盈。」〔註102〕有意思的是，錢謙益在此還是表現出對利的本能欲望，而制約這種欲望的不是個體內心的義利之辨，而是對鬼神天道的畏懼。明清之際一方面是晚明個性解放思潮向清代理學復興演變的轉型

〔註97〕　《列朝詩集小傳‧丙集》「文待詔徵明」，頁305。
〔註98〕　《列朝詩集小傳‧丁集上》「李尚書維楨」，頁444。
〔註99〕　《鷗陂漁話》卷四記載崇禎十七年，錢謙益挾優人光福看花，轉引自《明清江蘇文人年表》，頁581。
〔註100〕　《牧齋遺事》。
〔註101〕　《初學集》卷三十二《馮定遠詩序》，頁939。
〔註102〕　《初學集》卷四十《昨非庵日纂三集序》，頁1074。

時期，一方面在社會崩潰、國破家亡的打擊下，士人更加重視內心世界，外在表現就是孤僻內向，《列朝詩集》所表現的人生態度與人格取向的雜糅，清楚地說明錢謙益代表著當時士人的人生旨趣與自我意識。

四、《列朝詩集小傳》所反映的錢謙益的文學取向

錢謙益文學創作與文學思想的轉變受到程嘉燧的很大影響，他也一直很佩服程氏，在程孟陽小傳中，錢謙益說：「孟陽之學詩也，以謂學古人之詩，不當但學其詩，知古人之為人，而後其詩可得而學也。其志潔，其行芳，溫柔而敦厚，色不淫而怨不亂，此古人之人，而古人之所以為詩也。知古人之所以為詩，然後取古人之清詞麗句，涵泳吟諷，深思而自得之。久之於意言音節之間，往往若與其人遇者，而後可以言詩。」〔註103〕錢謙益的文學思想顯然是與它相通的，並且他還將此論充分體現在他的選詩與評論中。

（一）審美取向

錢謙益論詩喜清麗俊爽，如他引王子充評高啟語：「季迪之詩，雋逸而清麗，如秋空飛隼，盤旋百折，招之不肯下；又如碧水芙蓉，不假雕飾，翛然塵外。」〔註104〕《列朝詩集》中收高啟詩最多，為八百六十四首。又如他論顧清：「公於詩清新婉麗，深得長沙衣缽。正、嘉之際，獨存正始之音。」〔註105〕從錢謙益所稱引的佳句中更可見其喜好，如他引魏時敏竹溪詩：「帶雨隨孤艇，穿林翳晚鐘。」「徑竹籠煙翠，池荷戰雨喧。」「野水帆歸浦，秋山燒隔林」等〔註106〕，又錄景暘佳句「雲竹晴還雨，風花落更飛。」「情深惟縱酒，髮亂似驚秋。」「風簾分坐月皎皎，夜榻剪燭花紛紛」等，並說「恨未得全什也。」〔註107〕但錢謙益又能取法多樣，對其它詩歌風格也表示讚賞，如說吳上瓚佳句「片雨欺貧病，浮雲薄世情」「情意悲涼，殊可誦也。」〔註108〕又說朱承綵「其詩亦殊清拔。『天迥孤帆沒，江空獨雁寒。』所謂送別登樓，俱堪淚下者也。」〔註109〕對於情深而文明之作，錢謙益總是肯定的。

〔註103〕《列朝詩集小傳・丁集下》「松圓詩老程嘉燧」，頁576。
〔註104〕《列朝詩集小傳・甲集》「高太史啟」，頁75。
〔註105〕《列朝詩集小傳・丙集》「顧尚書清」，頁275。
〔註106〕《列朝詩集小傳・丙集》「魏縣丞時敏」，頁288。
〔註107〕《列朝詩集小傳・丙集》「景中允暘」，頁347。
〔註108〕《列朝詩集小傳・丁集上》「吳秀才上瓚」，頁470。
〔註109〕《列朝詩集小傳・丁集上》「齊王孫承綵」，頁471。

　　錢謙益對清麗風格的欣賞一方面是文人雅趣與風流個性的表現，一方面可能與程孟陽的影響有關，程嘉燧本人才力不足，雖愛少陵之作，但詩歌沉鬱頓挫不足，反時顯清新婉麗之風，因此婁堅在《書孟陽所刻詩後》云：「其爲七言近體以清切深穩爲主，蓋得之劉隨州爲多」〔註110〕，如程孟陽在《拂水山房立秋夜同錢受之作》中云：「山館傷春後，重來經早秋。低回纖月墮，高枕細泉流。」〔註111〕所以王應奎評其詩「纖佻之處，亦間有之」〔註112〕是正確的。錢謙益對程孟陽推崇備至，說他「好論古人之詩，疏通其微言，搜爬其妙義，深而不鑿，新而不巧，洗眉刮目，鉤營致魄，若將親炙古人而面得其指授，聽之者心花怒生，背汗交浹，快矣哉，古未有也。」〔註113〕因此在審美趣味中與孟陽同好也是正常的。而由於錢謙益本人個性爽朗豪健，學富氣雄，轉益多師，因而創作中並不以清麗爲主，這說明自我創作與詩歌鑒賞不一定是完全一致的，對於視野開闊、心態寬容、不拘一格者尤其如此。

（二）文論取向

　　在《列朝詩集小傳》中錢謙益的文學思想主要通過三方面體現出來，一是轉引他人詩論，並表示贊同，如他在鄧軾小傳中引其論文之語：「噫嘻！文之敝久矣！文莫粹於經，聖賢以其精蘊而形諸辭，辭可以已，聖賢必無事於作，作焉者不得已也。誠知聖賢之文，不得已而作，則文非載道，而該治具勸誡，可以無作，聖賢志之所至，而其文出，所謂浩博而純正者，言之必有倫，而不苟陳之於世，燦然若引星辰而上也。其無所不究，賢者識其大，不賢者識其小。烏有支離泛濫，詭妄放蕩，而不宅於理者乎？三代而下，放臣棄婦之辭，讀之尤足以興感者，性情也。今之爲文者，無古人之性情，與其所遇之時事，辭與意背，以諛爲恭，以泰爲約，導侈飾惡，悲樂之無度，浮濫而無法，語暢也而實遂，語工也而無度。人言西京之文近乎古，不知壞古人文者，揚子諸人有責焉。」他並說：「余錄而存之，以見前輩有本之學如此。」〔註114〕其實鄧軾的觀點也正是錢謙益本人的思想〔註115〕。再如引朱訥語：「文

〔註110〕《松圓浪淘集》書後，頁587。
〔註111〕《松圓浪淘集》卷一六，頁707。
〔註112〕《柳南隨筆》卷一，頁19。
〔註113〕《列朝詩集小傳・丁集下》「松圓詩老程嘉燧」，頁578。
〔註114〕《列朝詩集小傳・丁集上》「鄧舉人軾」，頁422。
〔註115〕參見第五章第二節。

不限世代,豈必專師馬遷;詩欲近性情,豈必止範漢魏?」〔註116〕引陳束語:
「洪武初,沿襲元體,頗存纖詞,則高、楊爲之冠。成化以來,海內和豫,
喜爲流易,則李、謝爲之宗。弘治力振古風,一變而爲杜詩,則李、何爲之
倡。嘉靖初元,後生靈秀,稍稍厭棄,更爲初唐之體,家相淩競,斌斌盛矣。
然而作非神解,傳同耳食,得失之致,亦略可言。子美有振故之才,故雜陳
漢晉之詞,而出入正變。初唐襲隋梁之後,故風神初振,而絺靡未刊。今無
其才,而習其變,則其聲粗厲而畔規;不得其神,而舉其詞,則其聲闉緩而
無當。彼我異觀,豈不更相笑也?」〔註117〕由此可見,錢謙益引前人文論,
不過是借他人之口說出自己的文學主張而已。

　　二是對詩人、詩風進行批評。在《列朝詩集小傳》中錢謙益文論取向最
突出的一點就是反對復古派。錢謙益在文集中雖然也曾大力批評復古派,但
多是從宏觀上進行攻擊,而在《列朝詩集》中一方面通過選詩汰去剿襲剽竊
之作,一方面通過對詩人的品評進行全面而詳盡的批判。這主要表現在:1、
對復古派的旗幟人物的抨擊,這主要體現在對李夢陽、王廷相、何景明和李
攀龍、王世貞等的激烈批評上,如在李攀龍小傳中對他的撰著、思想、影響
進行全面批判,說:「僻學爲師,封己自是,限隔人代,揣摩聲調,論古則判
唐、選爲鴻溝,言今則別中、盛爲河漢,謬種流傳,俗學沈錮,昧者視舟壑
之密移,愚人求津劍於已逝,此可爲歎息者也!」〔註118〕;2、對復古派附和
者的批評:復古派自興起後依附者很多,錢謙益在小傳中都予以譏評,如論
黃省曾:「獻吉唱爲古學,吳人厭其剿襲,頗相訾謷。勉之(黃省曾)傾心北
學,遊光揚聲,袖中每攜諸公書尺,出以誇示賓客,作臨終自傳,歷數其生
平貴遊,識者哂之。」〔註119〕;3、對攻擊復古派詩人的稱引:錢謙益大力稱
揚反對復古派的聲音,如引唐元薦之語:「李、何一出,變而學杜,正變雲擾,
剿竊雷同,比興漸微,風騷日遠,箴其偏者,唐應德也。嘉靖初,更爲六朝、
初唐,而纖豔不遑,闉緩無當;作非神解,傳同耳食,議其後者,陳約之也。」
〔註120〕他又論唐順之云:「正、嘉之間,爲詩者踵何、李之後塵,剿竊雲擾,
應德與陳約之輩,一變爲初唐,於時稱其莊嚴宏麗,咳唾金碧。歸田以後,

〔註116〕《列朝詩集小傳·丙集》「朱江陵訥」,頁342。
〔註117〕《列朝詩集小傳·丁集上》「高按察叔嗣」,頁371。
〔註118〕《列朝詩集小傳·丁集上》「李按察攀龍」,頁429。
〔註119〕《列朝詩集小傳·丙集》「黃舉人省曾」,頁321。
〔註120〕《列朝詩集小傳·丁集上》「陳副使束」,頁373。

意取辭達，王、李乘其後，互相評砭，吳人評其初務清華，後趨險怪，考其所撰，若出二轍，非通論也。」〔註121〕這樣，錢謙益就實現了對復古派從主力到附和、從理論到創作、從源到流的全面批判，大力肅清復古派在文壇上的影響。

三是從正面提倡崇古學，正體裁，主張學有師承，詩主性情。這主要體現在對重學問、重性情、詩風雅正者的讚賞中，如錢謙益推尊李東陽，說：「西涯之詩，原本少陵、隨州、香山，以迄宋之眉山、元之道園，兼綜而互出之。其詩有少陵，有隨州、香山，有眉山、道園，而其爲西涯者自在。試取空同之詩，汰去其吞剝撏撦咋牙齟齬者，求其所以爲空同者，而無有也。」〔註122〕因此錢謙益引顧華玉稱讚王寵語：「刻尚風骨，擺脫輕靡，既正體裁，復滅蹊徑，可謂後來之高足，進而未止。」〔註123〕他還說：「先輩學有師承，苦心孤詣，非苟然成名於世者。」〔註124〕其中都蘊含規勸學者努力興復古學、別裁僞體的深意。

當然，《列朝詩集小傳》中也有不少缺陷：一、記載失誤，如朱彝尊考證明初士子舉於鄉者例稱鄉貢進士，如南海孫蕡、番禺李德皆鄉貢進士，而緝地志者削去鄉貢字竟稱進士。《列朝詩集・甲集》便載孫蕡中洪武三年進士，而洪武三年只下科舉之詔，以是年八月爲始，未嘗會試天下士，後雖下三年迭試之詔，惟洪武四年方有登科進士。《明詩綜》對此有所訂正，可參見容庚《論列朝詩集與明詩綜》。二、批評失當：錢謙益在批判詩壇弊病如復古派、竟陵派等時經常矯枉過正，如他論胡應麟時說：「建安、元嘉，雄輔有人，九品七略，流別斯著，何物元瑞，愚賤自專，高下在心，妍媸任目，要其指意，無關品藻，徒用攀附勝流，容悅貴顯，斯眞詞壇之行乞，藝苑之興臺也！」〔註125〕公允地說，胡應麟的《詩藪》雖爲七子派大力鼓吹，但在詩學上自有其價值，如以變觀詩，提出「文章關世運」之說，並強調詩歌創作要有「法」、有「悟」，應重視「體格聲調」與「興象風神」。《詩藪》在論到詩人風格時，往往一語中的。胡應麟敏銳的審美能力應該得到充分的肯定。錢謙益不僅將它

〔註121〕《列朝詩集小傳・丁集上》「唐僉都順之」，頁375。
〔註122〕《列朝詩集小傳・丙集》「李少師東陽」，頁245。
〔註123〕《列朝詩集小傳・丙集》「王貢士寵」，頁309。
〔註124〕《列朝詩集小傳・丁集上》「孫處士艾」，頁422。
〔註125〕《列朝詩集小傳・丁集上》「胡舉人應麟」，頁447。

的理論貢獻一筆抹殺，而且近於辱罵，過於偏激。而對於鄉邦文士與好友，錢謙益又語多迴護，如王士禎指出《列朝詩集小傳》論徐有貞、陸完「以桑梓之故，一則稱其文武兼資；一則舉其功在社稷。欲以一手掩萬古人耳目，可乎哉？李文鳳《月山叢談》云：徐有貞力主南遷之議，及貞性險賊云云。」〔註126〕徐有功在奪門之變中的所作所為為人所不齒，錢謙益卻隻字不提，贊曰：「公器質魁傑，文武兼資，於天官、地理、河渠、兵法、風角之書，無不通曉，志在經世」〔註127〕。程孟陽才庸氣弱，錢謙益卻對他歌功頌德，難怪王士禎說錢謙益「持論多私，殊乖公議」〔註128〕。王士禎此語不免言過其實，但錢謙益在品評中夾雜私心，有時失之偏頗倒是確實的。三、篡改史料：錢謙益為了證明自己的觀點，往往引用他人話語，但在引用中又有意無意地進行篡改，以適應自己的批評需要，如錢鍾書就曾指出錢謙益易王世貞《吳中往哲象贊・歸震川贊》「久而始傷」為「久而自傷」，「以自堅其弇州『晚年定論』之說」，並說：「一字之差，詞氣迥異」〔註129〕。這顯然與他自己所聲稱的「所謂晚年定論者，皆取其遺文緒言，證明詮表，未曾增潤一字」〔註130〕矛盾。又如沈春澤小傳中說：「伯敬亡，雨若著論曰：『大江以南，學伯敬者，以寂寥言簡練，以寡薄言清迥，以淺俚言沖淡，以生澀言尖新。篇章句字，多下一二助語，輒自命曰空靈；余以為空則有之，靈則未也。波流風靡，彼倡此和，未必非鍾譚為戎首也。』人不可以無年，雨若遂反唇於伯敬；雖然，斯論亦鍾氏之康成也。」〔註131〕考沈春澤所作《刻隱秀軒集序》中云：「蓋自先生之以詩若文名世也，後進多有學為鍾先生語者，大江以南更甚。然而得其形貌，遺其神情。以寂寥言精鍊，以寡約言清遠，以俚淺言沖澹，以生澀言新裁。篇章字句之間，每多重複；稍下一二助語，輒以號於人曰：『吾詩空靈已極！』余以為空則有之，靈則未也。使嘉、隆之作者，幸而裙襦獲全，含珠無恙；而使今日之作者，不幸而刻畫眉目，摩肖冠帶，波流風靡，此倡彼和，有識者微反唇於開先創始者焉，則何不取《隱秀軒集》而讀之也？」錢謙益轉引沈春澤之語應原本於此，但他略加改易，將作者的原意給顛倒了。

〔註126〕　《池北偶談》卷七「牧齋詩傳」，頁165。
〔註127〕　《列朝詩集小傳・乙集》「徐武功有貞」，頁204。
〔註128〕　《池北偶談》卷七「牧齋詩傳」，頁164。
〔註129〕　《談藝錄》，頁385。
〔註130〕　《有學集》卷五十《題丁菡生藏余尺牘小冊》，頁1638。
〔註131〕　《列朝詩集小傳・丁集上》「沈秀才春澤」，頁473。

沈春澤是反對學鍾惺者誤讀鍾惺，徒取形似，致使鍾惺背上罵名，而錢謙益卻解為直批鍾惺，並且將後面稱頌《隱秀軒集》「其中片語隻字，有不本之經，參之子，輔之史、集，根理道、源性情者乎？有不暢之以氣，琢之以辭，約之以格，無促弦，無窘幅，人情物理，事在耳目之前，而想不窮天地之幻者乎？人累篇而不能了者，而一二語能了之；人累語所不能摹者，而一二字能摹之。披文相質，真所稱日新富有，變化無方者也」〔註132〕的一大段話全部隱去。而且此序作於天啟二年壬戌六月，此時鍾惺尚在世，而不是沈春澤論於鍾惺身後。因此錢鍾書說：「牧齋談藝，舞文曲筆，每不足信」〔註133〕是有一定道理的。

第二節　錢謙益與《錢注杜詩》

錢謙益對杜甫是極為推崇的，他說：「自唐以降，詩家之途轍，總萃於杜氏。大曆後以詩名家者，靡不由杜而出。韓之《南山》，白之諷諭，非杜乎？若郊，若島，若二李，若盧全、馬異之流，盤空排奡，橫從譎詭，非得杜之一枝者乎？然求其所以為杜者，無有也。以佛乘譬之，杜則果位也，諸家則分身也。逆流順流，隨緣應化，各不相師，亦靡不相合。宋、元之能者，亦由是也。」〔註134〕他不僅以杜甫為文學發展的高峰，而且視之為大曆以後詩人的總源，這略嫌推崇太過，但從中可見他的傾慕之情。錢謙益又說：「學杜有所以學者矣，所謂別裁偽體，轉益多師是也。」〔註135〕而這也可以說是他詩論的總綱，由別裁偽體他便對七子、竟陵、公安末流進行尖銳批評，與偽相對，他便提出以經史為綱和靈心、世運、學問之說；由轉益多師，他便取法自漢魏至宋元的諸大家，鎔鑄陶冶，自成一格，在創作中表現出多樣的美學風格。

但在學杜的同時，錢謙益也反覆指出注杜之難，他曾說：「杜詩非易注之書，注杜非小可之事，生平雅不敢以注杜自任，今人知注杜之難者亦鮮矣。可歎也。」〔註136〕所以他雖然早就應盧德水之請作《讀杜小箋》，程孟陽也勸

〔註132〕沈春澤《刻隱秀軒集序》，見《隱秀軒集》附錄一，頁602。
〔註133〕《談藝錄》，頁386。
〔註134〕《初學集》卷三十二《曾房仲詩序》，頁929。
〔註135〕《初學集》卷三十二《曾房仲詩序》，頁929。
〔註136〕《錢牧齋先生尺牘》卷一《與王貽上》其一。

他：「何不及其全」〔註137〕，他因此做了許多工作，但真正完成對杜甫詩歌的箋注是在他入清之後。

錢謙益作《錢注杜詩》主要有兩個原因，一是他一直對杜詩箋注中的紕繆極為不滿，說：「自昔箋注之陋，莫甚於杜詩。偽注假事，如鬼馮人；剽義竄辭，如蟲食木。而又連綴歲月，剝割字句，支離覆逆，交跖旁午。如鄭印、黃鶴、蔡夢弼之流……今人視宋，學益落，智益粗，影明隙見，薰染於嚴儀、劉會孟之邪論，其病屢傳而滋甚。人各仍其所解以為杜詩，而杜詩之真面目，盤回於迴淵漩洑，不能自出。」〔註138〕他並在《錢注杜詩‧注杜詩略例》中對前代注杜各家進行了全面的批評。另一個現實的原因是他與朱鶴齡的矛盾：朱鶴齡有志於注杜詩，曾以其「所撰《輯注》相質」，錢謙益「喜其發凡起例，小異大同，敝麓蠹紙，悉索舉似。長孺（朱鶴齡）纂括詮次，都為一集」〔註139〕，錢謙益開始「妄意昔年講授大指，尚未遼遠」，對他的工作表示讚賞：「其刊定是編也，齊心被身，端思勉擇，訂一字如數契齒，援一義如徵丹書。寧質無誇，寧拘無偭，寧食雞跖，無噉龍脯，寧守《兔園》之冊，無學邯鄲之步，斤斤焉取裁於《騷》之逸，《選》之善，罔敢越軼。」〔註140〕這其實便是他理想的注釋態度。但當朱鶴齡「以成書見示，見其引事釋文，楦釀雜出，間資嘔噦，令人噴飯。聊用小籤標記，檢別泰甚。長孺大慍，疑吹求貶剝，出及門諸人之手，亦不能不心折而去。亡何，又以定本來，謂已經次第芟改。同里諸公，商榷詳定，釀金授梓，灼然可以懸諸國門矣。乘間竊窺其稿，向所指紕繆者，約略抹去，其削而未盡者，瘡瘢痂蓋，尚落落卷帙間。」〔註141〕錢謙益因而接受錢曾的建議，決定將《草堂箋注》元本付梓，即今所見之《錢注杜詩》，但此書後經多次修改，印行於牧齋死後三年。錢謙益為箋注杜詩付出極大的心力，死前尚牽掛於心。錢曾曾指此對季振宜說：「此我牧翁箋注杜詩也。年四五十即隨筆記錄，極年八十書始成。得疾著床，我朝夕守之。中少間，輒轉喉作聲曰：杜詩某章某句，尚有疑義。口占析之以屬我，我執筆登焉，成書而後，又千百條。臨屬纊，目張，老淚猶濕，我撫

〔註137〕《有學集》卷三十九《復吳江潘力田書》，頁1350。
〔註138〕《有學集》卷十五《吳江朱氏杜詩輯注序》，頁699。
〔註139〕《有學集》卷十五《吳江朱氏杜詩輯注序》，頁699。
〔註140〕《有學集》卷十五《吳江朱氏杜詩輯注序》，頁699。
〔註141〕《有學集》卷三十九《復吳江潘力田書》，頁1350。

而拭之曰：而之志有未終焉者乎？而在而手，而亡我手，我力之不足，而或有人焉，足謀之而何恨。而然後瞑目受含。」〔註142〕

　　錢謙益治學的態度認眞嚴謹，曾說：「竊謂士君子凡有撰述，當爲千秋萬古計，不當爲一時計。當爲海內萬口萬目計，不當爲一人計。注詩細事耳，亦必須胸有萬卷，眼無纖塵，任天下函矢交攻，砥椎擊搏，了無縫隙，而後可以成一家之言。若猶是掇拾業書，丐貸雜學，尋條屈步，捉衿見肘，比其書之成也，且而一人焉刺駁，則趣而竄改。刺駁頻煩，竄改促數。前陳若此，後車謂何？杜詩非易注之書，注杜非聊爾之事，固不妨愼之又愼，精之又精。終不應草次裸販，冀幸舉世兩目盡睞而以爲予雄也。」〔註143〕這種對於學術的高度責任感也見於清初顧、黃、王三家，而爲學術不懼天下之攻擊，自信自是，則是錢謙益學術上倔強自負個性的表現。他攻擊復古派、竟陵派遭受很多人非議，卻不爲所動，批判更力，也是這種個性的體現。錢謙益自稱箋杜「大意尙爲刊削有宋諸人僞注繆解煩仍蹇駁之文，冀少存杜陵面目。」這正是他的用意與目的。對宋代諸人注杜的批評集中體現在《注杜詩略例》中，而他所謂存杜陵面目則表現於箋注中對杜甫心態的分析上。他自言「偶有詮釋，但據目前文史，提撮綱要，寧略無煩，寧疏無漏」〔註144〕，但很多人都認爲他的注繁雜蕪蔓。客觀地說，他的注有時失之於繁，有矜才炫博之嫌，但也體現他治學的嚴肅，並有相當的學術價值，如對典章制度、地理沿革等的考釋都有參考意義。當然，錢謙益在箋注中也有不少失誤，時人與後人頗有微詞，如錢澄之便專門寫下《與方爾止論虞山說杜書》〔註145〕進行批評，而王應奎又指出錢澄之批評中的謬誤〔註146〕，彭毅的《錢牧齋箋注杜詩補》則對其中的失誤進行了補訂，可以參看。

　　對於《錢注杜詩》，我主要從以下幾個方面進行分析：

一、詩史互證及其在史學、文學上的意義

　　在《錢注杜詩》中錢謙益以豐富的歷史知識、紮實的史學素養、敏銳的文學鑒賞能力進行嚴謹的詩史互證研究。

〔註142〕《錢注杜詩》弁首《序》。
〔註143〕《有學集》卷三十九《復吳江潘力田書》，頁1351。
〔註144〕《有學集》卷三十九《復吳江潘力田書》，頁1350。
〔註145〕見《田間文集》卷四，頁59。
〔註146〕《柳南續筆》卷四「飲光誤論」，頁204。

杜詩素有詩史之稱，杜甫生活在唐朝由盛轉衰的關鍵時期，以自己的詩歌記錄了那個時代的重大歷史事件與人民的痛苦生活，因此錢謙益突破以往注杜多從詩歌本身分析的局限，將考證史實與理解杜詩緊密地結合在一起。

錢謙益考證杜詩中的史實，一是爲了對杜甫的生平有更清晰的認識，二是爲了準確地把握杜甫的心態，三是爲了考證史實，校訂史籍中的舛誤，所以他是從文學史、作品鑒賞、歷史研究三個角度進行詩史互證的工作的。

錢謙益力圖對杜甫作詩時的史事背景進行勾微索引，從史事來推考杜甫作詩的用意與他隱含於詩中的情感。如《杜鵑行》「羈孤」注云：「上元元年七月，上皇遷居西內，高力士流巫州，置如仙媛于歸州，玉眞公主出居玉眞觀，上皇不懌，因不茹葷，辟穀，浸以成疾。詩云：『骨肉滿眼身羈孤』，蓋謂此也。移仗之日，上皇驚，欲墜馬數四，高力士躍馬屬聲曰：五十年太平天子，李輔國，汝舊臣不宜無禮。又令輔國攏馬，護侍至西內，故曰：『雖同君臣有舊禮』，蓋謂此也。鮑照《行路難》曰：『愁思忽而至，跨馬出北門。舉頭四顧望，但見松柏荆棘鬱蹲蹲。中有一鳥名杜鵑，言是古時蜀帝魂。聲音哀苦鳴不息，毛羽憔悴似人髠。飛走樹間逐蟲蟻，豈憶往日天子尊。念此死生變化非常理，心中惻愴不能言。』」〔註147〕認爲《杜鵑行》詩中表現的是杜甫對唐玄宗晚年命運的深切悲哀。

這方面的問題很多，因爲杜甫之詩往往指陳不明確，含義深遠，也許他確是由此事而觸動心緒，也許他是爲另一件事而生詩情，又或許他只是爲心靈中一種朦朧的感受而作。那麼錢謙益如何保證自己所認爲的史實與杜甫詩歌的聯繫是正確的呢？一，錢謙益對杜詩進行編年。錢謙益反對「爲年譜者，紀年繫事，互相排纘，梁權道、黃鶴、魯訔之徒，用以編次後先，年經月緯，若親與子美遊從，而籍記其筆箚者，其無可援據，則穿鑿其詩之片言隻字，而曲爲之說，其亦近於愚矣。」因此他根據吳若本，「識其大略，某卷爲天寶末作，某卷爲居秦州、居成都、居夔州作，其紊亂失次者，略爲詮訂」〔註148〕。他並在書後附年譜，列紀年、時事、出處、詩四欄，以詩繫年，並與時事相聯；二，錢謙益對杜詩進行相關的情感分析。錢謙益經常探討一件時事將會在杜甫心中產生什麼樣的感情，並聯繫詩中字詞與事件進行論證，如《諸將》其一的箋云：「此詩指漢朝陵墓，以喻唐也。宮闕陵墓，並對南山，有充奉屯

〔註147〕《錢注杜詩》卷四，頁117。
〔註148〕《錢注杜詩・注杜詩略例》。

衛之盛，而不能禁胡虜之入，故曰千秋尙入關也。祿山作逆，繼以吐蕃，焚毀未已，駸駸有發掘之虞，玉魚金椀，借尋常墳墓之事以婉言之，不忍如張載七哀所謂便房啓幽戶，珠柙離玉體，斥言之而無諱也。」〔註149〕不過這仍然引起後人的批評，認爲他有牽強附會之處。

　　結合詩歌與其歷史背景的聯繫，可以對詩歌立意與情感表達有更透徹的理解，如錢謙益在《前出塞九首》下云：「《前出塞》，爲征秦隴之兵赴交河而作；《後出塞》，爲征東都之兵赴薊門而作也。前則主上好武，窮兵開邊，故以從軍苦樂之辭言之。後則祿山逆節既萌，幽燕騷動，而人主不悟，卒有陷沒之禍。假征戍者之辭以譏切之也。」〔註150〕同爲邊塞詩，由於所感發的史事不同，詩中的感情也有差別，如《前出塞》中說：「戚戚去故里，悠悠赴交河。公家有程期，亡命嬰禍羅。君已富土境，開邊一何多。棄絕父母恩，吞聲行負戈。」「送徒既有長，遠戍亦有身。生死向前去，不勞吏怒嗔。路逢相識人，附書與六親。哀哉兩決絕，不復同苦辛。」淒怨悲涼。而《後出塞》云：「獻凱日繼踵，兩蕃靜無虞。漁陽豪俠地，擊鼓吹笙竽。雲帆轉遼海，粳稻來東吳。越羅與楚練，照耀輿臺軀。主將位益崇，氣驕淩上都。邊人不敢議，議者死路衢。」對安祿山的受寵與驕橫擔憂疑慮。

　　同時，錢謙益還通過杜甫的詩歌來考證歷史記載，這具體又可分爲：一，以詩正史之誤。如《寄裴施州》「裴施州」注云：「按（裴）冕自施召還，當在大曆二年之間。二年二月，史已載左僕射裴冕置宴於子儀之第。碑但記其入相之年也。史稱自施移澧，碑不詳其後先。以公詩考之，冕蓋久於施州，當是自澧移施也。史於移官先後，如高適彭、蜀，嚴武巴、綿之類，每多錯誤，皆當據公詩考正之。」〔註151〕二，以詩補史之闕。如《贈左僕射鄭國公嚴公武》「謁帝」注云：「《舊書》：至德初，武仗節赴行在，房琯以武名臣之子，素重之，至是首薦才略可稱，累遷給事中。按公此詩，則武亦如張鎬、房琯，以玄宗命赴行在者也。房琯首薦之，而旋坐琯黨，詔書與劉秩並列，亦以蜀郡舊臣之故也。當據以補唐史之闕。」〔註152〕原詩云：「受詞劍閣道，謁帝蕭關城。寂寞雲臺仗，飄搖沙塞旌。江山少使者，笳鼓凝皇情。壯士血

〔註149〕《錢注杜詩》卷十五，頁514。
〔註150〕《錢注杜詩》卷三，頁92。
〔註151〕《錢注杜詩》卷六，頁178。
〔註152〕《錢注杜詩》卷七，頁204。

相視，忠臣氣不平。密論貞觀體，揮發岐陽徵。」從詩意看，嚴武似是先在劍閣受命，然後往見肅宗。

當然，錢謙益的詩史互證是以嚴謹的史學考證方法與對唐史的熟悉爲基礎的。如《三絕句》之一云：「前年渝州殺刺史，今年開州殺刺史。群盜相隨劇虎狼，食人更肯留妻子。」錢謙益注：「渝州殺刺史，鮑欽止謂段子璋。子璋反梓州，襲綿陷劍，於渝無與也。師古云：吳璘殺渝州刺史劉下，杜鴻漸討平之；翟封殺開州刺史蕭崇之，楊子琳討平之。黃鶴云：事在大曆元年與三年。考杜鴻漸傳，無討平吳璘事。大曆三年，楊子琳攻成都，爲崔寧妾任氏所敗，何從討平開州。天寶亂後，蜀中山賊塞路，渝、開之亂，史不及書，而杜詩載之。師古妄人，因杜詩而曲爲之說，並吳璘等姓名，皆師古僞撰以欺人也。注杜者之可恨者如此。」〔註153〕前代注者雖然也注意到杜詩所記史實爲歷史記載所無，但不是以之補史，而是牽強附會，僞撰人名事實。而錢謙益則不妄說，留之待考。同時，錢謙益又注意到詩歌畢竟是文學作品，反對拘從盲信，如《偪仄行》中云：「速宜相就飲一斗，恰有三百青銅錢。」錢謙益注：「鶴曰：唐初無酒禁，乾元二年，京師酒貴，肅宗以廩食方缺，乃禁京城酤酒，建中二年，置肆釀酒，斛收直三千。貞元二年，斗錢百五十。眞宗問唐時酒價，丁晉公引此詩以對，丁蓋知詩，而未知史也。」〔註154〕丁晉公之誤就在於不考史實，直以詩歌所述爲眞。錢謙益則在詩史互證中很注意細密考察，如在《過郭代公故宅》的箋中云：「按代公定策在先天二年，而杜詩云定策神龍後，蓋太平、安樂二公主及韋后用事，俱在神龍二年，故雲神龍後也。吳若本注云：明皇與劉幽求平韋庶人之亂，正在神龍後，元振常有功其間，而史失之，微此詩，無以見。不知元振爲宗楚客等所嫉，出之安西，幾爲所陷，楚客等被誅，始得徵還，何從與平韋后之亂。此泥詩而不考古之過也。」〔註155〕顯然，他要求從歷史角度分析杜詩進而考稽史實，而不拘泥於詩，否則不僅會曲解杜詩，而且會對歷史形成錯誤認識。

詩史互證在文學研究上的意義是強調詩歌是歷史的產物，作者有意無意地要在詩歌中反映社會、記錄歷史。明清之際的詩人已經有意識地以詩爲史，用詩人之筆記下風雲的激蕩與遺民的淚水。錢謙益分析杜詩寫一代之歷史，

〔註153〕《錢注杜詩》卷五，頁160。
〔註154〕《錢注杜詩》卷二，頁63。
〔註155〕《錢注杜詩》卷五，頁141。

寓內心之滄桑，他自己的詩歌創作又何嘗不是如此呢！以詩證史在史學上的意義則是明確地以詩歌作為史料之一，通過考證加以采信。詩史互證的方法後來被陳寅恪先生靈活運用，並加以發揚光大。〔註156〕

二、錢謙益所理解的杜甫人格與心態

　　錢謙益在注杜中的詩史互證有不少確實揭示了杜詩與歷史事件的聯繫，但也有一些顯得證據不足，穿鑿附會。其實以錢謙益之慎重與博學，豈有不知之理，我認為他這樣做，與他所理解的杜甫人格與心態有關。在他的眼中，杜甫是一位極為關注時事，雖然個人在亂離中顛沛流離，卻依然忠君憂國的儒家正統文人。在杜甫身上，既有錢謙益自己在明清之際困苦顛躓的影子，也寄託著他回歸儒家正統道德的理想。錢謙益自降清、仕清後一直內心不安，因為這是對儒家道德的最大背叛，所以他入清後不僅參加復明運動，而且反覆強調正統道德與氣節，這在《列朝詩集小傳》表彰元遺民中也有所表現。杜甫之才學、志向之遠大與抱負不得實現、身世之艱辛、心情之痛苦，都引起錢謙益的共鳴，而杜甫之精神堅毅，品德無疵，始終恪守信仰，人格不屈，又讓他羨慕，並以之為自己的典範。所以他尊仰杜甫，處處為杜言說，於詩史互證中不免牽強附會，其中的一個原因，恐怕就是他不僅崇仰杜甫的文學成就，也崇仰他的人格，是將杜甫作為自己乃至士人的精神偶像來理解、闡釋的。在箋注杜詩之時，由於內心自責、情感共鳴與道德崇尚諸種情緒的交織，錢謙益有可能將自己幻化為杜甫，使得他的杜詩箋注中帶著自己的烙印，同時也蘊含自己的理想。〔註157〕

　　在箋注中，錢謙益堅持認為杜甫始終忠君，關心國事，並以封建道德來評判唐代的重大事件。他對杜甫人格、心態與經歷的認識突出體現在《洗兵馬》的箋中，箋文甚長，顯然是有感而發，情不能自已：「《洗兵馬》，刺肅宗

〔註156〕關於《錢注杜詩》中詩史互證的時代學術背景及其對清代詩歌解釋學的影響可參見郝潤華的專著《〈錢注杜詩〉與詩史互證方法》與他發表的論文《論〈錢注杜詩〉的詩史互證方法》（發表於《首都師範大學學報》2000 年第 2 期）、《〈錢注杜詩〉中的詩史互證與時代學術精神》（發表於《杜甫研究學刊》2000年第 1 期）、《論〈錢注杜詩〉對清代詩歌詮釋學的影響》（發表於《西北成人教育學報》2000 年第 2 期）、《論清代詩歌解釋學的成就與歧誤》（發表於《寧波大學學報》2000 年第 1 期）。
〔註157〕可參見蔡維《孝子忠臣看異代　杜陵詩史汗青垂──試析〈錢注杜詩〉中錢氏隱衷之抒發》，發表於《杜甫研究學刊》2001 年第 4 期。

也。刺其不能盡子道，且不能信任父之賢臣，以致太平也。首敘中興諸將之功，而即繼之曰：『已喜皇威清海貸，常思仙仗過崆峒。』崆峒者，朔方回鑾之地。安不忘危，所謂願君無忘其在莒也。兩京收復，鑾輿反正，紫禁依然，寢門無恙，整頓乾坤皆二三豪俊之力，於靈武諸人何與？諸人徼天之幸，攀龍附鳳，化爲侯王，又欲開猜阻之隙，建非常之功，豈非所謂貪天功以爲己力者乎？斥之曰汝等，賤而惡之之辭也。當是時，內則張良娣、李輔國，外則崔圓、賀蘭進明輩，皆逢君之惡，忌疾蜀郡元從之臣，而玄宗舊臣，遣赴行在，一時物望最重者，無如房琯、張鎬。琯既以進明之譖罷去，鎬雖繼相而旋出，亦不能久於其位，故章末諄復言之。青袍白馬以下，言能終用鎬，則扶顛籌策，太平之效，可以坐致，如此望之也，亦憂之也，非尋常頌禱之詞也。張公一生以下，獨詳於張者，琯已罷矣，猶望其專用鎬也。是時李鄴侯亦先去矣。泌亦琯、鎬一流人也。泌之告肅宗也，一則曰：陛下家事，必待上皇；一則曰：上皇不來矣。泌雖在肅宗左右，實乃心上皇。琯之敗，泌力爲營救，肅宗必心疑之，泌之力辭還山，以避禍也。鎬等終用，則泌亦當復出。故曰：隱士休歌紫芝曲也。兩京既復，諸將之能事畢矣，故曰：整頓乾坤濟時了。收京之後，洗兵馬以致太平，此賢相之任也，而肅宗以讒猜之故，不能信用其父之賢臣，故曰：安得壯士挽天河，淨洗甲兵常不用，蓋至是而太平之望亦邈矣。嗚呼哀哉！……」〔註158〕

在這段箋文中，錢謙益將杜甫置於玄宗與肅宗的矛盾、朝中賢臣與小人間的矛盾之中，並以之爲杜甫「一生出處事君交友之大節」。他對唐代玄宗、肅宗更迭的歷史有這種認識與如此憤激表述，正反映了在社會劇烈動蕩、政治矛盾尖銳與道德衝突激烈中士人的內心。其背後正是錢謙益對自己一生的總結：他雖有遠大抱負，負天下之望，但始終淪落困頓，不能實現爲首輔、救亂世的理想，心中既有遺憾，又有傷感，還有恚怨，他或者意識到他的政治沉浮就在於與黨爭相始終。

具體來看，這段箋文還對明末的政治狀況進行了隱晦而激烈的批評。《錢注杜詩》對《洗兵馬》的箋釋與作於崇禎七年甲戌的《讀杜二箋》基本相同〔註159〕，因此它與當時的局勢有密切關聯也是自然的。他憤激地說肅宗讒猜，不能信任賢臣以致太平，令人聯想起崇禎猜疑東林黨人，君子、小人雜用，大

〔註158〕《錢注杜詩》卷二，頁 67。
〔註159〕參見《初學集》卷一百九《讀杜二箋上》，頁 2190。

權獨攬，剛愎自負，法令多更，致使形勢終於不支，身死國滅；他說姦人逢君之惡，忌疾元從之臣，也令人想起溫體仁、周延儒逢迎崇禎，嫉忌君子的所作所爲；箋中贊許房琯，還說若能終用張鎬，則扶顛籌策，太平之效，可以坐致，其實所謂物望最重者是錢謙益自比，這很自然地令人想起錢謙益在明末躍躍欲試，渴望復出以挽救危局，並著《向言》以表現自己運籌鄉野、坐致天下太平的自負。尤其是他說：「收京之後，洗兵馬以致太平，此賢相之任也，而肅宗以讒猜之故，不能信用其父之賢臣，故曰：安得壯士挽天河，淨洗甲兵長不用。蓋至是而太平之望益邈矣。嗚呼哀哉！」〔註160〕其實此詩結尾是杜甫在表達自己的願望，而錢謙益曲解爲因爲皇帝不用賢臣，形勢不可振作，暗指崇禎朝政將最終崩潰，對帝國的前途極爲失望。錢謙益對崇禎元年枚卜被訐事念念不忘，認爲主上猜忌，不用賢人，姦佞逢迎，離間君臣，致使自己不能爲國效力，實現太平，他認爲崇禎朝國運盛衰實繫於東林君子之出處去就，就如同肅宗朝太平之望繫於房琯、張鎬等人的陟黜進退。從箋文可以看出，錢謙益的政治批評不是僅針對小人，而是直指封建君王，對肅宗的批評不遺餘力，其實就是在針砭崇禎帝，這也體現在《錢注杜詩》的其它地方，如箋《諸將》，則云：「此深戒朝廷不當使中官出將也……炎風朔雪，皆天王之地，只當精求忠良，以翊聖朝，安得偏信一二中人，據將帥之重任，自取潰債乎？」〔註161〕這顯然是在抨擊崇禎帝不聽群臣忠告，以宦官監軍，掣肘主帥。這種對君主的批判精神與《向言》的主導傾向是一致的。如《向言》中說：「武王曰：舉賢而以危亡者，何也？太公曰：其失在君好用小善而已，不得眞賢也；君好聽譽，而不惡讒也。以非賢爲賢，以非善爲善，以非忠爲忠，以非信爲信。群臣比周而蔽賢，百吏群黨而多奸。忠臣誹死於無罪，邪臣譽賞於無功。夫亂世之君，各賢其賢，雖有眞賢而不能用也。」〔註162〕這些都與《洗兵馬》的箋文相合，並切中崇禎帝的過失。〔註163〕這種渴望君明臣賢，實現君臣相互制約的原始儒家思想既是東林黨政治思想的核心，也與杜甫的人格和精神相通，杜詩中時時可見杜甫對朝政的擔憂、對人民的同情與對君、臣的諷諭，因此錢謙益便將自己的政治觀點與對局勢的認識融入

〔註160〕《錢注杜詩》卷二，頁67。
〔註161〕《錢注杜詩》卷十五，頁517。
〔註162〕《初學集》卷二十三《向言上》，頁765。
〔註163〕當然，錢謙益也是在借他人酒杯以澆自己塊壘，只是在箋注中抒發心中一片不平怨恨之氣而已，不能事事徵實。

對杜詩的分析，形成歷史與現實映照相通、自我與杜甫共鳴這樣一種箋注格局。

對於錢謙益《洗兵馬》箋，清代的注杜諸人頗有微詞，認爲他是在曲爲比附，彭毅的《錢牧齋箋注杜詩補》將各家見解彙集在一起，並提出：「公是詩爲乾元元年九節度圍鄴城後作，時兩宮相安，未有釁端，公不當預知移仗事；且公愛君，從無譏切之心，靈武即位以來，詩中屢稱及肅宗，如其『天子憂涼州』（《送長孫九侍御赴武威判官》）、『天子從北來』（《送樊二十三侍御赴漢中判官》）、『皇帝二載初』、『宣光果明哲』（《北征》），以上皆至德二載之詩，屢言天子。何致於《洗兵馬》中遽『不欲其成爲君』乎！仇注引沈壽民語云：『兩京克復，上皇還宮，臣子爾時，當若何歡忭！乃逆探移仗之舉，遽出誹刺之詞，子美胸中，不應峭刻若此。』洵爲的論。」〔註164〕其實胸中峭刻之人正是錢謙益自己，箋中的憤激之語與對肅宗的抨擊都是錢謙益仕進受挫，對明末政治感到憤慨、失望的反映，並將之移入對杜甫人格的認識，使得杜甫的溫厚婉轉化而爲猖急怨懟。

錢謙益有急切的用世之心與對國家、民族命運的極度關切，並視之爲士人必須具備的精神、意志，因此很注意發掘杜詩中這方面的蘊含。他在《同諸公登慈恩寺塔》的箋中說：「高標烈風，登茲百憂，岌岌乎有漂搖崩析之恐，正起興也。涇渭不可求，長安不可辨，所以回首而思叫虞舜。蒼梧雲正愁，猶太白云長安不見使人愁也。唐人多以王母喻貴妃，瑤池日晏，言天下將亂，而宴樂之不可以爲常也。」〔註165〕杜甫此詩確實含有對現實的關注，但錢謙益並未像有的注家那樣句句比附，而是指出杜甫對國家前途的憂慮。他還指出杜甫渴望改善政治，進賢退不肖，在《上韋左相二十韻》「范叔」注中說：「見素雖爲國忠引薦，公深望其秉正以去國忠，故有范叔之諭。蓋國忠以外戚擅國，猶穰侯之擅秦也。今范叔已歸秦矣，穰侯其可少避乎？蓋詭詞以勸之也。見素雖不能用公言，公之謀國用意如此，千載而下，可以感歎。」〔註166〕他並在《賊退示官吏》注中詳載元結兩通謝表，並說：「觀次山表語，但因謝上而能極論民窮吏惡，勸天子以精擇長吏，自謝表以來，未之見也，余是以備錄之，以風后之君子。」〔註167〕這可謂意味深長。在《時子求期思集

〔註164〕《錢牧齋箋注杜詩補》，頁68。
〔註165〕《錢注杜詩》卷一，頁19。
〔註166〕《錢注杜詩》卷九，頁281。
〔註167〕《錢注杜詩》卷七，頁225。

序》中他也說：「子美之覽次山詩也，以爲盜賊未息，知民疾苦，得結輩十數公，落落然參錯天下爲邦伯，萬物吐氣，天下少安可待矣」，因而勉勵時子求說：「子求則已司諫議，掌封駁，出入赤墀青瑣之間，天下邦伯之不得人，萬物之不吐氣，子求之責也，豈猶夫次山以典郡爲事，守刺促於徵斂符牒之間者乎？子求思今天下治亂，孰與唐之大曆？次山之論刺史曰：若無武略以制暴亂，若無文才以救疲弊，若不清廉以身率下，若不亨通以救時須，亂將作矣。宜精選精擇以委任之，固不可拘限官次，得之貨賄，出之權門也，次山一刺史，謝上能極論天下民窮吏惡，譏切權門；子求今日所以獻替明主，其道安出？」〔註168〕此文與《賊退示官吏》之注相參看，便可知錢謙益對於國家政治、官吏廉幹的重視與對士人的勉勵與期望。錢謙益並試圖將他所理解的杜甫的政治設想付之於政治實踐，在崇禎十七年南明朝廷中上奏《中興疏》建議：「精選明幹朝臣十許人分行天下，盡籍官吏能否而升黜之，如此可以澄清天下，年歲之間可望致治，吏治清則民心安，民心安則邦本固，而中興有基矣。」〔註169〕

同時，錢謙益還力求揭示杜甫因爲志不獲遂、身世淒涼而蒼涼哀痛的內心。在《昔遊》「呂尚」注中錢謙益說：「楚山以下，自傷其不遇也，其文意似斷續不可了，所謂定哀多微詞耳。」〔註170〕《昔遊》全詩對社會政治軍事狀況、個人經歷與心態進行全方位的今昔對比，哀哀世，哀友人，哀自我，「楚山以下」指詩中：「景晏楚山深，水鶴去低回。龐公任本性，攜子臥蒼苔。」王嗣奭說：「高明之人，狹小塵世，多豔慕仙佛。不知仙佛無他修，收斂歸根，打成一片已耳。忠臣孝子尚已，次則文章，下之技藝，並力一向，以全副精神注之，皆可得仙。老杜千載往矣，讀其詩奕奕生動，言喜令人欲舞，言苦令人拭淚，此精神不死，而流行於天地間者，不謂之仙，吾不信也。平生遭歷千愁萬苦，天蓋注意此老，煉之以成仙而不自知也。」〔註171〕他注意到杜甫的千愁萬苦，卻將最後四句解爲成仙，反映晚明士人對於解脫超越的渴望與幻想，也將杜甫的哀愁化爲烏有。而錢謙益則正視杜甫靈魂深處的痛苦，「定哀之微詞」的定性更爲準確。必須注意的是杜甫傾注在詩中的感情很複雜，感到悲哀的不僅僅是個人的不遇，也有社會的衰敗、亂世的淒慘，最後表現

〔註168〕《初學集》卷四十，頁1075。
〔註169〕《牧齋外集》卷二十。
〔註170〕《錢注杜詩》卷七，頁219。
〔註171〕《杜臆》卷三《昔遊》注，頁84。

的是無可奈何、自我封閉的情緒。仇兆鰲說：「此援古人以寄慨也。前人勳業本可追蹤，但遭際非時，亦止爲龐公之遁世而已。結意無限悲涼。」〔註172〕「遭際非時」四字用得好，個人的不幸與社會的困苦結合在一起。錢謙益在這裡只重視個人的不遇，正與黃宗羲所指出的缺點相合：「往往以朝廷之安危，名士之隕亡，判不相涉，以爲由己之出處。」〔註173〕錢謙益一生自負太過，迫切期望能入閣執政，從而澄清天下，但在政治實踐上並沒有很大作爲，屢次受挫後自怨自艾，在詩文中往往表現出強烈的遺憾與不滿，但眞當立於廟堂之上，卻束手無策，只能自保。他的一生，太重視個人的境遇與自己的欲望，無法擺脫追求自我利益的束縛。

錢謙益還將杜甫的命運與士人整體的失意聯繫在一起，如他在箋《解悶十二首》其九中將其九、其十、其十一、其十二結合起來理解，並與張九齡的《荔枝賦》相聯繫，說：「此詩爲蜀貢荔枝而作，謂仙遊久閟，時薦未改，自傷流落，不獲與炎方花果共薦寢園，不勝園陵白露清秋草木之悲也。……物之受屈如此，雲礐布衣，老死駘背，曾不如殊方花果，猶得奔騰傳置，以博翠眉之一笑，士之無驗而永屈，殆有甚焉。公於曲江之賦，俛仰痛歎，而終歸於釋悶者，良有以也。」〔註174〕此解穿鑿甚深，王嗣奭釋《解悶》曰：「非詩能解悶；謂當悶時，隨意所至，吟爲短章以自消遣耳。」〔註175〕詩云：「先帝貴妃今寂寞，荔枝還復入長安。炎方每續朱櫻獻，玉座應悲白露團。」杜甫對唐明皇、楊貴妃寄予同情，想到荔枝復貢，黯然傷懷。但將此聯繫到自己的身世，則似是錢謙益自己的發明，其實這不過是錢謙益本人的情懷罷了。錢謙益在明、清數次出仕都無功而退，居鄉雖躍躍欲試，卻不受統治者的重視，「自傷流落」、「曾不如殊方花果」、「無驗而永屈」的感慨與其說是杜甫發出的，不如說是注者心意的流露。《解悶十二首》其十一云：「翠瓜碧李沈玉甃，赤梨蒲萄寒露成。可憐先不異枝蔓，此物娟娟長遠生。」錢謙益注云：「謂諸果不異枝蔓，而荔枝以遠生獨別，其瓌詭之狀，甘滋之味，不達於京華，使人以凡果相題目，士之孤遠違世，不能自拔於流俗，正此類也。」〔註176〕

〔註172〕《杜詩詳注》卷十六《昔遊》注，頁566。
〔註173〕《黃宗羲全集》第一冊《思舊錄》「錢謙益」條，頁374。
〔註174〕《錢注杜詩》卷十五，頁529。
〔註175〕《杜臆》卷八，頁264。
〔註176〕《錢注杜詩》卷十五，頁530。

《杜詩詳注》云：「此譏異味之惑人也。《杜臆》：宮中食荔不過爲其味甘寒，可以消暑止渴，因比之水晶、絳雪，然瓜李沈之井中，梨萄採之露下，亦何減於荔，只緣諸果枝蔓尋常，初不以爲異，獨荔枝生自遠方，故慕其色味而珍重之耳。」〔註177〕但查《杜臆》卻無此條，但云：「『翠瓜』、『側生』二首，吾終不解。」不知是仇兆鼇杜撰還是當時他所據版本與今日不同。對於此詩，王嗣奭承認不能理解，正表現了他嚴肅認眞的注釋態度。那麼究竟錢謙益與仇兆鼇兩人是誰曲解了杜詩之原義呢？考詩意，似以仇注爲佳，錢謙益的解釋不免牽強。錢謙益的這種理解，又與他自視甚高，卻不被流俗理解，沉抑於世的憤激有關。四詩確實都是詠荔枝，但其中的聯繫卻並非錢謙益所理解的那樣，問題就在於錢謙益以《荔枝賦》爲理解四詩的鑰匙，而《荔枝賦》是讚美荔枝的，杜甫對荔枝的感情卻複雜得多，並與對唐玄宗與楊貴妃的情感相聯繫，既同情他們淒慘的結局，也憤恨他們貪於享樂、不顧民命、不進賢才。所以對此四首的理解仍應以《杜詩詳注》爲是。錢謙益在這裡所抒發的感慨不僅是爲杜甫和自己而發，也是爲士人而發，在明末清初，有許多特立獨行的士人渴望爲國家建功立業，卻最終爲時勢所困，爲奸人所扼，不得其用，偃蹇終老，如吳偉業、侯方域、姜垓等，「無驗而永屈」，「孤遠違世，不能自拔於流俗」也正是爲他們所發的哀歎。

三、《錢注杜詩》中反映的文學思想

杜甫詩中無不充滿他的眞情，錢謙益便說：「公詩有艱難去住之句，情見乎詞矣。」〔註178〕「艱難去住之句」指詩中「艱難歸故里，去住損春心」，情感的表現眞摯動人。同時錢謙益在《錢注杜詩》中反覆強調的是杜甫的譏刺興寄，如《冬日洛城北謁玄元皇帝廟》箋云：「配極四句，言玄元廟用宗廟之禮，爲不經也。碧瓦四句，譏其宮殿踰制也。世家遺舊史，謂史記不列於世家，開元中勑升爲列傳之首，然不能升之於世家，蓋微詞也。道德付今王，謂玄宗親注道德經及置崇玄學，然未必知道德之意，亦微詞也。畫手以下，記吳生畫圖，冕旒旌旆，炫耀耳目，爲近於兒戲也。老子五千言，其要在清靜無爲，理國立身，是故身退則周衰，經傳則漢盛，即令不死，亦當藏名養

〔註177〕《杜詩詳注》卷十七《解悶》注，頁599。
〔註178〕《錢注杜詩》卷十，頁332。

拙，安肯憑人降形，爲妖爲神，以博世主之崇奉也。身退以下四句，一篇諷諭之意，總見於此。」〔註179〕錢謙益將此詩視爲諷諭詩，認爲杜甫譏刺以宗廟之禮供奉老子，但細察此詩，全用賦法，雍容典雅，明明是頌詩，錢謙益認爲它句句是微詞，無疑是錯誤的。彭毅說：「公（杜甫）於天寶十載，嘗獻三大禮賦，其朝獻太清宮賦，即爲老君廟作也。賦中竭力鋪陳，若先刺後頌，出爾反爾，公不應矛盾如此也。錢謙益每喜言諷、刺，以此度公，則失之矣。蓋公以忠厚爲心，至於明皇失德致亂，公於洞房、夙昔及千秋節有感諸作中，猶何等溫和含蓄，即便祿山亂起，公作自京赴奉先縣詠懷五百字，尚且曰：『生逢堯舜君，不忍便永訣。』愛君如是，豈肯動輒以譏刺，況當天下承平無事時乎！」〔註180〕此言甚是。

當然，杜甫確實有強烈的用世精神，並肯定詩歌的現實意義，如他在《奉贈韋左丞丈二十二韻》中說：「自謂頗挺出，立登要路津，致君堯舜上，再使風俗淳」，但杜甫的詩歌並不全是諷諭詩，譏刺興寄也不是杜甫的主要風格，因此錢謙益對杜甫諷諭的強調不免有穿鑿之處。這種強調一是與詩史互證的方法有關，因爲關注歷史，自然會注意從詩中考察微言大義，尋找與歷史的聯繫；二是與對杜甫人格的分析有關，認爲杜甫關注現實，尤其是統治階級內部的政治鬥爭，並以正統道德來評量上自皇帝下至士人。錢謙益還把自己的性格投射到對杜甫人格的認識中，如彭毅認爲杜甫忠厚溫和，而錢謙益認爲杜甫有不平之氣；三是與儒家詩教在特殊歷史條件下的表現有關，當政治混亂、皇帝昏庸、權臣當道、社會動亂之時，文論家對譏刺的提倡也就更多。錢謙益曾要求詩文應有關於世運，其中便提出：「先儒有言：詩人所陳者，皆亂狀淫形，時政之疾病也；所言者，皆忠規切諫，救世之針藥也。文中子評六代之詩，立纖誇鄙誕之目，爲狂爲狷，有君子之心者，數人而已。今天下之詩盛矣，聯翩麗藻，皆歸於駢花鬥草，留連景光，而詩人之針藥無聞焉。」〔註181〕他因此以杜甫爲救世針藥之榜樣，說《諸將》其四：「此深戒朝廷不當使中官出將也。……炎風朔雪，皆天王之地，只當精求忠良，以翊聖朝，安得偏信一二中人，據將帥之重任，自取潰償乎？肅代間，國勢衰弱，不復再振，其根本胥在於此。斯豈非忠規切諫救世之針藥與？」〔註182〕

〔註179〕《錢注杜詩》卷九，頁278。
〔註180〕《錢牧齋箋注杜詩補》，頁168。
〔註181〕《有學集》卷四十二《王侍御遺詩贊》，頁1430。
〔註182〕《錢注杜詩》卷十五《諸將》其四箋，頁517。

在儒家詩教中，譏刺也要怨而不怒，哀而不傷，溫柔敦厚，如果憤恨尖刻，則有傷詩美，錢謙益也正是如此認識杜甫詩歌的。如《憶昔二首》其一的箋云：「憶昔之首章，刺代宗也。肅宗朝之禍亂，成於張後輔國，代宗在東朝，已身履其難。少屬亂離，長於軍旅，即位以來，勞心焦思，禍猶未艾，亦可以少悟矣，乃復信任程元振，解子儀兵柄，以召匈奴之禍，此不亦童昏之尤乎？公不敢斥言，而以憶昔為詞，其旨意婉而切矣。」〔註183〕在《登樓》箋中亦云：「西山寇盜，指吐蕃言之，非謂劍南西山也。可憐後主還祠廟，其以代宗任用程元振、魚朝恩，致蒙塵之禍，而託諷於後主之用黃皓乎？其興寄微婉如此。」〔註184〕興寄微婉的結果就是言近旨遠，含蓄有餘，如《諸將》其五箋云：「公詩標巫峽錦江，指西蜀之地形也。曰正憶，曰往時，感今而指昔也。主恩則是，而軍令則非。昔人之三杯，何如今人之縱飲。如武者真出群之材，可以當安危之寄，而今之非其人，居可知也。公身居蜀中，而風刺出鎮之宗衰，故其詩指遠而詞文如此。」〔註185〕

最能充分體現杜甫對詩歌見解的還是《戲為六絕句》，錢謙益借箋文闡發他所理解的杜甫文學思想，並作為自己文論的基礎與批判的武器。首先在文學批評的態度上，錢謙益偏離了杜甫的原意。錢謙益說：「韓退之之詩曰：『李杜文章在，光焰萬丈長。不知群兒愚，那用故謗傷。蚍蜉撼大樹，可笑不自量。』然則當公之世，群兒之謗者或不少矣，故借庾信四子以發其意。嗤點流傳、輕薄為文，皆指並時之人也，一則曰爾曹，再則曰爾曹，正退之所謂群兒也。」其實所謂今人、爾曹均指譏評庾信、王楊盧駱之人。他又說：「凡今誰是出群雄，公所以自命也。」其實杜甫並沒有這種自負，相反，他經常謙虛地表示「未及前賢」，要向眾人學習。事實上這些箋語正反映錢謙益在明末文壇上的自我意識，他作為文壇盟主，自許為出群雄，與復古派、竟陵派等文壇弊端進行激烈論爭，潛意識中以爾曹、群兒視當時與他的文學觀點不同之人，並表示不屑，而以杜甫的文學成就為目標。如他就曾說：「僕以孤生謏聞，建立通經汲古之說，以排擊俗學，海內驚噪，以為希有，而不知其郵傳古昔，非敢創獲以嘩世也。」〔註186〕

〔註183〕《錢注杜詩》卷五，頁156。
〔註184〕《錢注杜詩》卷十三，頁455。
〔註185〕《錢注杜詩》卷十五，頁517。
〔註186〕《有學集》卷三十九《答山陰徐伯調書》，頁1347。

錢謙益箋云：「盧王之文，劣於漢魏，而能江河萬古者，以其近於風騷也，況其上薄風騷，而又不劣於漢魏者乎？」〔註187〕在第五章已經談到錢謙益是正統的儒家詩學，儒家詩學的範本無疑就是《詩經》與漢魏古詩，錢謙益在文集中多次表示要學習、繼承《詩經》與漢魏的詩學傳統，這也與杜甫的詩學主張吻合。如杜甫在《偶題》中說：「文章千古事，得失寸心知。作者皆殊列，名聲豈浪垂。騷人嗟不見，漢道盛於斯。前輩飛騰入，餘波綺麗爲。後賢兼舊制，歷代各清規。法自儒家有，心從弱歲疲。」又《解悶十二首》其五中云：「李陵蘇武是吾師，孟子論文更無疑。一飯未曾留俗客，數篇今見古人詩。」

錢謙益又說：「蘭苕翡翠，指當時研揣聲病，尋摘章句之徒；鯨魚碧海，則所謂渾涵汪洋，千彙萬狀，兼古人而有之者也，亦退之之所謂橫空盤硬，妥帖排奡，垠崖崩豁，乾坤雷硠者也。論至於此，非李、杜誰足以當之，而他人有不憮然自失者乎？」蘭苕翡翠可能是如《杜詩詳註》所云：「小巧適觀」，那就是指柔弱豔麗的美學風格，也可能是指才力薄弱者；錢謙益所謂「研揣聲病，尋摘章句」，其實是與明末的詩壇弊病相關，如他在《周元亮賴古堂合刻序》中說：「今之爲詩，本之則無，徒以詞章聲病，比量於尺幅之間，如春花之爛發，如秋水之時至，風怒霜殺，索然不見其所有，而舉世咸以此相誇相命，豈不末哉！」〔註188〕至於鯨魚碧海，仇兆鰲解爲「巨力驚人若掣鯨魚於碧海」〔註189〕，指才力雄厚者，而錢謙益解爲兩方面，一是指廣泛師法古人，學養豐厚，風格多樣；一是指雄渾剛健的風格。關於對此詩的理解，人言人殊，我不想過多評論，但鯨魚碧海並不專指雄渾剛健的風格是可以肯定的，因爲杜甫常常讚賞清麗的詩篇，如《解悶十二首》其六云：「復憶襄陽孟浩然，清詩句句盡堪傳。」《江上值水如海勢聊短述》亦云：「焉得思如陶謝手，令渠述作與同遊。」《春日憶李白》更說：「白也詩無敵，飄然思不群。清新庾開府，俊逸鮑參軍。渭北春天樹，江東日暮雲。」所謂「渾涵汪洋，千彙萬狀，兼古人而有之者」確實是錢謙益詩論的一部分，如他批評竟陵派「自是其一隅之見，於古人之學，所謂渾涵汪茫，千彙萬狀者，未嘗過而問焉」〔註190〕，本人也「以杜、韓爲宗，而出入於香山、樊川、松陵，以迨東

〔註187〕《錢注杜詩》卷十二，頁407。
〔註188〕《有學集》卷十七，頁767。
〔註189〕《杜詩詳註》卷十一《戲爲六絕句》注，頁356。
〔註190〕《列朝詩集小傳・丁集中》「譚解元元春」，頁572。

坡、放翁、遺山諸家，才氣橫放，無所不有。」〔註191〕但錢謙益本人並不專主雄健之風，雖然他讚賞「有光熊熊然，有氣灝灝然，一以為號鯨鳴鼉，一以為風檣陣馬」〔註192〕之詩，但也喜歡「琴書彝鼎資其古香，時花美女發其佳麗」〔註193〕之詩。可能他如此說只是表示對韓愈的尊敬吧。

錢謙益還說：「不薄今人以下，惜時人之是古非今，不知別裁而正告之也。齊梁以下，對屈宋言之，皆今人也。不薄今而愛古，期於清詞麗句，必與古人為鄰則可耳。今人侈言屈宋，而轉作齊梁之後塵，不亦傷乎？又曰：今人之未及前賢，無怪其然也，以其遞相祖述，沿流失源，而不知誰為之先也。騷雅有真騷雅，漢魏有真漢魏，等而下之，至於齊梁唐初，靡不有真面目焉，捨是則皆偽體也。別者，區別之謂，裁者，裁而去之也。果能別裁偽體，則近於風雅矣。自風雅而下，至於庾信四子，孰非我師，雖欲為嗤點輕薄之徒，其可得乎？故曰轉益多師是汝師。」前面已經說過，杜甫的別裁偽體、轉益多師可以說是錢謙益詩論的總綱，此處他的箋注也是與自己的詩學理論吻合的。箋中「騷雅有真騷雅，漢魏有真漢魏，等而下之，至於齊梁唐初，靡不有真面目焉」，與「漢之文有所以為漢者矣，唐之詩有所以為唐者矣。知所以為漢者而後漢之文可為；曰為漢之文而已，其不能為漢可知也。知所以為唐者，而後唐之詩可為；曰為唐之詩而已，其不能為唐可知也。自唐、宋以迄於國初，作者代出，文不必為漢而能為漢，詩不必為唐而能為唐，其精神氣格，皆足以追配古人」〔註194〕相合，所謂「真面目」，其實就是「精神氣格」。「今人侈言屈宋，而轉作齊梁之後塵，不亦傷乎？」「遞相祖述，沿流失源，而不知誰為之先也」，也正是錢謙益對摹擬剽竊古人為能事的復古派的批判武器，他堅信「果能別裁偽體，則近於風雅矣」，故而對他所指認的偽體〔註195〕進行大力撻伐。《杜臆》說：「學古人者在神不在貌」，「今之輕薄前賢者，其不及前賢更勿疑矣；蓋此輩優孟古人，不過『遞相祖述』，而誰能為之先也？不知優孟古人皆偽體也，必須區別裁正其偽體，而直與風雅為親，始知前賢皆淵源於風雅。」〔註196〕可見錢謙益、王嗣奭兩人對於學古應學精神、批判

〔註191〕瞿式耜《牧齋先生初學集目錄後序》，《初學集》弁首，頁 53。
〔註192〕《初學集》卷三十一《孫幼度詩序》，頁 915。
〔註193〕《初學集》卷三十三《南遊草敘》，頁 960。
〔註194〕《初學集》卷七十九《答唐訓導論文書》，頁 1701。
〔註195〕錢謙益所說的偽體見《有學集》卷三十九《復李叔則書》，頁 1345，第五章第三節已引。
〔註196〕《杜臆》卷四《戲為六絕句》注，頁 133。

模擬古人的僞體是一致的，這也正體現了明末的文壇走向。杜甫的「別裁僞體親風雅，轉益多師是汝師」主要體現在創作實踐中，誠如仇兆鼇所說：「公（杜甫）詩祖述三百而旁搜諸家，以集其成，如楚騷、漢魏詩、樂府鐃歌，齊梁以來甚多仿傚，而公獨無之，然讀其詩，皆三百之嫡派，古人之雁行也。」〔註197〕而錢謙益不僅在創作中力求實踐，在詩歌理論與批評中也大力鼓吹，並取得一定成績。當然，復古派、竟陵派等雖有不足與弊病，但在文學史上也有一定地位和可取之處，錢謙益簡單地貶之爲僞體，並全盤否定，只能說尚未眞正理解杜甫別裁與多師的精神，如杜甫對陰鏗、何遜、謝朓等都有所肯定，寬厚中又自有取捨。

此外，在《錢注杜詩》中還反映了錢謙益深厚的佛學素養。如在《酬高使君相贈》「三車」注中說：「如舊注指法華三車，不知臨門三車，乃法華三乘要義，泛濫引用，同外典之五車，戲論侮法，莫大於是，況文意粗鄙，公寧有是句法耶？」〔註198〕《杜詩詳注》引舊注云：「《法華經》：長者以牛車、羊車、鹿車立門外，引諸子出離火宅。王勃《釋迦成道記》牛羊鹿之三車出宅，注：《法華》三車喻也。羊車喻聲聞乘，鹿車喻緣覺乘，牛車喻菩薩乘，俱以載運爲義。前二乘方便設施，唯大白牛乘是實，引重致遠，不遺一物。」〔註199〕顯然舊注也明白《法華》三車是喻佛法，與杜甫詩意不合，錢謙益指爲「泛濫引用」是對的。錢謙益認爲舊注混同儒家學富五車之「車」與喻佛法之「車」，是對佛法的戲侮，因而十分氣憤，這已經不僅是學術批評了，還反映他崇經重法的佛教立場，說明他不僅在佛學上有深厚的造詣，而且虔信佛法。

注《秋日夔府詠懷奉寄鄭監李賓客一百韻》「雙峰寺」中，錢謙益引《舊唐書》、《高僧傳》、《寶林傳》進行考證，並說：「今按信忍二祖，並住雙峰寺，寺號東山，故稱東山法門。六祖還嶺南，自云於菩提樹下開東山法門，昔人云，天台之佛隴，猶鄒魯之洙泗，故所至可以稱東山也。然據《寶林志》及寧公《僧傳》，則曹溪亦有雙峰之號，今曹溪志闕此名者，蓋失考耳。詩云：身許雙峰寺，應指蘄之雙峰。趙昶《宿四祖寺》詩：千林樹下雙峰寺，亦其證也。」考證極爲嚴謹。而「七祖禪」箋文更詳細考證佛教史中禪宗南能北

〔註197〕《杜詩詳注》卷十一《戲爲六絕句》注，頁356。
〔註198〕《錢注杜詩》卷十一，頁394。
〔註199〕《杜詩詳注》卷九，頁288。

秀兩宗的分化與興衰，並說：「公與右丞、房相，皆歸心於曹溪，不許北宗門人躋秀而祧能者也。故其詩曰：身許雙峰寺，門求七祖禪。既曰身許雙峰，知其不許度門矣。」「公求七祖，金湯護法之深旨，固可以參考也，然上元遷塔之後，眞宗般若宗風，茂著水南，弟子豈無援祖功宗德之議，刊正祖門之統系者。公其或以大鑒既沒，佛衣不傳，不應循北宗之例，建立七祖，滋宗門之諍論，聊以門求七祖，示置衣之微旨與？」〔註200〕仇兆鰲則說：「雙峰七祖，言不落旁門小乘」，並說杜甫「意蓋主於南宗也」〔註201〕，不過是揣測之詞，不像錢謙益那樣言之鑿鑿。其實《錢注杜詩》所說已經比較委婉了，在《讀杜二箋》中錢謙益就明白地說：「大鑒之後，衣止不傳，亦不立七祖，其師門之規矩如此，所以息門諍於北宗，定師傳於五葉也。故曰門求七祖禪，又曰余亦師粲、可。公之爲法門眼目者微矣。」〔註202〕其實錢謙益箋文中所云不過是他自己的佛學主張罷了，杜甫是否介入禪宗南北宗之爭，尚須考辨，但錢謙益介入明清之際僧諍倒是確實的。他一方面要刊正宗門統系，清除所謂邪障，說：「雲棲、雪浪、憨山三大和尚，各樹法幢，方內學者，參訪扣擊，各有依歸，如龍之宗有鱗，而鳳之集有翼也。及三老相繼遷化，而魔民外道，相挻而起。宗不成宗，教不成教，律不成律，導盲鼓聾，欺天誣世。譬之深山大澤，龍亡虎逝，則狐狸鰍鱔，群舞而族嗁，固其宜也。」〔註203〕並批評當時佛教「繆立宗祧，妄分枝派，一人曰我臨濟之嫡孫，一人曰彼臨濟之假嗣，此所謂鄭人之爭年，以先息爲勝者也。」〔註204〕所以他也反對立菏澤爲南宗七祖，認爲「佛衣不傳」，「執知見料揀，或非通人之所與也」。另一方面，錢謙益又力求平息佛學中無謂的紛爭，曾說：「益年七十有五，誓以西垂之歲，歸命佛門。會臺、賢之異同，破性相之歧軌，闡揚遺教，弘護眞乘。」〔註205〕所以他認爲「不應循北宗之例，建立七祖，滋宗門之諍論。」因此不是杜甫「爲法門眼目」，而是錢謙益本人欲爲護教居士，由此錢謙益佛學思想與素養對其思想、學術的滲透也可見一斑。

　　錢謙益在注杜中用力最勤，思想表現最複雜的箋注就是對《秋興八首》

〔註200〕《錢注杜詩》卷十五，頁521。
〔註201〕《杜詩詳注》卷十九，頁678。
〔註202〕《初學集》卷一百十《讀杜二箋下》，頁2209。
〔註203〕《初學集》卷三十七《壽聞谷禪師七十序》，頁1043。
〔註204〕《初學集》卷八十六《題佛海上人卷》之一，頁1808。
〔註205〕《有學集》卷四十《致憨大師曹溪塔院住持諸上座書》，頁1384。

的箋，箋文中不僅分析了杜甫的人生經歷、心態、詩中表現的感情，還分析了連章組詩的建構與聯繫，詩史結合，對杜甫內心世界的臆想與錢謙益自我意識相結合，集中而充分地體現了上面所分析的《錢注杜詩》的三個方面。長谷部剛的《從「連章組詩」的視點看錢謙益對杜甫〈秋興八首〉的接受與展開》〔註206〕著重分析了錢謙益對於杜甫連章組詩的認識及其在創作中的表現，但其它不怎麼涉及。應該說，該詩箋文將杜甫的身世、社會歷史背景、杜甫的心態、文學特色與錢謙益自己的心態、對杜甫的認識全都融合在一起，分析起來很困難。

首先，來看看錢謙益對《秋興八首》「篇章次第，鈎鎖開闔」的認識，他說：「玉露凋傷一章，秋興之發端也。江間塞上，狀其悲壯，叢菊孤舟，寫其淒緊。末二句結上生下，故即以夔府孤城次之。絕塞高城，杪秋薄暮，俄看落日，俄見南斗，爐煙熠而哀猿號，急杵斷而悲笳發。蘿月蘆花，淒清滿眼，蕭辰遙夜，攢簇一時。請看二字。緊映每依南斗，即連上城高暮砧，當句響應耳。夜夜如此，朝朝亦然，日日如此，信宿亦然，心抱南斗京華之思，身與漁人燕子為侶，遠則匡衡、劉向之不如，近則同學輕肥之相笑。第三章正申秋興名篇之意，古人所謂文之心也。然每依北斗望京華一句，是三章中吃緊齮節。蕭條歲晚，身事如此，長安棋局，世事如此。企望京華，平居寂寞，故曰百年世事不勝悲也。次下乃重章以申之：蓬萊宮闕一章，思全盛日之長安也；瞿唐峽口一章，思陷沒後之長安也；昆明池水一章，思自古帝王之長安也；昆吾御宿一章，思承平昔遊之長安也。由瞿唐鳥道之區，指曲江禁近之地，兵塵秋氣，萬里連延，首章即云塞上風雲接地陰也。唐時遊幸，莫盛於曲江，故悲陷沒後則先舉曲江。漢朝形勝，莫壯於昆明，故追隆古則特舉昆明。曰漢時，曰武帝，正尉指自古帝王也。此章蓋感歎遺迹，企想其妍麗，而自傷遠不得見，乃疊申曲江，末句文勢了然，今以為概指喪亂則迂矣。天寶之禍，干戈滿地，營壘俱在國西，及郭令收西京，陣於香積寺北，灃水之東，皆漢上林苑地，在昆明御宿之間，然城南故地，風景無恙，故曰自逶迤也。碧梧紅豆，秋色依然，拾翠同舟，春遊如昨。追彩筆於壯盛，感星象於至尊，豈非神遊化人，夢回帝所，低垂吟望，至是而秋興之能事畢矣。此詩一事疊為八章，章雖有八，重重鈎攝，有無量樓閣門在。」〔註207〕顯然，錢

〔註206〕長谷部剛著，李寅生譯，發表於《杜甫研究學刊》1999年第2期。
〔註207〕《錢注杜詩》卷十五，頁504。

謙益不僅是將八首詩歌的結構作爲一個整體來看，而且將八首詩歌的感情視爲一個整體，錢謙益所理解的杜甫情感成爲推動詩歌展開、構建的內在軸心。錢謙益首先將杜甫的悲情與淒涼的秋景結合，引出文之心，隨後將杜甫的情感發展層次與對歷史的回憶、今昔的對比結合起來，實現歷史興衰與個人命運、心態的統一，最後以低回的悲情收束全詩。後面數章雖是重章以申文心，但「亦章重而事別」，是從不同角度對杜甫的感情進行層層渲染。錢謙益認爲杜甫《秋興八首》是以感情爲線、複雜而完整的整體，因而說：「公詩如駭雞之犀，四面皆見。」以上是對整組詩的結構分析，各首的箋中又對詩中的情感脈絡以及相鄰各首詩的情感聯繫、字句勾連進行詳細分析，如「今謂昆明一章，緊承上章秦中自古帝王州一句而申言之，時則曰漢時，帝則曰武帝，織女石鯨，蓮房菰米，金隄靈沼之遺蹟，與戈船樓櫓，並在眼中，而自傷其僻遠而不得見也。於上章末句，尅指其來脈，則此中敘致，襵疊環鎖，了然分明，如是而曰，七言長句果以此詩爲首，知此老亦爲點頭矣。末二句正寫所思之況，關塞極天，豈非風煙萬里，滿地一漁翁，即信宿泛泛之漁人耳。上下俛仰，亦在眼中。」他認爲第七章由第六章末句「回首可憐歌舞地，秦中自古帝王州」申發而來，並分析其意象的組合與詩中的敘致。錢謙益因此自以爲將《秋興八首》的思緒意脈與字句聯絡、章節疊互都分析得分明了然，自詡得杜甫作詩之用心。應該說，錢謙益不僅指出了《秋興八首》的共同主題，而且闡明了詩中時空表現的多重性與參互性，以及由此導致的情感迴環曲折、推進呼應，可謂別出手眼，細緻入微。王嗣奭說：「《秋興八首》以第一首起興，而後七首俱發中懷；或承上，或起下，或互相發，或遙相應，總是一篇文字，拆去一章不得，單選一章不得。」〔註 208〕雖然所論與錢謙益略有不同，但亦可參看。

其次，錢謙益還分析杜甫如何以豐富多樣的藝術表現手法將自己複雜的內心曲折細膩地抒寫出來。如第一首箋云：「宋玉以楓樹之茂盛傷心，此以楓樹之凋傷起興也。」又說：「江間洶湧，則上接風雲，塞上陰森，則下連波浪，此所謂悲壯也。叢菊兩開，儲別淚於他日，孤舟一系，僦歸心於故園，此所謂淒緊也。」情景相生，營造了淒寒悲壯的意境。錢謙益還指出「以節則杪秋，以地則高城，以時則薄暮，刀尺苦寒，急砧促別，末句標舉興會，略有五重，所謂嵯峨蕭瑟，眞不可言。」認爲杜甫從節、地、時、聽覺、離情五

〔註 208〕《杜臆》卷八，頁 277。

個方面層層強化蕭瑟之情境。結構上的重章疊奏也可以通過反襯、渲染強化情感表現的力度，如錢謙益說：「幾回青瑣，追數其近侍奉引，時日無幾也。嗟乎。西望瑤池以下，開寶之長安也；王侯第宅以下，肅宗之長安也，徘徊感歎，亦所謂重章而共述也。」這是指相鄰章節相互呼應、對比以深化哀情。而時空的錯互、對照更是詩中激發深情，打動人心的常用手法，如其五箋云：「此詩追思長安全盛，敘述其宮闕崇麗，朝省尊嚴，而感傷則見於末句。」詩中前三聯全是鋪敘盛時富麗氣象，而尾聯卻急轉直下，蒼涼寂寞，哀傷嗟歎。今與昔，盛與衰，華麗與淒清，莊嚴與狼狽，就這樣在一首詩中形成了鮮明的對比。錢謙益還進而由唐代盛衰之比而延伸入歷史與現實之比，其七的箋云：「余謂班、張以漢人敘漢事，鋪陳名勝，故有雲漢日月之言；公以唐人敘漢事，摩娑陳迹，故有機絲夜月之詞。此立言之體也。」所處歷史環境的不同，決定了作者的情感不同，而情感的不同，又決定了作品藝術表現的差異。杜甫身處走向沒落的唐朝，回首大漢帝國，既弔古，亦傷今，詩歌內涵與內心極為複雜。故而「菰米蓮房，補班、張鋪敘所未見，沈雲墜粉，描畫素秋景物，居然金碧粉本。」衰敗的景物（波漂菰米沈雲黑）中卻又有一絲豔色（蓮房墜粉紅）作為反襯，更顯出秋意之蕭瑟，而這又與杜甫心中今昔對比的傷感相應，可謂景語即情語。

第三，錢謙益分析了杜甫的忠君之懷、身世之感與衰世之悲。他說：「每依南斗望京華，皎然所謂截斷眾流句也。孤城砧斷，日薄虞淵，萬里孤臣，翹首京國，雖復八表昏黃，絕塞慘澹，唯此望闕寸心，與南斗共芒色耳。此句為八首之綱骨，章重文疊，不出於此。」王嗣奭則說：「第一首乃後來七首之發端」，「後七首皆胞孕於兩言（「叢菊兩開他日淚，孤舟一系故園心」）中也。又約言之，則『故園心』三字盡之矣。」王嗣奭認為《秋興》表現的是故園之思，但隨後又補充說：「『故園心』三字固是八首之綱，至第四章『故國平居有所思』，讀者當另著眼；『故國思』即『故園心』而換一『國』字，見所思非家也，國也，其意深遠，故以『平居』二字該之，而後面四章，皆包括於其中。」〔註209〕這樣又將思國含入思家主題。而錢謙益則始終認為詩中表現的是忠君憂國的主題，其實這之中也有錢謙益自己關注時事、關懷國家之情。錢謙益並反覆結合詩意引述杜甫的經歷與歷史事實來強化論證這個主題，如說：「肅宗收京已後，委任中人，中外多故，公不以移官僻遠，愁置

〔註209〕《杜臆》卷八，頁274，頁278。

君國之憂，故有聞道長安之章，每依南斗望京華，情見於此。白帝城高，目以故國，兼天波浪，歎彼魚龍。」又說：「王母函關，記天寶承平盛事，而荒淫失政，亦略見矣」等。與《讀杜小箋》中對《秋興》的理解相比，《錢注杜詩》的感慨更加沉痛與深長，這可能是因為國破家亡、易代的動蕩、降清的恥辱給錢謙益心靈帶來巨大痛苦的緣故。《錢注杜詩》箋文所謂「碧梧紅豆，秋色依然，拾翠同舟，春遊如昨。追彩筆於壯盛，感星象於至尊，豈非神遊化人，夢回帝所，低垂吟望」，其實正是錢謙益故國心態的自我寫照。如錢謙益晚年移居白茆之芙蓉莊，便又名為碧梧紅豆莊〔註210〕。正因為錢謙益不能忘懷亡國之痛，與杜甫的內心發生強烈的共鳴，所以他又說：「此翁老不忘君，千歲而下，可以相泣也。」同時，錢謙益又說：「漁人燕子，即所見以自傷也，亦以自況也。公抗疏不減匡衡，而近侍移官，一斥不復，故曰功名薄；若劉向雖數奏封事不用，而猶居近侍，典校五經，公則白頭幕府，深愧平生，故曰心事違也。」其實他是在結合杜甫的經歷述說自己的遭遇，杜甫一生淪落不偶，而錢謙益也是如此，崇禎初年一斥不復，南明朝中也無所作為，欲為相而不得，欲報國而無門，欲撰史而稿被焚，歎功名薄、深愧平生是兩人共同的悲哀。箋云：「曰平居有所思，殆欲以滄江遺老，奮袖屈指，覆定百年舉棋之局，非徒悲傷腕晚，如昔人願得入帝城而已。」杜甫晚年極不得意，是否有治國之願，還需考證，但錢謙益晚年依然壯心未泯，積極投身復明事業，企圖挽危圖存，再興宗社，倒是真的，所以滄江遺老奮袖屈指云云更應是錢謙益自己的心願表述，如他以楸枰三局寄瞿式耜，在詩中以弈棋比喻形勢等，都與之相關。其六箋云：「歌舞樂遊之地，一切殘毀，則宗廟宮闕，不言而可知矣。」「珠簾繡柱，指陸地帝幕之妍華；錦纜牙檣，指水嬉櫂梲之炫耀。《哀江頭》云：江頭宮殿鎖千門，此則痛定而追思也。」「逸豫不戒，馴至於都邑風煙，九廟灰燼，而自古帝王都會，遂有百年為戎之歎也。」此處不僅是寫杜甫感歎衰世之情懷，也是錢謙益及遺民的共同心聲。第四章第二節已經論述故國情懷、今昔之感是遺民心態的重要內容，錢謙益便說：「君不見甲申以來百六殃，颺回霧塞何茫茫。昆明舊灰鑠銅狄，陸渾新火炎昆岡。乘輿服御委糞土，武庫劍履歸昊蒼。礔火蕩拋琬琰字，馬牛蹴踏金玉相。南城叢殘餘煨燼，北門矇瞀徒看詳。神焦鬼爛偏泯滅，國亡家破同齏傷。」〔註211〕往日

〔註210〕據金鶴沖《錢牧齋先生年譜》。
〔註211〕《有學集》卷二《新安汪氏收藏目錄歌》，頁59。

的繁華及其毀滅令衰世之人歎惋不已，痛定追思，泫然淚下，並深刻反思社稷傾覆的教訓。

　　毫無疑問，杜甫的《秋興八首》對錢謙益連章組詩的創作具有重大影響，而這又與錢謙益對《秋興八首》的理解與借鑒緊密相關。收於《投筆集》的十三組《後秋興八首》是繼承杜甫的詩史精神，以詩歌記錄時代重大曆史事件與個人複雜心態的優秀作品〔註212〕，具有很高的藝術價值與一定的史料價值，對其寫作背景與藝術特色的具體分析可參見孫之梅《錢謙益與明末清初文學》中「一生詩歌的集大成之作——《投筆集》」一節。同時它與《秋興八首》有很深的聯繫〔註213〕，大致說來，《後秋興八首》學習了《秋興八首》的篇章結構與文學表現手法：

　　從結構上看，錢謙益吸收了杜甫「一事疊爲八章，章雖有八，重重鈎攝，有無量樓閣門在」和「事訖而重申，亦章重而事別」，「如駿雞之犀，四面皆見」的組詩建構特色。以《金陵秋興八首次草堂韻》爲例，全詩所詠之事爲己亥年鄭成功、張煌言大舉進入長江，圍攻南京，主題是統一的，在八章中卻從不同方面、不同角度來表現這個事件對社會、遺民的意義和影響，以及自己喜怒哀樂愧悔諸般感情在內心的激蕩。「龍虎新軍」一章，正是此組的發端，說明風雲突變，詩人心情激蕩的起因正是抗清義軍的反攻。「依然南斗是中華」可視爲此組詩的文心，抗清政權的存在與抗清力量的強大是遺民的希望所在，也是錢謙益的興奮點。此組諸詩皆重章共述復明的大好形勢、敵人的恐慌與自己的喜悅心情。最後以「孝子忠臣看異代，杜陵詩史汗青垂」來總結，並說明自己寫作此詩的用意。整組詩前後脈絡貫通，情感統一，意象相聯，結構上不遜於《秋興》。

　　但錢謙益比杜甫又前進了一大步，他連寫十三組《後秋興》，各組雖各有史事背景與主題，心態也大不一樣，但合起來便是錢謙益在己亥之後懷念故國、渴望復明的心史。合而觀之，全部《後秋興》中的情感雖隨著復明形勢而波折起伏，但是相生相關，亡國之痛、復明之願、憂危之思始終是詩中的主線，並無齟齬難通之處。各組之間在意脈字句上也相聯相通，相應章節呼應勾連，縱橫貫通，成爲一個整體。更不用說十三組詩意象相近相合，相應

〔註212〕關於《後秋興》的時代、心態背景可參看第四章第一節「復明運動」。
〔註213〕可參看鍾來因《杜甫〈秋興〉與錢謙益〈後秋興〉之比較研究》，發表於《草堂》1984年第2期。

各首的韻字全部與《秋興八首》相同，這充分體現了錢謙益的苦心與學問、才氣，他不僅沒有受聲韻的束縛，而且大量用典，將筆觸伸入廣闊的時空，構成詩歌豐富的歷史文化內涵與含蓄不盡的深意。十三組詩寫作時要照管的地方很多，首先是要使用與《秋興》完全相同的韻字，但意象又不能完全重複；其次要注意本組詩縱的相互聯繫及與前面各組詩相應章節的橫的聯繫，這種聯繫包括情感的起伏貫通，文句的呼應串連；再次，要有層次地展開自己的情感表現，不僅一首中有情緒轉折，一組中的內心表述也應曲折豐富。他成功建構了從音韻、字詞到意象、情感都豐富複雜而又融合為一個整體的大型組詩，並充分發揮了大型組詩前後貫穿、聯繫緊密、容量豐富、綿密細緻的優勢，既完滿地表現了他在清初的複雜內心世界，又對讀者造成巨大的內心震撼與藝術感染。所以《後秋興》是中國文學史上優秀的詩篇之一，並具有獨特的歷史、藝術價值。

　　從表現手法上看，錢謙益在《秋興》箋注中標舉的興、興會也在自己的詩中大量使用。如《後秋興之十二》其一中以「地坼天崩桂樹林」起興，總起全組詩哀慟之情。而《後秋興之十二》其二「庭除石榴紅綻血，可憐猶是日南花」，則語帶雙關，含蓄不盡。錢謙益並靈活採用重章疊奏的手法，或前後反襯，或層層渲染，深化情感。如《後秋興之十二》以豐富的意象、悲痛的感情，對永曆帝被俘一事進行反覆詠歎，徘徊低回，憶往昔，思將來，希望已滅，雄心成灰，哀傷層層疊加，令人有情何以堪的感受，難怪錢謙益是「啜泣而作」。此外，情景相生、意象疊加也是《後秋興》常用的藝術表現方法。前者如《後秋興之四》其一：「淅淅斜風回隔林，悲哉秋風倍蕭森。過禽啁哳銜兵氣，宿鳥離披逗暝陰。」他心中充滿對鄭成功軍匆忙撤退的失望，為參加復明隊伍潛行至江村，孤寂淒涼，既思念柳如是，又對前途感到迷惘，而這一切又和仲秋的景物相聯相映，情語化為景語，景語即是情語。後者如《後秋興之四》其二：「弦急撞胸懸杵臼，火炎衝耳簇簫笳。刀尖劍映懵騰度，瞪目猶飛滿眼花。」弦、杵臼、火、簫笳、刀、劍等組合在一起，正表現錢謙益僻處江村、等待轉移時內心緊張、激動、恐慌、悲涼等感情，層層強化對作者與讀者的心理衝擊力。

　　從利用時空的錯互以拓展詩歌表現的歷史內涵和社會空間，從而實現社會興衰與個人命運的密切聯繫來看，第一，錢謙益努力實現社會歷史與個人心態緊密結合。牽強點說，錢謙益說《秋興》中「每依南斗望京華」是截斷眾流句，

則《後秋興》其一中「依然南斗是中華」是截斷眾流句。對於殘明的渺茫希望是支撐錢謙益汲汲奔走於復明坎坷之途的精神支柱，而它的破滅也給錢謙益帶來無比沉重的打擊。《後秋興》正是以清初如火如荼而又波瀾起伏的抗清運動為背景，詩中的感情與殘明的存滅、明軍勢力的消長、故國的思念息息相關，錢謙益並且試圖主動介入歷史，一方面想輾轉參加永曆政權，為抗清貢獻自己的力量；另一方面欲借詩以記復明之史，激勵人心。這樣，就實現了個人喜怒哀樂與清初社會現實的結合。第二，《後秋興》詩中有許多虛構的意象，其中主要的意象群是對永曆朝廷與抗清力量的幻想，如寫復明軍，則「龍虎新軍舊羽林」、「樓船蕩日三江湧」、「天兵照雪下雲間」、「戈船十萬指吳頭」、「王師橫海陣如林，士馬奔馳甲仗森」；寫清軍之敗，則「雜虜橫戈倒載斜」、「黑水遊魂啼草地，白山新鬼哭胡笳」、「生奴八部憂懸首，死虜千秋悔入關」；寫永曆政權，則「天高星紀連環衛，日入神光起燭陰」、「一柱補天撐大廈，九陽浴日選高枝」、「交脛百夷齊舉踵，貫胸萬國總傾心」。而當時錢謙益不過是荒江寂寞之濱的一個龍鍾老叟罷了，所有這一切他都不可能看到，但通過想像他卻將萬里之遙的場景現於眼前。尤其是《後秋興之七》其二中想像自己入侍永曆：「願同笮馬扶車輦，欲傍旄牛聽鼓笳。清酒一鍾拼倒醉，恰如重探杏園花」，將盛世壯年中探花的得意與殘年想像陪皇輦的欣喜融彙在一起，時空的錯雜與碰撞讓人惆悵，不能不同情錢謙益早年的不得志與暮年的苦心。再如《後秋興之十三》其七云：「踰沙越漠百王功，二祖威稜浩劫中。高廟石龜晴吐雨，長陵鐵馬夜呼風。南臨日駕千重紫，北伐霓旌萬隊紅。葛藟綿綿周祚遠，明神豈誑白頭翁。」他回憶明建國時威震四海、掃清胡虜、整頓乾坤的聲勢，渴望能重見宗社，恢復歷史的輝煌，但這已經是不可能的了，歷史與現實的反差之大，令人感傷，越發覺得錢謙益的自我安慰是多麼的悲哀。

最後，《秋興》與《後秋興》在語言風格乃至意象都有近似之處。《後秋興》詩歌的風格隨著感情的變化而有不同，或雄渾豪壯，或淒婉哀痛，或深沉低回，這較之《秋興》的沉鬱頓挫更為豐富，但《後秋興》中語言的莊重典雅、情深詞茂則與杜甫近，巧妙用典，形成豐富的聯想與深厚的內涵，也是借鑒了杜甫的創作技巧。

朱鶴齡譏刺錢謙益注《秋興》云：「累牘不休，有專注《秋興八首》，至衍成卷帙者，此何異唐人解『曰若稽古』四字，乃作數萬餘言。」〔註214〕其

〔註214〕《愚庵小集》卷十《與李太史論杜注書》，頁 468。

實這是因爲他不能理解《秋興》對錢謙益心態與創作的巨大意義，以及錢謙益箋注《秋興》時的用意與情感融注。

　　《列朝詩集》與《錢注杜詩》兩書都在詩與史的宏闊視野中展開，雖有不同的目的與意義，但體現了錢謙益獨特的學術研究方法與獨到的學術造詣，實踐了他所提倡的不蹈襲、嚴謹、崇古的學術精神。兩書中所反映的錢謙益個性追求與文學思想是互補的，並與他文集中的心態、思想若合符節。

　　但是，《列朝詩集》與《錢注杜詩》中的一些偏頗之處也應引起我們的注意：以錢謙益豐富的學識，不可能不知道他所解釋的杜甫詩意有穿鑿求深之處；以錢謙益嚴謹的研究態度，不可能會誤引王世貞原文，曲解作者原意。這不能用錢謙益有雄豪的文人習氣、不拘小節來解釋，必須承認錢謙益在學術研究與文學批評中常常以自我爲中心，如對復古派、竟陵派的尖銳抨擊與他的文學喜好有關，對杜甫詩歌的如此解釋也與他的心態有關。往學術研究中，研究者的心態、喜好、個性進入研究過程與研究成果中是正常的，也是必然的，但如果越過求眞實、求公允的界限，就不免令人訾議了。當然，從這些偏頗之處也可見出錢謙益在學術上比較偏執倔強、自負自是。如論《列朝詩集》，則白詡「今詩集已行世，鴻儒巨公，交口傳誦。雞林使人每從燕市購取。……集中小傳，略具評騭。平心虛己，不敢任臆雌雄，舉手上下……李空同之剿略，同時諸老，嘖有煩言，非吾樹的也。間有論著，排斥嚴羽、劉辰翁、高廷禮之儔，疏瀹源流，剪薙繆種，寸心得失，與古人質成於千載之上。」又說：「聲塵迢然，與一二時流何與，而反唇相向乎？有夢與人搏而負者，且而求敵於衢，日暮不得，饑疲而後反。斯人也，其將終尋夢中之搏乎？抑亦將日暮而反乎？吾知其不與同夢已矣。」〔註215〕論與朱鶴齡注杜之爭，一則曰：「見聞違互，編摩龐雜，雖復兩耳聾睉，亦自有眼有口，安能糊心眯目，護前遮過，而暗不吐一字耶？」再則曰：「僕生平癡腸熱血，勇於爲人。於長孺之注杜，鄭重披剝、期期不可者，良欲以古義相勗勉，冀其自致不朽耳。老耄昏忘，有言不信，不得已而求免廁名，少欲自別。而諸公咸不以爲然，居然以歧舌相規，以口血相責。匹夫不可奪志，有閔默竊歎而已。」〔註216〕從這些話中可以清楚地看出錢謙益的傲氣與意氣。在明末清初的諸多學者中，也有不少自負傲氣者，如黃宗羲、黃宗炎、錢澄之、魏禧等，非常

〔註215〕《有學集》卷五十《題丁菡生藏余尺牘小冊》，頁1638。
〔註216〕《有學集》卷三十九《復吳江潘力田書》，頁1352。

之世必有非常之士，艱難困苦之境也造就了孤標傲世的人格，雖然他們的學術成就有大小，論著有偏失，但他們在學術創新上的努力還是在中國歷史上留下了印跡。

錢謙益文學思想小結

　　總之，錢謙益的文學思想主體是儒家正統文論在明末清初社會背景下的表述，同時又受晚明思想解放思潮的影響，它充分反映了明清之際文學思想的特點：

　　第一，錢謙益的文學思想具有文學轉型時期的特色：對與錢謙益同時的作家進行全面審視，可以看到他們的思想很複雜，面貌很豐富，風格很多樣，明代各種文學思想如復古派、唐宋派、公安派、竟陵派在他們身上幾乎都有反映，同時他們的思想中也蘊含著新變。因此明末清初諸文論家身處明與清兩大板塊之間，他們的任務就是承上啓下，實現對明代文學發展的總結，並開啓清人前進的道路。正因爲如此，他們的理論成就雖然往往不高，卻較好地完成了文學轉型的任務，使得清代文學走上了與明代文學不同的發展道路，形成詩文的新繁榮。而從錢謙益的個性看，他既受晚明思想解放思潮的影響，瀟灑放蕩，同時又與東林諸人交往，向儒家正統道德回歸；從錢謙益本人在文學道路上的成長歷程來看，他先學復古派，後又在婁東學派、湯顯祖等的影響下破門牆而出，轉而學宋濂、歸有光等，與公安派袁小修交好，吸收其重性情表現的思想，與鍾惺、陳子龍相識，但對他們的理論並不完全贊同；從錢謙益的文學思想來看，既有儒，又有佛，既肯定靈心、性情，又要求溫柔敦厚、美刺教化，既重世運，又重個人心態表現；從錢謙益的創作風格來看，他廣泛師法，從杜甫、韓愈、李商隱到蘇軾、陸游、元好問，風格多樣，既有蒼涼激越、氣沈勢雄，又有婉轉清麗、風情蘊藉；從錢謙益的文論功績來看，他對明代文學進行了全面總結，並激烈抨擊明文壇中的主要

詩弊，這集中體現在《列朝詩集》中，同時他對清代文學的影響又非常廣泛〔註1〕，如裴世俊認爲他對清詩的影響深遠而悠久，如對乾嘉時代三位詩壇主將袁枚、沈德潛、翁方綱均有沾溉和影響〔註2〕。所有這些兼綜廣博的取向無不說明錢謙益的文學思想充分體現了文學轉型時期的特點。

第二，錢謙益的文學思想是對明末清初社會歷史、士人心態的反映：明末清初是「一個黑暗的時代，也是一個熱切的時代！黑暗的是因爲在改朝換代之際，充滿了百姓喪離的悲劇，與昏聵君臣步趨死亡的陰影。熱切的卻是忠君愛國的民族意識的擡頭，與道德意念的復甦，前仆後繼的忠臣烈士，欲以生命喚起中華民族的覺醒。」〔註3〕易代之際的社會崩潰、政治腐敗、人心渙散、連天戰火、倉皇求生與易代後的家國悲哀、生活反差、道德意識使所有士人深深地捲入時代的漩渦，帶給他們無盡的痛苦與憂愁，爲了排遣愁苦、記錄一代歷史與個人悲劇，他們無不在文學作品中細緻反映社會的劇烈變遷與人民的苦難、個人的憂患，這些作品往往內容豐富、感情充沛、眞切動人，那是他們在用自己的血淚寫作，因而眞實而全面地展現了那個特殊時代的社會面貌與士人的內心世界，所以明清之際的文學具有激動人心的力量與詩史的價值，在中國文學史上熠熠閃光。與社會、心態、文學狀況相應，文學思想往往強調以眞性情寫作、文學與世運相關、以詩歌記錄歷史。而無論是創作還是文論，錢謙益都鮮明地體現了時代的特點，在他的作品中有的記載自己的宦海沉浮與晚明的政治狀況，有的表現哀時憂邊的報國之心，有的寫國變前後的進退失據，有的抒發屈節降清的悔恨，有的記錄清初的抗清鬥爭與自己的復明活動，還有的描寫內心的亡國之痛與故國情懷；而他的文論也表現出對眞性情的重視，並將個人與世運緊密地結合，甚至在《錢注杜詩》中也流露了自己面對社會歷史的憤激與哀痛。他同時大力提倡溫柔敦厚的詩風，這其實是時代精神面貌的另一種表述，針對文壇在天崩地解之時一片淒涼怨懟的悲歌苦吟，錢謙益試圖以盛世休明爲榜樣來矯正末世情結，而無論是對承平之世文化昌明的羨慕、幻想，還是矯正鬼氣、兵象的努力，恰恰都說明錢謙益對於現實的無能爲力與悲傷絕望。

〔註1〕 如虞山詩人與王士禎的理論和創作取向都有不同，但研究者都認爲他們均受錢謙益影響。

〔註2〕 參見裴世俊《錢謙益詩歌研究》第七章。

〔註3〕 《第二屆明清之際中國文化的轉變與延續學術研討會論文集》余傳韜的開幕詞。

之所以說錢謙益是明清之際文學與文學思想的代表，不僅是因為他創作成就較高，作品豐富，風格多樣，也不僅是因為他在文壇上享有很高的聲望，主盟文壇達五十年，還不僅因為他曾大力批判復古派、竟陵派與公安派末流等文學弊端，更因為他的文學理論既有個性，又簡明有力，經史為綱，性情、學問、世運結合，以前代風雅為師，為學者指明了學習的門徑與應避免的歧途。

錢謙益文學思想的功績主要在於總結了明代詩歌發展歷史，提出了適應時代要求的文學觀點，並以其巨大的影響力和豐富的作品掃蕩當時的浮敝文風，為清詩的發展奠定基礎。下面著重探討錢謙益對清代文學的影響：

研究者均肯定錢謙益開有清一代詩風，但具體的分析有所不同，我認為錢謙益對清代文學的影響主要是：一、他對復古派、公安派、竟陵派等詩病的大力批判為清代文學的發展提供了借鑒。他的批判不僅是對明代文學的總結，同時也避免清代文學發展重走彎路，開啟了清人的心智。錢謙益說：「自古論詩者，莫精於少陵別裁偽體之一言。」他不僅對偽體的各種表現如儗、剽、奴、兵象、鬼氣等進行批判，而且深刻揭示他們的根源：「不識古學之從來，不知古人之用心，狗人封己，而矜其所知，此所謂以大海內於牛迹者也。」並提出「先河後海，窮源遡流，而後偽體始窮，別裁之能事始畢。雖然，此益未易言也。其必有所以導之。導之之法維何？亦反其所以為詩者而已。」前者就是要求詩人培養學養，開拓視野，後者便引出他的言志說：「導之於晦蒙狂易之日，而徐反諸言志永言之故，詩之道其庶幾乎？」〔註4〕通過創作與理論的引導示範，通過文集的大力鼓吹與《列朝詩集》的系統批評，錢謙益實現了對明清之際文學弊端的徹底批評。儘管他的批評很多帶有意氣，過於偏激，如以偏概全，篡改史料，甚至杜撰掌故〔註5〕，但從揭示弱點說，有時矯枉過正或亦有助於使人加深認識，於文學的發展不無裨益。例如清代文學走出「文必秦漢，詩必盛唐」的擬古怪圈，實現新變，與錢謙益掃王、李之雲霧，開後生之心眼不無關係〔註6〕。二、錢謙益博綜崇古的創作取向開闢了清代文學發展的廣闊道路。如果說對文壇弊病的批判是別裁偽體的話，博綜

〔註4〕《初學集》卷三十二《徐元歎詩序》，頁924。
〔註5〕見錢鍾書《談藝錄》補訂，頁386。
〔註6〕當然，對復古派的批判自復古派擡頭就開始了，錢謙益不過是其中的一員主將而已，而且文風的轉變既與反復古的鬥爭有關，也與入清後時代思潮、社會風氣的變化有關。

崇古就是轉益多師了。瞿式耜說：「先生之詩，以杜、韓爲宗，而出入於香山、樊川、松陵，以迨東坡、放翁、遺山諸家，才氣橫放，無所不有。」〔註7〕錢謙益不僅在創作中取法多樣，在理論上也大力提倡廣收博取，說：「沈不必似宋也，杜不必似李也，元不必似白也。有沈、宋，又有陳、杜也。有李、杜，又有高、岑，有王、孟也。有元、白，又有劉、韓也。各不相似，各不相兼也。」〔註8〕眾多不同的風格才構成了絢麗多彩的文壇，成就雖有高下之別，但他們的創造性不可否定，都是可取法的榜樣。這與長期以來詩論家單一的審美取向有很大不同，不僅導引作家尋找適合自己性情表現的多種風格，而且對詩史小家的肯定也鼓勵了詩人的創新精神。三、錢謙益作爲前輩聞人，對後人不吝獎掖揄揚。他說：「余老而失學，衰遲屏廢，其言語文字，不能使人軒輊，然海內之俊民，掉鞅詞壇者，往往過而問焉。」〔註9〕這不過是謙虛而已，曹溶便說：「宗伯文價既高，多與清流往來，好延引後進，凡得其片言褒獎，必至躍登龍門，聲價百倍。」〔註10〕鄧之誠也說：「時錢吳齊名，奔走一世，片言可以爲人輕重。」〔註11〕他曾爲清初大批詩人如施閏章、王士禛、宋琬、歸莊、方爾止、周元亮、呂願良、李緇仲、唐允甲、袁重其、錢曾、婁江十子等作序進行獎拔稱讚，因此汪琬說：「錢氏門徒方盛，後生小子，莫不附合而師承之。」〔註12〕他所稱揚、沾溉的詩人分佈地域廣闊，既有遺民，也有新進，雖然成就有高有低，文壇影響有大有小，但完全可以說明清初詩壇與錢謙益有著密不可分的聯繫。

在肯定錢謙益文學成就大、文學地位高、文學思想鮮明、交遊廣泛、對清詩影響很大的同時，也應看到由於錢謙益思想、經歷的複雜，使得他對清代文學、文學理論的影響也很複雜。第一，自乾隆朝之後，由於統治者的有意封殺，著作不得流傳，人人諱談牧齋，錢謙益的影響極小；第二，在他同時及身後，由於他大節有虧，有些人恥於與他結交，有意無意地消除他的影

〔註7〕　《初學集》弁首《牧齋先生初學集目錄後序》，頁53。
〔註8〕　《初學集》卷三十一《范璽卿詩集序》，頁910。
〔註9〕　《初學集》卷三十二《徐子能集序》，頁941。
〔註10〕《絳雲樓書目》附曹溶題辭，轉引自裴世俊《錢謙益詩歌研究》，頁295。不知是不是版本不同，我所見南開大學圖書館所藏《絳雲樓書目》的曹溶題辭爲：「宗伯文價既高，多與清流往來，好延引後進，大爲壬人所嫉，一蹶不復起。」。
〔註11〕《清詩紀事初編》卷一。
〔註12〕《堯峰文鈔‧與梁日楫論〈正錢錄〉》。

響；第三，錢謙益的文學思想與明末清初的社會現實緊密聯繫，當社會局勢趨於穩定，遺民逐漸退出歷史舞臺，文學新生代崛起，錢謙益的思想自然而然地被五花八門的新理論所代替。具體說來，錢謙益對清詩影響的複雜性表現在以下三個方面：

（一）錢謙益與王士禎的關係比較複雜。錢謙益是明末清初文壇的盟主，王士禎是康熙詩壇的盟主，兩人有通家之誼，錢謙益說：「僕與君家文水爲同年同志之友，而司馬中丞暨令祖皆以年家稚弟愛我勗我，草木臭味，不但孔李通家也。」〔註13〕蔣寅先生的《王漁洋與康熙詩壇》和孫之梅、王琳的《清初詩壇的錢、王交替》〔註14〕都詳細考證了錢、王兩人的交往與文學上的關係，蔣寅先生說：「在明末清初，牧齋的學問舉世仰止，受他沾漑的後輩詩人指不勝屈，又豈止一個王漁洋呢？恰恰是由於這種影響過於強烈，強烈到漁洋自己都無時不意識到的地步，才使他產生一股本能的反抗意識。他竭力要從牧齋的陰影裏走出來，他爲此所作的實際努力，就是通過批評牧齋詩學，將自己同牧齋區別開來。」〔註15〕蔣寅先生從王士禎對錢謙益的態度與批評方面論述得比較詳盡，孫之梅則在《錢謙益與明末清初文學》中對錢謙益與王士禎的聯繫與影響談得很細緻。

在此，我主要從以下四個方面來做補充探討：第一，從錢謙益對王士禎的勉勵來分析：錢謙益知道王士禎崛起於文壇，說：「頃聞門下鵲起東海，整翮雲霄，一時才華之士莫不手捧盤匜，奉齊盟於下風」，王士禎的詩集他也讀過，並給以高度評價：「如遊珠林，如泛玉海，耳目眩運，且驚且喜。」〔註16〕但錢謙益對王士禎並非一味肯定，在《古詩贈新城王貽上》和《王貽上詩序》中均蘊含有微言大義。王士禎叔祖王象春「獨心折於文天瑞。兩人學問皆以近代爲宗。天瑞贈詩曰：『元美吾兼愛，空同爾獨師。』其大略也。」錢謙益因而勸他：「二兄讀古人之書，而學今人之學，胸中安身立命，畢竟以今人爲本根，以古人爲枝葉，窠臼一成，藏識日固，並所讀古人之書胥化爲今人之俗學而已矣。譬之堪輿家，尋龍捉穴，必有發脈處。二兄之論詩文，從古人何者發脈乎？抑亦但從空同、元美發脈乎？」王象

〔註13〕《錢牧齋先生尺牘》卷一《與王貽上》其一。
〔註14〕發表於《文史知識》1996年第5期。
〔註15〕《王漁洋與康熙詩壇》頁15。
〔註16〕《錢牧齋先生尺牘》卷一《與王貽上》其二。

春「以詩自負，才氣奔軼，時有齊氣，抑揚墜抗，未中聲律」，錢謙益為此戲論他「如西域波羅門教邪師外道，自有門庭，終難皈依正法。」蔣寅先生說錢謙益對王象春「詩作戲謔中有賞愛」，可能沒有注意到錢謙益的居士身份，「邪師外道，難皈正法」可不是好詞，而且從「余錄之斤斤者，誠不忍以千古之事，累亡友於無窮也」〔註 17〕來看，錢謙益對他詩歌不循正路很是惋惜。正是基於對王象春的惋惜使得他極力勸說王士禎遵循他所認為的詩學正道，原因很簡單，林古度銓次王士禎的詩集，「推季木為先河，謂家學門風，淵源有自。新城之壇坫，大振於聲銷灰燼之餘，而竟陵之光焰熸矣」，錢謙益正擔心王士禎宗尙復古派，重蹈其叔祖的覆轍。他在《王貽上詩序》中大贊「貽上之詩，文繁理富，銜華佩實。感時之作，惻愴於杜陵；緣情之什，纏綿於義山。其談藝四言，曰典，曰遠，曰諧，曰則。沿波討源，平原之遺則也；截斷眾流，杼山之微言也；別裁偽體，轉益多師，草堂之金丹大藥也。平心易氣，耽思旁訊，深知古學之由來，而於前二人者之為，皆能淘汰其癥結，祓除其嘈囋。思深哉！《小雅》之復作也，微斯人，其誰與歸？」〔註 18〕從王士禎當時的創作與文學觀點看，這些話有部分是實，也有部分含有深意，若王士禎真知古學之由來，林古度就不會認為他以王象春為先河，錢謙益也不用如此煞費苦心地回憶自己曾勸王象春追溯古學了。因此《柳南續筆》說錢序之論「與阮亭頗不相似。」「王、李兩家，乃宗伯所深疾者，恐以阮亭之美才，而墮入兩家雲霧，故以少陵、義山勗之。序末所謂用古學相勸勉者，此也。若認『文繁理富，銜華佩實』等語以為稱讚阮亭，則失作者之微旨矣。」〔註 19〕〔註 20〕在《古詩贈新城王貽上》〔註 21〕中錢謙益更是對自己的詩歌批評進行總結，著力批判復古派與竟陵派，並勸王士禎裁偽體，親風雅。聯繫王士禎對錢謙益全力攻擊復古派的不滿，再想想時人指王士禎為「清秀李于鱗」〔註 22〕，說：「新城

〔註17〕《列朝詩集小傳‧丁集下》「王考功象春」，頁 654。

〔註18〕《有學集》卷十七，頁 765。

〔註19〕《柳南續筆》卷三，頁 178。

〔註20〕要指出的是王應奎說王士禎之詩，「以淡遠為宗，頗與右丞襄陽左司為近」，那是他的代表風格，從其青年時期的作品尤其是《秋柳》來看，錢謙益所說的「感時之作，惻愴於少陵；言情之什，纏綿於義山」還是恰當的。

〔註21〕《有學集》卷十一，頁 543。

〔註22〕吳喬《答萬季野詩問》，《清詩話》本，頁 26。

《三昧集》，乃鍾譚之唾餘」〔註23〕，錢鍾書亦說：「漁洋說詩，乃蘊藉鍾伯敬也」〔註24〕，就可知錢謙益聲色俱厲的批評不是無故而發了。

　　一方面王士禛少年新進，初登文壇便譽滿海內，不免得意非凡，而且又任清廷揚州推官，在當時的形勢下，錢謙益不好明白規勸，只能寓勸於褒，對《秋柳》不予和作便可見出他的態度，因為錢謙益所提出的理由太牽強了。另一方面，錢謙益對於王士禛的詩才還是很重視的，並寄予厚望，否則也不會如此反覆陳說，但他對王士禛的讚賞與勉勵都是基於自己的詩學理論與美學追求，它與王士禛本人的理論發展與創作走向並不相合，錢謙益晚年崇尚正統詩學與溫柔敦厚的清和之美，而王士禛崇尚風神蘊藉，後更走向重神韻與清新淡遠，因此無論錢謙益是勸以「方當剪榛楛，未可榮蘭苕」〔註25〕，還是贊以「文繁理富，銜華佩實」，感歎「《小雅》之復作」，「微斯人，其誰與歸？」，都恰恰說明兩人路途不同

　　第二，錢謙益的文學思想比較複雜，他雖然性格比較偏激，但才大氣雄，師法多家，詩論也兼收並蓄，如他說：「元、白二公，往復論詩，司空表聖《與李生書》，皆作者之津涉，後人之針藥也。」〔註26〕白居易《與元九書》中云：「感人心者，莫先乎情，莫始乎言，莫切乎聲，莫深乎義。詩者，根情、苗言、華聲、實義。上自賢聖，下至愚騃；微及豚魚，幽及鬼神；群分而氣同，形異而情一；未有聲入而不應，情交而不感者。」「文章合為時而著，歌詩合為事而作」，並讚賞意激言質的諷諭詩，這是儒家詩教的典型表述，也與錢謙益本人的理論相合。而司空圖在《與李生論詩書》中則以味論詩，說：「近而不浮，遠而不盡，然後可言韻外之致耳」，欣賞「千變萬狀，不知所以神而自神」之詩，這是審美詩論，它與儒家詩教並不矛盾，如認為「詩貫六義，則諷喻、抑揚、渟蓄、溫雅，皆在其間矣。」所以錢謙益也樂於接受。錢謙益曾引戴容州「藍田日暖，良玉生煙，可望而不可置於眉睫之間」來論吳梅村之詩〔註27〕，而司空圖在《與極浦談詩書》中也引此語來說明「象外之象，景外之景」，兩者內在是共通的。所以錢謙益雖然批評了嚴羽的妙悟說，但並不就等於他否定了詩歌的神韻趣味。《馮已蒼詩序》云：「孟子不云乎：君子

〔註23〕《何義門集》卷六《復董訥夫》。
〔註24〕《談藝錄》，頁105。
〔註25〕《有學集》卷十一《古詩贈新城王貽上》，頁545。
〔註26〕《有學集》卷三十九《與遵王書》，頁1362。
〔註27〕《有學集》卷十七《梅村先生詩集序》，頁757。

深造之以道，欲其自得之也。又曰：博學而詳說之，將以反約也。余以爲此學詩之法也。抒山之言曰：取由我衷，得若神表。文外之旨，但見情性，不睹文字。嚴羽卿以禪喻詩，歸之妙悟，此非所謂自得者乎？說約者乎？深造也，詳說也，則登山之蹊，渡水之筏也。『讀書破萬卷，下筆如有神』、『別裁僞體親風雅，轉益多師是汝師』，得之者妙無二門，失之者邈如千里，此下學之徑術，妙悟之指歸也。」〔註28〕錢謙益此處所說的妙悟的內涵可能與嚴羽本意不同，但亦可見他並不簡單否定妙悟。《清初詩壇的錢、王交替》說王士禛「彌補了錢謙益重學悟而不重性情之悟帶來的逞才馳學的不足」，其實錢謙益的靈心說已包含有性情之悟，而且激烈動蕩的社會、磅礴噴湧的眞情使得錢謙益詩歌中逞才馳學的不足並不很突出。因此，錢謙益的詩論在根本上與王士禛的神韻說並不矛盾。

錢謙益與王士禛兩人詩論的形成與在文壇上的影響都與時勢密切相關：身處易代之際，國家危急，人民痛苦，個人困頓，詩人憂愁煎迫，時時處於激動與哀怨之中，考慮怎樣救世救民救己，怎麼可能有閒情逸志去鼓吹優雅淡遠的詩歌；只有到了承平時世，作家有了更多的悠閒時光與輕鬆心情，可以享受雅致舒適的生活，談些空靈玄虛的話題，才可能去妙悟，也才可能去極力追求神韻之美。所以錢謙益與王士禛的時代不同，提出的觀點自然也不一樣。錢謙益不可能提出神韻論，但他的文人趣味與對清麗之美的追求倒與王士禛的審美取向相去不遠，如他贊沈周「其產則中吳，文物土風清嘉之地；其居則相城，有水有竹，菰蘆蝦菜之鄉；其所事則宗臣元老，周文襄、王端毅之倫；其師友則偉望碩儒，東原、完庵、欽謨、原博、明古之屬；其風流弘長，則文人名士，伯虎、昌國、徵明之徒。有三吳、西浙、新安佳山水以供其遊覽，有圖書子史充棟以資其誦讀，有金石彝鼎法書名畫以博其見聞，有春花秋月名香佳茗以陶寫其神情。煙雲月露，鶯花魚鳥，攬結吞吐於毫素行墨之間，聲而爲詩歌，繪而爲圖畫，經營揮灑，匠心獨妙。其高情遠性，和風雅韻，使天下士大夫望而就之者，一以爲靈山異人，不可梯接，一以爲景星卿雲，咸可目睹。」〔註29〕若他與王士禛易時而處，說不定他也會提倡神韻說。

第三，王士禛批評錢謙益主要集中在對前後七子的評價上，如說：「牧齋

────────────────────

〔註28〕《初學集》卷四十，頁 1087。
〔註29〕《初學集》卷四十《石田詩鈔序》，頁 1077。

貶空同、滄溟二李先生至矣。吳人之師友二李者如徐迪功、黃五嶽及弇州皆絕之於吳。且夷迪功於文璧、唐寅之列，比之明妃遠嫁。一日閱馮時可《元成集》，辯徐太室《二羅集序》，云吳詩清淺而靡弱，不以二李劑之而何以詩哉？元成吳人也，其言如此，天下後世其又可欺乎？牧翁稱文徵仲詩，近同年汪鈍翁注歸熙甫詩，人之嗜好實有不可解者，付之一笑可矣。」〔註30〕這清楚地表明王士禛推重七子派的立場。對此言的評價很複雜，涉及對李夢陽、李攀龍、徐禎卿、文徵明等人的文學評價與吳中地域文學的研究。我個人認為吳詩有自己的特色，清淺誠有之，靡弱則視個人而言，這種特色與其地方風情、文化個性有關，復古派將以何劑之？將徐禎卿與唐寅、文璧並列，恰恰可見錢謙益的見識。錢謙益論復古派誠有偏失，五、六兩章均有論述，這與當時的文壇形勢和時代的要求有關，而王士禛不過是以偏見駁偏見，有何高明之處可言？王士禛雖佩服李空同等，復古派卻不可能死而復生，這也正是錢謙益的文學功績所在。

最後，蔣寅先生認為錢謙益在《漁洋詩集序》中「自占身份，明白表示了交代傳班的意思」〔註31〕，而王漁洋也在《蓉江寄牧翁先生》中「作為詩壇盟主的繼位者，給牧齋以身後的承諾和安慰。」〔註32〕但是王士禛與錢謙益交往時不過二十餘歲，錢謙益便以詩壇盟主相託，王士禛也便以繼位人自居？此說似可商榷。其實錢謙益在詩序中推揚後輩詩人往往不遺餘力，如論季滄葦之詩：「意匠深，發脈厚，才情颷迅，意思霞舉，策驥足於修途，可以無所不窮，而迂轡弭節，退而欲自負於古人。世之無眞詩也久矣，以滄葦之才，好學深思，精求古人之血脈，以追溯《國風》、《小雅》之指要，詩道之中興也，吾有望焉。」〔註33〕他對季滄葦的期望與對王士禛的勉勵相近，那並不是說錢謙益又準備將班傳給季滄葦。羅宗強師曾說：文壇盟主的地位是文學發展歷史形成的，決非個人所能私相授受。鄙意以為斯言至為允當。

總之，錢謙益、王士禛是明末清初與康熙時期兩代文學家，他們的文學觀點既與個人的才學、經歷、喜好有關，同時也受時代思潮、社會背景、審美趨向的影響，他們能敏銳地把握時世的要求與文學的發展動態，從而引領

〔註30〕《居易錄》卷十九。
〔註31〕《王漁洋與康熙詩壇》，頁 6。
〔註32〕《王漁洋與康熙詩壇》，頁 7。
〔註33〕《有學集》卷十七《季滄葦詩序》，頁 759。

潮流。上文已反覆論述錢謙益文學思想與明清之際的社會和文學是一體的，而當清廷統治已經穩固，遺民文學逐漸衰退消歇，故國情懷、用世意識便不再成爲文學的主要表現內容，作家往往描繪的是恬淡適意的生活與昇平氣象，對於詩歌的柔美、聲律、韻味等更爲講求，這些無疑與明末清初的文學不同，也不可能相同。所以王士禛對錢謙益的批評是必然的，因爲審美趣味與詩學追求都發生了巨大變化。至於王漁洋指責錢謙益對復古派評價失當，這也是因爲時移世易，在錢之時，復古派於文學之發展影響極壞，矯枉不免過正，且爭論中難免夾纏個人意氣，而當復古派影響已經衰微，平心而論，自然認爲錢不免過苛。因此歷史地看，錢、王是文壇的兩代盟主，代表著各自時代的詩風與文學觀點，錢對王雖有影響，但比較複雜。事實上，任何對前人的繼承都是從自己的思想需要出發去學習並加以改造，而這種學習與改造又必然與當前的文壇面貌與發展趨勢相融合。

（二）錢謙益與清代宗宋詩風的關係很複雜。錢謙益曾說：「詩道之衰，莫甚於宋。」〔註34〕又說：「宋之學者，祖述少陵，立魯直爲宗子，遂有江西詩派之說，嚴羽辭而辟之，而以盛唐爲宗，信羽卿之有功於詩也。」〔註35〕顯然他對宋代詩學尤其是江西詩派並不看好，他嚴厲攻擊嚴羽，卻對他在《滄浪詩話》中痛斥江西派表示讚賞，這已經說明了他的態度。在取法對象上，錢謙益也沒有表現出對宋詩的特別愛好，相反，他屢屢強調轉益多師，初、盛、中、晚、宋、金各大家皆有可取之處，如他說：「僕少壯失學，熟爛空同、弇山之書。中年奉教孟陽諸老，始知改轅易向。孟陽論詩，自初、盛唐及錢、劉、元、白諸家，無不析骨刻髓，尚未能及六朝以上，晚始放而之劍川、遺山。余之津涉，實與之相上下。久之，思泝流而上，窮《風》、《雅》聲律之由致，而世事身事，迫脅凌奪，晼晚侵尋，有志未逮，此自考之公案也。」〔註36〕這是錢謙益本人的定論，可見他從來也沒有明確主張學宋，晚年尤其想溯流而上，以《詩經》爲法。同時錢謙益的創作也是風格多樣，或雄壯，或流麗，或豪健，或淒怨，或沉鬱，或明快，筆法多變，各體皆優，不以時代、格套自限，這也正是錢謙益受眾人推崇的原因所在。錢謙益是學宋，但也有取捨，他讚賞的是蘇軾與陸游等，不喜黃庭堅，說：「自宋以來，學杜詩者，

〔註34〕《初學集》卷三十三《王德操詩集序》，頁946。
〔註35〕《初學集》卷三十二《徐元歎詩序》，頁924。
〔註36〕《有學集》卷三十九《復遵王書》，頁1359。

莫不善於黃魯直……魯直之學杜也，不知杜之眞脈絡，所謂前輩飛騰，餘波綺麗者，而擬議其橫空排奡，奇字硬語，以爲得杜衣鉢，此所謂旁門小徑也。」〔註37〕顯然，他與黃庭堅的學杜內涵與創作指向不同。既然錢謙益是唐宋兼宗的，那麼既可以說他學宋，也可以說他學唐，過分強調他宗宋不免失之片面。

孫立在《明末清初詩論研究》中認爲錢謙益「本人實際上也參與了推動宋詩的具體活動。」而他所論不過是「錢與黃宗羲、呂留良、吳之振三人一直保持有較好的私誼，而後者同樣是宋詩的愛好者。」〔註38〕錢謙益的交遊十分廣泛，如果僅因爲私誼便認爲他們觀點完全一致，那他和朱鶴齡便不會不歡而散了。錢謙益本是才子，作詩以才氣和學問取勝，在理論上對鍊字鍊句並沒有特別的關注。他宗法杜甫，首先因爲杜甫是詩歌的高峰；其次，錢謙益與他在經歷、心態、學術與文學觀點上有共鳴〔註39〕；而最重要的是在當時的形勢下，杜甫是詩人效法的最好榜樣，如侯方域等也學杜。錢謙益重學問，重經史之學，以此爲詩人立身、學術、文學的基礎，是爲了反對明末的空疏學風與詩文的俚俗淺薄之弊。這些都說明錢謙益與對宋詩的尊崇是有一定距離的。

其實，我認爲錢謙益跳出宗唐宗宋之爭，主張兼收並蓄，在創作上不拘一格，是他較清代人高明之處。這是因爲他才雄氣豪，有高度的自信與足夠的勇氣去追求自己的特色與實現藝術創新，而複雜的時世與曲折的經歷、痛苦的心靈又給他提供了機遇，在承平之世的清代詩人卻只能學學尚未被明代詩人學過的宋詩〔註40〕，這眞說不清生於斯世是錢謙益的幸還是不幸。那麼如何理解清人以錢謙益爲清代宋詩的首倡者呢？首先，錢謙益對復古派的大力批判與唐宋博綜的理論、創作取向使得詩人由單純宗唐中解放出來，轉而開始學宋，如尤侗云：「大抵雲間詩派，源流七子，迨虞山著論詆諆，相率而入宋、元一路。」〔註41〕喬億也在《劍溪說詩》中云：「自錢受之力詆弘、正

〔註37〕 《錢注杜詩・注杜詩略例》，頁4。
〔註38〕 《明末清初詩論研究》，頁297，頁298。
〔註39〕 參見第六章第二節對《錢注杜詩》的分析。
〔註40〕 《王漁洋與康熙詩壇》中說：「在明代以前的詩歌中，只有宋詩尚未被『學』過，是個相對陌生的對象。所以從消極的方面說，宋詩也是個別無選擇的選擇。」（頁48）。
〔註41〕 《西堂全集・艮齋稿》卷三《彭孝緒詩文序》。

諸公，始纘宋人餘緒，諸詩老繼之，皆名唐而實宋，此風氣一大變也。」其次，我以爲清人是在錢謙益詩論中取其所需。宋詩在清代繁榮有其必然性，與清代的社會氣象、士人心態與學風文風有關，但是風向的轉變需要一面旗幟來進行號召，錢謙益是文壇盟主，創作成就高，且也學宋，自然是理想的大旗了。而且錢謙益詩論中某些觀點如重學問等也很容易被清人所用，並加以適當改造，形成宗宋的理論。第三，錢謙益的許多朋友如黃宗羲、呂留良、吳之振等都主宋風，因此毛奇齡認爲「反唐爲宋」者盡「因襲虞山之旨」〔註42〕。所以可以這麼說：錢謙益對清代宗宋詩風的興起有正面影響，但學宋的潮流主要是清人隨著時代審美風尚的變化而採用的新的師法策略。我想，可能黃宗羲才是清詩學宋的真正開山，因爲明清之際的眾多詩人如吳梅村、顧炎武、侯方域等都不專主宋詩，而黃宗羲以其卓著的學術成就、巨大的文化影響力和編輯《宋詩鈔》的實際行動推動了宋風的上升。

（三）錢謙益與虞山派的關係複雜。據陳望南在《虞山詩派研究》中說：「關於虞山詩派，一般的定義是這樣的：清代初年（順治、康熙兩朝）以錢謙益、馮舒、馮班爲代表的詩歌流派，因該派主要成員多爲常熟人，故稱虞山詩派。虞山詩派發端於錢謙益而大振於二馮，與陳子龍的雲間派和吳偉業的婁東派是清初鼎足而三的三大詩歌流派。」〔註43〕對於地域流派，我一直認爲應做愼重分析，因爲它們往往成員比較混雜，思想不完全統一，風格也不一定一致。王應奎說：「吾邑詩人，自某宗伯以下，推錢湘靈、馮定遠兩公。湘靈生平多客金陵、毗陵間，且時文、古文兼工，不專以詩名也。故邑中學詩者，宗定遠爲多。定遠之詩，以漢、魏、六朝爲根柢，而出入於義山、飛卿之間，其教人作詩，則以《才調集》、《玉臺新詠》二書。湘靈詩宗少陵，有高曠之思，有沉雄之調，而其教人也，亦必以少陵。兩家門戶各別，故議論亦多相左。湘靈序王露湑詩云：『徐陵韋縠，守一先生之言，虞山之詩季世矣。』」〔註44〕又說：「吾邑之詩有錢、馮兩派。余嘗序外弟許曰湜詩，謂：『魁傑之才，肆而好盡，此又學錢而失之；輕俊之徒，巧而近纖，此又學馮而失之。』長洲沈確士深以爲知言。」〔註45〕由此可見，在錢謙益之後，虞山詩

〔註42〕《西河全集》卷二十八《沈方舟詩序》。
〔註43〕陳望南，中山大學中文系博士，此處所依據的是他的博士論文開題報告。
〔註44〕《柳南隨筆》卷五，頁88。
〔註45〕《柳南隨筆》卷一，頁19。

人分為兩派，一派以錢陸燦為首，宗杜甫，沉雄豪肆；一派以馮班為首，宗晚唐，輕俊纖佻，兩派的詩學宗尚與美學風格都是對立的，又怎麼能認為有統一的虞山派呢？若說學錢，錢陸燦似乎更準確地抓住了錢謙益的特點與主導傾向，如宗杜、個性豪邁、喜壯美等，但具有諷刺意味的是一般研究者認為馮班等才是錢謙益的正宗傳人。

可能因為馮派勢力強大，錢陸燦等人可忽略不談，通常所說的虞山派便多指二馮一脈，如錢仲聯論述虞山派的源流說：「虞山詩派，自牧齋、二馮以來，宗法西崑，摘豔薰香，末流之弊，太尚塗澤，文勝於質。近時如張丈璚隱、徐少逵、黃摩西、孫希孟諸家，皆學玉溪，無恙與余，亦未能免此。楊雲史好談唐人，近梅村而不近牧齋。要其哀感頑豔，仍是虞山詩人本色。近百年中，能為清真樸老雲山韶濩之音者，獨一沈石友先生，而汪丈啓東（祐南）繼之，雖成就不大，而專尚性情，一味白描為不可及。」〔註46〕事實上，錢謙益並不專宗晚唐、西崑，因此他與所謂虞山派在創作風格與詩學觀點上都有不合之處。如創作風格上，《柳南隨筆》說：「某宗伯（錢謙益）詩法受之於程孟陽，而授之於馮定遠。兩家才氣頗小，筆亦未甚爽健，纖佻之處，亦間有之，未能如宗伯之雄厚博大也。然孟陽之神韻，定遠之細膩，宗伯亦有所不如。蓋兩家是詩人之詩，而宗伯是文人之詩。」〔註47〕王應奎是常熟人，熟悉本邑情況，他將錢謙益與馮班創作中的區別說得非常明確而精闢，通讀兩人詩集更可證實此點。詩歌風格的不同，其實正反映了他們詩學中的細微差別，錢謙益說：「唐人之詩，光焰而為李、杜，排奡而為韓、孟，暢而為元、白，詭而為二李，此亦黃山之三十六峰，高九百仞，屢礴直上者也。善學者如登山然，陟其麓，及其翠微，探其靈秀，而集其清英，久之而有得焉，李、杜、韓、孟之面目亦宛宛然在吾心目中矣。」〔註48〕顯然他學唐詩不主一家，而且認為應廣泛師法才能得唐人面目。這與馮班所說：「溫、李之於晚唐，猶梁末之有徐、庾；而西崑諸君子，則似唐之有王、楊、盧、駱。……蓋徐、庾、溫、李，其文繁縟而整麗，使其去傾仄加以淳厚，則變而為盛世之作」〔註49〕是大不相同的。不錯，馮班等與錢謙益確有師承關係，但這並

〔註46〕錢仲聯《夢苕庵詩話》，齊魯書社，1986年3月第1版，頁158。
〔註47〕《柳南隨筆》卷一，頁19。
〔註48〕《初學集》卷三十二《邵梁卿詩草序》，頁936。
〔註49〕《馮定遠集·陳鄴仙曠谷集序》。

不意味著他們就一定會遵循錢謙益的詩學路線，如錢湘靈「序錢玉友詩云：『學於宗伯之門者，以妖冶爲溫柔，以堆砌爲敦厚。』蓋指定遠一派也。」〔註50〕顯然他們雖學錢謙益，但又有差異、有變化，其中既有個性、才力、文學喜好的因素，也有社會背景、文壇風尙的影響。

　　當然，二馮、吳喬等人與錢謙益在詩學理論中的許多主張是一致的，如反對嚴羽、重性情等，但仍有細微區別，因爲孫立《明末清初詩論研究》、張健《清代詩學研究》、裴世俊《錢謙益詩歌研究》、孫之梅《錢謙益與明末清初文學》、吳宏一《清代詩學初探》等對此均有論述，茲不贅述〔註51〕。個人以爲，錢謙益作爲鄉邑前輩與文學大家，作爲虞山詩人的領袖與高峰，他對虞山詩人的文學思想與詩歌創作有很大影響，但由於錢謙益才大學富、倜儻不羈，受明末清初時代的深刻影響，個性極爲鮮明，思想也極爲豐富複雜，因此後代詩人往往從自己的創作需要出發進行借鑒。歷史與文學史上只有一個錢謙益，雖然長期以來文人對他頗有微詞，但他的創作個性還是難以模仿的。

〔註50〕 《柳南隨筆》卷五，頁88。
〔註51〕 有意思的是張健《清代詩學研究》第三章題云《以錢謙益爲代表的虞山派詩學》，可其中除錢謙益外，很少談到其他虞山派中人，倒是第四章《對漢魏、盛唐審美正統的突破：晚唐詩歌熱的興起》中論述到了馮氏兄弟與吳喬等人。

餘 論

　　若我們將視線從錢謙益身上轉嚮明清之際眾多的士人，我們就不能不既感慨萬分，又思緒萬干。在那樣一個諸種矛盾交錯糾結、動蕩不寧的時代，中國士人的傳統性格、他們的優點與弱點、他們的人格、他們複雜的內心世界，都一一得到檢驗，在急劇變動的現實中通過種種言行充分地展現出來。從他們身上，我們會思考一些具有普遍性的問題，如：

一、道德與現實

　　通常我們認爲世界就應是一個是非分明的世界，在道德評判中尤其如此，但在現實生活中道德判斷的是非往往複雜得多。有的學者曾述及歸莊、朱鶴齡、黃道周、瞿式耜等與錢謙益的交誼，說：「我不認爲由這些仍然『個別』的事實，能做出什麼有價值的判斷。我略感驚詫的只是，在一個鼓勵『別白』、務求『分明』爲風尚的時期之後，竟有這種錯雜以至混沌。」〔註1〕其實這樣的看法正說明如果抱持成見，認爲歷史人物非黑即白，時人對他們的道德判斷涇渭分明、人人贊同，就難以深入理解那個複雜的時代，也難以眞切地感知其時士人矛盾的內心世界。

　　封建道德被士人認爲是封建社會的精神支柱，是士人生活、行事、思想的原則，但如何在紛繁複雜的現實中適用道德原則、加以實踐，還是有一定空間的，如孟子說男女授受不親，但嫂溺援之以手，這就是權，中國歷史中有許多道德困境，都是用權變勉強解決的。它的實質就是實現道德與現實的

〔註 1〕趙園：《明清之際士大夫研究》，頁 499。

妥協。如朱棣攻入南京，那絕對是篡逆，但明朝人以至後代人卻不能就此否認明成祖之後帝統的合法性，相反還加以承認與擁護；他們雖敬仰方孝孺等為忠臣，但又不認為仕於永樂朝者為貳臣。當然，遜國事件帶來的道德困境至明末依然有影響，如《三垣筆記》云：「崇禎初，吾邑子衿袁靖，遇禪僧毒鼓於某山下，指天象語曰：『天遣齊、黃輩下界，不久將亂矣。』靖曰：『此皆建文故忠，詎昔忠今亂者？』毒鼓曰：『彼積憤怨已久，一朝下降，不為巨寇，必為叛臣，皆所不辭耳。』至甲申之變，乃驗。」又說松江袁燦若「先闖逆陷京師二年，夢至一所，見歷代諸創業君會議，燦若問：『何議？』曰：『議革命。』彷彿可識者，漢、明兩高帝而已。有頃，一人如帝者狀，披髮伏地，嗚嗚訴枉。明高帝語之曰：『此事非吾所能主，當往問建文皇帝。』」〔註2〕這其實是士人固守道德的潛意識流露。

道德與現實的矛盾對統治者的政治策略有直接影響，如多鐸入南京，一方面安撫降臣，一方面又建史可法祠，表彰忠義。前者是因為穩定局勢、統治江南必須利用降官，而道德體系的建構又必須獎勸忠節。就清軍與降者的關係說，清軍對降者雖鄙棄，但又要使用，還要給以相應的贊許；而降者受道德的自責與輿論的壓力，但又要不遺餘力地向清軍效勞，同時又迫不及待地尋求道德上的遮羞布。顯然這都是道德與現實妥協的結果。

具體到個人，面對道德與現實的困境所做出的選擇那就更加複雜了。大體上說來，這種困境有如下數種：第一種是涉及大節與生死，如降則生，不降則死，降則喪失氣節，不降則後人崇仰。這種矛盾是尖銳對立的。它的沉重與士人選擇的艱難都是難以描述的。這種選擇是非分明，不管怎麼說，降都是錯誤的。第二種則是針對現實需要的權變，既符合自己的利益，也不嚴重損害道德原則，如錢謙益在崇禎十年丁丑案中不僅向宦官曹化淳求助，又令馮舒向閹黨馮銓求救〔註3〕。再如顧炎武乙未年入獄，也賴路澤溥識清朝兵備使者，為訴之，得移訊松江而釋之〔註4〕。第三種則是與大節無關，僅涉及個人私情，如遺民與清朝官員、貳臣的交往。其實不僅錢謙益與黃宗羲、歸莊、呂留良等有密切交往，龔鼎孳也與冒襄、閻爾梅、方爾止等有親密往來〔註

〔註2〕 《三垣筆記附識補遺》，頁245。
〔註3〕 文秉《烈皇小識》。
〔註4〕 《顧亭林詩集彙注》所附詩譜。
〔註5〕 如《定山堂詩集》卷十九有詩題為《雪後諸同人集寓齋送與治、爾止、伯紫、半千還白門》，頁623。

5〕。即如顧炎武，他很反感錢謙益，但又與做清廷官員的親友有聯繫。雖然各人的道德選擇不同，但情感的聯絡是不容易切斷的，除了特別方正的遺民，大多數人並不以同貳臣、仕清者往還為可恥。如朱鶴齡在《朱錫鬯過訪，時膺舉將入都》中說：「子昔遊京都，才名噪軒冕。今者徵賢良，一舉親禁臠。豈無傾國媒，行見霜蹄展。如餘悠忽身，自安鑿齒塞。江干肯維舟，木榻同息偃。」〔註6〕雖然他自己堅持氣節，卻仍尊重朱彝尊的選擇。但是在清朝統治穩固、尊崇理學、強化道德秩序後，降清者的污點就似乎讓人不可容忍了，因此貳臣受到頗多指責。

　　所以，道德永遠不是抽象的原則，相反，它活生生地存在於士人的內心與生活中，他們的選擇總是道德與現實碰撞的結果，而這種選擇又是因人而異，並隨著具體情況的不同而發生變化，在明清之際，這點體現得尤為明顯。這就給我們在進行道德評判時帶來許多的困難，往往會遇到似是而非、似非而是的情況，讓我們不得不考慮時、地、內、外的種種因素，不得不在道德原則與現實處境中做出認真、細緻地衡量，力求做出符合於歷史真實的判斷。簡單的結論容易下，而恰如其分的判斷卻要難得多。在這個問題上，我們常常會陷入左右為難的困境。這恐怕是一個有待進一步解決的理論問題。

二、遺民的困境

　　遺民是特殊歷史時期的特殊文化現象，由於遺民的層次很複雜，他們生活的手段與方式各有不同，或出家為僧，或耕田自給，或隱居山林，或著書立說，或奔走四方。但不管怎樣，遺民一旦決定堅持氣節，他們其實也就選擇了孤寂清苦的生存方式。其實，如果以苛刻的視角來審視，遺民雖然認為自己堅守貞節，不與清朝合作，是前朝子民，甚至以甲子紀年，但「溥天之下，莫非王土；四海之濱，莫非王臣」，他們生活於清朝統治區域，遵守清朝的律令典章，實際上就默認了清統治的存在，並最低限度地與清統治者妥協，有時甚至還要與之虛與委蛇以避禍。他們雖在情感上厭惡清廷、懷念故國，在生活中卻不能不與清廷有著種種聯繫。再深入地看，遺民雖然渴望懷抱氣節以終老，但他們的命運並不能完全自主，其實還是掌握在清廷手中。

　　因此雖然時人及後世對遺民的氣節給以高度的尊崇，奉為道德的楷模，

〔註6〕《愚庵小集》卷二，頁77。

但我認爲遺民的處境是非常令人同情的。從總體上看，遺民生活在一個狹小的縫隙中，依靠自己的信念、士人的尊重與部分官員的同情而保持自己的尊嚴，但他們的生存時時受著時間、社會、自我欲望的考驗，具體說來，他們面對著四種困難：1、生活的困苦：清初統治很是嚴酷，遺民經過亂世之後，財產損耗殆盡，他們一般又沒有什麼生存技能，面對清統治者的殘酷壓榨與生活的各種雜費，無計可施，捉襟見肘，因此生活極爲艱難。如冒襄說：「今四年以來，兩世咸抱安仁之痛，又金盡客散，無論感恩，即知己亦反唇相向矣。余既鬱壹不自聊，兩兒困躓京華，累負歸來，無能自振。」〔註7〕閻爾梅亦說：「田舍小兒驚我輩，鬚眉男子餓人間。醫貧方略隨緣授，賈禍詩文盡數刪。莫以無家爲苦事，陸沉何處覓鄉關。」〔註8〕2、內心的痛苦：第四章已經論述亡國之人的故國情懷與感傷，而這種痛楚又是與個人的身世之悲結合在一起的，如傅山說：「秉燭起長歎，吁嗟行路難。資糧惟麴蘗，禮樂看蹣跚。景物家家別，風光歲歲闌。此生須荷鍤，倒地即爲棺。」〔註9〕又說：「自顧生何拙，螳螂致此身。孩提知動忍，白首尙浮沉。萬里河山眼，三元甲子心。看看春又至，寂寞遠山岑。」〔註10〕他們的生命意義似乎仍然維繫在已經滅亡的明朝，因此看不到前途，也找不到生趣。3、清廷的騷擾：清廷或禮重、或誘使、或脅迫遺民出仕完全是一種統治策略，一是確實可收漢族人才以爲己所用，二是借有影響力的遺民的出仕來籠絡人心，三是模糊民族界限，淡化民族排斥情緒，穩固自己的統治。但在對待遺民的態度上他們常常又自相矛盾，對出山的士人他們一面比較重視，給予相當的地位，一面又表示輕蔑，認爲他們有損大節；對堅守不出的遺民，他們一面在觀念上比較尊重，一面又千方百計地想讓他們爲自己效力。這一方面是出於實用目的，一方面又是道德要求：清廷欲統治中國，不能不借助漢族士人的力量，因而必須收集大量人才；同時他們接受封建體制，自然欲借封建道德、包括氣節作爲統治的精神支柱。4、抱負不遂的感慨：士人作爲社會的精英階層，受過良好的教育，同時也被賦予崇高的使命，他們有對社會的重大責任，因此顧炎武等壯遊北方，期望能有用於世，但這種希望最終不能實現。在明末，由於統治者不重視、政治腐敗，使他們未得施展才幹，而社會的迅速崩潰也讓他們無能爲力；

〔註7〕 《巢民文集》卷六《書顧仲光扇後》，頁634。
〔註8〕 《白奔山人詩集》卷六下《王子雲自巴河來晤》，頁380。
〔註9〕 《霜紅龕集》卷十四《上谷元旦》，頁396。
〔註10〕 《霜紅龕集》卷十四《自顧》，頁397。

至清朝，他們想復明，但抗清鬥爭最終沉寂，想展現安邦治國的能力，卻又不甘心爲清統治者服務。他們雖有過人的才華與滿腔的熱情，卻只能寂寞獨守，無法實現自我價值。

所以，一方面遺民的生活與內心都非常痛苦，另一方面，他們又面臨著種種誘惑和脅迫，魏禧因此說：「變革之際，舍生取義者，布衣難於縉紳；隱居不出者，縉紳難於布衣。蓋人止一死，無分貴賤，貪生則同。布衣無恩榮，無官守，此舍生所以難也。布衣毀節趨時，未必富貴，閉戶自守，亦無禍患；縉紳則出處一殊，貴賤貧富立判，安危頓異，事在反掌，此隱居所以難也。」〔註 11〕正因爲如此，遺民能堅守氣節，或是因爲他們的意志夠堅定，或是因爲心靈的痛苦使他們感受到道德的崇高感，或是因爲他們淡泊名利，或是因爲他們與清朝有深仇大恨，他們的堅定與執著讓我們敬佩。但大多數曾選擇隱退的士人或不堪寂寞清貧，或迫於清廷與家人的壓力，或不甘無所作爲，或十年，或二十年，在心中的故國之思漸漸忘卻後，在亡國的哀痛漸漸淡去後，在漸漸適應新朝的服式與統治後，有的試探著參加科舉考試，有的直接入朝爲官，還有的爲清廷出謀畫策。並且隨著時間的推移，遺民或哀愁而死、或飢寒而死，或老病而死，遺民陣營越來越小，他們與主流社會的距離也越來越遠，世間的繁華與歡樂他們永遠也無法去體會（除非在回憶與夢幻中），他們雖然作爲臣節的典範，被供於歷史的祭壇，但很少能體會到普通人的快樂，因爲他們要一直背負著對故國的哀痛與對氣節的守護。冒襄曾說：「今余望七，老矣，心傷骨盡，名毀行污，雙足蹣跚不能下堂，甚悔兩庚生乃往業未消，苟延食報，日事祈祝求速死，侍先君至樂也。」〔註 12〕這種哀苦之辭想來可以讓我們看到遺民堅持氣節的另一面吧。他們自己堅守了一輩子，還能讓子孫也堅守嗎？〔註 13〕

〔註 11〕《魏叔子文集・日錄》卷二《雜說》，頁 1125。

〔註 12〕《巢民文集》卷六《書孫遜齋延壽丹方後》，頁 645。

〔註 13〕生於故國，並與故國有緊密的情感聯繫，這是遺民的感情基礎；身爲故國臣民，並曾目睹故國爲敵人所滅，這是遺民的氣節基礎。而遺民的子孫生於清朝，本沒有這種感情與氣節基礎，不必爲明朝守節，若他受家庭薰陶，自願做遺民，那是他的自由；但若本無此意，父老強迫他做遺民，這就有悖人情。因此我個人以爲堅持遺民的子孫也應是遺民的觀點並不妥當，若遺民拒不承認社會現實，以抽象的道德理念強求於後人，否定了個人選擇的自覺與自願，那就難免有矯俗以沽名之嫌。何況，對於一個多民族的國家來說，清朝是我國歷史上的一個朝代，要求子子孫孫不仕清在邏輯上也是很難成立的。

歷史不可無遺民，斯世不應有遺民。遺民代表著對道德的堅持，對自我欲望的克制，對感情的忠貞，他們是有別於芸芸眾生的獨行者，體現著中國傳統士人的剛強與堅韌。但遺民的出現，往往意味著天翻地覆的亂世，意味著人們生活的巨大變化、道德的困境、選擇的無所適從和心靈的苦痛、歷史的重擔，一面是個人無法承受之重，一面是生命不能承受之輕。我尊敬遺民，但也為他們感到悲哀，因而生出無限的同情。

三、反思的困惑

我們常說明末清初是思想啓蒙的時代，由於社會的巨大變動，使得士人深刻反思明末暴露出來的種種弊端，並從政治、經濟、軍事、文化上探討解決方案與新的出路。他們的思想很深刻，也很有力度，在很多方面突破了傳統理論，令人耳目一新。但必須指出的是，由於當時生產力與生產方式、封建體制與儒家思想、士人學識與視野等的限制，時代本身給思想家的空間並不大，他們也不可能真正找到新的道路。例如當時已經有西方文化傳入，但士人並未給予重視，即使有一部分學習西方科學的士人，他們也不能真正理解西方的理性思辨與嚴密邏輯，而試圖以東方的思維方式去融彙西方文化，如《名理探》序云：「日聆泰西諸賢昭事之學，其旨以盡性至命為歸，其功則求於窮理格致。」《幾何原本》徐光啓序亦說：「萬象之形圍，百家之學海……不意二千年古學廢絕後，頓獲補綴唐虞三代之闕典遺義。」而就算這麼一點點認識也受到當時不少士人的指責，視為異端邪說。由此也可以看出傳統的勢力有多麼強大。

因此，明清之際的士人討論各種社會問題的方式、解決的方案都是傳統的，甚至帶有復古氣息，似乎仍以三代為楷模。他們雖然已經發現問題，但不能從根本上對封建制度與封建文化進行批判，仍然承認儒家的獨尊地位。因此他們一談起社會理想，就打出三代與古聖先王的招牌，這不僅是說明自己的思想淵源，也是要表示自己遵循古法，以減輕阻力，避免批評。正因為如此，他們的理想總帶著幻想的色彩，難以付諸實踐，如黃宗羲激烈抨擊封建君主，在《原君》中幾乎是破口大罵：「凡天下之無地而得安寧者，為君也。是以其未得之也，屠毒天下之肝腦，離散天下之子女，以博我一人之產業，曾不慘然。曰：『我固為子孫創業也。』其既得之也，敲剝天下之骨髓，離散天下之子女，以奉我一人之淫樂，視為當然。曰：『此我產業之花息也。』然

則，爲天下之大害者，君而已矣」〔註14〕。說得是何等的痛快淋漓，但是他想像不出沒有君主的封建統治體系，最後，只能回到君臣共治的老路上去。又如他提出重學校，說：「學校所以養士也。然古之聖王，其意不僅此也，必使治天下之具，皆出於學校，而後設學校之意始備。……天子之所是未必是，天子之所非未必非，天子亦遂不敢自爲非是，而公其非是於學校。」〔註15〕它既帶著古色古香，又帶些浪漫氣息，就是不可能實現。他們也未能對士人階層自身進行徹底反思：長期以來，士人力圖實現人格獨立與精神的自由，但又不得不依附於統治階層；他們有改造社會、造福民眾的雄心壯志，卻又缺乏實際能力與有效的方法；他們高標自我，但又懦弱遲疑；他們肩負著重大的責任，卻又難以承擔；他們喜愛高雅風流瀟灑之事，不喜人間濁務纏身。因此「干戈云擾則文儒退」〔註16〕，亂世使士人的缺陷與不足得以充分暴露。當時有人反思明亡時士人的束手無策，指責這是心學空疏的結果，那是很膚淺的看法，明亡是心學的責任，那麼唐亡、宋亡、清之衰敗又該怨誰呢？可惜的是顧、黃、王等思想家也沒有進行深人的思考與尖銳的抨擊，致使晚清士人再現了明末的驚惶與哀歎。

　　文學思想上亦然，文論家們反對復古派文必秦漢、詩必盛唐的提法，要求詩人寫眞情，反映時代，但在文學樣式與創作上的新變極爲有限，只能將目光又投向古人，如錢謙益大力批判復古派，但在根本上並不反對學習古人，只不過學習的方式與內容有所不同。他說：「古之爲學者，莫先於學《詩》，《詩》也者，古人之所以爲學也，非以《詩》爲所有事而學之也。古之人，十有三年學樂誦《詩》舞勺，成童舞象，春誦夏弦，秋學《禮》，冬學《書》。其於學《詩》也，沒身而已矣。師乙之論聲歌也，自歌《頌》歌《雅》以逮於歌《齊》，各有宜焉。自寬柔靜正，以逮於溫良能斷之德，各有執焉。清濁次第，宮商相應，辨其體則有六義，考其源則有四始五際六情，故曰：溫柔敦厚，《詩》教也。古人之學《詩》者如是。」〔註17〕因此進入清代，文學開始了新一輪向古代典範的學習。

　　所以儘管明清之際思想家們的反思確有開啓心智的價值，但在一個封閉

〔註14〕《明夷待訪錄・原君》。
〔註15〕《明夷待訪錄・學校》。
〔註16〕《抱朴子・博喻》。
〔註17〕《有學集》卷二十《婁江十子詩序》，頁844。

系統的內部，反思能有多少突破性，能產生多大效用，都是很讓人懷疑的，他們更多是體現出對於末世的憂憤。

四、士人的獨立人格

由於受士人傳統、士人在封建社會的經濟基礎、社會地位、政治角色、思想涵養、文化教育、價值定位等因素決定，傳統士人往往在政治、經濟、社會地位的確定等方面依附於統治者，這表現在他們常常有功名之念，如「學得文武藝，貨與帝王家」，並將改造社會、改善民生，實現個人與社會的理想、個人要求的滿足等都仰賴於統治者，他們的理想是能與統治者合作，成為「王者師」，輔佐帝王成就大業，這就是姜尚、管仲、諸葛亮受士人推崇的原因。而統治者也力求使士人依附於自己，從而更好地為自己的統治服務，所以忠孝節義等道德觀念成為士人人身依附的精神守則，事實上成為約束士人心靈的枷鎖。而官職爵位是使士人人身依附的實用工具，事實上成為士人的人身枷鎖，所謂「食君之祿，分君之憂」；甚至有的統治者如朱元璋赤裸裸地提出：寰宇士夫不為君用者，殺無赦，企圖用暴力手段來捆綁士人。長期的思想、政治、經濟依附，使得士人的個性與人格受到種種限制，甚至有淪為帝王家奴、統治工具的危險。如士人把忠君與愛國混在一起，君、國不分，只認為天下是一家一姓之天下，而未認識到天下是天下人之天下。於是有愚忠，有迂腐不可理解之種種行為，混高尚與愚昧為一體，使人感慨欷歔而難以言說。

但是同時，士人所受的文化教育也使他們自覺地意識到自己的價值與獨特地位，他們的理想是「立德、立功、立言」，這些本來並非為統治者服務，他們與統治者的關係也可以是「合則用，不合則去」。如唐甄說：「三代以後，有天下之善者莫如漢。然高帝屠城陽，屠潁陽；光武帝屠城三百。使我而事高帝，當其屠城陽之時，必痛哭而去之矣；使我而事光武帝，當其屠一城之始，必痛哭而去之矣。吾不忍為之臣也。」〔註18〕在董仲舒定儒家於一尊前，士的獨立性比較明顯，而在獨尊儒術之後，若士人的思考能突破宗法與道德律條，他們的心靈便是自由的，因此他們又在努力探尋自己的獨立人格。士人能否追求獨立人格，與歷史環境、文化背景、個人性格、對社會的清醒認識等有關，當社會發生變動，儒家道德約束減弱，士人就有可能試圖擺脫君

〔註18〕《潛書》下篇下《室語》，頁 530。

主和封建秩序的束縛，尋求個性的表現。如魏晉時期很少講忠君，而講孝、講家族、講個人愛好。明中葉以後，隨著商業的繁盛與異端思想的活躍，士人的自我意識再一次擡頭，王陽明不太講忠君，傳統認爲君聖一體，內聖外王，而王陽明便說人人皆可成聖人，主張我的良知便是我的主宰，這是思想家尋求思想獨立的努力；而徐渭、湯顯祖、公安三袁等都強調眞情的力量，甚至認爲「情不知所起，一往而深，生者可以死，死可以生。生而不可與死，死而不可復生者，皆非情之至也。」「人世之事，非人世所可盡。自非通人，恒以理相格耳。第云理之所必無，安知情之所必有邪。」〔註 19〕這是士人以尊情來表現自我獨立。到了晚明，由於政治的混亂、社會的衰敗，一部分士人力圖強調自身的獨立性以改變對皇權的依附，第一種以東林黨爲代表，他們不親附於權臣〔註 20〕，對國家大事也與皇帝有不同意見，他們堅持傳統儒家治國理念以實現君臣共治的理想模式，堅持砥礪情操以保持人格獨立，評議朝政，謇諤立身是展示他們獨立人格的方式；第二種以李贄等爲代表，他們對社會與個人有自己的思考，堅持自己道德評價和個性的獨立，特立獨行，自我標榜乃至自我放縱是展示他們獨立人格的方式。隨著明朝滅亡，大批遺民出現，他們雖然與故國有著情感上的聯繫，但客觀上強調經濟自立、內心自足，甚至開始進行自己對國家社會、對封建秩序的思考，拒絕清統治者的拉攏。

　　士人對獨立人格的追尋要有大智慧與大毅力，錢謙益不能做到，就在於：第一，他性格軟弱，不能克服死的恐懼與名利的誘惑；第二，他受傳統儒家思想的影響太深，還不能眞正實現自己的思考；第三，他有對功名的強烈欲望，而這必須借助統治者的力量。未能確立獨立人格的士人在易代之際很容易陷入困境，封建道德要求他們不能投降，而清統治者則或武力脅迫、或名利引誘他們投降，無論降與不降，他們都無法找到自我，只能成爲受強大皇權與封建道德擺佈的玩偶，最終在現實中失意、在道德上受責，進退失據。即如錢謙益最終參與復明，但這只是情感的依戀與道德的復歸，甚至可以說是功名願望的轉移，或者還帶著失節的內心羞愧，是以復明行動求得感情上擺脫此種羞愧感的一種自我慰藉，並不能說明他已經覺醒，意識到自己應是獨立於統治者的自足個體。

〔註 19〕《湯顯祖全集》詩文卷三十三《牡丹亭記題詞》，頁 1153。
〔註 20〕東林黨最初起於反對張居正奪情。

　　但從根本上來說，我國古代的士人對獨立人格的追尋最終常常走向失敗。第一，這是由封建社會的政治體制、精神支柱所決定的：封建社會以皇權為中心，以家——君——國為核心建構，與此相應，正統道德強調個人對父權、君權的自覺遵從，從而保證封建秩序的穩定與封建統治的穩固。士人不僅本身是受約束者，甚至自覺不自覺地成為維護這種體系的倡導者與監督者，隨著政權的強化而逐漸喪失自我意識。第二，這是由士人的社會地位和價值定位決定的：士人以其豐富的學識自負，並對百姓、國家有強烈的責任感（士人的責任感可以有多個層面，如政治責任、學術責任、思想責任、文化責任。張載所謂「為天地立心，為生民請命；繼往聖之絕學，開萬世之太平」，就是這種自負與責任感的充分體現），他們渴望能人文昌盛、改造社會，因而積極參與政治、文化建設，而政治理想與文化理想的實現都必須得到統治者的大力支持，因此經濟上的不獨立、社會勢力的弱小決定他們必須與統治者互相依存〔註21〕。第三，在強大的傳統力量面前，清醒的士人不僅無法改變大多數人的沉淪，甚至有無路可走的悲哀，經濟上的自足、社會角色的定位、自我價值的實現、自我願望的達成等問題都難以解決，在殘酷的現實面前，他們的力量是如此弱小，希望是如此渺茫。更重要的是士人本身也時時受到傳統的影響，他們的獨立意識往往很模糊，思想路線、評判體系等都有傳統道德的影子，他們意識到自己應該獨立，卻不能清晰地描述自己的理想，甚至最終向傳統屈服，與現實妥協。

五、士人在亂世的使命與作用

　　士人作為社會的精英，他們對於國家的前途與社會的發展具有重要意

〔註21〕山人與遺民的人身獨立，其實是以否定自己的社會價值、政治地位作為代價的，因而也就失去了士人的安身立命之處。所以他們是痛苦的、無奈的，他們的優游林下也只是精神上的、理想中的。（所以陶淵明是否真的能實現心靜如水是令人懷疑的。以王維為代表的隱士也是如此，他們雖從政治漩渦中淡出，但政治給他們的影響至為深遠。）士人畢竟不是僧，不是道。退隱也不是出家，對世事不可能心如死灰，恰恰這種態度強烈地表明他們對於現實的反應及自己的選擇。很多隱士都不是恬淡之人，而是情感極為豐富、孤傲之人，對於醜惡的現實不能容忍。這就不難理解嵇康為何會被殺，陶淵明為何會寫出《詠山海經》；明遺民中也頗多情懷激烈之人。他們有強烈的政治參與意識，偏偏又遠離權力中心，不能也不屑於與統治者合作，不能實現自己的抱負，卻要強使心境恬靜，裝作看破世事，內心的激憤更大。

義。尤其在國家遇到危機的時刻，上上下下往往都對他們寄予厚望，而他們也常常慷慨激昂，以救國救民為己任。特別是在明末，憂國者多，談兵者多，渴望救世者多。如錢謙益對自己的能力極為自負，相信自己能澄清天下，因而急於用世。又如侯方域也在詩文中表現出對社會現實的憂慮與拯救黎民、挽回衰世的願望。如《宿州》云：「宿州前路上，衰草尚縱橫。大野龍蛇迹，荒原雉兔行。馬饑鳴後隊，寇亂泊孤城。」描繪當時四野蕭條，民不聊生，戰亂頻繁的圖景，並自豪地宣稱：「將略書生在，憑誰欲請纓」〔註22〕。他們崇高的使命感、敢於擔當的精神，對國家民族的責任感、對自我能力的自信無不令我們感動。

　　但考察易代時士人的生平與歷史現實就會發現，士人的自負與他們實際所能發揮的作用有很大的差距。如錢謙益一直渴望立於廟堂之上，施展治國方略，但當他真的面對錯綜複雜的弘光朝局勢，他又束手無策，提出的建議不能根本解決實際問題。這首先與士人的認識能力有關，他們與社會現實有一定距離，對典章制度、圖書文物還很熟悉，優游於琴棋書畫，吟詩作文，但對世界、社會的認識往往空想多，實踐少；模糊感悟多，具體分析少；紙上談兵者多，具有實際經驗者少。他們往往有整套的方案，能引經據典，說得頭頭是道，但與現實脫節，既沒有具體可行的措施，也沒有強有力的手腕。如錢謙益就把救世想得太容易，常常流於幻想。其次，傳統士人缺乏獨立思考的能力，他們長期接受的是經史之學，不通實務，而科舉制度更使他們的精神、心智都被禁錮，沒有獨創性，一提起治理國家，就是要恢復三代之治，想實現儒家治國理念，但這些政治主張幻想色彩多些，用於現實根本行不通。如錢謙益在《錢注杜詩》中百般迴護的房琯便是一個迂夫子，試圖恢復車攻，結果在陳陶斜大敗。他們不能跳出傳統的藩籬，發揮自己的聰明才智，根據具體情況來解決問題，卻總是要遵循各種規範，注定不能隨時而變，成就功業。第三，中國封建社會以道德為精神支柱，士人的道德修養是立身基礎，所謂「修身、齊家、治國、平天下」，「自天子以至於庶人，一是皆以修身為本」〔註23〕，他們過分重視道德的力量，而輕視對於實際事務的講求，國難當頭，他們雖能前赴後繼，壯烈殉國，但並不能改變社會現實，《潛書》便云：「徐中允著書，著有明之死忠者。唐子曰：『公得死忠者幾何人？』曰：『千

〔註22〕《四憶堂詩集》卷一。
〔註23〕《大學章句》。

有餘人。』唐子慨然而歎曰：『吾聞之：軍中有死士一人，敵人爲之退舍。今國有死士千餘人而無救於亡，甚矣才之難也！』」〔註24〕其實對於負有治國責任的士人而言，道德的修養與實際能力的培養都很重要。

需要指出的是，在承平時世，儒家道德維繫著世人的行爲規範，封建政治體制也能正常運作，社會矛盾、個人與社會的矛盾都不尖銳，此時士人的教育、行爲方式、能力都與其責任相適應，士人也能在國家政治、社會生活中發揮應有的作用。但是在非常之世，傳統的準則都被打亂，人們面對複雜而且從未遇到的困境，往往束手無策，這時士人個性、文化、能力上的缺陷就暴露出來了。

因此，雖然士人是管理國家與地方事務的重要角色，我認爲他們在歷史上最重要的價值還是在於文化創造與文化傳承。他們爲後人提供了豐富多彩而又無比寶貴的精神財富，展現了自己的個性與無限廣闊的藝術空間和知識探索，他們的思想給我們以有益的啓迪，他們保存、光大文化遺產的努力使中華民族的精神之脈一直延續，文化長河從不斷流，反而更爲氣勢磅礴，蔚爲壯觀，使中國足以爲其悠久的歷史與輝煌的文化而自傲於世界。

〔註24〕《潛書》上篇下《有爲》，頁 156。

參考文獻

1. 《牧齋全集》，錢謙益，宣統二年遼漢齋排印本。

2. 《初學集》，錢謙益，上海古籍出版社 1985 年版。

3. 《有學集》，錢謙益，上海古籍出版社 1996 年版。

4. 《投筆集》，錢謙益，續修四庫全書本第 1391 冊，清鈔本（南開大學圖書館藏）。

5. 《牧齋外集》，錢謙益，清鈔本（國家圖書館藏）。

6. 《牧齋有學集補遺》，錢謙益，清鈔本（國家圖書館藏）。

7. 《有學集佚文》，錢謙益，《中華文史論叢》1983 年第 3 輯〔註1〕。

8. 《牧齋集外詩·柳如是詩》，錢謙益，佚叢甲集本，清光緒三三年鉛印本。

9. 《錢牧齋文鈔》，錢謙益，國學扶輪社宣統元年鉛印本。

10. 《列朝詩集小傳》，錢謙益，上海古籍出版社 1959 年版。

11. 《列朝詩集》，錢謙益編，三聯書店上海分店 1989 年版，據順治九年毛氏汲古閣刻本影印。

12. 《錢注杜詩》，錢謙益，上海古籍出版社 1979 年版。

13. 《歸錢尺牘·錢牧齋先生尺牘》，錢謙益，清鈔本（南開大學圖書館藏）。

14. 《錢牧齋尺牘》，錢謙益，清宣統二年順德鄧氏風雨樓重刻虞山如月樓本鉛印本。

15. 《牧齋晚年家乘文》，錢謙益，清宣統三年上海國學扶輪社鉛印本。

16. 《明史斷略》，錢謙益，四庫未收叢書本第 3 輯第 15 冊。

17. 《國初群雄事略》，錢謙益，中華書局 1982 年版。

〔註 1〕 見瞿鳳起《舊鈔本〈牧齋有學集文鈔補遺〉記略》所附，它是從現存的《牧齋有學集文鈔補遺》中輯出。

18.《重編義勇武安王集》，錢謙益編，北京圖書館古籍珍本叢刊本第 14 冊。

19.《吾炙集》，錢謙益編，虞山叢刻本，民國五年常熟丁氏刻本。

20.《絳雲樓書目》，錢謙益，清抄本（南開大學圖書館藏）。

21.《柳如是詩文集》，柳如是，上海古籍出版社 2000 年版。

22.《明史》，張廷玉等，中華書局 1984 年版。

23.《明實錄》，臺灣中央研究院歷史語言研究所影印本。

24.《明史紀事本末》，谷應泰，中華書局 1985 年新一版。

25.《明會要》，龍文彬，中華書局 1956 年版。

26.《明儒學案》，黃宗羲，中華書局 1985 年版。

27.《清史稿》，趙爾巽等，中華書局 1977 年版。

28.《清史列傳》，中華書局 1987 年版。

29.《清實錄》，中華書局影印本 1985 年版。

30.《錢牧齋先生年譜》，金鶴沖，1941 年鉛印本。

31.《牧齋先生年譜》，葛萬里，《碑傳集補》卷四十四。

32.《錢牧翁先生年譜》，彭城退士，《牧齋晚年家乘文》附。

33.《鍾惺年譜》，陳廣宏，復旦大學出版社 1993 年版。

34.《祁忠敏公日記》，祁彪佳，紹興縣修志委員會 1937 年校刊。

35.《顧亭林先生年譜三種》，北京圖書館編，北京圖書館出版社 1997 年版。

36.《孫奇逢日譜》，孫奇逢，光緒刊本。

37.《鄭延平年譜》，許浩基編，1926 年鉛印本。

38.《方以智年譜》，任道斌編著，安徽教育出版社 1983 年版。

39.《明清江蘇文人年表》，張慧劍，上海古籍出版社 1986 年版。

40.《虞陽說苑甲編》，丁祖蔭輯，1917 年排印本。

41.《虞陽說苑乙編》，丁祖蔭輯，1932 年鉛印本。

42.《痛史》，樂天居士輯，商務印書館 1912 年鉛印本。

43.《昭代叢書》，張潮、楊復古、沈楙惠等編纂，上海古籍出版社 1990 年版。

44.《河東君事輯》，懷圃居士，光緒二十九年刻本。

45.《國榷》，談遷，（臺灣）鼎文書局 1978 年版。

46.《小腆紀年》，徐鼒，《明清史料彙編》第四集（臺灣）文海出版社。

47.《小腆紀傳》，徐鼒，《明清史料彙編》第四集（臺灣）文海出版社。

48.《定陵注略》，文秉，《明季史料集珍》（臺灣）偉文圖書出版社 1976 年版。

49.《碑傳集補》，閔爾昌錄，（臺灣）文海出版社。

50.《甲乙事案》，文秉，續修四庫全書本第 443 冊。

51.《烈皇小識》，文秉，續修四庫全書本第 439 冊。

52.《南渡錄》，李清，續修四庫全書本第 443 冊。

53.《聖安記事》，顧炎武，續修四庫全書本第 443 冊。

54.《行朝錄》，黃宗羲，續修四庫全書本第 442 冊。

55.《永曆實錄》，王夫之，續修四庫全書本第 444 冊。

56.《明季遺聞》，鄒漪，續修四庫全書本第 442 冊。

57.《談往錄》，花村看行侍者，續修四庫全書本第 442 冊。

58.《明季甲乙兩年彙略》，許重熙，續修四庫全書本第 441 冊。

59.《懷陵流寇始終錄》，吳殳、戴笠，續修四庫全書本第 441 冊。

60.《幸存錄》，夏允彝，《明清史料彙編》第二集第四冊（臺灣）文海出版社。

61.《續幸存錄》，夏完淳，《明清史料彙編》第二集第四冊（臺灣）文海出版社。

62.《揚州十日記》，王秀楚，《明清史料彙編》第二集第五冊（臺灣）文海出版社。

63.《明季北略》，計六奇，中華書局 1984 年版。

64.《明季南略》，計六奇，中華書局 1984 年版。

65.《萬曆野獲編》，沈德符，中華書局 1959 年版。

66.《甲申朝事小紀》，抱陽生，書目文獻出版社 1987 年版。

67.《隨筆漫記》，唐昌世，《明清史料彙編》初集第三冊（臺灣）文海出版社。

68.《玉堂薈記》，楊士聰，《明清史料彙編》初集第三冊（臺灣）文海出版社。

69.《三垣筆記》，李清，中華書局 1982 年版。

70.《柳南隨筆・續筆》，王應奎，中華書局 1983 年版。

71.《古夫于亭雜錄》，王士禎，中華書局 1988 年版。

72.《池北偶談》，王士禎，中華書局 1982 年版。

73.《延平王戶官楊英從征實錄》，楊英，國立中央研究院影印本 1931 年版。

74.《痛餘雜錄》，史惇，續知不足齋叢書第二集第十六冊〔註2〕。

〔註2〕謝國楨在《增訂晚明史籍考》卷二十一中記南京圖書館藏鈔本《慟餘雜記》
一卷，說：「是書雜記自萬曆以來明末朝野雜事，作者似為反對東林黨者，於
黨人之事頗致誹辭。」「又按：續知不足齋叢書本刻有史惇撰《痛餘雜錄》，

75.《棗林雜俎》，談遷，上海國學扶輪社宣統三年排印本。

76.《北遊錄》，談遷，中華書局 1960 年版。

77.《嶺表紀年（外二種）》，魯可藻等，浙江古籍出版社 1985 年版。

78.《中國思想通史》第五卷，侯外廬，人民出版社 1956 年版。

79.《南明史》，顧誠，中國青年出版社 1997 年版。

80.《南明史綱・史料》，柳無忌編，上海人民出版社 1994 年版。

81.《萬曆傳》，樊樹志，人民出版社 1993 年版。

82.《崇禎傳》，樊樹志，人民出版社 1997 年版。

83.《萬曆十五年》，黃仁宇，三聯書店 1997 年版。

84.《士與中國文化》，余英時，上海人民出版社 1987 年版。

85.《張居正大傳》，朱東潤，百花文藝出版社 2000 年版。

86.《立命與忠誠》，葛荃，浙江人民出版社 2000 年版。

87.《明清社會性愛風氣》，吳存存，人民文學出版社 2000 年版。

88.《晚明東林黨議》，王天有，上海古籍出版社 1991 年版。

89.《明清之際黨社運動考》，謝國楨，中華書局 1982 年版。

90.《增訂晚明史籍考》，謝國楨，上海古籍出版社 1981 年版。

91.《中國歷史地圖集》，譚其驤主編，中國地圖出版社 1996 年版。

92.《明清之際士大夫研究》，趙園，北京大學出版社 1999 年版。

93.《明清佛教》，郭朋，福建人民出版社 1985 年版。

94.《道學與佛教》，周晉，北京大學出版社 1999 年版。

95.《吳晗史學論著選集》，北京市歷史學會主編，人民出版社 1984 年版。

96.《王陽明全集》，王守仁，上海古籍出版社 1992 年版。

97.《湯顯祖全集》，湯顯祖，北京古籍出版社 1999 年版。

98.《袁宏道集箋校》，袁宏道，上海古籍出版社 1981 年版。

99.《珂雪齋近集》，袁中道，上海書店 1982 年版。

100.《隱秀軒集》，鍾惺，上海古籍出版社 1992 年版。

101.《譚元春集》，譚元春，上海古籍出版社 1998 年版。

102.《落落齋遺集》，李應升，常州先哲遺書第一集，清光緒盛氏刊本。

103.《吳梅村全集》，吳偉業，上海古籍出版社 1990 年版。

亦即是書。」（頁 939）但《續知不足齋叢書》中的《痛餘雜錄》主要記述楚地（辰、沅、襄、漢等）在明末清初的社會動亂，不涉及明末政治。我因為條件所限，沒能看到南京圖書館所藏《慟餘雜記》，但初步可以肯定兩書不同。

104.《天傭子集》，艾南英，道光十六年重刻本。

105.《顧亭林詩文集》，顧炎武，中華書局 1959 年版。

106.《顧亭林詩集彙注》，顧炎武，上海古籍出版社 1983 年版。

107.《黃宗羲全集》，黃宗羲，浙江古籍出版社 1985 年版。

108.《船山全書》，王夫之，嶽麓書社 1988～1996 年版。

109.《釣璜堂存稿》，徐孚遠，金山姚氏懷舊樓刊本 1926 年版。

110.《陳忠裕公全集》，陳子龍，嘉慶八年刊本。

111.《陳子龍詩集》，陳子龍，上海古籍出版社 1983 年版。

112.《夏完淳集》，夏完淳，上海古籍出版社 1991 年版。

113.《瞿式耜集》，瞿式耜，上海古籍出版社 1981 年版。

114.《張蒼水集》，張煌言，上海古籍出版社 1985 年版。

115.《歸莊集》，歸莊，上海古籍出版社 1984 年版。

116.《陳眉公集》，陳繼儒，續修四庫全書本。

117.《松圓浪淘集》，程嘉燧，續修四庫全書本。

118.《松圓偈庵集》，程嘉燧，續修四庫全書本。

119.《耦耕堂集》，程嘉燧，續修四庫全書本。

120.《白耷山人詩文集》，閻爾梅，續修四庫全書本第 1394 冊。

121.《浮山文集前編、後編》，方以智，續修四庫全書本。

122.《浮山此藏軒別集》，方以智，續修四庫全書本。

123.《霜紅龕集》，傅山，山西人民出版社 1985 年版。

124.《潛書》，唐甄，四川人民出版社 1984 年版。

125.《敬亭集》，姜埰，四庫存目叢書本集第 193 冊。

126.《樓山堂集》，吳應箕，續修四庫全書本第 1388 冊。

127.《定山堂詩集》，龔鼎孳，續修四庫全書本第 1402 冊。

128.《定山堂古文小品》，龔鼎孳，續修四庫全書本第 1403 冊。

129.《巢民詩文集》，冒襄，續修四庫全書本第 1399 冊。

130.《壯悔堂文集》，侯方域，續修四庫全書本。

131.《四憶堂詩集》，侯方域，續修四庫全書本。

132.《午夢堂集》，葉紹袁編，中華書局 1998 年版。

133.《愚庵小集》，朱鶴齡，上海古籍出版社 1979 年版。

134.《清詩話》，王夫之等，上海古籍出版社 1963 年版。

135.《杜臆》，王嗣奭，上海古籍出版社 1983 年版。

136.《杜詩詳注》，仇兆鰲，四庫全書本。

137.《錢牧齋箋注杜詩補》，彭毅，臺灣大學文史叢刊之一 1964 年版。

138.《杜詩叢刊》，黃永武主編，（臺灣）大通書局。

139.《〈錢注杜詩〉與詩史互證方法》，郝潤華，黃山書社 2000 年版。

140.《柳如是別傳》，陳寅恪，三聯書店 2001 年版。

141.《錢謙益與明末清初文學》，孫之梅，齊魯書社 1996 年版。

142.《錢謙益藏書研究》，簡秀娟，臺北：漢美圖書有限公司 1991 年版。

143.《錢謙益詩歌研究》，裴世俊，寧夏人民出版社 1991 年版。

144.《四海宗盟五十年》，裴世俊，東方出版社 2001 年版。

145.《談藝錄》，錢鍾書，中華書局 1984 年版。

146.《清詩紀事初編》，鄧之誠，上海古籍出版社 1965 年版。

147.《夢苕庵詩話》，錢仲聯，齊魯書社 1986 年版。

148.《明末清初詩論研究》，孫立，廣東高等教育出版社 1999 年版。

149.《清詩史》，朱則傑，江蘇古籍出版社 1992 年版。

150.《清代詩學初探》，吳宏一，臺灣學生書局 1986 年再版。

151.《清代詩學研究》，張健，北京大學出版社 1999 年版。

152.《清代詩壇第一家》，葉君遠，中華書局 2002 年版。

153.《王漁洋與康熙詩壇》，蔣寅，中國社會科學出版社 2001 年版。

154.《王漁洋事迹徵略》，蔣寅，人民文學出版社 2001 年版。

155.《明代詩文的演變》，陳書錄，江蘇教育出版社 1996 年版。

156.《船山詩學研究》，陶水平，中國社會科學出版社 2001 年版。

157.《李贄與晚明文學思想》，左東嶺，天津人民出版社 1997 年版。

158.《清初人選清初詩彙考》，謝正光、佘汝豐，南京大學出版社 1998 年版。

159.《清初詩文與士人交遊考》，謝正光，南京大學出版社 2001 年版。

160.《中國文學批評通史明代卷》，袁震宇、劉明今，上海古籍出版社 1996 年版。

161.《中國文學批評通史清代卷》，鄔國平、王鎮遠，上海古籍出版社 1996 年版。

162.《中國文學理論批評發展史》，張少康、劉三富，北京大學出版社 1995 年版。

163.《中國文學理論史》，蔡仲翔、黃保真、成復旺，北京出版社 1987 年版。

164.《中國文學批評》，方孝岳，三聯書店 1986 年版。

165.《中國文學批評史》，郭紹虞，百花文藝出版社 1999 年版。

166.《中國文學批評史大綱》，朱東潤，上海古籍出版社 1957 年版。

167.《劍橋中國明代史》，牟復禮等，中國社會科學出版社 1992 年版。

168.《史可法年譜》，〔加拿大〕史元慶，中國友誼出版公司 1991 年版。

169.《洪業》，〔美國〕魏斐德，江蘇人民出版社 1998 年版。

170.《吉川幸次郎全集》，〔日本〕吉川幸次郎，東京：築摩書房 1985 年版。

171.《The Southern Ming 1644～1662》, LYNN A.STRUVE, Yale University Press, 1984 〔註3〕

172.《清初詩歌研究》，趙永紀，蘇州大學 1985 年古代文學博士論文。

173.《清初遺民詩群研究》，張兵，蘇州大學 1998 年古代文學博士論文。

174.《錢謙益與晚明社會》，張永貴，復旦大學 2000 年明清史博士論文。

175.《吳梅村生平創作考論》，王于飛，浙江大學 2001 年古代文學博士論文。

176.《從理學到文學》，雍繁星，南開大學 2002 年古代文學博士論文。

177.《明末清初文人結社研究》，何宗美，南開大學 2002 年古代文學博士論文。

178.《錢謙益降清悔恨述實》，培軍，《寧夏大學學報》，1988 年第 3 期。

179.《錢謙益降清心態一辨》，楊義，《古典文學知識》，1997 年第 4 期。

180.《錢謙益降清之人格心態透視》，許龍，《嘉應大學學報》，1999 年第 2 期。

181.《錢牧齋降清考辨》，暴鴻昌，《北方論叢》，1992 年第 4 期。

182.《錢謙益：明末士大夫心態的典型》，李慶，《復旦學報》，1989 年第 1 期。

183.《癡迷宦海文士夢》，楊義，《古典文學知識》，1997 年第 2 期。

184.《論錢謙益人格特徵的遊移性》，汪群紅，《吳中學刊》，1996 年第 2 期。

185.《小議錢謙益》，鄒紀孟，《書屋》，2002 年第 1 期。

186.《論錢謙益性格的文化內涵》，任火，《河北師大學報》，1997 年第 3 期。

187.《錢謙益的政治生涯及其成敗》，賈豔敏、李可亭，《商丘師範學院學報》，1998 年第 1 期。

188.《錢謙益的著作、人品和詩學》，雷宜遜，《中國韻文學刊》，1998 年第 2 期。

189.《一代詩宗錢謙益》，胡鐵軍，《文史知識》，1987 年第 3 期。

190.《淺論錢謙益及其悼明詩》，李中耀，《新疆大學學報》，1986 年第 4 期。

191.《錢謙益其人其詩》，趙永紀，《江西社會科學》，1993 年第 4 期。

〔註 3〕 此書有中譯本《南明史（1644～1662）》〔美〕司徒琳，上海古籍出版社 1992 年版。

192.《錢謙益〈後秋興〉獻策詩考釋》，祝誠、江慰廬，《吳中學刊》，1993 年第 4 期。

193.《〈病榻消寒雜詠〉與〈投筆集〉：兼論錢謙益七律詩在題材上的開拓》，孫之梅，《求是學刊》，1993 年第 6 期。

194.《錢謙益入清後詩歌試論》，胡明，《中華文史論叢》，1984 年第 4 期。

195.《錢謙益詩歌略論》，余曲詩，《齊魯學刊》，1993 年第 5 期。

196.《錢謙益山水詩初探》，王英志，《南京大學學報》，1997 年第 1 期。

197.《錢謙益〈金陵雜題絕句二十五首〉》，朱則傑，《古典文學知識》，1996 年第 5 期。

198.《錢謙益古文價值三論》，裴世俊，《蘇州大學學報》，1991 年第 4 期。

199.《述錢牧齋之文學批評》，朱東潤，《文哲季刊》（武昌），1932 年 2 卷 2 期。

200.《錢謙益文學思想初探》，鄔國平，《陰山學刊》，1990 年第 4 期。

201.《論錢謙益的文學思想》，劉守安，《北京社會科學》，1993 年第 2 期。

202.《錢謙益人品和文品的聯繫和區別的思考》，培君，《寧夏大學學報》，1991 年第 2 期。

203.《錢謙益的文學本質論》，朴璟蘭，《復旦學報》，2001 年第 4 期。

204.《論錢謙益對明代文學的評價與總結》，劉守安、張玉璞，《學習與探索》，1997 年第 3 期。

205.《錢謙益文學觀轉變及其批評的意義》，羅時進，《寧波大學學報》，2001 年第 4 期。

206.《錢謙益的「香觀」「望氣」說》，孫之梅，《中國韻文學刊》，1994 年第 1 期。

207.《錢謙益詩論平議》，胡明，《社會科學戰線》，1984 年第 2 期。

208.《錢謙益主情審美命題及其價值》，裴世俊，《江海學刊》，1991 年第 4 期。

209.《錢謙益的詩論及其詩歌創作》，陳公望，《牡丹江師範學院學報》，1997 年第 3 期。

210.《「詩有本」說詩例一則》，王英志，《名作欣賞》，1987 年第 5 期。

211.《論錢謙益與朱彝尊詩學思想的異同》，李世英，《北方工業大學學報》，1996 年第 2 期。

212.《錢謙益詩論主情的內涵和意義》，培君，《寧夏教育學院銀川師專學報》，1991 年第 2 期。

213.《錢謙益的詩學理論》，張連弟，《聊城師範學院學報》，1998 年第 2 期。

214.《錢謙益詩論初探》，王則遠、房克山，《廣播電視大學學報》，1999 年第

2 期。

215. 《鬼趣、兵象——錢謙益論竟陵派》，孫之梅，《內蒙古師大學報》，1997年第 1 期。

216. 《靈心、世運、學問——錢謙益的詩學綱領》，孫之梅，《山東大學學報》，1996 年第 2 期。

217. 《儒家詩教的重塑——錢謙益詩學理論散論》，汪泓，《江西師大學報》，1996 年第 2 期。

218. 《錢謙益唐宋兼宗的祈向與清代詩風的新變》，羅時進，《杭州師範學院學報》，2001 年第 6 期。

219. 《從連章組詩的觀點看錢謙益對杜甫〈秋興八首〉的接受與展開》，長谷部剛，《杜甫研究學刊》，1999 年第 2 期。

220. 《孝子忠臣看異代　杜陵詩史汗青垂》，蔡維，《杜甫研究學刊》，2001 年第 4 期。

221. 《以杜詩學爲詩學》，鄔國平，《學術月刊》，2002 年第 5 期。

222. 《杜詩學史中的〈錢注杜詩〉》，裴世俊，《聊城大學學報》，2002 年第 1 期。

223. 《論〈錢注杜詩〉的詩史互證方法》，郝潤華，《首都師範大學學報》，2000 年第 2 期。

224. 《〈錢注杜詩〉中的詩史互證與時代學術精神》，郝潤華，《杜甫研究學刊》，2000 年第 1 期。

225. 《論〈錢注杜詩〉對清代詩歌詮釋學的影響》，郝潤華，《西北成人教育學報》，2000 年第 2 期。

226. 《論清代詩歌解釋學的成就與歧誤》，郝潤華，《寧波大學學報》，2000 年第 1 期。

227. 《〈列朝詩集〉述要》，王琳、孫之梅，《山東師範大學學報》，1995 年第 5 期。

228. 《論列朝詩集與明詩綜》，容庚，《嶺南學報》第十一卷第一期。

229. 《對立互補　趨於融通》，同林、利民，《南通師專學報》，1996 年第 1 期。

230. 《論錢謙益對明末清初學術演變的推動、影響及評價》，王俊義，《中國社會科學院研究生院學報》，1996 年第 2 期。

231. 《錢謙益和經學》，裴世俊，《蘇州大學學報》，1997 年第 1 期。

232. 《錢謙益史學思想評述》，張永貴、黎建軍，《史學月刊》，2000 年第 2 期。

233. 《錢謙益與公安派關係簡論》，王承丹，《蘇州大學學報》，1998 年第 2

期。

234. 《論陳名夏與錢謙益之交往》，陳升，《江海學刊》，1998 年第 4 期。

235. 《歸莊與錢謙益》，陳公望，《求是學刊》，2000 年第 3 期。

236. 《論黃宗羲與錢謙益的關係》，裴世俊，《寧夏社會科學》，1992 年第 3 期。

237. 《錢謙益與徽州詩人》，裘新江，《徽州社會科學》，1993 年第 3 期。

238. 《錢謙益與金聖歎「仙壇倡和」透視》，陳洪，《南開學報》，1993 年第 6
期。

239. 《論錢謙益與「東林」的關係》，姜正萬，《寧夏大學學報》，1994 年第 3
期。

240. 《錢謙益與東林黨》，孫之梅，《陰山學刊》，1990 年第 1 期。

241. 《清初詩壇的錢、王交替》，孫之梅、王琳，《文史知識》，1996 年第 5 期。

242. 《錢謙益的佛教生涯與理念》，連瑞枝，《中華佛學學報》第七期。

243. 《〈柳南隨筆〉與錢謙益》，黃權才，《廣西師院學報》，2002 年第 3 期。

244. 《錢謙益柳如是叢考》，朱則傑，《浙江大學學報》，2002 年第 5 期。

245. 《錢謙益詩文集版本知見錄》，陸林，《文教資料》，1992 年第 6 期。

246. 《錢謙益著述被禁考》，徐緒典，《史學年報》第三卷第二期。

247. 《錢謙益行楷〈與仲雪等唱和詩〉卷》，毛行潔，《書法叢刊》，1995 年第
4 期。

248. 《視野宏通，溯源析流：評孫之梅〈錢謙益與明末清初文學〉》，裴世俊，
《山東社會科學》，1997 年第 4 期。

後 記

　　本書原是我的博士畢業論文，當初曾爲它付出大量的心力，畢業後在工作之餘又根據學術界最新的研究成果進行了多次修訂，但一直沒有機會出版。因此，此書得以面世，要感謝花木蘭文化出版社的各位編輯先生，謝謝他們認眞、細緻地編輯，反覆、嚴謹地校對。

　　我一直對明末清初的文學很感興趣，認爲那個時代可以帶給我許多思索與感動，在時世變動最劇烈的時候，透過人們心靈深深的傷口，可以對中國古代社會、文學和士人心態有更深刻的認識。因此，當有幸步入日夜嚮往的南開大學，尤其幸運的是得列羅宗強師的門牆，親聆先生的教誨，在選擇畢業論文的選題時，我就毫不猶豫地選擇了研究錢謙益，試圖通過這個個例來剖析明清之際的世態與人心。

　　論文撰寫過程中，有許多曾幫助過我的人，我的內心也充滿對他們的感激。首先，我要感謝羅宗強師，先生的嚴格方正與在學術上的造詣令我非常欽佩，他對我的指導每每讓我有茅塞頓開的感覺，在審讀我的論文時他付出很多心力，我對他既感敬畏，又覺得親切，衷心地希望自己沒讓先生失望。還要感謝張毅老師和張峰屹老師，他們既是我的師兄，也是我的老師，前者爲我授課、解惑，後者在生活上時時給我關懷，讓我十分感動。

　　其次，我要感謝我的妻子竇月梅，她在我孤寂徘徊的日子裏出現，猶如一道溫煦的陽光，給我溫暖與信心，讓我心靈充實。溫婉的她還在學業與生活上給了我許多幫助與啓發，風雨中有她，我也能吟嘯前行。

　　再次，我要感謝我的師兄雍繁星、賈宗普、晏選軍與師妹楊鍾、李瑄，還有遲寶東、楊波、陳宏等同學，和他們在一起我有許多愉快的記憶，並且得到了很多寶貴的教益。

　　最後，還要感謝願意翻閱我這本書的親愛的讀者們，書中錯漏不少，敬請指正。